चरैवेति, चरैवेति

चले चलो, चले चलो!

भागा हुआ लड़का

मनोरंजन ब्यापारी बंगाली लेखक हैं। उनका जन्म पचास के दशक के मध्य में बरिशाल, बांग्लादेश में हुआ। जब वे तीन साल के थे, तभी उनका परिवार भारत के पश्चिम बंगाल में आकर बस गया। उनको बांकुड़ा के शिरोमणिपुर शरणार्थी कैंप में पुनर्वासित किया गया था। बाद में जबरन उनको चौबीस परगना के खोला-दोलताला में भेज दिया गया, जहां वे 1969 तक रहे। ब्यापारी को छोटे-मोटे काम करने के लिए चौदह साल की उम्र में घर छोड़ना पड़ा। अपने बीसवें दशक के प्रारंभ में वे नक्सलियों और जाने-माने श्रमिक कार्यकर्ता शंकर गुहा नियोगी के संपर्क में आए, जो दल्ली राजहरा माइंस के छत्तीसगढ़ मुक्ति मोर्चा के संस्थापक थे और आदिवासियों की ज़मीन को धोखे से क़ब्ज़ाने वाले ज़मींदारों के चंगुल से उस ज़मीन को पुन:प्राप्त करने के लिए क्रांति का नेतृत्व कर रहे थे। ब्यापारी को इसी समय में जेल में डाला गया और वहां उन्होंने पढ़ना-लिखना सीखा। बाद में रिक्शा चलाते हुए उनका परिचय बंगाली भाषा की प्रसिद्ध लेखिका महाश्वेता देवी से हुआ और उन्होंने इन्हें अपनी पत्रिका *बर्तिका* के लिए लिखने को प्रेरित किया। तब से उन्होंने बारह उपन्यास और सत्तर से ज़्यादा लघु कहानियां लिखीं। इनकी कुछ महत्वपूर्ण रचनाओं में *छेरा छेरा जीवन, इत्तिबृत चंडाल जीवन (संस्मरण), अमानुषिक, चंडाल जीवन त्रयी (उपन्यास), अन्य भुबन* और *मोटुआ एक मुक्ति सेनार नाम* शामिल हैं। 2018 तक ब्यापारी ने पश्चिम बंगाल के हेलेन केलर इंस्टीट्यूट फ़ॉर डेफ़ एंड ब्लाइंड में खानसामा के तौर पर काम किया।

2014 में ब्यापारी को पश्चिमबंग बांग्ला अकादमी की ओर से सुप्रभा मजूमदार प्राइज़ से नवाज़ा गया। उन्हें 2015 में शर्मिला घोष स्मृति लिटरेरी प्राइज़ भी मिला। 2018 में उनके संस्मरण *इत्तिबृत चंडाल जीवन* के अंग्रेज़ी अनुवाद *इन्टेरोगेटिंग माय चंडाल लाइफ़* को हिंदू प्राइज़ फ़ॉर नॉन-फिक्शन मिला और यह जिओ मामी वर्ड टू स्क्रीन अवॉर्ड के लिए भी चुनी गई। 2019 में उन्हें द गेटवे लिटफेस्ट राइटर ऑफ़ द ईयर घोषित किया गया। उनके एक और उपन्यास का अंग्रेज़ी अनुवाद *देयर'स गनपाउडर इन द एयर* को जेसीबी

प्राइज़ फ़ॉर लिटरेचर 2019, द डीएससी प्राइज़ फ़ॉर साउथ एशियन लिटरेचर 2019, द क्रॉसवर्ड प्राइज़ फ़ॉर बेस्ट ट्रांस्लेशन 2019 और मातृभूमि बुक ऑफ़ द ईयर अवॉर्ड 2020 के लिए चुना गया। उन्हें हाल ही में बंगाल में नई गठित, दलित साहित्य अकादमी का अध्यक्ष नियुक्त किया गया है। 2021 में उनकी कई किताबें बंगाली, अंग्रेज़ी, हिंदी और मलयालम में आने वाली हैं। उनके दो उपन्यासों को 2022 में अमेरिका में एंटीबुक्स क्लब द्वारा प्रकाशित किया जाएगा।

अमृता बेरा – जन्म कोलकाता, दिल्ली में रिहाईश। हिंदी, बांग्ला और अंग्रेज़ी तीनों भाषाओं में परस्पर अनुवाद एवं लेखन।

अनुवाद कार्य – हिंदी से अंग्रेज़ी में अनूदित कविताओं एवं ग़ज़लों का संग्रह, *लाईट थ्रु अ लेबेरिन्थ,* वर्ष 2009 में कोलकाता के 'राईटर्स वर्कशॉप' से प्रकाशित। साल 2011 से हंस पत्रिका में बांग्लादेशी लेखिका, तसलीमा नसरीन के बांग्ला से हिंदी में अनुवादित लेखों का नियमित प्रकाशन। तसलीमा नसरीन की आत्मकथा के सातवें खंड, *निर्वासन* का बांग्ला से हिंदी में अनुवाद, 2013 में वाणी प्रकाशन से प्रकाशित। पश्चिम बंगाल का उल्लेखनीय बंकिम पुरस्कार प्राप्त बांग्ला उपन्यास *दोज़ख़नामा* का हिंदी अनुवाद, हार्पर कॉलिंस से वर्ष 2015 में प्रकाशित। 2020 में जिमनास्ट दीपा कर्मकार के संस्मरणात्मक वृतांत की किताब द *स्मॉल वंडर* का बांग्ला अनुवाद फ़िंगरप्रिंट्स, प्रकाश बुक्स से प्रकाशित। नवंबर 2021 में तसलीमा नसरीन के लेखों का संकलन *शब्दवेधी-शब्दभेदी* अक्षर प्रकाशन से प्रकाशित। अनुवाद कार्य के लिए, वर्ष 2012 में 'डॉ अंजना सहजवाला' सम्मान व वर्ष 2017 में *दोज़ख़नामा* के अनुवाद के लिए कमला गोइन्का फाउण्डेशन द्वारा 'श्री प्रभात रंजन सरकार स्मृति पुरस्कार' प्राप्त।

मनोरंजन ब्यापारी

भागा हुआ लड़का

अनुवाद

अमृता बेरा

eka

eka

First published in Bengali in 2008 in the magazine *Hatey Bajare*

First published in Hindi in 2022 as *Bhaga Hua Ladka* by Eka, an imprint of Westland Books, a division of Nasadiya Technologies Private Limited

No. 269/2B, First Floor, 'Irai Arul', Vimalraj Street, Nethaji Nagar, Allappakkam Main Road, Maduravoyal, Chennai 600095

Westland and the Westland logo are the trademarks of Nasadiya Technologies Private Limited, or its affiliates.

ISBN: 9789395767170

10 9 8 7 6 5 4 3 2 1

This is a work of fiction. Names, characters, organisations, places, events and incidents are either products of the author's imagination or used fictitiously.

Typeset in ChanakyaUni by Neo Software Consultants, Prayagraj-2
Printed at Radha Press, Sahibabad

अनुक्रम

गरीब दास

1

भात

सुबह-सुबह का समय था। पूर्व के आकाश को लाल कर सोने की थाल-सा, भोर के सूरज का मुख, पूर्वी बंगाल की नम भूमि में तैर उठा था। पानी के ऊपर तैरता सोने का थाल, पूरब से आती मंद हवा के झोंके से झूल रहा था। पनकौवों का एक झुंड आकाश पथ पर उड़े जा रहा था, अबाध और स्वाधीन थी उनकी उड़ान। किसे पता था कि कहां, कितनी दूर तक ये उन्हें ले जा सकते थे! दूर, विशाल नदी के बहाव में एक नाव बही चली जा रही थी, जिसकी यात्रा बरिशाल शहर में जाकर समाप्त होगी। नाव में नारियल और सुपारी के ढेर लगे थे।

चारों ओर का दृश्य बहुत ही मनोरम था। दिन के इस क्षण को प्रकृति ने जिस तरह सजा रखा था—यदि मनुष्य उसे नष्ट न करे—तो गाने और प्रार्थना करने के लिए, यहां तक कि कविता रचने के लिए भी यह सर्वोत्तम समय है।

रोज़ की तरह तड़के, जिसे ब्रह्म मुहूर्त कहते हैं, शिवनाथ भट्टाचार्य महाशय ने बिस्तर छोड़ा। उसके बाद नहर के किनारे खुली हवा में बैठकर प्रात:कर्म से फ़ारिग हुए। फिर नीम की टहनी तोड़कर दांत मांजते-मांजते घर के बाहरी हिस्से में, जहां फसल की कटाई के बाद धान का ढेर रखा था, वहां थोड़ी देर तेज़-तेज़ चक्कर लगाने लगे। कुछ दिनों से वह गठिया के दर्द से बुरी तरह परेशान थे। वैद्य ने उन्हें सुबह के समय टहलने की सलाह दी थी।

इस जगह पेड़-पौधों की संख्या कुछ कम होने के कारण धूप अच्छी आती थी। सुबह-सुबह की धूप और हवा यदि शरीर को मिले तो शरीर स्वस्थ

और निरोगी रहता है। ये भी कहा जाता है कि इस धूप में कुष्ठरोग प्रतिरोधक क्षमता होती है। शिवनाथ भट्टाचार्य को इस रोग से बहुत डर लगता था। उनके पूजनीय पिता इसी रोग से सड़-गल के मर गए थे।

ठीक इसी समय एक अन्य व्यक्ति नदी से थोड़े छोटे और नहर से कुछ बड़े पानी के स्रोत के किनारे-किनारे, धूल भरे रास्ते पर बढ़ता दिखाई दिया। उसकी चाल धीमी थी। ख़ाली बदन, नंगे पैर, घुटनों से ऊपर तक उठाकर पहनी हुई पांच हाथ लंबी धोती। वो धोती, जिसने जन्म के बाद कभी साबुन का चेहरा नहीं देखा था। वह या तो बस पानी में धुलती थी, या फिर पलाश के फूलों को जलाकर उसकी राख के साथ उबालकर धुलती थी। इससे ज़्यादा उसके भाग्य में कुछ और नहीं था।

आदमी के सिर पर बिना तेल के रूखे बालों का गुच्छा था और दाढ़ी न बनने के कारण गालों पर खड़ी दाढ़ी और मूंछों का जंगल। उसके शरीर में जैसे सदियों की भूख, संकोच, थकान और अपमान पैठ जमाए था। ऐसा लग रहा था मानो वह कठोर अन्याय के पहाड़ तले दबा हो। मानो उसके सभी अंग और समूचे अस्तित्व को किसी अनंत, अवर्णनीय अकाल ने निगल लिया हो। ऐसा लगता था जैसे 1770 के भीषण अकाल ने उसके जीवन को अब तक अपने पंजों में दबोच रखा था। इसीलिए उसकी एक-एक पसली गिनी जा सकती थी। उसकी नज़र भी कमज़ोर हो चुकी थी। उसकी बेजान आंखें, मरी मछली की आंखों की तरह दिखती थीं।

उसकी आंखों में किसी भी तरह की आशा या रोशनी, या कोई सपना या फिर चाहत ढूंढ़ना निरर्थक था। उन आंखों में दुख और परेशानी निरंतर व्याप्त थी: कि समय की कठोर गर्जना को कैसे सहन करना है, कैसे ज़िंदा रहना है।

क्या पता किसी समय में, उसकी भी आंखों में सपने और इच्छाएं तथा आशा और उल्लास रहा हो। पर वो सब जा चुका था। अब सिर्फ़ हताशा और सीने को चीरती सिसकियां ही थीं—रोना, जो कोई नहीं सुनना चाहता था, या फिर किसी ने सुना या समझा ही नहीं था। इसलिए उसके जैसे लोग बहुत दु:खी थे। वे सब बेहद दु:खी लोग थे।

अब वह व्यक्ति अपनी खुली, बेजान दृष्टि चारों ओर दौड़ाता है जैसे कि कुछ खोज रहा हो। क्या खोज रहा था वह? जिसे वह ढूंढ़ रहा था, उसे भोजन कहते हैं। वो यहां कहां है? उसके बहुत दिनों के भूखे पेट की चमड़ी सिकुड़कर गहरे गड्ढे में घुस गई थी। उसकी हड्डीदार छाती चलने में लगी

मेहनत के कारण लोहार की धौंकनी की तरह ऊपर-नीचे हो रही थी। सांसों से हांफ़ने की आवाज़ आ रही थी। उसके सीने की एक-एक हड्डी को गिनकर बताया जा सकता था कि कितनी हड्डियां हैं। लेकिन इस सीने के भीतर भी एक मन था। वह अपने प्रियजनों के लिए रोता था, अपनी अक्षमता पर भी रोता था।

अपनी खुली आंखों से जिस चीज़ की वह तलाश कर रहा था, उसके न मिलने पर उसने अपने टूटे सीने से एक हताशा भरी सांस छोड़ी: 'हे भगवान! तुम्हें तरस नहीं आता!'

पहले आता था। भगवान पहले दयालु था, और तब भूखे लोगों को वनों और जंगलों में फल, सूरन, जिमीकंद और तरह-तरह की खाने की चीज़ें मिल जाया करती थीं। लेकिन अब वो मिलना भी मुश्किल था। लगता है भगवान ने एक विशाल जन-समुदाय से मुंह फेर लिया था। ये लोग इसी देश के मूल निवासी, भूमिपुत्र, श्रमिकों की संतान थे। लेकिन मनुष्य समाज ने इन्हें अछूत चंडाल घोषित कर दिया था।

उस आदमी के पैर ज़ख़्मी थे और घुटनों तक धूल, मिट्टी, कीचड़ और घास के तिनकों से सने हुए थे। एक छोटी-सी जोंक शायद किसी खेत या नाला पार करते समय उसके टखने में चिपक गई थी। खुजली होने पर उसने जोंक को छुड़ाकर दूर फेंक दिया और अपना हाथ धोती से पोंछ लिया। आदमी को चलता देखकर आसानी से अनुमान लगाया जा सकता था कि उसने ज़िंदगी भर इसी तरह बहुत रास्ते तय किए थे। चलते-चलते वह थककर चूर हो चुका था।

वैसे उस आदमी की उम्र ज़्यादा नहीं थी, इकतीस पूरे होने में कुछ महीने शेष थे। लेकिन भीषण गरीबी का अर्थ था कभी न ख़त्म होने वाली भूख और भुखमरी, कुपोषण और बीमारी। उसके जीवन के हर रास्ते, हर मोड़, हर पल में इन सब ने ऐसा दंश मारा कि कम उम्र में ही उसका शरीर बुढ़ा गया था। अब कोई नहीं कह सकता कि एक समय में वह आसपास के दस गांवों में सबसे ज़्यादा बलवान व्यक्ति था। एक समय ऐसा था जब वह एक ही झटके में धान का बोरा सिर पर उठा लेता था। बीघे भर ज़मीन का धान वह एक दिन में ही काट लेता था।

अब वह आदमी पश्चिम दिशा की ओर चल रहा था। पूर्व उदय से संबंधित है और पश्चिम अस्त होने से। आदमी की चाल में यह प्रतीकात्मक

वर्णन उपयुक्त था। वह किसी बोझिल पशु की तरह अपने शरीर को घसीट रहा था। ऐसा लग रहा था मानो वह अपनी ही परिणति की ओर चला जा रहा था—अकेली यात्रा, जिसमें उसका कोई साथी नहीं हो सकता था।

शिवनाथ भट्टाचार्य ने दांत मांजना समाप्त कर नीम की दातुन को दूर जलाशय में फेंक दिया। टप्प की आवाज़ के साथ वो डूब गई। सूरज ताल के पेड़ के ऊपर तक चढ़ आया था। नदी में अब कई माल वाहक और यात्री नौकाएं थीं। लोग अपने काम पर निकलने लगे थे। तब तक ग्वाले दुधारू गायों का दूध निकाल चुके थे। अब शिवनाथ भट्टाचार्य दूध, लाई और केले का नाश्ता करेंगे। अचानक उनकी नज़र अपने पैरों पर पड़ी। नहीं—सांप, जोंक या बिच्छू नहीं था। ज़मीन पे एक आदमी, या फिर आदमी जैसा ही कोई साष्टांग पड़ा हुआ था। फिर भी वह दो क़दम पीछे हट गए। वह छुए जाने का जोख़िम नहीं लेना चाहते थे। पहले तो इन लोगों की छाया पड़ना भी निषेध था। पर ये सब गुज़रे ज़माने की बात थी। उस समय के ब्राह्मणों का पूजा-अर्चना करके ही सुखमय जीवन बीत जाया करता था। उन्हें आज की तरह ज़मीन-जायदाद की देखभाल और खेती-बाड़ी नहीं करनी पड़ती थी। और इसलिए आजकल दसियों कामों के लिए इन साले चंडालों को बुलाना पड़ता है। अब उतने नीति-नियमों का पालन नहीं किया जा सकता। पर इंसान तो आख़िर इंसान ही है। उसके अपरिवर्तनशील संस्कार कभी जाते हैं क्या? उनका मन दुखी हो गया। इतनी सुंदर सुबह और दिन की शुरुआत में ही चंडाल के दर्शन...कौन जाने आज का दिन कैसा बीतेगा! मन ही मन उन्होंने एक बार सर्वशक्तिशाली गायत्री मंत्र का जाप कर लिया—*ॐ भूर्भुव: स्व: तत्सवितुर्वरेण्यं...।*

वह आदमी भी भलीभांति जानता था कि यदि पुराने दिन होते तो ब्राह्मण के इतने पास आने के अपराध में बाबू लोग उसे शंकर मछली की खाल से बने चाबुक से पीट देते। ये चाबुक आज भी बाबू लोगों के घरों की बैठक में लटका रहता है। लेकिन अब वे बात-बात पर इसे चला नहीं सकते। फ़रीदपुर, खुलना और बरिशाल के नीची जाति के लोग ओराकांडी के ठाकुरों को केंद्र कर 'मतुआ' नामक एक धर्म संगठन के सदस्य बन गए थे, और काफी घमंडी और साथ ही एकजुट भी हो गए थे। यह अच्छा लक्षण नहीं था। मन की खीज को किसी तरह दबाकर शिवनाथ भट्टाचार्य ने नरम स्वर में कहा, '*की बैपार रे! शोक्काल बेलाय बाओनेर पाये धूला निते आइछोस एक्कारे खाली हाथे!* क्या रे! सुबह-सुबह ब्राह्मण के पैरों की रज लेने आया है, वो भी बिल्कुल ख़ाली हाथ!'

यात्रा और भूख से पीड़ित, उसने अपने स्वर में अपराधबोध भरकर कहा, *'शोरीलडा कोय दिन भाइलो ठीक नाई। शेई जोन्ये बिले गांगे जेते पारि नाई। जाइले दुई-चाइरडा कोई-मागुर*...तबीयत कई दिनों से ठीक नहीं है, इसलिए नदी नहर में उतर नहीं पाया, नहीं तो दो-चार कोई-मागुर मछली ले आता...।'

'मछली की बात तो रहने ही दे।' उसकी बात बीच में ही काटते हुए शिवनाथ ने कहा, 'खेत से कुछ बैंगन या भिंडी भी नहीं ला पाया?'

रुआंसे गले से आदमी ने कहा, 'नहीं हैं मालिक, कुछ होता तो क्या मैं लाता नहीं?' शिवनाथ ने दूसरी ओर मुंह घुमा लिया। अब और क्या बचा था कहने को। जब ये कुछ देने नहीं आया है तो फिर किसलिए आया है? क्यों ये दो कोस रास्ता तय करके, मैदान, घाट, पानी, कीचड़ पार कर आया है? ज़रूर कुछ लेने के मतलब से आया होगा। इंसान का इंसान के साथ—ख़ासकर उच्चवर्ग के लोगों के साथ निम्नवर्ग के लोगों का—सिर्फ़ एक ही संबंध हो सकता है, लेन-देन का। ब्राह्मण उच्चवर्ग के शिरोमणि थे, निम्नवर्ग के लोग उनसे आशीर्वाद, उपदेश, परामर्श लेते थे और उसके बदले में लौकी, कद्दू और ताज़ी मछलियां देते थे। ब्राह्मण घर के पढ़े-लिखे लड़के चिट्ठी लिख देंगे और कागज़ात पढ़ देंगे, बदले में अनपढ़ नीची जाति के लोग उनके मुताबिक पारिश्रमिक देंगे। यही नियम था, विधान था, धर्म था और उसी में पुण्य था।

निम्नवर्ग के इस आदमी ने नियम और विधान के अनुसार कुछ नहीं किया था। तभी अपराधबोध से निरीह-सा मुंह बनाए ज़मीन की ओर गर्दन नीची किए बैठा हुआ था। जैसे ही भट्टाचार्य बाबू घर के भीतर जाने को हुए, उसने परेशानी भरे स्वर में कहा, *'कोर्तामोशाई आपनार काछे ऐट्टा भीशोम बिपोदे पोइड़ा ऐतो शोकाले आइछी।* मालिक आपके पास एक भयानक मुसीबत में पड़ कर इतनी सुबह-सुबह आया हूं।'

इसमें क्या नया है, शिवनाथ ने मन ही मन सोचा। जब तक मुसीबत में न पड़े तब तक कौन अपना काम-काज छोड़कर यहां दौड़ा आता है? *'कोइया फाला की बिपोद?* कहो क्या परेशानी है?'

दुखी होकर वह आदमी बोला, 'मेरे घर में दो-तीन दिन से चूल्हा नहीं जला है। दो दिन से कुछ भी नहीं खाया। मेरी बीवी पेट से है। उसने भी कुछ नहीं खाया है। आज या कल में ही जचगी होने वाली है। कौन जाने इस हालत

में भूखे पेट बचेगी या नहीं! मालिक आप हमें बचा लीजिए। मुझे दो सेर चावल उधार दे दें। जुताई के समय खेत पर काम कर दाम चुका दूंगा।'

शिवनाथ भट्टाचार्य ने उसकी गिड़गिड़ाहट पर कोई ध्यान नहीं दिया। यह सब सुनकर क्या फायदा था! इस देश में, इन लोगों के पास कोई और कहानी नहीं होती—जीवन भर एक ही बात, एक ही कहानी...वह दलदली भूमि के ऊपर से उड़ते रंग-बिरंगे पक्षियों के एक झुंड को देखते रहे। सुबह की धूप उनके लाल-नीले पंखों पर झिलमिला रही थी। ऐसी एक चिड़िया पालने का इरादा बुरा नहीं है। छिदामबाला ने एक बार उन्हें एक मैना भेंट की थी। देखने में बहुत अच्छी थी। एक-दो शब्द भी बोलने शुरू किए थे। पर बिल्ली ने मारकर खा लिया।

'मालिक, कुछ तो कहिए!'

शिवनाथ ख़्यालों की दुनिया से वास्तविकता के धरातल पर लौट आए। उन्होंने कहा, 'मैं जानता हूं कि तू बहुत उम्मीद लेकर आया है। अब मैं तुझसे क्या कहूं! ना भी नहीं कह सकता, पर हां भी नहीं बोल सकता। तुझे तो पता है मेरी मां को मरे एक बरस पूरा होने वाला है। अगले महीने बरसी है। हम ठहरे ब्राह्मण, बहुत धर्म-कर्म के काम करने पड़ते हैं। इस समय किसी के साथ भी लेना-देना नियम विरुद्ध माना जाता है। तो अब मैं तुझसे क्या ही कहूं?'

आदमी अनपढ़ ज़रूर था पर बेवक़ूफ़ नहीं। वह समझ रहा था कि अपनी मां के नाम की दुहाई देकर शिवनाथ बाबू क़र्ज़ देने से बचना चाहते हैं। कहने को वह इस नियम का पालन कर रहे थे कि देना नहीं है; पर लेने के लिए वो नियम कहां गया? कुछ ही देर पहले क्या उन्होंने नहीं पूछा था कि कुछ लाया क्यों नहीं? यदि वह कुछ लाया होता तो क्या ये लेने से मना कर देते?

कोई और उम्मीद न देखकर अपने नितंबों की धूल झाड़ता हुआ वह आदमी खड़ा हो गया। न जाने अब किस दरवाज़े पर जाकर भीख मांगनी होगी। कैसे भी करके उसे जल्द ही थोड़े चावलों का इंतज़ाम करना पड़ेगा। उसकी बीवी पेट से थी और पूरे दो दिन से उसने कुछ नहीं खाया था। पेट और अन्य लक्षण देखकर जनक की मां, जिसके सात बच्चे थे, ने कहा था कि बेटा होगा। उसने कहा था, 'अगर मेरी बात सच न निकली तो मैं अपना नाम बदल लूंगी।'

जनक की मां ने बताया था कि लड़का पेट में ज़्यादा हिलता-डुलता नहीं है, चुपचाप पड़ा रहता है, जबकि लड़की बहुत हिलती-डुलती है; कभी-कभी

तो ऐसी लात मारती है कि लगता है जैसे पेट फाड़कर बाहर आ जाएगी। वह आदमी अपनी पत्नी का हरकत विहीन बढ़ा हुआ पेट देखकर डर गया था। कहीं भूखी बीवी के पेट के भीतर बच्चा मर कर फूल तो नहीं गया! पेट पर कान लगाकर उसने समझने की कोशिश की कि बच्चा बचा है या नहीं। वो था। ज़िंदा था, स्वस्थ था। जनक की मां ने भी पुष्टि की थी, 'पर तुम इसी वक़्त इसे भात दो नहीं तो फल और पेड़ दोनों ही नहीं बचेंगे।'

उसी समय, जब सुबह की रोशनी फूटने को ही थी, रात के अंधेरे को अपने पंखों से झटककर घोंसलों के पक्षी बस उड़ने को थे, उस भोर के अंधियारे के छंटने से पहले ही अपनी पत्नी को बिना कुछ बताए वह आदमी चुपचाप घर से निकल पड़ा था। उसका लक्ष्य एक ही था, चावल का जुगाड़ करना। चावल—जिससे भात बनता है, जिसे खाने से पेट भरता है, नहीं तो मर जाना पड़ता है।

सन 1953 था। 1946 के डायरेक्ट ऐक्शन के परिणाम स्वरूप देश का बंटवारा हो चुका था। और अब हिंदू और मुस्लिम दोनों पक्षों के बुद्धिजीवी लोग कोई और ऐक्शन लेने की तैयारी कर रहे थे। समय अभी बहुत अस्थिर, ख़तरनाक और अनिश्चित था। चंद साल पहले तक ऐसी हालत नहीं थी। न जाने कहां से एक तूफ़ान उठा, पल में सब पलट गया। पूरा परिवेश बदल गया। लोग बदल गए और उनका रवैया बदल गया। राष्ट्र, उसके समाज और लोगों पर ऐसा समय आन पड़ा था कि लोगों की सोच और मानवीय मूल्यों में आधारभूत रूप से बदलाव आ चुका था। यदि इस बदलाव में गुणात्मक सुधार होता तो उसे विप्लव या रेनेसां कहा जाता, पर इस परिवर्तन को इतिहासकारों द्वारा एक अराजक, अंधकारमय, अनुपयोगी युग के रूप में विश्लेषित किया गया।

अभी कुछ साल पहले धरती के इस भू-भाग ने दो विषम आपदाएं झेलीं थीं: भीषण अकाल और विभाजन। अब इसका परिणाम तीसरी आपदा के रूप में सामने आया था: देशांतर यात्रा। डर और आतंक से इस पार बंगाल के दिशाहीन लोग अपनी पुश्तैनी ज़मीन और घर छोड़ एक अनजान देश, अपरिचित लोगों और कभी न ख़त्म होनेवाले अपमानजनक भविष्य की ओर पलायन करने लगे। वे भारत जा रहे थे।

इस समय हर इंसान अपने को लेकर ही चिंतित था। इस आदमी के सभी नाते-रिश्तेदार भी इसी की तरह बेहद दरिद्र थे। ऐसे वक़्त में उसकी भूख और

पीड़ा कौन सुनता? कौन बढ़ा सकता था मदद का हाथ? जो लोग किसी हद तक संपन्न थे, यदि वे चाहते तो उसे दो-पांच सेर चावल उधार देने की कूवत रखते थे, पर अब वे नहीं थे। सब उस पार वाले बंगाल चले गए थे। जो लोग यहीं रह गए वे उस आदमी की ही तरह निर्धन, भूखे और क़िस्मत के मारे थे। तभी उस आदमी ने दूसरे गांव में, भट्टाचार्य बाबू के घर का रुख़ किया।

पूर्वी बंगाल के उच्चवर्ग के लोग, जिन्हें उच्चवर्ग के होने के कारण ही शिक्षित और समृद्ध होने के अवसर आसानी से मिलते रहे थे, वे स्वदेश की राजनैतिक गतिविधियों को भांपकर पहले ही जल्द से जल्द अपना सबकुछ समेटकर उस पार बंगाल चले गए। लेकिन सभी ने ऐसा नहीं किया। कुछेक लोग भयभीत होते हुए भी इसी पार रह गए। वे बड़े ठसके के साथ रह रहे थे। शिवनाथ भट्टाचार्य ने भी निर्णय लिया कि जब तक ज़िंदा हैं, यहीं रहेंगे, अपना देश नहीं छोड़ेंगे। हालांकि उनका बड़ा बेटा पश्चिम बंगाल में जाकर बस गया था। मंझला बेटा भी जाने की सोच रहा था। लेकिन वह अपनी बात पर दृढ़ थे, 'मैं नहीं जाऊंगा। अगर जाऊंगा भी तो दो-चार दिनों के लिए घूमने जाऊंगा।' वैसे कई सालों बाद मुक्ति युद्ध के समय सेना के हाथों छोटे बेटे की बड़ी बेटी का बलात्कार होने और घर के क़ीमती सामान व गहने चोरी हो जाने की घटनाओं के बाद वे इस देश में नहीं रह पाए। बुढ़ापे में अपनी क़सम तोड़ वे उस पार वाले बंगाल चले गए और कुछ दिनों बाद ही उनकी मृत्यु हो गई।

पर इस समय, उस आदमी को जाता देख शिवनाथ बाबू ने आवाज़ लगाई, 'अरे सुन! तुझे मैं ऐसे ही कुछ नहीं दे सकता और जानता हूं तू ऐसे ही मुझसे कुछ लेगा भी नहीं। शास्त्रों के अनुसार एक रास्ता है जिससे काम बन सकता है।'

'कैसा रास्ता?'

'तू काम कर, मैं उसका दाम दूंगा।'

'क्या काम है?'

'मां की बरसी आ रही है। तू उस आम के पेड़ को काटकर जालन की लकड़ी तैयार कर दे। इसके बदले मैं तुझे दो सेर चावल दे दूंगा। क्या कहता है? कर लेगा? कर सकता है तो कर दे।'

'कर लूंगा।'

शिवनाथ भट्टाचार्य के घर में कुदाल, कुल्हाड़ी, फावड़ा और गंड़ासा सारे उपकरण मौजूद थे। वो आदमी कुल्हाड़ी लेकर एक बेमेल युद्ध में जुट गया। मंझले क़द का वो आम का पेड़ कच्चा था। कच्चे पेड़ को काटना ज़्यादा मुश्किल नहीं होता। मुश्किल तो भूखे पेट में उठते असहनीय दर्द से थी। इसलिए उसे एक पेड़ को काटने में पूरा दिन लग गया। पर पेट की भूख उस आदमी को डिगा नहीं पाई। वह आम के पेड़ को परास्त करने में सफल हुआ।

शिवनाथ भट्टाचार्य का छोटा बेटा सत्रह साल का था। उसने कटी हुई लकड़ी पर गंगाजल छिड़ककर उसे पवित्र किया। मां गंगा की शक्ति असीम है। उसके छींटे पड़ने से चंडाल के स्पर्श से दूषित सब कुछ शुद्ध हो जाता है। उसके बाद उसने आदमी के फैलाए गमछे में दो सेर चावल डाल दिए। उसे उस आदमी पर दया आ गई। अपने पिता की अनुमति के बिना ही मेहनत से लकड़ी काटनेवाले उस आदमी को चैत्र मास की 22 तारीख़ को अपनी दादी की बरसी पर आने का निमंत्रण दे दिया, 'बरसी के अगले दिन सुबह आकर केले के पत्ते, जूठन वगैरह साफ़ कर देना। बचा खाना भी ले जाना।'

शिवनाथ जी का यह बेटा मैट्रिक में पढ़ता था। शिवनाथ जी चाहते थे कि वह और आगे तक पढ़े और फिर बड़ी नौकरी पर जाए। माना अभी देशभर में थोड़ी अस्थिरता चल रही है, पर हमेशा तो ऐसा नहीं रहेगा। कुछ भी हमेशा के लिए एक जैसा नहीं होता। स्थिति निश्चित तौर पर बदलेगी। जो लोग आज देश छोड़कर भाग रहे हैं, वो वापस लौट आएंगे। ऐसा होगा, ऐसा होना ही होगा। काल का नियम है: आज ग्रीष्म ऋतु है तो कल बरसात होगी और उसके बाद सर्दी भी आएगी। सामाजिक जीवन भी उसी काल के अधीन है। आज जो यह पागलपन का दौर है, कल वो बिल्कुल शांत हो जाएगा। शिवनाथ भट्टाचार्य ने महाभारत पढ़ा था। महाभारत में बगुलारूपी धर्म ने युधिष्ठिर से पूछा था, 'वास्तव में सुखी कौन है?' बार-बार अपने देश से निकाले गए युधिष्ठिर अलग-अलग राज्यों का भ्रमण करते रहे, उन्हें घर छोड़ने की वेदना का अहसास था; उन्होंने उत्तर में कहा था, 'वास्तव में सुखी वह है जो अपनी भूमि पर रह सके, भले ही दिन के अंत में उसे खाने को रूख-सूखा ही मिले।' शिवनाथ भट्टाचार्य की भी यही सोच थी। हालांकि, उनके सबसे छोटे बेटे को छोड़कर, बाक़ी के सभी बेटे उनकी इस सोच से सहमत नहीं थे।

शिवनाथ महाशय का छोटा बेटा बहुत ही अच्छा था। चारों ओर फैली नास्तिकता और म्लेच्छ विचारधारा के विपरीत वह धार्मिक भावना से ओतप्रोत

था। वह जानता था, शास्त्रों में लिखा है कि चंडाल कौवों और कुत्तों से उच्चतर प्राणी नहीं है। उनके साथ ठीक वैसा ही व्यवहार करना न्यायसंगत है। इसलिए अगले दिन बासी भोजन खाने का निमंत्रण देकर उसने कोई अन्याय नहीं किया। अन्याय तो तब होता, यदि वह उसे ताज़ा, गरम, स्वादिष्ट भोजन खाने को देता।

2

गगन की मां

यह वो पल था जब दिन की रोशनी जा चुकी थी और रात के आसमान में चांद और तारे चमकने को थे। ऐसा लग रहा था मानो धूसर अवसाद पृथ्वी पर फैला हुआ था। किसी अनजान संकेत को वहन करते हुए रहस्य की तरह असहनीय। सबकुछ कितना आश्चर्यजनक रूप से शांत था! सारे कोलाहल-कलरव पर निस्तब्धता का एक मोटा आवरण चढ़ा हुआ था। यह जैसे तूफ़ान आने से पहले की शांति थी। निश्चित ही इसके बाद बिजली चमकेगी और गाज गिरेगी।

वह आदमी अकाल की उस उदासी से किसी अभिशाप की अभिव्यक्ति की तरह गुज़र रहा था। वह इस देश के उन लाखों लोगों में एक था जिन्हें 'अधिशेष' जनसमूह माना जाता था, जो हर साल सूखा, बाढ़, महामारी का सामना करते और कीड़े-मकोड़ों की तरह मर जाते थे। इनके चलने-फिरने, कहने, रहने या न रहने से देश का कुछ भी नहीं जाता था।

यह आदमी जिसका उसके पिता द्वारा दिया गया एक नाम था, जो नाम उसके समाज के सभी लोगों के नामों की तरह तुच्छ एवं हीनतावाचक था: वो था गरीब। उसका नाम था गरीब चंद्र दास। उसके बदन पर कपड़े, पैरों में चप्पल, पेट में भात, सिर में बुद्धि—कहने का मतलब है समाज में सम्मान के साथ जीने के लिए जिनकी ज़रूरत होती है, उसका लेशमात्र भी उसकी पहुंच में नहीं था। थी तो सिर्फ़ सिर ढंकने के लिए एक ओर झुकी हुई एक झोंपड़ी। वह आदमी अर्थात गरीब दास तेज़ क़दमों से उस झोंपड़ी की ओर

जा रहा था। उसे उम्मीद थी कि रात गहरी होने से पहले वह निश्चित ही अपने घर पहुंच जाएगा।

उसका पता! उसका गांव! उसका घर! बमुश्किल एक आदमी के क़द जितना ऊंचा, बाड़ को मिट्टी से लेप कर तैयार किया गया घेरा। चार बांसों पर टिकाया हुआ पुआल का छप्पर। पिछले साल तो छप्पर का पुआल बदला गया था, पता नहीं साल पूरा हुआ या नहीं। पुआल के घरों का यही नियम है, हर साल इसे बदलना होता है नहीं तो एक बार को धूप मान भी जाए, पर बारिश नहीं मानती। घर की लंबाई आठ हाथ और चौड़ाई छह हाथ थी। घर के एक कोने में खजूर के पत्तों से बनाई चटाई खड़ी थी। रस्सी पर दो फटी, मैली और धूल से भरी दोहर टंगी थीं। उस चटाई पर दोहर बिछाकर रात के सोने के लिए आरामदायक बिस्तर बन जाता था। इसके अलावा घर में कोई और सामान नहीं था। वैसे इस झोंपड़ी से लगा हुआ एक और बहुत छोटा-सा कोना था, जहां टहनियां, जलाकर कुछ पकाया जा सकता था। पकाने के बर्तनों के नाम पर भात पकाने को एक मिट्टी की हंडिया, मिट्टी की एक कड़ाही और पानी के लिए एक मिट्टी की सुराही थी। दो और दो चार और तीन सात तांबे के सिक्कों से बारुनि के मेले से गरीब दास यह सब सामान ख़रीदकर लाया था। कुछ चीज़ें उसने ख़ुद ही बना ली थीं। जैसे चावल चलाने का डेढ़ हाथ लंबा बांस का चमचा। नारियल के खोल में दोनों तरफ छेद कर लंबी डंडी फंसा कर बनाया गया चमचा और सब्ज़ी परोसने के लिए एक बड़े आकार के सीप का खोल। केले का पत्ता भात खाने की थाली बन जाता। यही सब मिलाकर उसकी गृहस्थी थी।

उनके चारों ओर पानी ही पानी था। पानी के किनारे पर पतेरा का घना जंगल था, जिसमें लोमड़ी, जंगली बिल्लियां, सांप, जोंक आदि का वास था। कभी-कभार इन जंगलों में जंगली सूअर और कांटेदार जंगली चूहों के भी दर्शन हो जाते थे। बरसातों में वो पानी घर की देहरी तक आ जाता था। इस पानी के साथ जलजनित सारे रोग भी आ जाते थे—डेंगू, मलेरिया, आंत्रिक, कॉलेरा। यहां कहीं भी हैंडपंप नहीं थे। पीने के पानी के लिए नदी, नाले या तालाबों का ही आसरा था। नतीजतन लोग कुत्ते-बिल्लियों की तरह मर जाते थे। यहां किसी के पास भी खेती करने योग्य ज़मीन नहीं थी। सभी दूसरों की ज़मीन पर मज़दूरी करते थे। बदले में चार-छह आने पाते थे। कोई-कोई नदी-नालों में मछलियां मारता फिरता था। तो, ऐसा था गरीब दास का गांव, उसका स्थाई पता।

इस समय गरीब दास के पास देश या समाज के बारे में सोचने का वक़्त नहीं था। वह इस वक़्त जल्द से जल्द घर पहुंचने के बारे में सोच रहा था। घर में उसकी गर्भवती पत्नी बिमला आज के दिन को मिलाकर तीन दिन से भूखी थी। उसे जाकर भात खिलाना था। वह मन ही मन अपने आराध्य हरिचंद और गुरुचंद से प्रार्थना कर रहा था: 'हे ठाकुर, घर लौटकर सब ठीक देखने को मिले।' गर्भवती पत्नी और होने वाली संतान के मंगल की चिंता करते हुए वह सतर्कता से पैर रखने के बारे में भूल चुका था। इस समय खेतों की मेंड़ों पर सारे विषैले जंतु ताक लगाए बैठे रहते थे। ज़हरीले सांप, काल-केऊटे, खरिश, चंद्रबोबा और न जाने कितने! उनमें से एक पर भी अगर उसका पैर पड़ जाता तो पानी मांगने तक की मोहलत नहीं मिलती। वे एक दंश में ही प्राण हर लेते हैं। लेकिन गरीब के मन में अब यह डर नहीं था। किसी भी समय बिमला को प्रसव पीड़ा शुरू हो सकती थी। ऊपर से उसे कुछ बिना बताए वह घर से निकल पड़ा था। कोई और उपाय भी तो नहीं था। अब जल्दी से जाकर उसे चावल पकाकर देने होंगे। घर में नमक और हरी मिर्च थी। गरम-गरम भात नमक और हरी मिर्च के साथ खाने में बहुत अच्छा लगता है।

गरीब दास के घर पहुंचते-पहुंचते रात हो चुकी थी। यह ग्रामीण बंगाल की एक और लंबी, अराजक, अंधेरी रात थी, जो 1946 के दंगों से लेकर 1964 की हिंसा तक बनी रही...गरीब जैसे ही अपने घर के पास पहुंचा, उसे दिल दहला देने वाली कुछ आवाज़ें सुनाई दीं। कोई ज़ोर-ज़ोर से कुछ बोल रहा था, जैसे कोई दर्द से कराहता हुआ रो रहा हो। और थोड़ा आगे बढ़ने पर उसे बच्चे के रोने की क्षीण आवाज़ सुनाई दी। दरवाज़े के पास खड़ी, गरीब दास के लौटने की राह देखती, गगन की मां मन ही मन चिड़चिड़ा रही थी। वह गरीब दास की दूर की रिश्तेदार, उसकी खुड़िमां यानी चाची थी। यह बूढ़ी महिला पूरे अंचल में तेज़-तर्रार, मुंहफट होने की वजह से जीभकटी के नाम से बदनाम थी। वो किसी से भी नहीं डरती थी। जब भी बात करती, लगता जैसे गले में घंटा बज रहा हो। गरीब दास को देखते ही जीभकटी गगन की मां ने कर्कश गले से उस पर वार किया: '*कोई छिली बेबाक दिनोमोंडा? बोऊडारे एई रोहोम औबोस्थाए एकला घरे फालाइया केऊ जाए? गेली जोदी तो बोइला गेली ना कैन? बोधबुद्धि तोर कोन काले होइबो ना! पाठा, चिरोडा काल पाठा होइया थाकबि! कौथाय कौए बैडा माइनशेर दस दशा आर माइया माइनशेर एक दशा। एर चाइया बड़ो बिपोद आर आछे नाकि! धारे-काछे कोनो घर-*

बाड़िओ नाइ जे डकले मानुशजन आइबो। तोर चोद्दो पुरुषेर भाइग्यो भालो जे शोमोय मतो मुइ आइया पोड़ेछिलाम। नोइले एतोक्खन दुइडा भबोपारे चोइला जाइतो! कहां था तू बेकार का घुमक्कड़? ऐसी हालत में कोई औरत को अकेले घर में छोड़कर जाता है? गया भी था तो बोलकर क्यों नहीं गया? बुद्धि आएगी कभी या हमेशा गधा बना रहेगा? जानता है औरत की प्रसव पीड़ा मर्दों द्वारा सहन की गई दस पीड़ाओं के बराबर होती है? इससे बड़ी विपदा कोई और है क्या! आसपास कोई घर भी नहीं कि किसी को आवाज़ दी जा सके। तेरी चौदह पुश्तों के भाग अच्छे थे कि मैं समय पर आ गई, नहीं तो अब तक दोनों भवसागर पार कर चुके होते!' गरीब दास ने अपने गमछे में बंधी चावल की पोटली को नीचे उतारकर रख दिया। वह सफाई देता हुआ बोला, 'डेढ़ दो महीने से कोई काम नहीं, क्या खाएंगे हम? घर में दो-तीन दिन से चूल्हा नहीं जला था। मैं भात का जुगाड़ करने गया था। कल तक बिमला ठीक ही थी, तो सोचा जल्दी लौट आऊंगा। कौन जानता था कि पूरा दिन लग जाएगा? अभी वो कैसी है? कोई आवाज़ नहीं आ रही है, ठीक तो है न?'

'हां ठीक है। तुझे बेटा हुआ है, तू बाप बन गया है। तेरी मनोकामना पूरी हुई है आज।' ज़रा-सा रुककर, वह फिर बोली, 'पर मुझे एक साड़ी देनी होगी।'

'ज़रूर दूंगा,' गरीब दास ने वादा किया। 'मेरे बेटे की लंबी उम्र के लिए आशीर्वाद दो खुड़िमां। मैं तुम्हें साड़ी दूंगा।'

'कब देगा?'

'हाथ में कुछ पैसे आने दो।'

'ये तो नहीं कहेगा न, "बेटे को पहले बड़ा होने दो..."। उम्मीद है तू मेहनत मज़दूरी कर ख़रीद कर देगा मुझे।'

'मैं ऐसा नहीं कहूंगा, खुड़िमां। वादा करता हूं ऐसा नहीं कहूंगा।'

'तेरे बाप ने तेरे पैदा होने पर कहा था मुझे साड़ी देगा। साड़ी तो दूर की बात एक चिंदी तक नहीं दी! इतने सालों तक तूने भी नहीं दिया। देखते हैं तू क्या करेगा।'

इस पल गरीब दास के सीने में जमे हुए चिंता के बादल छंट चुके थे। उसके चेहरे पर ख़ुशी की रोशनी झलक रही थी। उस रोशनी में पेट का

चिनचिनाता दर्द दब गया था। उसकी बीवी ठीक थी, बच्चा ठीक था, तो भला वो कैसे ठीक नहीं होता!

अब वह गगन की मां से पूरी बात जानने को उतावला हो उठा। 'तुम कब आईं खुड़िमां? घर में सब ठीक तो हैं न? सुरेन दा के पांव में खजूर का कांटा चुभ गया था, अब उनका पांव कैसा है? क्या गगन अब पिरिचपुर नहीं जाएगा? अच्छा तो कमा रहा था वहां...खाना-पीना और दिन के आख़िर में पांच सिक्के, कम था क्या?'

गगन की मां ने कहा, 'घर में सब ठीक हैं, अब सुरेन घर में ही थोड़ा-थोड़ा चल लेता है। मुकुंद वैद्य की दवाई काम कर रही है। गगन अब काम-काज छोड़कर शादी करने के लिए उछल रहा है। देश की ऐसी हालत है, बचेंगे कि मरेंगे उसी का कोई ठिकाना नहीं है, ऐसे में बेटे की शादी कैसे करूं, बताओ?' कुछ देर रुककर वह फिर बोली, 'मैं दोपहर के बाद ही आई थी। सोचा था तुझसे सलाह करके जल्दी वापस लौट जाऊंगी। पर क्या लौट सकती थी! देखा बहू अकेले कमरे में पड़ी कटी बकरी की तरह दर्द से तिलमिला रही है। ऐसे में उसे अकेला छोड़कर कैसे लौट जाती?'

'खुड़िमां, बातें बाद में होती रहेंगी। अभी तुम जल्दी से यह चावल पका लो। खाना खाने के बाद भी बातें कर सकते हैं।'

'तुझे चावल कहां से मिला?'

'भट्टाचार्य बाबू के घर से लाया हूं।'

'ऐसे ही दे दिया उसने?'

'वो लोग कभी ऐसे ही किसी को कुछ देते हैं? चावल के बदले में सारा दिन मज़दूरी कराई। इसीलिए तो देर हो गई।'

गगन की मां ने फिर जानना चाहा, 'सुना है उनके सभी रिश्तेदार इंडिया चले गए हैं, वो नहीं जा रहे?'

'कौन जाने वो क्या करेंगे। घर-गृहस्थी को देख कर लग तो नहीं रहा है कि वो जाएंगे।'

गगन की मां जो बात कहने आई थी बात उसी दिशा में बढ़ रही थी, फिर भी वह रुक गई। अभी पूरी रात पड़ी थी; काम की बात वो बाद में भी कर सकती थी। लड़का सारा दिन भूखे पेट मज़दूरी करके लौटा था, ऊपर से भूखे

पेट बच्चा जनने के बाद औरत के भी पेट में भूख राक्षस की तरह उपद्रव मचा रही होगी। पहले उनके लिए भात पकाना ज़रूरी था। लेकिन उससे भी ज़रूरी दुनिया में आए नए प्राणी के स्वागत में कुछ रीति-रिवाज का पालन करना था।

उसने कहा, 'गरीब, मैं भात बना रही हूं, तू एक काम कर। देख अगर कहीं से दो-चार बूंदें शहद की मिल जाएं तो।'

'शहद! शहद का क्या करोगी?'

'क्या तुझे कुछ नहीं पता? तुझे कैसे पता होगा, तेरे मां-बाप को भी तो कुछ नहीं पता था,' गगन की मां ने चिड़चिड़ाते हुए कहा। 'तू बाप बना है, बेटे का मुंह नहीं देखेगा? पहली बार उसका चेहरा देखेगा। उसका मुंह मीठा नहीं कराएगा? जब बच्चा दुनिया में आता है तो उसे शहद चटाया जाता है। शहद चटाने से भाषा मधुर और जीवन सुंदर होता है।'

बेहद असहाय गले से गरीब दास बोला, 'इस समय शहद कहां मिलेगा?'

'अब ये मैं कैसे बताऊं,' गगन की मां ने ग़ुस्से में कहा। 'दो-चार दिन पहले ही इंतज़ाम करके रखना चाहिए था। देख क्या कर सकता है। बेटा तेरा है—इससे ज़्यादा मैं क्या कहूं...'

'शहद चटाना ज़रूरी है?'

'हां ज़रूरी है।'

'नहीं चटाया तो क्या होगा?'

गरीब दास की ओर ग़ुस्से से भरी आंखों से देखती हुई गगन की मां बोली, 'ये सब पूर्वजों के बनाए विधान हैं। उन्होंने कहा है, "जन्म के बाद जिसे शहद नहीं चटाया, उसका सारा जीवन कड़वा हो जाता है।" कड़वे जीवन में कोई सुख-शांति नहीं रहती।' कहते-कहते गगन की मां की आवाज़ भारी हो गई, 'बाप होकर एक बूंद शहद के अभाव में बच्चे का जीवन नष्ट मत कर। जा, जैसे भी हो, जहां से भी हो एक बूंद शहद लाकर बेटे के मुंह में डाल।'

गरीब दास की आंखें भर आईं। अपने कठोर जीवन के कष्टों को याद कर उसका सीना फट गया और वह रोने लगा। उसके जन्म पर उसे भी शहद नहीं चटाया गया था। जो कुछ भी उसके मुंह में डाला गया, वो कुछ भी था पर शहद नहीं था। उसके बाप की भी यही हालत थी, इसलिए उसके बेटे को भी शहद नहीं मिलेगा। शहद, वास्तविक शहद की एक बूंद, जो शहद मधुमक्खी के छत्ते में नहीं होता है। वो कहां से ढूंढ़ कर लाए? गरीब दास जैसे लोग नहीं

जानते हैं कि वो कहां मिलता है। उस शहद के अभाव में वे जीवन भर कष्टों के अथाह सागर की गहराइयों में रहेंगे। इन लोगों का जीवन बहुत ही अभिशप्त था। उनके जन्म का अशुभ मुहूर्त मृत्यु तक पीछा नहीं छोड़ेगा। इनके लिए कोई राहत नहीं थी, इस नियति पर कहीं विराम नहीं था।

गरीब दास ने सिसकते हुए पूछा, 'खुड़िमां, रे खुड़िमां, क्या तुमने सुरेन और गगन को शहद चटाया था? अगर चटाया था तो उनका जीवन मधुर क्यों नहीं हुआ? बताओ न खुड़िमां!'

सुरेन उसका बड़ा और गगन छोटा बेटा था। गगन महाजन की नाव खेता था और सुरेन खजूर के पेड़ पर चढ़कर रस निकाल उसे पकाकर गुड़ बनाता था, और फिर हाट में बेचता था। वो भी अपने इस जीवन को मधुर कहने के अधिकारी नहीं थे। यह बात गगन की मां ख़ूब अच्छे से समझती थी, फिर भी वह बड़बड़ाई, 'ज्ञानी लोग कह गए हैं। उनकी बात माननी चाहिए।'

माननी तो चाहिए, लेकिन मानी कैसे जाए? शहद है कहां? कैसे मिलेगा वह मधुपात्र जो जीवन को स्वस्थ सुंदर समृद्ध करता है? एक समय था जब दस गावों में सबसे शक्तिशाली माना जाता था गरीब दास। बैल की तरह काम कर सकता था। किया भी, लेकिन योग्य मूल्य नहीं मिला उसे। तभी तो दो वक़्त पेट भर खाना भी नहीं खा पाया वह। भूखा और अल्पपोषित रहकर, उसकी शक्ति क्षीण होती गई। जितना भी बचा—जिसकी बदौलत वह आज भी एक आम का पेड़ काटने में सक्षम रहा, वो भी इस वक़्त कुछ काम नहीं आ रहा था। जो उसकी इस मेहनत और पसीने का मोल दे सकते थे, उनमें से अधिकांश लोग इस देश को छोड़कर जा चुके थे। नतीजा यह था कि अब गरीब दास के घर में चावल नहीं रहता। जिसके घर में चावल नहीं उसके घर में शहद कैसे हो सकता है!

इसीलिए निम्नवर्ण, निम्नवर्ग, निराहार गरीब दास आज अपने घर आए नए मेहमान को फूलों से बना जादुई अमृत नहीं चटा पा रहा था। नवजात का जीवन कड़वा और बेस्वाद ही रह जाएगा।

'खुड़िमां, रे खुड़िमां रीति-रिवाज छोड़ो! अभी बड़ा अकाल पड़ा है, बहुत खराब समय है। बदन पे कपड़ा नहीं, छप्पर में पुआल नहीं, पेट में अन्न नहीं है। वो सब रीति-रिवाज हमारे लिए नहीं हैं। हमें इनके बिना ही जीना और मरना है।'

बहुत समय पहले की बात है। तब यहां कोई नहीं रहता था। चारों ओर बस पानी ही पानी था। इस अथाह जल प्रवाह के गर्भ में कौन जाने कितने युग-युगांतर से माता बसुमति गहरी निद्रा में मग्न थीं। एक दिन अचानक उनकी नींद खुली। धरती मां ने धीरे-धीरे अपना सिर उठाया और आकाश, चांद, सूरज और तारे देखने लगीं। उनकी देह को धूप लगी। वह अनजान भूमि धीरे-धीरे सूख गई। दलदली भूमि लोगों के रहने योग्य हो गई।

उस समय अनेक रास्तों और जगहों पर भटकने के बाद यायावरों का एक दल, जो शास्त्रों के निर्देशानुसार यायावरवृत्ति को अपनाने के लिए बाध्य हुए थे, मनुष्यों से अज्ञात इस दुर्गम स्थान पर पहुंचा। वे यहां की धरती का रूप और वैभव देखकर मुग्ध हो गए। यहां पशुपालन योग्य घास प्रचुर मात्रा में थी, खेती करने के लिए उपजाऊ भूमि थी। उस ज़मीन पर वे एक मुट्ठी बीज डालते तो बदले में हज़ार गुना ज़्यादा फसल मिलती। चारों ओर जल का कभी न ख़त्म होने वाला भंडार था, जिसमें हाथ डालते ही असंख्य मछलियां मिल जाती थीं। यह सब देखकर उन लोगों ने यायावरवृत्ति त्याग दी और विधान के प्रणेताओं के लिए दुर्गम इस प्रांत में डेरा डाल लिया। वे वहां स्थाई रूप से रहना चाहते थे।

वो दिन बहुत ही सुखद और आनंदपूर्ण थे। पानी में जाल डालते ही असंख्य मछलियां मिल जातीं। तट पर हाथ की पहुंच में भरपूर फल और यदि कोई श्रम करे तो असीमित धान, तिल, पाट और सरसों की खेती की जा सकती थी। जीवन जीने के लिए प्रकृति ने हज़ार तरह के खाद्य पदार्थ दिए थे। उस समय लोगों का जीवन बहुत शांत, निरुद्वेग और निश्चिंत था। पूरे दिन की मेहनत के बाद सांझ को घर लौटकर लोग मिलकर बैठते, कहानियां सुनाते, गाने गाते, हंसी-मज़ाक करते और फिर रात को सुख की गहरी नींद में डूब जाते। क्या उस समय परेशानियां नहीं थीं? निश्चित रूप से थीं—बीमारियां, शोक, प्रकृति का रोष—वो सब कुछ था जो आज भी मौजूद है। बस दूसरे इंसान की मेहनत की कमाई हड़पने का कौशल उस समय नहीं दिखाई देता था। मनुष्य द्वारा मनुष्य को छलने के धूर्त प्रयास नहीं हुआ करते थे। दुनिया के इन सब अवगुणों से यह जगह मुक्त थी।

मनुष्य एक वृक्ष के समान था। जिस तरह वृक्ष की जड़ें मिट्टी की गहराई में जमी होती हैं, वैसे ही मनुष्य की जड़ें उस परिवेश और समाज में जमी थीं जिसमें वह वास करता था। उन जड़ों से जो उसे प्राप्त हुआ वह कृषि, संस्कृति, संस्कार, रीति-रिवाज, धर्माचरण और कई तरह के औपचारिक रिवाज थे। श्रमजीवन केंद्रित ये सब लोग सहज, सरल, अतिथि वत्सल थे और दूसरों के दुखों के प्रति भी संवेदनशील थे। इनके समाज में जैसे कोई धनवान नहीं था वैसे ही कोई बहुत दरिद्र भी नहीं था। कोई चोर, उचक्का, दग़ाबाज़, धर्म व्यवसायी या भिखारी नहीं था। कोई दलाल, वेश्या, जुआरी या शराबी नहीं था। लोग तब बहुत ही अच्छे थे; सुखी थे। उन्होंने बहुत प्यार से इस अंचल का नाम रखा था *पथेर शेष*, चूंकि जगह-जगह घूमने के बाद यहां आकर उनकी यात्रा समाप्त हुई थी।

परंतु ज़्यादा दिनों तक यहां की ख़बर बाहरी जगत के लोगों से छुपी न रह सकी। इस सुजला, सुफला, रत्नगर्भा भूमि के बारे में पता चलते ही धीरे-धीरे एक-दो करके लोगों का आना शुरू हो गया। फलस्वरूप सौ-डेढ़ सौ साल के अंदर ही जनहीन यह प्रांत एक भरी-पूरी इंसानी बस्ती में बदल गया। जो लोग आए वे सभी खेती या पशुपालन नहीं करते थे। इनमें से कोई बढ़ई, कोई लोहार, कोई धोबी तो कोई नाई था। और अंत में व्यापारी, व्यवसायी, महाजन और बिचौलिए, और ब्राह्मण, पुरोहित तथा धर्म व्यवसायियों के दल भी आ गए।

ये सभी लोग बहुत चालाक थे, और इसी के चलते संतों, राजाओं और राज्यकर्मचारियों के साथ प्रत्यक्ष या परोक्ष रूप से संपर्क होने की वजह से इनकी क्षमता भी असीम थी। इन लोगों ने रोज़ नए कौशल अपना कर पुराने बाशिंदो को हाशिए पर धकेलकर उनकी ज़मीन, जगह, खेती और संपदा पर क़ब्ज़ा कर लिया। कुछ ही पीढ़ियों के गुज़रने के बाद एक दिन इन बाशिंदों ने पाया कि उनके हाथ में अब कुछ नहीं बचा था। बाहर से आए लोगों ने सब कुछ हथिया लिया था। वे सब भूमिहीन हो चुके थे और उनके लिए शारीरिक श्रम के अलावा अपनी भूख मिटाने का कोई रास्ता नहीं था। उनकी अपनी ज़मीन जो उनके भोजन का स्रोत थी, जिसको वो मां की तरह प्यार करते थे, अब उनकी मां नहीं रही थी। उन ज़मीनों पर पसीना बहाकर फसल उगाकर उन्हें दूसरों के भंडार में भरकर आना पड़ता था। जिसके बदले में उपेक्षा और

अपमान के साथ नाम मात्र पारिश्रमिक दिया जाता था। जिससे न ही मन भरता है और न ही पेट।

उन मूल निवासियों का वंशज, वर्तमान पीढ़ी का श्री गरीब चंद्र दास था। पिता का नाम: हर कुमार दास। पता: पथेर शेष। आज भी गरीब दास को अच्छे से याद है, सालों पहले जब वह लगभग पांच या छह साल का था, तब उनके पास थोड़ी-सी खेती की ज़मीन थी। साल में दो बार धान की खेती होती थी। जो धान उगता था, उससे सालभर का भोजन जुट जाता था। अंग्रेज़ सरकार ने क़ब्ज़े के दस्तावेज़ पर सीलमोहर लगाकर दिया था। हर साल नायब उस ज़मीन पर कर भी वसूलता था। वो ज़मीन अब राय महाशय के क़ब्ज़े में चली गई थी। काला कोट पहने वकील ने कोर्ट में खड़े होकर तमाम तथ्य प्रमाण के काग़ज़ात देकर साबित कर दिया कि उस ज़मीन को हर कुमार ने दो साल पहले ही राय महाशय को बेच दिया था और दो साल से वह अवैध तरीक़े से उस ज़मीन पर खेती कर रहा था।

अब गरीब दास के पास बस शारीरिक श्रम करने का ही आसरा था। जब तक राय महाशय इस देश में थे, साल में कुछ महीने गरीब दास को इस ज़मीन पर मज़दूरी करने को मिल जाता था। इस प्रांत के उन जैसे संपन्न लोग देश छोड़कर इंडिया चले गए, जिससे उसका वो काम भी चला गया। उसके पांच भाई स्वाधीन रूप से बारह महीने नदी, नाले, पोखरों में मछली पकड़ते थे क्योंकि मज़दूरी से जो पैसे मिलते थे उससे गृहस्थी नहीं चलती थी। उससे मछली पकड़ना ज़्यादा फ़ायदेमंद था। वे गरीब दास से ज़्यादा बेहतर थे। उनके घर में कम से कम एक वक़्त तो चूल्हा जलता था। वो भी शाम को। रात के खाने के बाद जो बचता था उसमें पानी डाल कर रख देते थे, जिसे वह अगले दिन सुबह खाया करते थे।

मछली पकड़ने के लिए एक तरह के सांचेदार जाल की ज़रूरत पड़ती है। कुछ साल पहले गरीब दास का वो जाल चोरी हो गया और फिर वह उसे दोबारा बना नहीं पाया। उसे बनाने में कम से कम पांच रुपए का धागा और बुनाई के लिए डेढ़ महीने का वक़्त लगता। गरीब दास के पास न पैसा था न ही वक़्त, इसलिए उसके परिवार को भारी अभाव का सामना करना पड़ा, जिससे वह किसी तरह मुक्त नहीं हो पा रहा था। ऐसा लग रहा था जैसे अभाव नाम के एक ऑक्टोपस ने अपनी आठों विषैली भुजाएं फैलाकर उसे जकड़ रखा हो। और अब इस बेहद गरीब परिवार में एक और पेट बढ़ गया था। जन्म यहां

किसी आनंद या उत्सव का विषय नहीं था। बल्कि यह एक बोझ था, परेशानी थी, और चिंता का कारण था। उसी चिंता की वजह से गरीब दास संकट में था: क्या होगा? कैसे वंश के इस दीपक को बचाए रखा जाए?

गरीब दास की यह पहली संतान वो थी जिसका जन्म वाक्य सिद्ध मतुआचार्य हीरामन गोसाईं के आशीर्वाद से हुआ था। वह गोसाईं, जिन्होंने कहा था कि यह बच्चा तेरे वंश का नाम रोशन करेगा। देखना तेरे सारे अभाव मिट जाएंगे। टिन की छत वाला बड़ा-सा घर होगा, बाईस गज लंबा जाल और बड़ी नाव। सबकुछ होगा तेरे पास।

हां, सबकुछ होगा उसके पास। यह लड़का बनाएगा सबकुछ जब वह बड़ा होकर मेहनत करके रोज़गार करना सीखेगा। तब तक, बस कुछ सालों तक, उस नन्ही-सी जान को तूफ़ानी रात में जलते दीपक की तरह बचाए रखना होगा। निम्न वर्ग के हर इंसान के मन में यही आशा रहती थी। आशा का यह वृक्ष हर व्यक्ति के मन में फलता-फूलता था—जो मैं न कर सका, वो मेरा बेटा करेगा। वो ही लाकर देगा सुख, समृद्धि और संपूर्णता। जिस संपूर्णता के सपने को उसके दादा और पिता ने देखा था और अब वह देख रहा था—उसका बेटा भी देखेगा और पोता भी। जन्म के समय से—जन्म लेने के अपराध के फलस्वरूप—इनकी सारी संपूर्णता हमेशा के लिए अधूरी रह जाएगी। किसी को भी जन्म के इस अभिशाप से मुक्ति नहीं मिलेगी।

एक बार गरीब दास के पिता हर कुमार दास निरोजपुर हाट जा रहे थे। उन्होंने पेड़ के कुछ नारियल और सुपारी बेचे और नमक, तंबाकू, तेल और मसाले ख़रीदे। इस हाट में बड़े-बड़े थोक व्यापारी थे, जो बड़ी-बड़ी नावों में माल भरकर खुलना, जशोर और ढाका भेजते थे। गंगा में नाव पर जाते-जाते हर कुमार दास की नज़र घाट पर नहाती आठ साल की एक बच्ची पर पड़ी। आह! लड़की नहीं साक्षात मां लक्ष्मी दिख रही थी। जैसे नैन-नक़्श वैसे ही सुंदर बाल थे। उसके बालों को देखकर ही हर कुमार दास मुग्ध हो गए। उन्हें लगा मानो सिर पर काले बादलों से लदा आसमान लिए खड़ी है वो गोरी-चिट्टी लड़की। हर कुमार दास अपनी नौका घाट पर लगाकर उतर गए। उन्होंने लड़की के बारे में खोज ख़बर ली। उसका नाम बिमला था। उसकी मां बचपन में ही विधवा हो गई थी और बिमला उसकी एकलौती बेटी थी। जात और गोत्र भी मिल गए। कुछ दिनों बाद ही हर कुमार दास एक शुभ दिन पर एक कौड़ी

और एक रुपया पण का देकर, अपने तीसरे बेटे गरीब दास के साथ ब्याह कर, उसे अपनी बहू बनाकर ले आए।

तब गरीब दास सोलह पार कर सत्रहवें साल में था। चौड़ी छाती का गबरू जवान। उसकी बीवी उससे आधी उम्र की थी, उम्र में ही नहीं क़द में भी। गरीब अगर खड़ा हो तो बिमला उसकी कमर से ज़रा-सी ऊंची रहती। ये देख कर गांव की सारी बूढ़ी औरतें अपनी हंसी नहीं रोक पाती थीं, 'कितनी सुंदर जोड़ी है, जैसे शिव और पार्वती!'

समय के साथ वह लड़की युवती हो गई। सभी छह भाइयों की शादी हो चुकी थी; उनमें से कुछ के बच्चे भी थे। भाई-भाई एक घर में कितने दिन? जितने दिन उनकी ज़िंदगी में किसी अन्य का प्रवेश न हो। छह परिवारों से आई, छह प्रकार के परिवेश में पली-बढ़ी, छह तरह की मानसिकता की, छह लड़कियों का एक साथ मिल-जुल कर रहना लगभग असंभव था। तभी एक दिन सबने अपना-अपना चूल्हा-चौका अलग कर अपनी अलग गृहस्थी बसा ली। इस मोहल्ले के चालीस परिवारों में हर कुमार दास ही थोड़ा संपन्न था। उसके चौके में मिट्टी के नहीं अल्यूमीनियम के बर्तन इस्तेमाल होते थे। उसकी बीवी की नाक की नथ और कान के बुंदे सोने के थे। वह अपनी नथ हिलाती हुई पीतल की कलसी में घाट से पानी लाया करती थी। हर कुमार ने अपना सबकुछ छह बराबर भागों में बांट दिया। गरीब के भाग में आया—मछली पकड़ने का एक जोड़ी जाल, तेरह बतखें और दस सेर के क़रीब धान। तय हुआ कि हर कुमार की पत्नी छोटे बेटे उपेन के पास स्थाई रूप से रहेगी। और हर कुमार का कोई बंधा घर नहीं होगा; वह अपनी मर्ज़ी से किसी के भी साथ रहेगा।

सबके अलग हो जाने के बाद गरीब दास अपना घर बनाकर पत्नी के साथ गांव के पूर्व की ओर खुले निर्जन स्थान पर आ गया। वह बतख, मुर्गी, गाय, बकरी, सूअर पालना चाहता था जिसके लिए खुली जगह होना ज़रूरी था। लेकिन उसकी वो इच्छा कभी पूरी नहीं होने वाली थी। इच्छा की पूर्ती के लिए जिस पूंजी की उसे ज़रूरत थी, उसी का अभाव था।

तब बिमला की शादी को सात-आठ साल हो चुके थे। उसके मन में थोड़ा-थोड़ा दुख पनपने लगा था। कहा जाने लगा था कि उसका शारीरिक गठन बांझ औरतों का-सा है। यात्रा पर जाने या किसी काम के शुभारंभ पर जिसके मुंह का दर्शन कोई नहीं करना चाहता था। औरतों में इस बात को

लेकर कानाफूसी शुरू हो गई थी। मन ही मन शायद गरीब को भी यही शंका होने लगी थी। तभी बिमला गर्भवती हो गई और कोई विपत्ति या बाधा भी नहीं आई। गरीब दास की पहली संतान का आराम से जन्म हो गया। हिसाब से आज उसके ख़ुशी से झूमने का दिन था। लेकिन गरीब दास ऐसा नहीं कर पा रहा था। पेट की अंतड़ियां अजगर की तरह भूख से बल खा रही थीं। रह-रह कर चिनचिनाता दर्द हो रहा था। बात करते हुए आधी बातें गले से नहीं बल्कि कान से निकल रही थीं। आंखों के आगे चिंगारियां उड़ रही थीं। इस हालत में मन में सुख और आराम कैसे होता? बस एक ही चिंता गर्दन दबोचे हुए थी, किस तरह वह बच्चे को बचा कर रख पाएगा? कैसा होगा उसका भविष्य?

'*कोइ कि कोरबी?* क्या करेगा तू?' गगन की मां की आवाज़ सुनाई दी।

'क्या करूंगा? कुछ करने को है ही नहीं। जो इसके भाग्य में है वही होगा। मैं अब और क्या कहूं।'

गगन की मां ने गरीब का मुंह देखा। उस चेहरे पर रात का अंधकार था। रोशनी थी, जो उसके सिर के ऊपर छाए कदम के पेड़ की पत्तियों पर पड़ रही थी। वो रोशनी जुगनुओं की थी, जो जलती और फिर बुझ जाती थी। इसके अलावा और कहीं कोई रोशनी नहीं थी। सिर्फ़ गहन, अभेद्य अंधकार। ये काली रात ही जैसे जीवन का प्रतिबिंब थी।

काफ़ी देर तक उस कदम के पेड़ के नीचे चुपचाप खड़े रहने के बाद, थोड़ा हिचकते हुए गरीब अपनी झुकी हुई झोंपड़ी की ओर बढ़ा। जहां खाना बनता था, उस ओर बरामदे के एक कोने में सोई हुई बिमला का चेहरा देखने की उसने कोशिश की। चेहरा दिख नहीं रहा था। गहरे अंधेरे ने बिमला और उसके नवजात शिशु को लील लिया था। बच्चा चुप था। वह अब रो नहीं रहा था। शायद उसे समझ में आ गया था कि रोने से कोई लाभ नहीं। इस समय, समाज के लोग उसके रोने को कोई महत्व नहीं देंगे। दुनिया में आज आंसू सबसे फालतू, सस्ती और प्रभावहीन चीज़ हैं। तभी वह सो रहा था।

लेकिन बिमला जगी हुई थी। उसकी पीड़ा से कातर कराह से समझ में आ रहा था कि वह ज़िंदा है। उसकी दाहिनी ओर मच्छर भगाने के लिए एक मिट्टी के तसले में भूसे की सुलगती आग से धुआं उठ रहा था। थोड़ी देर खड़े रहने के बाद उसने बिमला को पुकारा, 'हां, सुनती हो, मैं आ गया हूं। चावल लेने गया था। मिल गया है। बस थोड़ी देर में तुम्हें भात दूंगा।' इस

समय उसके पास इससे बड़ी कोई और ख़बर नहीं थी देने को। इसके बाद गरीब दास बरामदे में आ गया। उसने देखा आसमान में बादल घिर रहे थे। लगता था जल्दी ही बारिश और तूफ़ान आने वाला था। मानो जिस घनी-काली रात ने बिमला और उसके नवजात शिशु को घेरा हुआ था, वह कोई बिना सिर वाला, भयानक, मायावी राक्षस हो। ऐसी रात जिसका दया, धर्म, स्नेह, ममता से कोई वास्ता नहीं था।

तब तक गगन की मां ने बरामदे के दूसरे कोने में चूल्हा जला भात की हांडी चढ़ा दी। वह बरसात शुरू होने से पहले ही भात पका लेना चाहती थी। उसकी अनुभवी आंखें समझ गई थीं कि आज के घने बादल शांत नहीं होने वाले। चावल जल्दी ही पक गए, बस दो मुट्ठी भात पकने में कितना समय लगता है। उसने केले के पत्ते में थोड़ा-सा मांड़-भात बिमला को परोस कर दिया, थोड़ा ख़ुद लिया और बाक़ी सारा गरीब दास को दे दिया। अब और किसी ओर देखने की फ़ुर्सत नहीं थी। अंधेरे में बैठा गरीब भात के ढेर में फूंक मारता हुआ मुट्ठी भर-भर कर भात मुंह में भर रहा था।

पेट की आग बुझाने के बाद जब गरीब दास बरामदे के एक कोने में गमछा बिछाकर लेटा तब गगन की मां को वो ज़रूरी बात कहने का अवसर मिल गया जिसे कहने वह दोपहर को उसके घर आई थी। 'ओ गरीब, सब कहते हैं कि हम इस देश में और नहीं रह पाएंगे। एक-एक करके मेरे सभी नाते-रिश्तेदार इंडिया जा रहे हैं। सुना है फिर से दंगा होनेवाला है। सुबल और राधाकांत ने ठीक किया है कि अगले महीने वे रवाना हो जाएंगे। गगन ने कहा, "मां तुम एक बार गरीब दास से बात करो। हम भी वही करेंगे जो वो करेंगे।"'

गरीब दास के चार भाई तो उस पार बंगाल जा चुके थे। बस वह और उसका छोटा भाई शशिकांत ही रह गए थे। शशिकांत अड़ा हुआ था, 'मैं नहीं जाऊंगा। मरना होगा तो मरूंगा, बचना होगा तो बचूंगा, लेकिन रहूंगा इसी देश में। कह देने से ही क्या यह देश हमारा नहीं है! जिस देश में बाप, दादा, चौदह पुश्तें पैदा हुईं, अगर वो देश हमारा नहीं है तो कोई और देश हमारा नहीं हो सकता।' शशिकांत का साहस देखकर गरीब के मन को बल मिलता था। लेकिन फिर चारों ओर भयभीत लोगों को देखकर वही बल छेद हुए गुब्बारे की तरह फुस हो जाता।

गरीब बोला, 'मैंने अभी कुछ नहीं सोचा। सोच रहा हूं कल-परसों जाकर मजीद और मामूद से बात करूंगा। हैं तो वो मुसलमान ही, लेकिन मेरे भाई

हैं। एक ही खानदान के हैं हम। वो जो कहेंगे वही करूंगा। अगर कहेंगे चला जा, तो फिर नहीं रुकूंगा।'

'तू उनसे बात करके मुझे ख़बर करना।'

'हां, ठीक है।'

इतनी देर में बारिश और तूफ़ानी हवाएं शुरू हो गईं। अब बरामदे में बैठे रहना मुश्किल था। गरीब अपना गमछा उठाकर अंदर चल दिया। जैसे दुनिया की तमाम विपदाओं, समस्याओं से ख़ुद को अलग कर किसी अंधेरे कोने में छुपना चाहता हो। गगन की मां ने बिमला को हिम्मत-सांत्वना देने के लिए उसके पास जाने की सोची। गरीब उस अंधकार में ऐसे खड़ा था जैसे अपने ही सामने खड़े होकर अपने आप से ही प्रश्न कर रहा हो कि ऐसा क्यों हो रहा है? क्यों चीज़ें उस तरह नहीं होतीं जिस तरह होनी चाहिए? उसे इसका उत्तर नहीं पता था। वह कुछ नहीं समझ पा रहा था। नि:सहाय, निर्धन, निम्नवर्ग के उस जैसे लाखों लोग जिनके पास ज़मीन, जायदाद, धन, संपदा के नाम पर कुछ भी नहीं, जिन्हें शरीर का पसीना बहाकर मुश्किल से दो वक़्त पेट भरने के लिए मुट्ठीभर अन्न मिल पाता था, वे लोग क्यों ठीक उन्हीं के जैसे दूसरे समुदाय के लोगों के आक्रोश का शिकार बन गए? वे कैसे इतने घातक रूप से हिंसक बन गए?

3

नंदू गोसाईं

गरीब चंद्र दास के पूर्वज जिस विश्वास, आदर्श, संस्कार, संस्कृति और लोकाचार की गोद में पले-बढ़े थे उनमें न द्वेष था न ईर्ष्या। जो था वह बस श्रमजीवन केंद्रित भूमिपुत्रों का मानवीय आवेदन। वह समाज ज़िंदा रहो और रहने दो के सिद्धांत पर चलने वाला था। इस समाज में लोगों का जीवन तब तक शांत रहा जब तक बाहरी लोगों के विचारों ने—जो श्रमिक जीवन को तुच्छ समझते थे—उनकी संस्कृति में घुसपैठ नहीं की थी।

ग्राम बंगाल का एक दूरस्थ अंचल जो कि चारों ओर पानी से घिरा हुआ था, जहां निम्नवर्ग के इस समुदाय को हिंदू धर्मग्रंथों में अछूत और अस्पृश्य घोषित किया हुआ था, उनके द्वारा स्थापित जनपद में तब ऊंच-नीच का भेदभाव नहीं था। न चोर थे, न वेश्याएं, न भिखारी और न ही कोई धनी या निर्धन। उच्चवर्ग के लोगों, विशेषकर पुरोहितों के आने के बाद ही इन सबका भी आगमन हुआ। उन्होंने ही मनुष्यों को दास बनने के लिए बाध्य किया, उन्हें चोर, तस्कर, भिखारी और वेश्या बनाया। इन्हीं की वजह से रक्तचाप, हृदयरोग और गोनोरिया जैसी भयानक बीमारियां आईं। ये ही थे जिन्होंने सबसे पहले लोगों पर अपने जन्म के अपराध की धारणा, और छुआछूत तथा अछूत होने की धारणा थोपी। जिस पर किसी व्यक्ति का कोई नियंत्रण या क्षमता नहीं थी। इनके विधान के अनुसार एक श्रेणी के मनुष्यों को अपमान और घृणा की आग में निरंतर जलते रहना होगा—तुम नीची जात के हो, अछूत हो, अशुद्ध हो और अपवित्र हो।

प्यार, प्यार को जन्म देता है और घृणा, घृणा को। जिसके अशुभ नतीजे का नाम था वर्णविद्वेष। यदि वे हमें अमानुष समझते हैं तो हम उन्हें मनुष्य क्यों समझें! यदि वो हमारे प्रति कोई दया, दायित्व या कर्तव्य नहीं रखते, तो हम क्यों ऐसा उनके प्रति रखें! वे यदि हमारे जीवन को कोई मूल्य नहीं देते, सम्मान नहीं करते तो *हम* भला क्यों करें!

एक बार गरीब दास अपने गांव के कुछ लोगों के साथ उत्तर दिशा में लकड़ी काटने के काम पर गया था। उसको बाघाई कराती अपने साथ लेकर गया था, जिसके पास अपनी ख़ुद की एक आरी थी। पूरे एक महीने वहां पेड़ों को चीरकर तख़्त बनाने का काम चला। चूंकि लकड़ी के काम के विषय में गरीब को ज़्यादा अनुभव नहीं था, इसलिए उसकी मज़दूरी दूसरों के बनिस्बत थोड़ी कम थी और उसका काम भी थोड़ा अलग था। सबके लिए खाना बनाना, तंबाकू सजाना वगैरह। तब उसकी शादी नहीं हुई थी और उसे घूमने का शौक़ भी था, इसलिए कम मजूरी और कम काम करने में उसे कोई हर्ज नहीं था।

उस दिन काम ख़त्म होने के बाद गरीब दास और उसके तीन साथी घूमते-घूमते नदी के किनारे नंदू गोसाईं के आश्रम चले गए। गोसाईं मां-बाप की मृत्यु के बाद बचपन में ही किसी साधु के शिष्य बनकर मथुरा चले गए थे। कई साल उनके साथ रहने के बाद, थोड़ा बड़े हो जाने पर उन्होंने अपने देश लौट कर आश्रम बना लिया। वो संसारत्यागी नहीं थे, वो शादीशुदा थे, गृहस्थ थे और फिर भी संन्यासी थे, जो कहा करते थे: हाथ में काम, मुंह में नाम इसी में है जीवन का कल्याण। वे बहुत से देश घूम चुके थे, कई लोगों के साथ रहे इसलिए वे ज्ञानी थे। गरीब और उसके तीनों साथियों के मन में एक ही प्रश्न था, जो उनकी अंतरात्मा को कुरेदता रहता था, 'ब्राह्मण और कायस्थ हमें चंडाल क्यों कहते हैं, हमसे घृणा क्यों करते हैं?

मनुष्य होकर मनुष्यों के समाज में हमारी ऐसी दुर्गति क्यों है? गोसाईं की एक छोटी-सी खेती की ज़मीन थी। अपनी पत्नी, बेटे और बेटी के साथ वह उस ज़मीन पर खेती करते और थोड़ा-बहुत, होमियोपैथी की दवाइयां देते थे। इसी से उनका गुज़ारा चलता था। जब गरीब और उसके साथी वहां पहुंचे, तो देखा कुछ लोग वहां पहले से ही मौजूद थे। वे लोग लिपे-पुते साफ़ आंगन में चटाई बिछाकर बैठे हुए थे और गोसाईं उन्हें एक अद्‌भुत वाहन के बारे में बता रहे थे जिसका नाम था, रेलगाड़ी। उस विशाल वाहन के मुंह से धुआं

निकलता था और हज़ार लोग उसमें एक साथ बैठ सकते थे। उससे भी बड़ी बात यह थी कि वो दो लोहे की पटरियों पर घोड़े से भी तेज़ दौड़ती थी पर कभी उलटती नहीं थी।

गरीब दास, बाघाई कराती, श्यामा चरण किर्तनिया और विपद बाला को देखकर नंदू गोसाईं को काफी अच्छा लगा। बहुत अपनेपन से उनका स्वागत करते हुए, जैसे न जाने कितने दिनों से उन्हें जानते हों, वे बोले, 'आप भक्तगण आए हैं, आप लोगों के श्रीचरणों की कृपा से मेरा ज्ञान और भी शुद्ध होगा। बैठें, सभी जल ग्रहण करें।'

हर कुमार के पिता ने हर कुमार को कहा था और फिर हर कुमार ने गरीब दास को कहा, 'जो मनुष्य सज्जन होता है, उसे देखकर ही पता चल जाता है। सज्जन व्यक्ति के घर बैठने का आसन, तालपत्र के पंखे की हवा, प्यास मिटाने के लिए जल एवं मधुर वचनों की कभी कमी नहीं होती।' नंदू गोसाईं के आंगन में शाम से ही खजूर के पत्तों की चटाई बिछी होती थी। राह चलते या नदी में नाव या डोंगी खेकर आने-जाने वाले लोग वहां आकर थोड़ी देर सुस्ताकर, दो-चार बातें करके या सुनकर चले जाते थे। यह चारों भी वहीं चटाई पर बैठ गए। एक व्यक्ति हुक्का पी रहा था, उसने कश खींचकर उनकी तरफ हुक्का बढ़ाकर कहा, 'लीजिए महाशय, तंबाकू का आनंद लीजिए।'

नंदू गोसाईं ने पूछा, 'आप लोग कहां से आए हैं? पहले तो कभी आपके दर्शन नहीं हुए।'

वे कहां से हैं और यहां वे किस काम से आए हैं, संक्षेप में सबकुछ बताकर बाघाई कराती ने अंत में वह जटिल प्रश्न पूछा जो उसे परेशान करता था, 'गोसाईं आपने बहुत देशों का भ्रमण किया है, बड़े-बड़े ज्ञानी और गुणी जनों की बातें सुनी हैं, मैं आपसे एक प्रश्न पूछना चाहता हूं। मैंने अपने बाप-दादा से सुना है कि हम नमःशूद्र हैं। हम तो यही जानते हैं कि हम कश्यप मुनि के वंशज हैं, तभी हमारा गोत्र कश्यप है। तो फिर ये ब्राह्मण और कायस्थ हमें "चंडाल" क्यों बुलाते हैं? और हमारे साथ भला इतना अमानुषिक व्यवहार क्यों करते हैं?'

थोड़ी देर चुप रहने के बाद नंदू गोसाईं ने कहा, 'आप लोग बड़ी आशा लेकर मेरे पास आए हैं। पता नहीं आपने किन से सुना है, वैसे मैं भी कोई महापंडित नहीं हूं। किसी पुराण या शास्त्र का भी पाठ नहीं किया है, लेकिन कुछ लोगों से मैंने थोड़ा ज्ञान अवश्य अर्जित किया है। आप लोग जो जानना

चाहते हैं उसका उत्तर मुझे नहीं पता है, यह मैं नहीं कहूंगा। यह प्रश्न तो मेरा भी है। क्यों वे लोग हमें "चंडाल" कहते हैं? लेकिन जो कुछ भी मैंने लोगों के मुंह से सुना है वो मैं बता सकता हूं। वैसे वो बातें कितनी सच्ची हैं और कितनी झूठी, ये मैं नहीं बता सकता।'

'वही बताइए, हम सुनेंगे।' श्यामा चरण ने कहा।

नंदू गोसाईं ने बोलना शुरू किया, 'हमारी ये पृथ्वी, सभी जीव-जंतु, वनस्पति, नदी-नाले, मनुष्य, गाय, कीट-पतंगे—इन सबका निर्माण जिसने किया है, वह ब्रह्मा हैं। उन ब्रह्मा के एक सुपुत्र का नाम था मारीच। मारीच के पुत्र थे महामुनि कश्यप और कश्यप के बेटे का नाम था नमस। इन नमस मुनि के वंशज हैं नम:शूद्र।'

'गोसाईं हम सुनते हैं, सुनते क्या देखते भी हैं कि ब्राह्मण का बेटा ब्राह्मण होता है। हम जब नमस मुनि के वंशज हैं, तो फिर हम ब्राह्मण न होकर शूद्र क्यों हैं?' विपद बाला ने पूछा। यह एक ऐसी बात थी जिस पर उसने बहुत सोचा था। 'क्यों ऊंची जाति के लोग हमें कुत्ते के समान समझते हैं? क्यों वे हमसे घृणा करते हैं?'

थोड़ा खांसने के बाद चांद की रोशनी में जितना नज़र आया, वहां उपस्थित सभी की आंख-मुंह का मुआयना कर नंदू गोसाईं ने कहा, 'वो बड़ी लंबी कहानी है।'

'बताइए न, हम तो आपको सुनने ही आए हैं।'

ब्रह्मा के एक मानसपुत्र का नाम था रुचि। रुचि की पुत्री का नाम था सुलोचना। जब नमस मुनि बड़े हुए तो उनका विवाह सुलोचना से हुआ। उसके बाद नमस मुनि के वीर्य से सुलोचना के गर्भ से दो संतानों का जन्म हुआ। दोनों ही पुत्र थे। एक का नाम उरुवान और दूसरे का नाम कीर्तिवान रखा गया। धीरे-धीरे दोनों पुत्र बड़े होने लगे। एक दिन नमस मुनि उन्हें छोड़कर जंगल में तपस्या करने चले गए। वह अपने जप-तप में इतने मगन हो गए कि उन्हें दिन, महीने, सालों का हिसाब न रहा। जब नमस मुनि अपनी तपस्या ख़त्म कर घर लौटे, तब तक पंद्रह साल बीत चुके थे। यही कारण था जो सर्वनाश की ओर ले गया...'

भूतग्रस्त लोगों की तरह बाघाई कराती, गरीब दास और बाक़ी लोग अंधेरे में अपलक नंदू गोसाईं के चेहरे को देख रहे थे। उनकी हर बात मनोयोग

से सुन रहे थे, ताकि एक भी शब्द छूट न जाए। थोड़ी देर पहले न जाने कौन हाथ में हुक्का पकड़ा गया था। कश न खींचने के कारण उसकी आग बुझ चुकी थी। पर उनके मन में एक आग जल रही थी। जाति की उत्पत्ति के इतिहास ने उन्हें उत्तेजित कर दिया था।

'शास्त्र कहते हैं हर मनुष्य जन्म से शूद्र ही है। जब उसका उपनयन होता है—उपनयन का मतलब समझते हो? गले में जनेऊ धारण करना; तब जाकर वह द्विज होता है, उसके बाद जब वह विस्तृत ज्ञान प्राप्त करता है तब वह विप्र होता है, फिर पर्याप्त ज्ञान प्राप्त होने पर वह ब्राह्मण बनता है। ब्राह्मण होने के ये चार स्तर और सीढ़ियां हैं। तब के दिनों में ब्राह्मण के घर जन्म लेने से ही कोई ब्राह्मण नहीं हो जाता था। ब्राह्मण समाज के सामने प्रमाण देना होता था कि उसके अंदर नौ गुण हैं। तब उसे ब्राह्मण के रूप में मान्यता दी जाती थी।'

चटाई पर बैठे लोग बिल्कुल शांत थे। जिस विषय को लेकर गोसाईं बात कर रहे थे उस विषय पर कुछ कहने लायक़ शिक्षा या ज्ञान उनमें से किसी के पास भी नहीं था। गोसाईं जो कह रहे थे, सही या ग़लत जो भी हो, बस सुनते रहना था।

'तो ब्राह्मणत्व की ओर अग्रसर होने के लिए पहली सीढ़ी है "उपनयन", शास्त्रों के अनुसार इसे चौदह वर्ष की आयु तक करना होता है। यदि आयु पार हो जाए तो उपनयन नहीं हो सकता। नमस मुनि समय पर वापस नहीं आ पाए इसलिए उनके पुत्रों का उपनयन नहीं हो सका। वे शूद्र रह गए। चूंकि वे नमस मुनि के बेटे थे इसलिए ब्रह्मा ने उन्हें वर दिया, शूद्र होने पर भी उस वंश के सभी नमष्य होंगे। सारे मंत्रों से पहले उच्चारित होगा नमः नाम। उसी वंश के लोग आज नमःशूद्र नाम से जाने जाते हैं।'

बाघाई कराती ने कहा, 'अगर इतना ही गौरवशाली हमारा अतीत है तो फिर आज हमारी इतनी दुर्दशा क्यों है? किसी नमःशूद्र के चूतड़ पर कपड़ा नहीं, पेट में भात नहीं, झोंपड़ी के छप्पर पर पुआल नहीं, बीमारी में दवा नहीं। सिर्फ़ नहीं! नहीं! नहीं!—शिक्षा नहीं, दीक्षा नहीं, मान नहीं, सम्मान नहीं!'

'वो एक घोर षड्यंत्र के कारण है।'

'किसका रचा षड्यंत्र?'

'और किसका, ब्राह्मणों का! ब्राह्मणों के छल-कौशल के कारण ही नमः शूद्रों की ऐसी दीन-हीन अवस्था है। वह पाल साम्राज्य, जो बौद्ध धर्म का

अनुसरण करता था और सेन साम्राज्य के बीच के समय की बात है। इतिहास में इन दोनों राजवंशों का बहुत नाम था। पाल राज समाप्त होने और सेन राज शुरू होने से पहले बहुत थोड़े समय के लिए बंगाल का शासन भार सुर वंश के हाथों आया था। मैं पक्के तौर पर नहीं कह सकता कि उन्होंने पूरे बंगाल पर राज किया या सिर्फ़ कुछेक ज़िले ही उनके अधीन थे। सुर वंश बौद्ध धर्म का पालन करता था। उनके प्रचार और उत्साह से पूरे बंग देश में तब बौद्ध धर्म छा गया था। बौद्ध धर्म के लोग मूर्ति पूजा नहीं करते हैं। जीव हत्या को पाप मानते हैं। वे नास्तिक थे। पाल साम्राज्य के पतन के बाद भी लोगों के मन में बौद्ध धर्म के प्रति लगाव बिल्कुल कम नहीं हुआ था, बल्कि दिन ब दिन बढ़ रहा था। जैसे समूचे देश में एक लहर दौड़ गई थी।

'लेकिन राजा आदिसुर सनातन धर्म के प्रबल भक्त थे। राजा बनने के बाद वे बौद्ध धर्म का गतिरोध कर सनातन धर्म को फिर से अपनी महिमा पर पहुंचाने में जुट गए। इसी कामना में उन्होंने देश में एक महायज्ञ करने का संकल्प लिया। लेकिन बस संकल्प लेने से ही तो काम नहीं होता है न! उसे सफल बनाने के लिए वैदिक ब्राह्मणों की आवश्यकता होती है। बंगाल में तब ऐसे ब्राह्मण कहां थे! बौद्ध धर्म में कोई पूजा-पाठ नहीं था। पूरे देश में अधिकांश लोग तब पूजा-पाठ नहीं किया करते थे। पूजा-पाठ से जब जीवन चलाना मुश्किल हो गया तब ब्राह्मण दूसरे कामों में लग गए। जो दूसरा कोई और काम नहीं कर पाए वो लाचारी से इसी में पड़े रहे, लेकिन उनमें पहले जैसी भक्ति-निष्ठा नहीं थी। वेद पुराणों का पाठ सब छूट गया था।

'तो फिर अब क्या किया जाता? किस तरह सनातन धर्म का पुनरुत्थान महायज्ञ संपन्न होता? अंत में खोज-बीन के बाद आदिसुर को पता चला कि कान्यकुब्ज यानी कन्नौज राज्य में कुछ ऐसे ब्राह्मण थे। राजा आदिसुर का निवेदन लेकर कान्यकुब्ज के लिए एक दूत रवाना किया गया।'

नंदू गोसाईं ने अपनी कथा को रोक लगाई और श्रोताओं के मुखमंडल का निरीक्षण कर बोले, 'मैं जो कह रहा हूं उसे समझने में किसी को कोई परेशानी तो नहीं हो रही है न?'

'नहीं, नहीं आप बोलते रहिए।' सबकी ओर से गरीब दास ने जवाब दिया। उसे यह कहानी बहुत अच्छी लग रही थी। यह एक नई तरह की कहानी थी।

'तो दूत तो कान्यकुब्ज गए, लेकिन वहां के राजा वीरभद्र ने आदिसुर के निवेदन पर कान नहीं दिया। बंगाल में तब नास्तिकों का बहुत अधिक प्रादुर्भाव था; बौद्ध धर्म के लोगों को बंगाल के बाहर सनातन धर्म के लोग नास्तिक समझते थे। उस प्रदेश में धर्म और कर्म के नाम पर कुछ भी नहीं था। वहां भेजने से ब्राह्मण धर्मच्युत हो जाएंगे, उस पाप को अपने सर कौन लेगा? वीरभद्र ने दूत से कहा कि जाओ और अपने राजा से कह दो धर्महीन राज्य में ब्राह्मण नहीं भेजे जा सकते हैं। यह पाप होगा।

'तब राजा आदिसुर ने अपना मन बना लिया कि यदि सीधी उंगली से घी न निकले, तो उंगली टेढ़ी करनी होगी। वो युद्ध कर पांच ब्राह्मणों को पकड़ कर लाएंगे। तुम लोगों में से कोई बारह भुइयां का नाम जानता है? एक समय में बंगाल में बारह राजा थे, उनमें से एक का नाम प्रताप राय था। उसकी सेना में बारह सौ सैनिक थे जिसमें सभी सैनिक नीची जाति के थे व ढाल और बरछी लेकर युद्ध करते थे। आदिसुर की भी वैसी ही नीची जाति की एक सेना थी।

'कहने में थोड़ी ग़लती हो गई,' उसका संशोधन करने के लिए नंदू गोसाईं ने कहा, 'नीची या ऊंची जात यह सब ब्राह्मणों का बनाया हुआ है। मैं यह सब नहीं मानता। बस सब समझ सकें इसलिए कह रहा हूं। आप लोग बुरा नहीं मानना।'

'अरे नहीं, नहीं मानेंगे, आप कहते रहिए।'

'तो फिर उस नीची जाति की सेना में से सात सौ छप्पन सबसे अच्छे योद्धाओं को युद्ध की पोशाक पहनाई गई। जानते हो राजनीति में क्या कहा जाता है? युद्ध में सब जायज़ है। सो उन सात सौ छप्पन सैनिकों के गले में झक्क सफ़ेद जनेऊ डाल दिया गया और वे सब गायों की पीठ पर चढ़ बैठे। और फिर एक दिन चुनौती देते हुए सब जाकर वीरभद्र के महल के आगे खड़े हो गए। यह देखकर वीरभद्र महा समस्या में पड़ गए। सैनिकों के पास शस्त्र नहीं थे। लेकिन कान्यकुब्ज की सेना यदि आदिसुर की सेना पर आक्रमण कर देती, तो या तो गायें मारी जातीं या फिर ब्राह्मण। शास्त्रों में कहा गया है ब्राह्मण व गो हत्या महापाप है। इन्हें जो भी मारता है उसे अनंत काल तक नर्क भोगना पड़ता है। यदि कोई ब्राह्मण घोर कुकर्म जैसे चोरी-डकैती, ख़ून या बलात्कार भी करता है तो ज़्यादा से ज़्यादा राजा उसे अपने राज्य से निकाल सकता है। उससे ज़्यादा कोई और दंड नहीं दे सकता है। वीरभद्र को कैसे पता चलता कि जो लोग ब्राह्मण के वेश में आए हैं वे सच में ब्राह्मण हैं भी या नहीं? निरुपाय

वीरभद्र ने तब पराजय स्वीकार कर पांच ब्राह्मणों को बंगाल भेजने की शर्त मान ली। बाद में वो पांच ब्राह्मण अपने देश वापस नहीं लौटे और वहीं की कन्याओं से विवाह कर वहीं बस गए। उन पांचों के वंश को ही "कुलीन" वंश का माना जाता है, वे दूसरे ब्राह्मण वंशों से अलग हैं। उनका दूसरों से विवाह या कोई भी अन्य सामाजिक नाता नहीं है।

'जब ये पांचों ब्राह्मण कान्यकुब्ज से बंगाल आए तो अपने साथ देख-रेख और सेवा के लिए पांच सेवक भी साथ लेकर आए। वे भी वापस अपने देश नहीं गए और अपने मालिक के साथ वहीं बस गए, उसी देश में विवाह कर अपना घर बसा लिया। वैसे वह पांचों सेवक शूद्र थे, लेकिन उच्च कुल के लोगों की सेवा कर, उनका संग पा उनकी जाति में बदलाव आ गया। ब्राह्मण से नीचे और शूद्र से थोड़ा ऊपर। इनकी वजह से ही बंग में एक और नई जाति का उद्‌भव हुआ, जिसका नाम "कायस्थ" था।

'तो वैदिक ब्राह्मणों को लाने के बाद आदिसुर का यज्ञ निर्विघ्न संपन्न हुआ। राजा बहुत प्रसन्न हो गए। वो सात सौ छप्पन योद्धा, जो जान हथेली पर रख विदेश जाकर पांच अमूल्य रत्नों को साथ लेकर आए थे, अब उन्हें बख़्शीश देने की बारी थी। "कहो तुम्हें क्या चाहिए?" सेना का प्रधान साहस कर राजा के सामने आया और बोला, "महाराज हमें आपसे कुछ और नहीं चाहिए। बस आपसे इतना-सा निवेदन है कि आपने जो हमें दान दिया है, उसे वापस मत लीजिए। यह जो जनेऊ आपकी दया का दान है, उसे हमारे पास ही रहने दीजिए। आप इसे हमेशा के लिए हमें गले में डाले रखने की अनुमति दीजिए।

'राजा आदिसुर बड़े धार्मिक व्यक्ति थे और उपकारियों द्वारा किए उपकार को सदा याद रखते थे, इसलिए उन्होंने कहा, "ठीक है, जनेऊ पहने रहो। आज से तुम लोग भी ब्राह्मण हो और राज्य के बाक़ी सभी ब्राह्मणों के समान मान व मूल्य के अधिकारी होगे।" राजा के आदेश पर सबने उन्हें उसी रूप में स्वीकार कर लिया। लेकिन नमःशूद्र अकड़ गए। "हो सकता है हमारी मामूली-सी भूल के कारण हमें जनेऊ नहीं मिला, फिर भी हम नमस मुनि के वंशज हैं, हमारे शरीर में तो खांटी ब्राह्मण का ख़ून है। वे हमसे कौन से गुण से बड़े हो गए? युद्ध जीता है तो क्षत्रिय हो सकते हैं, ब्राह्मण किसलिए होंगे? हम उन्हें ब्राह्मण नहीं मानते हैं। सिर यदि कटता है तो कट जाए, लेकिन हम कभी उनके पैरों पर झुक कर उन्हें प्रणाम नहीं करेंगे।"

'बस, शुरू हो गया नव ब्राह्मणों के साथ नमःशूद्र समाज के लोगों का विद्रोह। सुर वंश के पूरे शासनकाल में यह विरोध चलता रहा। ख़त्म होने का नाम ही नहीं लिया।

'उसके बाद सेन राजाओं का शासनकाल आया। राजा बने बल्लाल सेन। बल्लाल सेन ने एक बार अपनी एक रखैल के बेटे को सामाजिक मर्यादा में प्रतिष्ठित करने के लिए, समाज के सभी लोगों के लिए भोज का आयोजन किया। सभी वर्ग प्रमुखों के पास निमंत्रण भेजा गया। सभी वर्गों के प्रधान उस भोज सभा में आए, लेकिन नमःशूद्र जाति से कोई नहीं आया। उन्होंने यह कह कर निमंत्रण लौटा दिया कि एक रखैल के बेटे की भोज सभा में वे लोग नहीं जाएंगे।

'इससे राजा बल्लाल सेन को अपमान का बोध हुआ। राजा के क्रोध को थोड़ा और बढ़ा दिया उन सब नव ब्राह्मणों ने, जिन्हें नमःशूद्रों ने कभी ब्राह्मण नहीं माना। उन्होंने कहा, "महाराज आप घोषणा करें कि जिस-जिस जाति के लोग इस भोज सभा में आकर भोजन नहीं करेंगे उन्हें कठिन दंड दिया जाएगा। उनकी जाति छीन ली जाएगी।" राजा ने वैसा ही किया, लेकिन नमःशूद्र फिर भी नहीं आए। तब राजा ने क्रोधित हो उन्हें दंड दिया कि राजा का आदेश न मानने के अपराध में आज से ये लोग समाज में "चंडाल" के नाम से जाने जाएंगे। इसीलिए नमःशूद्र जाति के लोगों को ब्राह्मण, कायस्थ सभी घृणा से चंडाल, अछूत आदि कहते हैं।'

लगातार बोलते रहने के कारण नंदू गोसाईं के मुंह में झाग आने लगा। वे कमरे की ओर देखते हुए गृह स्वामिनी से बोले, 'एक लोटा पानी दे जाओ। तंबाकू का गुड़गुड़ा भी लेती आना।'

दोबारा चिलम सजाई गई। लकड़ी के कोयले चिलम में भर आग सुलगाई गई, नंदू गोसाईं ने उसे गुड़गुड़ाया और खींचकर धुआं छोड़ा। उनके तंबाकू सेवन करने के बाद चिलम को दूसरे के हाथ में पकड़ा दिया गया। भाव-भंगिमा देखकर लग रहा था उनकी बातें अभी ख़त्म नहीं हुई थीं। अभी बहुत कुछ कहने को बाक़ी था। थोड़ी देर के बाद उन्होंने फिर शुरू किया।

'यह जो हिंदू धर्म है, इसके चार स्तर हैं। सबसे ऊपर ब्राह्मण, उसके बाद क्षत्रिय, उसके बाद वैश्य, समझे कुछ? जो पूजा-पाठ करते हैं वो सबसे ऊपर, जो युद्ध करते हैं वो उनसे नीचे और उनके नीचे आते हैं जो व्यापार करते हैं। और सबसे नीचे हैं शूद्र। जिनका एक ही काम है, उन तीनों जातियों

की सेवा करना, उनके आदेशों का पालन करना, मतलब उनका दास बनकर रहना। इसी का नाम है "वर्ण व्यवस्था"।'

'तो फिर कायस्थ की जात ब्राह्मण के बाद ही क्यों है?' बाघाई कराती ने जानना चाहा।

'मैं जिस समय की बात बता रहा हूं, उस समय कायस्थ नाम की कोई जाति नहीं थी। कायस्थ तो बहुत बाद में आए। तो उस समय शूद्र जाति के लोगों को हमेशा पांव के नीचे रखने की कोशिश में ब्राह्मणों में सबसे चालाक ब्राह्मणों ने ढेरों नियम और रिवाज बना दिए। मनुष्य कब बुद्धिमान बनता है? जब वह विद्या ग्रहण करता है। उन्होंने शास्त्र लिखकर उसमें विधान बनाया: कोई शूद्र कभी विद्या अर्जित करने की चेष्टा नहीं करेगा। अगर करता है तो वह घोर अपराध होगा। मैं समझता हूं कि आप लोगों में से बहुतों ने रामायण सुनी होगी और शंबुक ऋषि की कहानी सुनी होगी। उन्होंने वेदों का पाठ किया, इसलिए रामचंद्र ने सिर काटकर उनका वध कर दिया था। महाभारत के एकलव्य की कथा भी आप सब जानते होंगे। वह धनुर्विद्या में अर्जुन यानी क्षत्रिय जाति के व्यक्ति को हराने वाला था, इसलिए किस छल-कौशल से उसका अंगूठा कटवा लिया गया। शूद्रों को डरा कर रखने के लिए ऐसे बहुत-से उदाहरण हैं।

'तो जिस तरह एक ओर विधान बनाया गया कि शूद्र विद्या अर्जित नहीं कर सकते हैं, उसी प्रकार दूसरी ओर एक और विधान रचा गया कि कोई भी शूद्र धन-संपत्ति अर्जित नहीं कर सकता है। यदि वह ऐसा करता है और कोई ब्राह्मण उसे छीन लेता है तो कोई दोष नहीं होगा। जिसके पास कोई धन-संपत्ति न हो, न तन पर कपड़ा, न पेट में रोटी, वो भला ज़िंदा कैसे रहेगा? ज़िंदा रहेगा दो-चार बड़ी जाति के लोगों की दया पर, उनके हुकुम की तामील कर। शास्त्रों में ऊंची जाति के लिए यह विधान भी दिया हुआ है: यदि वे किसी शूद्र को भोजन देते हैं, तो वो जूठन होनी चाहिए और किसी टूटे पात्र में देना चाहिए। जिस जात को इस तरह जीवनयापन करना पड़े, तो उसके अंदर मनुष्य बोल कर कुछ बचता है क्या? वह दिन ब दिन और हीन होता जाएगा।

'ऐसे हज़ारों विधि-विधान हैं। सब बताने लगूं तो रात बीत जाएगी। जो दो-एक बातें बताई हैं, उसी से आप लोग समझ गए होंगे की उच्चवर्ण के लोग शूद्रों को कितनी घृणा से देखते हैं। जो लोग शूद्रों को कौवे और कुत्ते का समगोत्र समझते हैं, क्या वे किसी दिन दु:स्वप्न में भी सोच सकते हैं कि उस

जात के आदमी के साथ अपने घर की लड़की का ब्याह करेंगे? नहीं सोच सकते हैं। ऐसी घटना न घटे, उनके समाज की कोई लड़की कभी किसी शूद्र के गले में वरमाला न डाले, उसके लिए कड़े पहरे और कठिन दंड देने की व्यवस्था बनाई गई थी। वह दंड था, मृत्युदंड। फिर भी कभी-कभार किसी ब्राह्मण घर की लड़की जात-मान भूलकर किसी शूद्र का वीर्य धारण कर संतान को जन्म दे देती थी। शास्त्रों ने ऐसी संतानों के लिए बनाई "चंडाल" जात। चतुर्वर्ण व्यवस्था में इसका कोई स्थान नहीं था—ये शूद्रों से भी नीचे थे।

'इंसानी बस्तियों में इनके लिए कोई स्थान नहीं था। इन्हें किसी निर्जन स्थान पर नदी के किनारे रहना पड़ता था। सूअर और कुत्ते का मांस खाते थे। इन्हें शवों से उतरे कपड़ों से लज्जा निवारण करना होता था। वे ऐसा कोई नाम नहीं रख सकते थे जिसको सुनने से घिन न आए या वे नीच हैं, ये समझ न आए। किसी नगर में, किसी घर में रात के समय ये नहीं जा सकते थे। और एक जगह बहुत दिनों तक रह भी नहीं सकते थे। इन्हें हर वक़्त घूमते रहना पड़ता था। इनकी छाया अगर किसी ब्राह्मण के शरीर पर पड़ जाए तो उसकी सज़ा मृत्यु थी।'

नंदू गोसाईं का गला अब बैठने लगा था। 'बल्लाल सेन के एक आदेश ने नम:शूद्र जात के लाखों लोगों को मानव समाज के उस वर्ग में डाल दिया जो कीड़े-मकोड़ों से हीन माना जाता था। कहते हैं न कि राजा के पाप से राज्य नष्ट, वही पाप किया था उस दिन बल्लाल सेन ने। उस पाप से बंगदेश मुसलमानों के हाथों चला गया। बल्लाल सेन का बेटा लक्ष्मण सेन मात्र अट्ठारह मुसलमानों के डर से राज्य छोड़कर नदी में तैरकर भाग गया। यदि उस दिन नम:शूद्र ढाल-तलवार लेकर साथ खड़े होते तो राजा को भागना नहीं पड़ता। तो उस बल्लाल सेन के युग से उच्चवर्ण के लोग, जिनमें वे सात सौ छप्पन नव ब्राह्मण वंश के लोग भी थे, नम:शूद्रों को "चंडाल" कहकर उनसे घृणा और उनकी निंदा करने लगे। उसके प्रतिकार का कोई रास्ता भी नहीं था। जो रास्ता बचा था, वह था उस राज्य से पलायन। तब तक देश में मुसलमान शासन आ चुका था। नम:शूद्रों के एक बड़े भाग ने—सुनने में आता है कि शायद नब्बे लाख नम:शूद्रों ने हिंदू धर्म को त्याग कर इस्लाम अपना लिया। ये जो चारों तरफ इतने मियां देखते हो न, इनमें से कोई मक्का-मदीना से नहीं आया है। सब हिंदू हैं। कुछ ने स्वेच्छा से तो, कुछ को इसकी तरफ धकेल दिया गया।'

अब गरीब दास का दिल मरोड़ खाने लगा। उसके वंश में भी इसी तरह किसी को उस ओर धकेला गया था। इसी वजह से मजीद और मामूद मुसलमान होने के बावजूद भाई लगते थे। गरीब अब उन बातों को याद नहीं करना चाहता था। वो बहुत दुखदायी था।

नंदू गोसाईं ने कहा, 'सात सौ साल मुसलमानों का राज था। यदि नदिया के निमाई पंडित ने बुद्धिमानी से काम लेकर धर्ममत न बनाया होता और ब्राह्मणों के अत्याचार से निम्नवर्णों को बचाकर इस्लाम की ओर उनके झुकाव को रोक नहीं पाते, तो बंग में कोई हिंदू नहीं बचता। हिंदू धर्म पर बहुत बड़ा उपकार किया उन्होंने। और कुछ न भी हो, पर हिंदुओं के शत्रु दल में लोग तो नहीं बढ़े न! वैसे भी दोनों बंगाल को मिलाकर अगर हिसाब लगाया जाए तो हिंदुओं के बनिस्बत मुसलमानों की संख्या ज़्यादा है।'

रात बहुत हो गई थी इसलिए गरीब दास और उसके साथियों को वापस निकलना पड़ा। नंदू गोसाईं ने बार-बार भोजन ग्रहण कर रात वहीं गुज़ारने को कहा, लेकिन वे उनकी बात नहीं मान सकते थे क्योंकि अगले दिन तड़के उन्हें अपने गांव के लिए रवाना होना था। उनके साथ और भी लोग थे। उनके न लौटने से वे नाराज़ हो जाते। लौट आने के बाद भी गरीब दास का मन नंदू गोसाईं के आश्रम में ही लगा रहा। वो कितना कुछ जानते थे! उनकी बातों से उसके मन में स्वाभिमान का बोध जाग उठा था। वर्तमान में हम जैसे भी हों, हम हीन नहीं हैं, नीच नहीं हैं। हमारा अतीत गर्व करने लायक है। आज हम जो हैं और जो होने जा रहे हैं वो सब उस उच्चवर्ण के षड्यंत्र का नतीजा है। तभी गरीब दास को उस घटना की याद हो आई जिस घटना की वजह से उसके वंश के दो टुकड़े हो गए थे। जिसका एक टुकड़ा मुसलमान और दूसरा टुकड़ा हिंदू होते हुए भी हिंदू न था—अछूत नम:शूद्र था।

4

रूप कुमार का रूपचांद बनना

गरीब दास के पिता हर कुमार दास तीन भाई थे। सबसे बड़ा हर कुमार, मंझला राम कुमार और छोटा रूप कुमार। रूप कुमार दोनों भाइयों की तुलना में ज़्यादा साहसी और चंचल था। उसके दिमाग़ में कोई बात घुस जाए तो आसानी से निकलती नहीं थी। वह उसे करके ही दम लेता था। गांव की भाषा में ऐसे आदमी को गंवार गोविंद कहते हैं। बस साल-दो साल पहले उसका विवाह हुआ था। नाक के बीचोबीच नथनी लटकती, सुंदर-सी लाली दुल्हन घर लेकर आया था। उसी समय रूप कुमार के दिमाग़ का कीड़ा हिल उठा। शादी हुई तो बच्चे-वच्चे भी होंगे। तब क्या होगा? उसका बेटा क्या बड़ा होकर अपने बाप की तरह धोती का लंगोट कस मछली का शिकार करने कीचड़ के पानी में उतरेगा! या फिर दूसरे के खेतों में हल चलाएगा, धान बोएगा! कितना कष्ट भरा जीवन होता है, यह रूप कुमार जानता था। इस तरह के मनुष्यों के जीवन की कानी कौड़ी भी क़ीमत नहीं। कीचड़-पानी के किनारे सांप, जोंक का काटना, पानी के भीतर हांगर, मगरमच्छ के आरी जैसे दांत, इनसे न भी मारा जाए तो अधपेट या बिन खाए ज़रूर मर जाएगा। मर जाएगा हैजे से, कालाज्वर से, या बिना दवाइयों के। बाप होकर कोई इंसान अपनी संतान को प्राण रहते ऐसे जीवन की ओर नहीं धकेल सकता है।

कोई और कर सकता है करे, रूप कुमार ऐसा नहीं कर सकता। वह अपने बच्चे को इंसानों की तरह इंसान बनाएगा। बाबुओं के बेटों की तरह बनाएगा। वे लोग उल्टी मांग निकालकर बाल संवारते हैं, जेब में स्याही वाली कलम रखकर स्कूल पढ़ने जाते हैं। 'लिखना-पढ़ना जानते हैं जो, गाड़ी-घोड़ा

चढ़ते हैं वो'। रूप कुमार का बेटा गाड़ी-घोड़ा चढ़ने वाला इंसान बनेगा। उसे रूप कुमार मशियाहाटी खेरस्थान स्कूल में पढ़ने भेजेगा। वहां बोर्डिंग में रखने में बहुत ख़र्चा आता था। हर कोई उस ख़र्च को नहीं उठा सकता। तभी उनके बेटे बाबू नहीं बन पाते। यहां दो-चार मील में एक-दो पाठशालाएं थीं, लेकिन उनमें दलित या नीची जाति वालों के बच्चों को प्रवेश का अधिकार नहीं था; वहां ब्राह्मण और कायस्थ घर के बच्चे पढ़ते थे। अगर क़िस्मत से कोई नीची जाति का लड़का उस स्कूल में पढ़ने चला जाता, तो सब मिलकर उसे इतना परेशान करते कि दो दिन में वह भाग जाता। मशियाहाटी का स्कूल वैसा नहीं था, वहां सबके लिए बेरोक-टोक प्रवेश और समानाधिकार था। वह स्कूल ऑस्ट्रेलियाई पादरी ने बनाया था। वे रोज़ाना एक घंटा बच्चों को यीशु के उपदेश सुनाते थे और यह आशा रखते थे कि उन बच्चों में से कोई एक दिन बड़ा होकर यीशु का अनुयायी बन जाएगा। उस स्कूल की पढ़ाई और स्तर काफी उन्नत था। रूप कुमार की इच्छा थी, वह अपने बेटे को मशियाहाटी बोर्डिंग में दाखिल कर उसे शिक्षित बनाए। इसके लिए प्रति माह बारह से पंद्रह रुपए का ख़र्च होता। मज़दूरी करके, मछली पकड़ कर दिन में आठ आना जुगाड़ करना मुश्किल ही नहीं, बल्कि असंभव था इसलिए उसने व्यापार करने की ठानी।

एक दिन वह अपने बड़े भाई हर कुमार के पास जाकर बोला, 'दादा मैं कटक जा रहा हूं।'

कटक बंगाल से बाहर दूसरे प्रदेश उड़ीसा का एक ज़िला था। यह बात हर कुमार जैसा आदमी क्या जाने! भाई के मुंह से ऐसा एक अनजान नाम सुनकर वह हुक्के का कश खींचना भूल गया। उसने हैरान होकर पूछा, 'कहां जाएगा तू?'

'कटक। एक जगह का नाम है, कटक।'

'कहां है? कितनी दूर है?'

'आने-जाने में महीना भर लगेगा।'

'वहां क्यों जाना चाहता है? क्या काम है वहां?'

'सतीन्द्र, महादेव, विजय और आठ-दस लोग और जा रहे हैं कटक। मैं उनके साथ जाऊंगा।'

'अरे पर इतनी दूर जाना क्यों है?'

रूप कुमार हृष्ट-पुष्ट और बलवान नौजवान था और उसकी उम्र बीस-बाईस साल थी। उसका ऐसा शरीर दूध, घी, मक्खन खाकर लाड़ से पलने वाले का नहीं था बल्कि धूप, बरसात, ठंड—अलग-अलग प्राकृतिक आपदाओं के विरुद्ध लड़कर श्रम और पसीने से मज़बूत बना था। पके बांस की तरह गांठदार शरीर में शक्ति और साहस की जुगलबंदी थी। उसने कहा, 'कटक में भैंस बहुत सस्ती मिलती हैं। अगर मैं दो भैंसों को यहां लाकर बेचूंगा तो एक ही बार में बत्तीस हाथ जाल और एक नाव का दाम मिल जाएगा। गोपाल मिद्‌दा ने भी यही करके अपनी क़िस्मत पलटी है। मैं भैंसों का व्यापार करने जाऊंगा।'

'गोपाल मिद्‌दा भी तुम लोगों के साथ जाएगा?'

'उसे अब और जाने की क्या ज़रूरत है?'

'तो तुम में से रास्ता किसे पता है? कौन लेकर जाएगा तुम लोगों को?'

'कोई न कोई जानकार तो होगा ही। नहीं तो सब किस भरोसे पर जा रहे हैं!'

भाई की बात सुनकर हर कुमार का दिल कांप गया। आज की तरह हवाई जहाज़, रेलगाड़ी, बस और मोटर का तो ज़माना था नहीं। उस समय तो ईश्वर के श्रीचरणों पर ही लोगों को भरोसा था। उस वक़्त ठग और लुटेरे जगह-जगह पर ताक लगाए बैठे रहते थे, जो इंसानों को मक्खी मच्छरों की तरह मार देते थे। इसके अलावा थे बाघ, भालू, सांप, बिच्छू और घातक बीमारियां। कुछ तीन-चार साल पहले मेघनाद विश्वास अपने पूर्वजों का पिंडदान करने गया धाम गया था और फिर कभी लौटकर नहीं आया। कहां गया, क्या हुआ, कोई ख़बर नहीं।

हर कुमार ने कहा, 'देख, ज़्यादा लोभ करने की ज़रूरत नहीं। कहते हैं न, लोभ से पाप और पाप से मृत्यु आती है। हमारे पास जितनी ज़मीन है, उस पर मन लगा कर काम करने से भात और पहनने को मोटा कपड़ा मिल ही जाएगा। पिताजी कहते थे, व्यवसाय का सोना खेती का एक कोना। सारा साल व्यवसाय में जो कमाते हैं, यदि भगवान मुंह उठाकर देख लें, तो एक बीघे ज़मीन में उतना कमा सकते हैं। खेती से बढ़कर और क्या है? एक दाना फलाने से ज़मीन सौ दाने लौटा देती है। नदी, नालों में मछलियों की भी कमी नहीं। माथा गरम मत कर। घर में रहकर दुख का अन्न, सुख से खा। ये सब मौज-मस्ती वाले मंसूबे छोड़ दे।'

रूप कुमार ने आवाज़ ऊंची कर कहा, 'जिस तरह ज़िंदा हैं, क्या उसे इंसानों की तरह जीना कहते हैं? एक बार अपनी क़िस्मत आज़माना चाहता हूं। मैं जाऊंगा, जितना भी मना करें नहीं मानूंगा, मैं जाऊंगा।'

'बहू के बच्चा होने का समय है। तुझे अगर कुछ हो गया तो उसका क्या होगा? उसके बारे में एक बार भी सोचा तूने?'

'मुझे क्या होगा? पूरे देश के लोग जाते हैं, उन्हें कुछ नहीं होता तो मुझे क्या होगा! मैं अकेला तो नहीं जा रहा, साथ में बहुत सारे लोग हैं। महीने भर की ही तो बात है। आप लोग सब हैं न यमुना की देखभाल के लिए। मैं जाऊंगा और आऊंगा। आप मुझे मना मत करिए।' बड़े भाई के सारे सुझावों की उपेक्षा कर एक दिन छोटा भाई रूप कुमार कटक के रास्ते पर निकल पड़ा। हो सकता है अदृश्य बैठा उसके भाग्य का देवता क्रूर हंसी हंस रहा हो।

थोड़ा रास्ता नाव में जाने के बाद से वे लगातार पैदल चल रहे थे। पूर्व बंगाल की सीमा पार कर पश्चिम बंगाल, वैसे तब पूर्व-पश्चिम नहीं था—समूचा बंगाल ही बंगदेश था। बंगाल के मेदिनीपुर ज़िले को पार कर उड़ीसा में घुसने की उनकी योजना थी। आठ-दस लोगों का उनका समूह सारा दिन बिना रुके चलता जाता था। दिन के अंत में जहां रात हो जाती वहीं किसी पेड़ के नीचे विश्राम करते। दाल, चावल, तेल, नून सब उनके साथ था। नदी, नाले, तालाब के किनारे सूखी लकड़ियां जुगाड़ कर थोड़े चावल और दाल उबाल लेते। खाना ख़त्म करके बचे भात में पानी डाल कर रख देते। सुबह नमक मिर्च के साथ उस बासी *'पांता'* भात को खाकर फिर से चलना शुरू कर देते। इस तरह चलते-चलते वे उड़ीसा की सीमा पर पहुंच गए।

भारत में उस समय हर कोने में मृत्यु जाल बिछा हुआ था। प्राणघातक बीजाणु और कीटाणुओं के दल जैसे लोगों को मारने के लिए ही हवा-पानी में घूम रहे थे। इसी तरह के एक जलवाहित रोग का नाम था कॉलेरा या हैजा। इस रोग के कीटाणु सबसे तेज़ी से फैलते थे। यह संक्रामक और संहारक था। गांव के किसी एक कोने में शुरू हो जाए, तो जंगल में आग की तरह फैल पूरे गांव को निगल जाता था। लोग टिड्डियों के दल की तरह मर जाते थे। गांव के गांव खाली हो जाते थे इसलिए आतंकित लोगों ने इसे नाम दिया था *'मोड़ोक'*, महामारी।

सुनने में आता है बरिशाल ज़िले के एक गांव भरतकाठी में एक बार महामारी ने तीन सौ बीस परिवार के गांव को एक माह के भीतर श्मशान बना दिया था। सांझ की दीया-बत्ती करने वाला तक कोई नहीं बचा था। इधर-उधर पड़े शवों को गिद्ध, लोमड़ी नोचते थे। उस गांव को लेकर भूत-प्रेत के असंख्य क़िस्से फैल गए थे जिसे सुनकर लोग डर से कांपते थे।

रूप कुमार का दुर्भाग्य ही था कि भरतकाठी का आतंक लोगों के दिलों से मिट जाने से पहले ही, वह उस मरण व्याधि से आक्रांत हो गया। अपनी मिट्टी से बहुत दूर, एक पेड़ के नीचे बैठे उसे उल्टियां शुरू हो गईं और चूना घुले पानी-सा दस्त। रूप कुमार जिनके साथ आया था उनमें से कोई भी उसका दोस्त या निकट संबंधी नहीं था; वो सिर्फ़ एक गांव के जान-पहचान के लोग थे। थोड़े से सरल, थोड़े निर्बोध, थोड़े स्वार्थी, थोड़े अपरिणामदर्शी लोगों के सीनों में धड़क रहा था एक भयानक डर: मौत का डर। मैं घर में पत्नी और बच्चे छोड़ कर आया हूं, कॉलेरा के रोगी की सेवा करने में अगर मैं भी रोग ग्रस्त हो गया, अगर मर गया तो क्या होगा? उन्हें कौन देखेगा? कौन उन्हें खाने और ओढ़ने को देगा? इसलिए उन्होंने निरापद दूरी से बिना किसी अनुभव या लगाव के, शंका से भरे मन से दो-तीन दिनों तक कुछ कोशिशें कीं, लेकिन उससे रूप कुमार की हालत में कोई सुधार नहीं हुआ। रोग से मुक्ति का कोई लक्षण भी नज़र नहीं आ रहा था, बल्कि धीरे-धीरे लक्षण बढ़ रहे थे। और धीरे-धीरे वह जड़ से उखड़ी बेल के समान मुरझा गया था।

फिर जो नहीं होना चाहिए था वही हुआ, एक साथी ने दूसरे साथी को थोड़ा अलग ले जाकर कांपते गले से कहा, 'लक्षण सही नहीं लग रहे हैं। लगता है यह रात भी नहीं काट सकेगा। कौन जाने क्या लिखा है क़िस्मत में! जब कोई ग़लत स्थान या समय में मरता है तो मनुष्य के ग्रहों-नक्षत्रों का दोष मानते हैं। दोष लगने से मरे हुए को 'पुष्करा' लग जाता है। यदि रूप कुमार को मरने के बाद 'पुष्करा' लग जाता है और वह भूत बन जाता है, तो हम में से कोई भी जीवित नहीं बचेगा। वह सबकी गर्दन मरोड़कर दलदल में गाड़ देगा।'

डरे हुए एक साथी ने कहा, 'एक बात कहूं?'

'कहो।'

'मेरा कहना है, अगर वो बचेगा ही नहीं; बचने के जब लक्षण ही नहीं हैं तो मोह बढ़ाकर क्या होगा! चलो हम भाग चलते हैं। कम से कम अपनी जान तो बचा लें।'

'गांव लौटने पर जब हर कुमार पूछेगा कि रूप कुमार कहां है, तब क्या जवाब देंगे?'

'कहेंगे रास्ते में उल्टियां और दस्त लगने से मर गया। इतनी दूर की यात्रा से लाश को उठाकर वापस कैसे लाते? जो-जो क्रिया कर्म करना था, सब कर दिया है। सब करने के बाद गंगा में बहा दिया।'

काफी चर्चा के बाद अन्य साथियों को भी ये बात जंच गई। विनाशकाले विपरीत बुद्धि! डरे, सहमे, कुसंस्कारग्रस्त लोग समझ नहीं पाए कि वे क्या ग़लती करने जा रहे हैं—इतिहास के लिए, आनेवाले समय के लिए, अपने वंशधरों के लिए, समाज, देश और मनुष्यों के लिए किस विपदा के बीज बो कर जा रहे हैं। वे लोग मृतप्राय रूप कुमार को उस निर्जन रात के अंधेरे में पेड़ के नीचे छोड़ भाग गए। लेकिन रूप कुमार के भाग्य में तब मरना नहीं लिखा था। भाग्यविधाता उससे किसी बड़े दर्दनाक खेल में महत्वपूर्ण भूमिका अदा कराना चाहते थे। वह उसे जीवित रखकर भविष्य के लिए एक खलनायक बनाना चाहते थे। इस प्रकार एक और कालापहाड़ जैसी मूर्तियों को नष्ट करने वाले के उदय की दिशा में एक क्रूर, निर्दयी नींव रखी गई।

जिस रात रूप कुमार के साथी उसे छोड़कर भाग गए, उसकी अगली भोर को उस मैदान की पगडंडी से एक धर्मपरायण मुसलमान फ़ज्र की नमाज़ पढ़ने मस्जिद जा रहा था। पेड़ के नीचे अंधेरे से किसी मरते हुए आदमी की दर्दनाक कराह सुनकर उसके पांव ठिठक गए। पास जाकर देख वह समझ गया, सिर्फ़ एक इंसान ही नहीं बल्कि मानव समाज का विवेक, बुद्धि और इंसानियत भी मर रही थी। तब वह अल्लाह का बंदा मृतप्राय युवक के पास घुटनों के बल बैठा। वह भूल गया उसे कहां जाना था। नमाज़ पढ़ना भी न हो पाया। चालीस साल की ज़िंदगी में यह पहली बार था जब उसकी इबादत रह गई थी। लेकिन उसे अपने अल्लाह पर भरोसा था, अल्लाह उसे ज़रूर माफ़ करेंगे, क्योंकि वे रहमदिल हैं।

वह रूप कुमार को उठाकर अपने घर ले गया। हक़ीम को बुलवाया। दवाइयों का इंतज़ाम किया। एक महीने तक इलाज चला। यमदेव से खींचा-तानी के बाद अंत में मनुष्य की जीत हुई। जीत हुई मानवता की। इलाज और सही देखभाल से धीरे-धीरे रूप कुमार रोगमुक्त हो गया। एक दिन उस परम दयावान मुसलमान से रूप कुमार ने कहा, 'मुझे अपना देश छोड़े बहुत दिन हो गए हैं। घर में सब चिंता में होंगे। अब आप मुझे जाने की अनुमति दीजिए।'

वह मुसलमान रूप कुमार को अपने बेटे की तरह प्यार करने लगा था। 'बेटे की तरह' लेकिन बेटा तो नहीं न! किस अधिकार से वह उसे रोक पाता? अपने आंसू छुपाते हुए उसने कहा, 'अगर कभी इस तरफ आओ तो मेरे घर ज़रूर आना। अपना ही घर समझ कर आना।

'यदि आप कभी बरिशाल आएं तो मेरे घर अवश्य आइएगा। आपने मेरे प्राण लौटाए हैं। मेरी मां और भाई आपकी पूजा करेंगे। आप मेरे लिए इंसान नहीं साक्षात भगवान हैं। आप न होते तो आज मैं भी न होता।'

उस पुण्यात्मा ने कहा, 'मैं कोई नहीं, मैं कुछ भी नहीं हूं। तुम अल्लाह की वजह से ज़िंदा हो। वो ही तुम्हारे रक्षक हैं। गुणगान ही करना है तो उनका करो। अल्लाह ने मुझसे जो कराया मैंने बस वही किया। मैं कोई नहीं हूं, सब उनकी वजह से है—वो ही सबके मालिक हैं।'

उस नमाज़ी मुसलमान को प्रणाम कर, उनके पैरों की धूल सिर से लगा रूप कुमार अपने घर की ओर लौट पड़ा। जब वह घर लौट आया—हिंदू शास्त्रों के अनुसार, ब्राह्मणों की मंत्र शक्ति के बल से उसकी आत्मा को गाय की पूंछ पकड़ वैतरणी नदि पार कर वैकुंठ पहुंच जाना चाहिए था—उस रूप कुमार को सशरीर अपने सामने देख पहले तो लोगों को संदेह हुआ कि यह निश्चित ही भूत है। ऐसी बहुत सी घटनाएं भरतकाठी में घटी थीं। तरह-तरह से पूछताछ कर अंत में लोगों को विश्वास हुआ कि वह कोई भूत नहीं बल्कि असली रूप कुमार है। फिर तो स्वाभाविक रूप से पूरा प्रांतिक क्षेत्र उबल पड़ा। रूप कुमार का मंझला भाई राम कुमार ग़ुस्सैल होने के लिए मशहूर था। वह बकरा काटने का गंड़ासा हाथ में लिए सतीन्द्र, महादेव और विजय के घर की ओर दौड़ा, 'उनमें से जो भी साला हाथ लग गया, एक बार में उसका सिर धड़ से अलग कर दूंगा। मेरा भाई मर गया! इतना बड़ा झूठ! छोटे बेटे के शोक में मां को रोते-रोते दौरे पड़ रहे थे। छोटी बहू को अपने सामने विधवा की तरह देखना पड़ा। आज सबका बदला लूंगा! उन सालों में से एक को भी नहीं छोड़ूंगा!'

गांववालों ने उसे पकड़कर समझा-बुझाकर शांत किया, 'रुको राम, माथा गरम मत करो। गांव में क्या विचार-व्यवस्था नहीं है? इसका विचार अवश्य होगा।' सबकी बात सुन उस समय तो वह शांत हो गया, लेकिन उसका ग़ुस्सा नहीं उतरा। अंत में हर कुमार, राम कुमार और उनके कुछ रिश्तेदारों ने मिलकर ग्राम सभा में नालिश दर्ज कर दी। इस सभा के प्रमुख थे शिवनाथ

भट्टाचार्य के पिता मणिभूषण भट्टाचार्य। 'कर्ता महाशय विचार कीजिए और न्याय दिलाइए, नहीं तो दंगा-फ़साद और ख़ून-ख़राबा हो जाएगा।'

मणिभूषण बहुत कड़े मिज़ाज के व्यक्ति थे। वह ग्राम सभा में हाथ में पीतल जड़ी लाठी लेकर जाते थे। कहते थे की जो मेरी बात नहीं मानेगा, वह इस लाठी की बात मानेगा। सभी उनकी बात मानते थे। न मानने के अलावा कोई और विकल्प था क्या? जिसका दबदबा नायब, गोमास्ता और दरोगा पर हो, उसकी बात का विरोध करने का साहस किसमें होगा? वह यदि कहते पानी चढ़ा हुआ है, सब गर्दन हिलाकर कहते, जब कर्ता महाशय कह रहे हैं तो निश्चित चढ़ा हुआ है। वह अगर कहते पानी उतरा हुआ है तो कहते, निश्चित ही उतरा हुआ है, वो ग़लत कैसे हो सकते हैं?

रूप कुमार को लेकर विवाद में उन्होंने दोनों पक्षों की बात सुनी, फिर सतीन्द्र, महादेव, विजय और अन्य लोगों से कहा, 'तुम लोग रूप कुमार को छोड़ कर भाग आए। उल्टी-दस्त एक महारोग है, जिसे देखकर तुम लोग डर गए। यह बात मानता हूं, यह रोग डरने लायक़ ही है। तुम लोग क्या, मैं भी होता तो डर जाता। डर से तुम लोग उसे छोड़कर भाग आए, उसमें भी मैं कोई दोष नहीं समझता। लेकिन जो दोष की बात है, वो है कि तुम लोगों ने सच बात नहीं बताई। यदि तुमने हर कुमार को आकर कहा होता कि तुम नहीं जानते वह ज़िंदा है या मर गया, तो वह यह सब श्राद्ध, शांति का आयोजन नहीं करता। अकारण ही इतने रुपयों का उसका नुकसान हुआ। इस दोष के कारण ही वो दोष बड़ा दिख रहा है। इसके लिए जुर्माना भरने के अलावा कुछ और उपाय मुझे नहीं सूझ रहा।'

उन्होंने रूप कुमार के साथ गए आठों लोगों को सज़ा सुनाई, 'तुम में से हर एक को सौ रुपए जुर्माना देना होगा। उन रुपयों से मां काली के मंदिर की श्रीवृद्धि की जाएगी। तुम लोगों ने जो पाप किया है, इस तरह उसका प्रायश्चित हो जाएगा।'

सौ रुपए उन दिनों बहुत बड़ी रक़म होती थी। उन दिनों दस रुपए महीने की दर पर संपन्न परिवार *बारोमेशे* या 'बारह मास' के मज़दूर रखते थे। नतीजतन जुर्माने की रक़म भरने में बहुतों का घर-बार बिक गया। वैसे मंदिर देखने लायक़ बन गया था। उस मंदिर में विशेष पूजा के दिन उदात्त गले से मणिभूषण संस्कृत मंत्रों का उच्चारण कर काली मां की वंदना करते थे। निर्णय सुनते ही सतीन्द्र, महादेव और अन्य लोग ग़ुस्से से आगबबूला हो गए, 'हे मां,

तुम इतने लोगों का ख़ून पी सकती हो, पर रूप कुमार का न पी सकीं! एक अकेले उसकी वजह से आज इतने लोगों का जीवन बर्बाद हो रहा है। जो तुमने किया सो किया, अब एक अवसर दो मां। यदि तुम सचमुच हो तो राम कुमार को एक बार हमारे हत्थे चढ़ने दो जिससे तुम्हारे सामने उसकी बलि दे सकें। फिर हमें कोई दुख न होगा।'

इसके बाद कई साल बीत गए। धीरे-धीरे दलदली भूमि में उठी वो उत्तेजना शांत हो गई। परिस्थिति धीरे-धीरे पहले की तरह होने लगी। तभी अचानक ये बात सामने आई कि रूप कुमार ने जिस घर में आश्रय लिया था, जिस घर का अन्न-जल ग्रहण कर उसके प्राण बचे और वह लौटकर आया, वह तो एक विधर्मी, गायभक्षी मुसलमान का घर था। हुआ यूं कि वह नमाज़ी मुसलमान रूप कुमार को किसी तरह भुला नहीं पाया इसलिए एक दिन रूप कुमार के दिए पते की ओर चल पड़ा और अंत में रूप कुमार के पास पहुंच गया। बस इसी से सबको सारी बात का पता चल गया।

बस तभी सतीन्द्र, महादेव, विजय और जुर्माना देने वाले अन्य पांच एक साथ मणिभूषण भट्टाचार्य के पास पहुंच गए, 'कर्ता महाशय, आप दस गांवों के प्रधान हैं। आपसे किसी को न्याय के अलावा कुछ नहीं मिला है। चाहते या न चाहते हुए, हम दोषी थे या नहीं थे, उसकी जो भी सज़ा आपने दी, हमने सिर झुकाकर उसे मान लिया। उसके लिए हमें कोई कष्ट नहीं। कष्ट तब होगा अगर रूप कुमार ने जो पाप किया है, उसकी सज़ा उसे नहीं मिली तो!'

'क्या किया है रूप कुमार ने?'

'उसने मियां के घर का अन्न खाया है। कौन कह सकता है कि उसने गाय नहीं खाई है। आप ही बताएं यह आदमी हिंदू कैसे रह सकता है?'

सारी बातें विस्तार से सुनने के बाद मणिभूषण भट्टाचार्य बड़ी चिंता में पड़ गए। यह एक जटिल समस्या थी। उनके अकेले के लिए इसका समाधान करना असंभव था। अंत में बाध्य होकर उन्होंने राय महाशय, दत्त महाशय एवं समाज के अन्य सभी गणमान्य व्यक्तियों को बुलवाया। भाई-भाई में मारा-मारी, पत्नी का स्वभाव ठीक नहीं, गाय धान खा गई—इन सब झमेलों से वर्तमान की ये समस्या बहुत अलग थी। वो सब तो एक चुटकी में सुलझाया जा सकता था, पर यह नहीं सुलझाया जा सकता। यह सनातन धर्म से जुड़ा एक संवेदनशील विषय था। इसके लिए समाज के सभी प्रमुखों को एकमत होना था। अत: परामर्श, आलोचना, युक्ति, तर्क, वितर्क के कई दौर चले।

राय महाशय ने कहा, 'इस मामले को विष की तरह समझिए, कोई जान-बूझकर विष खाता है, और कोई अनजाने खा लेता है। दोनों ही सूरतों में जब वह विष पेट में पहुंचता है तो वह अपना काम तो करेगा ही। या फिर जैसे आग, आग में कोई जानकर या अनजाने हाथ दे दे, तो हाथ तो जलेगा ही। अब बात यह है कि रूप कुमार ने जब म्लेच्छों का अन्न खाया है, वो जान-बूझकर हो या अनजाने में, उस अन्न ने तो उसके पेट में जाकर अपनी क्रिया की ही होगी। किसी भी सूरत में रूप कुमार को हिंदू नहीं माना जा सकता।'

दत्त महाशय ने कहा, 'यदि किसी ने एक बार भी मुसलमानों का अन्न-जल ग्रहण किया है, उसे फिर हिंदू धर्म में वापस नहीं लिया जा सकता है। रूप कुमार धर्म और जाति दोनों से हाथ धो बैठा है।'

एक व्यक्ति बहुत देर से कुछ कहने को मचल रहा था। दत्त महाशय के चुप होते ही वह बोला, 'जो घटना घटी है, उससे समझ में आता है कि रूप कुमार की तो जात मारी गई है, लेकिन उसकी पत्नी—क्या नाम है उसका, यमुना—उसका एक बेटा भी तो है, उनका क्या होगा? इस विषय में शास्त्र का क्या विधान है?'

चूंकि शास्त्रों के विषय में ब्राह्मण के समक्ष बोलने का अधिकार नहीं है, इसलिए प्रश्न भट्टाचार्य ब्राह्मण मणिभूषण के उद्देश्य में होने के बावजूद, प्रश्नकर्ता दत्त महाशय को देखकर प्रश्न कर रहा था। सो उत्तर देने की ज़िम्मेदारी बांट ली गई, 'मुझे लगता है पत्नी की जात नहीं जाएगी, क्या कहते हैं भट्टाचार्य महाशय?'

भट्टाचार्य महाशय बोले, 'नारी तो आदिशक्ति जगतमाता का अंश होती है। उसकी कोई जात नहीं। नारी जल के समान होती है। जल का कोई आकार नहीं होता, वह जिस पात्र में रखा जाए उसी का आकार धारण कर लेता है। शास्त्रों में इसके कई प्रमाण हैं। यदि रूप कुमार की पत्नी उसका संग त्याग देती है और उसके साथ कोई संबंध नहीं रखती, तो अनजाने में घटे उसके जितने भी दोष और बाधाएं हैं उनको समाप्त करना संभव है। पांच ब्राह्मणों के आशीर्वाद से सारे पापों का विनाश हो जाएगा।'

जुर्माना भरने वाले मणिभूषण भट्टाचार्य के घर गए थे। वे वहां क्यों गए इस बात की आलोचना समाज की विभिन्न गोष्ठियों के प्रधानों में होने लगी। ये सारी बातें हर कुमार तक पहुंचते ही वह समझ गया कि कोई भारी विपदा

आने वाली है। वह दौड़ता हुआ मणिभूषण भट्टाचार्य के घर पहुंचा। रोता-गिड़गिड़ाता उनके पांवों में पड़ गया, 'दुहाई धर्म की, मेरे भाई को बचाइए। दया करिए। वह तो रोग के कारण बेहोश था। कौन उसे उठा कर ले गया, किसने उसे पानी पिलाया, यह तो उसे पता नहीं था। उसने जान-बूझकर उनके हाथ से कुछ खाने का पाप नहीं किया। उसे अबूझ जानकर क्षमा कर दीजिए।'

उसके रोने-धोने से कोई फ़र्क़ नहीं पड़ा। न ही मणिभूषण का मन पिघला। उन्होंने धमकाते हुए कहा, 'यह क्या क्षमा करने लायक़ विषय है? हिंदू शास्त्रों में गाय हैं गो-माता, जिसके शरीर में तैंतीस करोड़ देवी-देवता वास करते हैं। उस गो-माता को जो लोग भेड़-बकरी की तरह काटते हैं, उसका मांस खाते हैं, वो कितने बड़े पापी हैं, यह तुम्हारे दिमाग़ में नहीं घुसेगा। उन म्लेच्छ नेड़ों के हाथों से अन्न-जल खाकर रूप कुमार ने जो अन्याय किया है, आज यदि उसे छोड़ दूं तो उसकी देखा-देखी और दस जन उसी रास्ते पर चलेंगे। मियांओं के साथ खाना-पीना शुरू कर देंगे। हिंदू धर्म का बंटाधार हो जाएगा, हिंदू समाज रसातल में चला जाएगा। समाज का प्रमुख होने के नाते मैं ऐसा नहीं होने दे सकता।'

इस तरह रूप कुमार को जाति बहिष्कृत कर दिया गया। उसके भाइयों और मां का रोना और विनती करना भी उसे रोक न पाया। पहले इस पथ के आख़री गांव तक एक भी मुसलमान नहीं था। वे सब एक मंझोले आकार के गंगा के स्रोत के दूसरे छोर पर रहते थे और इस पार की जनसंख्या से दोगुने थे। अब इस पार, इस आख़री गांव में एक घर मुसलमान का हो गया था। सनातन धर्म के संरक्षक समाजपतियों ने ही उनके आने के मार्ग का निर्माण प्रशस्त और सुगम कर दिया था। एक मां-बाप, एक घर, एक आंगन, एक घाट का पानी पीना, एक ज़मीन की फ़सल से प्राण धारण किए हुए, फिर भी रूप कुमार हो गया अछूत, कटुआ, जिसके हाथ का पानी पीना भी पाप था। वो भी हुआ उनके लिए, जो स्वयं जिस हिंदू धर्म को लेकर गर्व और अहंकार करते थे, उसी हिंदू धर्म के लिए अछूत—जिसके हाथ से जल ग्रहण नहीं किया जा सकता था—चंडाल नम:शूद्र थे! जिनके लिए मंदिरों के दरवाज़े, विद्यालयों के प्रांगण बंद थे और मंत्रों का उच्चारण करना जिनके लिए अपराध था।

इंसान किस तरह एक दूसरे को प्यार किया जाए, यह पाठ उतनी सहजता से नहीं सीख पाता, जितनी सहजता से घृणा और निंदा करना सीख लेता है। एक ही ज़मीन पर घुटनों के बल चलकर बड़े हुए, एक ही आसमान

के नीचे खड़े होकर एक ही हवा में सांस ली। एक ही सुख में साथ हंसे, एक ही दुख में दुखी हुए, एक ही ख़ुशी को आपस में समान भाग में बांटा, एक ही रोग, शोक, प्राकृतिक आपदाओं से ग्रस्त हुए, उन सभी नाते-रिश्तेदारों ने रूप कुमार को एक उंगली उठने पर अलग कर दिया। जो घृणा और अपमान वे इतने दिनों से उच्चवर्ण से पाते आए थे, वही घृणा और अपमान वे एक असहाय मनुष्य पर बरसाने लगे।

न तो हर कुमार की और न ही राम कुमार की इच्छा थी, लेकिन गांव के दबंगों के निर्देश पर रूप कुमार की तरफ के आंगन को बीच से भाग कर बबूल के छोटे-छोटे पेड़ लगा दिए गए, जिससे कोई उधर से इधर न आ पाए। इस पेड़ के कांटे बहुत विषैले होते हैं। अनुकूल परिवेश पाकर धीरे-धीरे पेड़ बड़े होने लगे, मिट्टी की गहराई में धीरे-धीरे इनकी जड़ें भी फैलने लगीं, वो पेड़ जो न कभी फल देते हैं न फूल, देते हैं तो सिर्फ़ अनगिनत विषैले कांटे। कांटे जो ज़हरीली चुभन से लहुलुहान कर देते हैं, ज़ख़्मी करते हैं और पीड़ा देते हैं।

इसके बाद रूप कुमार का नाम बदल कर रूपचांद मियां हो गया। उसकी बीवी यमुना से जमीला बीबी हो गई। वैसे उसे समझाया गया था कि वह धर्म परिवर्तन न करे। राय बाबू—धान की कटाई के बाद जिनके आंगन में दो-दो इतने बड़े धान के ढेर बनाए जाते थे कि उसकी चोटी को देखने के लिए अगर औरतें अपना सिर उठाएं तो उनका घूंघट सरक जाता था—ने यमुना से कहा था, 'तुझे बाहर की तरफ एक कमरा दे दूंगा। तुम मां-बेटा वहीं रह लेना। हमारे पांच थाली के बचे-खुचे भोजन से तुम दोनों का पेट भर जाएगा। यमुना ने उस ललचाने वाले प्रस्ताव को नहीं माना और वह अपने पति के साथ मुसलमान बन गई।

मुसलमान हो जाने के बावजूद जितने दिनों तक रूप कुमार ज़िंदा रहा, उसके घर में कभी गाय का गोश्त नहीं आया। शाम को शंख बजता, उलुध्वनि होती। यमुना मांग में सिंदूर भरती, हाथों में शाखा भी पहनती थी। उनके बच्चे दूर खड़े होकर ताऊ-चाचा के आंगन में नारायण पूजा देखते। केले के पत्तों में शिन्नी प्रसाद खाते। रूप कुमार के मरते ही वह सबकुछ ख़त्म हो गया। उसके पांचों बेटे अपनी इच्छा से सभी हिंदू संस्कारों को त्याग कर पक्के मुसलमान बन गए। अपनी कट्टरता दिखाने के लिए उन्होंने सबसे पहले संध्या दीपक दिखाने के लिए आंगन में बने तुलसी मंच को तोड़ दिया। घर से सभी देवी-देवताओं की मूर्तियां, चित्र, सामग्री बाहर निकाल गंगा के पानी में फेंक दीं।

इसके बाद गाय की बछिया को काटा गया, उसका गोश्त पकाया गया और उसे खाया भी गया। क़ुर्बानी की रस्म में शामिल होने गंगा के दूसरे छोर से पांच बड़ी नाव भरकर मेहमान आए। उन नावों में गंड़ासे, बेंत की बनी ढाल, बरछियां रखी हुई थीं ताकि यदि कोई काफ़िर धार्मिक अनुष्ठान में बाधा डालने आए तो उसे वाजिब जवाब दिया जा सके। रूप कुमार का परिवार इतने दिनों तक बिल्कुल अकेला था। हिंदुओं ने उन्हें निकाल बाहर किया, लेकिन मुसलमानों ने उन्हें अपना लिया। इस रस्म के माध्यम से वो दूरियां मिट गईं। मौलवी साहब ने ऐलान किया, आज से ये मुसलमान हैं। मुसलमान-मुसलमान भाई-भाई। एक मुसलमान की हिफ़ाज़त करना दूसरे मुसलमान का फ़र्ज़ है।

इसके बाद से रूप कुमार के घर अक्सर मज़हबी मजलिसें, महफ़िलें, बहसें होने लगीं। क़ुरान शरीफ़ का पाठ होने लगा। मज़हबी बहस और भाषण के दौरान वक्ता बेहद नफ़रत और घृणा भरी, जाति के ख़िलाफ़ भाषा में बोलते। वे युगों से सहन करते आ रहे पीड़ा, हिकारत और तिरस्कार की आग और लपटें उगलते। पर एक समय जो जातीय मतभेद था, वही एक नए रूप, सांप्रदायिकता के वेश में आगे आने लगा था।

5

बबूल के कांटे

पूर्व बंगाल की लोक संस्कृति का एक बड़ा अंग था *'कोबी-गान'* या कविता का गायन। अनेक बड़े-बड़े कवि, जिन्हें कवि सरकार कहा जाता था, ने यहां जन्म लिया था। जो महफ़िल में बैठे-बैठे ही किसी भी विषय को लेकर गीत सुर में बांधकर सुनाने की अद्‌भुत दक्षता रखते थे। समाज, रिवाज, राजनीति, धर्म, हास-परिहास, यहां तक कि मनोरंजन के विभिन्न आयाम इन गीतों में उजागर होते थे। *'कोबी-लड़ाई'* कवियों के बीच लड़ाई भी इसका हिस्सा थी। इसी तरह के एक कवि सरकार का नाम था गणपति। थोड़े ही दिनों में उसने बहुत नाम कमा लिया था। एक दिन उसे बुलाकर हर कुमार ने *' कोबी-गान'* के जलसे का आयोजन किया। हर कुमार ने जीवन में बहुत ग़लतियां की थीं, उन सब ग़लतियों में से एक इस जलसे का आयोजन था। हर कुमार ने दूर-दूर तक कल्पना नहीं की थी कि चपल रसिकता करते हुए गणपति ऐसी बातें कहेगा जो मुसलमान समाज के लोगों के दिलों में ग़ुस्से की आग भड़का देंगी। गणपति गीत बनाना जानता था, गीत गाना जानता था, बस नहीं जानता था तो ये कि कौन-सी बात कहने से ज़्यादा बेहतर है उसका न कहना।

उस दिन आधी रात को, जलसे के लगभग शेष पर्व में प्रतिपक्षी गायक के एक सवाल के जवाब में वह अचानक बोल बैठा, 'घोड़ा सीधा कोड़े से और मियां सीधा जूते से।' गणपति मज़ाक़ में लोगों को लुभाने के लिए यह कहकर जलसे में जोश लाने की कोशिश कर रहा था, क्योंकि उसका प्रतिपक्षी किसी तरह भी एक बात नहीं समझ रहा था। बार-बार न समझने का भान कर रहा था। वाक्य का पहला हिस्सा उसने उसे यह समझाने के लिए ही कहा था

कि ऐसे तो तू समझेगा नहीं, दो-चार लातें खाकर ही समझेगा। लेकिन तुकबंदी के चक्कर ने मुसीबत को न्यौता दे दिया। कोई एक सवाल कर बैठा, 'घोड़ा सीधा कोड़े से यह समझ में आया, लेकिन मियां सीधा जूते से, इसका मतलब समझ में नहीं आया।'

गणपति बातों का बाज़ीगर था। बात पे बात जोड़ने में माहिर। उसने कहा, 'मैंने एक बार एक समारोह में यही बात कही थी। उस सभा में जितने हिंदू थे उतने ही मियां भी थे। मेरी बात सुनकर एक मियां तो मुझे अब मारे कि तब मारे। मैंने उसे पास बुलाकर कहा, "मियां नाराज़ क्यों होते हो! पहले मेरी बात मन देकर सुनो तो समझ जाओगे तुम लोग सीधे जूते से हो या नहीं। हम केले के पत्ते के सीधी तरफ भात खाते हैं और तुम लोग उल्टी तरफ। हम धोती पैरों के बीच से फेंटा कसकर पहनते हैं और तुम लोग खोलकर लुंगी पहनते हो। हम पूर्व दिशा में प्रणाम करते हैं और तुम लोग नमाज़ पश्चिम की ओर मुंह करके पढ़ते हो। हम मूछें रखते हैं और तुम लोग काट देते हो। हम बाईं ओर से किताब पढ़ते-पढ़ते दाईं ओर जाते हैं पर तुम लोग दाईं से बाईं ओर आते हो। हम मरने पर चिता में जाते हैं, तुम कब्र में जाते हो। तो देखो, सब बात में तुम लोग हिंदुओं से उलट हो, लेकिन जिस तरह से हम जूते पहनते हैं, तुम भी उसी तरह से जूते पहनते हो। तुम उन्हें हाथों में नहीं पहनते हो। इसका मतलब है हर चीज़ में उल्टा होते हुए भी जूते के मामले में बिल्कुल सीधे हो।" तो उस आदमी ने वह बात मान ली। अब समझे, मियां सीधा जूते से!'

इस कहानी को कह कर गणपति लोगों को हंसाना चाहता था। कुछ लोग हंसे भी थे। लेकिन वे नहीं हंस सके जिन्हें बबूल के कांटों के उस पार रहने को बाध्य किया गया था। बाद में यह बात मुहावरे की तरह हो गई। पांच उग्र हिंदुओं के इकट्ठा होने पर यदि मुसलमानों की कुटिल मानसिकता का प्रसंग उठता तो कोई न कोई बोल उठता, *'हालार जाइत खाली जुताए शोजा,* सालों की जात जूते से ही सीधी होती है।'

जब यह कहानी गंगा पार मुसलमानों के मुहल्ले में पहुंची, तब वे लोग किसी मौलवी को लेकर इस पार के लोगों को मुंहतोड़ जवाब देने आ गए। साथ में पचास बरछी-बल्लमधारी अल्लाह के बंदे भी आए। सभी रूपचांद मियां के घर मिले। इधर-उधर की बात कहकर मौलवी साहब ने असली मुद्दे पर बोलना शुरू किया।

'मैं एक बार पिरिचपुर गया था, तो मैंने एक धर्म सभा में सारे हिंदुओं को सांड की औलाद कहा। एक हिंदू तो मुझसे खीजकर ग़ुस्से में लाल हो गया। बाद में मैंने उससे कहा, "काहे खीजते हो, तुम लोग तो गाय को मां कहते हो। तो अगर गाय तुम्हारी मां है तो बाप सांड ही तो हुआ न! कहो हुआ कि नहीं?"'

टिन का चोंगा मुंह में लगाए ये सब बातें इतनी ज़ोर से कही गईं कि बबूल के कांटों की सीमा पार कर दूसरी तरफ झुंड बनाए खड़े लोग सुन पाएं। वे सब सुन रहे थे और मन ही मन गिन रहे थे कि पचास लठैतों का मुक़ाबला करने के लिए उनके पास जनबल है या नहीं।

मौलवी कहते रहे, 'मैंने इससे ज़्यादा और कुछ नहीं कहा। तो आप ही सोचिए जो गाय को मां कहते हैं, जो पंचगाव्य का नाम देकर गाय का मूत पीते हैं वे किस तरह के इंसान हैं। क्या उनकी जात धर्म है! अरे अगर दूध पीने से ही मां है, तो भैंस ने क्या गुनाह किया है? दूध तो उसका भी पीते हैं। बकरी ने क्या अपराध किया है, उसे भी मां कहो। गाय बड़ी मां, भैंस मंझली मां और बकरी छोटी मां। सांड बड़ा बाप और पट्ठा छोटा बाप।'

हर कुमार तब भी ज़िंदा था। लेकिन अब और ज़िंदा रहने की इच्छा उसमें नहीं रही थी। कुछेक महीने पहले भाई राम कुमार सांप के काटने से मर गया था। शोक, दुख और अपमान से रूप कुमार भी जीवित न रह सका। जिस कॉलेरा ने एक दिन उसकी जान लेते-लेते बख़्श दी थी, अंत में उसी ने उसकी जान ले ली। असहाय वृद्ध हर कुमार अब अकेला क्या करेगा? वह अब कानों से कम सुनता था, उसे आंखों से भी कम दिखता था। पर वह समझ रहा था कि एक और कुरुक्षेत्र की तैयारी शुरू हो गई थी। एक भाई के ख़ून में नहाएगा दूसरा भाई, उसका ही आयोजन पूरा हो रहा था। जो ज़हरीला बबूल एक दिन घर के आंगन में बोया गया था, अब उसकी जड़ें सीने में फैल गई थीं। पेड़ बढ़ते जा रहे थे और कांटे भी।

रूपचांद के पांच बेटे और तीन बेटियां थीं। बड़े बेटे का नाम मामूद था। वह थोड़ा धीर और समझदार था। अपने बाप के हताश और दुखी जीवन को उसने क़रीब से देखा था। तब तक उसकी स्थिति को समझने लायक़ उम्र हो गई थी। उसने अपने पिता को असहाय मरते देखा था। एक बरसात की रात उल्टी-दस्त करते-करते रूपचांद मर गया। बबूल के कांटों को अस्वीकार कर कोई भी रिश्तेदार समाज से बहिष्कृत होने के डर से उसके दरवाज़े नहीं आया। धर्म और जात की बेड़ियों ने उनके पांव जकड़े हुए थे। मृत्यु के उस दृश्य ने

मामूद के भीतर एक पीड़ादायक, स्थाई घाव छोड़ दिया था। वह ज़ख़्म कभी न भरने वाला था। वह उसे ज़िंदगी भर दर्द देता रहेगा, रुलाता रहेगा।

मामूद से दो साल छोटा था मौमिन, लेकिन शरीर के गठन से वह बड़ा भाई लगता था। वह बेहद ग़ुस्सैल, ज़िद्दी और साहसी था। एकदम रूपचांद की ज़ेरॉक्स कॉपी। उसने बाप की मौत की ख़बर उस मूसलाधार बारिश की रात में, नदी को तैरकर पार कर, उस पार के मुसलमान मुहल्ले में जाकर दी, लेकिन उसके जाते ही वे लोग नहीं आए। उन्होंने कहा, 'हम क्यों जाएं, बताओ? यह सच है कि तुम्हारे बाप को हिंदुओं ने खदेड़ दिया था, लेकिन वह तो क़लमा पढ़कर मुसलमान नहीं बना था। दो जातों के बीच त्रिशंकु बना रहा। मरने से पहले दिन तक उसके मन में उम्मीद थी कि हिंदू लोग फिर से उसे अपनी जात में वापस ले लेंगे। यही उम्मीद लिए वह मर भी गया। वह तो हम लोगों का था ही नहीं, हम क्यों उसके लिए जाएंगे?'

मौमिन ने कहा, 'मेरा बाप मोटी बुद्धि का था, समझ नहीं पाया। आप लोग चलें, बाप का क्रिया कर्म निबट जाने दें। उन्होंने जो ग़लती की हम पांच भाई मिलकर उसे सुधारेंगे। अपने घर की तीन सीमाओं के अंदर हिंदू धर्म का नामोनिशान नहीं छोड़ूंगा। इसके बाद वहां से नाव में लोगों ने आकर मुसलमान रीति-रिवाज से रूपचांद को नदी के किनारे दफनाया। गांव वाले इसी मौमिन से सबसे ज़्यादा डरते थे। सांप्रदायिक दंगों की आग, जिसमें तब सारा देश जल रहा था, यदि किसी दिन उस गांव में जल उठे तो घर जलाने वाला सरगना मौमिन ही होगा। रूपचांद की क़ब्र की मिट्टी छूकर उसने प्रतिज्ञा ली थी, 'जिन सालों ने तुम्हें शांति से मरने नहीं दिया, उनमें से किसी को भी मैं शांति से रहने नहीं दूंगा। जितना कष्ट तुमने मरते वक़्त झेला, उससे दस गुणा ज़्यादा तक़लीफ़ मैं उन्हें दूंगा।'

मामूद से छोटा मौमिन और मौमिन से छोटा माजिद था। वह गरीब दास का हमउम्र था। जब जात अलग करने की घटना घटी तब गरीब और माजिद में से किसी का भी जन्म नहीं हुआ था। अगर उस दिन वो दुर्घटना नहीं घटी होती तो दोनों एक साथ कबड्डी, गिल्ली-डंडा खेल रहे होते। एक साथ मछलियां मारने जाते। लेकिन अब भाई होने के बावजूद भाई नहीं थे। दोनों एक-दूसरे को देखकर गले नहीं मिल सकते थे। बीच में खड़ी थी जात-पात की दीवार।

मौमिन का ग़ुस्सा देखकर हर कुमार के मन में पीड़ा होने पर भी वह उसको दोष नहीं दे सकता था। पूरे पड़ोस में यही एक घर मुसलमान था। कोई

उनके साथ न मिलता-जुलता, न हंसता-बोलता था और न ही विपदाओं में उनके साथ खड़ा होता। जब बच्चे छोटे थे, तो बच्चों के साथ खेलने के लिए सारी बाधाएं तोड़कर आ जाते थे। तब हिंदू लोग अपने बच्चों को धमका कर दूर हटा लेते थे। उनसे घिन करते, मानो वे कुष्ठ रोगी हों। उनका शिशु मन तब नहीं जानता था कि किस अपराध में मनुष्य समाज उन्हें इतनी कठिन सज़ा दे रहा है। अकेला बचपन, निर्जन किशोरावस्था, उपेक्षित यौवन ने मौमिन को प्रतिशोधी बना दिया था। बदले की भावना ने उसे भूखे शेर के समान बना दिया था। बस मौक़ा मिले और वह झपट पड़े। संपर्कहीन, जल और जंगल से घिरे, क़ानून की पहुंच से थोड़ी दूर इस अंचल में पड़ोसी के साथ पड़ोसी, भाई के साथ भाई और रिश्तेदारों के बीच झगड़ा, मनमुटाव, हिंसा और दंगा कोई नई बात नहीं थी, इसलिए लोग कहते थे, 'धान, ख़ून, खाल (नहर), इन तीनों से है बरिशाल।' यह सब पहले भी हुआ था और आगे भी होता रहेगा। वैसे पहले झगड़ा-लड़ाई, दंगा-फ़साद थोड़े में ही ख़त्म हो जाता था। लेकिन अब ऐसा नहीं होगा क्योंकि अब इस झगड़े में प्रवेश कर चुकी थी राजनैतिक मक़सद की ज़हरीली हवा। थोक में लोगों को जान से मारने की परिकल्पना चल रही थी। गुनाहगार, बेगुनाह, बच्चे और बूढ़े कोई नहीं छूटने वाला था। आज उन्हें संख्या चाहिए थी—एक हज़ार, दो हज़ार, दस या बीस हज़ार। उन मृत लोगों के पहाड़ पर चलकर कुछ लोग बहुत ऊंची सीमा पर जाना चाहते थे। तभी एक संप्रदाय को दूसरे संप्रदाय से लड़ा देने का गहरा षड्यंत्र शुरू हो चुका था पूरे देश में। कलकत्ता, बिहार, पूर्वबंग में। एक तरफ हिंदू महासभा तो दूसरी तरफ मुस्लिम लीग—धर्म के नाम पर दोनों दलों को उकसाया जा रहा था—मारो, मारो। कुछ नहीं केवल मृत्यु की उपासना करो। जिसकी परिणति थी तीन-तीन भयंकर दंगों की घटनाएं। लोग मक्खी-मच्छर की तरह मर गए। राजनेताओं के कुछ स्वार्थ पूरे हुए, कुछ अभी बाक़ी थे। इसलिए फिर दंगा होना था।

'पथेर शेष' गांव में अब तक कोई दंगा नहीं हुआ था। पर सब आतंकित थे—किसे पता कब शुरू हो जाए! अगर नदी-नाला पार कर दंगे की आग इस गांव को भी ग्रास कर ले तो? रूपचांद के सभी बेटे अब जवान हो चुके थे। बाहर वाले उन्हें उकसा रहे थे। कहा जा रहा था, 'यह देश अब मुसलमानों का है। पुलिस, मिलिटरी, राजनेता सब मुसलमान हैं। सब चाहते हैं हिंदू इस देश को छोड़कर चले जाएं। यदि स्वेच्छा से नहीं जाते हैं, तो मार कर भगाना

होगा।' पांचों भाइयों के सीने में सालों से जमा बदले की आग धधक रही थी। कौन जाने उसमें कब विस्फोट हो जाए...

जिस साल देश का बंटवारा हुआ और बंगाल को भी विभाजित कर एक हिस्से को पूर्व पाकिस्तान बना दिया गया, उसी साल हर कुमार की मृत्यु हो गई। वैसे उससे पहले ही उसके बेटे विस्तारित परिवार को तोड़ अपने हिसाब से सुविधाजनक स्थानों पर अलग-अलग घर-गृहस्थी बसा, जीवन निर्वाह करने की कोशिश कर रहे थे। देश के हालात पहले के मुक़ाबले अब और संगीन हो गए थे। हिंदुओं को थानों और कोर्ट-कचहरी में शिकायत ले जाने पर भी न्याय नहीं मिल रहा था। फलस्वरूप जिन्होंने अब तक देश नहीं छोड़ा था, वे भी धीरे-धीरे अपनी ज़मीन-जायदाद बेचकर भारत जाना शुरू हो गए थे। वैसे तो सन सैंतालीस से रोज़ाना ही कुछ लोग मुल्क छोड़कर जा रहे थे पर इसके बारे में 'पथेर शेष' गांव के लोग उतना नहीं जानते थे। वे अपने गांव, अपने अंचल को पूर्वी पाकिस्तान का हिस्सा समझते थे, जहां तीन-तीन दंगों ने अब तक कोई छाप नहीं छोड़ी थी। लेकिन अब उन्हें डर लगने लगा था। उन्हें लग रहा था कि अब यहां और नहीं रहा जा सकेगा। रहना ठीक नहीं होगा।

इसी डर से गगन की मां गरीब दास के पास आई थी। गरीब के एकमात्र भाई, शशिकांत को छोड़कर उसके बाक़ी सभी भाई भारत जा चुके थे। उन्होंने निश्चित ही चिट्ठी के माध्यम से भाई को बताया होगा कि वहां कितने अवसर और सुविधाएं थीं। यदि गरीब जाता है, तो वे लोग भी जाएंगे। लेकिन गरीब दास निर्णय नहीं ले पा रहा था।

तभी एक शाम धुक-धुक करते सीने से वह अपने चचेरे भाई मामूद के घर पहुंचा। मामूद अब गांव के दूसरे छोर पर चला गया था और उसने दो कमरों का टिन का घर बना लिया था। उसकी पहली बीवी के गुज़रने के बाद दूसरी बार उसने जिस लड़की से शादी की उसके बाप के पास सोलह बीघे धान की ज़मीन थी। उन्होंने अपने दामाद को टिन, लकड़ी, बांस देकर मदद की थी।

'दादा, कैसे हैं?'

मामूद तब हाट से लौटा ही था। बरामदे में बैठा ताड़ के पत्ते के पंखे से बदन का पसीना सुखा रहा था। वहीं से गर्दन घुमाकर गरीब दास को देखकर कहा, 'हां, ठीक ही हूं। तू कैसा है? घर पर सब ठीक हैं?'

'जैसा आप लोगों ने रखा है, सब वैसे ही हैं।'

मामूद ने खिन्न आवाज़ में कहा, 'रखते तो मालिक हैं, हम नहीं। ऊपरवाला जिसको जैसा रखना चाहता है, रखता है। क्यों सही बात है न?'

'हां, जब आप कह रहे हैं तो ठीक ही है।'

वह और क्या कहे उसे समझ नहीं आ रहा था। उसे असहज देख मामूद ने कहा, 'और बता, अचानक कैसे आना हुआ? इससे पहले तो तू कभी मेरे घर नहीं आया! आ बरामदे में आकर बैठ जा।'

गरीब बरामदे में नहीं गया। जन्मों के संस्कार की बात थी, जो अवचेतन मन में सदियों से धीरे-धीरे फल-फूल रही थी। उसने बरामदे के नीचे खड़े रहकर ही कहा, 'दादा, चारों तरफ न जाने क्या-क्या बातें सुन रहा हूं। लोग कह रहे हैं नोआखाली में जिस तरह का दंगा हुआ था, हो सकता है इस बार इस तरफ भी होगा। सुन कर दिल कांप उठता है। कहते हैं लोग बकरों की तरह लोगों को काटेंगे।'

गमछे से माथे का पसीना पोंछते हुए मामूद ने कहा, 'जो तू सुन रहा है, हाट-बाज़ार में मैं भी वही सुन रहा हूं। सिर्फ़ तेरा ही नहीं, जो भी सुन रहा है उसका कलेजा कांप रहा है। अगर दंगा-फ़साद होता है—लोग पागलों की तरह एक-दूसरे के गले काटने लगें—तो कौन बचता है और कौन नहीं, कोई बता सकता है क्या? क्या सिर्फ़ हिंदू ही मरेंगे? मियां नहीं मरेंगे क्या?'

मामूद बात करते-करते हुक्के में तंबाकू सजाने लगा। लकड़ी के कोयले में आग सुलगा, अपने पास हुक्के को रख उसकी नली गरीब को ओर बढ़ा दी, 'ले तंबाकू पी। मियां अगर हिंदू को काटे या हिंदू मियां को काटे, क़त्लेआम तो ठीक नहीं है।'

'देशभर के मियां एक साथ क्यों भड़क गए हैं, मेरे दिमाग़ में तो कुछ नहीं घुस रहा। सुना है दंगे भड़काने बिहार न कौन से देश के मियां यहां आएंगे। यहां के लोगों ने उनका क्या बिगाड़ा है? यह पागलपन नहीं है तो क्या है?'

'पागलपन ही तो है।' मामूद ने कहा, 'कभी-कभी लगता है यह पागलपन तो होना ही था। इसके अलावा कोई और चारा भी नहीं था। क्या तू बता सकता है कि बिना दोष, बिना वजह जीवन भर हिंदुओं के हाथों मियांओं को कितनी नफ़रत झेलनी पड़ी। इतनी नफ़रत कोई सह पाता है क्या? एक न एक दिन तो उन्हें भड़कना ही था। एक साथ मिलकर रहने के लिए दिल में अपनेपन की भावना रखनी ही चाहिए। वो क्या हिंदुओं में है? क्या वे मुसलमानों को इंसान समझते हैं? एक इंसान को दूसरे इंसान से जैसा व्यवहार मिलना चाहिए, वो क्या किसी मियां को देते हैं या देंगे? तो फिर एक साथ एक जगह कैसे रहा जा सकता है?'

गरीब को समझ में नहीं आया कि मामूद आज इतना ग़ुस्से में और उत्तेजित क्यों था? वह अपने स्वभाव के बिल्कुल विपरीत था। चाहे उसके पास समय हो या नहीं, फिर भी महीने दो महीने में एक या दो बार उससे मिलना हो जाया करता था। जिस किसी विषय को लेकर हो, वह शांत स्वर में बात किया करता था। लेकिन आज उसका रूप ही अजीब था, 'अगर हम किसी के आंगन में खड़े हो जाएं, तो हमारे जाने के बाद हिंदू गोबर-जल का छींटा देते हैं। ज़रा भी छू जाएं तो जाकर नहाते हैं। कुत्ता-बिल्ली छू जाए तो नहाने की ज़रूरत नहीं होती, गोबर छिड़कने की ज़रूरत नहीं होती। सबकुछ इंसान के साथ करना होता है। जिनके प्रति हिंदुओं के मन में इतनी घृणा है, वो मियां लोग क्या जाकर उनके गाल चूमेंगे? उनके इन पापों की वजह से देश का बंटवारा हुआ है। इन्हीं पापों की वजह से उन्हें अब देश छोड़ना पड़ रहा है। इतने बड़े दंगे हो रहे हैं। तो भी क्या ये लोग आज भी अपने को बदले हैं? यह देश अब मियांओं का है। इस देश में रहने के लिए जो सम्मान इंसानों को मिलना चाहिए, वो सम्मान मियांओं को न देने से वो भला क्यों उन्हें रहने देंगे? आज ये लोग वही कर रहे हैं, इतनी सदियों के अपमान, अत्याचार का बदला ले रहे हैं। किसको दोष दोगे? जिनको तुम लोगों ने कभी अपना नहीं माना, अपना नहीं बनाना चाहा, वो आज तुम्हें क्यों अपना मानेंगे? जो अपना नहीं होता, वो पराया होता है। जो पराया होता है, वो परायों जैसा ही काम करता है।'

गरीब ने इस तरह से तो कभी इन बातों को सोचा नहीं था। असल में सोच जहां तैयार होती है, उस मस्तिष्क के सूक्ष्म कोशाणुओं को उपजने और विकसित होने के लिए स्वस्थ सुंदर परिवेश की ज़रूरत होती है। ज़रूरत होती है आसपास विचारशील और बुद्धिमान लोगों की। वैसे लोग गरीब दास के समाज में नहीं थे। आज तक यह समाज ऐसे एक भी जन को जन्म नहीं दे

पाया जो वेद-पुराण, धर्म के नाम पर ऐसे अशोभनीय और असभ्य रिवाजों के विरुद्ध अपनी आवाज़ उठा सके, ये कह सके, 'बस बहुत हुआ, और नहीं! अब रुको नहीं तो हम तुम्हें ज़बरदस्ती रोकेंगे! जिन पोथी, पुस्तक और ग्रंथों ने मनुष्यों के लिए ऐसा हेयकारी विधान रचा हो वो मेरा नहीं है, मैं उन्हें लात मारकर नदी में फेंक दूंगा! जिस भगवान ने मुझे मनुष्यों के समाज में कीड़े के समान दर्जा दिया है, उसके सामने मैं कभी नहीं झुकूंगा। मैं अपने आप को और उन्हें प्रणाम करूंगा जो मुझे प्रणाम करेंगे।'

हिंदू धर्म और कुछ नहीं हिंसक ब्राह्मणवाद ही था, जिसके विरुद्ध इस भू-भाग में सबसे पहले बौद्धों ने उंगली उठाई थी। परंतु वे अहिंसक, शास्त्र विहीन और दुर्बल थे, तभी ब्राह्मणवाद के प्रबल आक्रमण से वे तिनके की तरह उड़ गए। लेकिन मुसलमान वैसे नहीं थे, वे सशस्त्र, बलवान, साहसी योद्धा थे। वे ही इस भूखंड में ब्राह्मणवादी शक्ति को ज़ोर का धक्का दे सके। आज और कोई भी उनकी अवज्ञा, अपमान या उन्हें अस्वीकार करने का साहस नहीं कर पाता। यदि कोई ऐसा करता है तो उसे पूर्वी पाकिस्तान में और अधिक रहने नहीं दिया जाएगा। यहां अब मुसलमान मुट्ठी बांध कर हाथ उठा कर कह रहे थे, 'या तो समान इज़्ज़त के हक़दार मानो, नहीं तो नतीजा भुगतो।'

शिक्षाहीन, दीक्षाहीन, उन्नत संस्कार और संस्कृति से बहुत दूर, पानी से घिरे इस भू-भाग में अति साधारण श्रमिक जीवन जीने वाले समाज का मनुष्य गरीब दास, परिशोधित चेतना बोध के अभाव से, भिन्न मानसिकता के इंसान मामूद के मन की पीड़ा को समझ नहीं सकता था। वह जन्म से देखता आ रहा था, ब्राह्मण और कायस्थों के घर के आंगन में अगर वह जाकर खड़ा हो, तो वे लोग गोबर-जल छिड़कते हैं। छू लेने से नहाते हैं। यह सब देखकर उसकी यही धारणा थी कि यही नियम है, यही स्वाभाविक एवं शास्त्र सम्मत है। यह सब मानसिक रूप से इतना कष्टदायक एवं अपमानजनक है, यह उसके मन में कभी आया ही नहीं। न जाने किसने किस काल में उससे कहा था, 'ये जो ऊंची जात के धनवान शिक्षित हैं, ये उनके पूर्व जन्मों के पुण्य का फल है। और हम जो छोटी जात के हैं, वो भी हमारे पूर्व जन्मों के कर्मों का फल है। भगवान ने जन्म के समय जिसके भाग्य में जो लिख दिया, उसे वही भोगना पड़ता है। क़िस्मत बदली नहीं जा सकती है। यह भगवान की एक परीक्षा है। हज़ारों दुख, कष्ट और अभाव के बीच यदि हम कोई पाप न करें, यदि भगवान

पर विश्वास रखें, तो अगले जन्म में वह हमको भी ऊंची जात में पैदा करेंगे। धनवान और रूपवान—सब बनाएंगे।'

मामूद अगर रूप कुमार दास का बेटा होता, तो वो भी गरीब दास की तरह इन सब बातों में आस्था और विश्वास रखता। लेकिन वह रूपचांद मियां का बेटा था। वह वेद-पुराण, ब्राह्मण और पुरोहितों की बातों को सच नहीं मानता था। पूर्व जन्म का कोई अस्तित्व है, वह इस पर भी विश्वास नहीं करता था। वह जानता और मानता था कि मनुष्य का कोई और जन्म नहीं होता। यही एक जन्म है, जो लेनदेन है वो सब इसी एक जन्म का है। और जो कुछ भी किसी को तक़लीफ़ देता है, वो सब इंसानों द्वारा बनाया गया है।

मामूद की बातें सुनकर गरीब ने कहा, 'दादा मैं लिखना-पढ़ना नहीं जानता। मैं मोटी बुद्धि का आदमी हूं। किसी के सात-पांच में नहीं रहता। सारा दिन खटता हूं और सारी रात सोता हूं। सोचता था इसी तरह जीवन कट जाएगा। मैंने किसी का बुरा नहीं किया है, कोई मेरा भी बुरा नहीं करेगा। लेकिन न जाने क्या से क्या हो गया। देश का और गांव का चित्र हमेशा के लिए बदल गया। अब कोई ग़लती न करने पर भी लगता है जैसे कितनी ग़लतियां कर दीं। रास्ते पर सब ऐसी टेढ़ी नज़रों से देखते हैं कि बाहर चलने-फिरने में प्राणों का डर लगा रहता है। कामकाज में अब सुख और आराम नहीं है। न जाने कौन आकर कब गर्दन पर वार कर दे, इसी डर से प्राण जा रहे हैं।'

मामूद ने एक लंबी सांस छोड़ते हुए कहा, 'और क्या कर सकता है, बस सावधानी से रह, सोच-समझकर बाहर निकल। कहावत है, "राजा के पाप से राज्य नष्ट हो जाता है"। ब्राह्मण और कायस्थ ऊंची जात के लोगों ने लोगों से घृणा कर जो पाप किया है, उस पाप की वजह से वह ख़ुद तो मर ही रहे हैं, तुझ जैसों को भी साथ में मरवा रहे हैं। वो साले अगर नहीं होते तो इंसानों के बीच ऊंच-नीच का विवाद, झगड़ा-फ़साद भी नहीं होता। सब लोग मिलजुल कर एक साथ रह सकते थे। नम: या पोडे, कोई उनके बनाए विधानों से निकलकर मियांओं के साथ मिलजुल कर नहीं रहेगा। जो भी होगा वह उसी का नतीजा होगा जो बोया है। दंगा होगा, ख़ून बहेगा। तू और क्या करेगा, बस ख़ुद को संभाल...'

बेवक़ूफ़ों की तरह, रामायण के सप्त कांड सुन लेने के बाद सीता किसकी पत्नी है, जैसा प्रश्न पूछने वालों की तरह गरीब ने कहा, 'जो दंगा-

फ़साद करना चाह रहे हैं, उन्हें ज़रा समझाइए। कहिए, सब जैसे पहले मिल-बांट कर रहते थे, वैसे ही रहते हैं। मिलजुल कर रहने में ही तो सुख है।'

'हाय अल्लाह!' खीजते हुए मामूद ने कहा, 'मैं किसके साथ बात कर रहा हूं? इतनी देर तक मैंने क्या कहा? क्या कुछ भी सुना और समझा तूने? कैसे होगा मिलजुल कर रहना? तुम लोग चलोगे अपने मालिक ब्राह्मण और कायस्थों की बात पर, हम चलेंगे हमारे पीर-मौलवियों की बात पर। और ये लोगों के मिलजुल कर रहने के पथ पर हज़ारों मुश्किलें खड़ी करते रहेंगे। कोई हिंदू अपने घर की लड़की का ब्याह मियां के घर में करेगा? कोई मियां की बेटी को हिंदू घर की बहू बनाएगा? क्या तेरे धर्म गुरु इजाज़त देंगे?'

गरीब न जाने क्या बोलने की कोशिश कर रहा था, उसके पहले ही मामूद का मंझला भाई मौमिन वहां आ गया। उसने हाथ में मछली काटने का हंसिया पकड़ा हुआ था। वह अपने बड़े भाई की बांस की झाड़ियों में से एक बांस लेने आया था। उसने गरीब को देखकर तीख़ी आवाज़ में कहा, 'भाई साहब, तुम इस वक़्त यहां? सुना है अपने घर, इंडिया, जाने वाले हो? घर-बार बेचने के लिए ख़रीदार चाहिए क्या?'

मौमिन के ताने पर ज़्यादा ध्यान न देते हुए विषय को सहज करने के लिए गरीब बोला, 'इंडिया, मेरा घर! मैं वहां क्यों जाऊं? वो कहां है?'

'जान जाओगे इंडिया कहां है। पहले उसके बारे में कोई नहीं जानता था पर अब सब वहीं भाग रहे हैं। सुना नहीं यह देश अब पाकिस्तान बन गया है, पवित्र ज़मीन? यहां नापाक इंसानों के लिए जगह नहीं है। मुसलमान को छोड़कर सब नापाक हैं। सब काफ़िर हैं। काफ़िरों को अल्लाहताला पसंद नहीं करते हैं। तुम्हें अल्लाह अपना बंदा क्यों बनाएंगे? अगर किसी को यहां रहना है, उसे क़लमा पढ़कर, मियां बनकर और गाय का गोश्त खाकर रहना पड़ेगा। क्यों, मियां बन पाओगे?'

'अगर नहीं बना तो?'

'मुलाडी में क्या हुआ सुना नहीं क्या? मियांओं ने सारे हिंदुओं को पकड़ कर पहले एक स्कूल के कमरे में बंद करके रखा। उसके बाद पांच-पांच कर उन्हें बाहर निकाला और काटकर गंगा में फेंक दिया। एक ही रात में दो सौ ख़त्म। अल्लाह अगर चाहें तो यहां भी ऐसा ही होगा। हाजी साहब तो एक पांव आगे किए बैठे हैं। कह रहे हैं जो मुसलमान कलकत्ता, बिहार से आए हैं वो

और सब्र करना नहीं चाहते। अभी के अभी सब ख़त्म करना चाहते हैं। मैंने कहा कि अगर अभी इशारा करो तो आज रात को ही दंगा शुरू हो जाएगा।'

अब गरीब सचमुच बहुत डर गया। मौमिन जो कह रहा था, उसका एक शब्द भी झूठ नहीं था। कांपते गले से उसने कहा, 'वो कुछ भी कहें, कितना भी भड़काएं, हम तो भाई हैं। तुम्हारे और मेरे शरीर में एक ही ख़ून बह रहा है। सुना नहीं क्या, भाई-भाई एक साथ? कौन छोटा है और कौन बड़ा, कौन ऊंचा है और कौन नीचा...समाज के यह सब विधान...हिंदू-मुसलमान, दंगा-फ़साद और हिंसा—इन सबको लेकर मैं कुछ कहने नहीं आया, और न ही कुछ सुनने आया हूं। भाई के पास आया था विपदा के समय सही परामर्श की आशा में।'

'सही सलाह ही दे रहा हूं,' ग़ुस्से से मौमिन ने कहा, 'अगर जात के मत से सहमत हो, तो जिस रास्ते पर सब जा रहे हैं उसी रास्ते जाओ। भाग जाओ। आज जब तुम लोग परेशानी में पड़े हो तो हमें "भाई" कह रहे हो। भाई हैं तो मियां मामूद और मौमिन को तुम लोग पूजा और नवान्न मेले के समय न्यौता देकर घर बुलाओगे? भोजन पका कर घर में बिठाकर खिलाओगे? नहीं कर पाओगे। तो फिर हम कैसे भाई? हमसे ज़्यादा ब्राह्मण और कायस्थ तुम्हारे अपने हैं। जूठा खाना देने पर उसे प्रसाद बताकर खाते हो, पैरों की धूल सिर पर लगाते हो। उनके दरवाज़े पर खड़े होने से वे लोग पास नहीं आते, कहीं तुम्हारे बदन की छाया न पड़ जाए। उनके हाथ-पैर पड़कर मां-बाप का श्राद्ध करवाने, बच्चों के शादी-ब्याह के मंतर पढ़वाने लाते हो। मंतर! अब उनके मंतर तो उन्हें नहीं बचा रहे हैं? मिट्टी के पुतले में मंतर पढ़कर प्राण डाल सकते हैं, तो अब अपने प्राण लेकर क्यों भाग रहे हैं?'

मामूद ने मौमिन को धमका कर कहा, 'चुप कर मौमिन!' लेकिन वो नहीं रुका, उसके ग़ुस्से की आग जैसे उसके मुंह से ख़ून और अम्लीय द्रव्य की तरह बह रही थी। वह बोला, 'हर कुमार और रूप कुमार भाई थे। एक मां के पेट के जने भाई। हर कुमार ने उस भाई को जात के डर से त्याग दिया। जात त्याग कर भाई का साथ नहीं दे सका। भाई मरा पड़ा रहा, पर एक बार उसे देखने तक नहीं आया। उस दिन की बात क्या भूल चुके हैं हम? नहीं भूले हैं।'

गरीब को समझ आया कि बहुत बड़ा अन्याय हुआ था। वह बोला, 'वो समय अलग था। बूढ़ा आदमी पांच और प्रभावशाली लोगों के डर से साहस नहीं कर पाया। इन बीस-बाईस सालों में नियम-क़ानून बदल गए हैं। यह जो मैं

आज आया हूं, पहले के दिन होते तो नहीं आ पाता। न जाने कौन देख ले और क्या कह दे। अब जानता हूं, कोई देखने पर भी कुछ नहीं कहेगा।'

'मानता हूं कि बहुत कुछ बदला है, लेकिन जितना भी बदला है वो मियांओं की वजह से। अगर उनका सिर नहीं ठनका होता तो कुछ नहीं बदलता। जैसा था, वैसा ही रहता।'

'ये ठीक नहीं है, सबकुछ ज़ोर-ज़बरदस्ती से नहीं बदला है। मन से भी हिंदू लोग बदले हैं।'

'क्या बदले हैं? बिना ज़बरदस्ती के कितना बदला है अपने आप को? जात की बेड़ियां क्या ज़रा भी ढीली हुई हैं? हम तो पहले हिंदू थे। हम अगर दोबारा हिंदू होना चाहें तो क्या हम लोगों को वापस लेंगे? मंदिरों में घुसने देंगे? ब्राह्मण और कायस्थ हमारी लड़कियों से शादी करेंगे? हमारे घर के बेटों को बनाएंगे अपने घर का जमाई? हमारे साथ खाना खाएंगे?'

'इतना भी नहीं हुआ है अभी।'

'तो फिर?' थोड़ा दम लेकर मौमिन ने कहा, 'मैं सोचता था और इस बारे में बात भी करता था कि सबको एक साथ मिलकर रहना चाहिए। लेकिन ये मेल-जोल ऊपरी नहीं हो सकता। सबसे ज़रूरी मन से मन का मेल होता है और फिर ख़ून से। ख़ून से ख़ून का मेल न हो, तो वो टिकेगा नहीं। क्या इसे हिंदू मानेंगे?'

नाराज़गी से भरे मौमिन ने कहा, 'ज़रा बताओ भाई, क्या हमारा कोई दोष था या हमने पाप किया था? किसलिए हमारी जात गई? एक बीमार आदमी पेड़ के नीचे पड़ा मर रहा था। जो उसे साथ लेकर आए थे, वो उसे मौत के मुंह में छोड़कर भाग गए। क्या वो इंसान थे? उन लोगों की जाति नहीं गई। और एक इंसान ने उसे उठाकर अपने घर ले जाकर उसके प्राण बचाए, इतना बड़ा उपकारी इंसान, वो तो सब जातों से बड़ी जात का था। उसके तो माथे पर फूल-चंदन चढ़ा, उसका वरण करना चाहिए था। वो इज़्ज़त तो उसे दी ही नहीं, उल्टे नीची जाति का कहा गया। वो इतनी नीची जाति का था कि वो जिसे छू दे या अन्न-जल दे, वो भी नीची जाति का हो गया। यह है हिंदू धर्म। मैं तो समझता हूं इन सालों की जात को ख़त्म न करने से लोगों का कुछ भी भला नहीं होगा।'

कुछ कहने को न पाकर गूंगा बना गरीब दास मामूद के आंगन में बैठ गया। वह बहुत दूर से चल कर आया था और बहुत देर से खड़े रहने की वजह से उसके दोनों पैर दर्द से खिंच रहे थे। मौमिन के चुप हो जाने पर मामूद ने कहा, 'उसकी बातों से दिल मत दुखा। तेरे मन में जो दुख है उससे कई गुना ज़्यादा दुख हमारे दिल में है। वो तक़लीफ़ हमारे मुंह से ग़ुस्सा बनकर निकलती है। जा गरीब, ज़रा जाकर मियांओं के मुहल्ले में ख़बर ले। देखेगा, इस देश में जितने मुसलमान हैं उसमें से आधे मुसलमान हिंदू ही हैं जिन्हें किसी न किसी वजह से जात से बाहर निकाल मुसलमान बनने के लिए धकेल दिया गया। बाक़ी के आधे ब्राह्मणों के अत्याचार से अपनी जात को छोड़, दूसरी जात में चले आए। वे लोग ही हिंदुओं से इतने नाराज़ हैं। अब वे ही हिंदुओं को निकालने उतर पड़े हैं। उनके दिलों में कितनी तक़लीफ़ थी वो किसी ने पता लगाने की कोशिश नहीं की। उसे मिटाने की कोशिश भी नहीं की। आज जो घट रहा है वो इसी सब का नतीजा है। अब और रोने से कोई फ़ायदा नहीं।'

मौमिन ने फिर कहा, 'अब चाल पलट गई है। जिनको तुमने नीचे गिरा दिया, अब वो तुम्हें नीचे गिरा रहे हैं। अब चाहे कोई कितना भी रोए-धोए, और कान नहीं देंगे। एक दिन हम रो रहे थे, तब किसने आकर हमारे आंसू पोंछे थे? अब हम क्यों पोंछें? पोंछेंगे तो बिल्कुल नहीं बल्कि और निकालेंगे। इस जगह को ख़ाली कर सभी हिंदुओं को जाना ही होगा। नहीं तो...' हाथ के हंसिया को हवा में घुमाते हुए उसने समझा दिया, 'नतीजा भयंकर होगा।'

गरीब बरामदे से उतरकर दहलीज़ पर खड़ा हो गया। उसके सिर पर आसमान था, लेकिन वह समझ गया कि यह आकाश उसका नहीं था। पांव के नीचे मिट्टी थी, लेकिन यह मिट्टी उसकी नहीं थी। इस देश में अब वह अवांछित जीव था। उसके साथ कुछ भी होगा, कोई नहीं रोकेगा। आम-जामुन के पेड़ के पत्तों के बीच से उसकी नज़र आकाश के ईषाण कोण पर गई। एक खंड काला बादल उभर रहा था, जो और कुछ समय में आंधी में बदलने वाला था। हवा के वेग में उसी का अशुभ संकेत था।

6

पलायन

बेडफ़ोर्ड कंपनी का एक ट्रक सड़क पर चला जा रहा था, जिसकी यात्रा तड़के सुबह अंधेरे में शुरू हुई थी। उसके बाद से ट्रक लगातार चले जा रहा था। अब सिर के ठीक ऊपर वैशाख मास का तेज़ सूरज चमक रहा था। वह बस ताप नहीं रहा था बल्कि ऐसा लग रहा था मानो उसके शरीर से भयानक क्रोध गलकर टपक रहा हो जो ब्रह्मांड को भस्म करके ही शांत होगा। ट्रक के हवा भरे रबड़ के चक्कों के नीचे लैटेराइट मिट्टी के कंकड़-पत्थरों से भरी ऊंची-नीची ऊबड़-खाबड़ सड़क थी। ऐसी सड़क पर तेज़ रफ़्तार से चल रही पुरानी घिसी-पिटी गाड़ी गड्ढों में उछलती-कूदती जा रही थी।

इस ट्रक का मालिक कोई पंजाबी एक्स मिलिटरी ठेकेदार था। दूसरे विश्वयुद्ध के समय उसने सेना को खाने का सामान और मांस सप्लाई करने का ठेका लिया था। ग्रामीण बंगाल के विभिन्न अंचलों में घूम-घूमकर सस्ते खस्सी बकरे ख़रीदकर, इसी ट्रक से वह सेना के बैरकों में पहुंचाता था। अब उन्हीं खस्सी बकरों की तरह लोगों के एक दल को बर्तन-भांडे, बोरिया-बिस्तर समेत उस ट्रक में ठूंस दिया गया था। सामान के ढेर पर अनभ्यस्त ऊंट सवारी करते लोग बुरी तरह हिलडुल रहे थे, वे घबराए हुए रोए जा रहे थे। चलते ट्रक से छिटक कर कहीं गिर न पड़ें, इस डर से सब अपने-अपने देवी-देवताओं से याचना कर रहे थे। उनमें से कोई नहीं जानता था कि यह यात्रा कब और कहां ख़त्म होगी और कितनी दूर ले जाकर उन्हें छोड़ा जाएगा। उन्होंने सुना था कि वे 'कैंप' में जा रहे हैं लेकिन इस शब्द का मतलब उन्हें नहीं पता था।

जली मिट्टी सी लाल राढ़-बंगाल की रूखी सड़क। पगलाए घोड़े की तरह उस सड़क पर ट्रक दौड़ा जा रहा था। रास्ते पर बहुत महीन धूल थी क्योंकि इससे पहले भी इस रास्ते से बहुत से ट्रक जा चुके थे, उसी तरह जिस तरह इस ट्रक का ड्राइवर बहुत बार गुज़र चुका था। लाल धूल के बवंडर ने ट्रक को ढंक लिया था मानो ट्रक के गर्जन और गति के साथ ताल देता दौड़ रहा हो। क्रोध से दहकते सूरज के ताप से गरम हुई धूल उन लोगों की आंखों और चेहरों को ढंक रही थी। उनका शरीर भी लाल होता जा रहा था। यह उन लोगों को अच्छा नहीं लग रहा था। मानो उनकी अनिच्छा के बावजूद किसी ने उन्हें असमय होली खेलने के लिए ज़बरदस्ती धकेल दिया हो, जिसमें लोग अनिच्छुक लोगों को केवल भड़काने और तमाशा देखने के लिए उन पर रंग फेंकते हैं। रास्ते के दोनों ओर घना जंगल था, और तपती दोपहर की धूप में बड़े-बड़े दरख़्त एक पैर पर चुपचाप खड़े थे। उनकी डाल पर लगी पत्तियों पर झुलसाती वैशाख की धूप पड़ रही थी, और वृक्ष जीवन को ही ख़तरे में डाल रही थी।

लंबे समय के बाद, काफ़ी दूर तक का रास्ता तय कर लेने के उपरांत, लोगों की व्याकुल आंखों में मानवीय संपर्क के लिए बेचैनी के बाद वे लोग एक आदिवासी गांव में आए। उस गांव में बीस-पच्चीस घर थे जिनकी मोटी मिट्टी की दीवारें थीं, जिन्हें लोगों ने कठिन परिश्रम से बनाया था। उन दीवारों पर बांस के छप्पर पर पुआल की छावनी बिछी थी। उनमें संथाली जनजाति के लोग रहते थे। ट्रक की आवाज़ से संथाली पुरुष, महिलाएं और बच्चे घर से निकलकर हतप्रभ ट्रक पर चढ़े लोगों को देख रहे थे। कौन थे ये धूल-धूसरित, थके हुए, निरुत्साही लोग? ये कहां से आ रहे थे, जिन्हें अक्सर ही इस रास्ते से ले जाया जा रहा था?

ये बेदख़ल किए गए 'रिफ़्यूजी' थे। यही अब इनका परिचय था। जो परिचय बहुत ही अनादर, अवहेलना और अपमान से भरा था। बस कुछ ही दिनों पहले तक ये भी बसे हुए थे। ठंड, गरमी, बरसात से स्वाधिकार बचे रहने के लिए चाहे जो भी हो, जैसा भी हो, सिर छुपाने का आश्रय था इनका। अब कुछ नहीं है। वे सब भारत की आज़ादी, साधारण लोगों के लिए अबोध्य विषय, का मूल्य चुका रहे थे। बंगभूमि के एक अंश को काटकर अलग किया गया था—उस कटे हुए अंश में उन सबका नागरिक अधिकार भी दफ़ना दिया गया था। साथ ही उनका परिचय, आश्रय और मान-सम्मान भी। ये अब

परजीवी थे। ये शरणार्थी थे जो भारत से आश्रय की भीख मांग रहे थे। इसलिए इन्हें आश्रय शिविर में ले जाया जा रहा था, जिसका नाम 'कैंप' था।

ट्रक के ऊपर बैठे लोग इस समय चारों ओर के मैदान, जंगल और जंगली अर्धनग्न लोगों को देख बेहद डरे हुए थे। उनका दिल तो पहले से ही कांप रहा था; अब सारा शरीर भी डर से कांपने लगा। ये लोग कौन थे? उनका आकार, चेहरा-मोहरा, रंग, पोशाक कुछ भी तो बंगालियों जैसा नहीं था। *ये कहां ले आए हमें?* उनकी व्याकुल आंखें जाने-पहचाने लोगों को, मिट्टी को और हमेशा जल देखने की अभ्यस्त, अपने प्रिय जल को खोज रही थीं, जिस जल में नावें चला करती हैं। माझी भाटे के बहाव में नाव खेते हुए, सुखी मन से भटियाली गीत गाते रहते हैं। जिस जल में ढेरों रुपहली मछलियां मिलती हैं। कहां था वह जल का साम्राज्य? जल—जिसका दूसरा नाम है जीवन। कहां था वह जीवन? यहां, जहां तक भी दृष्टि जा रही थी, जल का कोई चिह्न ही नहीं था। पेड़-पौधे, लोग, घर सब जैसे दहकते अग्निबाण से झुलस रहे थे। धूं-धूं कर रही थीं दसों दिशाएं। सिर के ऊपर जलते हुए आग के गोले से जैसे कोई प्राणघातक अभिशाप बरस रहा था—दयाहीन, निष्ठुर, निर्मम। ट्रक ऊपर से खुला हुआ था, उस पर कोई तिरपाल नहीं ढंका था। किसी ने उसे ढंकने के बारे में सोचा भी नहीं था। गाय-बकरियों को छत की ज़रूरत नहीं होती, फिर ये तो रिफ़्यूजी थे। समय और समाज ने जिन्हें रिफ़्यूजी बना दिया था, ट्रक पर बैठे उन लोगों के शरीर, धूप के ताप से जल रहे थे। बहती लू नाग-नागिनों की विषैली फुफकार की तरह उनके बदन के जिन उघड़े हिस्सों पर पड़ रही थी, वह बुरी तरह झुलस रहे थे।

इन परिवारों में से किसी को भी इससे पहले ट्रक पर सफ़र करने जैसी कष्टदायक यात्रा नहीं करनी पड़ी थी। इन्होंने सिर्फ़ नावों में यात्रा की थी। इन्हें कई दिन और महीनों तक नावों पर रहने का अनुभव था। घरों की देहरी पर पांव रखते ही वो गीले हो जाते थे। वे लोग अब इस सूखी, तपती, कठोर ज़मीन पर, जल बिन मछली की तरह तड़प रहे थे। ट्रक एक के बाद एक मोड़ घूमता हुआ चला जा रहा था, धीरे-धीरे मंज़िल करीब आ रही थी। लेकिन लोगों की आंखों और चेहरों, मन और मस्तिष्क में कोई अनजाना डर पसरा हुआ था। उस डर की मार से उनका धूल-धूसरित कमज़ोर शरीर थरथर कांप रहा था। *कहां जा रहे हैं हम? कौन-से देश? कितनी दूर है वो? हमारा बिगड़ा भाग्य क्या हमें किसी मरुभूमि में ले जाकर फेंकेगा? हमारे लिए क्या इंतज़ार*

कर रहा है वहां? क्या वह हमारे नए जीवन की सूचना होगी? एक शुभारंभ? नवनिर्माण? या फिर हमें स्वदेश, अपनी मिट्टी से बहुत दूर, प्यास का सागर लिए असहाय ख़त्म हो जाना होगा?

सुबह से ही उन लोगों की सूखी आंखें बेचैनी से पीने का पानी तलाश रही थीं। जो पानी तालाब, नदी, नहरों में होता है। लेकिन कहां थे वो तालाब, नदी या नहर? प्यास से सभी की छातियां फटी जा रही थीं, लेकिन पानी कहीं नहीं दिख रहा था। जो दिख रहा था, जिसे देखकर वह पानी समझने की भूल कर रहे थे, वो थी छलने वाली मरीचिका।

यहां की मिट्टी बड़ी मायावी, छलनामयी और उत्पीड़क थी। निष्ठुर मौत का फंदा बिछा हुआ था उसके जादुई शरीर में। चिलचिलाती धूप के छोटे-छोटे कण जब क्षितिज पर पड़ते हैं, तब मानो किसी उन्माद से भरी मिट्टी घातक रहस्यमयी मंत्र फूंकने लगती है। धूप के ताप से मिट्टी के भीतर छिपे बालू के कण रोशनी के पड़ते ही कृत्रिम जल तरंग की सृष्टि करते हैं। दूर से इंसान प्यासी आंखों से उन लहरों को देखकर, जल पाने की आशा में पागलों की तरह दौड़ता है। पर उस जल स्रोत तक कभी पहुंच नहीं पाता। अंत में, प्रचंड प्यास लिए दौड़ते-दौड़ते वह अपने प्राण ही खो देता है।

ये यात्री पूर्व बंगाल के नदी-नाले, पोखर और नहरों से घिरे गांवों के सरल लोग थे। वे मिट्टी के ऐसे छल-कपट को नहीं जानते थे, इसलिए अपने सूखे गले में प्यास का सागर लिए वे ताक रहे थे मृगतृष्णा की नाचती लहरों की ओर। *वो रही पद्मा और मेघना जैसी बड़ी नदी! बस थोड़ा-सा और इंतज़ार।* उसके बाद उनकी सारी प्यास बुझ जाएगी। डुबकी लगाते, नहाते और जी भरकर पानी पीते ही उनके मन और प्राण शीतल हो जाएंगे।

किसी तरह बिस्तर और पोटलियों के ऊपर जगह बना, कलाकांदी गांव के सुबल सुतार की बीवी तुलसी को बैठाया गया था। उसके पेट में सात महीने का बच्चा था। सुबह से ही उसे थोड़ा-थोड़ा दर्द हो रहा था। असल में, गांव से रवाना होकर बॉर्डर पार कर बनगांव, और फिर वहां से रानाघाट, उसके बाद न जाने कहां-कहां—रास्ते में नाते-रिश्तेदार, पड़ोसी सब न जाने कहां खो गए थे। उनमें से किसी को भी दोष नहीं दिया जा सकता था। लोग बड़े ख़ुदग़र्ज़ हो गए थे। इस मुसीबत के समय में सब अपनी और अपने परिवार तथा बच्चों

की जान की परवाह कर रहे थे। सबसे पहले वह ख़ुद को सुरक्षित जगह पर ले जाने की जल्दी में थे। इस वक़्त कौन किसकी ओर देखता! अब बचे-खुचे जो दो-चार गांव के लोग और रिश्तेदार रह गए थे, वे सब इस ट्रक में जा रहे थे। इनका संग छूट जाने के बाद कहां, किनके साथ आश्रय मिले कोई नहीं जानता था। दूसरे के साथ भाषा, भावना, स्वभाव, संस्कार का मेल न हुआ तो क्या होगा! रानाघाट में सुबल और उसके सामान के साथ पांच-सात परिवार और, जो चिटागांग के रहने वाले थे, इंतज़ार कर रहे थे। पूरा दिन सुबल को उनकी भाषा का एक शब्द भी समझ नहीं आया था। वह इनके साथ कैसे रह पाएगा? किसी दुख या तकलीफ के समय कैसे बुलाएगा उन्हें? वह अपने मन की भावनाएं, आनंद या वेदना, कैसे बांटेगा? इसलिए वह इस ट्रक में आ गया।

सुबल ने किसी भी बात के लिए किसी को दोषी नहीं ठहराया। सारा दोष चार अंगुल माथे का था, नहीं तो टिन की छत वाला महलनुमा घर, ढाई बीघा धान का खेत, बारह हाथ की नाव, बीस हाथ का मछली पकड़ने का जाल, एक दर्जन नारियल, सुपाड़ी के पेड़—सब छोड़कर, रात के अंधेरे में चोरों की तरह देश छोड़कर क्यों भागना पड़ता? सदा शांत रहने वाले कलाकांदी गांव के उत्तर दिशा के आकाश को लाल कर धूं-धूं आग जल उठी थी और गगनभेदी 'अल्लाहू अकबर!' के नारों ने सबके साहस की नींव हिला दी थी। लग रहा था शांत गांव अब शांत नहीं रहेगा, रात में ही वो आग पूरे गांव को ग्रास कर लेगी, इसलिए तुलसी का हाथ पकड़ सुबल निकल पड़ा था खेत की पगडंडी पर। सड़क पर पहुंचकर उसे पता चला कि वह अकेला नहीं था, उसके जैसे बहुत से लोग भाग रहे थे, अपने पुश्तैनी घरों को छोड़।

सुबल के गांव में पलायन की यह योजना तीन-चार महीने पहले से शुरू हो गई थी। छह-सात सालों से मन का अटूट विश्वास, कि यह उनकी मातृभूमि है, अचानक ही टूट गया था। जिनमें दूरदर्शिता थी उन्होंने चुपचाप अपनी ज़मीन-जायदाद बेच दी और चिड़िया को भी भनक पड़ने से पहले बॉर्डर को पार कर भारत पहुंच गए। बस वही लोग रह गए जो सुबल की तरह दूरदर्शी नहीं थे और भावनात्मक रूप से अपनी मिट्टी से जुड़े हुए थे।

सुबल के मन में न जाने क्यों एक गहरा विश्वास था कि चारों तरफ जो अराजकता फैली है, वो कुछ दिनों में थम जाएगी। विवाद, विरोध ख़त्म होकर, सब फिर से ठीक हो जाएगा। मुसलमानों ने अपने लिए एक देश मांगा था, वो उन्हें मिल गया। फिर वे क्यों मार-काट करेंगे? मोइनुद्दीन शेख़ ने उसे भरोसा

दिलाया था, 'डरते क्यों हो? हिंदू-मुस्लिम का आपस में कितनी बार कितनी जगहों पर झगड़ा हुआ है। क्या हमारे अंचल से कभी किसी को जाना पड़ा है? अपना घर-बार छोड़कर पराए देश क्यों जाओगे? बेख़ौफ़ रहो। हम नहीं हैं क्या? मैं देखता हूं किसकी हिम्मत है कि तुमसे कुछ कहे!'

मोइनुद्दीन शेख़ उस इलाक़े के प्रभावशाली व्यक्ति थे। सब उन्हें जानते, उन्हें मानते थे। वह सुबल सुतार को बहुत चाहते थे। उनकी बात को सुबल कैसे ठुकराता? इसलिए उसने भागने की कोई तैयारी नहीं की थी। उन्हीं मोइनुद्दीन ने आख़िर में शाम के झुटपुटे में शर्मिंदगी भरे लहजे में कहा, 'सुबल तुम्हें भरोसा दिया था, अब देख रहा हूं मेरी बात का कानी कौड़ी भी दाम नहीं। कोई सुनने को तैयार नहीं। कल सदर से कुछ नेता आए थे, उन्होंने मियांओं के मोटी बुद्धि बेटों को भड़का दिया और कहा, "इस देश में जो कुछ है सब पर मियांओं का हक़ होगा। भगाओ उन सालों को, हड़प लो उनकी ज़मीन-जायदाद। क़ानून और पुलिस तुम्हारे साथ है।" इसलिए अब सब नाच रहे हैं। कब क्या हो जाए कुछ नहीं कहा जा सकता है। दो-चार जन होते तो रोक सकता था; लेकिन यहां तो हज़ारों हैं। और सिर्फ़ इस इलाक़े के लोग नहीं हैं, बाहर के भी हैं। उन्हें कैसे रोक सकता हूं? सुनने में आया है आसपास के बीस-पच्चीस गांवों के मियां और उनके साथ इंडिया से खदेड़े गए मियां भी हैं।' अब बर्बाद करने को समय नहीं बचा था। रायबाबू के घर की धूं-धूं करती आग, उनकी औरतों की चीत्कारों से उसका सारा साहस काफ़ूर हो गया था। राय महाशय ने अपनी कुछ ज़मीन पहले ही बेच कर, अपने परिवार के आधे सदस्यों को भारत भेज दिया था। बहुत ज़्यादा नुकसान न होने पर भी जो हुआ वो कम नहीं था। राय महाशय की बहू का पता नहीं चल रहा था। हमलावर उसे उठा कर ले गए थे। कोई नहीं जानता वह ज़िंदा है या मर गई।

वैसे तो तुलसी राय महाशय की बहू की तरह दूध-घी खाकर नहीं पली थी, पर फिर भी काफ़ी हद तक सुंदर थी। अट्ठारह पार कर बस उन्नीस में लगी थी। गोरी न होने पर भी बिल्कुल काली नहीं थी। नैन-नक़्श तीख़े, आकर्षक थे। सुबल धनवान नहीं था, लेकिन तुलसी की खातिर उसने उत्तर दिशा की आग देखते ही उसके दक्षिण में फैलने से पहले ही पलायन का निर्णय ले लिया। आजकल दंगे, ख़ून-ख़राबे की ख़बरें बहुत ज़्यादा सुनने में नहीं आती थीं, लेकिन डकैती और बलात्कार की ख़बरें लगातार मिलती रहती थीं।

घर की चाबियां मोइनुद्दीन शेख़ के हाथ में पकड़ाकर दुखी सुबल ने कहा था, 'आपके भरोसे अपना सब कुछ छोड़ कर जा रहा हूं।' भारी गले से मोइनुद्दीन शेख़ ने कहा, 'यह हालत हमेशा नहीं रहेगी। ये पागलपन एक दिन ज़रूर ख़त्म होगा। चिंता मत करना, तुम्हारे घर को मैं हिफ़ाज़त से रखूंगा। जब लौटोगे, तुम्हें वापस मिल जाएगा।'

'चिंता मत करना' कहने से क्या आदमी चिंता मुक्त रह सकता है? घर-द्वार, देश छोड़कर अनजानी जगह जाकर रहना...उससे भी ज़्यादा चिंता इस समय तुलसी को लेकर थी। जब-तब उसके पेट में दर्द उठ जाता था। बेघर और बेगाने लोगों की जगह न जाने कहां प्रसव-घर मिलेगा? उसकी संतान कहां जन्म लेगी?

धूप से झुलसी, प्यास से व्याकुल तुलसी की मिन्नतों पर सुबल असहाय-सा चारों ओर देखने लगा। कहां मिलेगा पानी? जल नामक वस्तु इतनी अनमोल और मूल्यवान है, इससे पहले उसने इस तरह से कभी नहीं जाना था। मीलों तक इतनी शुष्क, नीरस मिट्टी दुनिया में हो सकती है, ऐसा उन लोगों की कल्पना में भी कभी नहीं आया था। कुछ पानी उस संथाली अंचल के किसी एक कोने में, एक कुएं में था, लेकिन इन लोगों को कुआं क्या होता है यह पता ही नहीं था। इसलिए नज़र पड़ने पर भी ये लोग उसे पहचान नहीं पाए होंगे। जल बिना जीवन तो संभव ही नहीं है। जब जीवन है तो जल भी निश्चित होगा, यह उन चिंतित लोगों को सूझा ही नहीं। सुबल ने तुलसी को सांत्वना देते हुए कहा, 'बस आ ही गए हैं। ज़रा धीरज रख, वहां जाकर पानी मिल जाएगा।'

तुलसी ट्रक के जिस कोने में बैठी हुई थी, उसके दूसरी ओर राधाकांत का छियत्तर साल का बूढ़ा बाप अधबैठा-अधलेटा-सा था। अभी उस दिन ही तो वह बूढ़ा अपने तन और मन की अटूट शक्ति के साथ ज़मीन पर लाठी खटखटाता पूरे पड़ोस में घूमा था। कौन कैसा है, कौन सुख में है और कौन दुखी है, किसकी तबीयत ख़राब है, किसके खेत में कैसी फसल हुई है, सब खोज-ख़बर ले रहा था। कहने लायक़ कोई बीमारी नहीं थी बूढ़े को। लेकिन वह अब देशत्याग जनित मानसिक व्याधि से टूटा हुआ था। अब उसके पास दोनों पैरों पर उठ खड़े होने की शक्ति नहीं रह गई थी। जिस तरह जोंक पूरे शरीर का ख़ून चूस लेती है, उसी तरह हाल ही में मिली 'आज़ादी' के स्वाद ने उसकी मानसिक शांति को चूस लिया था। लेटे-लेटे उसकी आंखों से लगातार

आंसू बह रहे थे और वह किसी अदृश्य को गालियां दे रहा था, 'ऐसा जला भाग है हमारा, चौदह पुश्तों की ज़मीन-जगह, घर छोड़कर भागना पड़ा...ऐसा होने से पहले ही मैं मर जाता तो अच्छा था।' इस समय उन्मत्त, उछलते ट्रक ने उसके जीर्ण, मानसिक आघात से चूर, प्राचीन हड्डियों के ढांचे को ध्वस्त कर दिया था। पागल घोड़े के झटकों से उस बूढ़े के शरीर की सारी हड्डियां चूर-चूर हुई जा रही थीं। वह लेटे-लेटे कराह रहा था, 'ए राधाकांत, और कितना दूर है, रे? और नहीं हो पा रहा है, प्राण जा रहे हैं।'

ट्रक का ड्राइवर बहुत व्यस्त था। उसके पास बिल्कुल समय नहीं था। जितना जल्दी संभव हो, उसे इन सवारियों को पटक कर दूसरी ट्रिप के लिए वापस जाना था। वैसे भी गाड़ी के गियरबॉक्स में कुछ गड़बड़ी होने की वजह से, रास्ते में उसे ठीक करवाने में थोड़ा वक़्त बर्बाद हो चुका था। ख़राब हुए समय की भरपाई के लिए वह गाड़ी को ख़तरनाक तरीक़े से दौड़ा रहा था। समय बड़ा मूल्यवान था। तभी गाड़ी में ठुंसे लोग गर्म रेत में पड़े मटर के दानों की तरह उछले जा रहे थे।

उन क्रूर झटकों से तुलसी के साथ उसके पेट का बच्चा भी उछल रहा था। उसके पेट का हल्का चिनचिनाता दर्द अब भयानक हो उठा था। इतनी देर से दांत पीसकर सहने वाला दर्द अब सीमा पार कर चुका था। प्रसव के पूर्व के लक्षण उसके चेहरे पर उभर आए थे। गगन की मां, गरीब दास की खुड़िमां, इन सब मामलों में बहुत अनुभवी थी। उसकी मदद से बहुतों का निर्विघ्न प्रसव हुआ था। जिस तरह गरीब दास के बेटे का जन्म हुआ था, उसी तरह गरीब दास का भी जन्म इस 'धरणी' मां के हाथों ही हुआ था। वह अब, अपने दिमाग़ में चल रही चिंताओं को भूल तुलसी के बारे में सोचकर विचलित हो रही थी। और तभी वह चीख़ उठी, 'ओ सुबल, अब भी क्या देखे जा रहा है? जल्दी से सारथी को रथ रोकने को कह! तुलसी को अभी बच्चा होगा!'

गगन की मां की कर्कश आवाज़ से डरे हुए सुबल ने चीख़ते हुए ड्राइवर से कहा, 'ओ सर, ओ साहब, ज़रा रोकिए! गाड़ी को रोकिए!'

ड्राइवर के बगल में एक सरकारी कर्मचारी बैठा हुआ था, जिस पर रिफ़्यूजियों को पूर्व निर्धारित स्थान पर पहुंचाने की ज़िम्मेदारी थी। सुबल की आवाज़ कान में जाते ही उसने किसी विपत्ति की आशंका से ड्राइवर को गाड़ी रोकने को कहा। ड्राइवर ने ब्रेक कस दी। भयानक झटके के साथ रास्ते के बीचोबीच गाड़ी खड़ी हो गई। दरवाज़ा खोल ड्राइवर मुंह बनाकर चिल्लाया,

'क्या हुआ? क्यों चिल्ला रहा है?' तभी तुलसी की छाती चीरती चीख़ सुनाई दी, "*ओ मां, मोइरा गेलाम, मां गो!* ओ मां, मैं मर गई!" क्या हुआ देखने के लिए सरकारी कर्मचारी ख़ुद उतरकर आया। तुलसी को देख वह सब समझ गया और झुंझलाते हुए कहा, 'इस हालत में क्यों आए? कोई आता है क्या? नीचे उतारो उसे। *जोतो शोब झामेला!* जितना झमेला मेरे सिर। जल्दी उतारो उसे!' सुबल, गगन की मां, गरीब दास की औरत बिमला, और भी दो-चार महिलाओं ने मिलकर तुलसी को ट्रक से उतारा और उसे कुछ दूर झाड़ियों की ओट में ले गईं। वहीं थोड़ी देर के बाद तुलसी का प्रसव हुआ और बेटी हुई।

इस झंझट में बहुत वक़्त गुज़र गया था। सब तुलसी व उसकी नवजात बेटी को लेकर फिर से ट्रक पर चढ़े। समय बर्बाद हो जाने से विक्षिप्त गाड़ी चालक पहले से भी ज़्यादा ज़ोर से गाड़ी दौड़ाने लगा। तभी सबको पता चला कि तुलसी के साथ व्यस्त समय में न जाने कब राधाकांत का बूढ़ा बाप चुपचाप मर गया था। ड्राइवर कहीं फिर न बिगड़ जाए, इस डर से किसी ने उसे गाड़ी रोकने को कहने का साहस नहीं किया। वैसे ही वह ग़ुस्से से पागल हुआ जा रहा था।

एक तरफ राधाकांत के बाप की मृतदेह और दूसरी तरफ नवजात शिशु को लिए, लाल धूल का बवंडर उड़ाता ट्रक भागा जा रहा था।

7

भारत सरकार के घर जमाई

कवि कल्पना जगत के बाशिंदे होते हैं। सुंदर-सुंदर शब्दों से कल्पना का अपना ही एक जगत तैयार कर लेते हैं। इसीलिए आसानी से लिख देते हैं, 'सभी पंछी नीड़ में लौट आते हैं, सब पथ शेष हो जाते हैं।' पर सब रास्ते ख़त्म नहीं होते हैं। कुछ रास्ते अंतहीन रह जाते हैं। जिस पंछी के सीने में तीर बिंध जाता है, जिसके पंख टूट जाते हैं वह आंधी में उड़ नहीं सकता है। वह लौट नहीं पाता, अपने नीड़ में।

यह सब जड़ से उखड़े लोग अब एक ऐसे पथ पर यात्रा कर रहे थे जिसका कोई अंत नहीं था। जो पथ असह्य अपमान और अकथ्य यंत्रणाओं की अंधी गली था। यह पथ किसकी सृष्टि थी? दंभ से भरे, दूरदृष्टिहीन समाज के नेता, कठोर क्षमतावान राजनेता! इस पथ का निर्माण जिस किसी ने भी किया हो, लेकिन यह उन्होंने नहीं किया, जो क्षत-विक्षत होते-होते इस पथ पर आगे बढ़ रहे थे।

ऐसा भी नहीं कहा जा सकता था कि रास्ता ख़त्म नहीं हुआ क्योंकि अब ट्रक एक जगह पर आकर रुक गया था। ड्राइवर ने नीचे उतरकर ऊंची कर्कश आवाज़ में गरीब, सुबल, राधाकांत की ओर देखकर कहा, 'चलो उतरो सब लोग, कैंप आ गया है।'

एक विशाल प्रांत को घेरकर बेघर लोगों के रहने के लिए एक अस्थाई व्यवस्था की गई थी। सारा इलाक़ा लाल-लाल तंबुओं से ढंक गया था। वहां पांच से सात हज़ार परिवारों के रहने की जगह थी। इस कैंप का नाम

'शिरोमणिपुर' था। तो बंगभूमि के इस बांकुड़ा ज़िले के एक ओर साल का घना जंगल था, जो वनविभाग द्वारा बड़े जतन से लगाया गया था। दूसरी तरफ लापरवाही से छितरे हुए उपेक्षित से आम के जंगल थे। और तीसरी ओर थे दो टूटे-फूटे हवाई-अड्डे, हवाई जहाज़ों के उड़ने और उतरने के लिए काम आने वाली एक बड़ी हवाई-पट्टी के साथ। उसके दूसरी तरफ बड़ा-सा वीरान मैदान था। उस मैदान को पार कर, दूर एक संथाली गांव था जहां बेहद ग़रीब, आदिम जनजाति के कुछेक हज़ार बाशिंदों का वास था। इन चार सीमाओं के बीच शिरोमणिपुर कैंप था। कैंप में चारों ओर ईंट-पत्थर और सीमेंट के बड़े-बड़े ढेर बिखरे हुए थे। ये ध्वस्त ढांचे साक्षी थे कि किसी समय यहां मनुष्यों का वास था, जो आदिवासी नहीं थे, बेहद ग़रीब भी नहीं थे। वे पक्के घरों में रहने वाले संपन्न लोग थे। वे कौन थे? अनुमान लगाकर समझा जा सकता है कि वह भारतीय सेनावाहिनी की एक टुकड़ी होगी।

बांकुड़ा ज़िले का मुख्य शहर विष्णुपुर यहां से आठ-दस मील से ज़्यादा दूर नहीं था। एक समय वह प्रबल प्रतापी मल्ल राजाओं की राजधानी हुआ करता था। वहां अब भी राजभवन है। मल्ल राजाओं के ऐतिहासिक शौर्य और वीरता के साक्षी के रूप में राजभवन के द्वार पर अभी भी प्रख्यात कमानों का दस्ता मौजूद है। एक बार मल्ल राजाओं के साथ अंग्रेज़ सेना का भीषण युद्ध हुआ था। हो सकता है युद्ध के कारण विष्णुपुर के निकट, जंगलों के भीतर इस गोपनीय घाटी को तैयार किया गया हो। या फिर ऐसा होना भी असंभव नहीं कि 1855 में संथाली वीर सिदो मुर्मु और कान्हू मुर्मु के उल्गुलान पुकार ने यहां के आदिवासियों के दिलों में लहर जगा दी हो। उन लोगों ने अंग्रेज़ शासन को उखाड़ फेंकने के लिए धनुष-बाण, बल्लम और बर्छियों से शासकों के प्रतिनिधियों पर हमला किया हो। और उन विद्रोही वीरों का दमन करने के लिए अंग्रेज़ों ने यहां सेना इकट्ठा की हो।

लेकिन जिस भी वजह से वे यहां आए हों, लगता है सभी सिख रेजिमेंट के सैनिक थे। उन्होंने अपनी धार्मिक स्मृति को जीवित रखने के लिए ही इस जगह का नाम रखा 'शिरोमणिपुर'। वो सारी सेनाएं अब नहीं हैं। बस सीने पर ध्वंस स्तूप लिए ज़िंदा है, उनका दिया यह नाम।

इस वक़्त दिन के चार बजे थे। धूप का तेज अब भी पहले जैसा ही था। रिफ़्यूजी अपना-अपना सामान ट्रक से उतारकर एक आम के पेड़ के नीचे बैठ गए। ट्रक जहां रुका था उसी के सामने सरकारी कार्यकर्ताओं का दफ़्तर और

आवास थे। चारों ओर से टिन से घिरे कमरों में कोई दवाख़ाना था, कोई गोदाम तो कोई मेस था। उन कमरों की शक्ल देखकर ही अंदाज़ा लगाया जा सकता था कि वे सब अस्थाई, आपातकालीन व्यवहार के लिए थे।

एक कमरे में लकड़ी की एक गंदी-सी मेज़ के पीछे एक आदमी, मोटा-सा एक रजिस्टर लिए बैठा था। उसका रंग बेहद काला था, बदन पर सफ़ेद कमीज़, गोल मुंह, बड़ी-बड़ी आंखें, आंखों पर चश्मा और कान, नाक और हाथ लंबे-लंबे रोयों से भरे थे। ताड़ के पत्तों से बने पंखे से एक आदमी उसके लिए लगातार पंखा झल रहा था। यह आदमी थोड़े दिन पहले आया रिफ़्यूजी था। महीने में दो-पांच रुपए पाने के लालच में वह स्वेच्छा से यह काम कर रहा था।

कुछ देर बाद हवा खाते भुजंग 'काले बाबू' ने हांक लगाई, 'लाइन। चल-चल लाइन लगा, एक-एक करके हर कोई आगे आएगा।' आप नहीं, तुम नहीं, सीधा तू-तड़ाक, जिस तरह बिल्कुल नीची जाति के निरक्षर, अति दरिद्र लोगों को उच्चवर्ग के लोग संबोधित करते हैं, उसी भाषा में वह बात कर रहा था।

'नाम बता।'

'बाप का नाम?'

'पता बता। पाकिस्तान के कौन-से जिले, कौन-से थाने, कौन-से गांव से आया है?'

'काम क्या करता है?'

'कितने लोग हैं परिवार में? एक-एक करके नाम और उम्र बता।'

'कौन-सी जात का है?'

ट्रक में अभी तीस परिवार आए थे। आज नहीं तो कल, कल नहीं तो परसों या फिर बाद में और लोग आने वाले थे। राजनीति की दुनिया में जो विचरते हैं वे सब जानते थे, अब इस तरह की बहुत-सी गाड़ियां आती रहेंगी। पूरे पश्चिम बंगाल में इस समय सैकड़ों शिविर लगाए गए थे। पास के 'वासुदेवपुर' में भी इसी तरह के तीन कैंप लगाए गए थे। चौथा 'शिरोमणिपुर' का यह कैंप था।

नाम लिखवाने वाली लाइन में आठ जनों के बाद गरीब दास की बारी आई। उसके बाद और सब थे। अपना नाम लिखवाकर वह पेड़ के नीचे जाकर

बैठ गया। सबके नाम, परिचय लिख जाने के बाद ही कोई वहां से जा सकता था। लेकिन इन कुछ लोगों का नाम रजिस्टर में उतारने में काला बाबू इतना समय ले रहा था, जैसे वह इनको लेकर ही सारा दिन गुज़ार देना चाहता हो। उधर दिनभर सिर के ऊपर जलती आग अब गरीब के दिमाग में घुस चुकी थी। जो आग पांव के नीचे थी, वो अब पेट में भी जल रही थी। तड़के ट्रक में चढ़ते वक़्त सेवाश्रम संघ के सेवकों ने थोड़ा चिड़वा-गुड़ दिया था, जो पीने के पानी के अभाव में दो मुट्ठी से ज़्यादा निगला नहीं गया। उसके बाद से सारा दिन बिना कुछ खाए-पिए गुज़र गया। इस समय भूख और प्यास से वह बेहाल था।

शाम हो चुकी थी। तब भी सूरज की शेष रोशनी बची हुई थी। सबके नाम लिखने के बाद काले बाबू ने राशन कार्ड जैसा एक काग़ज़ गरीब दास के हाथ में थमा दिया, 'जा, इस काग़ज़ को दिखाकर गोदाम से दाल और चावल ले ले।' दाल चावल के साथ थोड़ा-सा नमक भी मिला, इसका नाम *'डोल'* था। और हर परिवार को एक-एक तंबू दिया गया। उन तंबुओं को कहां गाड़ना है, वो जगह दिखा दी गई। काले बाबू ने अपनी शैली में कह दिया, 'जाओ, आज से तुम लोग भारत सरकार के घर जमाई बन गए। खाओ, पिओ और मज़े करो।'

गरीब, सुबल, राधाकांत, गगन सब ने एक-दूसरे के बगल में तंबू लगा लिए। इस तरह सब ने एक-दूसरे को तंबू लगाने में मदद कर, सिर छुपाने का आसरा बना लिया।

गरीब को अपना गांव, देश छोड़कर आए चार-पांच दिन हो गए थे। उन चार-पांच दिनों में उसने भात की शक्ल तक नहीं देखी थी। बस चिड़वा और गुड़ से ही काम चलाया था। अब दाल-चावल पाकर उसका मन ख़ुशी से झूम रहा था। जबकि चावल थोड़े लाल, थोड़े मोटे, कंकड़ और धूल मिले थे, तो क्या हुआ! जैसा भी था, चावल तो था न! जिसका एक और नाम *'लोक्खिर दाना'*, लक्ष्मी का दाना था। लक्ष्मी के दानों का अपमान नहीं करना चाहिए, गरीब ने अपने बाप से सुना था। जो लक्ष्मी के दानों का अपमान करता है, लक्ष्मी उसका उल्टा कर देती हैं। वह बिना खाए मरता है। किस तरह लक्ष्मी के दानों की, अन्न की क़द्र करनी चाहिए, यह वह बचपन में अपने बाप को देखकर सीख गया था। जब गरीब छोटा था, तब चाहे कुछ और न भी हो, कम से कम दोनों वक़्त चूल्हा तो जला करता था। तब उनके पास थोड़ी ज़मीन भी थी, जिससे सालभर खाने के लिए चावल मिल जाया करता था। गरीब की मां

उन चावलों का भात बनाती थीं। जब चावल खदबदाते हुए उबलने लगते थे तो उसकी सुगंध से मन भर जाता था। बड़े से कमरे में आसन बिछे पीढ़े पर बैठकर, हर कुमार भोजन किया करते थे। भोजन नहीं जैसे कोई पूजा चल रही हो। वो उस समय एक भी शब्द नहीं बोलते थे। पहले पानी के भरे गिलास से एक अंजुल जल लेकर थाली के चारों ओर छिड़कते थे, उसके बाद भात का पहला कौर माथे से छुआकर बड़बड़ाते हुए मां लक्ष्मी, मां अन्नपूर्णा का नाम लेते थे। मां आज अन्न जुटाया है, कल भी जुटाना। खाते हुए यदि एक भी भात का दाना नीचे गिर जाए तो परम जतन के साथ उस दाने को उठा लेते थे। उस बाप का बेटा था गरीब दास। अन्न के प्रति उसकी भी वैसी ही श्रद्धा थी। फिर भी ज़िंदगी भर भात के लिए इतनी जद्दोजहद...पता नहीं क्यों मां लक्ष्मी, मां अन्नपूर्णा उसके प्रति दयावान नहीं थीं। पता नहीं उसके किन पापों की वजह से उससे विमुख थीं।

गरीब ने अपनी पत्नी से कहा, *'एई शुनछोस!* अजी सुनती हो! सामान-वामान बाद में सहेजना, पहले खाना पकाने का इंतज़ाम करो। मैं पास के जंगल से लकड़ी-पत्तियां जुगाड़ करके लाता हूं। तब तक तुम दो-चार पत्थर उठाकर चूल्हा बना लो।'

बिमला गोरी, नाटी और छोटी-सी थी। हज़ारों अभावों व अनाहार के बावजूद उसका स्वास्थ्य काफ़ी अच्छा था। दोनों आंखें तालाब की प्राकृतिक सरलता लिए हुई थीं। बात करते समय वह अपने स्वर को नीचा और भारी कर लेती थी, लगता था जैसे युगों की कुंठा समाई हुई हो। उसकी मां ने उसे सिखाया था, 'औरत जात हो, ज़ोर से मत बात किया करो। तेज़ मत चला करो। किसी की तरफ आंख उठाकर मत देखना। पति को सीधा-सीधा कभी कुछ मत कहना, अप्रत्यक्ष ढंग से बात करना। यह बेहयापन होता है। हया यानी लज्जा, नारी का आभूषण है।'

गरीब की बात के जवाब में बिमला ने हाल ही में चलना सीख रहे बेटे से कहा, 'मुन्ना, अपने बाबा को कह दे, अनजान जंगल में ज़्यादा दूर न जाएं, जल्दी लौट आएं। उनके लौटने पर मैं तुझे उनके पास छोड़कर पानी लाने जाऊंगी।'

कैंप के लोगों के पानी की ज़रूरत को मिटाने के लिए कुछ हैंडपंप लगाए गए थे। उसके अलावा कहीं पानी का नामोनिशान नहीं था। इसी पानी से खाना पकाना, नहाना और बाद में बाक़ी का सबकुछ करना होता था।

नतीजतन, सारा दिन, यहां तक कि रात गए तक हैंडपंप के सामने लंबी लाइन लगी होती थी। गरीब दास के लकड़ियां लाने के बाद, लाइन में लगकर पानी लाने और बर्तन मांजकर खाना चढ़ाने में शाम ढल गई। पेट में एक आकाश भूख लिए गरीब दास तंबू के दरवाज़े पर, गरम-गरम भात पेट में पड़ने के इंतज़ार में बैठा था। एक समय के बाद चावल उबलने लगे, लेकिन वो उबलते ही रहे। चावलों ने गलने का नाम नहीं लिया, जैसे कि वो चावल नहीं पत्थर के टुकड़े हों। डेढ़ घंटा बीत जाने के बाद भी वे वैसे के वैसे ही थे—कच्चे। अचानक गरीब की नाक में उबलते चावलों की गंध आई। अभी तक हवा उल्टी दिशा में बह रही थी, इसलिए पहले गंध नहीं आई। गंध नाक में जाते ही गरीब चौंक उठा। ये क्या? भात की चिर-परिचित, मन मतवाला करने वाली खुशबू कहां है? वह गंध जिससे हवा सुखद हो जाती है, मृतप्राय के प्राण लौट आते हैं! जिस गंध के आगे आदमी सुगंधित फूलों के बगीचे को कहता है, चल हट!...लेकिन यह तो खट्टी-सड़ी, सिर घुमा देने वाली दुर्गंध थी! उस दुर्गंध से जी मिचला रहा था। सभी शिविरों से उस दुर्गंध का झोंका आ रहा था। जो लोग आज नए आए थे, उनके भीतर उथल-पुथल मची हुई थी, कैसे खाएंगे इसे? इसे खाने से ज़िंदा भी बचेंगे?

लेकिन यह भाव गरीब के मन में ज़्यादा देर नहीं रहा। उसने ख़ुद को ढांढ़स बंधाया: अरे कुछ नहीं है यह। जैसी भी महक हो, है तो भात ही न! भात मतलब प्राण, भात मतलब भगवान का प्रसाद। उसमें दोष नहीं देखना चाहिए। सबसे पहले इससे पेट भरना ज़रूरी है। अच्छा-बुरा बाद की बात है।

खाना पकने के बाद बिमला ने कलई की हुई थाली में भात के ऊपर दाल डालकर गरीब दास के सामने लाकर रखा। जिस तरह भात नहीं गला था, उसी तरह दाल के दाने भी खड़े थे। लकड़ी ख़त्म हो गई थी इसलिए दाल पर ज़्यादा ध्यान नहीं दिया जा सका। क्या दाल अपने ही दोष से नहीं गली या पानी की वजह से?

गरीब ने अपने पिताजी की तरह कलई किए गिलास से अंजुल भर पानी लिया और थाली के चारों ओर छिड़क दिया। बॉर्डर पार होने के बाद, इस देश के एक मारवाड़ी प्रतिष्ठान ने उन सभी को एक-एक थाली और गिलास दिया था। वे सब पुण्य कमाने के लालची थे। पुण्य कमाने की आशा में उन लोगों को जहां भी मुसीबत के मारे लोग दिखते हैं, वे वहां पहुंच जाते हैं। सूखा, बाढ़, महामारी, सब में राहत पहुंचाने के लिए प्रभावित क्षेत्र में पहुंच जाते हैं।

उनकी ईश्वर से बस एक ही कामना होती है: हे प्रभु, ऐसा कुछ मत करना जिससे मनुष्यों को राहत देने की ज़रूरत न पड़े। आप अपना काम आंख बंद किए करते रहिए, और हमें इतना धन दीजिए कि उसके छींटों से ही ये लोग धन्य हो जाएं।

ईश्वर से प्रार्थना करने के बाद दाल मिले भात का पहला निवाला मुंह के पास लाते ही भक्क से एक अजीब गंध उसके नथुनों में घुस गई। गरीब समझ गया तृप्ति से खाना तो बहुत दूर की बात है, इसे किसी तरह निगलकर पेट भरना भी एक असाध्य कार्य है। भूख की तड़प से एक के बाद एक दो-तीन निवाले खाते ही उसके पेट में मरोड़ उठने लगा। जो दाने भीतर गए थे वो दौड़ते हुए ऊपर आने का रास्ता खोज रहे थे। अगला निवाला मुंह के पास ले जाते ही पेट से प्रबल प्रतिरोध उठा और गरीब ने थाली पर ही उल्टी कर दी।

अकेले गरीब दास की ही नहीं बल्कि सुबल, राधाकांत, गगन सबकी यही हालत थी। सब स्तब्ध थे। 'चावल की तरह दिखने वाला यह क्या दिया गया है हमें? क्या इसे इंसान खाते हैं? क्या खा सकते हैं?' चावल की थाली हाथ में लिए वे सब काले बाबू के पास दौड़े, 'यह कैसे चावल दिए हैं हमें? धूल-कंकड़ छोड़ दिया, लेकिन यह गंध...कैसे खाएं हम लोग यह चावल!'

काला बाबू ग़ुस्सा तो बहुत था पर उसने चेहरे पर नहीं आने दिया और हंसकर नर्म स्वर में समझाया, 'मैं क्या कर सकता हूं बताओ? सरकार हमें जो दाल-चावल भेजेगी, वही तो हम तुम्हें दे सकते हैं न? मेरे खेत में तो उगे नहीं हैं। अभी ये चावल आए हैं तो ये दे दिए, अगले लॉट में अगर बासमती चावल आएंगे तो वह दे दूंगा। कुछ दिन थोड़ा तक़लीफ़ उठाकर खा लो। कहते हैं न! *शरीर का नाम महाशय, जो दोगे वही सहे*! खाओ-खाओ थोड़े दिन में आदत पड़ जाएगी। कुछ दिन उल्टी-शुल्टी होगी, कभी-कभार पेट ख़राब होगा। डरना मत, इससे ज़्यादा और कुछ नहीं होगा। दो-चार दिन में सब ठीक हो जाएगा।' थोड़ा रुककर फिर हंसते हुए वह बोला, 'तुम लोग कोई ज़मींदार के बेटे तो हो नहीं, हो तो खेतिहर ही। कभी पेट भर खाना मिला है? कभी नहीं। इस भात को खाकर अगर मर गए—मैं नहीं कह रहा हूं कि मरोगे ही, यह बात की बात है, मान लो अगर मर गए तो बिना खाए तो नहीं मरोगे न! खाकर ही मरोगे। बताओ, यह कितने सौभाग्य की बात है!'

काला बाबू जानता था कि इन चावलों को पहले भी लोगों ने खाया है और उन्हें क्या-क्या हुआ। इन चावलों को खाकर कुछ लोगों को दस्त लगेगा।

वह इससे या तो ठीक हो जाएंगे और यदि शरीर में प्रतिरोधक क्षमता कम है तो मर जाएंगे। और भी रिफ़्यूजी आते रहेंगे, इसलिए न मरने वालों की संख्या बढ़ती रहेगी।

उस रात भात की थाली के आगे बैठे, उस अखाद्य भोजन को खाने की कोशिश करते गरीब को देखकर बिमला बहुत विचलित हो गई। उसने कहा, 'मुन्ना, अपने बाबा से कह, भगवान का नाम लेकर नाक बंद करके झट से खाना निगल लें।' भात की थाली की ओर घूरते हुए गरीब ने अपने मन ही मन कहा, 'ओ मेरे प्राण, जीवनभर भात के लिए कितना रोया है तू। आज उसी भात को पाकर नहीं खाएगा! खा रे, पेट भरकर खा। इस भात को खाकर मरना लिखा है तो ठीक है। कितने लोग बिना खाए मर जाते हैं। क्यों न तू खाकर मर!'

उसके बाद गरीब नाक दबाकर उस तामसिक भोजन को पानी के साथ निगल गया। इस बार उसे उल्टी नहीं हुई। लेकिन जैसे-जैसे रात बढ़ी उसके पेट में असहनीय चुभन और गुड़गुड़ाहट होने लगी। सुबह होने से पहले ही उसे दस्त लग गए। दिन चढ़ने पर आस-पास वालों की हालत के बारे में पता चला। देखा गया, नए आए तीस परिवारों में से कोई न कोई लोटा लेकर मैदान की तरफ दौड़ रहा है। यहां पानी बहुमूल्य था और यह बात उन लोगों को तब समझ आई जब वे पांच-सात लोटे पानी बर्बाद कर चुके थे। उसके बाद वे पानी की जगह साल के पत्तों से काम चलाने लगे।

चावल के विरुद्ध लोग महासंग्राम में व्यस्त थे। कौन जीतेगा और कौन हारेगा, इसका अभी तक निर्णय भी नहीं हुआ था कि तभी एक और अज्ञात शत्रु ने उन पर आक्रमण कर दिया। जो तंबू साधारण धूप में ही तप जाते थे, उन पर वैशाख मास की ग़ुस्सैल धूप अपनी प्रबल शक्ति के साथ टूट पड़ी थी। दोपहर में शिविर के अंदर का हिस्सा लोहा गलाने की भट्टी की तरह तप जाता था। लोग किसी तरह तंबू के बाहर आकर सांस लेना चाहते और किसी शीतल छाया का आसरा चाहते थे, लेकिन जाते तो कहां जाते? साल के जंगल बहुत दूर थे। और आम के पेड़ों की छाया में पहले से वो लोग क़ब्ज़ा जमा लेते थे, जिनके शिविर उन पेड़ों के पास थे। विवश हो अधिकांश लोग गर्म तंबू के अंदर ही पड़े रहते थे। नम भूमि वाले देश के, अपेक्षाकृत ठंडी आबो-हवा में पले-बढ़े ये लोग दो तरफा आक्रमण सह नहीं पाए। वृद्धों, दुर्बल बच्चों, विशेषकर शिशुओं की मरने की संख्या अविश्वसनीय रूप से बढ़ने लगी।

प्राय: हर रात किसी न किसी शिविर से मृत संतान की मां की कलेजा चीरती रोने की आवाज़ें आती रहतीं। 'ओ मेरे माणिक, मेरे सोना, अपनी मां को छोड़ कर कहां चला गया तू!'

ऐसे भयानक समय में गरीब का बेटा, जिसका नाम जीवन रखा गया था, बहुत ज़्यादा बीमार पड़ गया। बीमार गरीब की तबीयत ठीक होने में आठ-दस दिन लग गए और बिमला को उससे कम, पांच दिन। लेकिन जीवन के ठीक होने का कोई लक्षण दिखाई नहीं दे रहा था। दिन ब दिन उसकी हालत बिगड़ती जा रही थी। पहले पतले दस्त शुरू हुए, थोड़े दिन बाद वह पेचिश में बदल गए। उसके बाद ख़ून आने लगा। तेज़ बुखार रहने लगा। पाखाना करने बैठते ही उसका मलाशय बाहर निकल आता। काजू के फूल जैसा लाल मलाशय तब तक बाहर लटकता रहता जब तक कोई हाथ से दबा कर उसे अंदर न कर देता।

इस तरह बीस-बाईस दिन गुज़र गए। रोग का प्रकोप दिन ब दिन बढ़ता ही जा रहा था। अंत में जिस बच्चे से छोटे-छोटे पांवों से सारे घर-आंगन में दौड़ते-भागते रहने की उम्मीद की जाती थी, वह अब जड़ से कटे *पोई* साग के डंठल की तरह बिस्तर पर पड़ा हुआ था। न वह हिलता, न वह रोता, न वह बोलता था। बस मुंह खोले पड़ा रहता। मुंह से बहती लार को मक्खियां चाट रही होती थीं।

गरीब मन ही मन सोच रहा था कि अब कोई उम्मीद नहीं बची थी।

कैंप में इस रोग से मरणासन्न अवस्था में पहुंचे बच्चों की कोई गिनती नहीं थी। जैसे मौत का अंतहीन कारवां चल रहा हो। इस बीच वहां हज़ार-बारह सौ परिवार और आ गए। शायद ही कोई घर ऐसा बचा हो, जिस पर यमराज ने दया दिखाई हो। किसी की मां, किसी के पिता, किसी का बेटा तो किसी की बेटी, कोई न कोई अवश्य ही मौत के मुंह में जा चुका था। कैंप के उत्तर दिशा की ओर डेढ़-एक मील जाने पर एक पोखर था जिसमें घुटनों तक पानी था। शवों को वहीं जलाया जाता था। इतनी मौतों की वजह से लकड़ी का भी अकाल पड़ने लगा था। जंगल में सूखी लकड़ियां नहीं मिल रही थीं। इसलिए अब चिताएं नहीं सजाई जा रही थीं। सभी लाशों को धरती में दबाया जा रहा था। रोते-रोते लोगों की आंखों का पानी सूख चुका था। रोना-धोना सुनते-सुनते लोगों के मन पत्थर हो चुके थे इसलिए शायद हृदयविदारक क्रंदन अब रात की हवा में आलोड़न पैदा नहीं करता था। लोग छुप-छुपकर रोते और पहर

गिनते रहते थे कि कब उनका बुलावा आ जाए। उन्हें ज़रा भी अंदाज़ा नहीं था कि जिस जीवन को बचाने के लिए वे पागलों की तरह यहां भाग कर आए थे, वो इतने अनादर और अवहेलना में ख़त्म हो जाएगा।

कैंप में इतने लोग मर रहे थे, पर डॉक्टर क्या कर रहे थे? अगर कोई कुछ कर सकता था तो वो थी दवाई। लेकिन कहां थी दवाई? यहां के दवाख़ाने में बस तीन तरह की दवाएं थीं। एक बड़ी बोतल में चूने के पानी जैसी दवा। एक बोतल में आलते के रंग जैसी लाल दवा और एक डिब्बे में कुछ सफ़ेद गोलियां। यदि किसी के शरीर का कोई हिस्सा कट-छिल जाए, सूज जाए, जल जाए तो डॉक्टर थोड़ी सी रूई से उस लाल दवाई को लगा देते और कुछ गोलियां दे देते थे। कहते, 'दो गोलियां तीन दिन खाना। ठीक नहीं हुए तो फिर आना।'

अगर किसी के पेट में दर्द हो, पेचिश या कुछ और हो जाए तो शीशी में थोड़ी सी चूने के घोल वाली दवाई और उसके साथ दो गोलियां देकर वही एक बात कहते, 'ठीक नहीं हो तो तीन दिन के बाद आना।'

उन दवाइयों से किसी की बीमारी ठीक नहीं हो रही थी। गरीब दास का बेटा जीवन भी ठीक नहीं हो रहा था, बल्कि रोग बढ़ता ही जा रहा था। उस दिन वह अपने बेटे को देखकर बहुत चिंता में पड़ गया। उसके शरीर से जिस तरह ताज़े ख़ून की धार बह रही थी, उसे देखकर यह कहना संभव नहीं था कि रात भी कटेगी या नहीं। बेटे को गोद में लिए पत्थर की मूर्ति बनी बैठी थी उसकी निद्राहीन मां, बिमला। धीरे-धीरे जीवन का जीवन चिराग़ बुझने को था। यह देख मां की आंखों की कोरों से अविरल खारा पानी बह रहा था। आंख के आंसू बहुत ही बेरंग, बेस्वाद और अबूझ भी होते हैं। वे नहीं जानते कि इस वक़्त उनका कोई मोल नहीं। कोई कानी कौड़ी दाम पर भी नहीं ख़रीदता है आंख के आंसू।

तंबू के दरवाज़े पर बैठा था असहाय, अक्षम बाप। उसकी आंखों के सामने उसका बेटा धीरे-धीरे मृत्यु की गोद में चला जा रहा था, लेकिन वह कुछ नहीं कर पा रहा था। मन की वेदना को दबाने के लिए वह बीच-बीच में टहल लेता था। पति-पत्नी दोनों का ही शरीर पूरी तरह स्वस्थ नहीं था। लेकिन उन्हें इस बात की चिंता नहीं थी। उनकी बस एक ही कामना थी, '*हे भोगोबान मोर पोलार पेरान भिक्खा दाओ।* हे भगवान, मेरे बच्चे के प्राणों की भिक्षा दो।'

इस कैंप में गरीब दास का कोई निकट संबंधी नहीं था। उसके अपने भाई बहुत पहले ही बॉर्डर पार कर किसी दूसरे कैंप में चले गए थे। गरीब के देश छोड़ने के समय जो दो-चार दूर के रिश्तेदार साथ आए थे, एक-एक कर वे भी तितर-बितर हो गए थे। उनमें से कुछ को वासुदेवपुर के एक, दो या तीन नंबर कैंप में आश्रय मिला, तो किसी को गड़बेता या पियार डोबा में। और कुछ के भाग्य में दक्षिण परगना का घुटियारी शरीफ़, खोला या दोलताला के कैंप आए।

पूरे पश्चिम बंगाल में दर्जनों शरणार्थियों को इसी तरह के शिविरों में आश्रय मिला था। लेकिन कोई अपना पास न होने के बावजूद, देशत्याग जनित कष्ट, मन की पीड़ा, और उससे भी ज़्यादा अनिश्चित भविष्य की चिंता ने लोगों को एक-दूसरे से किसी आत्मीय बंधन में बांध दिया था। वे अब एक-दूसरे से अलग नहीं थे।

गरीब दास के शिविर में यमराज और मनुष्य के बीच खींचातानी चल रही थी। आज की रात स्याह बुर्क़े में मुंह छुपाए, आंखों में मृत्यु की विभीषिका भरकर आई थी। क्योंकि मृत्यु और मृत्यु के उपासक नन्हे से शिशु के प्राण हरने आए थे इसलिए उन्हें एक आड़ चाहिए थी। आड़ थी—साल के पेड़ों का घना जंगल। संपर्कहीन और दूर इस अंचल में हर दिन क्या घट रहा था, किसी पंछी तक को ख़बर नहीं थी। यहां रात से ज़्यादा दिन काले थे। यहां हज़ारों लोग बीमार थे। उन सब की देखभाल के लिए बस एक डॉक्टर नियुक्त था। दवाई के नाम पर जिसके पास एक सफ़ेद और एक लाल—दो तरह का पानी था। इस हालत में लोगों को तो मरना ही था। इसीलिए पड़ोसी शिविरों में सुबल, राधाकांत, गगन सीने में आशंका लिए जाग रहे थे। गरीब दास का बेटा मर रहा था। वह उगता सूरज शायद न देख पाए। ऐसे कठिन समय में एक पड़ोसी होने के नाते वे कैसे सो सकते थे!

सुबल सुतार धीरे से अपने शिविर से निकल कर गरीब दास के सामने आ खड़ा हुआ, वह फुसफुसा कर बोला, 'मुन्ना अभी कैसा है?'

ख़ुद पर क़ाबू कर गरीब बोला, 'अभी तक तो सांस चल रही है, लेकिन वक़्त आ गया है। अब और ज़्यादा देर नहीं रहेगा।'

'ऐसा मत कहो! तुम उसके बाप हो। भगवान को पुकारो। वही मालिक हैं। भगवान चाहेंगे तो तुम्हारा बच्चा ठीक हो जाएगा; सौ साल ज़िंदा रहेगा।' सुबल सुतार ने गरीब को सांत्वना दी और फिर राधाकांत के शिविर की ओर बढ़ गया। उसने दबी आवाज़ में पुकारा, 'ओ राधा दा, सो गए हो क्या?'

‘मैं जाग रहा हूं। चलना है क्या?’

‘नहीं अभी ज़िंदा है। ऐसा लगता है, सुबह-सुबह जाएगा। चलो ऑफ़िस से जाकर फावड़ा, कुदाल ले आएं। यह सब पास होना ज़रूरी है, नहीं तो सुबह भागना पड़ेगा और अगर हमसे पहले किसी ने ले लिया तो खड़े होकर इंतज़ार करना पड़ेगा।’

जब ये लोग देश छोड़ कर आए, तो घर के क़ीमती सामान साथ नहीं ला पाए थे। तब उन्हें अपने और अपने परिजनों की जान के अलावा और कुछ भी मूल्यवान और ज़रूरी नहीं लगा था। नतीजतन फावड़ा-कुदाल, जो अब रोज़मर्रा की वस्तुएं थीं, उन्हें ढोकर लाने की बात किसी के भी दिमाग़ में नहीं आई। परंतु विचारशील सरकार ने वो व्यवस्था कर रखी थी, वर्ना जंगल में इस समय जब लकड़ियां उपलब्ध नहीं थीं, लाशों का क्या होता? लोग उन्हें इधर-उधर फेंक देते। वह शोभनीय नहीं था।

लेकिन इस समय जब रात ख़त्म होने में कुछ ही घंटे बाक़ी थे, सोते हुए चौकीदार को फावड़े और कुदाल के लिए जगाना राधाकांत को ठीक नहीं लग रहा था। उसने कहा, ‘नहीं, इंतज़ार नहीं करना पड़ेगा। गोदाम में बस एक-दो फावड़े और कुदाल थोड़े न हैं! पहले जो होना है वो हो जाए, फिर जाएंगे।’

‘हां, गोदाम में बहुत सारे कुदाल-फावड़े हैं, लेकिन लेने वाले भी तो बहुत सारे हैं। लेते वक़्त सब हड़बड़ी करते हैं, लेकिन समय पर लौटाते नहीं हैं। मैं कहता हूं कि सुबह होने से पहले ही काम निबटा लेते हैं।’

‘ज़रूरत पड़ी तो चले जाएंगे, बैठ जा अभी। बिमला का रोना बंद होते ही जाएंगे।’

राधाकांत के तंबू के आगे बैठ कर सुबल ने एक बीड़ी सुलगाई। कश खींचते हुए अपने कान खड़े रखे। धीरे-धीरे रात सुबह की ओर सरकने लगी। बिमला के रोने की आवाज़ अब सुनाई नहीं दे रही थी।

राधाकांत बोला, ‘वो ज़रा-सा बच्चा मौत के साथ ज़बरदस्त लड़ाई लड़ रहा है। पिछले चार-पांच दिन से अब जाए कि तब जाए की हालत में है। इतनी देर तक रहेगा गरीब दास ने सोचा भी न होगा।’

सुबल बोला, ‘अब और नहीं बैठा जा रहा है। जाता हूं, थोड़ी देर सो लेता हूं। रोना-धोना शुरू होने पर उठ जाऊंगा।’

किसी को भी जीवन के बचने की कोई उम्मीद नहीं थी। मां-बाप के चरम समय की प्रतीक्षा, पड़ोसियों के अंतिम यात्रा में जाने की मानसिक प्रस्तुति और एक भी बूंद दवाई की पेट में न जाना, इतने के बाद भी न जाने कैसे उस रात छोटा-सा जीवन बच गया। यह सबके लिए बहुत ही आश्चर्य का विषय था। यह कैसे संभव था? ऐसे लड़कों को ही गाली देकर कहते हैं, 'जोमेर ओबोरुचि'—यमराज की भी अरुचि का। जो किसी तरह नहीं मरता है। मर-मर के ज़िंदा रहता है।

उस रात बच जाने के बाद, जीवन ज़िंदा रहा। लेकिन जीवन भर वह जिस तरह ज़िंदा रहा, क्या उसे सच में जीना कहते हैं?

8

स्कूल की ओर

कहा जाता है कि मनुष्य ने अमृत पिया था। क्योंकि बाढ़, सूखा, महामारी, आंधी-तूफ़ान, भूकंप, सांप्रदायिक दंगे, क्रांतियां, विश्वयुद्ध सब में मरने के बाद भी मनुष्य ज़िंदा है। हालांकि इतने सारे लोग मारे गए, बाक़ी सभी बचे रहे।

गरीब दास जीवित था। उसका बेटा जीवित था। उसकी बीवी भी जीवित थी। और, जेल में समय काटने की तरह, बिना किसी कड़ी मेहनत के, उनका दिमाग़ और शरीर कई वर्षों तक चलता रहा। एक दिन बिमला मिट्टी के घड़े में हैंडपंप से पानी लेने जा रही थी। सुबह-सुबह पानी न लेने से नल पर भीड़ बढ़ जाती थी। लंबी लाइन लग जाती। नहाना, खाना पकाना, बर्तन धोना, पानी की खपत कम थोड़े थी? एक बार पानी लाकर उसे बर्तनों में उंड़ेलकर, वह दूसरी बार जाने के लिए बढ़ी ही थी कि गरीब ने आवाज़ लगाई, 'ओ जीवन की मां, हमारा जीवन कितने साल का हो गया है?'

गरीब दास का प्रश्न सुन बिमला की आंखें आसमान में रहने वाले की ओर उठ गईं। '*हे भोगोबान, आपने केमोन माइनेशेरे पोलार बाप बानाइछेन जे निजेर पोलार बोयोश जाने ना।* हे भगवान, आपने कैसे आदमी को बच्चे का बाप बनाया है जिसे अपने बेटे की उम्र ही नहीं पता। एक साल का गोद में लेकर आई थी देश से, यहां हो गए पांच।'

अपराधी स्वर में गरीब ने कहा, 'दस तरह की चिंताएं दिमाग़ में रहती हैं। कोई बात ठीक से याद नहीं रख पाता। पर मैं कह रहा हूं, अब जब बेटा छह साल का हो गया है, उसे स्कूल में भर्ती कर देता हूं।'

'स्कूल' सुनते ही बिमला आतंकित हो उठी। कमर से घड़ा गिरने को था। उसने कहा, 'नहीं, अभी नहीं। दो-चार साल और बीतने दो। थोड़ा बड़ा हो जाए। सूखा, दुबला-सा बेटा है मेरा। बदन में दो-चार हड्डियों के अलावा ज़रा भी मांस नहीं। ऐसा शरीर मास्टर से पिटेगा तो बचेगा नहीं। केष्टो के बाप ने केष्टो का पढ़ना-लिखना इसी वजह से छुड़ा दिया। क, ख नहीं पढ़ पाया तो मास्टर ने ऐसा चांटा मारा उसकी कनपटी पर कि वह बहरा हो गया।'

गरीब ने पत्नी को समझाने की कोशिश की, 'जानबूझ कर तो उसे बहरा नहीं किया। मारा था, ग़लती से उसे ऐसी जगह लग गया। लड़के भी तो शैतान होते हैं। थोड़ा-बहुत न मारा जाए तो पढ़ना-लिखना कैसे सीखेंगे? मास्टर कोई दुश्मन नहीं जो बिना बात के मारेगा। वह छात्रों की भलाई के लिए मारता है। जितना पीटेगा उतनी विद्या आएगी। यह जो तेरी कांख पे मिट्टी का घड़ा है। बच्चे इसी मिट्टी की तरह होते हैं। पहले कुम्हार मिट्टी को कुदाल से खोदता है। उसके बाद पानी डाल कर पैरों से रौंदता है और उसके बाद छानता है। फिर उसे चाक पर डाल कर घुमाता है। घुमाते-घुमाते हांडी, पतीला, घड़ा बनाता है। उसके बाद दिनभर उन्हें धूप में सुखाता है। रात को चूल्हे की आग में डालता है। जलकर लाल हो जाने के बाद वह बर्तन पक्का होता है और तब जाकर लोगों के काम में आता है। इसी तरह मां-बाप को कलेजे पर पत्थर रखकर बच्चों को स्कूल भेजना पड़ता है, जिससे वो इंसान बनें। मार खाते हैं तो खाएं। मार के डर से घर में बैठाकर रखने से वो इंसान नहीं बन सकते हैं।'

बिमला ठीक से समझ नहीं पाई कि इंसान बनने के साथ पढ़ाई-लिखाई का क्या संबंध है। उस दूसरे देश के भट्टाचार्य महाशय का बड़ा बेटा, क्या कुछ नहीं पढ़ा था, पर क्या वो इंसान बन पाया? मन में दया, माया कुछ नहीं, सुनने में तो आता था कि और भी न जाने क्या-क्या दोष थे उसमें। तो फिर पढ़ने का क्या फ़ायदा हुआ?

नासमझ पत्नी को समझाने के लिए थोड़ी और कोशिश करते हुए गरीब ने कहा, 'जो इंसान पढ़ना-लिखना नहीं जानता वो आंखें होते हुए भी अंधा है। हम अंधे हैं तो क्या उसे भी अंधा बनाएंगे? वो जो ऑफ़िस का काला बाबू है, लिखना-पढ़ना सीखा है तभी न सुख से काम कर रहा है! बदन पर धूप, बारिश नहीं लगती। हर जगह लोग बाबू-बाबू कहते हुए आगे-पीछे मंडराते रहते हैं। न, अब तू यह मत कहना कि मैं जीवन को पढ़ना-लिखना सिखाकर बाबू बनाना चाहता हूं।'

बिमला जिस नल से पानी लेने जाती थी उसके ठीक सामने धनुष पर चढ़े तीर-सा सीधा-तना हुआ एक पक्का रास्ता था। रनवे से शुरू होकर वह रास्ता कैंप के बीच से सीधा संथालियों के मोहल्ले की ओर जाता था। इसी रास्ते के बगल में एक प्राइमरी स्कूल था। एक गोरा-सा लंगड़ा मास्टर वहां पढ़ाता था। क्या पढ़ाता था और कैसे पढ़ाता था यह किसी की नज़रों से छुपा नहीं था। किसी लड़के को कान पकड़कर धूप में खड़ा कर देता, किसी लड़के से उठक-बैठक लगवाता, किसी लड़के को बेंत से पीटकर उसकी पीठ लाल कर देता था।

पति की बात सुन, बेटे के आने वाले दुर्दिन की व्यथा से बिमला को रोना आ गया। अपना रोना दबाते हुए वह बोली, 'सिखाइए, आपका बेटा है, आप ख़ुद मारें या किसी दूसरे के हाथ से मरवाएं! मैं क्या कह सकती हूं! मैं पानी लेने जा रही हूं।'

गरीब अपनी निर्बोध पत्नी की बातों पर ज़्यादा ध्यान नहीं देता। वह अपनी भीष्म प्रतिज्ञा पर अटल था। वह हर हाल में जीवन को शिक्षित करना चाहता था। यह तो कोई जल-जंगल का देश, बरिशाल नहीं था जहां नहर, नदी, तालाब पार कर दो-तीन कोस दूर बच्चों को पढ़ने जाना पड़ता था। और इतनी दूर जाने पर भी अछूत नमःशूद्रों के बच्चों को मास्टर स्कूल में भर्ती कर लेते, ऐसा भी नहीं था। पहले ही भौंहें तान कर दांत भींचकर कहते, 'क्यों यहां मरने के लिए आ जाते हो? पढ़ना-लिखना सीखकर करोगे क्या? पकड़ोगे तो वही मछलियां, जोतोगे तो हल। उसके लिए पढ़ने-लिखने की क्या ज़रूरत है?' अगर इन तानों से छात्र नहीं भागते, जोंक की तरह चिपके ही रहते, तब मास्टर डर दिखाते, 'पाठ पढ़ नहीं पाए तो पीठ की चमड़ी उधेड़ दूंगा। चार बेंतें तोड़ूंगा पीठ पर।' यदि इस पर भी छात्र नहीं डरा तो बोलते, 'उस कोने में जाकर चुपचाप बैठा रह। किसी को नहीं छूना, किसी से बात मत करना, पानी की कलसी को हाथ मत लगाना।' कम से कम ये तीन बातें यहां तो नहीं थीं! स्कूल का मास्टर और छात्र सभी नीची जाति के थे। लेकिन पिटाई बरक़रार थी। वो तो होना ही था। जिस पत्थर पर हथौड़े का प्रहार न पड़े, वो पत्थर मूर्ति नहीं बन सकता है।

लेकिन बिमला अकेली नहीं थी, कैंप के बहुत से बच्चे पीठ की चमड़ी उधड़ जाने के डर से ख़ुद भी आतंकित थे और अपने मां-बाप को भी पीड़ित करते थे। गरीब याद कर सकता था कि पुराने देश में स्कूल किसी ख़तरनाक

जंगल के समान थे, जिसमें ब्राह्मण और कायस्थ बच्चे ख़ूंखार शिकारी कुत्तों की तरह घूमते रहते थे। उनके बीच दो-एक नमःशूद्र बच्चों की दशा निरीह ख़रगोश की सी होती थी। सब उनके पीछे लग जाते, अनाप-शनाप बातें कहते और मारते थे। मास्टर से शिकायत करने पर वह उनका ही दोष ढूंढ़ते और फिर उन्हें पीटते। उस असहनीय शिक्षा व्यवस्था से अधिकांश बच्चे जान बचाकर भागते थे। दो-तीन कक्षा से आगे पढ़ नहीं पाते थे। यदि कोई नमःशूद्र अपने बच्चे को शिक्षित करने का प्रण ही ले लेता, तो वह उसे नमःशूद्र समाज के महापुरुष गुरुचंद ठाकुर द्वारा प्रतिष्ठित, बागेरहाट महाविद्यालय में पढ़ाता था। वहां न जात-पात की बात थी और न कोई पक्षपात होता था।

वैसे जात-पात का मसला इस कैंप में भी नहीं था। जो यह सब मानते थे वो ब्राह्मण, कायस्थ, वैश्य जाति के अहंकार और आर्थिक स्वच्छंदता के चलते, रिफ़्यूजी कैंप में आकर नीची जाति के लोगों के साथ रहने को राज़ी नहीं हुए। वे लोग इन सब से दूर थे। जो लोग यहां आए या आने को मजबूर हुए, वे निम्नवर्ग के असहाय लोग थे, जिनके पास खोने को कुछ न था। यहां जो भी अफ़सर और सरकारी कर्मचारी थे, वे सब ऊंची जाति के थे और सभी पश्चिम बंगाल के थे। वे पूर्वी बंगाल में उच्च जातियों की तुलना में अपनी मानसिकता में अपेक्षाकृत कम जातिवादी थे।

वे जाति विभाजन और पूर्वाग्रह को उतना महत्व नहीं देते थे, जितना किसी के शिक्षित और धनी होने को देते थे, यानी ऐसे लोग '*भद्रलोक*' थे, और बाक़ी सब '*छोटोलोक*'। उनके लिए 'गरीब' और 'अनपढ़' *छोटोलोक* के पर्यायवाची थे; जिनके पास साधन और शिक्षा की कमी थी वे '*छोटोलोक*' थे। इसी वजह से काला बाबू, भुवन बारुई, तू-तड़ाक की भाषा में बात किया करता था। '*छोटोलोक*' को जी-जी करने में भद्रलोग का सम्मान नहीं बढ़ता है।

और इसी वजह से काला बाबू नमःशूद्र, खगेन मंडल, का सम्मान करता था। बैठने को कुर्सी आगे कर देता था। खगेन मंडल पूर्वी पाकिस्तान के निर्विवाद नेता जोगेन मंडल के रिश्तेदार एवं पढ़े-लिखे, साफ़ दिल के व्यक्ति थे। वे चाहते तो कैंप में न आकर कहीं ज़मीन ख़रीदकर रह सकते थे, लेकिन उससे उनके साथ देश छोड़कर आए हज़ारों परिवारों का भरोसा टूट जाता, वे अनाथ हो जाते। उन्हीं के लिए खगेन बाबू ने इस कष्ट के जीवन को चुना। कैंप में सब खगेन बाबू को बहुत मानते थे, उन्हें सम्मान देते थे। उन्हीं के मुंह से गरीब ने सुना था, 'विद्या से बड़ा और कोई धन नहीं।'

गरीब के मन में बड़ी आशा थी कि वह अपने बेटे को खगेन बाबू जैसा विद्वान बनाएगा। खगेन बाबू की तरह जीवन भी अख़बार पढ़ेगा। लोग देश-विदेश की ख़बर जानने के लिए उसके दरवाज़े पर भीड़ लगाएंगे।

इन्हीं खगेन बाबू ने एक दिन वो कहानी बताई थी कि किस तरह चंडाल माने जा चुके नमःशूद्रों ने फिर से नमःशूद्र के रूप में समाज में, सरकारी दस्तावेज़ों में अपना नाम दर्ज कराया था। चाहे बल्लाल सेन के हुक्म से हुआ हो या फिर जिस भी किसी कारण से, पूर्व बंगाल के नमःशूद्र श्रेणी के लोगों की जीवन यात्रा कैसी थी, उसे मनुष्य की पीड़ा को अनुभव करने की क्षमता रखने वाले कवि रवीन्द्रनाथ ठाकुर ने अपनी आंखों से देखा था। वर्ष 1911 में उन्होंने 'तार धर्मेर अधिकार' नाम से निबंध लिखा था: 'मैंने गांवों में जाकर देखा, वहां नमःशूद्रों के खेतों को किसी भी और जाति के लोग नहीं जोतते और उनका धान नहीं काटते हैं। उनका घर नहीं बनाते हैं। अर्थात, संसार में ज़िंदा रहने के लिए मनुष्य-मनुष्य से सहयोग का दावा कर सकता है। हमारे समाज ने इन लोगों को उसके भी अयोग्य बताया है; बिना अपराध के हम इनकी जीवन यात्रा को दुरूह व असहनीय बनाकर, इन्हें जन्म से लेकर मृत्यु तक प्रतिदिन दंडित कर रहे हैं।'

खगेन बाबू के शिविर के सामने रोज़ भीड़ जुटती थी। उस दिन भी थी। गरीब थोड़ी देर से पहुंचा था। किस बात पर चर्चा हो रही थी, वह नहीं जानता था। वह जगदीश विश्वास के बगल में दरी पर बैठ गया। खगेन बाबू एक किताब से पढ़े जा रहे थे। अचानक उनके मुंह से रवीन्द्रनाथ ठाकुर का नाम सुनकर गरीब के कान खड़े हो गए। गरीब बहुत से *'ठाकुर'* यानी भगवानों को जानता था, वे सब *'ठाकुर'* स्वर्ग में रहते हैं। मनुष्य रूप में वह दो ही ठाकुरों को जानता था। एक हरिचंद ठाकुर, दूसरा उनका ही बेटा गुरुचंद ठाकुर। अब एक और ठाकुर का नाम सुनकर उसने फुसफुसाते हुए जगदीश विश्वास से पूछा, 'रोबिन ठाकुर कौन हैं? उनका आश्रम कहां है? जगदीश हाथ के इशारे से उसे चुप होने का निर्देश देकर बोला, 'अभी सुनते रहो। बाद में कभी किसी समय खगेन बाबू से पूछ लेंगे। ज़रूर कोई बड़े गोसाईं होंगे।

ग़ौर करने की बात है कि यहां रवीन्द्रनाथ ने नमःशूद्रों को किसी और नाम से नहीं, नमःशूद्र कहकर ही उल्लेख किया था। इसका अर्थ है कि उनके

इस निबंध को लिखने के बाद, उन लोगों ने पक्के तौर पर सरकारी काग़ज़ों में नम:शूद्र के रूप में स्वीकृति पाई। यह कहना ज़रूरी है कि यह सबकुछ आसानी से नहीं हुआ था।

इस देश में सर्वप्रथम जनगणना का काम अंग्रेज़ों के समय में शुरू हुआ था। बड़ी निपुणता के साथ लिंग, आयु, जाति—सबकुछ लिपिबद्ध किया गया था। उस समय जिन कर्मचारियों पर जनगणना के कार्य का भार पड़ा था, स्वाभाविक कारणों से वे सब उच्चवर्ग के थे। वे नम:शूद्र श्रेणी के लोगों की बातों पर ध्यान न देकर, उनकी जाति के स्थान पर 'नम:शूद्र' के बदले पुराने बल्लाली विधान के अनुसार 'चंडाल' ही दर्ज करते रहे। प्रतिवाद में नम:शूद्र समाज विक्षोभ से फट पड़ा।

उस समय फ़रीदपुर ज़िले के ओराकांडी में मतुआ धर्म के प्रवक्ता हरिचंद ठाकुर के योग्य पुत्र गुरुचंद ठाकुर, नम:शूद्र समाज के सर्वमान्य नेता के रूप में प्रतिष्ठित हो चुके थे। उन्हीं के नेतृत्व में समूचे पूर्व बंगाल को जोड़, एक शक्तिशाली धरने का पालन हुआ। जिसका व्यापक प्रभाव पड़ा बरिशाल, फ़रीदपुर, खुलना और जशोर ज़िलों में। इन ज़िलों में नम:शूद्रों की संख्या अधिक थी।

तब जाकर नम:शूद्र समाज के जीवन में रोशनी की एक झलक दिखाई दी। ऑस्ट्रेलिया के पादरी मीड साहब की मदद और गुरुचंद ठाकुर के आग्रह से ओराकांडी में हाईस्कूल की स्थापना की गई। उत्साही युवाओं का एक दल सामाजिक परिवर्तन की भावना से तेज़ गति से आगे बढ़ने लगा, जिनका नेतृत्व लौहपुरुष गुरुचंद ठाकुर कर रहे थे। वह एक ऐसा समय था जो महाजागरण का सूचक था। मतुआ धर्म संगठन के माध्यम से नम:शूद्रों ने एक संघबद्ध शक्ति के रूप में ख़ुद को अभिव्यक्त करना शुरू किया। बाद में समुदाय का नाम बदलने के लिए चलाए गए इस आंदोलन ने एक घमासान रूप ले लिया। उन्होंने सोचा था कि जिस अपमान, अवहेलना का हल 'चंडाल' नाम के रूप में उनके कंधों पर चढ़ा दिया गया है, वह इस नाम आंदोलन की विजय के साथ ही ख़त्म होगा। उन्हें इसका अंदाज़ा नहीं था कि नाम बदले जाने से भी उच्चवर्ग की मानसिकता में कोई बदलाव नहीं आएगा। किसी गुप्त भूमिगत धारा की तरह वह उनके मन के भीतर निरंतर रहेगा।

आख़िरकार उस आंदोलन के फलस्वरूप, सन 1911 में नम:शूद्रों ने पक्के तौर पर 'नम:शूद्र' के नाम से स्वीकृति पाई। इसके बावजूद भी घृणा या

आदत के चलते कुछ सरकारी कर्मचारी उनकी जाति के स्थान पर 'चंडाल' लिख देते थे। इस वजह से अंग्रेज़ सरकार ने घोषणा की कि नम:शूद्रों के लिए जाति के स्थान पर नम:शूद्र के अलावा 'चंडाल' या कुछ और लिखने वाले की नौकरी चली जाएगी। नौकरी की माया अपरंपार, सो उन लोगों ने और कुछ लिखने की हिम्मत नहीं की।

गरीब के मन में बड़ी आशा थी कि उसका बेटा भी इस तरह मोटी-मोटी किताबें पढ़ेगा। जब वह सड़क पर चला करेगा तो लोग उसे देखकर कहेंगे, 'ये हैं जीवनबाबू के पिता...।' स्कूल कैंप के भीतर ही था। चारों ओर से खुला टिन का लंबा कमरा। कमरे के चार भाग थे—पहली से लेकर चौथी कक्षा तक। अभी तक पांचवीं तक कोई नहीं पहुंचा था, इसलिए वह नदारद थी। विद्यार्थी चारों ओर से खुले इस कमरे के फ़र्श पर बोरा या चटाई बिछाकर पढ़ते थे। यह स्कूल बिल्कुल *'टोल'* यानी देहाती स्कूल की तरह था, जहां बच्चे हिलते हुए पहाड़ा रटते थे, विद्यासागर के बचपन की शिक्षा के विषय में पढ़ा करते थे। गरीब दास की बहुत इच्छा थी, चाहे जितनी भी तक़लीफ़ें उठानी पड़ें, वह अपने बेटे को पांचवीं कक्षा तक ज़रूर पढ़ाएगा। जिससे वह धाराप्रवाह रामायण, महाभारत, श्रीमद्भागवत का पाठ कर सके। ज़रूरत पड़ने पर वह घर में पढ़ाने के लिए कोई मास्टर रखने को भी तैयार था। अंग्रेज़ों के ज़माने के *'किलास थीरी'* तीसरी कक्षा तक पढ़ा वेणु हाल्दार अगर कृष्ण के अष्टोत्तर नाम, लक्ष्मी चालीसा पढ़ सकता था तो *'पांच किलास'* पांचवीं तक पढ़ा जीवन कितनी मोटी किताब पढ़ पाएगा! यह सोचकर गरीब दास के शरीर में सिहरन पैदा हो गई। तब लोग जीवन को देखकर कहेंगे, 'जानते हो किसका बेटा है? गरीब चंद्र दास का...'

अंत में पति-पत्नी ने मिलकर तय किया कि अगले मंगलवार को सूर्योदय के शुभ मुहूर्त में जीवन नामक बालक के हाथों में खड़िया थमाई जाएगी, यानी *'हाथे खोड़ी'* की रस्म अदा की जाएगी। सोमवार से ही गरीब दास शिक्षा संबंधी अनुष्ठान को लेकर बहुत व्यस्त हो गया। उसने पता लगाया कि ताड़ का पेड़ कहां है और मिल जाने पर धोती में फेंटा लगा वह ताड़ के पेड़ के सिरे पर चढ़ गया। शिक्षा का प्रथम पाठ तो ताड़ के पेड़ के सिरे से ही शुरू होता है। वहां से वह एक गुच्छा ताड़ के पत्ते तोड़ लाया। उन्हें काटकर, धूप

में सुखाकर, इकट्ठा बांध वह संथाली मोहल्ले में चला गया जहां बांस के पेड़ थे। बच्चों की शिक्षा में बांस का कम योगदान नहीं है। झाड़ से उसने दो *कंचिया,* पतले तने काटे। एक लगभग नौ इंच का, जिसके सिरे को तराश कर लिखने की क़लम बनाई, और दूसरा डेढ़ हाथ लंबा, जिससे लंगड़ा मास्टर जीवन की पीठ की चमड़ी उधेड़ेगा। कैंप के स्कूल में गरीब ने देखा था कि मारने के लिए हाथ में अगर कुछ न हो तो मास्टर दोषी बच्चे को ही पास के जंगल में ढोल-कमली की डाल तोड़कर लाने को भेज देता था। जंगल में सांप-बिच्छुओं की कमी नहीं थी, कोई काट ले तो! गरीब इतना अविवेकी नहीं था। वह जीवन को मारने के लिए *कंची* पहले से ही मास्टर को दे देगा और कहेगा, 'जीवन को जितना मर्ज़ी मारिएगा। बस ध्यान रखिएगा कि उसके प्राण न निकलें!'

उधर जब गरीब दास एक काम में व्यस्त था, तो बिमला भी तंबू में ख़ाली नहीं बैठी थी। वह पहले बकरी के दूध की खोज में गई। कैंप में किसी के पास गाय या भैंस नहीं थी। गाय पालने से उसे तंबू के अंदर कैसे रखते? बस कुछ बकरियां थीं। कोशिश करने पर थोड़ा-सा बकरी का दूध मिल सकता था। वह किसी से दो पैसे का दूध लेकर आई। उस दूध से उसे दही जमाना था। शुभ कार्य पर जाने से पहले माथे पर दही का टीका लगाना होता है। उसके बाद जो दही बचता वो जीवन को खिलाना था। दही पेट को ठंडा रखता है। जिसका पेट ठंडा रहता है, उसका माथा भी ठंडा रहता है। विद्यार्जन करने के लिए धीर स्थिर ठंडे दिमाग़ की ज़रूरत है। जिनका माथा गरम रहता है वे नाव चलाते हैं, हल चलाते हैं, मछलियां पकड़ते हैं, दूसरे के खेतों में मज़दूरी करते हैं, बीवियों को पीटते हैं, लठैतगिरी करते हैं। जीवन को वैसा बनाने की कोई इच्छा नहीं थी उसके बाप की, इसलिए दही तो चाहिए ही था।

दूध लेकर लौटने के बाद बिमला चूल्हा जलाने में लग गई। पिछली रात खाना बनाने के बाद चूल्हे में पानी उंड़ेल, आग बुझाकर रखा था उसने। अब उसमें से लकड़ी के कोयले के टुकड़े ढूंढ़ रही थी वह। उन कोयलों को सिलबट्टे पर महीन पीसकर उसमें पानी मिलाया। इसके बाद मसहरी के टुकड़े से छानकर उसे एक शीशी में भरा। वह जीवन की लिखने की स्याही थी। जब उसे लगा कि इतना काफी है, वह रुक गई लेकिन तब तक परिश्रम और मानसिक उत्तेजना से वह पसीने से तरबतर हो चुकी थी।

आसपास के छोटे-छोटे बच्चे इस भयंकर प्रस्तुति को देखकर डर से कांप रहे थे। किसी के मुंह से एक शब्द नहीं निकल रहा था। उन्हें लग रहा था जैसे कालीपूजा की रात में मन्नत मांगे बकरे की बलि देने से पहले, गंड़ासे में धार दी जा रही हो। उसे पकाने के लिए मसाला तैयार किया जा रहा हो। सबसे ज़्यादा डरी हुई तुलसी की बेटी कुसुम थी। कल जीवन बचेगा या मर जाएगा, यह सोचकर वह परेशान थी।

अंत में रहस्य ख़त्म हुआ। नियत दिन पर, नियत समय में किसी विघ्न के बिना ही निर्धारित कर्मकांड संपन्न हुआ। सुबह जीवन को नहलाकर नए कपड़े पहनाए गए। उससे पहले ही ब्रिटिश ज़माने का *किलास थीरी* पास वेणु हाल्दार वहां पहुंच चुका था। उसी की सहायता से बहुत धूमधाम से शंख बजा, ऊलुध्वनि दे जीवन के हाथ में खड़िया पकड़ाई गई। ताड़पत्र की कंची को कोयले की स्याही में डुबा घसीटते हुए, जो काम गरीब दास के वंश में किसी ने कभी नहीं किया, वह कठिन काम जीवन ने कर दिया। उसने व्यंजन वर्ण का पहला अक्षर—'**क**', क लिखा।

आवेग से गरीब का सीना कांप रहा था। उसकी आंखों में आंसू भर आए थे। उसके चेहरे पर गर्व से भरे एक पिता की मुग्धता बिखरी हुई थी। पिछली चौदह पुश्तें जिस काम को करने का साहस नहीं कर पाई थीं, उस असंभव कार्य को उसके छह साल के बेटे ने साहस और आत्मविश्वास के साथ संभव कर दिया। उसने 'क' अक्षर लिखा।

अंग्रेज़ों के ज़माने का *किलास थीरी* पास वेणु हाल्दार आज के अनुष्ठान का प्रधान पुरोहित था। सवा सेर चावल, जोकि नियमानुसार कैंप का मिला नहीं होना चाहिए था, क्योंकि दान में मिली चीज़ को दान देने से पुण्य नहीं मिलता, उसे बाहर से ख़रीदकर दिया गया था। और साथ में सवा पांच आना दक्षिणा में दिया गया। यह सब लेकर जाते हुए उसने कहा, 'गरीब देखो, तुम बस उस अक्षर को देखो, कैसे सितारे-सा जगमगा रहा है। औरतें खाना पकाते वक़्त चावल का एक दाना दबाकर समझ जाती हैं, भात कब तक पकेगा। मैं भी उस एक अक्षर को देखकर बता सकता हूं कि तुम्हारे बेटे का भविष्य कैसा होगा। मैं जो कह रहा हूं उसे याद रखना, बड़ा होकर जीवन महाज्ञानी बनेगा। मैं यह साफ़ पानी की तरह देख सकता हूं।'

अगले दिन नहला-धुला, नई कमीज़-पैंट पहना, बेटे का हाथ पकड़ कर गरीब दास स्कूल की ओर चल पड़ा। जैसे किसी वीर माता ने रण पर जाने

वाले किसी शूरवीर को सजाया हो, उसी तरह बिमला ने कोयले की स्याही की बोतल को एक सुतली से बांधकर जीवन के गले से जनेऊ की तरह लटका दिया था। आठ-दस ताड़ के पत्तों का गुच्छा उसकी दूसरी बांह में लटका दिया। एक फटे बोरे का टुकड़ा चार तह कर उसके हाथ में पकड़ाया। जिसे बिछाकर उसे बैठना था। ताड़ पत्र को पोंछने के लिए एक गीली चिंदी दी। टिफ़िन में खाने के लिए भुंजे चावलों के '*नाड़ू*' लड्डू थे।

सड़क के जिस पार स्कूल था, उसका नाम 'साल बागान' रखा गया था। और गरीब और उसके साथी जिस ओर रहते थे, उसे सब 'आम बागान' कहते थे। आम बागान के उत्तर में कैंप के बिल्कुल आख़िरी छोर पर एक पंक्ति में आठ-दस शिविर थे। इन्हीं में से एक में गरीब दास रहता था। उसके शिविर से निकल कर स्कूल की ओर जाते हुए दाहिनी तरफ एक बड़ा कुआं था। वह चारों ओर से ऊंची दीवार से घिरा हुआ था। उसे देखकर ही समझ में आता था कि जब यहां सेना का शिविर रहा होगा, तब इसी कुएं से उनके पानी की समस्या का समाधान होता होगा। लेकिन अब इसका पानी पीने योग्य नहीं था। पानी काफ़ी हरा था, जिसमें काई और मेंढक भरे हुए थे।

उस कुएं को पार कर, हैंडपंप पीछे छोड़, गरीब दास उस रास्ते पर पहुंचा जो कभी समतल और पक्का हुआ करता था पर अब टूटा-फूटा, ऊबड़-खाबड़ हो गया था। पर जैसे ही उसने स्कूल की ओर देखा वह हैरान हो गया। स्कूल के सामने का हिस्सा बिल्कुल सुनसान पड़ा था। एक भी विद्यार्थी नहीं था। इतना दिन चढ़ गया था, लेकिन वहां कोई क्यों नहीं था? धोती-कुर्ता पहने लंगड़ा मास्टर कहां गया था? कोई भी सुर में 'एक एक्कम एक, दो एक्कम दो...' नहीं पढ़ रहा था। कोई शोर-शराबा, झगड़ा-लड़ाई नहीं कर रहा था। अब तक तो स्कूल छात्रों से भरा होना चाहिए था। आज क्या हुआ?

बहुत देर इंतज़ार करने के बाद एक आदमी से गरीब को पता चला कि अब कभी इस स्कूल में बच्चे सुर में पहाड़ा नहीं रटेंगे। कोई भी कविता कंठस्थ नहीं करेगा। पीतल के घंटे की टन-टन की आवाज़ स्कूल चलने की सूचना नहीं देगी, क्योंकि अब मास्टर नहीं आएगा। उसका तबादला दूर किसी आदिवासी गांव में हो गया था।

यह सुनकर गरीब दास वहीं बैठ गया। वह अपने पैरों के बल खड़ा नहीं हो पा रहा था। ऐसा लग रहा था मानो विभाजन उनके जीवन में जो आपदा

लेकर आया था, शायद उसी का एक और भयानक अध्याय अब शुरू हो रहा था।

शिविर में लौटने पर सुबल, गगन और राधाकांत से उसे भयानक ख़बर मिली। शरणार्थियों को अब भारत सरकार की ओर से और कोई मदद नहीं मिलेगी। स्कूल बंद हो चुका था, दवाख़ाना बंद हो चुका था, दाल-चावल और मामूली-सी जो आर्थिक मदद मिलती थी, जिसका नाम '*कैश डोल*' था, वह भी बंद हो गई। सारे सरकारी दफ़्तर बंद हो चुके थे। सुबह से सरकारी कर्मचारी अपना-अपना सामान ट्रक में लादकर, विष्णुपुर हेड ऑफ़िस जा रहे थे। शरणार्थियों के भले-बुरे की ज़िम्मेदारी अब उनकी नहीं थी।

ख़बर सुनकर अकेला गरीब दास नहीं, सभी बिजली गिरे पेड़ों की भांति गिर पड़े। जैसे तेज़ भूकंप से उनके पैरों तले की ज़मीन सरक गई हो। बस अब मुंह के बल गिरने का समय था। सबके सीनों में मूक रुलाई उठ रही थी। 'यह क्या हो गया! अब हम क्या करेंगे! क्या खाएंगे! कैसे ज़िंदा रहेंगे! बच्चों को कैसे ज़िंदा रखेंगे!'

बहुत देर के बाद किसी ने कहा, 'मेरा सिर घूम रहा है। चारों ओर अंधेरा दिख रहा है। क्या करूं समझ नहीं पा रहा। चलो सब मिलकर खगेन बाबू के पास जाते हैं। देखते हैं उनका क्या कहना है।'

9

स्थायी निर्वासन

माननीय भारत सरकार को कोई दोष नहीं दे सकता। शरणार्थी यह शिकायत नहीं कर सकते थे कि यह सबकुछ अचानक, किसी को कोई मौक़ा दिए बग़ैर ही घट गया। यह तो बस एक सुनियोजित प्रोग्राम, जिसे एक के बाद एक क़दम उठाकर पूरा किया गया था, का अंतिम परिणाम था। राजनेताओं, नौकरशाहों, सलाहकारों और सरकारी अधिकारियों का औचित्य इस मामले में स्पष्ट, सरल, असंदिग्ध था। इतने लंबे समय से लाखों लोगों को अकारण अन्न देते रहना निरर्थक है और असंभव भी। यह उदारता हो सकती है, लेकिन अव्यावहारिक थी। इस नीति का नतीजा होता, कठोर परिश्रम करने वाले लोगों का आलसी, मेहनत से जी चुराने वाला, निकम्मा बन जाना। जो देश और समाज के साथ-साथ उनके अपने लिए भी हितकारी नहीं था।

विभाजन की वजह से उस पार के जड़ से उखड़े, विशाल संख्या में इन निम्नवर्ग, निम्नवर्ण, निरक्षर लोगों को लेकर सरकार बेहद परेशान थी। यदि अत्याचार सहकर, किसी तरह भी ये लोग उस पार बंगाल में ही रह जाते, तो ऐसी कोई समस्या नहीं होती। लेकिन वे सब इस पार बंगाल आ रहे थे। क्यों आ रहे थे? किस अधिकार से?

यह सब उस समुदाय के लोग थे जिन्होंने स्वाधीनता आंदोलन में कोई योगदान नहीं दिया था। जब लोगों के जत्थे जेल में जा रहे थे, फांसी चढ़ रहे थे, यातनाएं सह रहे थे, तब ये बस अपने पेट की चिंता में थे। जीवन भर इन्होंने बस यही सोचा कि क्या खाना है। पेट के अलावा भी दुनिया में कितना कुछ

है, यह सोचने का अवकाश नहीं था इनके पास। जो बस अपने बारे में सोचते रहे, अपने देश या दुनिया के विषय में जिन्हें कोई चिंता नहीं, ऐसे स्वार्थी लोगों से देश का क्या उपकार होगा? जो गाय दूध नहीं देती, हल नहीं जोतती उसे कौन चारा डालता है?

एक बार कांग्रेस के एक नेता सुरेन बनर्जी के एक प्रतिनिधि ने आकर नमःशूद्र समाज के प्रधान, गुरुचंद ठाकुर से मुलाक़ात की। तब पूरे देश में ज़ोर-शोर से विलायती चीज़ों का बहिष्कार करने के लिए स्वदेशी आंदोलन शुरू हुआ था। उन्होंने गुरुचंद ठाकुर से कहा, 'आपकी आवाज़ से लाखों लोग उठ खड़े होते हैं। इनको लेकर यदि आप हमारे स्वदेशी आंदोलन में साथ दें तो बहुत अच्छा होगा।' उनकी बात सुनकर धीरे से हंसते हुए गुरुचंद ने जवाब दिया, 'जो आप कह रहे हैं वो सुनने में बहुत अच्छा है, करने में भी अच्छा है, लेकिन बहिष्कार तो वो लोग कर सकते हैं जो ग्रहण करते हों। विलायती तो बहुत दूर की बात है, हमारे लोगों में तो देसी कपड़ा भी ख़रीदने का सामर्थ्य नहीं है! ज़रा इन लोगों के घर जाकर देखिए, आदमियों के पास एक पांच हाथ की धोती और औरतों के पास एक आठ हाथ की साड़ी मिलेगी, उसके अलावा और कुछ नहीं। मैला हो जाने पर खोलकर पानी से धोने तक का उपाय नहीं। इन सब लोगों का उस आंदोलन में क्या काम? वो हमारा नहीं, आप लोगों का आंदोलन है।'

गुरुचंद ठाकुर की भाषा में कोई दिखावा या कूटनैतिक शिष्टाचार नहीं था। उसे सुनकर प्रतिनिधि के मन को बहुत ठेस पहुंची। उन्होंने लौटकर संक्षेप में बड़े नेता को बताया कि उन लोगों ने आंदोलन में भाग लेने से मना कर दिया है। कहा है, 'आंदोलन-फांदोलन आप लोग कीजिए, हम नहीं करेंगे।'

सुनने में आता है, इसके बाद 'भारत छोड़ो आंदोलन' के समय कुछ लोगों ने गुरुचंद ठाकुर को उस आंदोलन में भाग लेने के लिए कहा था। तब उन्होंने जवाब में कहा, 'अंग्रेज़ तो इस देश में दो सौ साल से आए हैं, लेकिन उससे भी बहुत पहले से हम शिखा-जनेऊधारियों के ग़ुलाम बने हुए हैं, उसका क्या? पहले वो हमें इस ग़ुलामी से आज़ाद करें। अंग्रेज़ों को उसके बाद भगाया जा सकता है। कम से कम अभी देश में आईन का शासन तो है। जो दोष करता है उसका विचार होता है। अंग्रेज़ चले गए तो उन शिखा-जनेऊधारियों के चंगुल से नीची जाति के लोगों को कौन बचाएगा? अंग्रेज़ इस देश में आए तभी हमारे बच्चे स्कूल का दरवाज़ा देख पाए। पढ़ना-लिखना सीखकर इंसान

बन पा रहे हैं। कम से कम इतना तो उपकार किया है उन लोगों ने। अगर आपके लोग उनसे बेहतर हैं, तो कुछ करके प्रमाण तो दें।'

यह सब सच था। सच होने की वजह से ही अप्रिय था। इसीलिए वर्तमान में सरकार में बैठे ऊंची जाति के नेताओं के लिए नम:शूद्र अस्वीकार्य थे। उनके लिए वे ऐसे प्राणी थे जिन्हें पूरी तरह से बाहर कर दिया जाना चाहिए था। ये देश जर्मनी नहीं था, नहीं तो जिस तरह नाज़ियों ने यहूदियों को पकड़-पकड़ कर गैस चेम्बर में डालकर वर्ज्य पदार्थ की तरह दाह कर दिया था, उसी तरह इन शरणार्थियों का भी समाधान किया जा सकता था। लेकिन ऐसा करने में बस एक ही समस्या थी—चुनाव में भी तो खड़ा होना था। यदि ऐसा नहीं होता तो...

जब यहूदियों की तरह मारकर मिट्टी में दफ़नाया नहीं जा सकता था, तो यह आवश्यक हो गया कि कोई ऐसा रास्ता ढूंढ़ा जाए कि ये लोग धरती पर रहें भी और जी भी न पाएं। अब प्रश्न था कि ऐसा स्थान कहां है, जहां इन्हें भेजकर राष्ट्रसंघ एवं दुनिया के बाक़ी सभी मानवाधिकार संगठनों को कहा जा सके: देखो! इनका पुनर्वास किया गया है...असल में तो वह पुन:निर्वासन ही था! दरअसल जिस काम के पीछे दर्द नहीं सिर्फ़ ज़िम्मेदारी होती है, कौशल होता है, विद्वेष होता है वो कभी सुंदर, मानवीय, प्रशंसनीय नहीं हो सकता। हुआ भी नहीं। भारत के जिन दो अंचलों को काटकर पाकिस्तान राष्ट्र का गठन हुआ, उनमें एक बंगाल और दूसरा पंजाब था। इन दो जगहों के लोग विस्थापित होकर शरणार्थी बने। लेकिन पंजाब के शरणार्थियों की तुलना में बंगाल के शरणार्थियों के भाग्य में तिलभर भी सरकारी अनुकंपा नहीं जुटी। कारण आसानी से समझ में आने वाला है।

बंगाल की मिट्टी सुजला-सुफला थी; मूल्यवान थी। ज़मीन के मालिकों ने यूं ही हज़ारों बीघा ज़मीन अटका कर रखी हुई थी। सरकार शरणार्थियों के पुनर्वासन के लिए उसका अधिग्रहण नहीं कर पाई, क्योंकि उन ज़मींदारों में हर ज़मींदार राजनीति का स्तंभ था। वर्तमान शासक दल कांग्रेस के साथ उनका गहरा संपर्क था। अगर बंगाल में इनका पुनर्वास नहीं हो सकता था, तो और कहां हो सकता था? कहां था ऐसा स्थान? बहुत सोच-विचार के बाद एक स्थान चुना गया। जिस तरह के ये शरणार्थी थे, वह स्थान उनके लिए उपयुक्त माना गया।

भारत में उड़ीसा और मध्यप्रदेश दो ऐसे राज्य थे जो अति पिछड़े थे। इन दोनों राज्यों के बीच जो अंचल सबसे अविकसित था, संपर्कहीन था, वन-जंगल, पहाड़, पत्थर, भुरभुरी लाल मिट्टी से घिरा, जलविहीन, सूखा प्रवण क्षेत्र था; जहां अब तक सभ्यता की रोशनी ने प्रवेश नहीं किया था—मलकानगिरी, कोरपुट, उमरकोट, परलकोट—ऐसे इलाक़े ही पूर्वी पाकिस्तान से आए इन शरणार्थियों के पुनर्वास के लिए उप्युक्त स्थान थे। जहां गोंड, दमदमी, हल्बा, मुरिया, बोंडा, कया—आदिवासी जनजाति के उग्र, अर्ध नग्न लोगों का निवास था। सभ्य और सुसंस्कृत लोगों की नज़रों में इनकी भाषा जितनी दुर्बोध्य थी, उतनी ही भयावह इनकी धार्मिक प्रथा थी। संस्कृति के नाम पर यहां के अविवाहित युवक-युवतियां एक कमरे में रात बिताते थे, इसे *घोटुल* कहा जाता था।

इस विशाल अंचल में लोगों की संख्या बहुत कम थी। ख़ूंखार जानवरों के आक्रमण और मलेरिया, आंत्रिक और दूसरे रोगों से मर जाने के कारण यहां की जनसंख्या उस अनुपात में बढ़ नहीं पाई थी। पर यहां मनुष्यों की बहुत ज़रूरत थी। यहां के जंगलों में अमूल्य साल और सेगुन के अनगिनत पेड़ थे, जिससे रेल की पटरियां, घरों के लिए लकड़ी के सामान आदि बनाए जाते थे। और महुआ के पेड़ भी थे, जिनके फूल से मदिरा और फल से तेल बनता था। आमला और हरड़-बहेड़ा फलते थे, जिनसे औषधियां तैयार होती थीं। बांस के झुरमुट थे, जिससे काग़ज़ तैयार होता था। केंदु के पत्ते थे, जिनसे बीड़ी बनती थी। यहां की मिट्टी के नीचे डोलोमाइट, बॉक्साइड, लोहा, तांबा और भी बहुत कुछ था। इन सब खनिजों को निकालने के लिए कठोर परिश्रम करने वाले लोगों की ज़रूरत थी जिन्हें नाम मात्र पारिश्रमिक देकर ख़ूब मेहनत कराई जा सके। ऐसे स्वस्थ सबल लोगों की वहां बहुत कमी थी। इन शरणार्थियों को वहां भेजने से एक तीर से दो निशाने लगाए जा सकते थे। इसलिए दंडकारण्य प्रोजेक्ट गठित किया गया, जिसमें उड़ीसा और मध्यप्रदेश के ऐसे अंचलों को चुना गया। एक बार इन लोगों को वहां छोड़ दिया जाए, फिर जो होना है हो। ज़िंदा रहें तो अच्छा, मर जाएं तो और भी अच्छा।

एक दिन सरकारी दफ़्तर से सबको तैयार रहने के लिए कहा गया। तुम लोगों का अब पुनर्वास होगा। सबको दंडकारण्य चलना होगा। पुनर्वास शब्द बहुत ही आनंददायक है। पुनर्वास, मतलब घर-बार, हल, बैल, खेती की ज़मीन। लेकिन दंडकारण्य का नाम ही दिल को दहला देने के लिए काफ़ी था।

दंडकारण्य, मतलब वो वन जहां रामचंद्र वनवास के लिए गए थे। जाकर किस विपदा में पड़े वो कौन नहीं जानता है? कैंप के दो-एक अफ़सरों को लग ही रहा था, 'शायद ये लोग जाना न चाहें।' उन्हें दूसरा दल समझा रहा था, 'अगर ये नहीं जाएंगे तो इनके लिए हम कुछ और नहीं कर सकते हैं। अनंतकाल तक तो इस बोझ को ढोया नहीं जा सकता। हमें इन्हें मदद देना बंद करना पड़ेगा, पुनर्वास का दफ़्तर हटा देना होगा। अभी-अभी तो देश आज़ाद हुआ है, अब तो हाथ-पैर फैलाकर आराम करने, ऐश करने का वक़्त आया है। इस समय यह सब झमेला जैसे भी हो निबटाना होगा।'

बड़े अधिकारियों के निर्देशानुसार—अब मौखिक रूप से नहीं—शिरोमणिपुर कैंप के दफ़्तर की दीवार पर टंगे बोर्ड पर एक नोटिस लटका दिया गया:

> *इस नोटिस के द्वारा, शिरोमणिपुर शिविर के सभी शरणार्थियों को सूचित किया जाता है कि सदाशय भारत सरकार ने आपको उचित पुनर्वास प्रदान करने के लिए एक परियोजना बनाई है। जो उक्त दंडकारण्य परियोजना के तहत पुनर्वासित होना चाहते हैं, वे अपना नाम पंजीकृत कराएं।*

कुछ लोग कैंप की ज़िंदगी से परेशान हो गए थे। उनका मन ज़मीन, हल, बैल, बीज, धान के लिए उदास और व्याकुल हो उठा था। दंडकारण्य का भयावह नाम उन्हें रोक न सका। उन्होंने भाग्य के भरोसे अपना नाम *'डाक'* बुलावा में लिखा दिया। और देखते ही देखते पहला जत्था उस अनजाने पथ की ओर निकल गया। पीछे रह गए अधिकांश लोग खगेन मंडल के पास दौड़े गए, 'आपका क्या कहना है?'

खगेन मंडल पढ़े-लिखे व्यक्ति थे। देश की राजनीति की ख़बर रखते थे। उनके लिए रोज़ विष्णुपुर से अख़बार आता था। वे सबको अख़बार से ख़बरें पढ़कर सुनाया करते थे। किस बात के क्या मायने हैं, इसकी व्याख्या करके बताते थे। कही बातों के पीछे बहुत सी अनकही बातें रहती हैं, वह उसे उजागर करते थे। अब इतने सारे बेचैन लोग उनके शिविर के आगे खड़े थे। सब उनकी राय जानना चाहते थे।

उन्होंने कहा, '*एइडा कोनो पुनोर्बासोन-इ ना। एइडा पुन: निर्बासोन।* यह कोई पुनर्वास नहीं है। यह पुन:निर्वासन है।' बॉर्डर पार कर इस देश में आने के

बाद वे हमें बांकुड़ा ज़िले के इस साल वन में ले आए। यहां से अब ले जाकर फेंकेंगे दंडकारण्य के जंगल के राक्षसों के बीच। उस वन में राम को भेजकर कुबड़ी मंथरा और कैकेयी ने अयोध्या को विघ्नमुक्त कर भरत को राजा बना दिया था। अब हमें उन जंगलों में भेजकर, आज की कूबड़ मंथराएं भारत को विघ्नमुक्त करना चाहती हैं। तुममें से जो जाना चाहता है वह जाए, मैं किसी को मना नहीं करूंगा। लेकिन मैं नहीं जाऊंगा। मरना है तो यहीं मरूंगा। हमने देश का बंटवारा नहीं किया है! जिनके पाप और बदमाशियों की वजह से विभाजन हुआ, वे बंगाल में रहेंगे और जिन्होंने कोई पाप नहीं किया वे बंगाल से बाहर जाएंगे? कभी नहीं जाएंगे। आंदोलन कर इसी बंगाल में पुनर्वास लेंगे।'

'तो फिर हम भी दंडकारण्य नहीं जाएंगे।' पहली बार की *'डाक'* में पांच सौ परिवार गए थे। दूसरी बार सौ परिवार। तीसरी खेप लेने आया ट्रक ख़ाली लौट गया। जिन्होंने नाम लिखाया हुआ था, आख़िर में उन बीस परिवारों ने जाने से मना कर दिया।

इसके बाद फिर से ऑफ़िस के नोटिस बोर्ड पर नोटिस लगाया गया। निर्धारित समय सीमा तय कर दी गई और कहा गया कि यदि समय सीमा पूरी हो गई, तो सरकार *'डाक'* पर न जाने वाले परिवारों की कोई ज़िम्मेदारी नहीं लेगी। आप अपनी भलाई के लिए रिफ़्यूजी दफ़्तर में आकर अपना नाम लिखाएं। किसी के बहकावे में न आएं। नाम देने की समय सीमा को बार-बार बढ़ाया जाता रहा। शहर से, फ़िल्म निर्देशक द्वारा सरकारी ख़र्चे पर बनाई, सरकारी दृष्टिकोण दर्शाने वाली डाक्यूमेंट्री मैदान में पर्दा लटका कर दिखाई गई, जिसमें नर्मदा नदी के जलस्रोत को दिखाकर बताया गया—देखो दंडकारण्य में कितनी बड़ी नदी है। कौन कहता है वहां पानी की तक़लीफ़ है? सब बकवास है। यह देखो नदी में कितनी मछलियां हैं। जाल डालते ही बड़े-बड़े रोहु-कतला आ जाते हैं। 'धान का कटोरा' नाम से प्रसिद्ध छत्तीसगढ़ के सुनहरे धान के खेतों को दिखाकर कहा गया कि वो ज़मीन मलकानगिरी में है। ऐसी सुफला ज़मीन तुम्हें मिल सकती है। हरियाणा की गायों को दिखाकर कहा गया—ये गाय परलकोट की हैं। दोनों वक़्त बीस सेर दूध देती हैं (वैसे उसी साल देश में मात्रा मापने के लिए सेर के स्थान पर किलो और दशमलव का प्रयोग शुरू हुआ था)। कहा गया यह सबकुछ आपको दिया जाएगा। आपके बच्चे दूध में नहाएंगे।

लेकिन इन सब प्रलोभनों के बावजूद कोई उस शस्य श्यामला, सुजलाम सुफलाम सोने के देश में जाने को राज़ी नहीं हुआ। उल्टे पहली खेप में गए पांच सौ परिवारों में से तीन-चार परिवार कैंप में वापस लौट आए। उन्होंने वहां का जो विवरण दिया उसे सुनकर सब डर से जम गए। 'चारों ओर सिर्फ़ जंगल ही जंगल है, दादा। ऐसे जंगल कि दिन में रात का अंधेरा रहता है। और उन जंगलों में बाघ, भालू, बिच्छू—क्या नहीं हैं! ऐसे-ऐसे सांप हैं कि ज़िंदा बछड़े निगल जाते हैं। वो सब तो है ही, ऊपर से जंगली लोग। क्या बताएं, उनके शरीर पर कपड़े न के बराबर होते हैं। क्या औरतें, क्या आदमी, सब के सब काले-कलूटे जंगली। उनको देखते ही डर से प्राण निकल जाएं। कंधों पर हमेशा धनुष-बाण, छोटी कुल्हाड़ी जैसा कोई न कोई शस्त्र लेकर घूमते हैं। और उनकी भाषा, न जाने क्या कड़मड़-कड़मड़ करके कहते हैं, कुछ समझ में नहीं आता।'

उन्हीं से पता चला कि ज़मीन के नाम पर उन्हें जो मिला वह ज़मीन नहीं, पत्थर का भूखंड था। उसे कुदाल से भी नहीं खोदा जा सकता था। ऐसी ढलुवा ज़मीन कि पानी भी नहीं ठहरता था। बरसात के अलावा खेती के लिए पानी मिलने की कोई व्यवस्था नहीं थी। यदि बरसात पर्याप्त न हो तो सारा श्रम बेकार। 'वहां हमारे जैसे लोगों के लिए मरने के अलावा और कुछ नहीं। भागकर आने का भी उपाय नहीं। कैसे आओगे? गाड़ी-घोड़ा कुछ भी तो नहीं है। वो सब पच्चीस-तीस मील दूर है। इतना सामान लेकर वहां तक कैसे पहुंचा जा सकता है! अगर सबकुछ छोड़कर पैदल जाना हो तभी जाया जा सकता है। लेकिन वो भी आसान नहीं है। जगह-जगह पर पहरा लगा हुआ है। पकड़ में आने पर मार-पीटकर वापस भेज दिया जाता है। यदि जंगल के रास्ते आते हो तो एक बार रास्ता भूल जाने पर सारी ज़िंदगी घूमते-घूमते ही मर जाना होगा। और अगर बाघ, भालू के सामने पड़ जाओ, तो आसानी से मुक्ति मिल जाएगी। खेती-बाड़ी के मौसम में आदिवासियों के हत्थे चढ़ जाओ तो भी मुक्ति मिल जाएगी। वे लोग अपने देवता, अंगादेव, से अधिक फसल पाने की मन्नत पूरी करने में आपकी बलि दे देंगे। अंगादेव को नर रक्त बहुत पसंद है।'

पचास परिवार एक साथ भागे थे, जिनमें से यही तीन-चार परिवार तमाम परेशानियां झेल किसी तरह कैंप वापस पहुंचे थे। बाक़ी लोग कहां चले गए, कौन जाने? यह सब सुनने के बाद कौन जा सकता था दंडकारण्य? नतीजतन स्कूल बंद। ऑफ़िस भी बंद। अफ़सर और कर्मचारी ग़ायब। उनके लिए यहां अब कुछ करने को भी नहीं रह गया था।

'अब क्या करें?' गरीब दास के भाई गगन ने जानना चाहा।

'चलो खगेन बाबू के पास चलते हैं। सब वहां काफ़ी देर से गए हुए हैं।'

सबसे आगे गरीब दास और उसके पीछे सुबल, राधाकांत, गगन के साथ और भी कई लोग जाकर खगेन मंडल के शिविर के आगे जमा हो गए। खगेन मंडल शायद पचास-पचपन के क़रीब के थे, पर लगते उससे कम उम्र के थे। वे धीरे-धीरे बोलते थे, लेकिन जो भी बोलते उसमें लोगों को प्रभावित करने की अद्‌भुत क्षमता थी। इस सर्वनाश की ख़बर से वह अनजान नहीं थे। लेकिन इस ख़बर को फैलाकर वे लोगों को आतंकित नहीं करना चाहते थे। उनके मन में भी क्षीण ही सही पर एक आशा थी कि शायद यह अफ़वाह ही हो। कोई इतना अमानवीय नहीं हो सकता।

उन्होंने कहा, 'यह देश स्वाधीन हो गया है और हम पराधीन हो गए हैं, जैसे जेल के क़ैदी हों। वे लोग दया करके जो खाना देंगे, खाना होगा और जहां लेकर जाएंगे, वहां जाना होगा। असहमति जताओगे तो उनके ग़ुस्से का सामना करना होगा। घर-बार, ज़मीन-जगह—जो जिसके पास था, सब चला गया है आज़ादी के गर्भ में। कहावत है, नदी का एक तट टूटता है तो दूसरा बनता है, लेकिन हमारे तो दोनों ही तट टूटे हुए हैं। उस देश के नेता कहते हैं, तुम हमारे कोई नहीं। इस देश के नेता अपनी भाव-भंगिमा से समझाते हैं कि हम उनके कोई नहीं हैं। फिर अब और उपाय क्या है? हाथ-पांव बांधकर किसी को पानी में फेंकने से क्या वह आंख मूंदकर तैयार हो जाएगा? वे हमें इसी तरह मारना चाहते हैं। जब हमें मरना ही है तो चलो सब एक बार मिलकर कुछ करते हैं।'

किसी ने जानना चाहा, 'लेकिन क्या कर सकते हैं?'

'आंदोलन!' खगेन मंडल ने कहा। 'आंदोलन करके सरकार पर दबाव डालना होगा। कहना होगा कि हम बंगाली हैं। हम बंगाल की मिट्टी और जल को जानते हैं। हमें बंगाल के बाहर भेजना मंज़ूर नहीं है। हमारा पुनर्वासन यहीं कहीं करना होगा।'

'क्या वे हमारी बात मानेंगे?'

'मनवानी होगी।' उपस्थित लोगों की ओर देखते हुए खगेन मंडल ने कहा, 'पूरे देश के लोग एक जैसे हैं, यह मैं नहीं मानता। किसी न किसी के दिल में हमारे लिए दर्द, दया ज़रूर होगी। मैं कल ही कलकत्ता जाऊंगा। वहां कम्युनिस्ट पार्टी, जनसंघ और हिंदू महासभा के बड़े-बड़े नेता रहते हैं। उनको

जाकर हमारे दुख की बात कहूंगा। क्या कोई भी हमारे साथ आकर खड़ा नहीं होगा? क्या कोई नहीं कहेगा, हमारे साथ यह अन्याय हो रहा है? हो सकता है वे सरकार पर दबाव डालें कि सरकार इस तरह अपनी मनमानी नहीं कर सकती है। कोशिश करके देखता हूं।'

एक आदमी ने अपनी धोती की गांठ से आठ आना निकालकर खगेन मंडल के सामने रख कर कहा, 'यह काम सिर्फ़ आपके अकेले के लिए नहीं है, हम सबकी भलाई के लिए है। सबको चाहिए कि जो जितनी भी मदद कर सकता है करे, जिससे कलकत्ता जाने के ख़र्च की व्यवस्था हो सके। मैं अपनी तरफ से आठ आना देता हूं।' उसको देख सभी ने खगेन मंडल के सामने आठ-आठ आने रख दिए। कुल मिलाकर बाईस रुपए हो गए।

खगेन मंडल उत्साह से चिल्लाकर बोले, 'जय बाबा हरिचंद गुरुचंद! आपकी जय हो!'

दंडकारण्य न जाने के अपराध में शरणार्थियों का *'डोल'* दो महीने से बंद हो चुका था। इन दो महीनों में लोगों की दशा बेहद खौफ़नाक हो गई। आख़री बार सरकारी गोदाम से 'डोल' में जितना दाल-चावल पंद्रह दिनों के लिए दिया गया था, उसको खींच-तान कर कुछ लोगों ने बीस-बाईस दिन, तो किसी ने महीने भर तक चलाया। दस-बारह दिन और जंगली फल, उबले कंद-मूल वगैरह खाकर बीत गए। जंगल में अंजीर और महुआ के फलों का अभाव पड़ गया। लोग अब क्या खाते! भूख एक असाध्य रोग है, जिसकी कोई दवा नहीं। भूख से पागल हुए लोग, कहीं कुछ खाने योग्य वस्तु की खोज में दिशाशून्य इधर-उधर भाग रहे थे। लेकिन इंसान रहित, जंगल से घिरी इस जगह में हज़ारों लोगों के पेट भरने के लिए खाना कहां से मिलता? खजूर के कोमल पत्ते ख़त्म हो चुके थे, पोखर के कुमुद ख़त्म हो गए, आख़िर में गले में खुजली पैदा करने वाले रतालुओं को भी खाकर ख़त्म कर दिया भूखे मनुष्यों ने। अब खाने लायक़ कुछ नहीं बचा था, तो घर-घर में हाहाकर मचा हुआ था। कैंप के ऊपर मांसभक्षी गिद्ध पंख फैलाए मंडरा रहे थे। वे जिन्हें मृत्यु की गंध आती है, जिनकी अनुभवी आंखों ने एकदल भूखे, असहाय मनुष्यों की अवश्यंभावी परिणति देख ली थी और तेज़ी से उनकी ओर बढ़ते चले आ रहे थे। कुछ ही दिन पहले बाईस साल का जवान लड़का सुखरंजन बिस्वास, भूख से पागल होकर गले में गमछा डाल, पेड़ से लटक गया था। नहीं, वह भूख से नहीं मरा

था। वैसे भूख से मृत्यु एक बहुत ही विवादास्पद विषय है। आज़ाद भारत में कोई खाने की कमी से मर सकता है, इसको लेकर भुखमरी विशेषज्ञों का मत अलग है। सुखरंजन इसलिए मरा क्योंकि उससे अपनी पत्नी और बच्चे का दुख देखा नहीं गया। कुछ लोग जो यहां मरेंगे, वो सिर्फ़ भुखमरी के कारण नहीं मरेंगे। वे मरेंगे जंगली ज़हरीले फल, कंद-मूल खाकर। जैसे खारकोल नाम का रतालू। गगन की मां ने उसे पका कर खा लिया और उसका गला सूजकर ढोल हो गया। जिसकी आवाज़ में कभी बिजली की गर्जन थी, सात-आठ दिनों तक उस गले से कोई आवाज़ ही नहीं निकली; वह पानी तक नहीं पी पा रही थी।

बस कुछ ही दिनों पहले तक जिस कैंप में गहमागहमी रहती थी, घरों से भजन-कीर्तन, हरिनाम की आवाज़ें आती रहती थीं, अब वहां सब शांत था। असहनीय भूख से सबकी हालत ख़राब थी। सब एक-दूसरे को कातर नज़रों से देखते रहते। व्याकुल आंखों में सवाल लिए हुए कि हमारा क्या होगा? हम ज़िंदा कैसे रहेंगे? हमारे माता-पिता, बच्चे कैसे ज़िंदा रहेंगे? हमेशा के दुखी इन लोगों के जीवन में पूर्व बंगाल में भी अनाहार और अभाव था। लेकिन कम से कम वहां एक आशा थी, आज नहीं तो कल, कल नहीं तो परसों कहीं न कहीं, कोई न कोई, किसी न किसी काम के लिए बुलाएगा। कुछ न कुछ मज़दूरी मिल जाएगी जिससे दाल-चावल ख़रीदा जा सके। उम्मीद रहती थी कि किसी पड़ोसी, नाते-रिश्तेदार से कम से कम एक मुट्ठी चावल उधार मिल जाएगा। यहां कौन किसको क्या उधार देता? सबकी एक सी दशा थी। कैंप से तीन-चार मील दूर उत्तर में संथालियों का गांव था, लेकिन वहां के निवासी तो शरणार्थियों से भी बदतर हालत में थे। वे काम देने में सक्षम नहीं थे क्योंकि वे ख़ुद ही बंधुआ मज़दूर थे और कहीं न कहीं क़ाम करने चले जाते थे। कैंप के पूर्व की ओर पांच-छह मील दूर मुसलमानों का एक गांव था। वहां भी हालत ख़ास अच्छी नहीं थी।

तब तक गरीब दास का *'डोल'* बंद नहीं हुआ था। सरकारी गोदाम से उसे तब भी हर चौदह दिन के बाद, वयस्कों के कोटे का पांच सेर चावल और आटा मिल रहा था। हालांकि पहले तो इससे उसकी तबीयत ख़राब हो गई थी, पर जल्द ही उसमें उन चावलों को हज़म करने की शक्ति आ गई थी। उस समय पास के मुसलमान मोहल्ले का एक आदमी, जिसे पता था कि उस पार

बंगाल से मुसलमानों के अत्याचार से पीड़ित शरणार्थी इस पार बंगाल में आए हैं। वह जानता था कि उनके दिलों में मुसलमानों के प्रति भयानक क्रोध और डर के अलावा किसी प्रकार की हमदर्दी नहीं है। फिर भी हाथ में ख़ाली झोला लटकाए वह इतनी दूर से कैंप में आया। उसके पेट में भी असहनीय भूख की आग जल रही थी। पता नहीं कितने दिनों का भूखा था वह। मैदान पार कर कैंप में घुसकर जो भी पहला तंबू दिखा, वह उसके सामने खड़ा हो गया। वो तंबू गरीब दास का था। लुंगी पहने, गाल पर दाढ़ी, काले, दुबले एक अनजान आदमी को देख कर गरीब दास चौंक गया। उस आदमी की आंखें छलछला रही थीं। उसने विनती भरे स्वर में कहा, 'मैं उस गांव में रहता हूं। मेरा नाम मामूद है। गांव में जिससे भी पूछोगे बता देगा। बच्चों को लेकर बड़ी तक़लीफ़ में हूं, भाई। अगर दो सेर आटा दे सको तो बहुत उपकार होगा। मुफ़्त में मत दो, आषाढ़ के महीने में दो सेर के बदले चार सेर वापस कर दूंगा।'

उस गांव कहकर मामूद ने जिस ओर इशारा किया, वो गांव दूर-दूर तक नज़र नहीं आ रहा था। गांव का नाम, पता बताकर शायद वह गरीब दास को विश्वास दिलाना चाह रहा था कि वह सचमुच वहां रहता है। और उधार दोगुना करके वापस करने की बात इसलिए कह रहा था जिससे ज़्यादा वापस पाने के लालच में कम से कम सामने वाला कुछ दे देगा।

उस आदमी को देखकर और उसकी बातें सुनकर गरीब दास इतना तो समझ गया कि जिस गांव में वह रहता है, या तो वहां उधार देने लायक़ कोई भी संपन्न नहीं है, या फिर यह आदमी पहले ही इतनी उधारी कर चुका है कि अब वह किसी से मांगने की हिम्मत नहीं कर पा रहा है। लेकिन यह तो कटु सत्य था कि उसके बच्चे भूखे होंगे, नहीं तो इस तरह झोला उठाए, वह अनजान लोगों, जो अलग धर्म का पालन करते थे, के पास दौड़ा नहीं आता।

आषाढ़ तीन महीने दूर था। तीन महीने बाद यह कैंप रहेगा भी या नहीं कोई नहीं जानता था। तीन महीने बाद वह उधार वापसी करने आएगा, इसकी भी क्या गारंटी थी? क्या ऐसे ईमानदार लोग अभी भी होते हैं? ऐसी सोच अगर शरणार्थियों के दिमाग़ में आना स्वाभाविक था, तो मामूद नाम के उस आदमी के दिमाग़ में भी आना उचित था। लेकिन नहीं आई। बच्चों की भूख ने उसके दिमाग़ से सामान्य और स्वस्थ विवेक को हर लिया था। बस अल्लाह का नाम लेकर वह झोला हाथ में लिए सड़क पर निकल पड़ा था। अल्लाह मेहरबान

हैं, वह ज़रूर कोई इंतज़ाम करेंगे। गरीब दास को सामने पाकर, बिना कुछ सोचे-समझे उसने अपनी मुसीबत की बात कह दी।

गरीब दास को उसकी भूख से क्षीण देह को देखकर और कातर याचना को सुनकर लगा जैसे वह दर्पण में अपनी ही छवि देख रहा हो। मामूद, जो उसके जात बहिष्कृत चचेरे भाई का भी नाम था, बहुत ज़रूरतमंद था। जात, देश, भाषा के आधार पर नहीं, बल्कि एक इंसान दूसरे इंसान से जो याचना कर सकता है, वह बस वही कर रहा था। वह ज़िंदा रहना चाहता था। पानी में डूबते इंसान की तरह जो अपनों और बेगानों के सामने मदद की गुहार लगाता है, 'बचाओ!'

गरीब दास ने अपने भाई के हमनाम को बैठने के लिए कहा। गुड़ और पानी पीने को दिया। और जाते वक़्त उसे अपना पेट काटकर दो-ढाई सेर आटा भी दे दिया। मामूद के आटा लेकर चले जाने के बाद, गरीब दास ने इस बात को पूरी तरह से भुला दिया।

गरीब दास के भूल जाने पर भी गगन, जिसके सामने यह घटना घटी, यह सब नहीं भूला। आषाढ़ ख़त्म होकर श्रावण का आधा महीना बीत जाने के बाद भी जब मामूद उधार चुकाने के लिए नहीं आया, तो गगन बोला, 'गरीब-दा तुम्हारे जैसा बेवक़ूफ़ आदमी मैंने नहीं देखा। न जान न पहचान, कोई तुम्हारे सामने आकर गिड़गिड़ाया और तुमने उसे उधार दे दिया! इतने अभाव के समय आटा तो चला गया न! वह आने वाला होता तो कब का आ चुका होता। देखना अब वापस नहीं आएगा।'

'न आए।' गरीब दास ने कहा, 'बस दो सेर आटा ले गया, भाग्य तो छीनकर नहीं ले गया न! जैसी विपत्ति के समय उसे उधार दिया था, क्या वह कभी उस दिन को भूल सकता है? दो सेर आटे के बदले में एक इंसान के दिल में सदा के लिए बस गया, इससे बड़ी बात और क्या हो सकती है।'

लेकिन गगन की आशंका के विरुद्ध श्रावण के एक मूसलाधार बारिश के दिन, घुटने भर पानी को लांघता हुआ मामूद नाम का वह आदमी वापस आया। किए हुए वादे के अनुसार वह दोगुना आटा लेकर आया और जो वादा नहीं किया था, उसके बदले एक थैले में वह अपने खेत की कुछ सब्ज़ियां डाल कर लाया था। गरीब दास ने उसे जितना आटा उधार में दिया था बस उतना ही वापस लिया, बाक़ी उसे लौटा दिया। लेकिन उसकी दी हुई सब्ज़ियां रख लीं।

जब शिरोमणिपुर के लोग और ख़ुद आदिवासी गांव के लोग भूखे मर रहे थे, तो बाहर के शरणार्थियों को वहां खाना कैसे मिल सकता था? पर गरीब दास के लिए मामूद दोस्त, भाई, परिवार की तरह हो गया। इस विशाल भारतवर्ष में, करोड़ों भारतवासियों में से गरीब दास को मात्र एक इंसान ऐसा मिला जो उसकी ही बिरादरी का, कुनबे का और आत्मीय था। जो आज़ाद देश का आज़ाद नागरिक होने के बावजूद भूखे रहने की आज़ादी के अलावा सभी चीज़ों से वंचित था।

गरीब दास के घर आज रात चूल्हा नहीं जला। भूख से रोते-रोते उसका बेटा जीवन सो गया था। बिमला तंबू के दरवाज़े पर बैठी दूर आसमान के आख़िरी छोर, जहां धरती और आसमान मिलकर एक हो जाते हैं, को सूनी आंखों से देख रही थी। जब वह बहुत छोटी थी, तब उसके पिता की मृत्यु हो गई थी। वो एक बड़ी नदी में मछली पकड़ने गए थे। उनकी नाव तूफ़ान में डूब गई। पितृहीन बिमला को उसकी मां ने बहुत परेशानियों से, लोगों के फटे कांथा सिलकर, धान धो-फटक कर, अनुष्ठानों में भोजन पका कर, और कभी-कभी सिर्फ़ भात का मांड़ पिलाकर उसे किसी तरह ज़िंदा रखा था। वह जीवन बहुत कष्टों का था, जहां न कोई सुख और न ही कोई ख़ुशी थी। बिमला कभी भी दिल खोलकर नहीं हंसी थी। बिना हंसे, वह हंसना ही भूल चुकी थी। सारी ज़िंदगी आंसुओं की नदी में तैरते-तैरते अब उस नदी का पानी भी सूख गया था। उसकी आंखों से अब आंसू नहीं झरते थे। वह बस ख़ाली दृष्टि से चारों ओर देखती रहती थी, जिस दृष्टि में कभी कोई इंद्रधनुष नहीं तैरता था। सिर्फ़ काला, मुंडहीन दैत्य-सा रात का अंधकार था। अंतहीन, आलोकहीन रातों में दांत और नाख़ून निकाले मृत्यु ताक लगाए बैठी हुई थी, जिसके पंजों से निकलने का रास्ता किसी को नहीं पता था।

10

इंक़लाब ज़िंदाबाद!

एक दिन सुबल भागते-भागते गरीब दास के पास आया और उसे ख़बर दी, 'अब हमें कोई डर नहीं। हम ज़िंदा रहेंगे। इस बार सभी रिफ़्यूजियों के लिए इंतज़ाम किया जाएगा। हमें बंगाल में ही पुनर्वासन मिलेगा। कलकत्ता से नेता आए हैं। दूध की तरह झक्क सफ़ेद धोती पहने। आंखों पर चश्मा। सूरत बिल्कुल राजकुमार की सी है। देखने से दिल को ठंडक पहुंचती है। जब बात करते हैं तो लगता है जैसे आकाश से देववाणी हो रही है!'

'ओ सुबल, बता न! हमारे नेता कहां आए हैं?'

उत्तेजना से गरीब दास का भूखा शरीर कांप रहा था। नेता नहीं जैसे स्वयं नारायण का नवरूप धारण कर वह इस धराधाम में, इन चिर दुखी लोगों के दुख-दर्द ख़त्म करने के लिए अवतरित हुए हों। रिफ़्यूजी नाम के अभिशप्त लोगों को अब और कोई दुख या कष्ट नहीं रहेगा। अब उनका अपना घर होगा। उनके पास खेती करने के लिए टुकड़ा भर ज़मीन होगी। उस ज़मीन में फसल उगेगी। लोग भरपेट खाकर ज़िंदा रहेंगे। नेता नामक उस महापुरुष के पास एक जादुई छड़ी है, जिसे छुलाने से जनगण का जीवन परिपूर्ण हो जाएगा। लेकिन उसके लिए बस एक ही शर्त होगी। वो जैसा कहें, जो कहें, बिना किसी प्रश्न के उसका अनुसरण करना होगा। मन में कोई दुविधा नहीं रखनी होगी, डर कर पीछे नहीं हटना है। यदि प्राण भी देने पड़ें, तो देने के लिए तैयार रहना होगा।

जिस अवतार के पास ऐसी असाध्य क्षमता है उसे एक बार अपनी आंखों से देखे बिना गरीब दास स्थिर नहीं रह पा रहा था। वह बार-बार जानना चाह रहा था, 'ओ सुबल, हमारे नेता कहां आए हैं?'

'अभी वो खगेन मंडल के शिविर के सामने आम के पेड़ के नीचे बैठे हैं।'

और कुछ सुनने से पहले ही गरीब दास जल्दी-जल्दी उस आम के पेड़ की ओर भागा। अहा! आम गाछ क्या, वह तो जैसे बोधिवृक्ष था। जिसके नीचे धर्मसभा बैठी थी। सभा को आलोकित करते हुए वह नेता बैठे थे, जो सर्व सुख त्याग कर बस एक ही उद्देश्य से वहां आए थे कि पीड़ित लोगों को आनंद से रखा जा सके, उन्हें मोक्ष के पथ पर ले जाया जा सके। उसके लिए लोगों को सबसे पहले जो काम करना था, वो था *संयम शरणं गच्छामि, बुद्धं शरणं गच्छामि*, एवं उनके निर्देशानुसार आगे बढ़ना।

जैसे बुद्ध का विरोध हुआ था बिल्कुल वैसे ही इन नेता के भी विरोधी थे, जो उनकी भूमिका को सराह नहीं रहे थे। गालियां दे रहे थे, निंदा कर रहे थे। भैनचोद, दैत्यकुल का प्रह्लाद है। भद्र घर का शिक्षित होते हुए भी कुली-मज़दूरों को लेकर नाच रहा है। अपने भविष्य की ऐसी की तैसी कर रहा है। अगर राजनीति करने का इतना शौक था तो किसी और दल में जाता। कम्युनिस्ट दल क्यों? वो दल क्या कभी सरकार में आ सकता है?

प्रह्लाद चक्रवर्ती महाशय कुर्सी पर नहीं, बल्कि ज़मीन पर बिछी टूटी चटाई पर बैठे हुए थे। उनकी सफ़ेद धोती पर धूल लग रही थी, लेकिन उन्हें इसकी परवाह नहीं थी। उन्हें इस बात की भी परवाह नहीं थी कि किस जाति के लोग उन्हें छू रहे हैं। घर से निकलते समय उनकी बूढ़ी मां, जिनके शरीर में जशोर ज़िले के चौधरी परिवार का ख़ून बह रहा था, ने कई हिदायतें दी थीं, 'अजनबियों के हाथ से कुछ नहीं खाना; बेजात-कुजातों को मत छूना; जात-धर्म को मानकर चलना।' लेकिन वो सब मानने से राजनीति नहीं की जा सकती थी, विशेषकर कम्युनिस्ट राजनीति। यह सब नीति-नियम घर तक ही ठीक थे। यहां तो उन्हें यहीं के हिसाब से चलना होगा। कोई भूले से भी न समझे कि वह उच्चवर्ग के अहंकार से आक्रांत हैं। जो पहले था वो आज भी है और कल भी रहेगा। बस समय के साथ-साथ उसका रूप-रंग बदलना होता है। और जो ऐसा कर सकता है वह सफल है।

प्रह्लाद बाबू कलकत्ता से एक पूरी टीम लेकर आए थे। विष्णुपुर से भी दो-चार साथी आ गए थे। उन लोगों के आने की बात सबको पता थी, लेकिन विश्वास नहीं था कि वे आएंगे। फिर किसी ने साइकिल पर आकर यह ख़बर दी कि वे लोग ट्रेन से उतर गए हैं, बस कुछ ही देर में कैंप पहुंच रहे हैं। तब कैंप में हलचल शुरू हो गई और सब घड़ियां गिनते हुए उत्सुकता से सड़क की ओर देख रहे थे। अंत में प्रतीक्षा ख़त्म हुई और वे आ गए।

पहले जहां ऑफ़िस, गोदाम और दवाख़ाना था, ठीक उसके पीछे एक बड़ा-सा खुला मैदान था। जब ऑफ़िस खुलता था तो ऑफ़िस के बाबू लोग शाम को वहां फ़ुटबॉल खेला करते थे। जल्दी-जल्दी जंगल से लकड़ी काटकर मैदान के एक ओर एक मंच-सा बनाया गया। विष्णुपुर से आए दो-तीन लोगों, जो एक-दूसरे को 'कॉमरेड' कहकर बुला रहे थे, ने मंच के खूंटे पर एक माइक बांध दिया और उस पर 'हैलो माइक टेस्टिंग, वन टू थ्री फ़ोर...' कहकर आवाज़ चेक करने लगे। गरीब दास और उसके जैसे और भी लोगों ने इससे पहले कभी माइक नहीं देखा था। उन्होंने मीटिंग-जलसों में वक्ता को टिन का चोंगा मुंह में लगाए भाषण देते ही देखा था। अब माइक के उच्चनाद से वे चकित थे। लग रहा था जैसे उस आवाज़ से स्वर्ग के देवराज इंद्र का आसन हिल जाएगा।

प्रह्लाद बाबू यात्रा से थक गए थे। वह अभी विश्राम कर रहे थे। माइक लग जाने पर भाषण देने के लिए आएंगे। वह इस दौरान अच्छे वक्ता के रूप में ख्याति पा चुके थे। नाटकीय शुरुआत, स्वर का उतार-चढ़ाव, यथोचित शब्द चयन, उपमा, उदाहरण, भाव व आवेग का आलंकारिक प्रयोग, बोलने की कला के सभी पहलू उनके नियंत्रण में थे। भारतीय संगीत शास्त्र में छह प्रधान राग हैं। जिसमें कोई राग सुबह, कोई उसके बाद के प्रहर में, कोई दिन में, कोई शाम को तो किसी राग का गहरी रात्रि में गाने का नियम है। सुबह का राग सुबह ही गाना होता है, दोपहर या रात में गाने से लोगों के कानों को मधुर नहीं लगता है। वह यह जानते थे, इसलिए आसानी से लोगों का दिल जीत लेते थे।

अब देश से निष्कासित, विस्थापित ये सारे लोग कौन-सा गीत सुनने को उत्सुक हैं; किन सुरों के स्रोत में इन्हें डुबोया जा सकता है—इसे वे विलक्षणरूप से समझ सकते थे। वे उनके सामने वही राग गाएंगे। हालांकि, यह ज़रूरी विषय नहीं था कि आज से कुछ सालों बाद वह कौन-सा उल्टा राग गाएंगे। जिस महान कवि काज़ी नज़रुल इस्लाम ने कभी कहा था, 'मैं

विद्रोही भृगु, भगवान के सीने पर अपने पदचिह्न अंकित करता हूं!' और बाद में उन्होंने अपनी वृद्धावस्था में 'मां के चरणों में गुड़हल हो खिल उठो ना मन', कह कर मां काली के आगे आत्मसमर्पण किया। सब समय का खेल है। इसमें मनुष्यों का कोई दोष नहीं। नेताओं और कारोबारियों का तो और भी नहीं।

तभी खगेन बाबू की किशोरी कन्या ललिता ने एक कटोरी में थोड़ा-सा गरम पानी लाकर प्रह्लाद बाबू के सामने रखा। उन्होंने अपने झोले से एक डिब्बी निकाल न जाने क्या उस पानी में डाल दिया। पानी काला हो गया। थोड़ी देर के बाद एक कांच के गिलास में उसे उड़ेलकर, छोटे-छोटे घूंट भरते हुए वह उस पानी को पीते रहे। उस वस्तु का नाम था—चाय। उसे पीकर ही तो अंग्रेज़ों ने विश्वजय किया था। प्रह्लाद बाबू वैसे विश्वजय के तथ्यात्मक विश्लेषण में विश्वास नहीं रखते थे। जो देश ऐसा करता है वह साम्राज्यवादी है। साम्राज्यवाद और साम्यवाद परस्पर घोषित शत्रु हैं।

हालांकि, वे मानते थे कि गरम चाय से गला खुल जाता है। ज़्यादा ठंडा कुछ खाने-पीने से गला पकड़ लेता है, इससे भी वह अनजान नहीं थे। तभी उन्होंने अपने खाने से दही को हटा दिया था। विशेषकर ठंडा दही।

चाय पीने और माइक की टेस्टिंग बंद हो जाने के बाद वह राजकीय भाव-भंगिमा के साथ मंच पर चढ़कर भारी गले से, सहज दक्षता के साथ अपने भाषण में काव्य के छंद बोलते रहे। जिसमें देश व लोक कल्याण के लिए शहीद हो जाने और रणक्षेत्र के सेनापति का-सा साहसिक पराक्रम था। यह सब करते हुए उनका दूध-सा सफ़ेद कुर्ता पसीने से तर-बतर हो चुका था।

'बंधुगण, क्या आप लोग जानते हैं कि इतनी दूर कलकत्ता से, इतना लंबा रास्ता तय करके, बहुत-सी बाधाओं को पार कर, बहुत सारी मुसीबतों का सामना करते हुए, बहुत सारी विपदाओं को झेलते हुए मैं आज आप लोगों के पास क्यों दौड़ा आया हूं?

'इसलिए आया हूं क्योंकि मुझसे रहा नहीं गया। वो कहते हैं न, अगर पुकार में दम हो तो स्वयं भगवान भी स्वर्ग के सुख त्याग कर इस धरती पर आ जाते हैं। मैं कहता हूं, और आशा करता हूं कि आप समझ रहे हैं—पुकार में दम हो तो भगवान का आसन भी हिल जाता है और वो भक्त के सामने आ खड़े होते हैं और कहते हैं, "कहो क्या चाहिए तुम्हें!"

'पर मैं तो एक इंसान हूं। आप लोगों ने मुझे व्याकुल होकर पुकारा, इसलिए मैं आए बिना रह नहीं पाया। आप संकट में हैं, आप असहाय-वंचित-

शोषित-उत्पीड़ित-उपेक्षित-अपमानित-अत्याचार-बलात्कार से पीड़ित, भूख से कातर मनुष्य हैं। मेरा हृदय रो उठा कि आप लोग रो रहे हैं, मुझे पुकार रहे हैं। कह रहे हैं हमें बचाओ, हमारी रक्षा करो। मनुष्यों के समाज में मनुष्य की मर्यादा लौटा दो। क्या इस आर्तनाद की उपेक्षा कर मैं अपने शांत, सुंदर, सुखी घर के कोने में आराम से रह सकता हूं?'

इसी बीच शाम ढलने लगी। पश्चिम की ओर साल वन के पत्तों के बीच से आती धूप की रोशनी ख़त्म हो अंधेरा उतरने लगा। एक आदमी आकर एक पेट्रोमैक्स खूंटी पर टांग गया।

गरीब दास के बगल में खुलना का माधवबाला बैठा हुआ था। वह अपने बगल में बैठे जगदीश विश्वास के कान में फुसफुसाया, 'बस अपनी ही बातें कर रहा है...हमारे बारे में कब बात करेगा?'

'करेंगे,' जगदीश बोला। 'अपनी बात ख़त्म करते ही हमारी बात करेंगे।'

'मच्छर काट रहे हैं, बैठा नहीं जा रहा!'

'तेरे घर में तो जैसे मसहरी है! चुपचाप बैठा रह!'

नेता प्रह्लाद चक्रवर्ती ने प्रश्न किया। वो जानते थे उत्तर उन्हें ही देना होगा। उनका सवाल था, 'क्या मैं आराम से रह सकता हूं?' उनका जवाब था, 'नहीं रह सकता।' इसकी व्याख्या उन्होंने असीम धैर्य के साथ सुंदर-सुंदर शब्दों में की कि वह क्यों इन उत्पीड़ित मनुष्यों की पुकार की उपेक्षा कर, दक्षिण कलकत्ता के अपने सुसज्जित भवन में अबाधित जीवन यापन नहीं कर सकते हैं। उनके लंबे होते जा रहे भाषण में काव्य आया, दर्शन आया, इतिहास आया, उसके बाद आया वो अंतिम एवं सबसे महत्वपूर्ण विषय। जिसे नौ रसों में से एक, रौद्र रस के माध्यम से भाषण में जोड़ा गया।

आप लोग नहीं जाएंगे। कोई नहीं जाएगा दंडकारण्य के भयावह जंगलों में। होने दो अभाव, अनाहार, अत्याचार। फिर भी कोई निर्दयी शासक वर्ग की अन्यायपूर्ण, अमानवीय नीतियों के आगे घुटने नहीं टेकेगा। हार मत मानें, हताश मत हों, डर से मत टूटें। यह समझ लें, अंत में जीत आप लोगों की ही होगी! आप लोग साहस के साथ उठ खड़े होइए, विरोध करिए! एक मज़बूत जन आंदोलन का निर्माण करिए! दिल्ली के राज सिंहासन पर जो बैठे हैं, उनका सीना हिला दीजिए! बंगाल में रिफ़्यूजियों के पुनर्वास के लिए कांग्रेस सरकार को मजबूर करिए! आप सब मिलकर गरजिए, कहिए, "लाठी, आंसू

गैस, गोली खाएंगे, लेकिन बंगाल छोड़कर नहीं जाएंगे!"' उन्होंने अपना भाषण, "इंक़लाब ज़िंदाबाद!" कहकर समाप्त किया।

गरीब दास ने इस देश में आकर काफ़ी नए शब्द सीख लिए थे। कैंप, कैश डोल, रिफ़्यूजी, विदआऊट, हड़ताल, जुलूस, स्लोगन और अब उसके शब्द भंडार में एक और नया शब्द जुड़ गया—इंक़लाब। थोड़ी देर बाद मौक़ा मिलते ही उसने खगेन मंडल से पूछा, 'यह शब्द जो उन्होंने कहा, उसका मतलब क्या है?'

खगेन मंडल कलकत्ता जाकर कॉमरेडों की बातें सुनकर आए थे। उन्हें इसका मतलब पता था, 'इंक़लाब ज़िंदाबाद का मतलब है क्रांति।'

'वो क्या है? उसका क्या मतलब है?'

अब खगेन मंडल ने सोचा कि वे किस तरह देहाती तरीक़े से गरीब दास जैसे मोटी बुद्धि के लोगों को इन शब्दों का अर्थ बताएं जो उन्हें समझ नहीं आते हैं। उन्होंने सोच-समझ कर कहा, '*बुझला गरीब, शोब कोथार माने होय ना। माने होयले तार गुन थाके ना। जेमोन धोरो ॐ ह्रीं क्लीं। आछे इयर कोनो माने? जार माने नाइ ताते थाके शोक्ति। शेई रोकोम इंक़लाब होइलो एकटा बीज मोंतोर। अमी कोइलकाता गिया शुइना आइछी एई मोंतोर कोइया बुके गुली खैलो नाकि ब्यथा लागे ना। हरि नामेर मोतो मोने मोने जोपबा देखबा आर खिदा लागबो ना।* समझो गरीब, सब बातों के मायने नहीं होते। मायने होने से उसका गुण खो जाता है। जैसे, *ॐ ह्रीं क्लीं,* इसका कोई मायने है? नहीं है। जिसका कोई मायने नहीं उसी में शक्ति होती है। इसी तरह इंक़लाब एक बीज मंत्र है। बार-बार जाप करोगे तो बहुत शक्ति मिलेगी। मैं कलकत्ते से सुनकर आया हूं कि इस मंत्र को जपने से सीने पर गोली लगने पर भी दर्द नहीं होता है। हरि नाम की तरह इसे मन में जपना, देखना भूख नहीं लगेगी।'

मीटिंग समाप्त होने के बाद बीज मंत्र को जपते-जपते गरीब दास अपने तंबू में लौट आया। दरवाज़े पर अपने बेटे को लिपटाए बैठी बिमला ने उसे व्याकुल आंखों से देखते हुए पूछा, 'कुछ मिला?'

'क्या मिलना था?'

'दाल-चावल।'

'कहां से मिलता?'

'गए तो थे। कलकत्ता से जाने कौन लोग आए हैं। उन्होंने कुछ नहीं दिया?'

'बीज मंत्र दिया है।'

'उससे क्या होता है?'

'कैसे बताऊं क्या होता है!' थोड़ा रुक कर फिर उसने खीजते हुए कहा, 'सारी ज़िंदगी हरि-हरि जप रहा हूं। सुना था हरि नाम से सारे कष्ट दूर हो जाते हैं, लेकिन कष्ट कहां दूर हुए बल्कि और बढ़ गए हैं। अब एक और नई बात सुनी, इंक़लाब जपने से भूख की तक़लीफ़ नहीं रहती है। जिसके मन में जो आता है, हमें गधा समझ कर वही कहता है। समझ में तो आता नहीं क्या करने से क्या होता है! आंख होते हुए भी हम अंधे हैं। लिखना-पढ़ना नहीं जानते हैं। चालाक लोगों के साथ उठना-बैठना भी नहीं है। हम तो मोटी बुद्धि के लोग हैं।'

'तो अब क्या करना है?'

'करने को कुछ नहीं है। जब तक शरीर में जान है, सब भाग्य के हाथों छोड़कर पड़े रहना है।'

'इस तरह कितने दिन ज़िंदा रहेंगे, पता नहीं।'

चाहे गरीब दास न समझे, मगर कैंप के सारे लोग यह समझ चुके थे कि इस नाम की महिमा से अवश्य ही कुछ सुव्यवस्था होने वाली है। हरि ने अपने मुंह से कहा है, मुझसे मेरा नाम बड़ा है। और जो मेरा नाम जपता है वह और भी बड़ा है। शास्त्र कहते हैं देवता मंत्रों के अधीन हैं। मंत्र ब्राह्मण के अधीन। ब्राह्मण प्रह्लाद चक्रवर्ती जब कह रहे हैं कि इंक़लाब जपने से सारी समस्याओं का समाधान होगा, तब भक्तिभाव से जपते रहो। तभी युवा, वृद्ध, किशोर, बच्चे सबके मुंह से रह-रहकर हुंकार सुनाई पड़ती—इंक़लाब ज़िंदाबाद। सब जी-जान से जप रहे थे यह बीजमंत्र। मृतप्राय लोगों की बस्ती में नए प्राणों का संचार हुआ: हम ज़िंदा रहेंगे!

कुछ दिनों के बाद कलकत्ता से प्रह्लाद बाबू का निर्देश आया, 'समय आ गया है, अब और देरी नहीं, आंदोलन में कूद पड़ो!' आंदोलन शुरू हो गया। मीटिंग, जुलूस, स्लोगन के कोलाहल से पूरा कैंप भर गया। जिस कमरे में ऑफ़िस हुआ करता था, वहां कुछ लोग आमरण-अनशन पर बैठ गए। लेकिन पता नहीं साल के जंगल को भेदकर यह ख़बर सरकारी नौकरशाहों

और अधिकारियों के कानों तक पहुंची या नहीं; या फिर सब सुनकर भी वे गूंगे-बहरे बने रहे। दिन बीतने लगे और ऐसे एक-एक करके अनशन का बाईसवां दिन आ गया।

देखा जाए तो इतनी बड़ी संख्या में शरणार्थियों को इस अनशन-आंदोलन में जोड़ना मुश्किल नहीं था। वैसे भी ये लोग अपने-अपने शिविरों में भूखे बैठे रहते थे, उससे अच्छा मंच पर अनशन पर बैठना था। लेकिन कुछेक हज़ार लोगों का यह आंदोलन कोई हलचल नहीं पैदा कर पाया। यह वैसा ही था जैसे किन्नरों का ब्रह्मचर्य व्रत का पालन करना।

तब सबने एकमत होकर ठाना कि सरकार यदि इतनी दूर से उनका बिलखना नहीं सुन पा रही है, तो उनके घर के दरवाज़े पर जाना होगा। *'कोथाय थाके शॉरकार मोशाय?* कहां रहते हैं सरकार महाशय*?'* वह शहर की सुंदर, मज़बूत, ऊंची-ऊंची इमारतों में रहते हैं। अच्छा खाते-पीते हैं, अच्छे तेल की मालिश से उनका शरीर चमकता रहता है। दोपहर में मस्त नींद लेते हैं। लेकिन उनके सोते विवेक को जगाना है। ऐसा करने के लिए सबको *शॉरकार मोशाय* के पास, विष्णुपुर शहर जाना होगा।

शिरोमणिपुर से कुछ मील दूर तीन और कैंप थे। जिनका नाम वासुदेवपुर कैंप नंबर 1, नंबर 2 और नंबर 3 था। उन कैंपों में भी हज़ारों की संख्या में ऐसे शरणार्थी थे जिनका डोल इस अपराध में बंद कर दिया गया था कि वे दंडकारण्य नहीं जाना चाह रहे थे। आपस में सलाह-मश्विरा कर चारों कैंपों से बड़ी संख्या में लोग एकत्रित हो, हाथों में स्लोगन की तख़्तियां लिए, नारेबाज़ी करते हुए, जुलूस निकाल कर विष्णुपुर की ओर रवाना हुए। सभी सरकारी कार्यालयों का घेराव करना था।

घेराव! खगेन मंडल ने कहा, 'प्रह्लाद बाबू ने कहा है कि जब तक सरकार हमारे बंगाल में पुनर्वास के दावे को नहीं मानती, हम दफ़्तर, थाना, कोर्ट-कचहरी सबका घेराव कर बैठे रहेंगे। दिन, रात, हफ़्ता, महीना कोई उस जगह से नहीं हिलेगा। वैसे भी तो हम मर ही रहे हैं। ज़रूरत पड़ी तो सबकी आंखों के आगे मरे पड़े रहेंगे। वैसे प्रह्लाद बाबू ने कहा है, ऐसा कुछ नहीं होगा। तीन दिन अफ़सर लोग घर में बंद रहेंगे तो अक्ल ठिकाने आ जाएगी और हमारी मांग मान लेंगे।'

किसी ने पूछा, 'अगर पुलिस आकर पकड़ ले गई तो?'

खगेन मंडल ने कहा, 'अगर पकड़ ले गई तो और भी मज़ा है। सुना है जेल में दोनों वक़्त खाने को मिलता है। हममें से कितनों ने कई दिनों से भात का मुंह भी नहीं देखा है। जितने दिन बंद रहेंगे पेट में कुछ तो पड़ेगा। और फिर हमेशा के लिए तो बंद नहीं रखेंगे। जेल में बंद रखकर खाना देंगे तो डोल बंद करने का क्या मतलब रह जाएगा? जिस दिन छोड़ेंगे उसके अगले दिन से फिर सब घेराव करेंगे।'

जेल और पुलिस का नाम सुनकर गरीब दास घबरा गया। इन नामों से उसे बचपन से ही बहुत डर लगता था। नम:शूद्र बस्ती के सभी लोग पुलिस क्या चीज़ है, से अच्छी तरह वाक़िफ़ थे। बाघ छुए तो अठारह घाव और पुलिस छू ले तो छत्तीस घाव! तभी, गंगा में दरोगा की नाव देखते ही जो जिधर हो भाग जाता था। कोर्ट-कचहरी, मुक़दमा यह सब शैतान के हथियार थे, जिनका इस्तेमाल कर ऊंची जाति के लोग नीची जाति के लोगों को दिवालिया बना देते थे। और पुलिस उन हथियारों की संचालक थी। उनसे किसी को डर न लगे, ऐसा कोई इंसान है!

खगेन बाबू की बातें सुनकर डरा हुआ गरीब दास अपने तंबू में लौट आया। उसके उतरे हुए चेहरे को देख बिमला ने पूछा, 'क्या हुआ? इस तरह कांप क्यों रहे हैं?'

'खगेन बाबू ने कहा है विष्णुपुर घेराव करने जाना है। किस झमेले में पड़ गए हैं, पता नहीं बचेंगे भी या नहीं...'

'कई दिनों से कुछ खाया नहीं है, कैसे जाएंगे? मैं कहती हूं ऐसी हालत में आपको नहीं जाना चाहिए।'

'लोग क्या कहेंगे? चारों कैंप से सब लोग जाएंगे। खगेन बाबू ने कहा है कि जो विष्णुपुर नहीं जाएगा उसे अलग कर दिया जाएगा। कोई उससे न मिलेगा-जुलेगा, न बात करेगा। तब हम क्या करेंगे?'

'सुबल, राधाकांत क्या कह रहे हैं? वे जाएंगे?'

'राधाकांत बच गया है; उसे बुखार हुआ है। सुबल ने कहा है कि वह जाएगा। गगन भी जाएगा।'

'तो आप उनके साथ-साथ रहिएगा। आपका शरीर कमज़ोर है, सावधानी से रहिएगा।'

11

हम कैसे ज़िंदा रहेंगे?

बिमला ने आज एक बहुत बड़ा काम किया। सुबल सुतार की पत्नी, तुलसी, के साथ चलते-चलते वह संथाली बस्ती की ओर चली गई। इससे पहले वह कभी उस तरफ नहीं गई थी, इसलिए उसे पता नहीं था कि छोटे से जंगल के उस पार संथाली बस्ती थी। भले ही संथाली कंधों पर तीर कमान लिए घूमते थे, लेकिन वे नागा, कूकी, जारवा, मुरिया जैसे सभ्य लोगों के विरोधी या उनके प्रति असहिष्णु नहीं थे। फिर भी बिमला को न जाने क्यों डर लग रहा था। संथाली बस्ती का एक दस साल का बच्चा, शरणार्थियों की बस्ती में आकर, हर तरफ घूम-घूम कर *'हापू'* करतब दिखाकर चावल और पैसे मांगता था। मुंह से अजीब आवाज़ निकालता हुआ, वह चार अंगुल चौड़ी और ढाई हाथ लंबी बांस की छड़ी से ख़ुद को ज़ोर-ज़ोर से पीटता था। पीटते-पीटते उसकी पूरी पीठ पर काले धब्बे पड़ चुके थे। समाज का एक वर्ग ऐसा था, जो लोगों को कष्ट में देखकर आनंद पाता था। और एक दूसरा वर्ग भी था, जो लोगों को कष्ट में देखकर दुखी हो जाता था। उस बच्चे को दोनों ही तरह के लोग पसंद थे: जो उसे धूप में खड़ा कर कहते थे—'मैं गिनूंगा, और जितनी बार तू ख़ुद को मारेगा, उतने ही पैसे दूंगा!'; और जो उसके मुंह से निकली विचित्र आवाज़ को सुनकर डर से कांप उठते थे, वे कहते—'रुक, रुक जा मेरे बाप, तुझे ये सब करने की ज़रूरत नहीं, मैं चावल देता हूं!' बच्चे को यह याद नहीं कब, और किसने उसे पेट की आग बुझाने के लिए, विकृत रुचि के लोगों और नर्मदिल लोगों के आगे, अपने-आपको ज़ख़्मी करने के खेल में झोंक दिया था। जब शरणार्थियों को डोल मिलता था, जब डोल देने वाले बाबू आते

थे, विशेषकर वो जो ट्रक में दाल-चावल लेकर कैंप में आते थे—तब उसका मामला बढ़िया चला करता था। लेकिन अब ऐसा नहीं था।

उसी बच्चे ने बिमला को बताया था कि कहां और किस जंगल में ढूंढ़ने पर, अभी भी कुछ खाने की चीज़ें मिल सकती हैं। खाने की चीज़ ढूंढ़ते-ढूंढ़ते ही उसे एक पोखर मिला, जिसकी उसने कल्पना भी नहीं की थी। पोखर में बहुत सारे कमल थे, जिनके मूल में बहुत सारी खाने लायक *'शालुक'* जड़ें थीं। संथाली लोग *'शालुक'* को किस तरह खाते हैं, यह उसे पता नहीं था। जिन्हें पता था, वे अब तक कैंप छोड़कर इतनी दूर नहीं आए थे। बिमला और तुलसी टोकरी भरकर *'शालुक'* उठा लाए। इनसे कई दिनों का काम चल जाता। गरीब दास को कलई करी, दचकी थाली में उबला हुआ *'शालुक'* खाने को देकर बिमला ने कहा, 'देखिए किसी आपद-विपद में मत पड़ जाइएगा। अपना ख्याल रखिएगा। परदेस है, और हमारा यहां कोई रिश्तेदार भी नहीं है। कोई आफ़त, झगड़ा होने पर अलग हट जाइएगा। ख़ुद शामिल मत हो जाइएगा।' *शालुक* खाकर गरीब दास के विष्णुपुर की ओर जाते ही बिमला ने मन ही मन नाम लिया, 'जय बाबा इंक़लाब, जय बाबा ज़िंदाबाद। इन पर कोई मुसीबत न आए। ये सही-सलामत घर लौट आएं। प्रण लेती हूं, मेरा आदमी सही-सलामत लौट आएगा, तो आपके नाम से पांच चक्कर कठिन श्रम के करूंगी।'

बिमला की मां ने बचपन में उसे बताया था, 'ठाकुर-देवता समय-समय पर मनुष्यों की परीक्षा लेते हैं। जितनी भी आपद-विपद, रोग-व्याधियां आती हैं, उनके ही क्रोध के कारण आती हैं। अगर उनका क्रोध शांत रहे, तो सारी विपत्तियां दूर हो जाती हैं। सच्ची भक्ति से ही वे संतुष्ट होते हैं। इसके दो तरीक़े हैं—उपवास या कठिन श्रम। कठिन श्रम मतलब, ईश्वर का नाम लेते हुए तब तक आंगन के गोल-गोल चक्कर लगाना, जब तक कि थककर गिर न जाएं। उपवास तो वैसे भी चल रहा था, पर यदि उससे देवताओं का मन न भरे, उन्हें लगे कि यह चालाकी है, तब कठिन श्रम का व्रत लेना ही ठीक है। और बस एक-दो नहीं, पूरे पांच चक्कर लगाने का व्रत।

वासुदेवपुर के सामने से एक पक्की सड़क जाती थी। उस सड़क से बस, लॉरियां आया-जाया करती थीं। गरीब दास ने वहां पहुंच कर देखा कि उस सड़क पर लोगों ने एक जैसी दो पंक्तियां बना रखी थीं। दोनों पंक्तियां एक ही गति से आगे बढ़ रही थीं। दोनों पंक्तियों के बीच एक आदमी टिन का चोंगा

मुंह में लगाए बोल रहा था, 'हमारी मांगें पूरी करो!' उसके रुकते ही मोर्चे के लोग उसी स्वर में बोल उठते, 'पूरी करो, पूरी करो!'

'बंगाल से बाहर रिफ़्यूजियों को भेजना, नहीं चलेगा!'

'बंगाल में ही पुनर्वास देना होगा!'

'लाठी, गोली और गैस खाएंगे, बंगाल छोड़कर नहीं जाएंगे!'

'इंक़लाब ज़िंदाबाद!'

गरीब दास को पहुंचने में देर हो गई थी। उसे सारे स्लोगन याद नहीं हुए थे। जुलूस के साथ ताल से ताल मिलाकर बोलने में बार-बार वह ग़लती कर रहा था। जहां 'नहीं चलेगा' कहना था, वहां 'देना होगा' कहने पर चोंगे वाले आदमी से उसे फटकार पड़ी, लेकिन 'इंक़लाब' के बाद 'ज़िंदाबाद' कहने में वह कोई ग़लती नहीं कर रहा था। वह समझ रहा था कि यह हरिनाम महामंत्र से भी ज़्यादा शक्तिशाली मंत्र था। उसका शरीर सच में गरम होता जा रहा था। मन में बल पैदा हो रहा था। लग रहा था, जैसे इस मंत्र के ज़ोर से कुटिल सरकार की गर्दन को नीचा करना मुश्किल नहीं था।

प्रह्लाद बाबू ने खगेन बाबू को बताया था, जिन्होंने बदले में सबको बताया कि कहां और किस देश में इस मंत्र की शक्ति से, सरकार को न केवल झुकाया गया था, बल्कि पूरी तरह से उखाड़ फेंका था। अब वहां की आम जनता बहुत आराम से रह रही है। यह एक ऐसा सर्व-शक्तिशाली मंत्र था, जिसके आगे न झुकने पर सर्वनाश हो जाता है।

वासुदेवपुर से विष्णुपुर तक रैली बिना किसी बाधा के आई, लेकिन शहर के अंदर प्रवेश नहीं कर पाई। बटालियन फ़ोर्स के कई सौ सशस्त्र पुलिसवाले वहां तैनात थे। उन्हें अपने सूत्रों से पहले ही ख़बर मिल गई थी कि भूखे लोगों का एक दल, बाढ़ की तरह शहर की ओर उमड़ रहा है। उससे क़ानून और व्यवस्था भंग होने का डर है। लूटपाट की संभावना से भी इंकार नहीं किया जा सकता। अगर ये लोग शहर में प्रवेश कर गए, तो इन्हें संभालना मुश्किल हो जाएगा, इसलिए इन्हें शहर के बाहर खुले मैदान में ही रोकना होगा। पुलिस इसी काम को अंजाम देने के लिए तैनात थी। ज़िला मजिस्ट्रेट ने एहतियातन, शहर में धारा 144 लगा दी।

रोकी गई रैली से नारा उठा, 'हमें रोकना, नहीं चलेगा!' लेकिन पुलिस के कान पर जूं तक नहीं रेंगी। वे जुलूस के आगे दीवार बनकर खड़े थे। एक

दल आगे बढ़ना चाह रहा था और दूसरा उसे आगे बढ़ने नहीं दे रहा था। परिणामस्वरूप जो होना था, वही हुआ—दोनों दल आपस में भिड़ गए। जुलूस में से किसी ने पुलिस पर पत्थर फेंक दिया। पुलिस को बस मौक़े की तलाश थी। उन्होंने दौड़-दौड़कर जुलूस पर लाठियां बरसाना शुरू कर दिया। कुछ आंसू गैस के गोले भी छोड़े गए। लाठी के प्रहार से क़रीब चालीस शरणार्थी घायल हो गए और उनमें से छह लोगों की हालत गंभीर हो गई। उन्हें विष्णुपुर अस्पताल में भर्ती किया गया। और तक़रीबन दो सौ लोगों को गिरफ़्तार किया गया। उस दल में गरीब दास भी था।

पुलिस वाले जब गिरफ़्तार लोगों को वैन में भर रहे थे, तब उनमें से बहुत से मन ही मन यह सोचकर ख़ुश हो रहे थे कि आज कम से कम भात खाने को मिलेगा। खगेन बाबू ने कहा था जेल में दोनों वक़्त भात खाने को मिलता है। लेकिन उनमें से कोई नहीं जानता था, सरकारी अधिकारी बहुत चालाक थे। उन्हें पता था कि किसी भी हालत में बिल्ली को टूटी बाड़ का रास्ता नहीं दिखाना चाहिए, नहीं तो घर के लिए दूध नहीं बचेगा। बिल्ली टूटी बाड़ से बार-बार घुस आएगी। तभी उन लोगों ने आंदोलनकारी शरणार्थियों को जेल ले जाकर भात की थाली के आगे नहीं बैठाया। वे उन्हें ट्रकों और वैनों में भरकर शहर से पच्चीस-तीस मील दूर, एक निर्जन स्थान पर ले गए, वो भी सबको एक साथ नहीं—बीस-पच्चीस लोगों के समूहों में बांट कर, अलग-अलग दिशाओं में। उसके बाद उन्हें लाठियों से पीटकर गाड़ी से उतार दिया। 'जा! अब पैदल वापस जा और देख कैसा लगता है!'

जब गरीब दास और बाक़ी लोगों को 'शालतोड़' नाम की जगह पर उतारा गया, तब शाम ढल रही थी। चारों ओर कहीं भी कोई रिहायशी बस्ती नज़र नहीं आ रही थी। वहां सिर्फ़ जंगल ही जंगल था। बस इतनी मेहरबानी थी कि वहां कोई नरभक्षी जानवर नहीं था। उन्होंने सारी रात खुले आकाश के नीचे, सीने में डर, पेट में भूख की आग और दिमाग़ में घबराहट का पहाड़ लिए बिताई। किसी तरह सुबह हुई। तब तक उनमें से किसी में भी बोलने तक की ताक़त नहीं बची थी। उन्हें ऐसा लग रहा था जैसे वे सब इस अनजान इलाक़े में मर जाएंगे। गिद्ध और सियार उनके बदन नोच-नोचकर खाएंगे। पर वे नहीं मरे। घोंघे की तरह अपने भूखे शरीर को घसीटते-घसीटते, वे उस जंगल से अनजान रास्ते पर निकल पड़े। पूरा दिन चलने के बाद शाम को वे अपने ठिकाने, अपनी बीवी और बाल-बच्चों के पास पहुंचे। प्रशासन की ओर से यह

शुरुआती आघात इतना तीव्र था कि शरणार्थियों की कमर टूट गई। फिर भी उस आघात को सहते हुए, टूटे मन से उन्होंने फिर से खड़े होने की कोशिश की। सभा-समिति-मीटिंग-मोर्चा-रैलियों में गला फाड़-फाड़कर नारे लगाए। एक के बाद एक जुलूस लेकर शहर में धावा बोला, मानवीयता के दरवाज़े पर दस्तक दी, लेकिन कोई फ़ायदा न हुआ। उनकी याचना, उनकी प्रार्थना मृत मानवता की देह में प्राणों का संचार करने में असफल रही। जवाब में प्रशासन ने और भी मारक क़दम उठाए। बेरहमी से लाठियों से पीटना, आंसू गैस का व्यापक प्रयोग और उनके पास दमन के लिए जितने हथियार थे, उन सबका प्रयोग वे सख़्ती से करने लगे। खगेन मंडल सहित और कई लोगों को गिरफ़्तार कर जेल में डाल दिया। अन्य सभी आंदोलनकारियों के लिए फिर वही प्रक्रिया अपनाई, जिससे गुज़र कर गरीब दास आया था।

शरणार्थियों का मनोबल बढ़ाने के लिए एक बार प्रह्लाद बाबू ने कलकत्ता से किसी गायक को भेजा। वह बिना किसी वाद्य यंत्र के भारी आवाज़ में गाता हुआ, चारों कैंपों में घूमता रहा—'जागो, जागो सर्वहारा अनशनबंदी कृतदास, जाग उठे हैं मनुष्य मुक्ति के आश्वासन से आज...' वह लोगों को समझाने की कोशिश कर रहा था कि अब और देर नहीं, तुम लोगों के दुख और कष्ट दूर होने के दिन आनेवाले हैं। रुको मत, लड़ते रहो। लेकिन इसके बावजूद लोग फिर नहीं जागे। आंदोलन ने ज़ोर नहीं पकड़ा। सब धीरे-धीरे ढीला पड़ता गया।

प्रसिद्ध फ्रेंच जनरल नेपोलियन ने कहा था, 'सैनिक अपने पेट के बल पर मार्च करता हुआ बढ़ता है।' आंदोलन भी तो एक युद्ध ही था। सशस्त्र, सबल, भरपेट खाने वाले ताक़तवर शत्रु के ख़िलाफ़ निःशस्त्र, दुर्बल, निराहार लोग कब तक लड़ाई जारी रख सकते थे? भूख का सताया आदमी कभी, कहीं, कोई जंग नहीं जीत सकता। भूख से बड़ा दुश्मन और कोई नहीं। उस दुश्मन को हराकर, कौन भला लड़ाई के मैदान में टिक पाया है! शरणार्थी भी नहीं टिक पाए। ख़ुद से ही परास्त हो गए। भूख सबकुछ खा लेती है। प्रेम, स्नेह, नीति, नैतिकता, आदर्श, प्रतिज्ञा, मनोबल, बासी-सड़ी कूड़ेदान में पड़ी जूठन—भूख सब खा लेती है। और अंत में इंसान की प्राणशक्ति को खा जाती है। उसे खाकर टुकड़े-टुकड़े कर देती है। टूटा हुआ आदमी ख़ुद के, देश के और समाज के किसी काम नहीं आता है।

छह महीने की उत्तेजना के बाद आंदोलन शिथिल पड़ गया। कैंप में क़ब्रिस्तान की सी शांति छा गई। अब कहीं शोरगुल, जोश, उत्साह का

नामोनिशान न था। उम्मीद, भरोसा सब ख़त्म हो चुका था। मुरझाए हुए लोग सूनी आंखों से चारों ओर ताकते रहते थे।

एक महीना जेल काटने के बाद खगेन मंडल रिहा हुए। विष्णुपुर से अकेले चलते हुए वे कैंप वापस आए। सब जानते थे कि उन्हें बिना किसी शर्त आज रिहा किया जाना था, लेकिन कोई उनके स्वागत के लिए जेल के गेट पर मौजूद नहीं था। जिनके ऊपर उन्हें गहरा विश्वास था, वो सभी कॉमरेड्स नदारत थे। कैंप में लौटकर, शाम को हताश-निराश होकर उन्होंने अपने पड़ोसियों को पीड़ा भरे स्वर में कहा, 'हमारा कुछ नहीं होगा और कोई उम्मीद भी नहीं है। कोई हमारी बातों पर कान नहीं देगा। जब देश में अंग्रेज़ थे, किसी मांग को लेकर दो-चार दिन लोगों के अनशन करते ही, वे दौड़े आते थे। विचार-विमर्श, बातचीत के द्वारा हल निकालने की कोशिश करते थे। विदेशियों के दिलों में जितनी दया थी, उतनी इस देश के लोगों में नहीं है। इस सरकार का बस एक ही कहना है, जो दंडकारण्य जाना चाहते हैं, वो अपना नाम लिखवाएं। इसके अलावा और कोई बात नहीं।'

यह सब कहते उनका गला रुंध गया, मानो मन की व्यथा की टीस उमड़ रही हो। 'जो इस समय देश चला रहे हैं; मंत्री बने हुए हैं, वे सब ऊंची जात के हैं इसलिए हमारी तक़लीफ़ों पर नज़र नहीं डाल रहे हैं। इन लोगों ने कभी हमारी परेशानियों को नहीं समझा, कभी हमारा भला नहीं चाहा। असल में ये हमें इंसान ही नहीं समझते हैं। ये हमें कीड़े-मकोड़े, मच्छर-मक्खी समझते हैं। ये लोग हमारा विनाश ही चाहते हैं।'

'प्रह्लाद बाबू का क्या कहना है?'

'क्या प्रह्लाद बाबू!' आज खगेन मंडल की आवाज़ में उनके लिए श्रद्धा नहीं झलक रही थी। 'कहते हैं न, *रोशुनेर गोड़ा शोब एक जायगाय; तले-तले शोब एकई*। सारे लहसुन के कोये एक ही जगह होते हैं; ज़मीन के अंदर सब एक हैं। उनकी और कोई ख़बर नहीं। सबको उकसा कर, ख़ुद खिसक गए। सुना है कि वो अब किसी दूसरी जगह जाकर कोई और काम कर रहे हैं।'

मोटे कपड़े पर मोम का लेप चढ़े तिरपाल की आयु बहुत कम होती है। बहुत हुआ तो सालभर तक चलते हैं। जब ऑफ़िस था, तब हर साल, बारिशों से पहले नया तिरपाल मिल जाता था। इस बार तिरपाल बदलना नहीं हो पाया था।

कौन देता नया तिरपाल? अब उनके फटे हिस्सों से दिन की चुभती धूप तेज़ी से अंदर आती रहती थी। जल्द ही बरसात शुरू होगी, तब क्या हालत होगी, यह सोचकर सब परेशान थे। कुछ परिवार, जिनकी हालत जाने लायक़ थी, वे इस बीच कैंप छोड़कर चले गए। अब जो पीछे रह गए थे, वे असहाय, बिना किसी साधन के, दयनीय लोग थे, जिनके न रहने से देश, मंत्री, अधिकारी और सरकार किसी को कोई नुकसान नहीं था।

कैंप में लगे हैंडपंप लंबे समय से ख़राब पड़े थे। उनमें ज़ंग लग गया था। नहाना तो दूर की बात, पीने का पानी तक नसीब नहीं हो रहा था। किसी सभ्य देश की सरकार इतनी कठोर, हृदयहीन, बर्बर हो सकती है, यह किसी ने नहीं सोचा था। जब मनुष्य जंगली और असभ्य था, उस आदिम काल की आदिम संस्कृति ने उसे सिखाया था: अपने चरम शत्रु को भी प्यासा मत रहने दो; मरते हुए आदमी को भी पानी दो।

खगेन मंडल ने एक अनुरोध-पत्र लिखकर, उस पर सबके अंगूठे का निशान लगवाकर, विष्णुपुर के बी डी ओ ऑफ़िस में जमा किया। उन्होंने लिखा, 'हम लोगों को पानी की बहुत दिक़्क़त है। दया करके कैंप के हैंडपंप की मरम्मत की व्यवस्था करें।' वो पत्र बी डी ओ साहब ने कूड़ेदान में डाल दिया। 'जब वहां कोई रहता ही नहीं, तो हैंडपंप का क्या काम?'

'कोई नहीं रहता! क्या कह रहे हैं साहब? हज़ारों लोग वहां रह रहे हैं—क्या वे इंसान नहीं हैं?'

'क्यों पड़े हुए हैं उस मैदान में?'

'तो कहां जाएंगे वे लोग?'

'अभी भी फ़ाइल बंद नहीं हुई है, नाम लिखवाकर दंडकारण्य चले जाएं। वहां नल, पानी सब है।'

अब और कोई उपाय नहीं बचा था। भोजन के बिना फिर भी किसी तरह रहा जा सकता था, लेकिन पानी के बिना बचना कठिन था। संथाली बस्ती और मुसलमान मोहल्ले में जो एक-आध कुआं या नल था, वहां से पानी लाकर किसी तरह लोग प्यास मिटाने की कोशिश कर रहे थे। लेकिन अब वहां लोग बढ़ जाने की वजह से तरह-तरह की मुश्किलें पैदा हो रही थीं।

अंत में खगेन मंडल ने फ़ैसला लिया कि वो कैंप छोड़कर चले जाएंगे। उत्तर में चौबीस परगना के ठाकुर नगर में उनके किसी रिश्तेदार ने '*दो काठा*',

लगभग चौदह सौ चालीस वर्गफुट जगह लेकर किसी तरह सिर छुपाने की व्यवस्था की थी। उन्होंने वहीं जाने का फ़ैसला किया। जाने से पहले, रात में उन्होंने आख़िरी बार सबको बुलाकर कहा, 'इतने दिनों से हम एक साथ थे। सोचा था बाक़ी का जीवन भी तुम लोगों के साथ ही सुख-दुख सहते हुए काट लूंगा। लेकिन वह नहीं हुआ। क़िस्मत में नहीं था, क्या करूं...मैं अब जा रहा हूं, तुम लोग भी जहां जा सकते हो चले जाओ, जीने की कोशिश करो। यहां और मत रुकना। बाहर निकलकर तलाश करो कहीं कोई काम, सिर छुपाने की जगह मिल जाए तो। अब मैं और क्या कहूं। सुना है हमारे कुछ लोगों ने कलकत्ता के आस-पास स्टेशन, नहर और रेललाइनों के किनारे झुग्गियां बनाई हैं। काम-काज कर बच्चों को पाल रहे हैं। देखो अगर तुम लोग भी ऐसा कर सकते हो तो! यहां तो मरने के अलावा और कुछ नहीं...'

गरीब दास के पास आकर, सुबल रोने लगा, 'सब हमें छोड़कर जा रहे हैं; हम कहां जाएंगे? कहां जाकर बाल-बच्चे पालेंगे? कैसे ज़िंदा रहेंगे, गरीब दा?' उसका रोना हवा में साल वन के झड़े पत्तों की तरह उड़ते हुए कहां विलीन हो गया, किसी को नहीं पता।

जीवन

12

अजनबी

किसी महापुरुष ने कहा है—जीने का तरीक़ा आना चाहिए। ज़िंदा रहना एक कला है, कौशल है, इसमें बुद्धि की ज़रूरत होती है। और उसे अर्जित करना पड़ता है। जो यह कर सकता है, वह टिका रहता है, और जो नहीं कर पाता है, वो विलुप्त हो जाता है। यही लंबे समय से चला आ रहा प्राकृतिक नियम है। समय परिवर्तनशील है। कल जो था, आज वह नहीं है। आज जो है, वो कल नहीं रहेगा। समय के साथ-साथ रुचि, खान-पान, जीवन-शैली को समय के उपयुक्त ढालना पड़ता है। उसे बदलना होता है। यदि यह कर सकते हो, तो ही ज़िंदा रह सकोगे। ज़रा सोचो, विशालकाय जीव, डाइनोसोर, विलुप्त क्यों हो गया? इसलिए कि वह बदलती आबोहवा, बदलते परिवेश के साथ सामंजस्य नहीं बैठा पाया। लेकिन छोटी-छोटी चींटियां, इतने आंधी-तूफ़ान, प्रलय, महाप्रलय के बाद भी टिकी हुई हैं। क्योंकि छोटी होने के बावजूद, वो जीने का कौशल जानती हैं। जो नहीं जानता उसका विलोप अवश्यम्भावी है।

गरीब दास के छोटे से बेटे, जीवन, ने जीने के उस कौशल को जान लिया था। भूख नामक महा शत्रु को परास्त करने की कला सीख ली थी। जो भूख को मार सकता है, उससे कौन मुक़ाबला कर सकता है! कुछ तरीक़े उसे संथाली लड़के, मंगला, ने सिखाए और कुछ कैंप के लड़के, फटिक, ने। जब भी भूख असहनीय होती, जीवन इनके पास भागा हुआ जाता था। वे भूख को मारने के बहुत से तरीक़े जानते थे। एक दोस्त, एक प्रिय शिष्य की तरह

उन्होंने जीवन को इस ज्ञान में दीक्षित किया। एक दिन जब जीवन बहुत ज़्यादा भूखा था, तो मंगला ने उसे भूस की आग में दो बड़ी-बड़ी *लैठा* मछली भूनकर खिला दीं। नमक और लाल मिर्च के साथ, मछली खाने में ख़राब नहीं लग रही थी। वैसे भी मेंढक, धान के खेतों की मेंड़ से पकड़े बड़े-बड़े चूहे, गिलहरी, घोघें, कस्तूरी—मंगला और उसके समाज के लोगों का खाना था। लगभग इन सबको एक-आध बार चखकर जीवन समझ गया था कि इन्हें खाकर भी जीवन चलाया जा सकता है। लेकिन सांप की बारी में वह डर गया था।

उसका डर तोड़ने के लिए मंगला ने कहा, 'खा ले। कुछ नहीं होगा। हम तो कितना खाते हैं।'

'सांप में ज़हर होता है न!'

'सिर काट कर सब निकाल दिया है, तूने देखा नहीं!'

उसने एक बड़े सांप का सिर काट कर अलग फेंक, उसकी चमड़ी उतारने के बाद उसे नमक, मिर्च और हल्दी डालकर पकाया। उसमें थोड़ा तेल भी डाला। देखने में बिल्कुल 'बाममछली' का भर्ता लग रहा था। मंगला के ज़ोर देने पर जब उसने चखा, तो देखा खाने में मछली की ही तरह का था। वैसे एक-दो टुकड़े से ज़्यादा उसके गले के नीचे नहीं उतरे।

मंगला बीच-बीच में चिड़ियां मारने जाता था। छोटी-सी गुलेल से पत्थर के टुकड़े का अचूक निशाना बना, वह गौरैया, कबूतर, हरियाली और तरह-तरह के अन्य पक्षियों को मारा करता था। उसके पास बगुला पकड़ने का एक फंदा भी था। जिन दिनों वह उन्हें पकड़ने के लिए जाल बिछाता, जीवन को भी अपने साथ ले लेता था। शिकार से लौटकर दोनों दोस्त मन भरकर खाते और मज़े करते थे। इन सबके लिए उन्हें जंगल जाने की ज़रूरत नहीं पड़ती थी, क्योंकि जंगल तो मंगला के घर की चौखट के बाहर ही था।

वैसे मंगला के राजसी भोजन से फटिक का आहार ज़्यादा नरम और स्वादिष्ट होता था। कैंप के दक्षिण में जो रनवे था, उसके दोनों ओर बेर के पेड़ लगे थे। तीन-चार फुट ऊंचे पेड़ बेरों से भरे रहते थे। बेरों के पक जाने पर पत्तों का हरा रंग तक नहीं दिखता था। पूरा पेड़ लाल हो जाता था। तब लाठी से मारने पर पेड़ से टपटप बेर गिरते थे। नमक और पिसी लाल मिर्च के साथ उन्हें खाने में ख़ूब मज़ा आता था।

वासुदेवपुर से विष्णुपुर जाने की सड़क के दोनों ओर इल्लियों के कांटों के जैसे कांटेदार पेड़ थे। उन पेड़ों में पीले रंग के गुच्छेदार फूल उगते थे। धीरे से खींचने पर फूल हाथ में आ जाते थे। उन फूलों के निचले हिस्से को चूसने से शहद निकलता था। क्या अद्भुत स्वाद था! शहद चूसते-चूसते जीवन आगे बढ़ता जाता था। जन्म के मुहूर्त में शहद से वंचित जिस जीवन की उसने शुरुआत की थी, लोगों की नज़रों से दूर, बिना किसी देख-रेख के उगे हुए उन बेनाम फूलों से शहद चूसकर जीवन नाम का सात-आठ साल का बालक, अपने जीवन को मधुमय बनाने की साधना में लिप्त था।

किस समय, कहां जाने से, क्या खाने को मिल सकता है, फटिक सब जानता था। जब लोगों के खेतों के धान अधपके होते थे, वे उन धानों को दांतों से दबाकर उसका दूध पीते। इन सब से पेट नहीं भरता था, लेकिन भूख को भुलाया जा सकता था। कभी वे कच्ची घास की जड़ों को चबाते, जो काफ़ी नरम होतीं और उनका स्वाद नारियल जैसा होता था। ऐसा ही स्वाद कच्चे खजूर के बीजों में भी होता था। उसके ऊपर के हरे छिलके को उतारकर बीज को चबाना होता था। दांतों से काटने पर कचकच की आवाज़ आती थी। थोड़े में ही पेट भर जाता था। अगर इन्हें ज़्यादा खा लेते, तो पेट में दर्द होता था। और अगर खजूर पका हुआ होता, तो कोई बात ही नहीं थी। लेकिन पका खजूर मिलना मुश्किल होता था। चारों ओर भूख से परेशान लोग घूमते रहते थे और पकने से पहले ही कोई न कोई उन्हें काटकर ले जाता था। खजूर को पेड़ पर पकने का समय ही नहीं मिलता था।

पक्की सड़क के दोनों ओर बहुत सारे जामुन के पेड़ भी थे। जामुन आकार में थोड़े छोटे और कसैले थे। इन जामुनों का नाम लोहा-जामुन था। और जंगलों के भीतर जाने से महुआ के फूल मिलते थे। बहुत मीठे और स्वादिष्ट होने के बावजूद, उन फूलों को ज़्यादा नहीं खाया जा सकता था। एक-दो से ज़्यादा खाने से सिर घूमने लगता था। नशा-सा हो जाता था।

एक बार फटिक ने एक खजूर के पेड़ का सिरा काटकर उसमें से गूदा निकाला। उसका स्वाद किसी भूखे इंसान के लिए भूलना संभव नहीं था। सिरे को दांत से काटने पर उसका गूदा जीभ पर रस का झरना-सा बहा देता था। जंगल में बड़े-बड़े पके गूलर, मंगुष्ठ, केंदुफूल, जंगली शरीफ़े मिल जाते थे। आम के बग़ीचों में आम, लेकिन सारी खाने की चीज़ें हर समय नहीं मिलती थीं। अभी बेर का समय था। इस वक़्त जंगल में जाने से पके बेर मिलते।

आज जीवन और फटिक बेर खाने जाने वाले थे। यह सिर्फ़ बेर खाना नहीं था, बल्कि यह एक ऐसा खेल था, जिसमें गर्व के साथ-साथ हमारे धर्म एवं संस्कृति का एक बंधन भी था। यह योजना सुबह बनी थी। और दिन चढ़ने पर इसे अंजाम देने का समय हो गया।

तुलसी दोपहर में अपनी बेटी कुसुम के साथ तंबु के भीतर सोई हुई थी। सुबल वहां नहीं था। वह विष्णुपुर गया हुआ था। बड़ी मुश्किल से ढूंढ़ कर, एक बढ़ई के साथ लकड़ी का काम कर रहा था। अगर दो-तीन रुपए मिल जाते, तो दाल-चावल ख़रीदकर कैंप वापस लौटता। तुलसी के सो जाने पर भी उसकी चंचल बेटी कुसुम सोई नहीं थी। वह अपने कान खड़े कर इंतज़ार कर रही थी कि कब उसे बुलाने की आवाज़ सुनाई दे। वह जानती थी कि उसे बुलाया जाएगा।

आवाज़ आ गई, 'कुसुम, आ जा खेलने।'

कुसुम तो तैयार ही थी। वह धीरे से अपनी मां के बगल में से उठी और तंबू के बाहर आ जीवन का हाथ पकड़ कर बोली, 'चल।'

थोड़ी दूर पर फटिक आम के पेड़ की छाया में खड़ा था। उसने आगे आकर कहा, 'आज हम राम-सीता, राम-सीता खेलेंगे। मैं राम बनूंगा। कुसुम, तू सीता बनेगी और जीवन लक्ष्मण। हम तीनों वन में जाएंगे। ख़ूब फल खाएंगे। बाघ का शिकार करेंगे, और तब घर लौटेंगे।'

जब कैंप में घरों में चूल्हे जला करते थे, तब शशिबाला रामायण के गीत गाया करता था। तभी एक *जात्रादल,* यानी नाटक करने वालों की मंडली बनाई गई, जो रथयात्रा के समय सीता-विवाह, रावण-वध, अश्वमेध यज्ञ के पर्वों का मंचन करता था। मंडली के लोग मुंह पर आलता लगाए, सिर पर टिन की पत्ती का मुकुट पहने राम और रावण की तरह सजते थे। फटिक भी एक बार अश्वमेध यज्ञ पर्व में घोड़ा बना था। उसे कुछ नहीं बोलना था। बस सिर पर मुकुट पहने, गले में माला टांगे और मुंह पर रंग पोत कर घुटनों के बल इधर से उधर दौड़ना था। कई बार खेल के मैदान में इन नाटकों का मंचन हुआ था इसलिए राम की वन यात्रा के विषय में जितना फटिक जानता था, कुसुम का ज्ञान भी उससे कम नहीं था। वह जानती थी कि सीता कौन थी, और राम उसके क्या लगते थे। तभी उसने होंठ फुलाकर, अपनी चोटियों को

झटका देते हुए, आंखें सिकोड़कर गुस्से में कहा, 'मुझे नहीं खेलना है, तुम लोग जाकर खेलो।'

'क्यों रे, कुसुम? तू क्यों नहीं खेलेगी? जंगल में जाएंगे। वहां कितने सारे फल होंगे। बेर पक कर लाल हो गए हैं...' जीवन ने उसे समझाया।

'कहा न, नहीं खेलूंगी। तुम लोग जाकर राम-सीता खेलो।'

'अरे बुद्धू लड़की, लड़का थोड़े सीता बन सकता है! एक लड़की तो चाहिए न! तेरे न खेलने से हम कैसे खेलेंगे?'

कुसुम ने कहा कि वो एक ही शर्त पर खेलेगी, 'अगर तू राम बनेगा, तो ही मैं सीता बनूंगी। दूसरा कोई बना तो नहीं खेलूंगी।'

जीवन ने उसे समझाने की कोशिश की, 'अरे राम तो बड़ा भाई है, और लक्ष्मण छोटा। फटिक मुझसे दो साल बड़ा है कि नहीं? अगर मैं राम बनूंगा, तो वो क्या बनेगा?'

फटिक का पक्ष लेने के पीछे जीवन का एक ही मक़सद था, उसी के पास तीर-कमान और हनुमान की गदा भी थी। अगर फटिक नाराज़ होकर शस्त्र न दे, तो तीर-कमान के बिना वह राम कैसे बनता?

लेकिन कुसुम किसी तरह राज़ी नहीं हुई, 'मैं उसकी बीवी नहीं बनूंगी।'

'तो किसकी बनेगी?'

'तेरी।'

जीवन ने उसे फिर डांटा, 'अरी मूरख, असली बीवी थोड़े ही बनेगी। ये तो बस खेल है।'

'नहीं बनूंगी, नहीं बनूंगी, नहीं बनूंगी। जा, मैंने तीन बार क़सम ले ली।'

बस इसके आगे कोई और बात नहीं हो सकती थी। तीन बार क़सम खाने के बाद जिसने क़सम तोड़ी, उसे अनंत काल तक नरक में वास करना पड़ता। प्रण न तोड़ने की वजह से ही तो रामायण में इतना कुछ हुआ था। जानबूझ कर कुसुम का प्रण तुड़वा कर जीवन उसे नरक नहीं भेज सकता था।

तभी फटिक ने कहा, 'ठीक है जीवन, तू राम बन जा। ये ले राम का धनुष।'

'और तू क्या बनेगा?'

'मैं वीर हनुमान बनूंगा।'

'हनुमान बनने के लिए पूंछ की ज़रूरत नहीं होगी क्या?'

'मैंने मां की साड़ी फाड़कर बना ली थी। ये देख!'

अंत में लगभग शाम के समय, वे वनवास की यात्रा पर निकल पड़े—सबसे आगे थे, पीछे से फटी पैंट पहने, महान धनुर्धर राम, बीच में जुओं से भरा सिर लिए थी, जनक पुत्री सीता और पीछे फटे गमछे का फेंटा कसे, पवन पुत्र वीर हनुमान। मिलिटरी कुएं के बगल वाले रास्ते से होते हुए, वे उस सड़क पर पहुंचे, जहां स्कूल हुआ करता था। उसके बाद सीधा उत्तर की ओर चलते हुए वो रनवे तक पहुंच गए।

वहां पहुंचकर उन्हें एक सिर वाला रावण, धीरेन, मिल गया। धीरेन कैंप का सबसे बदमाश लड़का था। बिना कारण किसी को भी मारा करता था। उसके पास कुछ बकरियां थीं। वह इस जंगल में जेब में चाकू लिए बकरियां चराने आता था। उसका बाप, रमेश डाकुआ, विष्णुपुर में बीड़ी बांधने का काम करता था। बीड़ी बांधने के लिए नुकीले चाकू की ज़रूरत होती थी, इसलिए उनके घर में कई चाकू थे। उसी में से एक, धीरेन अपनी जेब में हर वक़्त रखता था और बीच-बीच में सबको डराया करता था। 'पेट में घुसा दूंगा...' अगर पेट चीर देगा, तो कुछ खाया कैसे जाएगा? इस बात से सब बच्चे डरा करते थे।

अब धीरेन, राम और सीता के वनवास के रास्ते को रोककर खड़ा हो गया, 'ऐ, तुम लोग कहां जा रहे हो? और ये क्या? अरे वाह! तीर-कमान लेकर राम बना है। अपनी टट्टी तो साफ़ नहीं कर पाता है, तू राम बनेगा!' धीरेन ने हंसते हुए राम के सिर का मुकुट खींच कर फाड़ दिया। उसने पाट की कंचियों से बने सारे ख़तरनाक शस्त्र तोड़ दिए। जिसमें से किसी का नाम अग्निबाण, तो किसी का वरुणबाण था। धनुष नहीं तोड़ पाया, तो उसने उसकी तार को चाकू से काट दिया। उसने वीर हनुमान की पूंछ को भी फाड़ दिया।

अपमान! भीषण अपमान! इससे ज़्यादा तो रावण द्वारा सीता हरण सहनीय था। युद्ध करके उसे बचाया जा सकता था। अब नि:शस्त्र राम रोने के अलावा और क्या कर सकता था! वह ज़ोर से रोने लगा, 'रुक जा शैतान, तेरे बाप को आने दे। जाकर न बताया तो देखना!'

'क्या कहेगा रे?' राम के कान पर धीरेन ने घूंसा जड़ दिया। 'जा, जो कहना है कह दे। मैं नहीं डरता।'

मार खाकर दोनों महान वीर योद्धा घर वापस आकर गुमसुम बैठ गए। वो समझ ही नहीं पा रहे थे कि किस तरह इसका बदला लें। बिना दोष के इतना अपमान, वो भी कुसुम के सामने! इसका निवारण किए बिना उनका राम और हनुमान होना व्यर्थ था। लेकिन धीरेन डाकुआ तो उम्र में बहुत बड़ा था। शरीर भी अच्छा बलवान था। उसके ऊपर से अपने पास चाकू रखता था। ऐसे दुश्मन के साथ ख़ाली हाथ कैसे लड़ा जा सकता था?

उस दिन के बाद से दोनों दोस्त लगभग हर दिन मिलकर यही सोचा करते थे कि कैसे, जिस भी तरह हो, बदला तो लेना ही है। जीवन ने कहा, 'एक काम कर सकते हैं, संथालियों की बस्ती से मंगला को बुलाकर धीरेन को मारा जा सकता है। उसके पास गुलेल और गुल्ली है। जिस तरह राम ने दूर से बाली को तीर मारकर मार दिया था, मंगला धीरेन को गुल्ली मारकर गिरा सकता है।'

'मंगला हमारे लिए आएगा?'

'अगर सुनेगा कि मुझे मारा है, तो उसकी खोपड़ी घूम जाएगी। रामायण में भी कहा है न—कैसे भी हो, दुश्मन को मारना है। तो फिर मंगला को अपने दल में लेकर धीरेन को मारने में क्या दोष है? उसने मारा या हमने मारा एक ही बात है।'

अंत में यही तय हुआ कि मंगला को बुलाया जाएगा। रनवे के पास मंगला गुलेल लेकर इंतज़ार करेगा। धीरेन को देखते ही गुल्ली चलाकर वह जंगल में घुस जाएगा। धीरेन कैसे घायल हुआ, यह किसी को पता नहीं चलेगा। यह बहुत कुछ बादलों की आड़ से मेघनाद की तरह युद्ध करने जैसा होगा। धारदार चाकू के ख़िलाफ़ युद्ध करने की यही रणनीति ठीक होगी।

जीवन उसी दिन शाम मंगला की बस्ती में पहुंच गया। कैंप की सड़क के बाईं ओर श्मशान और दाहिनी ओर खुले मैदान की सीध में संथाली बस्ती थी, जिसका पहला ही घर मंगला का था। मंगला के भाई-बहन नहीं थे, बस एक दीदी थी, जिसका ब्याह हो चुका था। जीवन ने कभी मंगला के पिता को नहीं

देखा था, वो शायद कहीं पत्थर तोड़ने का काम करते थे। वैसे उसने मंगला की मां को देखा था। वह उसे बहुत प्यार करती थीं। एक दिन भूख से जीवन का उतरा चेहरा देखकर, उन्होंने खेत से दो भुट्टे लाकर उन्हें भूनकर उसे खिलाया था।

जीवन को देखकर मंगला की मां ने कहा, 'मंगला घर पर नहीं है। कहां गया है, कुछ बताकर भी नहीं गया। देर से आएगा। आ, बैठ जा।'

मंगला से बिना मिले, अपने चरम अपमान की बात उसे बताए बिना जीवन नहीं लौट सकता था। वह वहीं बैठ गया। अंधेरा बढ़ने लगा, लेकिन मंगला नहीं लौटा। आख़िर में जीवन ने कहा, 'अब चलता हूं, कल आऊंगा।'

संथाली बस्ती से निकलकर सड़क पर आते ही जीवन समझ गया कि उसे कुछ ज़्यादा ही देर हो गई है। वहां से कैंप क़रीब तीन मील दूर था। बीच में श्मशान पड़ता था। लोग अब पहले से ज़्यादा मर रहे थे, पर श्मशान में चिताएं नहीं जलती थीं। लकड़ियों का अकाल था। लोग अब पोखर के आस-पास की मिट्टी को खोदकर शव दबाकर चले जाते थे। कैंप में इतने लोग मर रहे थे कि अब लोगों की मौत किसी को विचलित नहीं करती थी। मृत्यु अब वेदना का विषय नहीं रह गई थी। ये रोज़ की घटना हो गई थी। जब जन्म हुआ है, तो मृत्यु भी एक दिन आएगी। यही समझना होगा कि जो मरा है, उसकी आयु विधाता ने उसी समय तक लिखी थी। अगर कोई बड़े श्मशान में जाकर देखे तो मृत शरीर जल रहा होता है, नाते-रिश्तेदार क्रियाकर्म निबटाते हुए रो रहे हैं। पर जो श्मशान में ही रहते हैं, वो हंसते रहते हैं, गप्पें मारते रहते हैं, ताश खेलते रहते हैं, गांजा पीते रहते हैं। महिलाएं खाना पका रही होती हैं। छोटे-छोटे बच्चे छुप्पम-छुपाई खेल रहे होते हैं। मृतदेह उनके रोज़मर्रा के जीवन में कोई बाधा नहीं डालती है। कैंप की भी हालत अब ऐसी ही थी। मरे हुए इंसान के सामने खड़े होकर विलाप करने का कोई अवकाश नहीं। लाश को झटपट मिट्टी में दबाकर, क्रियाकर्म समाप्त कर, लोग ख़ुद को ज़िंदा रखने की फ़िराक़ में तुरंत ही निकल जाते।

जीवन के संथाली बस्ती में जाने के कुछ ही देर के बाद एक लाश श्मशान में आई। वो शव गरीब दास की खुड़िमां, गगन की मां का था। वह काफ़ी दिनों से बीमार चल रही थी। ऐसी हालत में भी वह अपनी कर्कश आवाज़ में अपने भाग्य और निर्दयी सरकार को गाली और अभिशाप देती रहती

थी। आज से सब शांत हो गया था। गरीब दास, गगन और सुबल फटी दरी में उसके शव को लपेट कर वहां दफ़ना कर जा चुके थे।

संथाली बस्ती से श्मशान तक पहुंचने में अंधेरा बहुत बढ़ गया था। वैसे भी कृष्णपक्ष था और ऊपर से आसमान में बादल छाए हुए थे। रास्ते के एक ओर सांय-सांय करता ऊबड़-खाबड़, छोटे-छोटे टीलों से भरा मैदान था, दूसरी ओर कुछ खेत थे, जो पानी मिल जाने पर फसल देते थे और उसके पीछे सालवन का रिज़र्व फ़ॉरेस्ट था। रास्ते में कहीं कोई इंसान नहीं था। चारों ओर बस झींगुरों की आवाज़ ही आ रही थी। एक जंगली बिल्ली, एक खरगोश को मुंह में दबाए सड़क पार कर भाग गई। जीवन घबरा गया, और तभी उसने मन ही मन पुकारा, 'दादा मधुसूदन!' उसने ऐसा क्यों किया, उसे नहीं पता, पर शायद वह अपने विश्वास को खोना नहीं चाहता था, जिस विश्वास के बल पर वह उस अंधेरे रास्ते को पार कर पाता।

जीवन की मां बिमला, वैसे ज़्यादा बात नहीं करती थी, लेकिन जब *'डोल'* चालू था, थाली में भात पड़ता था, तब वह जीवन को कभी-कभार गोद में बैठाकर कहानियां सुनाती थी। उसने ये सारी कहानियां किस से सुनी थीं, ये जीवन को नहीं पता था। एक दिन बिमला ने उसे एक दुखी मां और उसके दुखी बेटे की कहानी सुनाई।

एक गांव में एक मां और उसका बेटा रहते थे। उनका और कोई अपना नहीं था। वे बहुत गरीब थे, उनका जीवन भीख मांगकर चलता था। जब बेटा थोड़ा बड़ा हुआ, तो मां ने उसे पढ़ने पाठशाला भेजा। जिस समय की यह बात है, उस समय मास्टर छात्रों को इतना पीटते थे कि सब बहुत डरे-सहमे रहते थे। पास ही एक घना जंगल था, जिसमें जंगली जानवर थे। हालांकि वे इंसानों को नुकसान नहीं पहुंचाते थे, फिर भी बच्चे थे, इसलिए डरते थे। तब मां ने बेटे के मन में साहस पैदा करने के लिए ऐसे ही झूठ-मूठ कहा, 'बेटा, कभी मत डरना! उस जंगल में तुम्हारा एक बड़ा भाई रहता है। अगर तुम किसी मुसीबत में फंस जाओ, तो उसे पुकारना। देखना वह तुम्हें मुसीबत से बचा लेगा। याद रखना तुम्हारे बड़े भाई का नाम श्री मधुसूदन है।'

तब से जब भी वो लड़का जंगल के रास्ते जाता, संकट पड़ने पर आवाज़ लगाता, 'कहां हैं दादा मधुसूदन। मुझे बहुत डर लग रहा है, मुझे बचा लीजिए दादा!'

जैसे दस्यु रत्नाकर नहीं जानता था कि 'मरा, मरा' कहना राम को पुकारना है, वैसे ही उस बच्चे को नहीं पता था कि मधुसूदन असल में वैकुंठ बिहारी श्री हरि का दूसरा नाम था। एक दिन बच्चे की कातर पुकार से भगवान अपने आसन पर स्थिर न रह सके। वे धरणी की धूल में उतर आए और एक बालक के वेष में, उस बच्चे के सामने प्रकट हो गए। वे बोले, 'क्यों रे भाई, क्यों पुकार रहा था, मुझे? ले मैं आ गया। चल तुझे जंगल पार करा देता हूं।'

इसके बाद से भगवान का रोज़ाना का काम था, उस बच्चे को जंगल पार कराना। यह कहानी दरअसल बहुत लंबी थी। इस कहानी को बिमला ने गहरे विश्वास के साथ अपने बेटे को इसलिए सुनाया, जिससे जीवन की भगवान के प्रति आस्था बनी रहे। भगवान गरीब, दुखी, परेशान मनुष्यों के कितने बड़े मित्र हैं, उद्धारकर्ता हैं, उसे याद रखकर भगवान के प्रति उसमें भक्ति और श्रद्धा रहे।

जीवन अपनी मां को प्यार करता था। उस पर विश्वास करता था। बिमला ने अभी तक जीवन को घात-प्रतिघात, सत्य-मिथ्या, असली-नकली, वास्तव-अवास्तव, मुक्ति और भक्ति में अंतर नहीं समझाया था। जीवन अभी भी भूत की कहानी सुनकर डर जाता, राक्षस की कहानी सुन कांप उठता, जादू की लकड़ी छुआने से सोती हुई राजकुमारी के जागने की कहानियों पर विश्वास करने की उम्र में था। 'मेरी मां कभी झूठ नहीं बोलती'—वह इस सनातन मातृभक्ति पर टिका हुआ था। तभी वह अभी इस अंधेरे रास्ते में, हर पल संकट की आशंका से भगवान को पुकार रहा था, 'दादा मधुसूदन!'

अकेली बिमला ही नहीं, गरीब दास भी ऐसी बहुत सी कहानियां जानता था। दोनों की भगवान के प्रति अंधविश्वास और अचल आस्था थी। गरीब दास भी समय-समय पर जीवन को भगवान की तरह-तरह की कहानियां सुनाया करता था। उसने बताया था, 'जब-जब भगवान धरती पर आते हैं, वह मनुष्य का रूप धारण करके आते हैं। इसलिए मनुष्य उन्हें पहचान नहीं पाता है।'

जंगल के बीच से निकल कर, श्मशान के पोखर के पास से गुज़रकर, जो निर्भीकता से चलते हुए जीवन के सामने आकर खड़ा हो गया, वो कौन था?

हो सकता है ये बिमला का मधुसूदन हो, या गरीब दास का नारायण, एक नए अवतार में। यह भी हो सकता है कि वो बस एक इंसान था। वह जो भी हो, उसे देखकर जीवन को कुछ साहस मिला। अंधेरे में उसका चेहरा साफ़ नहीं दिख रहा था, लेकिन अनुमान से समझ में आया कि वह उसी की उम्र का लड़का था। इतने से बच्चे में इतना साहस कहां से आया कि जंगल, श्मशान, अंधेरा पार करता हुआ चला आ रहा था!

जीवन के कुछ पूछने से पहले उसने पूछा, '*तुई के रे?* कौन है रे तू?' जीवन ने एक सांस में अपना नाम, अपने बाप का नाम, कहां गया था, सबकुछ बता दिया। बस यह नहीं बताया कि क्यों गया था।

वहां सड़क पर सीमेंट की एक छोटी पुलिया थी। आषाढ़-श्रावन के महीनों में बारिश का पानी जमकर सड़क ख़राब न कर दे, इसी से बचने के लिए, यह एक सरकारी प्रयास था। वो लड़का उस पुलिया पर जाकर बैठ गया। उसके हाव-भाव देखकर लग रहा था कि वह वहां से जल्दी उठने वाला नहीं था। उसको देखकर जीवन के मन में आशा जगी, कम से कम एक साथी मिल गया था। सामने अभी भी एक मील जंगल के किनारे-किनारे वाला रास्ता था। अंधेरा भी बहुत घना हो चुका था। मुमकिन था कि अभी सात ही बजे हों, लेकिन लग रहा था जैसे देर रात हो चुकी थी। जीवन की उम्मीद का दीया बुझने को था, वह समझ नहीं पा रहा था कि वह आगे बढ़ जाए या वहीं रुका रहे।

निराश गले से उसने दूसरे लड़के से पूछा, 'जाओगे नहीं?'

'कहां?' लड़के ने पलट कर पूछा।

'कैंप में।'

'क्यों, कैंप क्यों जाऊंगा?'

'तुम कहां रहते हो? कैंप में नहीं रहते क्या?'

अपना शरीर पीछे की ओर झुकाते हुए उसने मस्ती से कहा, 'अगर मैं कैंप में रहता होता, तो कभी मुझे देखते नहीं क्या? देखा है कभी मुझे?'

अंधेरे में जीवन को उसका चेहरा नहीं दिखाई दे रहा था। 'मुझे क्या पता?'

पीठ से पुलिया की दीवार पर धक्का देते हुए लड़के ने कहा, 'मैं कैंप में नहीं रहता। बहुत पहले रहा करता था। अब नहीं रहता।'

'तुम्हारे मां-बाप कहां रहते हैं?'

'कैंप में।'

'तुम उनके साथ नहीं रहते?'

'न।'

'क्यों? बाप पीटता है?'

'न। पहले ख़ूब मारता था। अब नहीं मारता।'

'तो घर क्यों नहीं जाते?'

'नहीं जाता। मेरी मर्ज़ी।'

'तो फिर तुम कहां रहते हो?'

'दिन में जंगल में और रात को इस पुलिया पर, और बारिश हो तो पुलिया के नीचे।'

'तुम्हें डर नहीं लगता?'

'डर? किसका?'

'श्मशान में जो रहते हैं, अगर वो आकर तुम्हें पकड़ लें?'

'ओह, तू भूत की बात कर रहा है! अरे भूत तो इंसानों को पकड़ते हैं। मुझे क्यों पकड़ेंगे! तुझे भी नहीं पकड़ेंगे, तेरे पास मैं जो हूं न!'

जीवन को अपना शरीर भारी-सा महसूस होने लगा। वह डरपोक नहीं था फिर भी उसके शरीर में सिहरन होने लगी। भूत इंसान को पकड़ते हैं, पर इस लड़के को नहीं पकड़ेंगे—तो वह कौन था?'

अजनबी थोड़ी देर चुप रहने के बाद बोला, 'एक बार मुझे पेचिश लग गई थी।'

'मुझे भी ऐसा हुआ था। मां कहती है मैं मरते-मरते बचा।'

'तू बच गया, लेकिन मैं—डरना मत—मैं मर गया। मरकर भूत बन गया हूं। भूत को तो भूत नहीं पकड़ते हैं न!'

जीवन को समझने में देर नहीं लगी कि मनगढ़ंत झूठी बातें कहकर दरअसल लड़का उसे डराना चाह रहा था। नहीं, डरने से नहीं चलेगा! कम से कम मन का डर चेहरे पर न आए। नहीं तो वह लड़का और डराने की कोशिश करेगा।

जीवन ने कहा, 'मैं नहीं मानता।'

'क्या?'

'कि तुम भूत हो।'

'किसकी क़सम खाने को कहता है बोल! उसी की क़सम खाकर कहूंगा।'

'राम की क़सम खा!'

वह लड़का अंधेरे में दांत निपोर कर हंसने लगा, 'तू बहुत चालाक है। जानता है भूत राम का नाम सुनकर भाग जाते हैं, इसलिए तूने राम की क़सम खाने को कही। और कुछ बोल, काली, महादेव—जिसका भी कहेगा!'

जीवन को समझ नहीं आ रहा था कि वो और किसकी क़सम खाने को कहे कि तभी वह लड़का फिर बोला, 'जानता है भूत सांप, मेंढक जो मिलता है सब खाते हैं। मैं भी सब खाता हूं।'

जीवन ने कहा, 'सांप और मेंढक तो मैंने भी मंगला के साथ खाया है।'

'कौवे का अंडा खाया है? मैंने खाया है। उसी से तो पकड़ा गया। जिन्होंने मुझे अंडा खाते देखा, कहना शुरू कर दिया कि यह तो कोई भूत है। बस तब से जहां इंसान रहते हैं, मैं वहां नहीं जाता। जब भूत हूं, तो भूतों के इलाक़े में रहना ठीक है।'

जीवन ने कहा, 'मेरी भी शक्ल देखकर लोग कहते हैं कि मैं दिखने में भूत के जैसा हूं।'

ऐसा लगा मानो वो लड़का जीवन से नाराज़ हो गया, 'तू क्या कभी नहीं मानेगा कि मैं भूत हूं?'

गहरे विश्वास के साथ जीवन ने कहा, 'तुम अगर सच में भूत होते तो मैं मान लेता। तुम सिर्फ़ मुझे डराने के लिए यह सब कह रहे हो। लेकिन मैं नहीं डरूंगा। मेरे पिताजी ने कहा है आहार, निद्रा, भय जितना बढ़ाओ उतना बढ़ता है।'

थोड़ी देर गुम बैठे रहने के बाद लड़के ने कहा, 'मैं तुझे डराना नहीं चाहता। जब मैं बीमार हुआ था, सब कह रहे थे मैं ठीक हो गया हूं। लेकिन मैं उस वक़्त सोच रहा था कि मैं मर गया हूं। मरकर भूत बन गया हूं। पहले मुझे बहुत डर लगा करता था। लेकिन अकेले, अंधेरे में भूत तो मर नहीं सकता है। लोगों के अंदर मरने का सबसे ज़्यादा डर होता है। अगर वो डर न रहे, तो फिर किसका डर! जो मरने से नहीं डरता उससे इंसान क्या, बाघ भी डरते हैं! मन में सोचा आदमी मरने के बाद भूत बनता है, मैं पहले ही बन जाता हूं! एक बार भूत बनने से देख कितना फ़ायदा है। भूख नहीं लगती। अगर लगे तो जो मर्ज़ी वो खा लो। जहां-तहां सो जाओ। तू मेरे जैसा भूत बनेगा? अगर बनेगा तो हम दोस्त बन सकते हैं।'

'कितने साल का है, तू?'

'क्यों रे, उम्र जान कर क्या करेगा?'

'इतनी बड़ी-बड़ी बातें कर रहे हो, स्कूल के लंगड़े मास्टर की तरह। कहां से सीखा यह सब?'

'तू सीखेगा?'

'बता न किसने सिखाया है?'

'किसी ने नहीं। सब अपने आप सीखा है।'

थोड़ी देर रुककर सोचने के बाद उसने फिर कहा, 'उम्र बढ़ने से ही सबकुछ नहीं जाना जाता है। ऐसा होता तो एक उम्र के सभी लोग एक ही तरह सोचते और बातें करते। जो जिस तरह देखता है, सोचता है, समझता है, उसी तरह बोलता है। तू कैंप में जाकर जिस किसी से पूछेगा, वह कहेगा श्मशान में भूत रहते हैं। मुझसे पूछेगा तो मैं कहूंगा, सब फ़ालतू बातें हैं। इतने दिनों से इस पुलिया के ऊपर-नीचे रहता हूं, भूत होते तो मुझे नहीं दिखते! भूत देखने के लिए ही तो यहां रहना शुरू किया था। अब तो ख़ुद ही भूत बन गया हूं!'

जीवन ने कहा, 'अगर तुम्हें यहीं रहना है तो रहो, मैं चलता हूं। रात बहुत हो गई है, मां चिंता कर रही होगी।'

उसने कहा, 'चल, मैं तुझे आगे तक छोड़ आता हूं।' चलते-चलते लड़का बोल रहा था, 'मैंने तुझसे पूछा था न कि भूत बनेगा? असल में तो भूत-वूत कुछ नहीं है, भूत के जैसा बनेगा? अगर बनेगा तो बता, फिर हम दोनों दोस्त बन सकते हैं। मैं तेरे साथ रहूंगा और तू मेरे साथ। वैसे भी लगता

है कि तू अकेला है; और मैं भी। पर एक और एक मिलकर हम ग्यारह बन जाएंगे। स्कूल में बच्चे पढ़ते हैं न, एक-एक ग्यारह। हम दोनों मिलकर ग्यारह बन जाएंगे तो कितना फ़ायदा होगा!'

जीवन ने कहा, 'हां बनूंगा।'

'बनेगा?'

'हां। भूत बनकर सबसे पहले धीरेन को मारूंगा। वह सबको मारता है, मैं उसे मारूंगा। मार सकूंगा क्या?'

लड़के ने खीसें निपोर कर हंसते हुए कहा, 'मुझे एक मंत्र पता है, तुझे सिखा दूंगा। उस मंत्र को पढ़ कर, तू जो करेगा, उसी में जीतेगा। कल आना तब सिखाऊंगा। आएगा न?'

'आऊंगा।'

'आते समय थोड़ा नमक, मिर्च और एक मिट्टी का बड़ा सकोरा लेकर आना। जंगल में कुकुरमुत्ते का छत्ता देखा है। उन्हें उबालकर दोनों मज़े से खाएंगे।'

'सुना है कुकुरमुत्ता खाकर वासुदेवपुर के कुछ लोग मर गए थे...'

'हम नहीं मरेंगे, हम भूत हैं न!'

वो दोनों बातें करते हुए कैंप के पास तक आ गए। दूर से देखने पर क़तार में गड़े तंबू क़ब्रों की तरह दिख रहे थे। किसी भी तंबू में रोशनी नहीं थी। रोशनी जलाने के लिए मिट्टी के तेल की ज़रूरत पड़ती है। वो कहां से मिलता! लगता था जैसे कहीं कोई प्राण नहीं, सब मरे हुए हैं। तंबुओं के आगे कंकालकाय कुछ प्रेतात्माएं घूम रही थीं। जिनमें से एक गरीब दास था। बेटा अभी तक नहीं लौटा था। उसका मन विचलित था। जीवन ने उस लड़के की ओर देख कर कहा, 'बाबा खड़े हैं। मैं कल आऊंगा, तुम वहां रहना। पर अपना नाम तो बताओ, तुम्हें किस नाम से बुलाऊं?'

लड़के ने कहा, 'तेरा जो नाम है न, मेरा नाम ठीक उसका उल्टा है—मरण। मेरा नाम मरण है।'

13

खोला की ओर

जीवन ने कैंप में बहुत से लड़कों को देखा था, उनके साथ मिला था, खेला था और उनकी बातें सुनी थीं। लेकिन आज जिस लड़के से उसकी पहचान हुई, मरण, वो सबसे अलग था। बिल्कुल ही अलग गोत्र और जाति का। वह वासुदेवपुर कैंप के सुधीर हाल्दार जैसा था। जीवन बार-बार अपने पिता के मुंह से सुधीर हाल्दार का नाम सुनता रहता था।

सुधीर हाल्दार अद्‌भुत इंसान थे। लोग उन्हें नास्तिक कहते थे। नास्तिक शब्द का अर्थ जीवन को कैसे पता होता, वो तो अभी बच्चा था। चारों ओर चल रहे घटनाक्रम, लोकगाथाएं, किंवदंतियां, इतिहास यहां तक कि धर्मग्रंथों में भी इस शब्द की अपनी एक व्याख्या है, विश्लेषण है। कोई उनकी बात माने न माने, समझे न समझे पर सुधीर हाल्दार अपनी बात कहते रहते थे। नम:शूद्रों में जो कथा प्रचलित व प्रिय थी, जिस कथा को कहकर वे लोग आनंद पाते थे, उस कहानी पर सुधीर हाल्दार को बिल्कुल विश्वास नहीं था। उनका कहना था, 'नम:शूद्र हमेशा अपनी जाति की पहचान के कारण हीन भावना से ग्रसित रहे हैं। क्या उस हीन भावना को ढंकने के लिए ही यह कहानी बनाई गई थी कि हम नमस मुनि के वंशज हैं? हमारी देह में भी शुद्ध ब्राह्मण का रक्त है।' वे नहीं मानते थे कि ब्रह्मा के मुख से ब्राह्मण, छाती से क्षत्रिय, पेट से वैश्य और पैरों से शूद्रों की उत्पत्ति हुई है। उनका कहना था कि शूद्रों को हमेशा के लिए पैरों के नीचे कुचलकर रखने के लिए ब्राह्मणों द्वारा यह कहानी बनाई गई थी।

तो फिर सच क्या था?

पता नहीं सुधीर हाल्दार ने यह कहानी कहां से सुनी थी। वह लोगों को यही कहानी सुनाते थे। इस देश में पहले ब्राह्मण, कायस्थ, ऊंची-नीची जाति—यह सब नहीं था। सब एक थे यानी—अनार्य। अनार्य, मतलब जो आर्य नहीं थे। वे कौन थे? जितने आदिवासी, संथाल देखते हो—यह वही लोग हैं। आज से चार-पांच हज़ार साल पहले गोरे रंग के लोगों का एक समूह, न जाने बाहर के किस देश से आया था। इस देश के लोगों का रंग काला था, स्वभाव सरल, शांत और जीवन सीधा-सादा था। जंगलों में शिकार करते, जंगली फलमूल इकट्ठा करते, नाचते-गाते-हंसते रहते थे। लेकिन बाहर से जो साफ़ चमड़ी के लोग आए, वे स्वभाव से क्रूर, हिंसक और आक्रामक थे। वे इस देश के लोगों से दो विषयों में आगे थे। एक, वे घुड़सवारी करना जानते थे और दूसरा, दूर से वार करने वाले अस्त्र, तीर-कमान के व्यवहार में अत्यंत कुशल थे। सो, किसी भी लड़ाई में वे अनार्यों को आसानी से हरा देते थे। घोड़ों के रथ पर चढ़कर तूफ़ान के वेग से आक्रमण करना, विपद के समय तेज़ी से पलटना और भाग जाना वगैरह। युद्ध में ये सारे कौशल उनके लिए बहुत सहायक सिद्ध हुए। हालांकि, बाद में अनार्यों ने भी ये कौशल सीख लिए। कुछ तो आर्यों से भी ज़्यादा दक्ष हो गए, लेकिन वो स्थिति बहुत बाद में आई। उससे पहले अनार्यों के पास पत्थर के भारी-भारी अस्त्र होते थे, जिनसे शत्रुओं को दूर से कोई नुकसान नहीं पहुंचाया जा सकता था। परिणामस्वरूप, देश के सारे अच्छे प्रांत आर्यों के क़ब्ज़े में चले गए। युद्ध में हारे अनार्य पहाड़ों, दुर्गम जंगलों में भाग गए। ऐसा नहीं कि युद्ध हर वक़्त चलता रहता था। कभी युद्ध, तो कभी संधि भी हो जाती थी। आर्य बड़े धूर्त थे, कुछ दिन युद्ध करने के बाद कुछ दिनों तक विश्राम करते थे। उसके बाद फिर आक्रमण करते थे। वैसे हर बार युद्ध में वे अनार्यों को हराकर उनके इलाक़े पर क़ब्ज़ा नहीं कर पाते थे। जिन्हें वे हरा नहीं पाते थे, वो युद्ध कौशल में इतने निपुण थे कि वे आर्यों के प्रधान डेरे, स्वर्ग, को भी कभी-कभी अपने क़ब्ज़े में ले लेते थे। इन सब अनार्य वीर योद्धाओं का नाम आर्यों ने "दानव" रखा था। और आर्यों में जो बड़े योद्धा थे और ज़्यादा बुद्धिमान थे, उनका नाम उन्होंने "देवता" रखा। जो पराजित अनार्य योद्धा जंगलों में रहते थे, और बीच-बीच में जंगल से निकल कर आर्यों पर हमला कर फिर जंगलों में भाग जाया करते थे, उनका नाम "दस्यु" रखा

था। और जो आर्यों के दासत्व को स्वीकार कर उनके अधीन हो गए, उनका नाम था "दास"। जिसका एक और नाम है—शूद्र।

'दासता एक ऐसी चीज़ है, जो मनुष्य को दुर्बल, हीन और दूसरों पर आश्रित बना देती है। ऐसे लोगों के साथ जिसका जैसा मन करे वैसा कर सकता है। आर्यों ने शूद्रों के साथ यही किया, किसी को नीच, किसी को अछूत, किसी को नीची जाति का और जिनसे संतुष्ट थे, उन्हें थोड़ा ऊंचा दर्जा दिया, जैसे: कायस्थ, नाई आदि। ऐसा कर उन्होंने शूद्रों के हज़ारों विभाजन कर दिए। इस विभाजन को मान कर शूद्र आपस में अपने आपको एक से बढ़कर एक समझने लगे। धोबी, डोम, किसान, जुलाहा, भुईमाली, पोदे, तियर, जालिया, मल्ल, बागदी, दुलिया, मेहतर, शिकारी, बारुई—हज़ारों भागों में बंटे ये लोग कभी खुले दिल से आपस में नहीं मिलते थे। उनके लड़के-लड़कियों का आपस में ब्याह नहीं होता था। एक-दूसरे के सामाजिक अनुष्ठानों में नहीं जाते थे। उनमें एकता न होने के कारण पंद्रह प्रतिशत ऊंची जाति के लोग बाक़ी के इन पिच्यासी प्रतिशत लोगों पर चाबुक चला रहे थे। और चलाते रहेंगे। अगर तुम लोग सोचते हो कि हरिबोल, हरिचंद और गुरुचंद की माला जपने से तुम लोगों का जीवन सुंदर, सम्मानजनक हो जाएगा, तो पूरी कोशिश करते रहो। सौ साल से यही कर रहे हो, डंका बजा रहे हो, बिगुल बजा रहे हो। कुछ दिन और बजाते रहो! मैं तुम लोगों के दल में नहीं हूं। चाहे मुझे नास्तिक कहो, या कुछ और!'

पूर्वी बंगाल में शूद्रों का एक बड़ा अंश नम:शूद्र था, जो मानते थे कि उनका नाम 'चंडाल' से नम:शूद्र में बदलकर हरिचंद के पुत्र गुरुचंद ठाकुर ने बहुत बड़ा काम किया है। लेकिन सुधीर हाल्दार यह नहीं मानते थे। उनका कहना था, अगर हिंदुओं ने अपना रुख़ थोड़ा नरम नहीं किया होता, तो सारे नम:शूद्र कब के ईसाई बन चुके होते।

ऑस्ट्रेलिया के पादरी, मीड साहब, कई सालों तक उनके बीच रह कर उन्हें समझा रहे थे कि ईसाई बनने से वे लोग सम्मान एवं दूसरे अवसर और सुविधाएं पाएंगे। हिंदू नेता समझ गए थे कि इस तरह नम:शूद्रों को और पकड़कर रखना संभव नहीं होगा, इसलिए उन्हें नम:शूद्र की मीठी चुसनी पकड़ाकर भुलाए रखा। इससे नम:शूद्रों का कुछ हो न हो, हिंदू धर्म का बहुत कुछ हुआ। वैसे भी दोनों बंगाल की आबादी में मुसलमान बहुसंख्यक थे। इसके बाद, अगर हिंदुओं का एक दल और निकल जाता तो क्या होता?

वे अच्छी तरह से समझ रहे थे। तभी नाम बदलने के विषय को मान लिया गया। लेकिन सुधीर हाल्दार कहते, 'नाम बदलने से क्या होगा, रहोगे तो वही, अछूत!'

चारों कैंपों में अस्सी प्रतिशत लोग नम:शूद्र थे। वे अपने सबसे प्रिय धर्मगुरु हरिचंद के पुत्र गुरुचंद के जीवन के सबसे महान कार्य को मिट्टी में मिलाने वाले को कैसे पसंद कर सकते थे? इसलिए सबके बीच रहते हुए भी सुधीर हाल्दार अकेले थे।

पता नहीं क्यों जीवन को सुधीर हाल्दार बहुत अच्छे लगते थे। एक बच्चे की नज़र और मन से उसने उनकी जो छवि तैयार की थी, वो उसके पिता या आसपास के किसी और से बिल्कुल अलग थी। अब उसे यह लड़का, मरण, उन्हीं का बालरूप लगता था। अभी तो उसने बस दो पैरों पर खड़ा होना ही सीखा था, लेकिन लगता था जैसे वह भविष्य में जो पुराना है, उसका वर्जन कर, किसी नई दिशा की ओर दौड़ने वाला था।

आज जीवन फिर से बेर खाने रनवे पर जाने वाला था। वह अकेला नहीं जाएगा, साथ में फटिक को भी ले जाएगा। और उस दिन के अपमान से आहत सीता, यानी कुसुम को भी ले जाएगा। उसके सामने अपने पौरुष की परीक्षा भी तो देनी होगी। अब और धनुष तोड़ने की ज़रूरत नहीं, सीधा रावण वध होगा।

जीवन ने फटिक को जाकर बुलाया, 'बता फटिक, आज धीरेन को मारें? रावण वध करेगा? उस दिन का बदला लेगा?'

फटिक ने डरते हुए कहा, 'कैसे? धीरेन हमसे कितना बड़ा है। उसके शरीर में कितनी ताक़त है। रोज़ भात खाता है। अपने पास चाकू भी रखता है।'

'ताक़त से क्या होगा! चाकू भी कोई काम नहीं आएगा। कहते हैं न, जिसे बल से नहीं मार सकते, उसे छल से मारो। कल मैंने एक मंत्र सीखा है, जिसके सामने जाकर बोलूंगा, उसमें कुछ करने की शक्ति नहीं बचेगी। बस खड़े होकर मार खाएगा।'

'वो लड़ भी नहीं पाएगा?'

'लड़ तो पाएगा। लेकिन उससे तुझे क्या? जी भर कर मारने का मज़ा लेना ही तो काफ़ी है।'

काफ़ी देर सोचने के बाद फटिक ने कहा, 'लेकिन मैं सामने नहीं जाऊंगा। दूर खड़ा रहूंगा। तू धीरेन के सामने जाकर मंत्र पढ़ना, फिर मैं जाकर मारूंगा। जब तक कहेगा, तब तक पीटूंगा। धीरेन की ही लाठी से उसे पीटूंगा।'

'तो कुसुम को बुला ला।'

कुसुम को बुलाया गया। अब युद्ध की यात्रा शुरू होनी थी। शर्त के मुताबिक़ आगे-आगे जीवन चल रहा था। फटिक का कलेजा उछल रहा था, चलते हुए पैर कांप रहे थे। उसे डर लग रहा था, असली मौक़े पर अगर जीवन मंत्र भूल जाए, तो क्या होगा? ऐसा हुआ तो धीरेन उनका सत्तू बना देगा। जिस तरह मां सिल-बट्टे पर मुरमुरे पीसकर सत्तू बनाती है।

पिछले दिन की तरह, धीरेन उसी जगह अपनी हेकड़ी में बैठा हुआ था। छोटे-छोटे तीनों बच्चों को देखकर दहाड़ मारता डकैतों की सी आवाज़ निकालते हुए बोला, 'ए, कहां जा रहे हो रे तुम लोग?'

फटिक ने फुसफुसाकर जीवन से कहा, 'जल्दी मंत्र पढ़।'

लेकिन फटिक ने क्या देखा? मंत्र और वो साहस कुछ भी नहीं था। मुंह लटकाए जिस तरह घबराया, डरा, त्रस्त चंडाल, ब्राह्मण के पड़ोस में घुसता है, उसी तरह जीवन धीरेन की ओर बढ़ा। वह जितना आगे बढ़ता, उसका साहस उतना कम होता जाता था। बड़े ही विनीत स्वर में उसने कहा, 'ओ धीरेन दा, हम बेर खाने आए हैं। तुम कितने बेर खाओगे? हम पेड़ से तोड़कर तुम्हारे लिए लाएंगे? ये देखो कितना बढ़िया मसाला बना कर लाए हैं!'

चरम शत्रु के साथ परम मित्र-सा व्यवहार देख कर फटिक को मर जाने की इच्छा हुई। छी: छी:! इतनी तक़लीफ़ से मां की नज़र बचा कर लाए मिर्च और इतनी मेहनत से पीसे गए नमक के मसाले की पुड़िया को खोलकर वो उसे मसाले की ख़ुशबू सुंघा रहा था! वो भी उसे, जिसने दो दिन पहले बिना किसी दोष के उसे मारा था। "खाओगे मसाले के साथ बेर?" इससे बुरा और क्या हो सकता था।

धीरेन बहुत ख़ुश हो गया। जैसे किसी विजयी राजा को पराजित राजा ने पारितोषिक दिया हो। उसने मसाले की गंध लेने के लिए अपनी नाक पुड़िया के ऊपर की, लेकिन अचानक चमक उठा। गंध सुंघाने के बहाने जीवन ने वो मसाला उसकी दोनों आंखों में झोंक दिया। उसके बाद जो होना था वही हुआ! धीरेन जलन से चीख़ते हुए बैठ गया और पागलों की तरह आंखें मलने लगा।

और तभी जीवन उस पर झपट पड़ा। थप्पड़ और घूंसे मारते हुए उसने फटिक को आवाज़ लगाई, 'आ, अब साले का रावण वध करें!'

सरकार ने 24 परगना के दक्षिणी क्षेत्र के घुटियारी शरीफ़, बेत बेड़े खोला, दोलताला और रामधारी ब्रिज पर शिरोमणिपुर और वासुदेवपुर के समान कुछ बड़े शरणार्थी शिविरों की स्थापना की थी। दंडकारण्य न जाने के अपराध में इन सब कैंपों में भी हर तरह की सरकारी मदद बंद कर दी गई थी। लेकिन इन कैंपों के लोग गरीब दास के कैंप के लोगों की तरह उतनी भयानक स्थिति में नहीं थे। ये सब जगहें कलकत्ता के पास थीं, इसलिए उन्हें कलकत्ता जाकर तरह-तरह के रोज़गार पाने का अवसर प्राप्त था।

उनमें से एक, खोला कैंप में गरीब दास के तीन और भाई रह रहे थे। उसका एक और भाई भी वहां आया पर उसकी पत्नी का देहांत हो गया और वह संन्यास लेकर पलाशी के महानंद हाल्दार के आश्रम में रहने लगा। सबसे छोटा भाई पूर्वी बंगाल से किसी भी तरह नहीं आया। उसका बस यही कहना था, 'चाहे जो भी कहो आख़िरकार इंडिया विदेश है। विदेश जाकर कौन जाने क्या हो जाए! इससे अच्छा है, अपने देश में ही रहना। अगर दंगा हो जाए, मियां लोग काट दें, तो भी अपने ही देश की मिट्टी में तो मरूंगा। विदेश की मिट्टी में जाकर राजा होने से अच्छा है, अपने देश की मिट्टी में मरना।' यह कहकर वह अपनी जन्मभूमि की मिट्टी को जकड़े वहीं रह गया।

गरीब दास ने अब शिरोमणिपुर कैंप को छोड़, अपने भाइयों के पास, खोला कैंप जाने का मन बना लिया। शिरोमणिपुर में रोज़गार करने का ज़रिया नहीं के बराबर था। दो-एक लोग बीड़ी बांधने का काम सीख कर विष्णुपुर की दुकानों में बीड़ी बांधते थे। एक आदमी रिक्शा चलाता था। कुछ लोग जंगल से लकड़ी काटकर शहर के किसी होटल में बेच आते थे। पर ये सभी कच्चे पेड़ थे। लोग इन्हें भी काट रहे थे। इनमें से कुछ को फ़ॉरेस्ट गाड्र्स ने पकड़ लिया और जुर्माना न दे पाने की वजह से उन्हें सश्रम जेल की सज़ा काटनी पड़ी। गरीब दास ने भी एक-आध बार लकड़ियां बेची थीं, लेकिन वो कच्चे पेड़ काटने की हिम्मत नहीं जुटा पाया। इससे गृहस्थी नहीं चल रही थी, इसलिए वह शिरोमणिपुर छोड़कर चला जाना चाहता था।

देश से यहां आते वक़्त गरीब दास अकेले जीवन को गोद में लेकर आया था। यहां आने के बाद उसकी दो और संतानें हुईं। अब पांच लोगों का परिवार था। कितना भी कम हो, पर रोज़ का कम से कम दो रुपए का ख़र्चा तो था ही, लेकिन दो रुपए कमाना भी बहुत कठिन था।

जिस दिन गरीब दास ने शिरोमणिपुर से जाने की ठानी उससे छह दिन पहले जीवन भाग गया। जीवन को लेकर गरीब दास सबसे ज़्यादा चिंतित था। लड़का बिगड़ रहा था। क्या सब उल्टा-सीधा खाता था, न जाने कहां-कहां घूमता रहता था। किसी ने कहा श्मशान के पास की पुलिया के नीचे जीवन को देखा है। वह श्मशान में क्या कर रहा था? उसे डर नहीं लगता? धीरेन की आंखों में मिर्च झोंककर, उसे पीटने के बाद जो भागा, घर वापस नहीं आया। शायद वह डर रहा था कि गरीब दास उसे मारेगा।

आख़िर में जब कोई और रास्ता नहीं बचा तो गरीब ने संथाली लड़के मंगला से विनती की, 'बेटा, मेरे जीवन को ढूंढ़ कर ला दे। कहना मैं उसे नहीं मारूंगा।' सातवें दिन जीवन घर लौट आया। उसने मंगला से सुना कि उसके पिता उसे क्यों ढूंढ़ रहे थे। तभी मरण से लिपटकर दर्द भरी आवाज़ में उसने कहा था, 'कलकत्ता कहां है, मुझे नहीं पता, लगता है बहुत दूर है। तुम भी मेरे साथ चलो, नहीं तो मैं तुम्हें कभी नहीं देख पाऊंगा।' मरण ने जीवन की पीठ थपथपा कर कहा, 'हमेशा याद रखना, मैं तेरे साथ ही हूं। जब भी मेरी ज़रूरत होगी या नहीं भी, मैं तुझे मिल जाऊंगा।'

अगले दिन गरीब दास बोरिया-बिस्तर बांधकर अपने भाइयों के पास खोला चला गया।

यह बात उस समय की है जब भारत और चीन की सीमा पर संघर्ष समाप्त हुआ ही था। प्रह्लाद चक्रवर्ती की पार्टी में इस बात को लेकर मतभेद जारी था कि इस सबके लिए भारत जिम्मेदार है या चीन। आगे चलकर यही मतभेद पार्टी को दो हिस्सों में बांटने वाला था। एक हिस्से से चुनाव में खड़े हुए प्रह्लाद बाबू एमएलए बन गए थे।

यह वो समय था जब सारा बंगाल अकाल की भयानक आग में जल रहा था। आम लोग चीज़ों की क़ीमतों में वृद्धि को रोकने और खाद्य पदार्थों की आपूर्ति की मांग के लिए आक्रोश से भरे हुए थे। आंदोलनकारियों के

जुलूस पर स्वाधीन देश की स्वाधीन पुलिस द्वारा अंधाधुंध गोलियां चलाई गई थीं। कलकत्ते का राजपथ अस्सी धधकते सीनों के ताज़े ख़ून से धुल गया था। बंगाल के गांवों के हालात और भी बदतर थे। महीनों से लोगों ने भात का मुंह नहीं देखा था। लालची, मुनाफ़ाखोर व्यवसायियों के कौशल से बाज़ार में चावल गोदमों में बंद पड़ा था। भूख से तड़पते हुए, या जंगली रतालू, कंद-मूल खाकर, लोग मर रहे थे।

हालात को संभालने के लिए कुछ-कुछ स्वयंसेवी संस्थाओं ने जगह-जगह लंगर खोले। वो सिर्फ़ एक चमचा खिचड़ी देते, जिसके लिए एक मील लंबी लाइन लग जाती थी। जिनके पास रुपया-पैसा था, वे भी भूखे रहने को बाध्य थे क्योंकि बाज़ार में कहीं चावल नहीं था। जो बिक रहा था, वो था *माइलो*—भुट्टे की किनकी और *'काउन चाल'* नाम के सफ़ेद साबूदाने जैसी कोई चीज़, जिसे पशु भी न खाएं।

यह वो समय था, जब पश्चिम बंगाल के मुख्यमंत्री और उनके एक मित्र ने भूख से बिलबिलाते लोगों को कच्चे केले और बैंगन खाने का परामर्श दिया। उन्होंने बताया कि इन दोनों चीज़ों में कितना प्रोटीन, विटामिन, कैल्शियम और कैलोरी हैं और इन्हें खाने से क्या-क्या फायदे होते हैं। ऐसा करने पर वे उपहास के पात्र बन गए थे।

खोला और दोलताला, के कैंपों में उस समय कुटीर शिल्प का काम चल रहा था। जिसमें होगला पत्तों से चटाई बुनी जाती थी। गड़िया रेल स्टेशन से लेकर बानतला तक हज़ारों बीघे दलदली ज़मीन में होगला का जंगल था। शरणार्थी होगला ख़रीदते और उन्हें काटकर ले आते थे। होगला वन में बहुत सारे ज़हरीले जंतु थे, जिनके काटने से मनुष्य के प्राण चले जाते। उन होगला पत्तों से दो आदमी मिलकर पूरे दिन में दो चटाइयां बुन सकते थे। उस समय इनका मूल्य तीन से चार रुपया था।

अगले दिन फिर एक जोड़ा चटाई बुनने के लिए एक रुपए का होगला और पचास पैसे की सुतली ख़रीदनी पड़ती थी। इन डेढ़ रुपयों को बचाकर रखने के बाद जो बचता था, उससे घर चलाना होता था। गरीब के परिवार में पांच प्राणी थे, किस तरह ढाई रुपए में पांच पेट पलते? चावल के दाम आसमान छू रहे थे। लाल और मोटा चावल ही डेढ़ रुपया सेर था। उसके ऊपर से नमक, मिर्च और जालन।

गरीब दास चटाई बेचकर बाज़ार से आठ आने सेर के हिसाब से दो सेर चावल की किनकियां ख़रीदता था, जिसकी धूल-मिट्टी-कंकड़ साफ़ करने पर आधा सेर निकल जाता था। बाक़ी की बची किनकियों का पतला दलिया बनाकर, वे दोनों वक़्त उसे पीकर गुज़ारा कर रहे थे। उसमें कोई सब्ज़ी या दाल नहीं मिली होती थी। बस नमक और किसी-किसी दिन एक-आध मिर्च डली होती थी। जीवन नाम के किशोर के लिए यह कष्टकर जीवन असहनीय था। सुबह नींद से उठते ही वह मां के साथ चटाई बुनने बैठ जाता था। उसके पिता पिछले दिन बनी चटाइयों को बेचकर खाने का सामान जुगाड़ करने निकल जाते थे। ख़रीदार मिलता तभी न चटाई बिकती? चटाई बेचने के बाद किनकियां लेकर घर आने पर बिमला खाना पकाने का जुगाड़ करती। खाना पकने तक जीवन और गरीब दास मिलकर एक चटाई बुन लेते थे। इसके बाद जीवन नहाने जाता। नहाना मतलब तालाब में बस दो डुबकियां मारना—न तेल, न साबुन। एक आने में एक गोल काला कास्टिक साबुन मिलता था। लेकिन वो ख़रीदने की भी क्षमता नहीं थी उनमें। अगर बालों में मैल जमता तो चिकनी मिट्टी रगड़कर साफ़ कर लेते। नहाने के बाद पतला दलिया पीकर, वो मां या पिता के साथ फिर चटाई बुनने बैठ जाता। शाम ढलने से पहले किसी तरह चटाई पूरी करनी होती थी। क्योंकि रात होते ही अंधेरा हो जाता और तब चटाई नहीं बुनी जा सकती थी। रोशनी कहां थी? रोशनी जलाने के लिए मिट्टी के तेल की ज़रूरत थी। मिट्टी का तेल ख़रीदने के लिए पैसा चाहिए था, लेकिन पैसा कहां था? वे तो चूल्हा जलाने के लिए माचिस भी नहीं ख़रीद पाते थे। किसी पड़ोसी के चूल्हे से आग लाकर जलाते, जो कि पहले ही किसी और के चूल्हे से आग उधार लेकर आया होता था।

बांग्ला शब्दकोष में मनुष्य के अभाव की मात्रा समझाने के लिए बहुत से शब्द हैं—*गोरीब, निर्धोन, दुर्गोतो, कांगाल, हाघोर, सोर्बोहारा*। लेकिन ये सभी शब्द इन मनुष्यों की दरिद्रता को समझाने में अक्षम थे। दारिद्रय तो इनके जीवन में पहले भी था, लेकिन दरिद्रता का वह रूप, गले में फांस जैसा आतंकजनक, प्राणघाती नहीं था। किसी के सीने में अचल पहाड़ की भांति भार नहीं था। जिससे मुक्ति पाने का कोई अवसर नहीं था।

जीवन नाम के बालक के लिए यह जीवन असहनीय था, अस्थिर कर देनेवाला था। क्या इसी का नाम जीवन है? इस जीवन की क्या सार्थकता है? क्या

उद्‌देश्य है? यदि ऊंट के कूबड़ की तरह अविराम किसी यंत्रणा के पहाड़ को ढोते रहना ही जीवन है, तो फिर एक-एक दिन, महीने दर महीने, सालोसाल इसे ढोते रहने की ज़रूरत क्या है? कोई इसे ख़त्म करने की बात क्यों नहीं सोचता? ऐसे प्रौढ़ प्रश्नों से जीवन का किशोर मन परेशान रहता था। इनका उत्तर वह नहीं जानता था। उमस भरे बंद कमरे में गर्दन नीची किए चटाई बुनते हुए, उसका मन विद्रोह करना चाहता था। वह भाग जाना चाहता था। लेकिन कहां जाता? यहां उसकी उम्र का कोई बच्चा नहीं था, जिसके साथ वह खेलता या स्कूल जाता। सिर पर बिना तेल के रूखे बालों का गुच्छा, मरियल बदन, पीछे से फटी पैंट पहने सब गर्दन झुकाए बैठे-बैठे चटाई बुनते रहते थे। पेट में भूख की आग धधक रही होती थी। कोई उन्हें खेलने के लिए बुलाता, तो मां-बाप कुत्तों की तरह उन पर भौंकते, 'उसे नहीं बुला! जा, भाग यहां से!'

जीवन देखता रहता, घोर अभाव से पिसते आसपास के लोग आवेगहीन, प्राणहीन पत्थर के पुतले बन गए थे। भयानक आघात से सब जैसे झुक गए थे। वे अब हंसना नहीं जानते थे; या सदियों से न हंसने के कारण, हंसना भूल गए थे। गीत, कहानियां, बातें—सब भूल चुके थे। आंखों में कोई सपना नहीं, आशा नहीं, रोशनी नहीं। सबकी आंखें बुझी हुई थीं, जैसे किसी मरे हुए इंसान की आंखें हों। लोग चल तो रहे थे, लेकिन लगता था सबकुछ खोकर किसी अतल अंधकार के खुले मुंह में प्रवेश कर रहे हों।

गरीब दास साठ के दशक की शुरुआत में अपने परिवार और परिजनों के साथ शिरोमणिपुर कैंप से खोला कैंप में आया था। अपने भाइयों की मदद से खोला और दोलताला के बीच खारे पानी की नहर के किनारे उसने छोटी सी एक झोंपड़ी बनाई। वह झोंपड़ी ऐसी थी कि उसके भीतर कोई सीधा खड़ा नहीं हो सकता था। छत से सिर टकरा जाता। अंदर घुटनों के बल जाना होता। आदिकालीन गुफावासी जब पहली बार गुफा छोड़कर बाहर आए होंगे और अपने अनुभवहीन हाथों से जब उन्होंने डाल और पत्तों से पहली झोंपड़ी बनाई होगी, वो झोंपड़ी भी इससे ज़्यादा मज़बूत और सुंदर रही होगी। ऐसे घरों में लगातार रीढ़ की हड्डी मोड़े और झुककर रहने से लोगों की कमर झुकी ही रह जाती थी। यहां रहने वाले लोग समाज में कभी रीढ़ सीधी कर खड़े नहीं हो सकते थे। इन घरों में स्वास्थ्य, शिक्षा, हित, संस्कृति की रोशनी कभी नहीं

प्रवेश कर पाई। बस कुछ ही समय में चांद पर मनुष्यों के क़दम पड़ने वाले थे, और इस ग्रह के कुछ लोग पिछड़ते-पिछड़ते बिलों में रहनेवाले चूहों के समान होते जा रहे थे।

इसी तरह कुछ साल बीत गए। इस बीच गरीब दास की दो और संतानें हुईं। दोनों कन्या थीं। सात लोगों का परिवार अब चटाई बुनकर गुज़ारा नहीं चला पा रहा था। तब जादवपुर अंचल में पूर्व बंगाल से आए बहुत से उच्चवर्ग के लोगों ने ज़मीन क़ब्ज़ा कर कॉलोनियां बना ली थीं। उन सब कॉलोनियों में घर, सड़क आदि के निर्माण के लिए ढेरों मज़दूरों की ज़रूरत थी। किसी ने कहा, 'गरीब दा, तुम अगर जादवपुर काम करने जाओ, तो अच्छा पैसा कमा सकते हो।' उसका नाम धनाई सरदार था। वह ख़ुद भी वहीं जाता था। उसी के साथ गरीब दास एक टोकरी और एक कुदाल लेकर दिहाड़ी मज़दूरी के काम पर निकल पड़ा। इसके लिए उसे रोज़ सुबह तीन बजे उठकर आठ-नौ मील पैदल चलकर, घुटियारी शरीफ़ स्टेशन से सुबह पांच बजे की ट्रेन पकड़नी पड़ती थी। एक-डेढ़ घंटे सफ़र के बाद जादवपुर स्टेशन उतरकर, फिर दो मील चलकर बाघाजतिन मोड़ के माथे पर, तीर्थस्थान के कौवों की भांति, इस आशा में बैठे रहना पड़ता था कि कब कोई काम के लिए बुलाए। उस मोड़ पर कई सौ लोग काम की तलाश में भीड़ किए रहते थे। सबको रोज़-रोज़ काम नहीं मिलता था। यदि किसी दिन गरीब दास को काम नहीं मिलता, तो पूरा दिन बिना खाए-पिए, उसी तरह ख़ाली हाथ लौटना पड़ता था। ट्रेन में बिना टिकट के आना-जाना होता था। ऑफ़िस टाइम में ट्रेन में टिकट चेकर होता है, इसलिए शाम के बाद की ट्रेन से लौटना पड़ता था।

जिस दिन काम मिल जाए, उस दिन दोपहर में एक डबलरोटी और एक प्लेट दम आलू और बीड़ी पर आठ आना ख़र्च कर किसी दिन तीन, किसी दिन दो रुपया बारह आना लेकर घर लौटता था। उनके लिए वो दिन बड़ी ख़ुशी का होता था। रात में सचमुच का भात पकता था। साथ में दाल या आलू की सब्ज़ी। लेकिन कितने दिन? महीने में दस-बारह दिन से ज़्यादा नहीं। किसी दिन एक वक़्त, किसी दिन उससे भी कम और किसी दिन उपवास रखते-रखते गरीब दास के पेट में दर्द शुरू हो गया। जिसका अंग्रेज़ी नाम गैस्ट्राइटिस था, जो बाद में अल्सर बन गया। फिर वह काम पर नहीं जा पाया। उसने बिस्तर पकड़ लिया।

एक दिन जीवन की नज़र अपने घर पर गई। उसने अपने मां-बाप, भाई-बहनों की ओर देखा। उसकी मां बिमला के कितने सुंदर और घने बाल थे, जिन्हें देखकर उसके ससुर उसे बहू बनाकर लाए थे। तेल के बिना बालों की ऐसी जटाएं बन गईं कि उन्हें जड़ से काट देना पड़ा। बदन की आख़री साड़ी गलकर फट चुकी थी। शिरोमणिपुर कैंप में सरकारी गोदाम से उन्हें साल में दो साड़ियां मिला करती थीं, उसी में से दो साड़ियां उसने बचाकर रखी थीं। उन्हीं से इतने दिनों से काम चला रही थी। कभी ख़रीदने के हालात ही नहीं बने। बिमला के शरीर का रंग गोरा था, जो अब तांबई और खुरदुरा हो गया था। न ब्लाऊज़ था, न पेटीकोट। फटी मसहरी के एक टुकड़े को बदन से लपेटकर किसी तरह वह नारीलज्जा को ढंके थी। वह सारा दिन अपने अर्धनग्न शरीर को छुपाए झोंपड़ी के अंदर दुबकी रहती। चाहे कितना भी काम पड़े, वह दिन के उजाले में बाहर नहीं निकलती थी। दिन के उजाले में धारदार चाकू की तरह ताक लगाए बैठी रहती थीं, निर्लज्ज आंखें। जीवन समझ नहीं पाता था कि चटाई बुनकर जो पैसे मिलते थे, उससे पेट तक तो भर नहीं पाता था, फिर वह मां का तन ढंकने के लिए कपड़ा कैसे ख़रीदे! उसका मन व्यथित हो उठता था। और कुछ दिनों में यह फटे कपड़े का टुकड़ा भी नहीं बचेगा, तब क्या होगा?

जीवन ने अपने पिता की ओर देखा। उनके सीने की एक-एक हड्डी गिनी जा सकती थी। एक वक़्त पर उसके शक्तिशाली शरीर की ख्याति थी, लेकिन अब वह टूट चुका था। सांसें धौंकनी की तरह चल रही थीं। पेट का दर्द धीरे-धीरे बढ़ रहा था। हो सकता है वह डॉक्टर को दिखाने से ठीक हो जाता, लेकिन डॉक्टर को दिखाने के लिए पैसा चाहिए था। पैसे के बिना वकील मामला नहीं लड़ता है, मास्टर छात्रों को नहीं पढ़ाता और डॉक्टर रोगी नहीं देखता है। जीवन ने अपने भाई-बहनों की ओर देखा। इस उम्र में जिस तरह बच्चे हंसते हैं, दौड़ते हैं, खेलते-कूदते हैं, वे ऐसा कुछ नहीं करते थे। सारा दिन बैठे ऊंघते रहते थे, या फिर रिरियाते रहते थे। शरीर में ज़रूर कहीं कोई तक़लीफ़ या दर्द होता होगा, जिसे वे व्यक्त नहीं कर पाते थे इसलिए रोते रहते थे। कोई खाना नहीं मांगता था, कोई खिलौना नहीं मांगता था, कोई नहीं कहता था कि भूख लगी है। तीव्र अभाव के चाबुक से क्षत-विक्षत बालमन हठ करना भूल चुका था, प्यार पाने की शाश्वत लालसा भूल चुका था।

किसी के भी बदन पर कपड़ा नहीं था। केवल जीवन से दो साल छोटे भाई के पास पीछे से फटी एक पैंट थी। बाक़ी सारे संथालियों की तरह लंगोट-सा बांधे रहते थे।

उसने कैंप के दूसरे लोगों को देखा। उन्हें देख कर लगता था जैसे वे सब मौत की क़तार में खड़े हों। कोई भी मौत को झांसा देकर भाग नहीं सकता था। मौत कैसे भी उन्हें पकड़ लेगी और उन्हें खींचकर ज़िंदा चबा जाएगी।

बंद कमरे की घुटन और अंधेरे में भूख की आग में जलता और मन में क्षोभ का बोझ लिए तिल-तिल मरता जीवन सोचता कि क्या उसे उन्मत हवा की तरह भाग जाना चाहिए, एक नई दुनिया की खोज में, जहां प्राण हों, रोशनी हो, आशा हो? घर छोड़कर सड़क पर न निकलने से इस हालत से मुक्ति नहीं मिल सकती थी। यदि कुछ मिल जाए तो अच्छा है, और यदि कुछ न भी मिले तो भी मन में यह सांत्वना तो रहेगी कि वह घरघुस्सु नहीं बना रहा। अपनी क्षमता के अनुसार उसने कोशिश की।

इसके बाद गरीब दास की हालत बिगड़ती चली गई। पेट के दर्द से वह कटे बकरे की तरह ज़मीन पर पड़ा छटपटाने लगा। विवश होकर एक होमियोपैथिक डॉक्टर को बुलाना पड़ा। उसने चीनी के दानों जैसी कुछ गोलियां दीं और एक रुपया लेकर चला गया। उससे रोग में तो कोई फ़र्क़ नहीं पड़ा, लेकिन जीवन का चटाई बुनना ज़रूर बंद हो गया। जिस रुपए से होगला ख़रीदा जाता, वो तो डॉक्टर को चला गया था। अब होगला कैसे ख़रीदा जाता? चटाई बुनना बंद होते ही चूल्हा जलना भी बंद हो गया। बिना खाए जीवन की एक बहन सूखकर मर गई। मां की छाती में दूध नहीं था; दूध न पाकर गोद में दूसरी बच्ची मरने की हालत में थी। दोनों भाई भी मौत की क़तार में खड़े थे। जीवन समझ गया कि इस मृत्युपुरी से न निकलने पर, वह भी नहीं बचेगा। अगर वह ख़ुद ज़िंदा न रहा तो और किसी को बचाने की भी कोशिश न कर सकेगा। मौत से जीवन को डर नहीं लगता था। लेकिन मौत इतनी तक़लीफ़देह, तुच्छ, जघन्य न हो। यदि मौत आए, यदि मौत उसे चुन ही ले, तो वो मां-बाप, भाई-बहन को ज़िंदा रखने के लिए हो। जो मौत सिर्फ़ मौत न हो बल्कि लड़ाई का दूसरा नाम हो, एक दूसरी परिणति हो।

14

गौशाला

सुबह का चेहरा देखते ही समझ में आ जाता है कि दिन कैसा गुज़रेगा। उसी तरह, जिस जीवन के जीवन की शुरुआत एक चिंतित, भयभीत और भूख से व्याकुल मां के गर्भ से हुई थी। जिस तरह वह जन्म के समय शहद की प्रथागत शुभ बूंदों से वंचित रहा, उसका भविष्य भी कभी सुंदर, सफल और सार्थक नहीं होने वाला था। चूंकि मनुष्य अपना भविष्य नहीं देख सकता है, इसलिए वह किसी परिवर्तन की आशा में रहता है। सोचता है कि ऐसा कुछ घटेगा कि जीवन एकदम बदल जाएगा। यदि जीवन अपना भविष्य देख पाता, तो जानता कि उसके लिए क्या लिखा हुआ था।

सन 1964 का अंत था। खोला की एक चाय की दुकान पर एक व्यक्ति ने कहा, 'ये दुनिया बड़ी अजब जगह है। यहां सबसे कठिन काम ज़िंदा रहना है। कुछ चीज़ें नज़र आती हैं, और कुछ नहीं। हालांकि पता नहीं चलता है, लेकिन इंसान हज़ारों दुश्मनों से घिरा रहता है। मौक़ा मिलते ही वे मौत के घाट उतार देते हैं। उनके हाथ से ज़िंदा बचे रहने से ज़्यादा मुश्किल और कुछ नहीं। दूसरी सबसे ज़्यादा कठिन चीज़ है, अच्छी तरह ज़िंदा रहना। यह बहुत कम लोगों के भाग्य में होता है। ये वही कर सकते हैं, जिनमें कुछ करने का जज़्बा होता है, ख़तरा मोल लेने का साहस होता है। कहते हैं, भाग्यवान का भार भगवान उठाते हैं, और जिसका भाग्य ख़राब हो, उसे अपना बोझ ख़ुद ही ढोना पड़ता है।'

अपना बोझ! जीवन तो ख़ुद एक बोझ, विडंबना, पीड़ा का पहाड़, अभिशाप था! देखना यह था कि इसे दुख के अथाह सागर से निकाल कर, तट पर लाया जा सकता था या नहीं।

सूरज क्षितिज की ओर ढला ही था। अस्त होते सूरज की सुखद, मद्धिम लालिमा से पश्चिम का आकाश आग के बुझते अंगारों की तरह जल रहा था। इस समय प्रकृति में कहीं कोई आवाज़ या हलचल नहीं थी। मानो सब किसी शोक से थम गए थे। जैसे किसी शोकसभा में मौन रखा जा रहा हो। पेड़ का एक पत्ता नहीं हिल रहा था; दिन के अंत में अपने घोंसलों में लौटती चिड़ियों की चहचहाहट गुम थी। झींगुरों की झांय-झांय भी नहीं थी। यहां तक कि आसपास के तालाबों और झीलों के पानी में कोई तरंग नहीं थी, वे एकदम शांत थे। ऐसा लग रहा था मानो सभी निवास स्थान और प्रकृति मर चुके थे। सृष्टि मानो किसी काले, वायुहीन, निस्तब्ध ताबूत में क़ैद थी। उस भयावह निस्तब्धता में एक दुखी कुत्ता विलाप कर रहा था।

ऐसे क्षण में जीवन ने घर से बाहर क़दम रखा। वो नहीं जानता था कि कहां जाएगा। क्यों जा रहा है, इसे लेकर भी वो स्पष्ट नहीं था। वह बस इतना जानता था कि उसे भागना है। इस मृत्युपुरी के हाहाकार से दूर, बहुत दूर, जहां ज़िंदा रहने की कोई आस हो। इस विशाल भू-भाग में उसे एक ऐसा स्थान ढूंढ़ना होगा। इस तरह रोज़ तिल-तिल मरने से अच्छा था कि वह एक बार ख़ुद को, अपने मां-बाप और भाई-बहन को ज़िंदा रखने की जी-जान से कोशिश करे और कोई उपाय निकले।

नीलकंठ गोसाईं कलकत्ता में जाकर भीख मांगता था। एक दिन उसने कहा था, 'जानते हो बेटा जीवन, कलकत्ता में रुपया उड़ता है। जाकर देखो कलकत्ता में, लोग कितने सुखी हैं! मैं तो मुंह फाड़े देखता रहता हूं। आसमान के बराबर ऊंचे-ऊंचे घर, जिनमें राजकुमार-राजकुमारियों जैसे लोग रहते हैं। कितना चमकता रंग है उनका। हो क्यों नहीं, सब दूध से जो नहाते हैं, घी-मक्खन खाते हैं। घी खाया है कभी? बिल्कुल अमृत के जैसा स्वाद होता है!'

इसलिए जीवन कलकत्ता जा रहा था। सुना था, बहुत लोग उड़ते रुपए लूटकर बड़े आदमी बन गए थे। बड़ा आदमी, मतलब ख़ूब पैसे वाला। जीवन ने सोचा—जब इतने लोगों ने उड़ता रुपया लूटा है, तो वह क्यों नहीं लूट पाएगा! जब वे लोग शिरोमणिपुर में रहते थे, और साल वन में आंधी चलती थी, तब हवा के झोंके में उड़ते पत्ते पकड़ने के खेल में फटिक के अलावा उसे

कोई और हरा नहीं पाता था। अगर वो कुछ रुपया लूट ले, तो सबसे पहले वह चावल, दाल, आलू और तेल ख़रीदेगा। फिर मां के लिए दो साड़ी लेगा। दो साड़ियां न होने से मां भला नहाकर क्या पहनेगी? बाबा के लिए पेट दर्द की दवाई लेगा। कलकत्ता के पास, बारुईपुर में दवाइयों की बड़ी दुकान है। और अंत में दोनों भाइयों के लिए पतंग-लटाई और ढेर सारे कंचे लेगा। बहन के लिए गुड़िया और अपने लिए एक हारमोनियम और बांसुरी ख़रीदेगा।

इतनी सारी उम्मीदें लेकर जीवन आज अपने मां-बाप, भाई-बहनों को छोड़कर जा रहा था। खोला और दोलताला दो अलग-अलग गांव थे। दोनों गावों के बीच मनुष्यों द्वारा बनाई गई एक नहर थी। नहर के दोनों ओर शरणार्थियों की बस्ती थी। नहर के किनारे पश्चिम की ओर चलने पर रामधारी ब्रिज था, जिसपर पक्का रास्ता था। इसका एक सिरा बारुईपुर से गड़िया होता हुआ कलकत्ता पहुंचता था, और दूसरा सिरा सिरफिरी, पगलाई *मातला* नदी को पार कर केनिंग टाऊन जाता था। उस सड़क पर अस्सी नंबर की बस चला करती थी। रामधारी ब्रिज पार होने के बाद दाईं तरफ मुड़कर मैदान से पैदल चलकर सियालदह स्टेशन पहुंचा जा सकता था, जहां से केनिंग के लिए ट्रेन जाती थी। आसमान काला कर, धुआं छोड़ता कोयले का इंजन उस ट्रेन को खींचता जाता था।

धान की कटाई ख़त्म हो चुकी थी। खेतों में अब लंबे-लंबे नुकीले धान के डंठल बचे थे। उन्हीं के बीच संकरी मेंड़ पर ख़ून रिसते पांवों से, उम्मीदों से भरा चौदह साल का जीवन चला जा रहा था।

जीवन जब तक घुटियारी शरीफ़ स्टेशन पहुंचा तब तक काफ़ी अंधेरा हो चुका था। शाम की असहनीय चुप्पी को तोड़ झींगुरों के दल ने रात का राग अलापना शुरू कर दिया था। बांसवन के माथे पर जुगनुओं की रोशनी झिलमिला रही थी। तब तक इन इलाक़ों में बिजली नहीं पहुंची थी। रेल स्टेशन के लैंप पोस्ट्स पर मिट्टी के तेल की बत्तियां जलती थीं। ट्रेन भी एक डेढ़ घंटे के अंतराल पर चलती थी। तब तक गांव के लोग शहर पर उतने निर्भर नहीं थे, इसलिए भी स्टेशन ख़ाली-ख़ाली रहता था।

आज जीवन ने पूरा दिन कुछ नहीं खाया था। ऊपर से आठ-नौ मील पैदल चलने की थकान। थककर चूर, दो नंबर प्लेटफ़ॉर्म की एक लकड़ी की बेंच पर बैठे-बैठे न जाने वह कब नींद के अथाह समंदर में समा गया। कब ट्रेन आई और चली गई, उसे पता नहीं चला। गहरी रात में उसकी नींद

तेज़ टॉर्च की रोशनी और उतनी ही तेज़-तर्रार आवाज़ से टूटी, ' *एई खोका!* ए लड़के, कहां जाएगा रे?'

जीवन ने अपनी उनींदी आंखें खोलकर उस आदमी को देखा।

घुटियारी शरीफ़ स्टेशन के पास की रेललाइन के किनारे कुछ शरणार्थी रह रहे थे। उनकी संख्या हज़ार से ज़्यादा नहीं थी। लेकिन उस बस्ती को पारकर पश्चिम की ओर जाती सड़क को पकड़, आधा घंटा और चलने पर नूतनपल्ली जगह थी, जहां कुछेक हज़ार लोग रहते थे। हालांकि इस पल्ली में उस पार बंगाल से आए लोग ही रहते थे, लेकिन उनमें से कोई रिफ़्यूजी नहीं था। यह एक अपमानजनक शब्द था। इस नाम से अपना परिचय देने में वे लोग शर्मिंदगी महसूस करते थे। हो सकता था कि उन लोगों ने किसी कैंप से निकलकर, उचित मूल्य देकर वहां ज़मीन ख़रीदकर अपना घर, तालाब और गौशाला बनाई हों। कुछ लोग बीघा दो बीघा ज़मीन ख़रीदकर खेती भी कर रहे थे। फिर क्यों वे अपना ऐसा हीनतापूर्ण परिचय देते? रिफ़्यूजी मतलब असहाय, बेघर, सरकार के कृपाप्रार्थी, विस्थापित लोग। ये लोग रेललाइन के किनारे रहने वाले, सरकारी डोल पर निर्भर शरणार्थियों को सहानुभूति भरी दृष्टि से देखते थे।

घुटियारी शरीफ़ मूलतः मुसलमान बहुल इलाक़ा था। यहां ग़ाज़ी बाबा नाम के पीर साहब की मज़ार थी। हर साल यहां उर्स का मेला लगता था। दूर-दूर से लोग इस मेले में आते थे। इस अंचल की अर्थनीति में इस मज़ार की एक बड़ी भूमिका थी। न जाने किस ख़राब मंशा से पूर्वी बंगाल से निकाले गए लोगों का कैंप यहां बसाया गया था। यहां हिंदू महासभा के कुछ नेता लोगों के मन में मुसलमानों के प्रति द्वेष भर कर राजनैतिक फ़ायदा उठाने की आशा में आया करते थे। नतीजतन दोनों संप्रदायों के बीच हमेशा तनाव, अविश्वास और आतंक का माहौल बना रहता था, जो किसी भी समय भड़क सकता था।

नूतनपल्ली स्टेशन से थोड़ी दूरी पर था। यहां डॉक्टर हेम चक्रवर्ती रहते थे, जो बहुत चालाक क़िस्म के व्यक्ति थे। वे बड़ी बुद्धिमानी से स्थानीय मुसलमानों के साथ अच्छा रिश्ता बनाए रखते थे। वे सिर्फ़ इंसान ही नहीं बल्कि गाय, भैंस, मुर्गी—सभी का इलाज करने में माहिर थे। वे गुप्त रोगों का इलाज गुप्त रूप से और प्रकट रोगों का इलाज प्रकट रूप से किया करते थे।

वैसे प्रकट रोग जैसे: बुखार, पेट दर्द, खांसी-ज़ुकाम की तुलना में गुप्त रोगों का इलाज करने में ज़्यादा निपुण थे। पुरुषों के गुप्त रोग: गोनोरिया, सिफ़िलिस, स्वप्नदोष, सहवास में अक्षमता, शीघ्रपतन आदि और स्त्रियों के गुप्त रोग: श्वेतप्रदर, सफ़ेद स्राव, काम शिथिलता एवं ऋतुबंध या मासिकधर्म संबंधी समस्या थे। वे इस अंचल में आख़िर की इन बीमारियों के लिए भरोसेमंद और अच्छे चिकित्सक माने जाते थे। अगर उन्हें अच्छा पैसा मिलता, तो वे चुपचाप इलाज कर लोगों को इन रोगों से मुक्त कर देते थे। तब ये काम आजकल की तरह मुफ़्त सरकारी अस्पतालों में नहीं होता था। सामाजिक स्वीकृति भी नहीं थे। गर्भ निरोधक गोलियां या निरोध नाम के कंडोम भी इतनी आसानी से उपलब्ध नहीं थे। सो महिला रोगी का इलाज करके कोई भी चिकित्सक आसानी से बीघा भर ज़मीन ख़रीद सकता था।

ऐसे ही किसी गुप्त रोगी को देखने के बाद घर लौटते समय टॉर्च की रोशनी में डॉक्टर ने देखा कि एक लड़का लावारिस लाश की तरह प्लेटफ़ॉर्म की बेंच पर पड़ा हुआ है। उसे देखकर उनके दिल में अजीब-सा अहसास हुआ। आह रे! शायद ऐसे ही इंसानों को देखकर माधव कवि ने गीत रचा होगा, '*एखोन मानव जोमीं रोइलो पतित आबाद कोरले फलतो सोना।*' मानव ज़मीन अभी पड़ी है पतित, आबाद करने से फलता सोना।

सोने की खेती की संभावना देखकर, बिना जुताई की मानव ज़मीन की ओर बढ़ते हुए उन्होंने पूछा, '*एई खोका,* कहां रहता है रे तू? यहां क्यों सोया हुआ है?'

आंखें रगड़ते हुए जीवन ने कहा, 'मुझे कलकत्ता जाना है। कलकत्ते की गाड़ी कब आएगी?'

'कलकत्ता जाएगा? क्यों रे? बाप मारता है क्या? घर से भागकर आया है?' डॉक्टर हेम ने सवालों की झड़ी लगा दी। लेकिन जीवन एक भी सवाल का जवाब नहीं दे पाया। उसे जवाब देने का मौक़ा ही नहीं मिला, बस आंखें फाड़े सवाल करने वाले का चेहरा देखता रहा।

डॉक्टर हेम जानना चाहते थे, 'तुम रिफ़्यूजी हो?'

जीवन ने हां में सिर हिला दिया।

और कुछ बोलने की ज़रूरत नहीं थी। उसके सिर हिलाने से ही वो सब समझ गए कि लड़के को क्या रोग है और वो यहां क्यों लेटा हुआ है। आदमी

का चेहरा देखकर अगर रोग समझ में न आए तो वो किस बात का डॉक्टर! उन्होंने कहा, 'क्या खाया है?'

जीवन ने सिर हिलाया, 'कुछ नहीं।'

'भात खाएगा? चल मेरे साथ घर चल, भात दूंगा।'

भात! भात एक अद्भुत शब्द था। याद आते ही उसका दिल भर आया और आंखें छलछला उठीं। कब, कितने युग पहले जीवन ने भात खाया था, उसे याद नहीं था। जाने कब मां ने सूखी टहनियां और पत्तों को जलाकर भात पकाया था। तीनों भाई-बहनों ने फूंक मार-मारकर गरम भात खाया था। जीवन की जीभ गरम भात से जल गई थी। पिता का पेट दर्द बढ़ जाने के बाद से घर में फिर कभी चावल नहीं बना। बनता था तो भुट्टा माइलो और काउन चावल नाम के धूल-कंकड़ मिले एक प्रकार के घास के दाने, जो संभवत: मुर्गियों को खिलाया जाता था। महीनों से इसी पर गुज़ारा हो रहा था। पिछले साथ-आठ दिनों से वह भी बंद हो गया था।

खोला आने के बाद गरीब दास के भाइयों ने शुरू में उसे थोड़ी बहुत मदद की थी। होगला, सुतली का दाम, करघा लगाने में होने वाले ख़र्चे के दस-बारह रुपए उन्होंने ही दिए थे। लेकिन बाद में उन्होंने भी हाथ खींच लिया। कहते हैं, नित्य शव को कौन दे लकड़ी और नित्य अभावी को कौन दे दाना! उन लोगों की भी आर्थिक स्थिति अच्छी नहीं थी। कैसे मदद करते? भूख सहन न कर पाने के कारण जीवन घर छोड़कर भाग आया था।

'क्या रे, चलेगा मेरे घर?'

शरणार्थी लड़का जीवन और पढ़े-लिखे डॉक्टर हेम। डॉक्टर हेम ने रिफ़्यूजी शब्द से ही बालक का अतीत, वर्तमान सब देख लिया था और जिन शब्दों से शरणार्थी बच्चे और बूढ़े किसी को भी मारा जा सकता था, उन्होंने वो घातक तीर छोड़ा, 'मेरे घर जितने दिन भी चाहे, रह सकता है। दोनों वक़्त भात खाने को मिलेगा। मेरा अपना तालाब है, गायें हैं। माछ, दूध—दोनों मिलेगा... जाना है तो बता।'

'हां, जाऊंगा।' बात और आगे न बढ़ा, जीवन खड़ा हो गया। डॉक्टर ने अपने हाथ का भारी बैग उसको थमा दिया, 'ध्यान से पकड़ना, गिरा मत देना।' वह टॉर्च जलाकर आगे-आगे चलते रहे, जीवन चुपचाप उनके पीछे-पीछे चलता रहा। स्टेशन को घेरे आसपास के घर-दुकानों को पारकर,

रेललाइन की दाहिनी ओर शरणार्थियों का कैंप था। वहां सभी लोग सो चुके थे। उन सब को पारकर बाईं ओर खुला मैदान शुरू होता था। उस रास्ते से गायों का झुंड, बैलगाड़ियां वगैरह आया-जाया करती थीं। बरसातों में घुटनों तक कीचड़ और दलदल हो जाता था। इस समय सूखा होने की वजह से गाड़ियों के चक्के और गायों के खुरों से पिसकर यह दलदल पाउडर की तरह महीन हो गया था। पैर पड़ते ही घुटनों के ऊपर तक मिट्टी उड़कर आती थी।

इस रास्ते पर बीस मिनट चलने के बाद डॉक्टर हेम का घर था। उनके घर का दरवाज़ा मज़बूत लकड़ी का था। मिट्टी की दीवारें और छत खपरैल की थी। उस इलाक़े के हिसाब से यह संपन्नता का परिचय था।

रेललाइन की सड़क से मैदान के रास्ते पर उतरते ही डॉक्टर हेम को याद आया कि घर में घुसने से पहले, लड़के के विषय में कुछ आवश्यक बातें जान लेना ज़रूरी था, जिसमें सबसे महत्वपूर्ण था उसकी जात और गोत्र। आख़िरकार डॉक्टर ब्राह्मण थे। बाहर जो कुछ भी करना पड़ता था, वो पेशे की वजह से था, लेकिन घर में तो वो सारे नियम नहीं चलाए जा सकते थे। और ऐसा करना ठीक भी नहीं था। कहावत है, आचार में आचार्य और विचार में विद्वान। ब्राह्मण जात का होकर आचार-विचार अवश्य ही मानकर चलना चाहिए। वैसे विभाजन के बाद से जात-पात का कुछ बचा नहीं था। मोची, मेहतर, मुसलमान, चंडाल—सब एक साथ उठते-बैठते थे, एक ही दुकान में एक ही गिलास में चाय पीते थे।

और चाय! यह भी अंग्रेज़ों द्वारा हिंदुओं की जात मार देने की चालाकी थी। सुनने में आता था कि उसमें गाय के चमड़े का चूरा बनाकर मिलाया जाता था। इसलिए वो चाय नहीं पीते थे। जितना संभव था, सावधानी से, विशेषकर घर की चौहद्दी के भीतर छुआछूत मानकर चलते थे। ब्राह्मण जात होकर म्लेच्छाचार नहीं किया जा सकता था।

नीलकंठ गोसाईं ने कहा था, 'हम जगत प्रसिद्ध नमस मुनि के पुत्र हैं—जात नम: और गोत्र कश्यप।' जीवन को यह याद था। जब डॉक्टर हेम चक्रवर्ती ने जीवन से पूछा, '*एई खोका,* तेरी जात क्या है?' उसने फट से जवाब दिया, 'जाति नम: और गोत्र कश्यप।'

डॉक्टर हेम पहले से ही जानते थे कि जीवन क्या कहेगा, या तो नम: या फिर पोदे—शरणार्थी कैंपों में इनके अलावा भला और कौन थे—फिर भी

इसलिए पूछा क्योंकि असल मुद्दे पर पहुंचने से पहले कुछ कहना ज़रूरी था। उनका चेहरा साफ़ न दिखने के कारण जीवन को लगा जैसे वो सुन नहीं पाए थे, उसने थोड़ी और ऊंची आवाज़ में कहा, 'मेरे पिता ने कहा है, हम ऊंची जात के हैं।'

'ठीक है,' कहकर उन्होंने टॉर्च की रोशनी रास्ते पर डाली। डॉक्टर हेम ने बात आगे बढ़ाई और कहा, 'मैं डॉक्टर हूं। जिस किसी को कोई रोग होता है, मैं उसका इलाज करता हूं। मैं जात-पात नहीं मानता। मनुष्य की बस दो जात हैं: मर्द और औरत। लेकिन घर में और भी लोग हैं। वो ये सब मानते हैं। और फिर घर में भगवान का मंदिर भी है, इसलिए बता रहा हूं। जितने दिन रहेगा थोड़ी सावधानी से रहना। इधर-उधर हाथ मत लगाना। तू अभी बच्चा है, तुझे नहीं पता ब्राह्मण के घर में कैसे रहा जाता है, इसलिए समझा रहा हूं। जितने दिन मर्ज़ी हो रह, खा-पी, कोई मनाही नहीं, बस एक कोने में पड़े रहना। ठीक है?'

'आपके घर क्या बहुत सारा भात है?'

'क्यों पूछ रहा है?'

'आपने कहा न कि मुझे रोज़ भात देंगे।'

मुस्कुराकर डॉक्टर हेम ने कहा, 'क्या कोई ऐसे ही किसी को खिलाता है? चावल का दाम पता है? और क्या कोई ऐसे ही किसी के घर बैठकर खाता रहता है, बता? तेरे पैरों में गठिया, वात का रोग हो जाएगा! तो मैं बताता हूं कि तू क्या-क्या करेगा। लड़के की तरह मेरे घर में रह। कुछ गायें हैं, उन्हें भूसा-पानी देना। मैदान में चराने ले जाना। क्या इतना नहीं कर पाएगा? अगर नहीं कर पाएगा, तो चला जा। और अगर कर सकता है, तो जितने दिन मर्ज़ी रह, खा-पी। आजकल लोग पहले की तरह मेहनत करना नहीं चाहते हैं, इसलिए भूखे मरते हैं। जो मेहनत कर सकता है, उसे कभी भूखा नहीं रहना पड़ता है। बता, मेरी कितनी उम्र है? मैं बावन साल का हूं और अभी भी अट्ठारह घंटे काम करता हूं। इसीलिए तंदुरुस्त हूं। तूने अभी पूछा न कि मेरे घर में बहुत सारा भात है? सब मेरी मेहनत का फल है।

जीवन चुप था। डॉक्टर हेम ने इसे उसकी हामी समझा। उसके अधीर पैरों में अब बेड़ियां पहना दी गई थीं। यह वह समय था जब लोगों पर भूख का आक्रमण हो रहा था। इस समय 'भात' शब्द के साथ वशीकरण मंत्र लिपटा हुआ था। जिसके सामने इसका उच्चारण करो, वही झुक जाता था।

वे डॉक्टर के घर पहुंच गए। घर का दरवाज़ा अंदर से बंद था। लेकिन खिड़की पर दीया जल रहा था। दरवाज़े के सामने खड़े होकर डॉक्टर हेम ने ज़ोर से आवाज़ लगाई, 'ओ गायत्री की मां, कहां हो? सो गई हो क्या? उठो, दरवाज़ा खोलो!'

दीया हाथ में लिए आंगन में एक मध्य आयु की महिला आई और उसने दरवाज़ा खोला। तन पर ब्लाऊज़ नहीं था, मगर गले में सोने की चेन थी। जम्हाई लेते हुए उनींदी आंखों से जीवन को देखकर वह महिला चौंक गई। 'ये कौन है?' उसने पूछा।

'मैं लेकर आया हूं इसे।'

'कहां मिला? घर कहां है?'

'कहां होगा, कैंप में रहता है।'

'टिकेगा तो! बहुत छोटा है। पिछली बार की तरह थोड़ा बड़ा होता तो ठीक रहता।'

'बड़ा कहां से मिलता? इसी से काम चलाओ, बाद में देखा जाएगा।'

महिला ने आंगन में दीपक रखा और अंदर चली गई। गमछा और लोटा लाकर हेम चक्रवर्ती के हाथ में थमाते हुए उसने कहा, 'हाथ-मुंह धोकर जल्दी से आओ।' हाथ में चीज़ें पकड़ते हुए हेम ने अपनी पत्नी से कहा, 'दीया उसे दे दो—ओह, छुओ मत—नीचे रखो, वह उठा लेगा—तुम उसे गौशाला में जगह दिखा दो, जहां बोरियों में उपले रखे हैं। बोरियां हटाकर सोने की जगह बना लेगा। आजकल बहुत गाय की चोरियां हो रही हैं। कोई तो पहरे पर रहेगा।'

हेम की पत्नी कुछ पूछने को थी, लेकिन पूछने से पहले ही उनका चेहरा देख, मन की बात समझ, हेम ने धीमी आवाज़ में कहा, 'नमः है।'

हेम चक्रवर्ती का घर काफ़ी बड़ा था। सामने की ओर दोनों तरफ दो बरामदे थे। बड़े कमरे के आगे आंगन को पार कर रसोईघर था। आंगन के दाहिनी ओर लंबी गौशाला थी। घर में घुसने से पहले ठीक दाईं ओर एक बड़ा मछली का तालाब था। उसी तालाब में हेम हाथ-पैर धोने चले गए। हेम की पत्नी जीवन को गौशाला की ओर ले गईं, 'जा वहां रोशनी ले जाकर बैठ

जा।' गौशाला काफ़ी बड़ी थी, जिसमें छोटी-बड़ी मिलाकर कुल बारह गाय थीं। गौशाला के पीछे गोबर का ढेर था, जिसमें से कुछ गोबर से जालन के लिए उपले बनते थे और कुछ की खाद बनती थी, जो खेतों में काम आ जाती थी। डॉक्टर हेम के पास सात बीघे धान के खेत थे और चार काठा के बराबर मछलियों से भरा तालाब। वो मज़दूरों से खेती करवाते थे। सबको धान का भाग देने के बाद उन्हें पूरे साल का चावल मिल जाता था।

ज़मीन से दीये को उठा गौशाला की ओर जाते हुए जीवन का जी छोटा होने लगा। थोड़ी देर पहले जो उसे अच्छा लग रहा था, वो एक झटके में गायब हो गया था। उसे लगा मानो हमेशा की पहचानी दुनिया से अचानक किसी ने धक्का मारकर उसे एक ऐसी अस्वाभाविक अवस्था में फेंक दिया है, जिसे सहने के अलावा कोई और उपाय नहीं बचा। उसका बचपन जिन लोगों के बीच गुज़रा था, वे सब एक वर्ग, संप्रदाय, गोष्ठी के लोग नहीं थे पर इसके बावजूद, उनमें छुआछूत और इतनी तीव्र घृणा नहीं थी। वे लोग कभी उसे इतना अधम नहीं समझते थे कि गोबर की गंध से भरी गौशाला में सोने देते। लेकिन ये लोग ऐसा कर रहे थे। कौन थे ये लोग? इनके मन पत्थर के क्यों थे? क्या ये उसके जैसे इंसान नहीं थे? तो ये कैसे इंसान थे?

जीवन का छोटा-सा जीवन जिन दोनों कैंपों में गुज़रा, वहां एक भी ब्राह्मण, कायस्थ या वैश्य नहीं था। पता नहीं कैसे, कहां से विवाह या श्राद्ध के समय एक-दो ब्राह्मण आ जाया करते थे। वे कैंप के लोगों के आगे जातिगर्व से उतना सीना चौड़ा नहीं कर पाते थे। इच्छा से हो या अनिच्छा से, ख़ुद को संयत रखते थे। लेकिन हेम चक्रवर्ती और उनकी पत्नी ने एक असहाय बालक को अकेला पाकर जो अमानवीय व्यवहार किया था, वह कभी भूलने वाला नहीं था।

एक थाली में थोड़े से चावल और उसके ऊपर *'चच्चोड़ी'* आलू, सीताफल और सेजन की फली की सब्ज़ी डाल, हेम बाबू की पत्नी ने जीवन के आगे रख दिया, 'ले, खा ले। खाकर थाली तालाब में धो लेना और वहां, उस कोने में ठीक से रख देना। कल फिर इसी में भात दूंगी। और वहां से एक बोरी लेना और बिछाकर सो जाना। दीया बुझा देना।' इतना कहकर वह चली गईं।

गौशाला में बहुत सारे मच्छर थे और दम घोंटती हुई गोबर की तीव्र गंध। उसी के बीच बोरा बिछाकर जीवन लेट गया, पर वह सो नहीं पाया। लेकिन

रात चाहे जितनी भी असहनीय क्यों न हो, एक समय उसका अंत होता ही है। रात ख़त्म हो सुबह हो गई। मुसलमान मोहल्ले से अज़ान की सुरीली आवाज़ तैरती हुई आने लगी। जीवन अरबी भाषा का एक शब्द भी समझ नहीं पाया, फिर भी न जाने क्यों उसका मन प्रसन्न हो उठा और उसके बाद ही उसकी आंख लग गई।

15

गोबर-गंगा

पूरब दिशा के आसमान में बस हल्की-सी रोशनी फूटी थी। सूरज अभी निकला नहीं था। डॉक्टर हेम की पत्नी उठ गईं। गौशाला के खूंटे में फंसाई हुई गाय चराने की लाठी को उतार, वो जीवन को खोंचते हुए उठाने लगीं, 'ए उठ, उठ जा! यहां का गोबर उठाकर वहां गोबर के ढेर में डालकर आ। झाड़ू लगाकर गौशाला को एकदम साफ़ कर दे।' दोनों काम ख़त्म करते-करते सूरज उग गया। हेम की पत्नी ने दुधारू गायों को दुहकर तीसरा हुक्म दिया, 'गायों को मैदान में ले जा। देखना किसी के खेत में न घुसें! आसपास मियांओं के खेत हैं। वो लोग महा बदजात हैं। गाय फसल पर मुंह मार दे, तो बेचारी को मार देंगे। दोपहर को किसी समय आकर खाना खा जाना।' इसके बाद जीवन के गमछे में ऊंचाई से थोड़े से मुरमुरे डालकर उन्होंने कहा, 'मैदान में बैठकर खा लेना।'

डॉक्टर हेम के घर के आगे वाली आम सड़क को पार करते ही एक विशाल मैदान था। उस मैदान की बाईं ओर 'चकला' गांव था। वहां से जावेद, ख़ालिद, हामिद और हबीबुर भी उसी मैदान में अपनी गाय चराने आते थे। वो सारी गायें उनकी अपनी नहीं थीं। वे दूसरे घरों की गायों को चराया करते थे और बदले में उन्हें चावल और थोड़े पैसे मिलते थे। गाय चराते हुए जीवन की उनसे दोस्ती हो गई। सब एक साथ गाय चराते, हाडुडू, दरिया-बंधा या रस्साकशी का खेल खेलते। कभी-कभी झगड़ा भी हो जाता था। न जाने किसने कब कहा था, 'मुसलमान बहुत ख़राब लोग होते हैं। हिंदुओं को पकड़कर उनका सिर काट देते हैं, उनके घर जला देते हैं!' लेकिन उन सब बातों पर अब जीवन को यक़ीन नहीं होता था। मुसलमान, मियां और नेड़े या कटुवे नामों

से अब उसका सीना नहीं कांपता था। प्रचलित कहानियों और अफ़वाहों से वर्तमान के वास्तविक अनुभव को जीवन किसी तरह एक जैसा नहीं पाता था। अपने पिता और जावेद के पिता अनवर मुल्ला में अंतर नहीं समझ पाता था।

जावेद के अब्बू पांच वक़्त के नमाज़ी, खांटी मुसलमान थे। अभाव ने कमर झुका दी थी और वो झुककर चलते थे। पेट की चमड़ी पीठ से चिपकी हुई थी। हमेशा छलछलाती आंखें गड्ढों में धंसी हुई थीं, जैसे रो रहे हों। बदन पर कपड़ा नहीं, बालों में तेल नहीं और मुंह पर हंसी नहीं। गरीबी से पीड़ित एक अति साधारण आदमी। यह मुसलमान किसी भी सूरत में ख़ून-ख़राबे, आतंक की काल्पनिक धारणा के अनुरूप नहीं था। ज़बरदस्ती फिट किया जाए, तो भी नहीं लगेगा। जीवन के पिता की तरह जावेद के पिता भी समय से पहले बूढ़े हो चुके थे। ऐसा दुखी इंसान दूसरे दुखी इंसान का दुश्मन कैसे हो सकता है? क्यों वह लोगों और उनकी संपत्ती को नुकसान पहुंचाएगा? उनका गला क्यों काटेगा? ऐसा करने से उसे क्या मिलेगा? ग़लत, सब झूठ है, सब बनाई हुई कहानियां हैं! हामिद की बहन ज़ुलेखा, वो तो कुसुम की तरह ही हंसती है, पटपट बातें करती है, ग़ुस्से से होंठ फुला लेती है और फिर प्यार से मोम की तरह पिघल भी जाती है। अभी उसी दिन तो, ईद के वक़्त, एक कटोरी को केले के पत्ते से ढंक कर जीवन के लिए सेवईं लाई थी। कह रही थी, 'छुपकर खा ले। बिराहमण डॉक्टर को मत बताना, नहीं तो तुझे पीटेंगे।'

अन्न का नशा सबसे बड़ा नशा था। दूसरे सभी नशे उसके आगे छोटे थे। जीवन को यहां आए दो-तीन महीने कब बीत गए, उसे ख़्याल ही नहीं था। इन दो-तीन महीनों में उसे हेम की पत्नी के हाथों दो-तीन बार मार भी खानी पड़ी। एक बार नींद में बिस्तर पर पेशाब करने की वजह से मार पड़ी थी। बिस्तर यानी बोरा, जिससे रिसकर पेशाब ने उपलों को गीला कर दिया था। और एक बार अपनी जाति भूल कर उसने ब्राह्मण की जात अभिमानी बेटी गायत्री का गाल दबा दिया था। गायत्री गोरी थी और देखने में बहुत सुंदर थी। बालों को बीच से भागकर दो चोटियां बनाती थी। वह अभी भी तालाब में बिना कपड़ों के नहाती थी। उस दिन जब वह नहाकर बस घाट पर चढ़ी ही थी। उसके भीगे बालों से बूंद-बूंद टपकता पानी उसकी पीठ से बह रहा था। पीठ का बहता पानी नीचे और नीचे, पैर के तलवों तक पहुंच गया था। उस वक़्त उसके मुलायम गाल और गुड़ियों जैसा चेहरा देखकर, जीवन को न जाने क्यों,

उसे प्यार करने का बहुत मन किया। वह अपने आपको संभाल नहीं पाया। उसे डॉक्टर हेम की चेतावनी और उपदेश याद नहीं रहे।

गाल दबाते ही लड़की चीख़ उठी, 'मां, देखो! जल्दी आओ! इस चंडाल ने मुझे छुआ है!' उसके चिल्लाने से कोई भी भ्रम में पड़ सकता था, मानो उस आठ-नौ साल की बच्ची का जीवन ने बलात्कार कर दिया हो। लेकिन उस भूल को जीवन ने फिर से दोहराया—उसके गालों को फिर से हाथ लगाया। पर इस बार तेज़ आवाज़ के साथ—चटाक। गायत्री के गोरे नरम गाल पर जीवन की पांचों उंगलियों के निशान छप गए, 'हरामज़ादी, मुझे हर वक़्त चंडाल-चंडाल क्यों कहती है? नाम से नहीं बुला सकती क्या?'

हेम की पत्नी अपने ही तालाब की मछलियां तल रही थीं। बेटी का रोना सुन झट से निकलकर आईं। मैदान में गायों को छोड़कर भात खाने आए जीवन पर उन्होंने निशाना साधकर हाथ में पकड़ी कड़छी फेंककर मारी। निशाना अचूक था। कड़छी सर्कस में फेंके चाकू की तरह जाकर जीवन के माथे पर लगी। माथा कट गया और ख़ून की धार ने बहते हुए उसकी दाहिनी आंख ढंक दी, 'तेरी इतनी हिम्मत, मेरी बेटी को हाथ लगाता है...पीट-पीट कर मार डालूंगी।'

'वो मेरे को गाली क्यों देती है?'

'झूठ कहेगा तो फिर मारूंगी। उसने क्या कहा, मैंने सुना नहीं क्या? चंडाल को चंडाल नहीं कहेगी, तो क्या ब्राह्मण कहेगी? खाने को और रहने को मिल रहा है, कहे देती हूं, ज़्यादा सिर पर चढ़कर मत नाच!'

जीवन ने रामायण और महाभारत की कितनी कथाएं सुनी थीं। वह गुहक चंडाल का नाम जानता था। उसने हरिश्चंद्र की भी कथा सुनी थी, जो राजपाट खोकर चंडाल बन गए थे। सब चंडालों को अछूत मानते थे। वे श्मशानों में शव जलाते थे, लेकिन जीवन के पिता या और दूसरों में से भी कोई यह काम नहीं करता था। वे लोग कैंप में रहते थे, चटाई बुनते थे या मज़दूरी करते थे। फिर वे कैसे चंडाल हुए? वह तीव्र विरोध से फट पड़ा, 'हम चंडाल नहीं हैं, हम नम: हैं, कश्यप मुनि के वंशज।'

डॉक्टर हेम उस समय घर पर नहीं थे। वह घंटे भर बाद लौटे। जीवन का फटा माथा देखकर उन्हें लगा कि अब और सज़ा देना ठीक नहीं होगा। पहले ही बहुत हो चुका था। उन्होंने अपनी पत्नी से कहा, 'इस तरह कड़छी-वड़छी

क्यों फेंकती हो? ऐसा मत किया करो। ज़रा इधर-उधर होता, तो उसकी आंख चली जाती।'

'जाती तो जाती! ग़ुस्से में क्या इंसान का दिमाग़ ठिकाने पर रहता है?'

'क़ाबू में रखो! शांत रहो! उसकी आंख चली जाती तो क्या होता? आसपास लोग भी तो कम नहीं हैं, कोई न कोई उसे लेकर थाने चला जाता तो पुलिस तुम्हें आकर पकड़ ले जाती।'

थोड़ा रुककर उन्होंने फिर कहा, 'जानता हूं, इन लोगों के व्यवहार पर ग़ुस्सा आता है। अगर ग़ुस्सा आए तो गाय चराने वाली लाठी से दो-चार पीठ पर लगा दो। सांप भी मरेगा और लाठी भी नहीं टूटेगी। कुछ फेंककर मत मारा करो।'

पत्नी को शांत करने के बाद उन्होंने जीवन को दिलासा दिया, 'नाराज़ मत हो। अगर तेरी मां मारती, तो बता तू क्या करता? गायत्री की मां तो तेरी मां के जैसी ही है। कड़छी तुझे मारने के लिए तो नहीं फेंकी थी, सिर्फ़ डराने के लिए फेंकी थी। ग़लती से लग गई। ज़्यादा मत सोच। ऐसी दवाई दूंगा दो-तीन दिन में ठीक हो जाएगा।'

जीवन घाव के दर्द से नहीं बल्कि गाली से आहत होने की वजह से बोला, 'मुझे गायत्री बात-बात पर गाली क्यों देती है?'

'गायत्री गाली देती है! क्या कहता है रे? वो ऐसी लड़की नहीं है! क्या गाली दी उसने, बता?'

'वो मुझे चंडाल कहती है।'

डॉक्टर हेम हंस पड़े, 'ओह! ये बात है! चंडाल कह दिया तो क्या हुआ? तेरे बदन पर क्या फफोला पड़ गया? कहने दे न, कितना कहेगी, तू अगर नाराज़ न हो, क्या फ़र्क़ पड़ता है! मुझे ही देख, कोई मुझे डॉक्टर कहे या ब्राह्मण, मैं नाराज़ होता हूं क्या?'

'लेकिन मैं तो नमः हूं...'

'अरे हां-हां, नमः ही है। किसी ने तुझे बताया नहीं है, इसलिए तू नहीं जानता कि नमः ही चंडाल होते हैं।' उन्होंने जीवन को थोड़ा और समझाया, 'यह जो पानी है, वो बर्फ़ गलने से पानी बनता है, और जमने के बाद फिर से

बर्फ़ बन जाता है। ये कुछ इसी तरह का है। इन सब बातों को लेकर बिल्कुल नाराज़ मत हुआ कर। चल तेरे सिर पर दवा लगा देता हूं।'

जीवन ज़्यादा देर नाराज़ नहीं रह पाता। नाराज़ रहकर भी क्या कर सकता था? बस गाय चराने की नौकरी छोड़ कर जा सकता था। लेकिन जाता कहां? जहां भी जाता, भूख उसका पीछा करती। भूख बहुत कष्टदायक है। भूख लगने से उसका बदन केले के पत्ते की तरह कांपता। उसके सिर और कान भांय-भांय करते। बेहोशी-सी छाने लगती थी। बात करने, खेलने और काम करने का मन नहीं करता था। इस भूख के डर ने उसे रोक लिया। भूख ने जैसे उसे गाय बांधने की रस्सी की तरह, समझौते के खूंटे से बांध रखा था।

अन्न न मिले तो आदमी ज़िंदा नहीं रहता है। जीवन ज़िंदा रहना चाहता था। उसे ज़िंदा रहना था और बड़ा होना था। अगर वह ज़िंदा न रहे और बड़ा न हो तो मां-बाप, भाई-बहन किसी को भी बचाया नहीं जा सकता था। सबको बचाए रखने के लिए उसका ज़िंदा रहना सबसे ज़्यादा ज़रूरी था।

उसी भूख के कारण एक दिन उसने ज़ुलेखा की सेवईं खा ली थी। एक समय जीवन के पूर्वज को मुसलमान के हाथ से अन्न-जल ग्रहण करने की वजह से जात से बाहर कर दिया गया था। सेवईं खाने से पहले और खाने के बाद के जीवन ने ख़ुद को बारीक़ी से परखा था। नहीं, कुछ भी नहीं बदला था। ख़ुद को अपवित्र, या अशुद्ध भी नहीं महसूस हुआ था। बल्कि इसका उल्टा ही था। दूध, घी, काजू, किशमिश से बनी स्वादिष्ट सेवईं खाकर उसका शरीर और मन शांत, तृप्त और ताक़तवर लग रहे थे। उसे पिता ने कभी कहा था, 'यदि कोई आदर से सड़ा भात भी खाने को दे, तो ध्यान रहे कि वो अनादर से दिए छप्पन भोग से भी लाख गुणा बेहतर होता है।' और यदि कोई प्यार से स्वादिष्ट खाना दे तो? जो स्वादिष्ट खाना लेकर आई थी, वो राजकुमारी सुजाता नहीं, ग्रामीण बंगाल की भूख से बेज़ार एक लड़की थी। और वह अपने हिस्से का खाना जिसे देकर जा रही थी, उन्हें मुल्ला-मौलवी काफ़िर कहते थे, वे जिन्हें अल्लाह भी पसंद नहीं करते।

जीवन को उन झूठे लोगों पर क्षमाहीन क्रोध आया, जो कहते थे कि मुसलमानों के हाथ से अन्न-जल खाने से जात चली जाती है। उसकी तो जात-वात नहीं गई! वह जैसा था वैसा ही है। अगर अन्न ग्रहण करने से जात चली जाती है, तो इतने दिनों से हेम चक्रवर्ती के घर का अन्न खाकर, अब तक तो उसे ब्राह्मण हो जाना चाहिए था! उसे भी अब तक तो उन्हीं की तरह मनुष्यों

से अकारण घृणा करने वाला, अपमान करने वाला और अत्याचारी हो जाना चाहिए था।

नहीं, जीवन इनके जैसा, उनके जैसा या किसी के जैसा नहीं बन सका। जीवन वैसा ही साधारण जीवन बना रहा, लेकिन छोटे से जीवन के मन में अब बड़ों की तरह का एक विचार अंकुरित होने लगा। यदि इंसान सिर्फ़ इंसान ही होता, और कुछ नहीं, तो वह किसी के लिए भी हानिकारक नहीं हो सकता था।

ख़ालिदा की नानी गायों के झुंड के साथ-साथ घूमती हुई एक टोकरी में गोबर इकट्ठा करती थी। वह चकला की औरतों के साथ धान के खेतों में ठूंठ उखाड़ने भी जाती थी। घर लौटकर खाना बनाती थी। गोबर के उपले बना घुटियारी शरीफ़ जाकर बेचकर आती थी। एक उपला एक पैसे का, सौ उपले एक रुपए के। एक रुपए का उपला ख़रीदने पर दस मुफ़्त।

ख़ालिद की नानी हर वक़्त जीवन के साथ हंसी-मज़ाक़ करती रहती थी। 'ए लड़के, जवान मर्द बन जा। कमाई करना सीख लेगा, तो अपने गांव का दामाद बना लूंगी। ज़ुलेखा के साथ तेरी शादी कर दूंगी।' यह सुनकर ज़ुलेखा गालियां देती थी, 'बदमाश बुढ़िया! तुझे मेरी शादी करने की ज़रूरत नहीं, तू ख़ुद ही क्यों नहीं कर लेती इससे शादी?'

बुढ़िया खिसिया कर कहती, 'रंडी! हर वक़्त उसके पीछे-पीछे घूमती रहती है। मैंने शादी की बात कर दी तो मुझे गालियां दे रही है। अपने प्रेमी से पूछ, क्या वो मेरे साथ शादी करेगा? अगर बोलेगा कि कल करते हैं, तो मैं आज ही कर लूंगी। उपले की बोरियां उठाने के लिए एक मर्द मिल जाएगा।'

यह सब मज़ाक़ था। इसी तरह हंसी-ठिठोली करते हुए हज़ारों अभावों, परेशानियों के बीच इतने जीवंत, सहज, सरल, ईमानदार और कठिन परिश्रम से भोजन जुटाने वाले ये लोग कैसे उन्हीं के जैसे दूसरे इंसानों का गला काट सकते थे? इससे उन्हें क्या फ़ायदा होता? यह जटिल सवाल जीवन हल नहीं कर पाता था। उसे लगता—जात, धर्म, वर्ण, संप्रदाय—नाम की चीज़ों से पारंपरिक विद्वेष की ज़हरीली हवा भरकर कोई ग़ुब्बारा फुलाया गया है। इस ग़ुब्बारे के न होने या फट जाने से किसी को कोई नुकसान नहीं। फिर भी तरह-तरह के प्रचारों द्वारा उसका महिमामंडन किया जा रहा था। और जो यह कर रहे थे वे सब धोखेबाज़, ठग, शैतान और मानव समाज के घोर शत्रु थे।

यही लोग फ़साद, मारामारी, आतंक, ख़ून-ख़राबा करवाते थे। अगर किसी को इंसान का गला काटने का मन कर रहा हो, तो इन शैतानों का गला काटना कोई गुनाह न होता!

जीवन को लगता था कि वो और ख़ालिद एक-दूसरे के दुश्मन नहीं थे। लेकिन एक साथ रहने से, एक साथ खेलने में, कभी किसी विषय को लेकर उनमें मन-मुटाव, झगड़ा, यहां तक कि मारपीट भी हो जाती थी। अभी उसी दिन तो हाडुडू खेलते वक़्त कितना झगड़ा हुआ, हाथापाई भी हो गई थी। हो सकता है यह दोबारा भी हो। तब अगर ख़ालिद या जावेद मुसलमान मोहल्ले में जाकर कहें कि 'एक हिंदू ने मुझे मारा है!' और गांव में कोई आदमी वहां के लोगों को उकसा दे, 'चलो दस हिंदुओं को मारकर इसका बदला लेंगे!' तो वो तो घोर अन्याय होगा। उसी तरह अगर मैं जाकर यही बात कहकर हिंदुओं को भड़का दूं, तो वो भी घोर अपराध होगा।

लोगों का एक समूह ऐसी चीज़ें करता आ रहा था। ये कोई आम इंसान नहीं थे, बल्कि धुरंधर बदमाश थे। वे व्यक्तिगत स्वार्थ की पूर्ति के लिए ये सब करते थे, जो अबूझ, अनपढ़, मूर्ख, निर्बोध लोगों में गुप्त वाइरस की तरह फैल जाता था। जीवन अपनी छोटी-सी उम्र में ज़्यादा मुसलमानों से नहीं मिला था। पिता के दोस्त मामूद चाचा और अब चकला गांव के कुछ मुसलमान। लेकिन इन लोगों में उसने कोई विशेष दोष नहीं देखे थे, जो बाक़ी सब में न होते हों। लेकिन उनमें एक विशेष गुण अवश्य था—ये लोग डॉक्टर हेम की तरह उससे घृणा नहीं करते थे।

एक दिन गायों को लेकर लौटने में जीवन को कुछ ज़्यादा ही देर हो गई। शाम का अंधेरा बढ़ गया था। वैसे वह कभी देर नहीं करता था। सांझ होने से पहले ही लौट आता था, क्योंकि गायों को गौशाला में लाने के बाद उन्हें चारा काटकर देना पड़ता था। इतनी सारी गायों के लिए चारा काटने में काफ़ी समय लग जाता था। उसके बाद तालाब से पानी लाकर पीने के पानी के कुंड में डालना होता था। इतना करने के बाद उसे फ़ुर्सत मिलती थी। उस दिन न जाने कहां से एक कटी पतंग मैदान में पड़ी मिल गई। पतंग को देखकर जीवन का मन मचल उठा। वह कभी पतंग नहीं ख़रीद पाया था, इसलिए उड़ा भी नहीं पाया था। आज क़िस्मत ने उसे वो मौक़ा दिया था। मन भर कर मस्ती से पतंग

उड़ाते-उड़ाते कब सूरज ढल गया और अंधेरा उतरने लगा उसे पता नहीं चला। घर लौटते-लौटते अंधेरा हो गया।

उस अंधेरे में उसने आकर देखा, डॉक्टर हेम के घर के पश्चिम की ओर वाले कमरे के बगल के बरामदे में अमजद अली, नूरुल हक़ और रहमत मुल्ला बैठे हुए थे। इन सबकी उम्र पैंतीस-छत्तीस के आसपास की थी। वे लोग चकला गांव के संभ्रांत, संपन्न परिवारों से थे। सबके पास धान के चालीस से पचास बीघा खेत थे। नूरुल हक़ के हाथ में एक छोटा-सा बोलने वाला बक्सा था। उसका नाम रेडियो था, जो आसपास के दस-बारह गावों में किसी के पास नहीं था। वह उस बक्से को हर वक़्त अपने साथ रखता था। वो बक्सा बातें, कहानियां, जात्रा-नाटक, गीत और कितना कुछ सुनाता था। बारिश होगी या नहीं, चक्रवात आने वाला है या नहीं, किस फसल में कौन सी खाद का इस्तेमाल करने से पैदावार अच्छी होगी, सब ख़बर देता था।

ये लोग जिस बरामदे में बैठे थे, उसके सामने की पक्की सड़क रेललाइन पारकर कुड़ाली गांव तक पहुंचती थी। उसका दूसरा सिरा घुमावदार था और चकला होते हुए नारायणपुर पहुंचता था। लेकिन घर के सामने की इस सड़क पर चलते लोग घर के अंदर नहीं देख सकते थे। आए हुए मेहमान बड़ी नीची आवाज़ में संकोची स्वर में बात कर रहे थे, जो कि काफी अस्वाभाविक था। जैसे वे अपने अस्तित्व को छुपाए किसी अपराधबोध से आक्रांत थे। कहते हैं न, *'जार गोलाय धान, तार कथाय टान'*, जिसके अन्न भंडार में धान है, उसकी ज़ुबान में रुआब है। हर जगह—पथ, हाट-घाट, बाज़ार, पंचायत—के लोग उनके रुआब के बारे में जानते थे, लेकिन इस वक़्त उनका स्वर वैसा नहीं था।

उनके सामने डॉक्टर हेम खड़े थे। जो लोग मुसलमान की छाया तक पड़ना पाप समझते थे, जो नमःशूद्र बालक को चरम घृणा से बरामदे पर भी चढ़ने नहीं देते थे—उन्हीं में से एक ने निमंत्रण देकर गौ-मांस खाने वालों को अपने घर पर बुलाया था! गिरने की भी हद थी! डॉक्टर हेम की आवाज़ में परम विनय था, मानो उन्हीं की अनुकंपा से पिघल कर गंगा और जमुना बनी हों। 'मैं कितना भाग्यशाली हूं! मैंने सपने में भी नहीं सोचा था कि आप लोगों के पैरों की धूल मेरी कुटिया में पड़ेगी। जिस दिन बाज़ार में रहमत दादा ने कहा कि मेरे घर आएंगे, मैंने सोचा मज़ाक़ कर रहे हैं। इसलिए सुबह फिर पूछा था कि आप आएंगे न! तब जाकर मुझे विश्वास हुआ कि आप लोग सचमुच मुझ

गरीब के घर आएंगे। मेरे पास शब्द ही नहीं हैं कि आप लोगों का शुक्रिया... ख़ैर जाने दीजिए! बस तैयार होने वाला है, बीस एक मिनट और लगेंगे।'

सारा घर औटते दूध की सुगंध से भरा हुआ था। रसोईघर में पायेश (खीर) पक रहा था। उसमें इलायची, लौंग, किशमिश, तेजपत्ता और खजूर के गुड़ के साथ न जाने और क्या-क्या डाला गया था। डॉक्टर हेम ने जो हज़ार रुपए देकर गाय ख़रीदी थी, उसने कुछ दिनों पहले ही बछड़ा दिया था। उसी गाय के दूध की खीर पक रही थी। वह गाय रहमत मुल्ला ने डॉक्टर हेम के साथ नारायणपुर जाकर मोल-भाव कर, सस्ते में दिलवाई थी। उस उपकार का ऋण कैसे उतारा जा सकता था! शिष्टाचार के नाते गाय ख़रीदने के दिन डॉक्टर हेम ने रहमत मुल्ला से कहा था, 'आपने जो मेरे लिए कष्ट उठाया, जो उपकार किया है, उसे मैं कभी भूल नहीं सकता। गाय को जब बछड़ा होगा, आप घर ज़रूर आइएगा। इसी गाय के दूध में बनी खीर खिलाऊंगा।'

लेकिन वो कुछ महीने पहले की बात थी। डॉक्टर हेम वो सारी बातें भूल चुके थे। तमाम झमेले-झंझटों के बीच, किसने कब गाय ख़रीदवाई और उसे क्या कहा था, कितने दिन तक याद रखा जा सकता था? लेकिन रहमत मुल्ला वो बात नहीं भूला। एक दिन उसने कह दिया, 'क्यों डॉक्टर, गैया को तो ब्याहे बहुत दिन हो गए। तुम्हारा पायेश कहां है?'

'कौन-सा पायेश?'

'वही जो तुमने खिलाने का वादा किया था?'

'सच कह रहे हैं! हमारे हाथ का खाएंगे?'

'नापाक नहीं हो तो खाने में क्या मनाही है? पायेश तो गाय के दूध से बनता है। जब तुम खा सकते हो, तो हम क्यों नहीं?'

'तो फिर कल ही लीजिए—न, कल नहीं हो पाएगा, मुझे कुड़ाली जाना है। परसों मेरे घर आइए। आएंगे तो?'

'कहा न आऊंगा। लेकिन शाम के बाद। मेरे साथ मेरे दो दोस्त और होंगे।'

'हां-हां दो क्या, दस दोस्त ले आइए! आप लोगों के साथ वाले गांव में ही तो रहता हूं। आपद-विपद में आप लोगों का ही तो भरोसा है। आना-जाना, मिलना-जुलना न होने से फिर हम भला कैसे पड़ोसी हुए!'

इसीलिए वे यहां आए थे। उन्हें आमंत्रित किया गया था। हिंदू धर्म में अतिथि को भगवान कहा जाता है। लेकिन ये लोग स्वाभाविक, साधारण अतिथियों की तरह आचरण नहीं कर रहे थे। मानो ये किसी संकोच में हों। शायद युग-युगांतर के रिवाज मन की किवाड़ खटखटा रहे थे। अगर चकला गांव के किसी व्यक्ति ने उन्हें एक हिंदू के घर खाते देख लिया, तो न जाने मोहल्ले में जाकर क्या अफ़वाह फैला दे। किसे पता कि वे दूध की खीर खा रहे हैं या कछुए का मांस? केकड़ा, कछुआ और ऐसे जीव खाना इस्लाम में हराम है।

थोड़ी देर के बाद कांसे की बड़ी-बड़ी थालियों में हेम की पत्नी ने खीर डालकर, ग़ुस्से से भरी दबी आवाज़ में कहा, 'जाओ, ये थालियां ले जाओ।' डॉक्टर हेम ने रसोई से खीर की थालियां ले जाकर, आंगन पार कर बरामदे में, अतिथियों के आगे रख दीं, 'लीजिए खाना शुरू कीजिए।' हेम की पत्नी गठिया से पीड़ित थी। अगर अतिथियों को खीर देते हुए म्लेच्छ शरीर छू जाता, तो इतनी रात में नहाना बहुत झमेले का काम था, इसलिए डॉक्टर हेम ने ख़ुद थालियां ले जाना ही समझदारी का काम समझा।

रहमत मुल्ला और उनके दोस्त खुले मन से आए थे और पायेश खा रहे थे। जो भी संकोच या संस्कार थे, वो उनका अपना सामाजिक और धार्मिक विषय था, जिसे उन्होंने फिलहाल दूर हटाकर रखा था। रूढ़िवादी, अचलायमान, अटल नियमों को तोड़ने के लिए किसी पक्ष को तो पहल करनी पड़ती है, इसलिए वे लोग आगे आए। आज अंधेरे में चोरों की तरह आए थे, कल दिन की रोशनी में वीरों की तरह सीना चौड़ा करके आएंगे।

खीर को बड़े चाव से खाने और थाली को चाट-चाटकर साफ़ कर वे वापस चले गए। डॉक्टर हेम भी ख़ुश थे। घुटियारी शरीफ़ रेललाइन के किनारे रहने वाले पूर्वी बंगाल के शरणार्थियों में से कुछ लोग अब तक हिंदू महासभा में कद्दावर हो चुके थे। वे सब हर समय भड़काऊ बातें करते रहते थे। इससे दोनों संप्रदायों के बीच तनाव बढ़ रहा था, जो किसी भी वक़्त फट सकता था। यदि किसी दिन दोनों पक्षों के बीच दंगा हो जाए तो यही खीर डॉक्टर हेम को मुसलमानों के क्रोध से बचाने वाली थी। यह डॉक्टर हेम चक्रवर्ती का विश्वास था। लेकिन डॉक्टर की पत्नी इतनी कुशल व चालाक नहीं थी। जिनकी वजह से उन्हें अपना देश छोड़कर आना पड़ा, वो गौमांस खाने वाले कटुवों की जात, घर के बरामदे तक आए, बैठे और खाए, यह बात उसे क़तई गवारा

नहीं थी। आज बरामदे में बैठे, कल रसोईघर में घुसेंगे! तो फिर जात का क्या रह जाएगा? यही करना था, तो फिर देश क्यों छोड़ा?

अतिथियों के जाने के बाद डॉक्टर हेम ने जीवन को आवाज़ लगाई, '*एई खोका*, इधर आ गमछा लपेटकर। अब एक काम कर इन थालियों को तालाब पर ले जाकर राख से रगड़-रगड़ कर धो ला।' जीवन जब ये काम करके आ गया, तो डॉक्टर हेम बोले, 'आ गया? अब चटाई को धोकर गौशाला की छत पर सूखने डाल दे।' जब जीवन ने ये भी कर लिया तो वे बोले, 'अब बाल्टी में गोबर ले और उसमें पानी मिलाकर बरामदे को लीप दे।'

डॉक्टर हेम के निर्देशानुसार सारा काम निबटा लेने के बाद हेम की पत्नी ने आदेश दिया। एक और बाल्टी गोबर मिला पानी ला और पूरे आंगन में छिड़क दे नहीं तो बार-बार कमरे में आना-जाना नहीं कर पाऊंगी। वह इतनी घिन के साथ बात कर रही थी, मानो पूरे आंगन में मल-मूत्र का पहाड़ फैला हो, जिसे गोबर-जल के बिना पार करना असंभव था। लेकिन लिपे-पुते आंगन में जीवन की पैनी आंखें कहीं भी गंदगी नहीं देख पा रही थीं। आंगन की दूसरी ओर रसोई के दरवाज़े पर दीया हाथ में लेकर हेम की पत्नी खड़ी थीं। चाहतीं तो बहुत आसानी से आंगन से चलकर बड़े कमरे में जा सकती थीं। तो ऐसा करने में उन्हें क्या बाधा थी?

बाधा कहां थी, यह डॉक्टर हेम जानते थे। उस आंगन से गौमांस खाने वाले म्लेच्छ चलकर गए थे। आंगन की मिट्टी उनके छू जाने से अशुद्ध हो चुकी थी। हेम की पत्नी यह सब बहुत मानती थीं। कट्टर ब्राह्मण कन्या जो थीं; कोई अनाचार मानने वाली नहीं थीं। डॉक्टर हेम इतना नहीं मानते थे; वे सभी जाति के लोगों से मिलते थे। उनका कहना था, भगवान अंधे नहीं हैं, सब देखते हैं। भगवान जानते हैं कि डॉक्टर हेम क्यों इस पाप को करने के लिए बाध्य थे। भगवान करुणा के सागर हैं, वे निश्चित ही उन्हें क्षमा कर देंगे।

उन्होंने फिर कहा, '*खोका*, जा एक बाल्टी और गोबर-जल ले आ। मां जिस तरह कहती हैं, उस तरह छींटा मार दे।'

जीवन आंगन में गोबर-जल छिड़कते हुए हेम की पत्नी का ग़ुस्से में भुनभुनाना सुनता रहा। 'कह देती हूं! यह पहली और आख़री बार है। ऐसे बेजात-कुजात फिर कभी इस घर में न घुसें। अगर तुम्हें उनसे मिलना है, तो घर के बाहर मिलो। खिलाना है, तो बाहर खिलाओ। जात और धर्म के कारण अपना देश छोड़कर आए हैं, और अब वही मियां घर के अंदर आकर बैठेंगे!

ऐसा अनाचार यह ब्रजबाला नहीं सहेगी! भूलो मत, घर में अब लक्ष्मी बैठाई हुई हैं। कितना झमेला है, अब सारे घर में गोबर-गंगा छिड़को! कुछ दिनों तक अब मेरा जी मिचलाता रहेगा, पता नहीं अब अन्न का दाना भी मुंह में ले पाऊंगी या नहीं। पता नहीं क्या कुछ खाकर आंगन से चलकर गए हैं, उनके बदन की बदबू नाक में घुस गई है—थू!'

गले का स्वर धीरे-धीरे तेज़ होता देख डॉक्टर हेम ने उन्हें सावधान किया, 'ओहो! धीरे बोलो, बगल में ही सड़क है। आते-जाते किसी ने सुन लिया तो!' अपना स्वर और धीमा कर उन्होंने कहा, 'क्या कर सकता था, बताओ? क्या मैं जानता था कि ऐसा होगा? बस ऐसे ही बातों-बातों में कह बैठा कि खीर खिलाऊंगा। लेकिन वो तो गाय ख़रीदने के समय की बात थी। वो उस बात को गांठ बांधकर याद रखेंगे, क्या पता था! चलो, जो होना था हो गया। अब इस बात को लेकर माथा मत गरम करो। फिर कभी ऐसी भूल नहीं होगी।'

'माथा गरम मत करो।' कहने से क्या माथा ठंडा रखा जा सकता है? हेम की पत्नी ने मियांओं की गंदगी नमःशूद्र से धुलवाई। लेकिन अब नमः की गंदगी किससे साफ़ करवाए, यह सोचकर वह परेशान हुई जा रही थीं। वो गौमांस खाने वाले थे, तो यह सूअर खाने वाला था। दोनों ही घृणित थे, उच्चवर्णों के लिए मानवेतर प्राणी। ठंड अभी तक पूरी तरह से गई नहीं थी। हालांकि हड्डियां कंपकंपा देने वाली ठंड नहीं थी, लेकिन बदन सिहर रहा था। अपना ग़ुस्सा जीवन पर उतारते हुए उन्होंने कहा, 'जा गोबर की बाल्टी तालाब से धोकर एक डुबकी लगाकर आ। मैं इंतज़ार कर रही हूं।'

सारा दिन तो जीवन हामिद, जावेद और ख़ालिद के साथ रहता था। पर वापस आकर कभी भी नहीं नहाता था। वह बस दिन के वक़्त, एक बार ही नहाता था। तो फिर आज, इस समय क्यों? क्या वो शुद्धिकरण के लिए था या फिर अपना ग़ुस्सा उतारने के लिए वह यह करवा रही थीं? यह बात हेम की पत्नी से पूछने की हिम्मत जीवन में नहीं थी। उनका आदेश न मान कर, वह उन्हें और चिढ़ाना नहीं चाहता था। उसे बहुत भूख लगी थी। यह ग़लती करने का समय नहीं था। वह झाड़ू और बाल्टी उठाकर तालाब की ओर चल पड़ा। डुबकी लगाकर एक गुच्छा भूसा और चिकनी मिट्टी से रगड़ कर नहा लेने से चल जाएगा। लेकिन जैसे ही वह तालाब के पास पहुंचा और पानी में उतरने लगा, वह ठिठक गया। उसके पैर घाट पर ही जम गए। उसने देखा कि तीन

लोग घर के सामने पत्थर के बुतों की तरह खड़े हुए थे। ये वही रहमत मुल्ला, नूरुल हक़ और अमजद अली थे। जल्दी-जल्दी में नूरुल हक़ अपना रेडियो वहीं बरामदे के अंधेरे कोने में ताक पर रखा छोड़ गया था। अगर वह बक्सा चल रहा होता, तो सबको पता रहता। लेकिन बंद होने की वजह से किसी की नज़र में नहीं आया। उसने चुपचाप घर में घुसने के लिए रेडियो बंद कर दिया था। लेकिन अब उसे वापस लेने के लिए वे और अंदर नहीं जा पाए। बाल्टी-झाड़ू, गोबर-जल का ताम-झाम और हेम की पत्नी की गरजती आवाज़ से वे पत्थर की तरह वहीं दरवाज़े पर जम गए।

16

क्रोध और दुश्मनी

जीवन ने लोगों के मुंह से दंगों की बहुत-सी कहानियां सुनी थीं, लेकिन जो लोग दंगा करते हैं, उनका चेहरा उसने कभी नहीं देखा था। उसने कसाइयों को देखा था, लेकिन उनकी शांत आंखों में कितनी क्रूरता छुपी होती है, वह नहीं जानता था। इस वक़्त उन तीन आदमियों की पथराई आंखों से जो अपमान, घृणा और क्रोध की लपटें निकल रही थीं, वो एक साथ निर्दयी कसाइयों द्वारा बहुत सारे नोआखालियों को जन्म देने की पीड़ा से भरी हुई थीं। पता नहीं क्यों, जीवन को लग रहा था कोई भीषण दंगा होने वाला है। हज़ारों मांओं की कोख सूनी होने वाली है। अनगिनत चिताएं जलने वाली हैं। बहुत सारा ख़ून-ख़राबा, बहुत सारा विनाश और आंसुओं का सैलाब आने वाला है। आज की अंधेरी, व्यर्थ, तर्कहीन रात ने मानव मन की गुप्त कंदराओं में दंगे के बीज बो दिए थे। ऐसे बीज विभिन्न स्थानों पर, विभिन्न लोगों में, विभिन्न तरीक़ों से रोपे जा रहे थे। यह तब तक समाप्त नहीं होगा और इससे कोई रक्षा भी नहीं करेगा, जब तक सामूहिक विवेकशील चेतना जागृत हो यह घोषित नहीं करेगी: बंद करो! बहुत हो चुका! अब और नहीं! रुको! वरना हम आप पर धावा बोल आपको रोक देंगे! हम नफ़रत के ज़हरीले फलों का मुक़ाबला करेंगे!

अंधकार एक अभिशाप है। अच्छी शिक्षा के अभाव में पैदा हुई अज्ञानता मन के अंधकार को और भी घना और विकट कर देती है। यह विवेक के आगे एक ठोस दीवार खड़ी कर देती है। स्वस्थ और खुले विचारों में रुकावट पैदा कर देती है। कौन अपना है, कौन पराया, कौन शत्रु है, कौन मित्र, किसका गला दबाना है और किसे गले लगाना है—कुछ भी समझना मुश्किल होता है।

ख़ालिस नफ़रत से भरी काली रात में होने वाले विस्फोट के बाद क्या जावेद, ख़ालिद या हामिद, जीवन की सही पहचान जान पाएंगे? क्या ऐसा संभव था? या उस रात के अमानवीय निष्कर्ष के बाद, उसकी छोटी-सी भूमिका का मूल्यांकन भी अंधी घृणा के साथ किया जाएगा। जो हर दंगे में होता है, जो दंगे का अपना धर्म होता है!

दंगा होगा, कोई हाथ में हथियार लिए होगा, कोई निहत्था। इसमें सबको भाग लेना होगा। कोई निरपेक्ष नहीं रह पाएगा। पास हो या दूर, सब या तो शारीरिक या फिर मानसिक रूप से दंगों से जुड़े रहेंगे। कोई आग लगाएगा, कोई जलकर मरेगा। किसी की चमड़ी झुलस जाएगी, किसी को बस ताप महसूस होगा—लेकिन कोई भी इससे बच नहीं पाएगा। कोई सुरक्षित या निष्पक्ष नहीं रह पाएगा।

निष्पक्षता असल में आक्रमणकारियों के पक्ष में एक मददगार की भूमिका निभाती है। क्या जीवन उस भूमिका में ख़ुद को सीमित रख पाएगा? जीवन ने सोचा: जब लाशों का पहाड़ बनेगा और ख़ून की नदी बहेगी, तब वह किसके पक्ष में रहेगा? किसका ख़ून करेगा? किसके घर में आग लगाएगा? किस मां की कोख सूनी कर उस मां को रुलाएगा?

जीवन का जन्म नम:शूद्र परिवार में हुआ था। जिन्हें चंडाल कहा जाता था। हालांकि सरकारी दस्तावेज़ों में उन्हें चंडाल नहीं कहा जाता था, लेकिन इसका मतलब यह नहीं था कि हिंदू समाज ने उन्हें वो सामाजिक मर्यादा लौटा दी थी जिसके वे अधिकारी थे। आज भी उच्चवर्ग के हिंदू उन्हें घृणित और अछूत मानते थे। मंदिर, मठ और अन्य धर्मस्थानों के दरवाज़े आज भी उनके लिए बंद थे। वैसे वे हिंदू कहलाते थे! जिस हिंदू धर्म के सर्वेसर्वा हेम चक्रवर्ती जैसे लोग थे, उनकी नज़रों में नम: और मुसलमान में कोई भेद नहीं था। वे मानो महाभारत के हिडिम्बापुत्र वीर घटोत्कच थे, जो पांडवों की ओर से कुरुक्षेत्र के मैदान में कौरवों के विरुद्ध लड़ा था। कौरवों की ओर से लड़ रहे कर्ण द्वारा चलाए दैवीय शस्त्र से घटोत्कच की मृत्यु के बाद पांडवपक्ष ख़ुशी से नाच उठा, क्योंकि अब उस घातक शस्त्र का इस्तेमाल वीर धनुर्धर अर्जुन पर नहीं हो सकता था। हिडिम्बा के गर्भ में वीर्यपात भीम ने ही किया था, लेकिन वह घटोत्कच का पिता नहीं बना था। उसी तरह हिंदू भी नम:शूद्रों के बाप नहीं बने और न बनेंगे। तो फिर उनका पक्ष लेने से जीवन को क्या

लाभ होगा? यदि किसी दिन हिंदू धर्म पृथ्वी से विलुप्त या विध्वस्त या ख़त्म हो जाए तो अछूत संतान जीवन क्या खोएगा?

और जावेद और ख़ालिद का क्या, वो तो मुसलमान थे? उनके धार्मिक विचारों के अनुसार वह डॉक्टर हेम की ही जात का था—एक काफ़िर, हिंदू। क़ुरान शरीफ़ की हिदायतों का अनुसरण करते हुए मुल्ला-मौलवियों के भंडार में काफ़िरों के लिए नफ़रत का ढेर जमा हुआ था। उस नफ़रत को वे अपनी कौम के लोगों के दिलो-दिमाग़ में फैलाते रहते थे। मज़हबी आईने में प्रतिबिंबित होने पर वे जीवन को दुश्मन के रूप में पहचानेंगे। और अगर उसकी पहचान दुश्मन के रूप में होगी, तो फिर उसे माफ़ नहीं किया जा सकता।

ऐसी हालत में जीवन यह जानने में असमर्थ था कि वह अब किसे अपना दोस्त समझे और किसके पक्ष में खड़ा हो? उसे पता नहीं था कि क्या करना सही होगा। वह पीड़ित पक्ष में नहीं, आक्रमणकारी पक्ष में खड़ा होना चाहता था। लेकिन वह किस पर झपटेगा और कौन उसके साथ होगा? वह किसके ख़ून से नहाएगा, यह बहुत जटिल गणित था। एक बच्चे का मन भावनाओं में बह सकता है, आवेग में अपनी आहुति दे सकता है। लेकिन नफ़ा-नुकसान का सही हिसाब लगा कर क़दम नहीं बढ़ा सकता है। बच्चों का दिमाग़ इतना चतुर नहीं होता, तभी तो वे चालाक-चतुर लोगों द्वारा इस्तेमाल किए जाते हैं। एक के बाद एक ग़लत क़दम उठाने को मजबूर हो जाते हैं।

भावनाओं से घिरा जीवन सोच रहा था: यदि वह, मंगला, फटिक, मरण, जावेद, ख़ालिद और हबीब, सब मिलकर उन लोगों के ख़िलाफ़ युद्ध छेड़ पाते, जो लोगों के बीच दरार पैदा करते हैं; उन्हें जुओं और खटमलों की तरह बीन-बीनकर मसल पाते, तो कितना अच्छा होता। तब आस-पास की दुनिया बेहद सुंदर और मनुष्यों के रहने लायक़ हो जाती।

लेकिन जो सुंदर है, अच्छा है, वह इतनी जल्दी घटित नहीं होता। उसके लिए लगातार प्रहार सहने पड़ते हैं। उसी से तो मनुष्यों में सहनशीलता बढ़ती है। तटस्थता या निष्पक्षता के नाम पर चलने वाली कायरता की कठोर दीवार ढह जाती है। और तब मनुष्य उठ खड़ा हो हिंसा, घृणा, दंगा, ध्वंस और हत्या के विरुद्ध युद्ध की घोषणा कर सकता है। तभी युद्ध के अध्याय के बाद शांति का अध्याय आ सकता है। शांति: जो पूर्ण, अबाधित, अनंत और शाश्वत है।

अंत में जो होना था, वही हुआ। उसके अलावा कुछ और होना संभव भी नहीं था। भात के लिए हमेशा से भिखारी रहे इंसान ने गरम भात और माछेर झोल के मोह को त्याग, गाय चराने की आरामदायक नौकरी छोड़ दी। जीवन पहले से ही टूटा हुआ महसूस कर रहा था, लेकिन अंत में आज उसकी पीठ पर मज़बूत लाठी टूटी। यह होना ही था। इसे अलगाव में नहीं देखा जा सकता था। प्रत्यक्ष रूप में एक छोटी-सी घटना, जो किसी की भी सोच के दायरे से बाहर थी, पर आने वाले समय में किसी बड़ी घटना का कारण बन सकती थी। आज की यह मार, कौन जाने, जीवन की दिशा को ही बदल डाले! उसके लिए एक नया रास्ता निर्धारित कर दे! फिलहाल ये कहानी भविष्य के गर्भ में छुपी हुई है।

किसी ने कहा था: वर्तमान कुछ नहीं होता है। वर्तमान अतीत से भविष्य में जाने की एक छोटी-सी पुलिया मात्र है। अतीत की उस अंधेरी रात में घटित दुराचार, जो एक पाप था, एक जघन्य घटना थी, जीवन को कुरेद-कुरेदकर खा रही थी। वह अब पहले की तरह मुसलमान लड़कों के साथ मिल-जुलकर नहीं रह पा रहा था और न ही खेल पा रहा था। जावेद, ख़ालिद या ज़ुलेखा की आंखों से आंखें मिलते ही उसका मन अपराधबोध से भर जाता था। उस रात उसे स्वच्छ और पवित्र करने के लिए नहलाया गया था। उस स्नान ने उसके मन में ग्लानि का एक पहाड़ खड़ा कर दिया था, जो उनसे गले मिलने, हाथ में हाथ डाले चलने में रुकावट बन रहा था। जो काम कुत्ते-बिल्ली को छूने से नहीं करना पड़ता था, वो काम कुछ इंसानों को छूने से करना पड़ा था। और वो *उसे* करना पड़ा था! छी: छी:! यह कितना अपमानजनक, मन को कष्ट देने वाला था, यह उससे बेहतर और कौन जानता था!

इसलिए जीवन ने जावेद का साथ छोड़ दिया और अपने मन की पीड़ा को मन में ही दबा, अकेले गायों का झुंड लेकर उन सबसे दूर, रेललाइन के पास के गन्नों की खेतों की ओर चला गया। जिससे उनका सामना होने पर उसे लज्जित न होना पड़े। वह गायों को चरता छोड़ रेललाइन के पास एक पेड़ के नीचे बैठ गया।

जीवन को ट्रेन देखना बहुत पसंद था। कैंप में भी कभी-कभी वह ट्रेन देखने रेललाइन के पास चला जाता था। *कू-छुक-छुक* की आवाज़ करती, धुएं का ग़ुबार छोड़ती हुई ट्रेन जब भागती थी, तब उसे लगता था जैसे एक विशालकाय कानखजूरा किसी दूर देश की ख़बर पा, सारे संशय, सारे बंधन तोड़ता हुआ पागलों की तरह रेल की पटरियों पर भागा जा रहा है। उसे सबसे

अच्छा लगता था जब रात के अंधेरे में, रोशनी से जगमगाता हुआ इंजन बहुत तेज़ी से अपने साथ डिब्बों को खींचता हुआ आगे बढ़ता जाता था। उस विशालकाय यंत्रयान की गति जीवन के सीने में एक पागल तूफ़ान उठाती थी। तब एक किशोर की आंखों से ग्रामीण बंगाल के मैदान, घाट, शहर, नगर, बंदरगाह—सब ओझल हो जाते थे और वह अनजाने, अनदेखे, कल्पना के एक नए जगत का दृश्य रचता था।

लेकिन गूंगे पशु, जीवन की तरह भावनात्मक उथल-पुथल से नहीं जूझ रहे थे। प्रकृति ने उन्हें बस तीन काम सौंपे थे—आहार, विश्राम और प्रजनन। और एक डर का बोध कि जो भी अपरिचित और अज्ञात है, वही ख़तरनाक है। ख़तरे का अहसास होते ही दौड़कर भागो। और तभी, जब जीवन रेललाइन के पास खड़ा मोहित दृष्टि से भागती आ रही ट्रेन के इंजन को देख रहा था, उस इंजन के विकट गर्जन को सुन पास में चर रही गायें आतंक से तितर-बितर हो, पूंछ उठाए इधर-उधर भागने लगीं। एक गाय मेंड़ पर भागती हुई फिसलकर खाद बनाने के गड्ढे में जा गिरी और पैर की हड्डी टूट जाने से वहीं चित हो गई।

जीवन ऐसे में क्या कर सकता था! उसने भागकर डॉक्टर हेम को ख़बर दी। उन्होंने आकर गाय की दुर्दशा देखी। उन्होंने जीवन से पूछा कि वह गायों को चराने इतनी दूर क्यों आया था। जवाब से संतुष्ट न होने पर उन्होंने जीवन के हाथ से गाय चराने की लाठी छीनी और गाय की टांग टूट जाने का ग़ुस्सा उतारने के लिए तब तक उस लाठी से उसकी पीठ पर मारते रहे, जब तक लाठी टूटकर दो टुकड़े नहीं हो गई, और वो पसीने से तर-बतर नहीं हो गए।

उस दिन मार खाकर जीवन बिल्कुल भी नहीं रोया। उसने माफ़ी भी नहीं मांगी। एक के बाद एक निर्मम प्रहार से उसकी पीठ की चमड़ी उधड़ गई। उसकी चमड़ी पर ख़ून की धारियां बन गईं, पर उसके युवा मन पर लगी चोट से चुपचाप ख़ून रिसता रहा। शिरोमणिपुर कैंप में पुलिस के निर्दयी अत्याचारों की कहानियां सुनकर उसे 'पुलिस' शब्द और ख़ाकी पोशाक से ही नफ़रत हो गई थी। आज हेम चक्रवर्ती की अमानवीय मार से उसके किशोर मन में ब्राह्मण और उनके चिह्न जनेऊ के प्रति वैसी ही घृणा और क्रोध उत्पन्न हो गया था।

डॉक्टर हेम उसे पीटकर खेत में ही छोड़कर चले गए। उनकी हज़ार रुपए की गाय की टांग टूट गई थी। उसे वापस घर ले जाने के लिए लोगों का

जुगाड़ करना था। इस वजह से वो चिंतित थे। ऐसे में इंसान के बच्चे की ओर ध्यान देने का उनके पास वक़्त नहीं था।

डॉक्टर हेम के जाने के बाद, बदन की धूल झाड़ता हुआ जीवन खड़ा हुआ। सूरज तब ठीक सिर के ऊपर था। वह उस सर्पिल रेललाइन को पकड़ धीरे-धीरे चलने लगा, जिसका एक सिरा मातला नदी के पार जाता था और दूसरा कलकत्ता महानगरी में।

जीवन के शरीर में दर्द की लहर उठ रही थी। पूरा शरीर घावों के निशान से भरा हुआ था। कहीं-कहीं नील पड़े हुए थे। कोई हिस्सा फोड़े की तरह सूजा हुआ था, जिसे छूते ही दर्द हो रहा था। उसे थोड़ा बुखार भी लग रहा था। ऊपर से सारा दिन कुछ खाया नहीं था। बस सुबह थोड़े से सूखे मुरमुरे खाए थे और उसके बाद पूरा दिन सिर्फ़ पानी ही पिया था। अब उसे बहुत तक़लीफ़ हो रही थी। इंसान दरअसल आदत का ग़ुलाम है। पहले आठ-दस दिन भूखा रहने पर भी शरीर या मन पर ख़ास असर नहीं पड़ता था। अब लगातार दो महीने से दोनों वक़्त खाना खाकर, भूखे रहने की आदत चली गई थी। उसकी जीभ का लालच बढ़ गया था, पेट की मांग भी बढ़ गई थी। खाने को कुछ न मिलने पर भूख उसके शरीर पर आक्रमण कर उसे घायल कर रही थी। उसे पांव पर खड़ा होना मुश्किल हो रहा था। घुटने कांप रहे थे। शरीर थरथराने लगा था। उसकी सांस फूल रही थी।

जीवन ने अपने पिता के मुंह से बहुत बार जादवपुर का नाम सुना था जो उसे याद हो गया था। वह वहां दिहाड़ी मज़दूर का काम करने जाते थे। जीवन अपने घर से जादवपुर जाने के लिए ही निकला था। जादवपुर भी कलकत्ते में था, लेकिन असल कलकत्ते में नहीं था, नहीं तो उसके पिता को दो-चार उड़ते रुपए ज़रूर मिलते। वो असली कलकत्ता कहां था, यह जीवन को पता नहीं था। लेकिन उसे विश्वास था कि वह उस कलकत्ते को ज़रूर ढूंढ़ लेगा। उसी कलकत्ते को ढूंढ़ने के लिए ही तो वह इस कलकत्ते में आया था। घुटियारी शरीफ़ से ट्रेन में चढ़कर वह दिन ढलने से पहले जादवपुर पहुंच गया। उसके पेट में भूख की आग जल रही थी। उस आग की लपट से पेट की आंतें जले अजगर की तरह मरोड़ खा रही थीं। भूख का अपना एक नियम होता है। दिन ढल जाने पर भूख भी कम हो जाती है। वह ख़ुद अपने आप को खा लेती है। जैसे देवी छिन्नमस्ता अपनी प्यास बुझाने के लिए ख़ुद अपना रक्तपान कर

लेती हैं। तो अब जीवन के पेट की दाह भी कम हो गई थी। शाम ढलकर रात हो चुकी थी। उसका बदन और गरम हो गया था। सिर भी भारी था। ऐसी हालत में वह कहां जाए, उसे कुछ समझ नहीं आ रहा था।

जादवपुर स्टेशन के प्लेटफ़ार्म पर एक छोटी-सी पान की दुकान थी, जिसके पीछे लोहे की रेलिंग थी। थका हुआ जीवन उस रेलिंग के पास बैठ गया। थोड़ी देर में वहीं धूल, पान की पीक, सिगरेट के टुकड़े और कचरे के बीच वह लुढ़क कर सो गया।

भूख के साथ नींद की गहरी दुश्मनी है। अगर एक आती है, तो दूसरी वहां फटकती भी नहीं है। परंतु बुखार और शरीर के दर्द ने उसे सारी रात जगने से बचा लिया। रात कैसे बीत गई उसे पता नहीं चला। सुबह होने पर उसे कुछ अच्छा महसूस हुआ। अपनी छोटी बुद्धि से वह समझ गया कि दिन बढ़ने पर उसके पेट का ख़ालीपन भी उतना ही बढ़ेगा। जिस तरह घड़ी का कांटा एक से बारह तक जाकर फिर एक पर आ जाता है, उसी तरह भूख की भी एक घड़ी है। वह एक से नौ या दस तक जाकर फिर आठ और सात पर वापस आ जाती है। जीवन की भूख की घड़ी में अभी सुबह का सात-साढ़े सात बजा हुआ था। समय वाली घड़ी में भी वही बजा था। दोपहर होने से पहले उसे जैसे भी हो कोई ठीकठाक-सा काम ढूंढ़ लेना था, जो गोबर और गोमूत्र साफ़ करने या गाय चराने जैसा निकृष्ट नहीं हो।

रेललाइन पार कर दाहिनी ओर का रास्ता पकड़कर चलने पर पूर्व की ओर एक होटल के सामने एक तिकोना पार्क था, वहीं बड़े लाल की चाय की दुकान थी। पैदल चलता हुआ जीवन उस दुकान के आगे आकर खड़ा हो गया। '*मोरे काजे राखबेन? मुई कामेर तालाशे आइछी,* मुझे काम पर रखेंगे? मैं काम की तलाश में आया हूं।' जीवन जानता था कि शहर की चाय की दुकान और होटलों में छोटे-छोटे बच्चों को थाली और गिलास धोने का काम आसानी से मिल जाता था। उसकी जानकारी ग़लत नहीं थी। उसे गिलास धोने का काम मिल गया। उसके मन में बस एक ही डर था, उसकी जाति पूछ ली तो? अगर यह लोग जान जाएं कि वह नम: है जो पहले चंडाल थे, तो क्या होगा? वे उसे काम पर नहीं रखेंगे। तो उसने अपना नाम बदलकर वो नाम रख लिया जिस नाम का मास्टर डॉक्टर हेम की बेटी, गायत्री, को पढ़ाने आता था। लेकिन

बनारस, उत्तर प्रदेश के बाशिंदे बड़े लाल साहू को नाम से कोई लेना-देना नहीं था। लेना-देना था, तो बस काम से। नाम उन्होंने ख़ुद ही रख लिया—नौकरवा।

इस चाय की दुकान पर बंगाली ख़रीदार कम ही आते थे। बड़े लाल के यू.पी. और बिहार के भाई ही ज़्यादा आते थे। इनमें से ज़्यादातर राजमिस्त्री, ढलाई मज़दूर का काम करने वाले थे। कुछ ग्वाले, कोयलेवाले, ठेलेवाले भी थे। सुबह-सुबह दुकान पर चाय, अंडा और टोस्ट मिलता था। दोपहर में घुगनी और दम आलू। दुकान की बिक्री काफ़ी अच्छी थी। यू.पी. और बिहार में ऊंची जाति के लोग हरिजनों का छोटी-छोटी बातों पर ख़ून कर देते थे। ब्राह्मण और राजपूतों के कुओं से प्यास बुझाने के लिए पानी पी लेने पर छोटी जात के लोगों की पीठ की चमड़ी उधेड़ दी जाती थी, और ऐसी वारदातों का वहां कोई हिसाब नहीं था। इस दुकान पर आए ग्राहक अपना घर छोड़ पश्चिम बंगाल तो आ गए थे, लेकिन अपने साथ उस जातिघृणा को भी ले आए थे। जाति से संबंधित मामलों में इनकी रूढ़िवादिता एवं छुआछूत कलकत्ता के सभ्य, शिक्षित, धूर्त जाति अधिपतियों की ढोंगी सज्जनता की आड़ में छुपी हुई नहीं थी। सबकुछ काला-सफ़ेद, बर्बरतापूर्ण था। महीने भर में ही जीवन को लगा कि उसका काम हो गया है। एक दिन अचानक लोगों का एक समूह आया और उसने बड़े लाल को आकर बताया कि वे लोग अब कभी उसकी दुकान पर नहीं आएंगे क्योंकि उन्हें एक नीची जात वाले के द्वारा खाना परोसा गया था।

वे लोग धीमी आवाज़ में बड़े लाल से बात कर रहे थे, लेकिन गिलास धोते-धोते जीवन ने यह बातें सुन लीं। हालांकि जीवन हिंदी भाषा अभी पूरी तरह से सीख नहीं पाया था, लेकिन एक महीने में जितना भी सीखा था, उससे वह सारी बातें समझ गया। पहले तो वह बहुत हैरान हुआ। इस शहर में तो उसे कोई नहीं पहचानता था, तो फिर उसकी पहचान बाहर कैसे आ गई? क्या नीची जात के लोगों के शरीर से ऐसी कोई गंध आती है या दाग़ होता है, जिससे दूसरे लोग उनका परिचय पा जाते हैं? वह बहुत डर गया। दस रुपए महीने की नौकरी अब नहीं रहने वाली थी। लेकिन अंत में उसे राहत मिली। उन लोगों द्वारा की गई युद्धघोषणा उसके ख़िलाफ़ नहीं थी। वह तो उन्हीं के प्रदेश के उस काने लड़के के ख़िलाफ़ थी, जो बड़े लाल की दुकान पर चाय बनाया करता था। जिसका बड़ा भाई, लालबाज़ार पुलिस मुख्यालय के सामने जूते सिलाई का काम करता था। ग्राहकों का फैसला बहुत कठोर था: चमार के हाथ का पानी पीकर वे अपनी जात नहीं खो सकते थे।

लंबे समय से अपना प्रदेश छोड़कर आया बड़े लाल, जात-पात के मामले में उतना कट्टर नहीं था। लेकिन दुकानदार के लिए तो ग्राहक मां लक्ष्मी था। उनकी पसंद-नापसंद का ध्यान न रखने से दुकान भला कैसे चलती। तो भला रोज़ी-रोटी कैसे चलती? इसलिए उस लड़के की नौकरी चली गई।

आम धारणा में, चाय बनाने वाले की नौकरी चली जाना मनुष्य जीवन की कोई बड़ी दुर्घटना नहीं होती। लेकिन कनाई नाम के उस लड़के के साथ ऐसा नहीं हुआ। उस नौकरी के जाने के बाद उसने फिर कोई और नौकरी नहीं की। उसने जो किया उसकी वजह से अंत में उसे जेल जाना पड़ा। लेकिन यह सब कुछ सालों बाद घटा। साधारण से जूता सिलाई करने वाले के इस जटिल प्रश्न का उत्तर, बड़े लाल तो क्या, किसी के पास भी नहीं था।

बड़े लाल की दुकान पर रोज़ सुबह आठ-दस लोग झाड़ू और बाल्टी लेकर चाय पीने आते थे। पता नहीं क्यों, अपने काम का सामान बाहर रख, दुकान के अंदर दूसरे ग्राहकों की तरह टेबल के आगे रखी कुर्सियों या बेंचों पर आकर बैठने का साहस नहीं करते थे। भिखारियों की तरह दुकान के बाहर घुटने मोड़े ज़मीन पर बैठकर मिट्टी के कुल्हड़ में चाय पीते थे। ये लोग जमादार थे। लोगों के घरों का संडास साफ़ करते थे। यही उनका अपराध था। इसलिए वे गंदे, नीची जात के थे। जीवन सोचता कि डॉक्टर और नर्स भी तो लोगों का मल-मूत्र, पस, ख़ून, उल्टी, कीड़े आदि छूते-छुआते हैं, शवों को छूते-पकड़ते हैं, तो फिर वे लोग नीची जात के क्यों नहीं हैं, और अगर वे दुकान में घुसकर सबके साथ बैठकर खा-पी सकते हैं, तो फिर इनसे क्यों आपत्ति है?

कनाई के चले जाने के बाद जीवन पर काम का दबाव बढ़ गया। गिलास धोने के साथ-साथ चाय बनाना भी शामिल हो गया। सुबह पांच बजे सोकर उठने के बाद चूल्हा जलाने से जो काम शुरू होता, वह रात के साढ़े दस या ग्यारह बजे रुकता था। सारा दिन पानी में काम करते-करते उसके हाथ-पैरों में छाले पड़ गए थे, ख़ासकर तलवों में। रात में पैरों में असहनीय दर्द रहता और खुजली शुरू हो जाती। कुछ दिनों के बाद उनमें से ख़ून आने लगा। लेकिन कौन उसकी तक़लीफ़ समझता? बड़े लाल उसका मालिक था, मां-बाप नहीं। किसान बैल का कष्ट नहीं समझता, उसे ज़मीन जोतने से मतलब होता है।

कहते हैं कि किसी ज़माने में मनुष्य बहुत संवेदनशील, दयालु, दूसरे के दुख में दुखी हुआ करते थे। पता नहीं कितने हज़ारों, लाखों साल पहले की बात थी यह। जीवन को नहीं पता था। कब यह देश 'धन-धान्य और पुष्पों से भरा हुआ होता था' और मनुष्य तब बहुत सुखी थे। वो काल शायद जीवन, गरीब दास और उसके बाप हर कुमार के दुनिया में आने से भी बहुत-बहुत पहले का होगा। हिंदू शास्त्रों के अनुसार यह कलिकाल था। इस काल की आयु साठ हज़ार वर्ष थी। इससे पहले द्वापर युग था। उस युग में भी आर्य समाज से इतर जो विशाल जनसमुदाय था, उनमें कुछेक को छोड़ सभी को अन्न जुटाने में मुश्किल होती थी। उस समय भूखे निषाद, उसके भाई और मां को अन्न का प्रलोभन देकर, वर्णाव्रत के जंगल में बुला, पांडवों ने उन्हें लाख के घर में ज़िंदा जला दिया था। दुर्योधन को धोखा देने के लिए उन मृतदेहों की उन्हें बहुत आवश्यकता थी।

अब जहां पर सुकांत सेतु है, ठीक उसके बीचोबीच बड़े लाल साहू की चाय की दुकान थी। उसके सामने ईंट और मिट्टी से बनी सड़क थी। उस रास्ते पर रिक्शा के अलावा कोई और वाहन नहीं चलता था। एक दिन जीवन ने देखा उस रास्ते से लोगों के समूह बांस और खपरा ठेलों में लादकर पूर्व की ओर चले जा रहे थे, जहां अब बाईपास है। जीवन ने सुना कि वहां के ज़मींदारों की कुछेक हज़ार बीघे ज़मीन को लोग क़ब्ज़ा कर एक नई कालोनी बना रहे थे। दक्षिण कलकत्ता के इस विशाल अंचल को घेरकर, पहले भी ऐसी बहुत सी कालोनियां बनी थीं। लेकिन इस बार की पृष्ठभूमि कुछ अलग थी। कुछ दिनों के बाद, एक रात आग की लपटों से आसमान लाल हो गया। त्रस्त लोगों की दर्दनाक चीख़ों ने रात की हवा को व्यथित कर दिया। नई कालोनी को घेरकर पुलिस और ज़मींदारों के गुंडों ने ऐसा तांडव मचाया कि एक नए इतिहास को रच डाला, जो किसी दंगे की पुनरावृत्ति-सा था।

सुबह होने पर जिस रास्ते से पिछले दिनों लोग आगे बढ़ते हुए जा रहे थे, उसी रास्ते से ठेलों, वैन और रिक्शों में बांस के ढेरों पर लेटे लोग वापस आ रहे थे। कुछ मर चुके थे और कुछ मरने वाले थे। सबके शरीर ख़ून से लाल, कटे-पिटे और टूटे थे। सारी रात पुलिस और गुंडा वाहिनी ने सम्मिलित रूप से जिस विनाश के खेल को खेला था, यह उसकी गवाही दे रहा था। जीवन ने बहुत-सी मौतें देखी थीं। शिशु के रूप में चलते ट्रक में राधाकांत के बूढ़े बाप की मौत को देखने से शुरू हुआ यह सिलसिला मौत के जुलूस के समान अब तक चला आ रहा था। लेकिन वो मौतें चाहे कितनी भी दुखदायी क्यों न हों,

इतनी नृशंस, वीभत्स और दिल दहलाने वाली नहीं थीं। इन लोगों को देखकर जीवन विचलित हो उठा। शिरोमणिपुर कैंप में आंदोलन के वक़्त पुलिस ने जीवन के पिता को पीटा और वैन में ठूंसकर दूर निर्जन मैदान में ले जाकर छोड़ दिया था। वो देखकर बचपन से ही जीवन के मन में पुलिस के प्रति छुपा आक्रोश और घृणा थी। अब वो और भी ज़्यादा बढ़ गई थी। इसी के साथ एक और नाम जुड़ गया—ज़मींदार। सारे ज़मींदार अत्याचारी, बेरहम और शैतान होते हैं। और डॉक्टर के घर के अमानवीय व्यवहार ने उसके मन में उच्च जाति के प्रति आसमान छूता क्रोध और क्षोभ भर दिया था। क्रोध, घृणा और क्षोभ, इस त्रिवेणी संगम की धारा में जीवन का जीवन बह रहा था।

17

कलकत्ता की काली रात

जादवपुर के तिकोने पार्क में बड़े लाल साहू की चाय की दुकान पर काम करते-करते जीवन को कलकत्ते का पता मिल गया। जिस कलकत्ते को ढूंढ़ने की उसके मन में बड़ी चाह थी—जहां रुपए उड़ा करते थे—वो कलकत्ता उत्तर नहीं, दक्षिण नहीं, बल्कि मध्य कलकत्ता था। जहां कभी रात नहीं होती थी। चारों ओर की जगमगाती रोशनी में रात छुपी रहती थी। इसकी शुरुआत सियालदह स्टेशन से होती थी। जब पता मिल ही गया था, तो उसे वहां जाना ही था। उसे रुपयों की बहुत ज़रूरत थी। दुर्गा पूजा आने वाली थी। उस समय वह अपने पैसों से मां-बाप, भाई-बहन को नए कपड़े ख़रीदकर देना चाहता था। बहन को लाल चमकीली फ्रॉक और दोनों भाइयों को पैंट और पूरी बांह की शर्ट। बाबा को धोती-कुर्ता और मां को दो सेट साड़ी-ब्लाउज़ और पेटीकोट।

एक दिन बड़े लाल की दुकान की नौकरी छोड़ जीवन उस अनजान कलकत्ता की ओर चल पड़ा। लेकिन वो शहर कहां और कितनी दूर था? सपनों के शहर कलकत्ता को ढूंढ़ने में उसके कई दिन कलकत्ता की सड़कों पर ही गुज़र गए। बड़े लाल की दुकान पर उसने दो महीने काम किया था। दो महीनों में दो कांच के गिलास तोड़ने और दो किलो दूध फैला देने की क़ीमत काटकर उसे जो पैसे मिले, वो जल्दी ही ख़त्म हो गए। उसके बाद क्या! भूखे पेट पागलों की तरह सारा दिन बस सड़कों पर घूमते रहना। जहां रात हो वहीं चाहे फ़ुटपाथ, चाहे स्टेशन या किसी पेड़ के नीचे सो जाना। इतने दिनों के बाद मां-बाप के पास ख़ाली हाथ तो लौटा नहीं जा सकता था न!

इन महीनों में जीवन पूरे शहर में चकरी की तरह घूम चुका था। दुनिया के सबसे बड़े शहरों में से एक, ढाई सौ बरस पुराने, सुंदर-से कलकत्ता के हर हिस्से को उसने देख लिया था। जीवन के अनुसार इस शहर की विविधता, विरोधाभास, दंभ, दीनता, उच्चता, क्षुद्रता ने मिलकर उसे एक विशिष्टता प्रदान की थी, जिसका स्वाद उसे मिल चुका था। इस शहर की एक ओर अहंकार से आसमान छूती हुई बड़ी-बड़ी इमारतें थीं। उन इमारतों के भीतर खोखले ऐशो-आराम और मौज-मस्ती के विभिन्न साधन थे। जहां हृदयहीन, यांत्रिक लोग, रंगे-बिरंगे महंगे कपड़ों में सिर से पांव तक सजे होते थे। ये लोग मशीन की तरह नाप-तोलकर हंसते, चलते और बोलते थे। उनके प्रेम और प्रेमविहीनता, सदाचार और अनैतिकता में मानवीय भावनाओं की कोई छटा या गंध पाना कठिन था। सबकुछ यांत्रिक नियमों के अधीन था। दया-माया, स्नेह, अच्छा लगना—ये सभी सामान्य कमज़ोरियां उन्हें पीड़ित या प्रभावित नहीं करती थीं। दुनिया के सभी संसाधन इन मशीनी लोगों के क़दमों में थे। उन्होंने अपने और निचले तबके के बीच बाधाओं का एक पहाड़ खड़ा किया हुआ था, जो समाज की कोमल प्रकृति के विकास और विस्तार में बाधक था। इसी से उनके स्वार्थ की पूर्ती होती थी। उड़ते रुपयों की कहानी—बेशक सच थी, पर वो रुपए इनके बनाए मार्ग से उड़ते हुए इनकी ही तिजोरियों में समा जाते थे। जो किसी और की नज़र या पकड़ में आना संभव नहीं था।

इनके महलों के सामने असहाय लोगों की गिरती हुई, टूटी-फूटी झोंपड़ियां थीं। भूखे, अल्पपोषित, रोगी, दबे और बेरोज़गारी से जूझते, मक्खी-मच्छरों से भरी उन सीलन भरी झोपड़ियों में रह रहे लोग भी इसी कलकता के बाशिंदे थे। जीने के लिए ये लोग बहुतल इमारतों में रहने वाले लोगों को अपनी सेवाएं देते, उनका सम्मान करते और आज्ञा का पालन करते थे। इसके बदले उन्हें बासी रोटी, चंद रुपए और घृणा, अवहेलना, अनादर, उपेक्षा, उपहास और शोषण मिलता।

इस शहर में बड़े-बड़े अस्पताल थे, लेकिन वह सभी के लिए नहीं थे। जिनके लिए नहीं थे वे लोग बिना इलाज के सड़कों पर कुत्ते-बिल्लियों की तरह मर जाते थे। यहां बड़े-बड़े होटल, रेस्तरां थे, दुकानें थीं, बाज़ार थे। कुछ लोग वहां जाकर हज़ार से पांच हज़ार रुपए एक ही बार में ख़र्च कर देते थे! इसी शहर में कुछ लोग दबे-पिचके कटोरे हाथ में पकड़े, 'बाबू कुछ पैसे दे दो, दो दिन से कुछ खाया नहीं है!' बोलते, गिड़गिड़ाते नज़र आते थे। यहां

बड़े-बड़े स्कूल और विश्वविद्यालय आदि थे। लेकिन सबके लिए इन शिक्षा प्रतिष्ठानों में दाख़िला लेना संभव नहीं था। यहां का जो कुछ भी श्रेष्ठ, महान, महत्वपूर्ण और सुंदर था वो सब एक दल यांत्रिक मनुष्यों द्वारा संचालित, अधिकृत और संरक्षित था। और इसी तरह यह महानगर लगभग ढाई सौ साल से ज़िंदा था।

उस कलकत्ते को, उसके घृणित रूप को एक दरिद्र बालक आश्चर्य से देखता रहता था। सच में यहां लाखों-करोड़ों रुपए हवा में उड़ते थे। जिनको उड़ते रुपयों को झपट लेने की कला आती थी, वे बोरियां भरकर ले जाते थे और जिन्हें ये कला नहीं आती थी वे ऐसा नहीं कर पाते थे। श्रम, पसीना और ईमानदारी का वस्तुतः कोई मूल्य नहीं था इस महानगर में, थी तो बस धूर्तता, धोख़ेबाज़ी और साज़िश। जो इनमें दक्षता रखता था वही सार्थक और विजयी था। जो नहीं जानता था, वह नाकाम था। दरिद्रता के गर्भ में जन्म लेने वाले सीधे-सादे, मेहनतकश लोगों ने यह कला नहीं सीखी थी। तभी वे भयानक तक़लीफ़ में फुटपाथ, रेलवे स्टेशन, पेड़ के नीचे, बस्तियों में, नहर के पासवाली रेललाइनों के किनारे झोपड़ियों में रहते हुए मर जाते थे। उनके साथ ही मर जाती थीं उनकी तमाम उम्मीदें, सपने, इच्छाएं और आकांक्षाएं।

यह सब देखकर, अनजाने ही जीवन के मन में घना बादल छाने लगा। लेकिन वह बारिश के रूप में नहीं बरसता। केवल गरजता और बिजली की कौंध से उसे चीर देता था। इतने लोगों के पास इतना कुछ है, लेकिन उसके पास कुछ क्यों नहीं है? यह अनसुलझा सवाल उसके मन में एक गहरी छाप छोड़ देता है।

उसे ठीक से याद नहीं, किसने और कब कहा था कि छोटे काम की मज़दूरी भी कम होती है। जो जितना बड़ा काम करता है, उसे उतने ज़्यादा पैसे मिलते हैं। जीवन को ये बात समझ में नहीं आती थी कि जो आदमी धूप में जलता हुआ मिट्टी में हल चलाकर सारे देश का अन्न जुटाता है, जो आदमी तूफ़ान और चक्रवात झेलता हुआ अपने जीवन को ख़तरे में डाल कर नदियों में जाकर मछलियां पकड़ता है, जो देश के लोगों को स्वाद और स्वास्थ्य प्रदान करता है, जो श्रमिक फ़ैक्टरी, कारखानों में मशीन, हथौड़े चलाकर देश को समृद्ध बनाते हैं, उनके काम कैसे छोटे हो सकते हैं? उनकी मज़दूरी इतनी कम क्यों होती है? और वहीं मंदिर में पत्थर की मूर्ति के आगे शिखा हिलाते, घंटी बजाते ओम-बोम बड़बड़ाते ब्राह्मण, ऑफ़िस की कुर्सी पर चाय की

चुस्कियां लेते, सोते-बतियाते बाबू, माइक पर आग उगलते बड़बोले 'बड़े' लोग कैसे हैं? कैसे उनके घरों में पैसों के अंबार लग जाते हैं! किसने काम को इन श्रेणियों में बांटा है? किसने किया है पारिश्रमिक का यह विभाजन कि एक क्विंटल बोझ सिर पर ढोने वाला कुली, बस उतनी ही मज़दूरी पाएगा, जिससे वह किसी तरह दो वक़्त की रोटी खाकर गुज़ारा कर सके? क्यों सारा दिन गरीब दास बिना खाए स्टेशन पर बैठे रहने को मजबूर था? क्यों उसे कुपोषण के कारण हुए रोग की पीड़ा सहनी पड़ती थी। क्यों उसे दवाई की एक बूंद नसीब नहीं थी?

जीवन का किशोर मन इन प्रश्नों का जवाब ढूंढ़ने में उलझा रहता, लेकिन उसे कभी उत्तर नहीं मिलता था। हज़ारों दार्शनिक, हज़ारों साल से इन प्रश्नों पर चिंतन कर रहे थे। पर कभी एकमत हो सही उत्तर नहीं दे पाए। मार्क्स, गांधी, अम्बेडकर और लोहिया, सभी इन प्रश्नों से विभ्रांत रहे, तो भला निरक्षर बालक जीवन कैसे समझता?

एक दिन जीवन चलते-चलते हावड़ा ब्रिज पर पहुंचा। तब दोपहर के बारह बज चुके थे। वह ब्रिज की रेलिंग के सहारे खड़ा हो गया और नीचे बहती गंगा को एकटक देखने लगा। गंगा का घाट दूर था। वहां असंख्य लोग नहा रहे थे। माना जाता था कि गंगा में स्नान करने से सारे पाप धुल जाते हैं। जीवन मन ही मन सोचने लगा कि उसे कितनी बार गंगा में डुबकी लगानी होगी ताकि जिन पापों की वजह से वह भोजन प्राप्त करने में असमर्थ है, वे धुल जाएं।

गंगा में बहुत सारी नावें, मोटर-लॉन्च चलती थीं। जीवन कभी इन जलयानों में नहीं बैठा था। पता नहीं, बचपन में वह मां की गोद में जिस जलयान से उस पार बंगाल से इस पार बंगाल आया था, वो कैसा था। उसने बहुत दूर से एक मालवाहक जहाज़ को आते देखा और उसके गुज़रते ही जहाज़ के साथ-साथ उसका मन भी किसी अंतहीन निरुद्देश्य यात्रा पर निकल पड़ा। किसी ने एक बार उसे चांद सौदागर के सात जहाज़ों की कहानी सुनाई थी। अपने व्यवसाय को बढ़ाने के लिए वह इसी तरह दूसरे देशों में मालवाहक जहाज़ लेकर जाता था। ऐसे ही किसी जहाज़ में अगर जीवन चढ़ पाता! किसी ऐसे मुल्क में जा पाता, जहां इतनी तक़लीफ़ें हर वक़्त उसका पीछा नहीं कर रही होतीं, तो कितना अच्छा होता। ऐसी जगह कहीं न कहीं तो ज़रूर होगी।

उसे विश्वास था कि ढूंढ़ते-ढूंढ़ते, एक न एक दिन वह निश्चित ही ऐसी किसी जगह पर पहुंच जाएगा।

अपनी भावनाओं में डूबा जीवन न जाने कितनी देर तक यूं ही खड़ा रहा। कुछ देर बाद उसने गर्दन घुमाकर देखा तो उसके पीछे, आतंक और घृणा की प्रतिमूर्ति, पुलिसवाला खड़ा था। न जाने कब बटालियन फ़ोर्स के एक शस्त्रधारी सिपाही ने उसकी गर्दन पर हाथ रखा, '*की रे,* क्यों बे! इस तरह क्यों झुका हुआ है, मरना चाहता है क्या? तेरा घर कहां है? कहां जाना है तुझे? करता क्या है?'

जीवन ने सुना था की जो बच्चे सड़कों पर घूमते हैं, अगर उन्हें गुंडे पकड़ लें तो उन्हें अंधा कर देते हैं, हाथ-पांव तोड़ लंगड़ा-लूला बनाकर सड़क पर भीख मांगने के लिए बैठा देते हैं। हिजड़े पकड़ लें, तो लिंग काटकर उन्हें हिजड़ा बना अपने दल में शामिल कर लेते हैं और अगर पुलिस पकड़ ले, तो जेल ले जाकर दोनों वक़्त पीटते हैं। डर के मारे जीवन रो पड़ा।

'रो क्यों रहा है?' पुलिसवाले ने पूछा। उसकी आवाज़ और उसकी आंखें बिल्कुल पुलिस वालों की तरह नहीं थीं, वह काफ़ी सज्जन लग रहा था। तो जीवन का मनोबल कुछ वापस आया। जीवन को लगा, इतने सज्जन पुलिसवाले से झूठ कहने की कोई ज़रूरत नहीं थी। उसने सब सच-सच बता दिया।

'बाबू मैं जादवपुर में रहता हूं। मेरी मां मर गई है। बाप ने दूसरी शादी कर ली है। नई मां मुझे मारती है और खाने को नहीं देती। तिकोने पार्क के कोने में मेरे बाप की चाय की दुकान है। देखिए दिन-रात चाय के गिलास धोते-धोते मेरे हाथ-पैरों में छाले पड़ गए हैं। मेरी नई मां ने ज़रा भी दवाई नहीं दी इसीलिए घर से भाग आया हूं। दुनिया में जब मेरा कोई नहीं है, तो फिर ज़िंदा रहकर क्या करूंगा? गंगा में डूबकर मर जाऊंगा।'

एक दुखी बालक के हाथ-पांव में छाले, बदन पर फटी बनियान, दुबला शरीर, फटी-फटी आंखें जिनमें आंसू तैर रहे थे और उसकी दुख भरी कहानी सुनकर पुलिसवाले की वर्दी के अंदर छुपा सहृदय मन विचलित हो गया। उसने जीवन को जेल या किशोर कारावास में ले जाने के बजाय अपने मेस में ले जाने की बात सोची। वहां डेढ़ सौ बंगाली पुलिसकर्मी खाते-पीते थे। वो जगह शिवपुर रिज़र्व पुलिस लाइन थी। 'चलेगा मेरे साथ? तू वहां रह सकता है, खा सकता है और काम कर सकता है। तन्ख़्वाह भी मिलेगी। जाना चाहता है तो

चल। दो बजे मेरी ड्यूटी ख़त्म होगी।' वह पुलिसवाला वर्धमान के रायना थाने से था। उसने जीवन को पास ही खड़े एक ट्रक में बैठा दिया और कहा, 'कहीं मत जाना, यहीं बैठा रह। मेरा रिलीवर आते ही हम चल पड़ेंगे।'

शिवपुर ज़्यादा दूर नहीं था। ट्रक को वहां पहुंचने में बीस मिनट लगे। रास्ते में पुलिसवाले ने जीवन से कहा, 'थोड़े दिन यहां रहो, और थोड़ा बड़े हो जाओ। फिर मैं तुम्हें पुलिस में भर्ती करवा दूंगा।'

जीवन अनपढ़ था। उसके जैसा कोई पुलिस में भर्ती हो भी सकता था या नहीं इसको लेकर उसे कोई परवाह नहीं थी। वह बस आज की ही सोच रहा था। उसने बहुत दिनों से खाना नहीं खाया था, आज कम से कम पेट भरके खाएगा! और यह मौक़ा वह हाथ से क्यों गंवाता!

मेस का मैनेजर भी अच्छा आदमी था। उसने अपनी पुरानी हाफ़ पैंट और कमीज़ जीवन को पहनने के लिए दे दी। महीना ख़त्म होने में बस पांच दिन बाक़ी थे। उन पांच दिनों का उसे कोई पैसा नहीं मिलना था। पर अगले महीने से उसे बीस रुपए महीना वेतन मिलना था।

मेस में अमूल्य ठाकुर नाम का एक रसोइया था। वो लगभग दस सालों से वहां नौकरी कर रहा था। उसका वेतन साठ रुपए महीना था। मेस में मेंबर आते-जाते रहते थे; पुलिस की नौकरी तो तबादले वाली होती है। लेकिन रसोइये की नौकरी स्थाई थी। मेस मैनेजर भी हर माह बदल जाते थे, लेकिन रसोइये की कभी बदली नहीं होती थी। तभी मेस में उसकी बात ही आख़री बात होती थी।

पहले दिन ही उसने बोल दिया, 'ए छोकरे, मैं जो बोलूं, जैसा बोलूं वैसा ही काम करना। ऐसा करेगा, तो नौकरी रहेगी। नहीं तो चली जाएगी। सुबह उठकर कोयला तोड़कर चूल्हा जलाने के बाद, वो दूर के ट्यूबवेल से पानी लाकर ड्रमों में भरना होगा। उससे खाना पकाना, बर्तन धोना, मुंह-हाथ धोना होता है। उसके बाद सब्ज़ियां काटना, मांस-मछली धोना। खाना पक जाने के बाद परोसना, और सबके खाने के बाद बर्तन मांजना और टेबल साफ़ करना। दिन में थोड़ी देर आराम के बाद शाम से फिर वही सारे काम और साथ में एक और काम करना होगा। आटा मांड़कर रोटी सेंकना।' लेकिन अमूल्य ठाकुर की नज़रों में यह सब जीवन के असली काम नहीं थे। असली काम तो दूसरा था, जिसके बारे में जीवन को दो-चार दिन के बाद पता चला।

तब रात के दस बजे थे। मेस के सभी मेंबर खाकर बैरेक या अपनी ड्यूटी पर चले गए थे। जीवन अपना काम ख़त्म कर दो बेंचों को जोड़कर सोने के लिए लेट गया। उसी समय, मेस की रसोई से आ रही रोशनी में अमूल्य ठाकुर ने उसके सामने अपनी मैली, चीकट लुंगी को हटाकर काला, बदसूरत, जी मिचलाने वाली दुर्गंधयुक्त लंबे पुरुषांग को उघाड़ दिया। यही उसका असली काम था। जीवन को उस अंग को आराम देना था। सख़्त हुए उस अंग को शिथिल करना था। बिना किसी संकोच के, बिना किसी लज्जा के उसने जीवन के हाथ में उसे पकड़ा दिया। 'ले, रगड़ दे इसे!'

ऐसा लग रहा था जैसे उस पर नारियल के तेल जैसा कुछ लगाया गया था। जैसे ही जीवन ने उसे हाथ लगाया उसका सारा बदन और मन विद्रोह कर उठा। मोटा, काला, दुर्गंध से भरा और गरम वो अंग जैसे भैंस के बदन पर चिपकी घिनौनी जोंक था। लेकिन जीवन क्या करता, सांस रोक कर, दूसरी ओर मुंह घुमाकर वह उसे हिलाता रहा, और इंतज़ार करता रहा कि कब अमूल्य ठाकुर कहेगा—बस हो गया, और नहीं। लेकिन अमूल्य इतनी आसानी से, इतने कम में अभागे किशोर को रिहाई देने वाला नहीं था। वैसे भी वो शुक्रवार का दिन था, जिस दिन पुलिस लाइन के अधिकारी सस्ती क़ीमत में रम नाम के नशीले द्रव्य का वितरण करते थे। उस शराब के दो पेग पीकर अब अमूल्य ठाकुर स्त्री और पुरुष का भेद नहीं रखना चाहता था। उसने कहा, 'चल उल्टा हो जा!' असह्य होने के बावजूद जीवन तब तक दांत भींचकर सब सहन कर रहा था, लेकिन उसके बाद और सहन नहीं हुआ। यह उसके जन्मजात संस्कार, शिक्षा, सोहबत के बिल्कुल विपरीत विषय था। उसने दृढ़ आवाज़ में 'नहीं' कहा। जाने क्या सोचकर अमूल्य ठाकुर ने एक दो रुपए का लाल नोट निकलकर जीवन के आगे कर दिया, 'कल जाकर सिनेमा देख आना। अब मना मत कर, ले अभी।'

दो रुपए का लाल नोट देखकर भी जीवन कुत्ता बनने को राज़ी नहीं हुआ। उसकी अंतरात्मा फुंफकार उठी, 'मैं यहां काम करने आया हूं, यह सब करने नहीं। मुझसे ये करने को मत कहो!'

यह न कहूं? लेकिन अमूल्य ठाकुर कुछ करने को तत्पर था। एक बार कर लेने के बाद जो होगा देखा जाएगा! दरअसल उसके पेट की शराब उसे

यही निर्देश दे रही थी। उसने जीवन को दबोच लिया और उसकी पैंट खोलने की कोशिश करने लगा। ड्यूटी मैनेजर की वो हाफ़ पैंट जिसे जीवन ने एक रस्सी से कमर पर बांध रखा था, अमूल्य ठाकुर उस रस्सी को खींचकर खोलने की कोशिश करने लगा। अनाहार से जीर्ण किशोर, जीवन में न जाने तब कहां से शक्ति आ गई। उसने अमूल्य ठाकुर को बेंच से धक्का देकर गिरा दिया और दौड़ कर रसोई घर में घुस गया। उसके बाद बल्लम जैसी एक कड़छी को शिव के त्रिशूल की तरह ऊंचा उठाकर चीख़ा, 'पास आएगा तो मरेगा, कहे देता हूं!'

इसके बाद जो होना था वही हुआ। रात में तो अमूल्य उसके नज़दीक नहीं आया, लेकिन अगले दिन से वह जीवन के हर काम में ग़लतियां ढूंढ़ने लगा—मसाला महीन नहीं पिस रहा है, सब्ज़ियां धोने के बाद भी उसमें मिट्टी रह जाती है। रोटियां जली बन रही हैं—बहस करने पर उसे थप्पड़ पड़ते। जीवन समझ गया था कि अमूल्य ठाकुर को संतुष्ट करना उसके बस की बात नहीं थी। और उसे असंतुष्ट कर, यहां काम करना मुश्किल था। इसलिए एक दोपहर किसी को बिना कुछ कहे जीवन काम छोड़कर सड़क पर निकल आया। फिर से उसका सुरक्षित आश्रय, नियमित आहार, महीने का बीस रुपए वेतन सबकुछ ख़त्म हो गया। वह बेरोज़गार और बेघर हो गया। फिर से कुछ महीने उसके सड़कों पर गुज़रे। सारा दिन इधर-उधर घूमना और रात को किसी पार्क, किसी ख़ाली गैराज, स्टेशन या फुटपाथ पर सो जाना।

आख़िरकार वो दिन आ ही गया। हेम चक्रवर्ती के घर के तालाब के किनारे खड़े जीवन के मन में पैदा हुई गुप्त आशंका, अब भयानक वास्तविकता बन मुंह फाड़े खड़ी हो गई। 1964 की शुरुआत ही थी कि हिंदुओं और मुसलमानों के बीच सांप्रदायिक दंगा छिड़ गया। कश्मीर की किसी मस्जिद से हज़रतबाल नाम की कोई चीज़ गुम हो गई थी। मुसलमानों को संदेह था कि उस पाक निशानी के गुम हो जाने के पीछे हिंदुओं का हाथ था। नतीजतन, पूरे देश में हत्याएं शुरू हो गईं। पहले से ही देश में दोनों समुदायों के बीच नफ़रत, आपसी संदेह और दुश्मनी से भरा अग्निकुंड बना हुआ था। बस उसे भड़कने के लिए किसी बहाने की ज़रूरत थी। बहाना मिलते ही वे एक दूसरे पर ख़ूंख़ार कुत्तों की तरह झपट पड़े।

कहां और किस मस्जिद से हज़रत साहब के बाल का टुकड़ा गुम हो गया था, वो बात महत्वपूर्ण नहीं थी, महत्वपूर्ण था कि उस बहाने से मानव बलि का यज्ञ शुरू हो गया, जिसने देश के अन्य क्षेत्रों की तरह, कलकत्ता, एक ऐसा शहर जिसे साहित्य और संस्कृति का केंद्र माना जाता था, को भी अपनी गिरफ़्त में ले लिया। कहां से दंगा शुरू हुआ, ये अहम नहीं था, बल्कि अहम ये था कि राजाबाज़ार, सियालदह, मौमिनपुर, खिदिरपुर सब धूं-धूंकर जल रहे थे। किसी मोहल्ले की कोई भी गली अब सुरक्षित नहीं थी। रात के अंधेरे में हर तरफ आततायी हाथ में चाकू लिए घूम रहे थे। इस वक़्त किसी का भी ख़ून हो सकता था। कौन मार रहा है, क्यों मार रहा है, किसको मार रहा है, इससे किसको क्या फ़ायदा है—यह दोनों पक्षों के लिए बेमानी था। बात बस एक थी, लोग मरेंगे। लोग मार रहे थे, लोग मर रहे थे। सिर्फ़ आंकड़े महत्वपूर्ण थे। आंकड़े ही निश्चित करते कि कौन-सा पक्ष जीता और कौन-सा चित्त हुआ था। और इसलिए जिस तरह लोग मर रहे थे, उसी तरह दया, करुणा, स्नेह, प्रेम, विचार, बुद्धि, विवेक और विवेचना—सबकुछ मर रहा था।

इसी पागलपन के दौर में जीवन को पार्क सर्कस के एक रेस्तरां में काम मिला। वह तीस रुपए महीने के वेतन के प्रलोभन से दूर नहीं रह सका। जोख़िम और ख़तरा अब जीवन के लिए मायने नहीं रखते थे। उसे बस पैसा चाहिए था, ढेर सारा पैसा।

पार्क सर्कस मुस्लिम बहुल इलाक़ा था, फिर भी उस इलाक़े में तब तक दंगा शुरू नहीं हुआ था। हालात वैसे बहुत नाज़ुक थे, किसी भी पल कुछ भी हो सकता था। सड़कों पर उसकी संभावना साफ़ नज़र आ रही थी। ऐसे समय में शाम ढलने के बाद कोई भी स्नेहशील पिता और ममतामयी मां अपने बच्चे को आंखों से ओझल नहीं होने देते। घर से बाहर नहीं जाने देते। लेकिन जीवन इस शहर में किसी की संतान नहीं था। उसके प्रति किसी को, कोई भी हमदर्दी होने की बात नहीं थी। वह एक लावारिस था, जिसके खो जाने पर कोई ढूंढ़ने वाला भी नहीं था। यदि वह मर जाए तो कोई रोने वाला नहीं था।

हर व्यक्ति की अपनी पसंद और रुचियां होती हैं, जिसका कोई कारण नहीं होता। तभी तो राम बाबू बाल कटवाने और दाढ़ी बनवाने तीन मील दूर गोविंद प्रमाणिक की दुकान पर जाते थे। दूसरे किसी नाई की दुकान में उन्हें वो मज़ा नहीं आता था। श्याम बाबू मछली ख़रीदने रवि बागदी के पास ही जाते थे, जैसे कोई दूसरा मछली वाला ठीक दाम और वज़न की ताज़ा मछलियां

बेचता ही नहीं हो। सभी ठगते हों, बदमाशी करते हों। जदु बाबू बीमार पड़ने पर डॉक्टर अविनाश प्रधान को ही बुलाते थे। उनकी राय में डॉक्टर विधान राय भी उतने अच्छे डॉक्टर नहीं थे। मधु बाबू बड़ी मां के हाथों से बने '*मोचा घंटो*', केले के फूल की सब्ज़ी खाकर ही संतुष्ट होते थे। बड़ी मां के हाथ का स्वाद क्या मधु बाबू के अलावा कोई और जानता था!

जिस दुकान में जीवन काम करता था, उस दुकान के मालिक की पसंद एक ख़ास बीड़ी की थी, सिर्फ़ रेललाइन के किनारे, छोटी-सी गुमटी में दाढ़ी वाले बूढ़े आदमी द्वारा बनाई, लाल धागे से बंधी, चपटे मुंह वाली बीड़ी के अलावा उसे कोई और बीड़ी पसंद नहीं थी। वो ऐसी बीड़ी थी जिसका एक कश खींचने से ही आत्मा बिल्कुल शीतल हो जाती थी। रात दस बजे रेस्तरां बंद हो जाता था और उससे पहले जीवन को रोज़ एक बंडल बीड़ी का लाना होता था। उस अंधेरी रात में भी जब छुरे हाथ में लिए कसाई ताक लगाए बैठे थे कि कब कोई आए और उसके गले की नली काट दें, दुकान के मालिक ने रोज़ की तरह जीवन को हुकुम दिया, 'जा, जाकर बीड़ी ले आ!' यह निश्चित था कि ऐसे भयानक हालात में अगर मालिक के दिल में ज़रा भी दया होती, तो इतनी रात गए उस इलाक़े में जीवन को क़तई नहीं भेजता। मना करने का कोई उपाय नहीं था। वह यह नहीं कह सकता था कि उसे डर लग रहा है। ऐसा कहने पर नौकरी जाने में वक़्त नहीं लगता। और इसलिए जीवन उस भयंकर अनुभव की ओर बढ़ गया।

उस वक़्त तक पार्क सर्कस रेल स्टेशन नहीं बना था। चारों ओर पेड़-पौधे और झाड़ियां थीं, कुछ-कुछ जंगल जैसा ही था। यह जगह बिल्कुल निर्जन और अंधेरी थी। बस एक ही तसल्ली थी कि तब तक इस इलाक़े में मारकाट शुरू नहीं हुई थी। लोग शांत थे। तभी जीवन वहां तक आ पाया। दंगे की ख़बर फैलते ही अंधेरा होने से पहले ही सड़कें, गली-मोहल्ले सब ख़ाली हो जाते थे। ख़ासकर उन इलाक़ों में जहां हिंदू और मुसलमान दोनों रहा करते थे, वहां रात होने पर लोग सड़क पर निकलने का साहस नहीं जुटा पाते थे। वे असुरक्षित महसूस करते थे। डर से सबकी घिग्गी बंधी रहती थी। लेकिन जीवन को उतना डर नहीं लग रहा था। नहीं तो वह अकेला आ भी न पाता।

दरअसल डर एक अनुभव का नाम था, किसी स्मृति का दंश। जो कभी आग में जला ही न हो वह जलने की पीड़ा को क्या जानेगा? वह तो आग की ओर ख़ुशी से बढ़ता जा सकता था। उसकी अज्ञानता ही तो उसके साहस के

मूल में थी। जो कभी पानी में डूबा ही न हो, वह डूबने पर दम घुटने से होने वाली मृत्यु की अवर्णनीय पीड़ा को कैसे अनुभव कर सकता था?

जीवन ने तब तक दंगे नहीं देखे थे। उसने कभी किसी हत्यारे के भयानक खंजर का सामना नहीं किया था। उसने हज़ारों ख़ून के प्यासे लोगों को भाले, बल्लम और बंदूकों से लैस, वीभत्स उल्लास के साथ दूसरे समूह के लोगों पर आक्रमण करने के लिए बढ़ते नहीं देखा था। और वैसे भी उसके मन में यह दृढ़ विश्वास था कि यदि मैंने किसी का नुकसान नहीं किया है, नुकसान करने की बात मन में भी नहीं सोची, तो कोई और मेरा नुकसान क्यों करेगा? ख़ासकर मेरा गला काट देने जैसी बड़ी क्षति! इसलिए वह दूसरों की तुलना में ज़्यादा निर्भीक था।

इसी वजह से, वह रोज़ की तरह, अंधेरे में '*शुन्दोर ज़रीना तोमाय आमि कोरबो बिया मोनेर बासोना,* सुंदरी ज़रीना तुमसे ब्याह करूंगा यही है मन की वासना,' गीत गाते-गाते सड़क पर चला जा रहा था। जाते हुए तो नहीं, लेकिन बीड़ी लेकर लौटते वक़्त मुश्किल सामने आ खड़ी हुई। एक गली से अंधेरे को चीरते हुए चार मस्तान निकल आए। उन सभी की उम्र लगभग जीवन की उम्र की ही थी। लेकिन उनकी आवाज़ में किशोर उम्र की चंचलता नहीं बल्कि वयस्कों की कुटिल क्रूरता थी। बेरहम कसाइयों की हिंसा थी, 'ए, कौन जात है बे?'

चारों ओर गहरा अंधेरा था। जहां तक नज़र जाती थी कहीं कोई रोशनी नहीं थी। कोई इंसान, कोई जीव नहीं था। चारों ओर श्मशान का-सा सन्नाटा पसरा था। गहरे अंधेरे में उन लड़कों का चेहरा ठीक से दिखाई नहीं दे रहा था। सिर्फ़ कुछ जोड़ी आंखें, किसी धार दिए चाकू की तरह चमक रही थीं।

'अबे साले गांडू, अपनी जात बता!'

यह प्रश्न बहुत कठिन था। जीवन समझ गया था, वे जानना चाहते थे कि वह हिंदू है या मुसलमान। जवाब मिलने पर या तो गालियां देते या फिर गले की नली में चाकू चलाते।

एक बार कलिकापुर के अंधेरे जंगल में सियारों के एक झुंड ने उसे घेर लिया था। उन ख़ूंख़ार जानवरों की आंखों से आग बरस रही थी। उनके जंगल राज में मनुष्यों के अवैध प्रवेश से वे क्रोधित थे। शहर धीरे-धीरे बढ़ते हुए उनके घर पर क़ब्ज़ा कर रहा था। उनका खाना भी दुर्लभ हो गया था। उसी क्रोध में इंसान के बच्चे को अकेला पाकर, उन्होंने उस पर आक्रमण कर

दिया। लेकिन उस दिन भी जीवन डरा नहीं था, उसने अपना साहस नहीं खोया था। नहीं तो उस दिन वह उन सियारों का आहार बन चुका होता। चक्रव्यूह में फंसे अभिमन्यु की तरह अकेले, जीवन ने बड़ी फ़ुर्ती के साथ अपने कंधे पर पड़े गमछे के एक छोर में आधी ईंट के टुकड़े को बांध लिया, और उसके बाद गमछे के दूसरे छोर को पकड़ उसने ईंट समेत गमछे को गोल-गोल घुमाकर उन जानवरों को भागने के लिए बाध्य कर दिया था।

दूसरी बार, जहां अब सुकांत सेतु है, तब वहां एक बड़ा-सा नाला हुआ करता था, जिसमें पूरे शहर का गंदा पानी बहता था। नाले की बाईं ओर एक सड़ा हुआ पोखर और होगला, ढोल, कलमी की झाड़ियों का घना जंगल था। जंगल के दूसरी ओर टी बी अस्पताल था। राजा सुबोध मल्लिक रोड से नहर के रास्ते को पकड़, टी बी अस्पताल के बीच की सीधी सड़क से स्टेशन पहुंचा जा सकता था। एक बार किसी काम से जीवन उस सड़क से जा रहा था। किसी भी संभाव्य ख़तरे का सामना करने के लिए वह तैयार होकर गया था, क्योंकि नहर के किनारे के रास्ते पर अंधेरा होते ही विषैले सांपों का दख़ल शुरू हो जाता था। इसलिए उसने अपने साथ लोहे की एक मोटी रॉड रख ली थी।

उस दिन नहर के किनारे चलते हुए जैसे ही वो टी बी अस्पताल में घुसा, पता नहीं कैसे, वहां के जमादारों के ढेर सारे कुत्ते ज़ोर-ज़ोर से भौंकते हुए उस पर हमला कर बैठे। शायद अनजान चेहरे को वे सहन नहीं कर पाए। बच्चे के हाथ की मज़बूत रॉड की भी उन्होंने परवाह नहीं की। जो कुत्ता उस दल का मुखिया था, उसने अपने दांतों से जीवन के पैर के मांस का एक हिस्सा नोच लिया, लेकिन ऐसा कर वह भाग नहीं पाया। जीवन ने हाथ में पकड़ी रॉड से उसके सिर पर ऐसा ज़ोरदार प्रहार किया कि वह वहीं ढेर हो गया। जीवन के हाथों यह पहली जीव हत्या थी।

जीवन को आज अफ़सोस हो रहा था कि आज वह ख़ाली हाथ था। पूरा देश सियार, कुत्तों से भर गया था, जो इंसान देखते ही काटने को दौड़ते थे। बस इंसान होना चाहिए, कौन अपना है कौन पराया, कौन दोषी और कौन निर्दोष, यह विचार करना ज़रूरी नहीं था। वे बस एक बात जानते थे, इंसान कभी सियार, कुत्तों के दोस्त नहीं होते, तभी इंसानों को देखते ही काटो, मारो। ऐसे संक्रमणकारी समय में उसका बिना तैयारी, सड़क पर होना बिल्कुल सही नहीं था।

'बोलता क्यों नहीं, बे? जल्दी बता किस जात का है?'

जीवन क्या कहता? क्या वह ख़ुद जानता था कि उसकी जात क्या है? अगर वह हिंदू था तो फिर हेम चक्रवर्ती उसे अछूत क्यों कहते थे? और अगर मुसलमान था, तो मुसलमान क्यों उसे काफ़िर समझते थे? जीवन बस यह जानता था कि इस समाज में सिर्फ़ दो समुदाय हैं—एक दल जो हत्या का शिकार हो रहा है और दूसरा दल जो हत्या कर रहा है। वह इनमें से किस दल को चुने? किस दल में अपना नाम लिखाए? अपना कोई परिचय गढ़ने को उसका मन तैयार नहीं था।

लेकिन ये लोग मानवता को कोई मूल्य देंगे, सम्मान देंगे, ऐसा लगता नहीं था। उनकी एक ही जिज्ञासा थी, तुम हमारी जात के हो या नहीं, और अगर नहीं तो अवश्य ही दुश्मन जात के हो। बिल्कुल साधारण और सरल गणित था। जिसके आगे-पीछे कोई योग, वियोग नहीं था।

जीवन बहुत ही दुविधा में था कि वह अब क्या बोले? कौन इस कठिन समय में उसे यह बताता कि क्या कहना ठीक होगा?

चारों में से सबसे बड़ा लड़का जीवन के सामने आकर खड़ा हो गया। अब जाकर जीवन को उसके दाहिने हाथ में चमकता हुआ चाकू दिखाई दिया। यह वैसा छोटा चाकू नहीं था, जो धीरेन शिरोमणिपुर कैंप में लोगों को डराने के लिए लेकर घूमा करता था। यह तो स्प्रिंग लगा पीतल के हैंडल वाला अट्ठारह इंच का चाकू था। इसे 'रामपुरी' चाकू कहते थे। ऐसा ही एक चाकू तिकोने पार्क के बड़े गुंडे रतन राय के पास था। कुछ ही दिन पहले इसी चाकू से उसने किसी का पेट फाड़ दिया था।

चाकू पकड़े लड़के ने सख़्त आवाज़ में फिर पूछा, 'आख़री बार पूछ रहा हूं, बता किस जात का है? हिंदू?'

'नहीं, मैं हिंदू नहीं हूं।'

'बकवास मत कर! एक दूंगा कान पे, ठीक से बता।'

'बताया तो, मैं हिंदू नहीं हूं।'

'मुसलमान है? पैंट खोलकर देखूंगा!'

'नहीं, मैं मुसलमान भी नहीं हूं।'

'तो क्या ईसाई है?'

'वो भी नहीं।'

'फिर कौन है तू?'

उन लड़कों को देखकर कुछ समझ नहीं आ रहा था कि वे किस जात के थे। उनके बदन पर किसी जात का कोई चिह्न नहीं था। उनके हाथ से चाकू छीनकर क़लम पकड़ा देने से वे विद्यार्थी हो जाते। डंडा पकड़ा देने से जावेद, ख़ालिद की तरह चरवाहे लगते। चाय के गिलास धोने दे दो तो जीवन जैसे बालक लगते। इस आयु की यही समस्या थी—कुछ पता नहीं चलता कि कौन क्या है। अगर पता चल पाता, तो जीवन ख़ुद को उनका ही आदमी बताकर निकल जाता। लड़कों के पास ज़्यादा वक़्त नहीं था। उन्हें कहीं और दूसरे किसी शिकार पर जाना था। वो उसे परेशान करने लगे, 'चल, चल जल्दी बता!'

जीवन को कुछ तो कहना था। बिना बोले पार नहीं पाया जा सकता था। उसने अपना मन बना लिया। यह आवेदन, निवेदन, अनुरोध या आग्रह करने का समय नहीं था। वे उस पर कान भी नहीं देते। उन्हें केवल उसी भाषा में जवाब देना था जो वे जानते थे। हिंदी, बंगाली, अरबी या संस्कृत नहीं, बल्कि सभी के समझ में आने वाली, दहला देने वाली भाषा।

तब तक जीवन ने दीवारों पर लिखे स्लोगनों को पढ़ना नहीं सीखा था। तब तक कलकत्ता की दीवारों पर 'आक्रमण आत्मरक्षा का सर्वश्रेष्ठ उपाय है!' जैसे स्लोगन लिखे भी नहीं गए थे। यह शिक्षा उसे उस अंधेरी रात ने, रात की उस अप्रत्याशित परिस्थिति ने दी। जीवन ने अचानक अपने पैर के पास पड़ी ईंट, जिसे सड़कछाप भाषा में 'थंका' कहते थे, उठा ली। उस समय कुछ सोचने की मौहलत नहीं थी। पलक के झपकने से पहले ही आश्चर्यचकित कर देने वाली फ़ुर्ती के साथ जीवन ने थंका उस चाकू पकड़े लड़के के ब्रह्मतालु पर दे मारा। ब्रह्मतालु ठीक माथे के बीचोबीच, शरीर का सबसे कोमल हिस्सा होता है। नारियल फूटने की सी आवाज़ आई। अचानक हुए प्रहार से उस लड़के के हाथ से चाकू छूट गया। फव्वारे की तरह ख़ून ने उसकी आंख और मुंह को ढंक दिया। गों, गों आवाज़ करता हुआ लड़का वहीं धूल में चित हो गया।

बचपन में जीवन गंभीर बीमारियों से जूझा था। उसके बाद से पौष्टिक खाना तो बहुत दूर की बात है, कभी ठीक से पेट भर खाना भी नहीं खाया था उसने। इसी वजह से उसका बदन दुबला और कमज़ोर था। आज थंका के एक प्रहार से सारी रुग्णता, दुर्बलता उसके आत्मविश्वास के नीचे दब गई।

ज़मीन पर गिरे चाकू को उठा, जीवन सीना तानकर खड़ा हो गया, 'आओ, अब कौन आएगा!' तभी उसे याद आया, उसे 'चंडाल' कहने पर कितना ग़ुस्सा आता था। वह चीख़ उठा, 'मेरा नाम जीवन है और जात चंडाल। और क्या सुनना चाहते हो तुम?' लेकिन कोई आगे नहीं आया। अपने ज़ख़्मी साथी को छोड़ सब अंधेरे के काले गर्भ में समा गए। मानो अंधकार ने अभी-अभी प्रसव की संतान को फिर से अपने गर्भ के पस, ख़ून, विष्ठा के बीच छुपा लिया हो। अपनी हाज़िर बुद्धि और साहस से जीवन ख़ुद चमत्कृत हो गया। उसने महसूस किया कि जीवन केवल एक यात्रा, अनुभव और पीड़ा का ही नाम नहीं—यह एक लड़ाई का नाम भी है।

लेकिन उसका अब वहां ज़्यादा रुकना ठीक नहीं था। कहते हैं न, खाकर सो जाओ और मारकर भाग जाओ! जीत पर पकड़ बनाए रखने के लिए सही समय पर जगह छोड़ना बहुत महत्वपूर्ण होता है। वह जल्दी से आगे बढ़ गया। उसकी मुट्ठी में भिंचे पीतल के हैंडल के चाकू का बेख़ौफ़ साहस था, जिससे वह किसी भी ख़तरे को चीर, सुरक्षित जगह पर पहुंच सकता था। उसे अब बिल्कुल डर नहीं लग रहा था। दिल कांप नहीं रहा था। आज ताज़े गरम ख़ून ने सारे डर को धो डाला था। जीवन अब एक योद्धा था। एक योद्धा की तरह ही दृढ़, दीप्त क़दमों से आगे बढ़ता जा रहा था। लेकिन वह उस दुकान में वापस नहीं गया। जीवन जानता था कि वह अकेला है। वहां उसका कोई सहायक, रक्षक, या उसका पक्ष लेने वाला नहीं था। क्या पता जो तीन लड़के भाग गए थे, वो उसका पता जानते हों? उनसे ख़बर मिलते ही, ज़ख़्मी लड़के के भाई, चाचा या पिता उसे ढूंढ़ते हुए वहां आ जाएं, तो वह क्या करेगा? इसलिए उसे इस जगह से बहुत दूर भागना था। इस वक़्त यही जीवन के जीवन की मांग थी। भाग, जीवन भाग!

ज़िंदगी की पाठशाला

18

राजा

सियालदह रेलवे स्टेशन, शायद यह नाम उस समय की याद दिलाता था जब यह एक दलदली ज़मीन थी। जहां सियार घूमते थे। लंबे समय तक चलने के बाद एक लड़का, जो फिसल कर भयानक समय के गड्ढे में जा गिरा था, वहां जा पहुंचा। उस लड़के का नाम जीवन था। वह किसी अज्ञात भय से आक्रांत था। उसे लग रहा था जैसे ख़ूंख़ार सियारों का झुंड उस पर धावा कर देगा। उसे देखते ही वे अपने नुकीले दांतों से उसे फाड़ देंगे। तब उम्र ही कितनी थी जीवन की! उस बच्चे की उम्र की तुलना में उसके अंदर के अज्ञात भय का आकार विशाल था। तभी जीवन वहां छुपने के लिए आया था।

जिस तरह जंगल में ख़रगोश के बच्चे ख़ुद को छुपाए रखते हैं, उसी तरह जीवन भी हज़ारों अनजान लोगों की भीड़ में ख़ुद को छुपाकर रखना चाहता था। उसे अब सुनसान जगहों में, ख़ासकर रात के अंधेरे की निर्जनता से बहुत डर लगता था। मानो कोई हाथ में चाकू लिए उसका गला रेतने का इंतज़ार कर रहा हो। कलकत्ता की तमाम सड़कें, गलियां, मोहल्ले दंगाइयों, ख़ूनी और लुटेरों के क़ब्ज़े में थीं। शाम होते ही कहीं न कहीं आगज़नी होने लगती। धमाके होने लगते और लोगों की हत्याएं होतीं। इस शहर में कोई भी इंसान इस वक़्त सुरक्षित नहीं था।

सियालदह रेलवे स्टेशन की भी—हर दूसरे स्टेशन की तरह—एक अमूर्त लेकिन संवेदनात्मक आत्मा थी। इसे देखने या समझने के लिए दार्शनिक समभाव लिए हुए मन की आवश्यकता थी। गुप्त, निर्मल, अप्रत्यक्ष बहती

मानवता की धारा की प्राचीन जड़ों में जाति, धर्म और वर्ग से परे, शाश्वत मानव आत्मा का एक गहरा संबंध था। यहां अलग-अलग उम्र के, तरह-तरह की पोशाकों में, तरह-तरह की भाषाएं बोलते हज़ारों लोग थे। कोई किसी से परिचित नहीं था, लेकिन जैसे किसी दक्ष माला पिरोने वाले ने सभी फूलों को गूंथ कर कोई अदृश्य माला बना दी थी।

हर सुबह, जब दिन की पहली ट्रेन प्लेटफ़ॉर्म पर आकर रुकती तो उसके गर्भ से लोगों के जत्थे निकलते। उसके बाद, लोगों का वो हुजूम एक स्तंभ की तरह आगे बढ़ता जाता था, प्रत्येक पैर की गति से एक ही छंद, ताल और ध्वनि निकलती। नागरिक उत्तरदायित्व के साथ सर्वत्र उजागर होता था, त्रुटिहीन श्रम जीवन। लेकिन फिर दोपहर, शाम या रात ढलते ही उन्हीं लौटते हुए पांवों में थकान, शिथिलता और अवसाद रहता था। लोगों को घर लौटने की जल्दी और बेचैनी रहती। यदि ट्रेन न आए तो? यदि ट्रेन न चले तो? यदि बीच रास्ते में रुक जाए तो? ट्रेनों के साथ आजकल हज़ार तरह की मुसीबतें थीं। बारिश में रेललाइन पानी में डूब सकती थी। ओवरहेड तार टूट सकती थी या कोई चोर तार काटकर ले जा सकता था। किसी नागरिक या राजनैतिक धरने के कारण रुकावट आ सकती थी, अचानक बिजली जा सकती थी, और फिर ट्रेन रुक जाती थीं। यदि रेल सेवा बाधित हो जाती, तो सभी यात्रियों के चेहरों पर उसी तरह की चिंता का साया उतर आता। उसी एक तरह के बादल उनके दिलों में जमा हो जाते, और कभी-कभी उनका बरस जाना भी अनहोनी बात नहीं होती थी। सबके घरवाले एक ही आशंका से राह देखते रहते, एक ही कामना करते रहते: घर का आदमी सही-सलामत घर लौट आए। किसी की किसी के साथ जान-पहचान, परिचय या मिलना-जुलना नहीं था, लेकिन सभी एक सी लंबी सांस छोड़ते हुए एक ही आशंका से घिरे थे। जीवन कोई दार्शनिक नहीं था। वह गहन दार्शनिक सत्यों पर विचार करने के लिए बहुत छोटा था। असल में तो वह अपनी पहचान छुपाने के लिए इस स्टेशन पर था, जो कि एक साधारण जैविक अनिवार्यता थी। वह मरना नहीं चाहता था। कम से कम किसी पागल हत्यारे के हाथों तो नहीं। और निश्चित रूप से बलि चढ़े बकरे की तरह तो बिल्कुल नहीं।

पिछले एक महीने से उसने अपना डेरा साउथ सेक्शन के एक नंबर प्लेटफ़ॉर्म की एक बेंच के पीछे जमा रखा था। सारा दिन इधर-उधर घूमने के बाद रात को सबकी नज़र बचाकर वह अपनी उस जगह में घुस जाता था। स्टेशन पर वह अकेला नहीं था, उसके जैसे कई और आवारा, भिखारी, पागल

और बेघर लोग भी वहां रहते थे। एक अदद बालक का आना किसी के लिए सिरदर्दी का विषय नहीं था।

एक दिन दोपहर को जीवन स्टेशन में इधर-उधर घूम रहा था। उस वक़्त स्टेशन पर ज़्यादा भीड़ नहीं थी। लाल वर्दी वाले रेलवे कुली जहां-तहां गमछा बिछाए सोए हुए थे। कुछ बैठे-बैठे ताश खेल रहे थे। प्लेटफ़ॉर्म के बाहर ईंट के चूल्हे में सूखी पत्ती और टहनियां जलाकर कुछ महिलाएं काली पड़ी मिट्टी की हांडियों में भात पका रही थीं। उनके आस-पास कुछ दुबले, नंगे बच्चे मंडरा रहे थे। इन लोगों के बर्तन-भांडे और गृहस्थी के इर्द-गिर्द उधड़ी चमड़ी के कुछ कुत्ते घूम रहे थे। वे आज के समय के इंसानों की तरह आपस में लड़-झगड़ रहे थे, एक-दूसरे को काट रहे थे।

काफ़ी देर तक इधर-उधर घूमने के बाद थककर जीवन ने नल से पानी पिया और एक ख़ाली बेंच पर बैठ गया। उसे यहां रहते हुए काफ़ी दिन हो चुके थे और अब उसके पास पैसे नहीं बचे थे। उसे अब यहां से चले जाना चाहिए था, लेकिन उसे सिर छुपाने की सुरक्षित जगह और भोजन कहां मिलता, यह उसे पता नहीं था। शाम होते ही सड़कें ख़ाली हो जाती थीं। दुकान, बाज़ार, होटल या रेस्तरां में ज़्यादा ग्राहक नहीं थे। ऐसे में कौन उसे काम, भोजन और रहने की जगह देता? जीवन बैठा-बैठा यही सोच रहा था कि उसकी बगल में एक लंबी शक्ल का, उससे लगभग दो-तीन साल बड़ा लड़का आकर बैठ गया। उसका रंग काला और सिर पर बिखरे, लंबे बाल थे। उसकी आंखों में एक बेचैनी थी, जिसमें किसी गहरी पीड़ा की छाप थी। उसने एक बेढंगी पैंट और सैंडो बनियान पहन रखी थी और उसके होंठों में सुलगती बीड़ी दबी हुई थी। लड़का यहां नया मालूम होता था, जीवन ने उसे वहां पहले कभी नहीं देखा था। जीवन के पास बैठे, उसने बहुत परिचित स्वर में पूछा, 'यहां फ़ालतू बैठकर क्या करेगा? चल पानी की टंकी के नीचे जाकर सोते हैं।' अनजान लड़के की घनिष्ठता पर जीवन ने ध्यान नहीं दिया। उसे तो बस उस अंधेरी रात की याद डराती रहती थी। न जाने किसी सुनसान जगह ले जाकर उसकी जात पूछने लगे, तो क्या होगा? इसलिए उसने जवाब दिया, 'मैं यहीं बैठूंगा।'

थोड़ी देर बाद उस लड़के ने फिर पूछा, 'ए, तेरा नाम क्या है?'

'मेरे नाम से तुम्हें क्या लेना-देना?'

'नाम नहीं जानूंगा, तो तुझे बुलाऊंगा कैसे?'

'मुझे क्यों बुलाओगे?'

'एक जगह, एक साथ रहने से एक-दूसरे को आवाज़ नहीं लगानी पड़ती है क्या? लोगों को अक्सर एक-दूसरे की ज़रूरत पड़ती है। मैं कुछ दिन यहां रहने की सोच रहा हूं, इसलिए तेरा नाम पूछ रहा हूं। नहीं तो क्यों पूछता?' लड़के के लहजे में सादगी और सच्चाई मिली हुई थी।

जीवन ने कहा, 'मेरा नाम जीवन है।'

नाम सुनकर लड़के ने अपनी भौंहें सिकोड़ लीं। जीवन ऐसा कोई ख़ास नाम नहीं था। भूतो, नेड़े, नाटे, कालिया जैसे नामों की तरह, ये भी एक काम चलाऊ नाम था। लड़के ने कहा, 'मेरा नाम क्या है जानता है? सुनकर चौंक जाएगा! मेरा नाम राजा है, राजा। तुझसे चार-पांच साल बड़ा हूं, लेकिन तुझे दादा-वादा कहने की ज़रूरत नहीं। नाम से ही बुलाना।'

जिसकी हालत उससे भी बदतर और दुर्भाग्यपूर्ण थी, उसे राजा मान लेने में जीवन को कोई आपत्ति नहीं थी। अगर किसी कसाई का नाम दयामय हो सकता है, तो एक सड़कछाप लड़के का नाम राजा, महाराजा या सम्राट क्यों नहीं हो सकता!

जीवन को चाय की दुकानों, रेलवे स्टेशन और फुटपाथ पर दिन बिताते हुए बहुत समय हो चुका था। उसने कितने लोगों से ये कहानियां सुनी थीं कि कभी-कभी राजा-महाराजा भी अपना राज्य खोकर भिखारी बन जाते हैं, जैसे राजा हरिश्चंद्र, नवाब सिराजुद्दौला। कभी-कभी वे ख़ुद भिखारी, फ़क़ीर या संन्यासी का भेस धरकर भ्रमण पर निकल जाते हैं। लेकिन यह राजा किस कारण से यहां आया था, वो अब तक पता नहीं चला था। दिल खोलकर हंसने के बाद राजा ने कहा, 'मैं असम जा रहा हूं। तू मान ले कि यात्रा करना मेरा धंधा है। साल में एक बार जाता हूं। इस बार मेरा एक दोस्त मेरे साथ जाएगा। वह तालदी में रहता है। जब तक वह घर से भागकर नहीं आता, मुझे यहीं उसका इंतज़ार करना होगा। मैं तो कब का जा चुका होता। बहुत लंबा रास्ता है, कोई साथ बात करने वाला न हो तो अकेले जाना भारी पड़ता है, अच्छा नहीं लगता है।'

'असम' नाम जीवन के लिए अपरिचित नहीं था। जादवपुर स्टेशन पर एक आदमी ताबीज़ बेचने आता था। वह एक लड़के को ज़मीन पर लिटाकर मंत्र पढ़कर उसे शून्य में उठा देता था। एक रुपया मुट्ठी में भींचकर उसे दस रुपया बना देता था। ये सारे मंत्र उसने असम में ही सीखे थे। पहाड़ और जंगलों

से घिरी यह एक दुर्गम जगह थी, जहां कामाख्या देवी का मंदिर था। वहां पुरुष नहीं जा सकते थे। यदि जाते तो वहां की जादूगरनियां उन्हें तंत्र-मंत्र से भेड़ बना देती थीं और वे कभी वापस पुरुष नहीं बन पाते थे। ताबीज़ बेचने और जादू का खेल दिखाने वाला यह आदमी इसलिए वापस आ पाया था क्योंकि उसे एक बूढ़ी जादूगरनी ने असम की सीमा पार करने में मदद की थी। उसी ने इसे पुत्रवत स्नेह के कारण कुछ मंत्र सिखा दिए थे।

लेकिन राजा नाम का यह लड़का कई बार असम जा चुका था। पता नहीं वह कैसे भेड़ नहीं बना, ये जाने कैसे वापस लड़का बन गया? ऊपर से फिर जाने की बात कह रहा था। क्या वो लंबी-लंबी हांक रहा था? कुछ विश्वास और कुछ अविश्वास के साथ जीवन ने उससे पूछा, 'तुम कभी कामरूप-कामाख्या मंदिर गए हो?'

'बहुत बार।'

'सच में?'

'तुझसे झूठ बोलकर मेरा क्या फ़ायदा?'

'पर लोग तो कहते हैं कि वहां कोई मर्द नहीं जा सकता, वहां जाने से लड़कियां उन्हें भेड़ बना देती हैं।'

राजा बोला, 'झूठ बोलते हैं। सारी बातें झूठी हैं। देख मैं तो तेरे सामने बैठा हुआ हूं। बताया न मैं बहुत बार असम गया हूं, क्या मैं भेड़ बना? क्या मैं भेड़ की तरह दिखता हूं?'

'लगता है तुम्हें उन्होंने देखा नहीं होगा।'

'क्या बात करता है! इतना बड़ा शरीर उन्हें नहीं दिखा होगा? देखने की बात क्या, मैंने तो बहुतों के साथ बात भी की है। एक का तो हाथ भी पकड़ा है।'

अचानक हाथ पकड़ने की बात पर राजा पुरानी यादों में खो गया। उसने कहा, 'पता नहीं उस देश की लड़कियों को भगवान ने किस चीज़ से बनाया है, चमकती हुई सोने की तलवार की तरह दिखती हैं! एक बार अगर छू लें, तो पूरा शरीर सुन्न हो जाता है। अगर तू जादू की बात करता है, तो हां, उनमें जादू है। अगर किसी बंगाली को क़िस्मत से ऐसी कोई लड़की मिल जाए तो भेड़ क्या चीज़ है, वो उसके पैरों की जूती भी बन जाए! कभी सिनेमा देखा

है? वहां की सारी लड़कियां वैजयंती माला या माला सिन्हा जैसी हैं। आंखें ही नहीं हटती हैं उनसे!'

लड़कियों की चर्चा ज़्यादा आगे नहीं बढ़ पाई। आख़िर अकेला राजा कितनी देर तक बोलता रहता? इन बातों में अभी जीवन उतना कलाकार नहीं था। उसे लड़कियां देखना पसंद था, लेकिन चुपके-चुपके। पता नहीं क्यों, पर सीधा आंख से आंख मिल जाने से उसके सिर से पांव तक सिहरन पैदा हो जाती थी। एक बार तिकोने पार्क के छिछोरे लड़कों की देखा-देखी उसने भी एक राह चलती लड़की से टाइम पूछ लिया था, लेकिन उसके बताने से पहले ही वह डर के वहां से भाग गया। लड़की ज़ोर से चिल्लाई, 'छिछोरा कहीं का, लड़कियों को छेड़ता है...!'

थोड़ी देर के बाद राजा ने जीवन से पूछा, 'बीड़ी पियेगा?'

'मैं बीड़ी नहीं पीता।' जीवन ने जवाब दिया।

राजा हैरान हो गया। ये कैसे संभव था! स्टेशन में रहने वाले इस उम्र के सभी लड़के शराब, गांजा और भी न जाने कितने बुरे व्यसनों में घिरे हुए थे। और यह लड़का अदना सी बीड़ी नहीं पीता था? इतने सात्विक तरीक़े से वह यहां टिका कैसे हुआ था? 'तो तू क्या पीता है? किस चीज़ का नशा है तुझे? जुए का?'

'मैं भात खाता हूं। बचपन से मुझे बस एक ही नशा है, भात का। भात छोड़ कर मुझे और किसी चीज़ का नशा नहीं।'

राजा ने एक गहरी आह भरी और कहा, 'पहले मुझे भी यह नशा था। दिन में कम से कम एक बार मुट्ठी भर भात खाए बिना मेरा भी गुज़ारा नहीं होता था, भले ही वह सड़ा हुआ हो, जल गया हो या बासी हो। लेकिन अब मुझे इसका नशा नहीं है। अगर मुझे मिलता है, तो मैं खा लेता हूं, और अगर नहीं मिलता, तो भी मुझे कोई चिंता नहीं। चिंता करने से मुझे क्या मिलेगा? ऐसा तो है नहीं कि कोई आकर मेरे आगे भात की थाली रख देगा, वो भी सिर्फ़ इसलिए कि मैंने खाया नहीं है।'

प्लेटफ़ॉर्म के नीचे कुछ दूरी पर एक टिन की छत वाले गोदाम की छाया में बैठकर, एक भिखारिन अपने बच्चों के साथ कुछ खा रही थी। वो जो कुछ भी खा रहे थे वह इतनी दूर से दिखाई नहीं दे रहा था। लेकिन उनके खाने के ढंग से पता चल रहा था कि वे बहुत भूखे थे। एक जली काली हांडी में से

कड़छी से पिचकी हुई एक थाली में कुछ परोस कर वे फूंक-फूंक कर उस खाने को गपागप मुंह में भर रहे थे।

एक पल को उस ओर देखकर राजा ने जीवन से सवाल किया, 'अच्छा ये बता, बिना कुछ खाए तू कितने दिन रह सकता है?'

'एक दिन भी नहीं,' जीवन ने कहा। 'भूखा रहने से मेरे हाथ-पैर कांपते हैं, आंखें धुंधला जाती हैं। शब्द कान के बाहर से निकल जाते हैं।'

राजा ने कहा, 'भूखा रहना कोई बड़ी बात नहीं—एक बार सीखने की देर है, बस। दरअसल, सीखना चाहो तो कुछ भी सीखा जा सकता है।' बेंच पर टेक लगा, पैर पर पैर चढ़ाकर, राजसी मुद्रा में बैठे राजा ने कहा, 'बता सकता है ऊंट कितने दिनों तक बिना पानी पिए रह सकता है? एक महीना। जानता है रेगिस्तान कितना गरम होता है? वहां एक महीने बिना पानी पिए रहना क्या आसान होगा? कोई रह सकता है भला?'

जीवन ने सिर हिलाकर कहा, 'नहीं रह सकता है।'

'अच्छा बता सांप कितने दिनों तक बिना खाए रह सकता है?'

'नहीं पता।'

'पूरे तीन महीने! ठंड पड़नी शुरू होने से पहले वह एक बार खाकर जो अपने बिल में घुसता है, उसके बाद सर्दियों भर बाहर नहीं निकलता और न ही कुछ खाता है। तो बता, अगर वो ऐसा कर सकते हैं, तो इंसान क्यों नहीं कर सकता?'

तभी प्लेटफ़ॉर्म पर एक ट्रेन आकर रुकी। यात्रियों की आवाजाही में सुबह की रफ़्तार ग़ायब थी। वे बहुत सुस्त थे। प्लेटफ़ॉर्म की बाहर की दुनिया अब उनके लिए पहले की तरह उतनी परिचित और प्रिय नहीं थी। शहर में एक अशुभ आंधी चल रही थी। पास के राजाबाज़ार के पीछे पार्क सर्कस में दो जगहों से ताज़ा गड़बड़ी की ख़बरें आ रही थीं।

प्लेटफ़ॉर्म से भीड़ के छंट जाने के बाद राजा ने फिर कहा, 'मेरे एक मामा हैं। सगे नहीं। एक जगह पर साथ रहते थे इसलिए उन्हें मामा बुलाता था। सभी उन्हें मामा बुलाते थे। मेरी मां भी उन्हें "पगला मामा" बुलाती थी। मैंने उन्हें कभी भात या रोटी खाते नहीं देखा था। रोज़ सुबह एक मग काली चाय के साथ दो बिस्कुट खाया करते थे और शाम को भी वही खाते थे। लेकिन

अगर कहीं कोई शादी हो और खाना बच जाए, और मामा को बुलाया जाए, तब पता चलता था कि असल में खाना किसे कहते हैं! एक-डेढ़ बाल्टी मीट, पचास-साठ 'लूची' (मैदे की पूड़ियां), साठ-सत्तर रसगुल्ले, दो-ढाई किलो दही उड़ाकर पैदल वापस आते थे। कभी-कभी मामा के खाने का यह तमाशा देखने के लिए उन्हें बाबुओं के पड़ोस में आमंत्रित किया जाता था। लेकिन दावत के दिन नहीं, बल्कि उसके अगले दिन सुबह। उस पगले मामा के साथ रहकर मैंने बिना खाए रहने की तरकीब सीख ली।'

'कैसी तरकीब?'

'भूख के बारे में बिल्कुल मत सोच। आज़मा कर देख, तू भी कर सकता है। हमेशा सोच, "मैंने अभी तो खाया है। मेरा पेट भरा हुआ है।" देखना बिल्कुल भूख नहीं लगेगी।'

ज्ञान की बात कहने के लिए एक आदमी का पंडित होना ज़रूरी है—यह नियम हमेशा लागू नहीं होता। कभी-कभी एक मूर्ख, अज्ञानी, अनपढ़ व्यक्ति भी कुछ ऐसा कह सकता है जो महान पंडितों के ज्ञान से परे हो। बहुत पहले, कई हज़ार साल पहले, मनुष्य यह नहीं जानता था कि सूर्य पृथ्वी से बड़ा है या छोटा, या फिर सूर्य पृथ्वी के चक्कर लगाता है या पृथ्वी सूर्य के। उसे नहीं पता था कि पेड़ पर लगा सेब ज़मीन पर क्यों गिरता है, हवा में क्यों नहीं तैरता। लेकिन उसने आकाश की ओर इशारा करके कहा था, 'वहां भगवान रहते हैं!' उसी बात को मानकर हज़ारों सालों से, हज़ारों ऋषि-मुनि बिना किसी प्रश्न के इसे स्वीकार करने को बाध्य हैं।

राजा नाम के लड़के को यह नहीं पता था कि उसने आज अनजाने ही जो कहा था, वह वास्तव में अष्टांगिक मार्ग के अंतिम एवं परम मार्ग की अंतिम शिक्षा थी। जिसे बहुत से साधकों, मुनियों और तपस्वियों ने निवृत्ति मार्ग का नाम दिया। इस मार्ग के पथिक को विषय, संपद, भोग-विलास—किसी में कोई आसक्ति नहीं होती। वे कह गए—आसक्ति अर्थात् कामना या वासना ही सब दुखों का मूल कारण है। मन से आसक्ति को जड़ से उखाड़ कर उसे जड़, निर्जीव और निर्विकार बनाना ही मोक्ष है। मोक्ष की प्राप्ति के बाद जीव में भूख-प्यास, सुख-दुख, प्रेम-विरह कुछ भी नहीं बचा रहता है। सब कुछ समाप्त हो जाता है और जीव बंधन की स्थिति से स्थाई मुक्ति प्राप्त कर लेता है। फिर वह सच्चे और झूठे, पुरुष और स्त्री, खीर और बासी भात के बीच

कोई अंतर नहीं देखता। और तब वह मुक्त आत्मा लंगोट में, खाली पेट, पेड़ की छाया के नीचे लेटे ख़ुद को महाराजा या करोड़पति समझ सकती है।

सहस्त्राब्दियों से, हज़ारों महान आत्माएं मानव समाज को उस मुक्ति के पथ पर ले जाने के लिए अथक प्रयास कर रही हैं। कुरान, पुराण, वेद और बाइबल तथा मठ, मंदिर, मस्जिद और गिरजाघरों के सम्मिलित प्रयासों से आंशिक सफलता मिली है। कुछ, लोगों को समझाने में सार्थक भी हुए हैं। बाक़ी लोगों को जागरूक कर पाने से इस धरणी की धूल में आकाश का स्वर्ग उतर आ सकता है। ईर्ष्या, द्वेष, पाप और हिंसा से मुक्त होकर मनुष्य परमानंद पा सकता है।

तभी उनके आगे एक ठेला आकर रुका। उसके ऊपर कोयले की अंगीठी और अंगीठी पर गरम तेल की कड़ाही रखी हुई थी। उस तेल में गोल-गोल फूली 'लूची' तली जा रही थीं। सुनहरी लूचियों के साथ दम आलू। दाम एक रुपए में चार लूची। पर हवा में फैली उसकी महक की कोई क़ीमत नहीं थी। भूखे जीवन ने बिना पैसों की उस महक को जितना हो सके अपने फेफड़ों में खींच कर भर लिया। उसका मन उदासी से भर गया। काश उसके पास एक रुपया होता। उसके बदले मिजाज़ को देख कर राजा ने उससे डांट कर कहा, 'ऐसे लालचियों की तरह उधर क्यों देख रहा है? देखने से ही क्या खाने को मिल जाएगा!'

शर्मिंदा होते हुए जीवन ने कहा, 'नहीं, खाने के लिए नहीं। मैं तो लूचियों की शक्ल देख रहा था। देखने में कितनी सुंदर लग रही हैं न? ख़ुशबू भी कितनी अच्छी है।'

'ख़ाक अच्छी हैं!' राजा ने उपेक्षा भरे स्वर में कहा। 'डालडा में तली ये क्या कोई लूचियां हैं! अगर कभी असम जाए, तो देखना लूची किसे बोलते हैं। असली घी में तली, इतनी बड़ी-बड़ी। उसका टेस जानता है? इतनी ख़स्ता कि मुंह में डालते ही घुल जाए! बस और दो-चार दिनों में मैं असम पहुंच जाऊंगा। जाते ही गपागप आठ-दस खा लूंगा।'

'दस लूचियों का कितना दाम होगा?'

'कितना? दस रुपया। उससे ज़्यादा क्या होगा!'

'दस रुपया!' दस रुपया जीवन के दस दिन के काम के पैसे थे। दस रुपए दस भुजाओं के समान थे। एक तांत की साड़ी ख़रीदी जा सकती थी

उनसे। दो अच्छे गमछे ख़रीदे जा सकते थे। पांच किलो अच्छे चावल भी ख़रीदे जा सकते थे, दस रुपए से।

'तुम्हारे पास क्या बहुत पैसे हैं?' जीवन ने पूछा।

'नहीं तो!'

'तो फिर दस रुपए की लूची कैसे खाओगे?'

सिर हिलाता हुआ राजा बोला, 'अरे मैं क्या असम फ़ालतू घूमने के लिए जा रहा हूं? पैसे कमाने जा रहा हूं। असम रुपयों का कारखाना है। वो क्या कलकत्ते जैसा भिखारियों का देश है? वहां सड़कों पर रुपए-पैसे बिखरे पड़े रहते हैं।'

'सड़कों पर रुपए-पैसे!'

'कहा न सड़कों पर रुपया-पैसा बिखरा होता है। तू जो यहां इतनी देर से बैठा हुआ है, क्या तुझे एक भी पैसा मिला? असम में ऐसे बैठा रह सकता है? नहीं रह सकता, लोग आकर काम पर बुलाकर हाथ में पैसे ठूंस देंगे। मान ले, यहां से छोटा-मोटा कोई सामान सिर पर उठा कर रिक्शे में चढ़ा दिया, यहां तुझे कितनी मज़दूरी मिलेगी? आठ आना। लेकिन असम में दो रुपए से कम नहीं मिलेंगे। रुपया-पैसा वहां के लोगों के हाथ का मैल है।'

जीवन को अब कलकत्ता शहर अच्छा नहीं लग रहा था। हर इंसान उसे हिंसक, क्रूर, वासनापूर्ण हत्यारा लग रहा था। मानो सब सभ्य कपड़ों के नीचे अपना असली चेहरा छुपाए घूम रहे हों। इनसे जितना दूर रहा जाए, उतना ही अच्छा था। लेकिन वह भागकर कहां जा सकता था? खोला-दोलताला, जहां उसके माता-पिता रहते थे, जहां आततायियों से भी बड़ा दुश्मन—भूख—घात लगाए बैठा था। अपनी भूख की तक़लीफ़ को फिर भी सहा जा सकता था, लेकिन छोटे-छोटे भाई-बहन, मां-बाप—उनकी तक़लीफ़ को किस तरह सहता? तभी तो जीवन घर नहीं लौट सका था। अगर वह मर भी जाए, तब भी ख़ाली हाथ घर नहीं लौट सकता था।

बहुत देर के बाद जीवन ने कहा, 'एक बात कहूं? क्या तुम मुझे अपने साथ असम ले जाओगे?'

'तू मेरे साथ आएगा?' राजा ने हैरानी से पूछा।

'अगर ले जाओगे, तो चलूंगा।'

'ले जाऊंगा का क्या मतलब? तू क्या बच्चा है, जो गोद में उठाकर ले जाऊंगा? तुझे अपने पैरों से चलकर जाना है। तो चल, जाने में कोई बाधा नहीं। असम अकेला मेरा तो है नहीं, जिसकी मर्ज़ी वो जा सकता है। अगर तू चलेगा, तो मैं फिर उस दोस्त का इंतज़ार नहीं करूंगा। साला आएगा भी या नहीं, कुछ पता नहीं। इंसान का मन बदलने में कितनी देर लगती है! क्या कहता है, तो फिर आज ही निकल पड़ते हैं!'

'आज ही?'

'क्यों? कोई परेशानी है क्या?'

जीवन ने थोड़ा उदास होकर जवाब दिया, 'लेकिन मेरे पास तो एक भी रुपया नहीं है।'

राजा ने राजा की तरह कहा, 'मेरे पास भी तो नहीं है!'

'तभी तो कह रहा हूं, कुछ दिन रुक कर जाते हैं।'

'कुछ दिन बाद क्या कोई तुझे रुपयों की गड्डी दे जाएगा? लॉटरी का टिकट काटा है क्या, जो ईनाम मिलेगा? किस उम्मीद पर बैठा रहेगा? साले जाएंगे तो बिना टिकट ट्रेन में। पैसों की क्या ज़रूरत है?'

'किराया न भी लगे, लेकिन रास्ते में खाना-पीना?'

खाने-पीने के नाम पर राजा भड़क उठा। यही तो ग़लती है तुम लोगों की। इसलिए तुम लोग ज़िंदगी में तरक़्क़ी नहीं कर पाते हो। यहां दिनों-दिन बिना खाए यूं ही पड़ा हुआ है, भूख का नाम भी मुंह पर नहीं लाता है। पर जैसे ही कहीं और जाने की बात आई, खाने-पीने का रोना लेकर बैठ गया। चल ठीक है, रास्ते में तुझे एक बार गरम भात ज़रूर खिलाऊंगा, तब असम लेकर जाऊंगा। अब तो कोई एतराज़ नहीं?'

'नहीं, मतलब...' हिचकिचाते हुए जीवन ने कहा, 'तुमने कहा तुम्हारे पास पैसे नहीं हैं। तो तुम कैसे मुझे भात खिलाओगे? उसके लिए तो पैसे की ज़रूरत पड़ेगी...'

'मुझे नहीं पड़ेगी।'

'कैसे?'

'कैसे! अरे मोटी बुद्धि के, रास्ते में क्या टिकट चेकर नहीं पकड़ेगा हमें? अगर नहीं पकड़ेगा, तो हम ख़ुद अपने आप को पकड़वा देंगे। जेल ले गए,

तो फिर खाने की क्या चिंता! दस-एक दिन खा-पीकर, तंदरुस्त होकर फिर रवाना होंगे!'

जीवन को 'जेल' शब्द से पैदा हुए डर की याद आ गई। जेल ले जाने के बजाय, उसके पिता को बीस-पच्चीस मील दूर ले जाकर जंगल में छोड़ दिया गया था। क्या होगा अगर इस बार उसके साथ भी ऐसा कुछ हो जाए तो! अगर टिकट चेकर उन्हें अगले बीस-पच्चीस स्टेशन बाद उतार दे, तो जीवन अपने इस भूखे, कमज़ोर शरीर के साथ क्या कर पाएगा?

जीवन की आशंका को एक फूंक से हवा में उड़ाते हुए राजा ने कहा, 'पच्चीस स्टेशन आगे ले जाएंगे तो ले जाएं न! जितनी भी दूर ले जाकर उतारें, असम तक तो नहीं ले जा सकते हैं न! रेल लाइन ही नहीं है। और फिर सीमा पार होते ही, असम में घुसे, वो एक दूसरा देश है।'

नहीं, अब कोई संदेह, झिझक या डर नहीं। जो होना होगा, होगा। जीवन ने अपना मन बना लिया। उसने कहा, 'तो फिर चलो।'

'सोच ले, बीच रास्ते रोना-धोना तो नहीं शुरू कर देगा? "मां की याद आ रही है, मुझे वापस ले चलो!" पहले ही बता रहा हूं, मैं तुझे वहीं छोड़ कर चला जाऊंगा। और तब तू ये नहीं कह सकता कि राजा बेईमान है। तू सच में जाना चाहता है?'

'जाऊंगा।'

'तो ठीक है, चल।'

तब शाम हो चुकी थी। दो अध-पगलों का अविश्वसनीय सफ़र शुरू हुआ। सफ़र न कह कर इसे अभियान कहना ज़्यादा सही था। दोनों के पास एक पैसा भी नहीं था, और वे रवाना हो चुके थे, असम के लिए। वहां उनका कोई भी जानने वाला नहीं था। ये भी पता नहीं था कि वो कहां रहेंगे, न जाने किन मुसीबतों में पड़ेंगे। फिर भी उम्मीद के छलावे में आकर परदेस की राह चल पड़े दो उन्मादी बालक।

तब तक फ़रक्का ब्रिज नहीं बना था। हावड़ा से चल कर ट्रेन ब्रह्मपुत्र नदी के किनारे बसे फ़रक्का में रुकती थीं। उसके बाद फेरी से आगे खेजुरिया घाट जाना पड़ता था। वहां से फिर ट्रेन पकड़कर न्यू जलपाईगुड़ी और वहां से गोहाटी मेल। रास्ते में कोई रुकावट न आए, तो सफ़र क़रीब साठ घंटों का था। जिसे बिना किसी ख़र्चे के पूरा करना था! यह किसी एडवेंचर से कम

रोमांटिक, कठिन या साहसी नहीं था। बल्कि कहा जा सकता था कि यह उससे कुछ अधिक ही था।

सियालदह स्टेशन के गेट पर कोई टीटी नहीं था। वे आसानी से गेट पार कर हावड़ा की ओर चल पड़े। उन दिनों सियालदह से हावड़ा तक का ट्राम का किराया मात्र आठ आना था। लेकिन उनके पास तो इतना भी नहीं था। वे धीरे-धीरे, लेकिन दृढ़ निश्चय के साथ पश्चिम की ओर बढ़ने लगे, उस दिशा में जहां सूरज डूबता है। जब तक वे हावड़ा स्टेशन पहुंचे, तब तक सूरज डूब चुका था।

राजा जानता था कि किस प्लेटफ़ॉर्म से फ़रक्का के लिए ट्रेन छूटती थी। ट्रेन छूटने में ज़्यादा वक़्त नहीं था। लेकिन मुश्किल यह थी कि बिना टिकट वे अंदर कैसे घुसते। सियालदह की तरह यहां कोई गेट ख़ाली नहीं था। सभी गेटों पर दो-तीन गेटकीपर खड़े हुए थे। ऊपर से गेट पर पहिए जैसा अवरोधक लगा हुआ था। जिसे हर किसी को धक्का देते हुए एक-एक कर आगे बढ़ना होता था।

बहुत देर तक इधर-उधर घूमते रहने के बाद राजा को एक ऐसा गेट नज़र आया, जहां कोई गेटकीपर नहीं था। वह अवरोधक पहिए पर ताला लगाकर शायद कहीं चला गया था। राजा तुरंत ज़मीन पर पेट के बल लेट गया, और फिर युद्ध के मैदान में जिस तरह सैनिक छाती के बल रेंगते हुए आगे बढ़ते हैं, उसी तरह वह पहिए के नीचे से रेंगता हुआ प्लेटफ़ॉर्म के भीतर दाख़िल हो गया। उसने जीवन को बुलाया, 'चल आ जा, जल्दी! जीवन भी उसी तरह प्लेटफ़ॉर्म में घुस गया। और दोनों ट्रेन की ओर भागने लगे। तब गार्ड साहब हाथ में पकड़ी हरी बत्ती को हिला-हिलाकर ट्रेन के ड्राईवर को ट्रेन छोड़ने का निर्देश दे रहे थे। वे भागते हुए ट्रेन के एक डिब्बे में चढ़ गए।

उस डिब्बे में ज़्यादा भीड़ नहीं थी। यात्री आराम से बैठे हुए थे। दो-चार सीटें ख़ाली पड़ी थीं, चाहते तो वे वहां बैठ सकते थे, लेकिन उन्होंने ऐसा नहीं किया। एक तो उनके पास टिकट नहीं थी, ऊपर से सीट पर क़ब्ज़ा कर लेना—यह टिकटचेकर और वैध यात्रियों, दोनों की नज़र में बड़ा अपराध होता। इसलिए वे दोनों उल्टी तरफ के दरवाज़े पर, सीढ़ी पर पैर लटकाए अगल-बगल बैठ गए। उस ओर स्टेशन नहीं पड़ते थे इसलिए मस्त हवा खाते-खाते, बाहर का नज़ारा देखते हुए वे जा सकते थे। थोड़े समय में रोशनी

से जगमगाते शहर को पीछे छोड़ ट्रेन रात के घने अंधेरे के गर्भ में प्रवेश कर गई। जैसे ही ट्रेन आगे बढ़ी, धीरे-धीरे हावड़ा ब्रिज के प्रकाशस्तंभ दूर होते गए।

जीवन ने इससे पहले कभी कलकत्ता छोड़ इतनी दूर की यात्रा नहीं की थी। जैसे-जैसे ट्रेन आगे बढ़ती गई और कलकत्ता पीछे छूटता गया, उसका मन दुख के अहसास से भरने लगा। उसके बहुत से दिन इस शहर की सड़कों पर गुज़रे थे। बहुत अपमान, अन्याय, अत्याचार सहना पड़ा था उसे। इस शहर ने उसे दिनों-दिन तक भोजन से वंचित रखा था। फिर भी आज उसे अजीब-सा दर्द महसूस हो रहा था। इसी शहर के किसी कोने में टोकरी और फावड़ा लिए, काम की उम्मीद में, असमय बूढ़ा हो चुका उसका बाप बैठा रहता था। पिता के लौटने के इंतज़ार में उसके भाई-बहन भूखे बैठे रहते थे। उनके थके चेहरों को देखती असहाय मां अपनी आंखें पोंछती रहती थी। इस शहर ने उनकी किसी भी तक़लीफ़ को नहीं समझा था, तभी वे किसी दिन पेट भर खाना नहीं खा पाए। बीमारी में कभी दवा नहीं मिली उन्हें। बरसात शुरू होने पर टूटी छत से सड़े भूसे का पानी उन छह अभागों के क्षीण शरीर को भिगो देता था। ठंड आने पर ठिठुरते हुए वे रोते रहते थे। जीवन समझ नहीं पा रहा था कि वह उन असहाय अपनों के लिए उदास था, या उस निर्दयी शहर के लिए। लेकिन उसकी आंखें भर आई थीं। उसने मन ही मन कहा—ओ मेरी मां, मैं तेरा नाकारा बेटा हूं। मुझे क्षमा कर देना। मैं अपनी कोई भी ज़िम्मेदारी नहीं निभा पाया इसलिए तुम्हें छोड़कर, चोरों की तरह भाग रहा हूं। कहां जा रहा हूं, मुझे नहीं पता। वहां जाकर मुझे क्या मिलेगा, वो भी नहीं जानता, फिर भी जा रहा हूं। कोई और समझे या न समझे, तुम ज़रूर समझोगी। कोई ग़लती हुई हो, तो मुझे माफ़ कर देना।

'क्या रे, रो रहा है?'

'नहीं तो।'

'आंखों में पानी क्यों हैं?'

'न जाने कीड़ा या कुछ और आंख में गिर गया है।'

'कहां? दिखा!'

राजा ने जीवन की दोनों आंखों में फूंक मारी। फिर उसके गले में बांह डालकर उसे पास खींचकर कहा, 'लेकिन मुझे बहुत रोना आ रहा है। पता नहीं फिर कब आ पाऊंगा। अगर मर-वर गया तो नहीं आ पाऊंगा।'

रात को चलती ट्रेन की लय में एक अद्भुत मादकता होती है। कोई अगर ध्यान से लंबे समय तक, पटरी पर गरजती तेज़ रफ़्तार ट्रेन के पहियों और इंजन की फक-फक की आवाज़ को सुने, तो कुल मिलाकर, उस मधुर वाद्य संगीत की मदहोशी से आंखें बंद होने लगती हैं। उसके बाद, लंबी अवधि तक चलते एक ही वाद्य संगीत के बाद, जब ट्रेन किसी स्टेशन पर रुकती है, तो हॉकरों का सम्मिलित शोर, कुलियों का चिल्लाना, व्यस्तता से इधर-उधर भागना—सब कुछ मिलकर लगता है जैसे किसी जादूगर की छड़ी के स्पर्श से कोई मृत शहर, अचानक प्राण लौट आने के हर्ष, उत्सव और आनंद में जागृत हो उठा हो।

जीवन अब शाम की उदासी को भूल, रात की गहराइयों के अवर्णनीय, मादक स्पर्श में डूब गया था। रात जितनी बढ़ती जा रही थी, उसका नशा भी उतना गहरा होता जा रहा था। चाय वाले के द्विमात्रिक, चिरे बांस जैसे कर्कश स्वर, पकोड़े और मूंगफली बेचने वालों की अनुनासिक आवाज़ों, और उनके साथ घुलती-मिलती तरह-तरह की जटिल, असंगत ध्वनियों की तरंगों में उसे एक काव्यात्मक सौंदर्य नज़र आ रहा था। गहरी रात की पृष्ठभूमि का संगीतमय, रंगीन स्वाद भी व्याप्त था।

जीवन नाम के इस लड़के के जीवन में ऐसी रात पहले कभी नहीं आई थी। यह वो रात थी जो जीवन को समृद्ध करती महसूस हो रही थी और उसमें एक नई धुन और ख़ूबसूरती ला रही थी। और इसलिए उसके शरीर और मन में एक अद्भुत सिहरन दौड़ रही थी। उसके जीवन की छोटी-सी नाव रोमांच की अनगिनत लहरों से डोल रही थी।

कुछ समय के बाद राजा दरवाज़े से टेक लगाकर गाने लगा, '*आमादेर जात्रा शुरू ओगो कोर्णधार, तोमाके कोरी नोमोश्कार। ऐखोन बांचा-मॉरा तोमार हाथे फिरबो ना कि आर...* हे ईश्वर, हमारी यात्रा शुरू होती है, तुम्हें नमस्कार। अब जीवन-मरण है तुम्हारे हाथ, पता नहीं फिर लौटूं या नहीं...' राजा की आवाज़ बहुत सुरीली थी। धुन भी बड़ी मनमोहक थी। उसने गाना किसी उस्ताद से गंडा बंधवाकर, कड़ी मेहनत से नहीं सीखा था। बिल्कुल अनायास और सहज प्रवाह था। यह ऐसा था जैसे कोई उदास बाउल अपने जीवन के सार को धुन में उड़ेलकर, अब अपने एकाकी जीवन के गीत गा रहा हो। यह गीत नहीं, किसी असहाय इंसान का विषादपूर्ण रोना था, प्राणों के देवता के आगे किया गया आत्मसमर्पण था। यह गीत किसने लिखा था यह तो जीवन

नहीं जानता था, लेकिन जिसने भी लिखा था, लगता था मानो राजा नाम के घुमक्कड़ किशोर, जो एक अंधेरी रात में अनिश्चित यात्रा पर निकल पड़ा था और चलती ट्रेन के दरवाज़े पर धूल-मिट्टी में बैठा गा रहा था, उसी की प्रेरणा के लिए इसे लिखा गया था। जैसे कि वह इस गीत को गाने का योग्य उत्तराधिकारी था। यह गीत उसके लिए महज़ एक गीत नहीं, बल्कि जीवन का सहारा था, जिसे मज़बूती से जकड़े, भूखे पेट, किसी अज्ञात यात्रा पर भागा जा सकता था।

एक गाना ख़त्म होते ही राजा दूसरा गाना गाने लगा। इसी तरह एक के बाद एक स्टेशन पार होते गए और रात बढ़ती गई। हवा के झोंकों में गीत सुनते-सुनते जीवन को नींद आने लगी और वह दरवाज़े के सामने धूल, गंदगी, फटे काग़ज़, बीड़ी के टुकड़ों के बीच राजा की गोद में सिर रखकर सो गया।

19

‘नाम का मान रखना!’

जब जीवन की आंख खुली, तो पूरब के आसमान में उजाला हो चुका था। धीरे-धीरे, ग्रामीण बंगाल के विशाल हरे-भरे धान के खेतों, बांस के झुरमुटों और आम, जामुन, नारियल और ताड़ के पेड़ों से परे, सूरज का बड़ा सुनहरा चेहरा, किसी शर्मीली दुल्हन के माथे पर सिंदूर की लाल बिंदी की तरह दिखाई देने लगा था। आहिस्ता-आहिस्ता वह ऊपर की ओर उठने लगा। उसकी पहली किरण सभी खेतों, पेड़-पौधों, दलदली भूमि, घरों और लोगों पर बिखर गई। इस रोशनी में प्राण थे। रोशनी और गरमाहट का स्पर्श पाकर मृतप्राय प्रकृति खिलखिलाने लगी थी। सारसों का झुंड आकाश में उड़ान भर रहा था। वे अंग्रेज़ी के बड़े-से ‘वी’ अक्षर के आकार में पूर्वोत्तर दिशा की ओर उड़े जा रहे थे।

नींद से उठकर जीवन ने देखा राजा बाएं हाथ से दरवाज़े का हैंडल पकड़े अपना सिर टिकाए उड़ते सारसों के झुंड की ओर देख रहा है। जीवन ने उससे पूछा, ‘सोये नहीं क्या?’

‘नींद नहीं आई। मां की बड़ी याद आ रही थी। कब से उन्हें नहीं देखा है।’

‘आने से पहले मां से मिलकर नहीं आए थे?’

‘कैसे मिलता?’ लंबी सांस छोड़ते हुए राजा ने कहा, ‘वह अब कहां रहती है, मैं नहीं जानता।’ आंखों के कोर पर चमकते आंसुओं को उल्टी हथेली से पोंछ कर राजा ने धीरे-धीरे कहा, ‘तब मेरी कितनी उम्र थी, शायद तीन या

चार साल। मां ने मुझे सियालदह स्टेशन में बैठाकर कहा था, "तू यहां बैठ। मैं तेरे लिए खाना लेकर आती हूं।" बस, वो जो गई, फिर वापस नहीं आई।'

'तुम्हारे पिता नहीं हैं?'

'पता नहीं, हैं या नहीं। वो तो मां जानती है। मां ने कभी मुझे मेरे पिता के बारे में नहीं बताया।'

जीवन ने कुछ सोचते हुए कहा, 'तुम्हें स्टेशन पर छोड़ जाने से पहले तुम लोग कहां रहते थे? कुछ याद नहीं क्या? उस जगह जाकर ढूंढ़ने से हो सकता है तुम्हारे मां-बाप का पता चल जाता।'

राजा ने कहा, 'बहुत धुंधली-सी याद है, रेल लाइन के किनारे एक झोंपड़ी थी। पास में एक बड़ा लकड़ी का कारखाना था। बड़ी-बड़ी आरियों से लकड़ियां चीरी जाती थीं। उसके बगल में एक बड़ी झील थी। हम उसमें नहाते थे। और कुछ याद नहीं।'

राजा के पास कुछ और कहने को नहीं था और न जीवन के पास कुछ और पूछने को। सारे प्रश्न और उत्तर किसी अंधी गली में खो गए थे। राजा का सारा अतीत मिट चुका था और वह एक कठोर वास्तविकता के सामने खड़ा था। उसकी कोई पहचान नहीं थी। असंख्य व्यर्थ, पराजित, अनजान, अनावश्यक लोगों में से एक, जो सभ्य लोगों की नज़र में दुनिया का फेंका हुआ कूड़ा मात्र थे, जिनके लिए किसी को कोई सुहानुभूति या करुणा नहीं थी। यह लड़का—जिसका बाप जन्म देकर ही ग़ायब हो गया और जिसकी मां उसे छोड़ कर अपनी ज़िम्मेदारियों से आज़ाद हो गई—अब दुनिया की सड़कों पर भटकते हुए किसी जंगली घास की तरह बड़ा हो रहा था। एक दिन यह भी कुछ और खरपतवारों को जन्म देकर, खरपतवार की ही तरह मर-खप जाएगा। जबकि इसमें भी वो सारे गुण मौजूद थे जो किसी व्यक्ति को महान और प्रसिद्ध बनाते हैं। लेकिन थोड़ा-सा ध्यान देने के अभाव से वह मुरझा रहा था।

जीवन ने राजा से पूछा, 'राजा, तुम इतना अच्छा गाते हो। किससे सीखा है तुमने?'

'जितना सीखा है, अपनी मां को सुन-सुनकर ही सीखा है। मैं बहुत छोटा था, लेकिन तब जो धुनें सुनी थीं, वो आज भी मुझे याद हैं। जब भी मन उदास होता है, मैं उन्हें गा लेता हूं।' थोड़ी देर चुप रहने के बाद राजा ने कहा, 'कितनी बार सोचता हूं कि अब कभी कलकत्ता वापस नहीं आऊंगा। कौन

है मेरा कलकत्ता में? किसके लिए वापस आऊं? लेकिन मन नहीं मानता है। छह महीने या सालभर में ही कलकत्ता के लिए मन रोने लगता है। तब पागलों की तरह भागता हुआ वापस आ जाता हूं। सियालदह स्टेशन का चप्पा-चप्पा छानता हूं, कहीं किसी कोने में मां बैठी दिख जाए। उसे तो अब पता नहीं है कि मैं कहां रहता हूं...अगर वह कभी मुझे ढूंढ़ने आए, तो कहां ढूंढ़ेगी? मैंने एक फ़िल्म में देखा था, कुंभ के मेले में एक लड़का अपनी मां से बिछड़ जाता है। शोक में मां पागल हो जाती है। बारह साल बाद जब उसका पागलपन ठीक होता है, तो वह फिर उस मेले में वापस जाती है और अपना बेटा वापस पा जाती है। हो सकता है मेरी मां सच में खाना लेने गई हो और जाते समय किसी गाड़ी से टकरा गई हो और सब भूल गई हो। हो सकता है कभी उसकी याददाश्त वापस आ जाए और वह मुझे उस बेंच के आगे ढूंढ़ने आए, जहां वह मुझे बैठाकर गई थी। इसलिए मैं वहां जाकर देख आता हूं। बता इसके अलावा मैं और क्या कर सकता हूं?'

हाय रे अबोध! ज़िंदगी की बातें कोई सिनेमा का पर्दा नहीं होतीं। यहां दृश्य और डायलॉग इच्छानुसार नहीं बदले जा सकते हैं। पुनरावृत्ति की आशा करना व्यर्थ है। इस राह में जो एक बार खो जाता है, वह हमेशा के लिए खो जाता है। दुनिया की राह बहुत जटिल, कुटिल और घुमावदार होती है। यहां से आसानी से जाया तो जा सकता है, लेकिन वापस उसी पुराने पते पर, पुराने रूप में लौटना आसान नहीं।

जीवन बोला, 'राजा, तुम तो कलकत्ता के साथ गर्भनाल से जुड़े हुए हो। तो तुम इतनी दूर असम कैसे चले गए? कोई तुम्हें ले गया था, या ऐसे ही अकेले चले गए।'

राजा अब थोड़ा हंसा। उसने कहा, 'मैं भी पहले तेरी तरह सोचता था कि कामरूप कामाख्या जाने से जादू मंत्र सीखा जा सकता है। एक साधू से जाने का तरीक़ा जान कर, मैं अकेला ही एक दिन वहां चला गया। उसके बाद से आना-जाना लगा हुआ है।'

सुबह क़रीब आठ-साढ़े आठ बजे ट्रेन फ़रक्का स्टेशन पहुंची। यह स्टेशन हावड़ा-सियालदह की तरह रेलिंग, गेट, शेड से घिरा हुआ नहीं था। चारों ओर न तो कई सड़कें थीं और न ही बड़ी-छोटी गाड़ियों का हुजूम था। ऊंची-ऊंची इमारतें और लोगों की भीड़ भी नहीं थी। वहां से एक-डेढ़ मील दूर

फेरीघाट था। ट्रेन से उतरे सभी यात्रियों के क़दम उसी ओर बढ़ रहे थे। राजा और जीवन भी उसी रास्ते पर उनके पीछे चलने लगे।

फेरीघाट पहुंच कर उन्होंने देखा कि दो-तीन स्टीमर किनारे पर लंगर डाले, यात्रियों के इंतज़ार में खड़े थे। कुछ बड़ी मालवाहक नावें भी खड़ी थीं, जिनमें माल लादा जा रहा था। कुछ मछली पकड़ने वाली छोटी नावें भी थीं। नंगे बदन, लंगोट कसे, काले-काले मछुआरे टोकरियां भर-भरकर तरह-तरह की मछलियां उतार रहे थे। फेरीघाट को घेरकर असंख्य होटल और भोजनालय थे। सभी की दीवारें बांस की चटाई की थीं और छत टिन की। उनमें इस वक़्त लोगों की भीड़ थी।

जो स्टीमर पहले जाने वाला था, उसमें यात्री चढ़ रहे थे। लकड़ी के पटरे पर चलते हुए लोग सामान लेकर धीरे-धीरे स्टीमर में चढ़ रहे थे। पटरे के आख़री छोर पर प्रवेश द्वार पर दुबले, काले, लुंगी पहने दो-तीन टिकट चेकर यात्रियों का टिकट चेक करने बाद ही उन्हें भीतर जाने दे रहे थे। राजा और जीवन के पास टिकट नहीं था इसलिए उनके लिए स्टीमर में चढ़ना असंभव था। जीवन ने घबराते हुए राजा की ओर देखा। राजा ने जीवन की बेचैनी की ओर ध्यान न देते हुए कहा, 'थोड़ा धीरज रख और देख।'

'पर स्टीमर तो छूटने वाला है!'

'छूटने दे। ये आख़री स्टीमर थोड़ी न है! इसके बाद भी कितने हैं। हर आधे घंटे पर है। किसी न किसी में चांस मिल जाएगा।'

स्टीमर के हूटर ने 'भोंऽऽऽ' की आवाज़ निकाली। यह आख़री आवाज़ थी। इससे पहले भी वह दो बार बज चुका था। जिन्हें जाना था, वे सब चढ़ चुके थे। अब वो लुंगीधारी टिकट चेकर मुंह की बीड़ी पानी में फेंक कर लकड़ी के पटरे को हटाने की तैयारी करने लगे। तभी एक औरत सिर पर गठरी उठाए ढेर सारे बच्चों के साथ स्टीमर की ओर दौड़ती हुई आने लगी। संभवत: वहां के सभी दुकानदार, स्टीमर-लॉन्च के कर्मचारी उसे पहचानते थे, क्योंकि उसे देखते ही कई दुकानों से हंसी और टीका-टिप्पणियों की आवाज़ें आने लगीं। महिला उन्हें भद्दी गालियां देती हुई अपने ढेर सारे बच्चों के साथ लकड़ी के पटरे से चलती हुई स्टीमर पर चढ़ ही रही थी कि—शायद किसी नए कर्मचारी ने उससे टिकट दिखाने को कह दिया। उस महिला ने तुरंत चिल्लाना, रोना-धोना और गालियां देना शुरू कर दिया, 'टिकट! क्यों तेरे घर में मां-बहन नहीं हैं! जाकर उनका टिकट देख ले। मेरा टिकट देखेगा? तो चल

मेरे साथ, मैं तुझे टिकट दिखाती हूं!' महिला की अभद्र भाषा और विचित्र हाव-भाव से घबराकर बेचारा टिकट चेकर डर के मारे एक तरफ हट गया और महिला अपने बच्चों के साथ स्टीमर पर चढ़ गई। उसके चढ़ते ही पीछे से राजा दौड़ते हुए आया और बीड़ी फूंकते टिकट चेकर के आगे दोनों हाथ जोड़कर बोला, 'बाबू, नाराज़ मत होना बाबू। मेरी मां का दिमाग़ ठीक नहीं है।' एक तो 'बाबू' शब्द और ऊपर से हाथ जोड़ कर माफ़ी मांगना—इस दो तरफ़ा वार से टिकट चेकर चित हो गया। उसके संभलने से पहले ही जीवन का हाथ पकड़ कर खींचते हुए राजा स्टीमर की भीड़ में खो गया।

'शुक्र है, चढ़ तो गए। अब जो होगा, देखा जाएगा।'

राजा की राहत से जीवन आश्वस्त नहीं था। 'अभी आकर अगर वो लोग हमें पकड़ लें तो?'

'पकड़ेंगे तो पकड़ लें! पकड़ कर क्या करेंगे? या तो इस पार या फिर उस पार उतारेंगे। धक्का मारकर पानी में तो नहीं फेंक सकते, है न?'

उनके चढ़ते ही स्टीमर भी चल दिया। पानी का रंग लाल और मटमैला था। उसके ऊपर छोटी-छोटी लहरें खेल रही थीं। स्टीमर के कुछ देर तक चलने के बाद दूर दाहिनी ओर एक छोटे से गांव के आम, जामुन, नारियल और सुपारी के पेड़ों की हरियाली दिखाई देने लगी। उसके ठीक सामने नावों पर सवार मछुआरे ब्रह्मपुत्र के जल में मछली पकड़ने के लिए जाल फेंक रहे थे।

राजा ने कहा, 'वो पूर्वी पाकिस्तान है।'

'हमारा देश! हम पहले वहीं रहते थे।'

'पता है तू ईस्ट बंगाल का है, इसीलिए तुझे दिखाया।'

'और तुम?'

'मोहन बागान!'

आधा घंटा चलने के बाद स्टीमर खेजुरिया घाट पर आकर रुका। वहां गेट पर कोई चेकर नहीं था। दोनों आराम से उतर गए। यहां का रेलवे स्टेशन रेतीली मिट्टी पर पटरियां बिछाकर, नदी के काफ़ी क़रीब बनाया हुआ था। कोई भी देखकर बता सकता था कि वह स्थाई निर्माण नहीं था। ब्रह्मपुत्र का पानी बढ़ते ही उसे वहां से पीछे हटा लिया जाता। सारी दुकानें भी ऐसी ही थीं।

सबकुछ अस्थाई था। रेत के ऊपर बनाई गई चाय की दुकानें और भोजनालय होगला और बांस की चटाई के बाड़े से एक-दूसरे से अलग किए हुए थे। एक ट्रेन तब लाइन पर खड़ी हुई थी। बोगियों को खींचने वाला इंजन मानो सोया हुआ था। दौड़ शुरू करने से पहले की तेज़, गर्म फुफकार की आवाज़ अभी नहीं आ रही थी। जिस तरह बैलगाड़ी का बैल पेड़ की छाया में खड़ा जुगाली करता हुआ, बार-बार मूत्र त्याग करता रहता है, इंजन भी ठीक वैसा ही कर रहा था।

राजा ने कहा, 'लगता है गाड़ी छूटने में अभी काफ़ी देर है। चल देखते हैं कहीं कुछ खाने को मिल जाए तो।'

रेल की पटरी के साथ-साथ बाज़ार लगा हुआ था। गांव के किसान अपनी खेत की तरह-तरह की उपज, जिसमें सबसे अधिक आम था, बेच रहे थे। वे एक किलो में चार या पांच चढ़ने वाले आम, एक आने में बेच रहे थे। एक रुपए में आम ख़रीदने पर सोलह के बदले अट्ठारह और कोई-कोई तो बीस आम भी दे रहा था। राजा एक बूढ़े किसान की टोकरी के आगे बैठ गया और उसने पूछा, 'आम मीठे होंगे न? या खट्टे हैं?' बूढ़े ने कुछ कहने के बजाय एक कटे आम की फांक उसके हाथ में पकड़ा दी। राजा ने थोड़ा खाकर बाक़ी जीवन की ओर बढ़ा दिया। 'खाकर देख तो ज़रा।'

इस तरह एक-एक कर उन्होंने पूरे बाज़ार की आमों की टोकरियों के आम चख लिए। यह बहुत कुछ उस तरह का था जब शिविर में वे पीले फूलों के शहद चूसते और धान के खेत से कोमल डंठल तोड़ दांतों के बीच दबाकर उनका दूध चूसते थे। इससे भूख तो नहीं मिटती थी, बस मन को तसल्ली देने वाली बात थी।

राजा ने कहा, 'लगता है इस बार आम की फसल अच्छी नहीं हुई है, नहीं तो और भी लोग आम बेचने आते। हमारा पेट भर जाता। फिर भी, कुछ नहीं से तो कुछ अच्छा है! सारा दिन अब कुछ नहीं मिलने से भी चल जाएगा, है न?'

क़रीब साढ़े दस बजे, न्यू जलपाईगुड़ी के लिए ट्रेन रवाना हुई। ट्रेन के सभी डिब्बे लगभग ख़ाली थे। किसी में पांच तो किसी में दस यात्रियों को लिए, रेत पर बिछी पटरियों पर ट्रेन धीरे-धीरे आगे बढ़ने लगी। राजा और जीवन दोनों अपनी प्रिय जगह, दरवाज़े, के दोनों छोर पर बैठ गए और धूप,

धुआं, मैदान, धान के खेत, जलाशय, बाग़-बगीचे, खेतों में चरती गायों, दूर भागते हुए गांव और गांव के लोगों को देखते रहे।

क्या यह सब नया था? क्या जीवन ने पहले यह सब नहीं देखा था? बेशक देखा था, लेकिन उसने यह सब ऐसे परिवेश, परिस्थिति और मानसिक अवस्था में नहीं देखा था।

ट्रेन एक-एक करके स्टेशन पीछे छोड़ती जा रही थी और धीरे-धीरे यात्रियों की संख्या बढ़ती जा रही थी। फिर भी पूरे दिन इतना भीड़-भड़क्का नहीं था। सारा दिन लगातार चलने के बाद शाम को, बिना किसी बाधा के ट्रेन न्यू जलपाईगुड़ी पहुंच गई। असम जाने की आज और कोई ट्रेन नहीं थी। वह कल सुबह ही मिल सकती थी।

जीवन का अब भूख से हाल बेहाल था। उसके हाथ-पांव कांप रहे थे। कुछ बोलने की कोशिश करने पर शब्द मानो कानों से बाहर निकल रहे थे। ऐसा लग रहा था कोई अपने दोनों हाथों से उसके पेट की अंतड़ियों को खींच कर बाहर निकालना चाह रहा था। मानो उसकी पसलियों के पिंजरे में रहती जीवन नाम की चिड़िया अभी पिंजरा खोलकर उड़ जाएगी।

भूख तो राजा को भी लगी थी। लेकिन वो भूख जीवन की तरह तक़लीफ़ में नहीं, बल्कि ग़ुस्से में बदल गई थी। उसने भयानक क्रोध से कहा, 'तूने देखा? इसका कोई मतलब है? कलकत्ता से हज़ार मील रास्ता तय करके आ गए, तूने एक भी साले टिकट चेकर को देखा? दो-दो लोग बिना टिकट के आ गए, जैसे उनके बाप की ट्रेन हो। कोई पकड़ने वाला नहीं। निकम्मे, भैंचोद! साले तनख़्वाह लेते हैं और घर में पड़े सोते रहते हैं। अब बता हम क्या करें!'

बिना टिकट के सहयात्री का टिकट चेकर पर इतना ग़ुस्सा जीवन को कुछ समझ में नहीं आया। भूख से उसकी बुद्धि ने काम करना बंद कर दिया था। इस विषय को ठीक से समझाते हुए राजा ने कहा, 'अरे, अगर चेकर होता तो हमें पकड़ता और हम जेल में आराम से दो-चार दिन खा-पी लेते। मैं सिर्फ़ अपने बारे में नहीं सोच रहा। मैं तो अभी दो दिन और नल का पानी पीकर गुज़ार लूंगा। तेरे बारे में सोच रहा हूं। चेहरा देखकर लग रहा है, तुझे बहुत तक़लीफ़ हो रही है। भूख लगी है न?'

'ऐं, क्या कहा?'

'मुझे पता है कि तू भूखा है। ज़रूर तेरे सिर और कान सांय-सांय कर रहे हैं, इसलिए जो कह रहा हूं वो तू सुन नहीं पा रहा है। चल देखता हूं कहीं से तेरे लिए खाने का कुछ इंतज़ाम कर पाता हूं या नहीं।'

तब तक शाम गहरी हो चुकी थी। वैसे तो चारों ओर लैंप पोस्ट की बिजली जलनी शुरू हो गई थी, लेकिन उनकी रोशनी इतनी तेज़ नहीं थी कि बदन में सिहरन पैदा कर देने वाले अंधेरे को दूर कर सके। यहां से, दूर पहाड़ की चोटी पर स्थित दार्जिलिंग हिल-स्टेशन दिखाई दे रहा था। वहां की सड़कों, घरों, दुकानों, बाज़ारों में अभी-अभी जली रोशनी ऐसी लग रही थी मानो आकाश से एक झुंड तारे गिर कर चारों ओर बिखर गए हैं। मानो घने, हरे जंगल के पेड़ों की डालियों पर तारे गिर कर अटक गए हों और एक साथ टिमटिमा रहे हों।

स्टेशन से बाहर आकर वे दोनों उसी दिशा में चलने लगे। इस समय यहां थोड़ी ठंड थी। सड़क पर कोई नहीं था। ट्रेन से उतरे लोगों की भी संख्या मुश्किल से बीस-पच्चीस थी। वे सब अब तक अपने गंतव्य स्थानों पर पहुंच चुके थे। कलकत्ता की रोशनी, लोग, गाड़ी-घोड़ा देखने की आदी आंखों को यहां की वीरानी, पहाड़, जंगल और पूरा वातावरण भयावह लग रहा था। डर से जीवन ने राजा के दाहिने हाथ को अपने बाएं हाथ में मज़बूती से पकड़ रखा था। परदेस में, बस चौबीस घंटे पहले बने दोस्त के हाथ का स्पर्श किसी को कितना सुरक्षित महसूस करा सकता है, हिम्मत दे सकता है, यह जीवन ने अब अनुभव किया था।

लगभग पंद्रह-बीस मिनट चलने के बाद सामने एक तिराहा आया। वहां एक बरगद का पेड़ था, जिसे गोल घेरकर एक चबूतरा बना हुआ था। उसके दाहिने ओर की सड़क पर कुछ दुकानें थीं—पहली मिठाई की और दूसरा भोजनालय। पहली दुकान का मालिक बंगाली और दूसरी का नेपाली था।

राजा ने कहा, 'चल तो, वहां जाते हैं।'

'पैसे नहीं हैं, खाने की दुकान में क्या काम?'

चारों ओर नज़र घुमाकर, अच्छे से परखकर राजा ने कहा, 'दो रास्ते हैं। पहला, हम पेट भरकर खाने के बाद भाग जाएं। कर पाएगा तू?'

'पकड़े गए, तो ख़ूब पीटेंगे।'

'ज़्यादा नहीं, बस दो-चार थप्पड़, घूंसे मार सकते हैं।'

'मैं मार नहीं खा सकता। बहुत दर्द होता है।'

'तो फिर दूसरा रास्ता है: हम जाकर काम मांगेंगे। अगर काम देंगे, तो खाने को भी देंगे। काम करेगा? दो-चार दिन यहां काम करके, थोड़ा सुस्ता लेने के बाद असम चलेंगे।'

'ये ठीक है।'

राजा ने मिठाई की दुकान पर जाकर बहुत सहजता और होशियारी से मालिक से कहा, 'देखिए, हम दोनों कलकत्ता में रहते हैं। आपके शहर घूमने आए हैं। कुछ दिन यहां रहेंगे। आपकी दुकान में कुछ काम मिल सकता है? मुझे बीड़ी पीने की भी लत है। दो-चार देंगे तो अच्छा है और न देने से भी कोई बात नहीं।' बंगाली दुकान के मालिक ने बगल के नेपाली दुकानदार को भी बुला लिया। दोनों कुछ देर तक दिल खोल कर हंसे फिर उत्साह से बोले, 'काम ज़रूर मिलेगा। हम काम करने वालों की ही तलाश में थे। काम करने वालों की कमी से बहुत सारा काम पड़ा हुआ है। आ जाओ तुम लोग। जितने दिन मर्ज़ी, रहो, खाओ-पिओ, घूमो!'

राजा नेपाली होटल में और जीवन बंगाली की मिठाई की दुकान में काम पर लग गए। दोनों दुकानदारों ने अपने गोदामों से बड़ी-बड़ी कड़ाहियां, पतीले, कड़छी और भी न जाने क्या-क्या निकाल कर उनके आगे रख दिया और कहा, 'इतनी दूर से आए हो, आज तुम लोग थके होगे, इसलिए ज़्यादा नहीं देंगे। इन्हें अच्छे से मांजकर चमका दो।'

दोनों की दुकानों के बीच बांस की बाड़ थी। बाड़ के इस तरफ के नल पर जीवन और उस तरफ के नल पर राजा। दोनों के आगे बर्तनों का पहाड़ जमा हुआ था, ऐसा लग रहा था जैसे बरसों से नहीं धुला था। बर्तनों को मांजने के लिए उन्हें राख और सोडा दिया गया और कहा गया, 'काम ख़त्म होते ही खाने को गरम भात मिलेगा।' खाने के लालच में दोनों भूखे बालक दो-तीन घंटे तक बर्तनों के साथ कड़ी मशक्कत करते रहे। आख़री पतीला साफ़ करके जाते हुए राजा ने जीवन से कहा, 'सुबह होते ही भागेंगे। असम की ट्रेन सात बजे की है। भूलना नहीं! नहीं भागेंगे तो ये साले हमें मेहनत करा-कराकर मार डालेंगे।'

जैसी बात हुई थी वैसा ही हुआ। राजा सुबह तय हुई जगह पर पहुंच गया। जीवन जानता था कि उसे भी वहां पहुंचना है। लेकिन परिस्थितियां एक-सी नहीं होती हैं। रात को खाने के बाद राजा दुकान के बाहर बरामदे में

सोया था, जहां से उसका निकल भागना आसान था। लेकिन जीवन ऊपर की मंज़िल पर एक लकड़ी के कमरे में बंद था, जिसके बाहर ताला लगा हुआ था। ताला न खुलने तक उसका बाहर आना संभव नहीं था। इसके अलावा, पिछले चौबीस घंटे की थकान से चूर, वह ठीक समय पर उठ भी नहीं पाया था। उसकी नींद तब टूटी जब नेपाली दुकानदार अपनी भाषा में गाली-गलौज कर रहा था, 'चोर साला, चोरी से भाग गया!'

चोरी से भाग गया और चोरी करके भाग गया—दोनों में ज़मीन-आसमान का अंतर था, लेकिन उस अंतर को स्थान, काल और पात्र के अनुसार आंका गया हो तभी। किसी दूर देश के कमज़ोर, ग़रीब बच्चे के पक्ष में सटीक आंकलन भला क्यों किया जाता! कोई जीवन को बालों से पकड़कर घसीटता हुआ दुकान के बाहर ले आया। उसने उसके मुंह पर ज़ोरदार तमाचा जड़कर कहा, 'निकल! भाग साले चोर!'

दोस्त के बिना जीवन इस परदेस में कहां जाता? तमाचे के दर्द से नहीं, वह अपनी बेबसी पर रो पड़ा। उसे लगा जैसे हाथ-पैर बंधा, वह किसी कुएं में गिर गया है। वह असहाय था, मौत मानो मुंह बाए उसके सामने खड़ी थी और किसी भी पल, चील की तरह नुकीले पंजों से झपट्टा मार लेने को तैयार थी।

वहां से चल कर जीवन मोड़ के बरगद के पेड़ के नीचे चबूतरे पर बैठ गया। उसने चारों ओर नज़र घुमाई, लेकिन उसे ऐसा कोई नहीं नज़र आया जिसके सामने जाकर वह कह सके, 'मैं बहुत मुसीबत में हूं। मुझे बचा लीजिए।'

न जाने वह कितनी देर तक उस पेड़ के नीचे अकेला बैठा रहा। उसे नहीं पता कब उसके आंसू सूख गए। तभी उसकी सूखी आंखों की पुतलियों में श्मशान घाट में घूमने वाले मरण, जिसे उसने बरसों पहले देखा था, का चेहरा उभर आया। मरण, जिसने कभी, किसी हालत में भी हार नहीं मानी। जो ज़िंदा होते हुए भी मर गया था, ताकि मौत को हरा सके। एक दिन उसने कहा था, 'तेरा नाम जीवन है। अपने नाम का मान रखना। मौत के डर से हग-मूत कर मत मरना!'

जीवन ने ख़ुद को मज़बूत किया और खड़ा हो गया। वह धीरे-धीरे आगे बढ़ने लगा। कुछ क़दम चलने के बाद उसे महसूस हुआ, हां, मैं कर सकता हूं। बिना किसी मदद के वह अकेला चल सकता है। तीर की तरह सीधी सड़क पर चलते हुए जीवन स्टेशन पहुंच गया, जहां से वह कल शाम राजा का हाथ

पकड़ कर निकला था। कल की तरह स्टेशन उतना ख़ाली नहीं था। कुछ लोग थे जिनकी उपस्थिति से आश्वस्त जीवन, एक ख़ाली बेंच पर बैठ गया।

अब उसका मन राजा नाम के पगले बाउल के लिए तरसने लगा। वह किसी हवा के झोंके की तरह चला गया था। एक नदी जो सूखकर लुप्त हो गई हो, जिसका कहीं कोई नामो-निशान नहीं, उसी तरह वह भी खो गया था। जाते हुए वह जो कुछ भी अपने साथ लाया था, वो सब ले गया था।

फिर भी लगता था कि वह सबकुछ छीन कर नहीं ले जा सका था। वह लापरवाह इंसान अनजाने में कुछ पीछे छोड़ गया था, जिसका नाम था—स्मृति, जो जीवन नाम के लड़के के दिल की गहराई के किसी गुप्त कक्ष में रह गई थी। यह स्मृति एक चमकते सितारे की तरह जीवन भर उसके साथ रहेगी। वह कभी धूसर, मलिन या बेरंग नहीं होगी।

20

वसंत का वज्रपात और सिलीगुड़ी का छल

राजा न्यू जलपाईगुड़ी के स्टेशन पर नहीं था। ऐसा होना भी नहीं था। सुबह सात बजे की ट्रेन ठीक समय पर चली गई थी। राजा भी उसमें चला गया था। इसके बाद असम जाने की ट्रेन दोपहर बारह बजे थी, और फिर शाम को चार बजे। अभी दस से ज़्यादा नहीं बजा था। दो घंटे कैसे काटता जीवन? थोड़ी देर बैठने के बाद वह स्टेशन में घूमने लगा। एक नंबर प्लेटफ़ॉर्म घूमने के बाद वह दो नंबर प्लेटफ़ॉर्म पर आ गया। लेकिन उसकी आंखों को कोई भी जाने-पहचाने निशान नज़र नहीं आए। यहां वो मिट्टी का चूल्हा नहीं था, जिसे घेरकर भिखारिन मां के कमज़ोर बच्चे बैठे होते थे। रेलिंग पर फटी, मैली चादरें सूखने को नहीं लटकी हुई थीं। कोई नशेड़ी नशे में धुत नहीं घूम रहा था। कुली जमा होकर ताश नहीं खेल रहे थे। कोई झगड़ा या मारपीट नहीं कर रहा था। यहां का परिवेश बहुत शांत था, कहीं अशांति नहीं थी। यह सब देखते हुए—या कुछ भी न देखते हुए—जीवन ने अपना समय घूमते-घूमते बिता दिया। घड़ी में बारह बजते ही शेड से एक ट्रेन प्लेटफ़ॉर्म पर आ गई। जानेवाले सभी यात्री धीरे-धीरे ट्रेन में चढ़ने लगे। जीवन को भी जाना था। ट्रेन में चढ़ते ही वह अपने पुराने स्थान पर, दरवाज़े के पास पैर लटका कर बैठ गया।

थोड़ी देर में ट्रेन न्यू जलपाईगुड़ी से निकलकर सिलीगुड़ी स्टेशन पहुंच गई। हज़ारों यात्री वहां ट्रेन में चढ़ने के लिए बेडिंग, ट्रंक, सूटकेस लिए इंतज़ार कर रहे थे। ट्रेन के रुकते ही वे लोग धक्का-मुक्की करते हुए ट्रेन के डिब्बों में चढ़ने लगे। चीख़-पुकार, शोर-शराबे से एक पल में पूरा स्टेशन युद्ध का मैदान बन गया। एक-दूसरे का पैर कुचलते, कोहनी से धक्का मारते हुए, अपनी

पसंद की सीट पर क़ब्ज़ा करने के लिए उनमें होड़ लग गई। इस भगदड़ के थमने के बाद, पिछले कुछ दिनों की तपस्या के बाद भी जिसे नहीं देखा जा सका था, वह अप्रत्याशित आकृति अचानक जीवन के सामने आकर खड़ी हो गई—काला कोट पहने एक विशालकाय टिकट चेकर। 'टिकट!' हाथ और सिर दोनों एक साथ हिलाकर जीवन ने कहा, 'नहीं है।' टिकट चेकर को और कुछ सुनने की ज़रूरत नहीं थी। जैसे एक चील झपट्टा मार कर चूहे के बच्चे को उठा लेती है, वैसे ही चेकर ने अपने विशाल पंजे से जीवन को दबोच लिया। उसके बाद जिस तरह घोड़े से बांध कर युद्ध बंदी को घसीटते हुए ले जाया जाता है, ठीक उसी तरह जीवन को घसीट कर स्टेशन के गेट से बाहर धक्का दे दिया गया, 'चल जा!'

हाफ़ पैंट, बनियान पहने, गले में गमछा लपेटे और नंगे पैर जीवन को देख कर टिकट चेकर समझ गया था कि उसमें जुर्माना या रिश्वत देने की क्षमता नहीं थी। ट्रेन में बिना टिकट चढ़ना ऐसा जघन्य काम नहीं था, जितना जुर्माना या रिश्वत न दे पाना था। ऐसे लोग धक्का खाने के लायक़ ही थे। उन्हें जीवन के हर क्षेत्र में क़दम-क़दम पर धक्के ही मिलते थे। और वही जीवन को मिला।

गेट से बाहर टिकट काउंटर था, जहां एक लकड़ी की बेंच थी। जीवन उस बेंच पर बैठ कर स्टेशन और असम जाने वाली ट्रेन की ओर देखता रहा। ट्रेन के आस-पास और स्टेशन पर हर जगह बहुत सारे काले कोट और ख़ाक़ी वर्दी वाले जमा थे। इतनी पुलिस और इतने चेकर तो उसने हावड़ा और सियालदह में भी कभी नहीं देखे थे। इतने लोगों की नज़रों से बचकर ट्रेन में कैसे चढ़ा जाए, यह जीवन को नहीं पता था। जिसे पता था, वो राजा, अब वहां नहीं था।

अब जीवन क्या करता? वह ट्रेन में नहीं चढ़ सकता था, तो क्या उसे इस परदेस में अकेले ही डर, चिंता, भूख और प्यास से मर जाना होगा? अगर उसे मरना ही था, तो वह इतनी दूर आया ही क्यों था? क्या कलकत्ता में मौत का अभाव था? वह ज़िंदा रहना चाहता था इसलिए आया था। और सबको जीवित रखने के लिए उसका ज़िंदा रहना ज़रूरी था। सबको बचाने के लिए उसका असम जाना भी ज़रूरी था। वही ऐसी जगह थी जहां सड़कों पर पैसे पड़े रहते थे, जिन पैसों से जीवित रहने के साधन ख़रीदे जा सकते थे।

यह सब सोचते-सोचते, बेंच पर बैठे जीवन को नींद का झोंका आ गया। उस नींद में एक चेहरा उसके सपने में तिर उठा। वो चेहरा फटिक, मरण या राजा में से किसका था, यह जीवन को ठीक से समझ नहीं आया। उस चेहरे ने कहा, 'तुम अगर वास्तव में असम जाना चाहते हो और बिना टिकट सफ़र नहीं कर सकते, तो टिकट ख़रीदकर चले जाओ! इसमें तो कोई मुश्किल नहीं!'

जीवन अपनी तंद्रा को झाड़ते हुए उठ खड़ा हुआ। टिकट काउंटर के सामने एक बड़ी खाने-पीने की दुकान थी। उसके शो-केस में तरह-तरह के खाने का सामान सजा हुआ था। चूल्हे पर कचौरी-समोसे तले जा रहे थे। गाढ़े दूध की चाय बन रही थी। दुकान के सामने जाकर जीवन ने राजा वाले लहजे में कहा, 'क्या आपको अपनी दुकान पर काम करने वाले लड़के की ज़रूरत है? मैं काम की तलाश में कलकत्ता से आया हूं।'

लंबे बाल और बिना दाढ़ी-मूंछ वाले दुकान के मालिक का चेहरा लड़कियों जैसा था। अपनी आवाज़ में वैष्णव पदावली के मधुर स्वर लाते हुए उसने कहा, 'तुम किस देश से हो?'

'जी, पूर्व पाकिस्तान के बरिशाल ज़िले से हूं।'

'हम ढाका से हैं। कहते हैं न, विद्या, बुद्धि और पैसा सब ढाका में है। उस ढाका से हूं। क्या नाम है तुम्हारा?'

'जी, जीवन कृष्ण दत्त।'

'अच्छा नाम है, कायस्थ हो। हां, मुझे किसी की ज़रूरत तो है।'

'आप मुझे वेतन कितना देंगे?'

'वेतन!' वह हंसने लगा। 'पहले काम पर तो लगो। दो-एक महीने काम करो। सब काम सीख लेने के बाद वेतन की बात करना। तुम कैसा काम करते हो यह देखे बिना, पहले ही वेतन की बात कैसे कर सकता हूं। एक ही देश, एक ही जात के हैं हम—मैं साहा हूं। मैं क्यों तुम्हें ठगूंगा?'

'नहीं, फिर भी कुछ तो कहिए। मुझे पैसों की बहुत ज़रूरत है। मैं गिलास धोना, चाय बनाना जानता हूं।'

'ठीक है। जब इतना कह रहे हो, तो एक महीने के काम के बाद, अगले महीने से चालीस रुपए महीना दूंगा।'

साठ दिन के बाद जीवन को चालीस रुपए मिलेंगे। केवल साठ दिनों में उसके सफ़र का किराया जुट जाएगा। कुछ ही दिनों बाद जीवन को उस जादूनगरी में जाने का गेट-पास मिल जाएगा! जहां पहुंचते ही, जिस सुख की उसे कामना थी, वो मिल जाएगा!'

जिस वक़्त जीवन पीछा किए कुत्ते की तरह इधर-उधर भाग रहा था, ठीक उसी वक़्त, उससे अनभिज्ञ, पश्चिम बंगाल के राजनैतिक इतिहास में पाला बदल घट गया। आज़ादी के बाद से जो राजनैतिक दल पश्चिम बंगाल की सत्ता में मज़बूती से पैर जमाए हुए था—कांग्रेस—वह डगमगा गया। दल के एक प्रभावशाली नेता अजय मुखर्जी के अपने साथियों के साथ पलटी मारने के बाद, कांग्रेस सत्ता से हाथ धो बैठी।

पश्चिम बंगाल में चौदह दलों का संयुक्तफ्रंट सत्ता में आ गया। अजय मुखर्जी उस सरकार के मुख्यमंत्री और सीपीएम दल के नेता ज्योति बसु उपमुख्यमंत्री बने। पुलिस विभाग भी उन्हीं के पास था। इससे ग्रामीण बंगाल के श्रमिक, किसान और मेहनत-मज़दूरी करने वाले लोगों में नई आशा का संचार हुआ। श्रमिकों ने सोचा, जब पुलिस विभाग मज़दूर वर्ग की पार्टी के नेता के हाथ में होगा, तो उद्योगपति मज़दूर वर्ग के वैध अधिकारों की मांग करने पर, पुलिस की मदद से मज़दूर आंदोलनों को दबाने में सक्षम नहीं होंगे। और जो किसान सदियों से यही सुनते आए थे कि 'जिसका हल उसी की ज़मीन', उनका मन इस आशा से भर गया कि 'जिनके पैर कभी ज़मीन पर नहीं पड़ते, वे ही ज़मीन के मालिक हैं'—यह पुराना अन्यायपूर्ण क़ानून अब बदल जाएगा।

वह 1967 का साल था। शरद ऋतु ख़त्म होकर सर्दियां आ गई थीं। जिनके पास कपड़े नहीं थे, वे कड़ाके की ठंड में ठिठुर रहे थे। खेतों में हरे धान के डंठल सुनहरे हो गए थे। समय के साथ उसने भी विदा ली और वसंत आ गया। वसंत को प्रेम की ऋतु भी कहा जाता है, लेकिन इस बार उत्तरी बंगाल में वसंत विद्रोही की तरह गरजता हुआ आया था।

स्टेशन की चाय की दुकान पर जहां विभिन्न स्थानों से लोग आते थे, उनकी टुकड़ों में बातें सुनकर जीवन को समझ में आ गया था कि यह वसंत इस शहर के सुखी, शांतिप्रिय लोगों के लिए कोई अच्छी ख़बर नहीं लाया

है। शहर में अजीब-सा कोलाहल था, सब जैसे किसी डर के बुख़ार से कांप रहे थे। कुछ दिनों के बाद जीवन ने देखा कि स्टेशन, बाज़ार, सिलीगुड़ी का पूरा शहर ख़ाक़ी रंग से भर गया था। ज़िला पुलिस का सदर दफ़्तर यहीं था। ट्रक, वैन, जीपों में राइफ़ल, स्टेनगन, एसएलआर से लैस दलों में सीआरपी के जवान वहां आए, और फिर उनका काफ़िला उन्हीं गाड़ियों में वापस चला गया। इनकी आवाजाही से एक युद्ध का-सा माहौल बन गया था। देख कर लग रहा था जैसे चीन से 1962 की हार का बदला लेने जा रहे हों।

स्टेशन से कुछ ही दूरी पर एक लाल, दोमंज़िले घर में एक वकील साहब रहा करते थे। रोज़ सुबह आधा घंटे सैर करने के बाद वो टिकट काउंटर के सामने वाली बेंच पर आकर बैठते थे। वहां एक हॉकर अख़बार बेचा करता था। वकील साहब एक-एक करके सभी अख़बारों को खंगालते थे, और इस दौरान दो कप चाय पिया करते थे। पैसा एक कप का ही देते थे। दूसरा कप चाय की दुकान के मालिक के सौजन्य से होता था। इसके बाद वे दोनों दुनिया जहान की समस्याओं पर चर्चा करते थे। आठ बजे के क़रीब वकील साहब वापस चले जाते थे।

एक दिन उन्होंने कहा, 'साहा बाबू, ख़बर सुनी?'

चाय की दुकान के मालिक, विनोद साहा ने सिर हिलाकर कहा, 'नहीं तो! क्या ख़बर है?' हाथ के सामने इतने अख़बार होते हुए, आंखों के सामने इतने वर्दीधारियों का आना-जाना देखते हुए भी विनोद साहा को किसी बात की कोई ख़बर नहीं थी। लेकिन इससे वकील साहब हैरान नहीं थे। कुछ-कुछ लोग हर देश, काल में ऐसे ही होते हैं, जिन्हें पैसे के बारे में सोचने, सूंघने और गिनने के अलावा किसी और चीज़ में रुचि नहीं होती है। वैसे विनोद साहा पूरी तरह ऐसा नहीं था। तभी वकील साहब ने कहा, 'नक्सलबाड़ी, खोड़ीबाड़ी और फांसीदेवा के थानों में आगज़नी हुई है। ये तीनों जगहें सिलीगुड़ी के पास थीं। विनोद साहा को इन तीनों जगहों के बारे में कुछ पता नहीं था, उसने बस नाम ही सुना था। उसने कहा, 'अगर आग लगी है तो इतनी पुलिस क्यों जा रही है वहां? पुलिस कैसे आग से निपट सकती है? इसके बजाय वहां दमकलों को जाना चाहिए!'

'अरे मोशाय, वैसी आग नहीं लगी है। वहां बहुत गड़बड़ चल रहा है। सात महिलाएं, दो बच्चे और एक आदमी समेत दस जन पुलिस की गोलियों से मारे गए हैं। कुछ ज़मींदार और पुलिसकर्मियों कि भी मौत हुई है। हज़ारों

की संख्या में संथाली किसान और मज़दूर तीर-धनुष लेकर युद्ध करने के लिए जमा हो गए हैं। बिल्कुल अराजक स्थिति है! क़ानून व्यवस्था की स्थिति भी गंभीर है। यह वैसा ही है, जैसा तेभागा आंदोलन के समय हुआ था।'

साहा बाबू को अख़बार पढ़ने का समय नहीं था। वैसे उन्हें इसकी ज़रूरत भी नहीं पड़ती थी। लोगों के मुंह से ख़ास ख़बरें सुन लेते थे। तभी उन्हें तेभागा आंदोलन के बारे में पता था। बेशक, वो समय बड़ा भयंकर था। यह सुनकर कि वही समय वापस आ गया है, उसने कहा, 'तो इसलिए पुलिस का इतना आना-जाना लगा हुआ है।'

वकील साहब ने कहा, 'तीस बटालियन आए हैं। ज़रूरत पड़ने पर और आएंगे।' दूसरी चाय की प्याली का आख़री घूंट भरते हुए उन्होंने कहा, 'लेकिन इस बार सबकुछ उतना आसान नहीं है। किसान पुलिस को देखकर ज़्यादा डर नहीं रहे हैं, बल्कि डटकर उनका मुक़ाबला कर रहे हैं। लेकिन सोचो तो, हंसिया, कुदाल, खुरपी, तीर-धनुष—राइफ़ल के आगे क्या यह सब कोई हथियार हैं?'

'मैंने तो सुना है संथाली बहुत शांत, ठंडे मिजाज़ के लोग होते हैं। बेवजह किसी से लड़ाई-झगड़ा नहीं करते हैं। उनके अचानक भड़क उठने की वजह क्या है?'

'दोष उनका नहीं है। दोष तो गद्दी पर बैठे लोगों का है। इन लोगों ने ही तो इनके दिमाग़ में यह भरा है, "जिसका हल उसकी ज़मीन"। तो अब संथाली कह रहे हैं कि ज़मींदार कुछ नहीं, सब परजीवी हैं। ज़मीन का असली मालिक वही है जिसने पसीना बहाकर अनाज उगाया है। यह भला क्या बात हुई! ऐसे तो जो हल खींचता है, वो बैल ज़मीन का मालिक होना चाहिए! क्या वह मालिक हो जाता है? या उसे मुट्ठी भर भी धान मिलता है? तब पार्टी के नेताओं ने यह नहीं सोचा था कि सत्ता में आने के लिए उन्होंने जो कुछ कहा था, वही बाद में उनके पिछवाड़े बांस बनकर घुसेगा। अब जो होना था, वही हो रहा है। किसान सोच रहे हैं, हमारी ग़रीब सरकार अब सत्ता में है, और इसलिए वे हाथ उठाकर नाच रहे हैं। हज़ारों बीघे खेतों से धान काट रहे हैं, ज़मींदारों के अन्न भंडार लूट कर अपने भंडार भर रहे हैं। वैसे अंत में ज्योति बाबू की बुद्धि खुली है। वो समझ गए कि उन्हें क्या करना चाहिए। उन्होंने केंद्र सरकार से सीआरपी भेजने को कहा है। लेकिन किसानों को रोकने के

लिए सीआरपी, ख़ुद उनके तीर का निशाना बन गई है। हालात बहुत जटिल होते जा रहे हैं।'

हंसते-हंसते विनोद साहा ने कहा, 'तब तो आपके मज़े आ गए! जितना ज़्यादा लड़ाई-झगड़ा, दंगा, अराजकता, धर-पकड़ाई होगा, वकीलों और अदालत के कर्मचारियों का उतना ही फ़ायदा होगा। दो पैसों का मुंह देखेंगे। देश में अमन हो और हर कोई अच्छा इंसान बन जाए, तो उससे क्या फ़ायदा! केस-वेस मिल रहे हैं न?'

'*ना मोशाय,*' वकील बाबू ने दुखी स्वर में कहा। 'एक दिन कोर्ट में जाकर देखिए। हर दिन पुलिस बीस-पच्चीस लोगों को पकड़ रही है। उनकी दुर्दशा देखी नहीं जाती। एक के भी बदन पर कपड़ा नहीं है। कपड़ा पहनने तक का सामर्थ्य नहीं है। वे क्या केस लड़ेंगे और क्या वकील और क्लर्कों को फ़ीस देंगे? मामला-मुक़दमा करने के लिए पैसों का ज़ोर चाहिए। इनमें से किसी के पास नहीं है वो ज़ोर? सबको जेल भेजा जा रहा है। सब जेल में सड़ कर मरेंगे। सुना है, सब-जेलों में भी अब जगह नहीं है। डेढ़ हज़ार क्षमता की जेलों में पांच-सात हज़ार लोग ठूंसे हुए हैं।'

इसके बाद से हर सुबह नियम से वकील साहब नक्सलबाड़ी, खोड़ीबाड़ी और फांसीदेवा के किसान आंदोलन के बारे में कुछ न कुछ कहते रहते थे। एक दिन चाय पीकर उन्होंने प्याली वापस रखी और अख़बार का पन्ना पलटा ही था कि उसी समय उनकी पहचान का एक स्कूल मास्टर वहां आ गया। तब के शिक्षक समुदाय को आज की तरह मोटा वेतन और इतने अवसर नहीं मिलते थे, और न ही उनके चेहरे चमकते रहते थे। रफ़ू किया कुर्ता, पैरों में रबड़ की चप्पल, गालों पर बढ़ी दाढ़ी और सिर पर बरसात में नहाए कौवों की तरह बाल—यह उनकी विशिष्टता थी। ऐसे ही शिक्षक को देखकर वकील साहब ने हंसते हुए पूछा, 'क्या सर, आपके लोगों ने ये क्या शुरू किया है?'

'क्या शुरू किया है?'

'यही, ज़मींदारों का गला काटना, धान लूटना। ये सब क्या ठीक है?'

शायद शिक्षक का मिजाज़ ठीक नहीं था। वकील के उकसाने पर आग उगलती आवाज़ में उन्होंने उलटा प्रश्न किया, 'तो आपकी राय में क्या सही होगा? कि जो कभी धूप में नहीं निकलते, बूंद भर बारिश में नहीं भीगते हैं, जिनके पांव मिट्टी पर नहीं पड़ते हैं, उनके अन्न भंडारों को कमरतोड़ मेहनत

से अनाज उगाने वाले लोग जाकर भर दें और अपना पेट गमछे से बांधकर पड़े रहें? सदा से यही चलता आया है और यही चलता रहे तो अच्छा है, है न?'

'नहीं, ऐसा नहीं है।' वकील साहब ने लरज़ती आवाज़ में कहा, 'देश में न्यायिक व्यवस्था है। इसके अलावा ग़रीब लोगों के वोटों से जीतकर सत्ता में आई सरकार है। सबकुछ शांतिपूर्ण ढंग से, बातचीत करके, रचनात्मक रूप से हल किया जाता तो कितना अच्छा होता, है न? लेकिन ऐसा करने के बजाय...'

'आपको क्या लगता है, बातचीत या चर्चा के माध्यम से बाघ को समझाना संभव है कि मांस के बजाय कोमल घास खाना स्वास्थ्य के लिए ज़्यादा लाभकारी है?'

'बाघ और मनुष्य क्या एक हैं?'

'ये सारे ज़मींदार बाघ से भी ज़्यादा ख़तरनाक हैं। बाघ तब तक शिकार नहीं करता जब तक उसे भूख न लगे। पर ये लोग तो बेवजह लोगों को मारते हैं! इनके लालच की कोई सीमा नहीं है। जब तक ये ख़त्म नहीं होंगे, श्रमजीवी लोग जीवित नहीं रह पाएंगे। यही इतिहास की शिक्षा है।'

थोड़ा रुककर वकील साहब बोले, 'तो आप कहना चाहते हैं कि सरकार की क़ानून व्यवस्था कुछ भी नहीं है? लोगों को इस पर भरोसा रखने की ज़रूरत नहीं है? उन्हें जो अच्छा लगता है वह करें?'

'मैं ऐसा नहीं कह रहा हूं। मैं कौन होता हूं कहने वाला? अपने निजी अनुभव से लोग समझ रहे हैं कि वो वोट तो डाल सकते हैं, लेकिन यह निश्चित नहीं कर सकते हैं कि सरकार उनकी ही होगी। सबको दिख रहा है कि सत्ता में आने से पहले वर्तमान सरकार की क्या भूमिका थी और अब क्या है। महिलाओं और बच्चों पर गोली चलाते हुए भी उनके हाथ नहीं कांप रहे हैं। स्पष्ट है कि ये लोग किसके फ़ायदे के लिए काम रहे हैं। तो लोग क्या करेंगे? जिन पर ये लोग भरोसा करके बैठे थे, उन्होंने ही धोखा दे दिया। और इसलिए लोग अपने पैरों पर खड़े होकर अपने हक की लड़ाई, अपने तरीक़े से लड़ रहे हैं।'

'लेकिन मुझे लगता है, ये रास्ता ग़लत है। इस तरह लड़ने से, मरने के अलावा उन्हें कुछ हासिल नहीं होगा।'

'क्या सही है और क्या ग़लत, युद्ध के मैदान से इतने दूर बैठे, चाय की चुस्कियां लेते-लेते हम दो शहरी बाबू क्या कह सकते हैं! यदि यह ग़लत है, तो जो लड़ रहे हैं वे ख़ुद को सुधार लेंगे। यदि सही हैं, तो वे सफल हो जाएंगे। जब हम उनके सुख-दुख में साथ नहीं हैं तो हमारे विचारों से उन्हें क्या फ़र्क़ पड़ेगा।'

जीवन को एक बार नक्सलबाड़ी और खोड़ीबाड़ी देखकर आने का मन था। वह शिरोमणिपुर रहते हुए मंगला की बस्ती में जा चुका था। उसने अपनी आंखों से देखा था कि संथालियों का जीवन कितना कठिन होता है। वे ग़रीब संथाली किसान और खेतिहर मज़दूर कितने साहस के साथ अपनी लड़ाई लड़ रहे थे। अपने नेता, जंगल संथाल, के नेतृत्व में इन किसानों और मज़दूरों ने शोषण, वंचन और अत्याचार के ख़िलाफ़ विद्रोह की घोषणा कर दी थी। जीवन को लग रहा था जैसे यह उसकी अपनी लड़ाई थी। उसने हिंदुओं और मुसलमानों के बीच होते सांप्रदायिक दंगे देखे थे। उन दंगों के ख़ून के छींटों के दाग़ उसके हाथों में लगे हुए थे, जिसकी बदबू उसे आज भी विचलित कर देती थी। उसे कभी नहीं लगा कि वो लड़ाइयां सही थीं या उसकी अपनी लड़ाई थीं। लेकिन आज उसे महसूस हो रहा था कि यह लड़ाई जैसे उसकी अपनी लड़ाई थी।

लेकिन इच्छा होने के बावजूद वह नहीं जा पाया। वह उसी दुकान पर जूठी थालियों, गिलास और कपों के पास ही पड़ा रहा। इसी तरह आठ-दस महीने बीत गए। साहा बाबू ने यह तय किया था कि वो उसे दूसरे महीने से पगार देंगे। दूसरा महीना ख़त्म होते ही जीवन अपने मालिक के आगे हाथ पसार कर खड़ा हो गया, 'बाबू मेरी पगार दीजिए।'

तेल से चमकते गाय के बछड़े की मासूमियत लिए, स्त्रियों जैसे चेहरे वाले साहा बाबू ने जीवन की बात सुनकर निरीह हंसी हंसते हुए कहा, 'पगार? क्यों नहीं दूंगा। बिल्कुल दूंगा, लेकिन अभी मेरे पास पैसे नहीं हैं, अगले महीने ले लेना।'

वेतन न मिलने पर जीवन निराश हो गया, लेकिन उसने अपने आप को संभाल लिया। दो महीने तो हो गए थे, एक महीना और सही। बल्कि यह उसके लिए और भी अच्छा था। कुछ ज़्यादा पैसे हाथ में आ जाएंगे। असम

जाकर वह दो-चार दिन अच्छे से खा-पी सकेगा, घूम सकेगा और फिर कोई अच्छा-सा काम ढूंढ़ लेगा। लेकिन, हाय रे बदक़िस्मत! अगले महीने जैसे ही जीवन ने वेतन मांगा, विनोद साहा ने विनीत स्वर में जवाब दिया, 'पैसे नहीं हैं रे। अगले महीने ले लेना।' इस तरह अगले महीने, अगले महीने करते-करते छह-सात महीने गुज़र गए।

एक दिन थोड़े क्रोध भरे स्वर में जीवन ने कहा, 'आप हर बार "अगले महीने" कह कर मुझे टाल देते हैं। छह-सात महीने हो गए हैं, पर आपने मुझे एक भी पैसा नहीं दिया है। इस बार मेरी पगार दीजिए! देखिए, मेरी बनियान और गमछा फट गए हैं। नए ख़रीदने होंगे।'

'क्या कहता है, छह महीने हो गए! ठीक से गिनती की है?'

'आप गिनकर देख लीजिए। कार्तिक माह में काम पर लगा था और यह बैसाख का महीना चल रहा है।'

'अरे, तू तो बिल्कुल कैलेंडर है! तो ठीक है, केवल छह महीने ही तो हुए हैं, छह साल तो नहीं! चालीस गुणा छह, दो सौ चालीस रुपया तुझे मुझसे लेना है। और छह महीने रुक जा, एक बार में हिसाब करके दे दूंगा। एक साथ रुपया मिलने पर तेरा भी भला होगा।'

जीवन बहुत दुखी हो गया। उसने रुआंसा होकर कहा, 'बाबू हम बहुत ग़रीब हैं। घर में मेरे छोटे-छोटे भाई-बहन हैं। उनके पास खाने को नहीं है। मेरे बाप को पेट के दर्द का रोग है। दवाई नहीं ख़रीद पाता है इसलिए काम करने घर से निकला हूं। मेरे पैसे दे दीजिए, घर भेज दूंगा।'

साहा बाबू बहुत नाराज़ हो गए, 'तू तो काबुलीवाले का भी बाप है! कह रहा हूं अभी नहीं हैं, फिर भी तू भन-भन कर रहा है। अगर जानता होता कि तू ऐसा करेगा तो कभी नौकरी पर नहीं रखता। तुझे देख कर दया आ गई थी इसलिए रख लिया था। वो कहते हैं न, उपकारी को बाघ खा जाता है। मेरी भी वही दशा है। मैंने बहुत बड़ी ग़लती कर दी। अगले महीने दे दूंगा। भगवान ने मुझे बहुत कुछ दिया है और आगे भी देते रहेंगे। तेरे थोड़े से पैसे मारकर मेरा क्या होगा!'

जीवन ने कहा, 'बाबू, मैं बहुत दिनों से घर से दूर हूं। मां की बहुत याद आ रही है। कौन जाने वे लोग ज़िंदा भी हैं, या मर गए। अगले महीने मेरा हिसाब कर दीजिएगा। मुझे घर जाना है।'

साहा बाबू ने उदार स्वर में कहा, 'बिल्कुल दे दूंगा। बल्कि दो पैसे ज़्यादा ही दूंगा। जा अभी मन लगाकर काम कर।'

अगले महीने भी वही कहानी, 'नहीं है रे! हाथ में बिल्कुल पैसे नहीं हैं। तुझे देने के लिए अलग से रखे थे, लेकिन अचानक दुकान के लिए फ्रिज ख़रीदना पड़ गया। उसी में सब चले गए। चल जब इतने दिन सब्र किया है तो एक महीना और सही। वादा रहा, अगले महीने पक्का दे दूंगा।' अगले महीने भी विनोद साहा ने पैसे नहीं दिए, बस वादा कर दिया, 'अगले महीने पक्का!'

कलकत्ता में जादवपुर के तिकोने पार्क के एक घर में एक बिहारी लड़का काम किया करता था। एक रात वह मालिक का गला काटकर, गहने और रुपए-पैसे सब लेकर भाग गया था। जीवन को भी कुछ ऐसी ही इच्छा हो रही थी, लेकिन छुपकर आंसू बहाने के अलावा वह कुछ और नहीं कर सकता था। उसके आंसुओं से किसी पेड़ का एक पत्ता भी नहीं हिला था। किसी ने एक बार कहा था—मानवता से विश्वास खोना पाप है! विश्वास करते-करते दस महीने बीत गए थे। अंत में उसका लोगों से भरोसा उठ गया। जीवन अपने आप से, देश, समाज और लोगों से क्रोधित था। एक दिन उसने विनोद साहा से कहा, 'मैं आपको समझ गया हूं। आप मेरे पैसे नहीं देने वाले हैं। मैं अब और काम नहीं करूंगा।'

बिल्कुल भी नाराज़ न होते हुए, एक प्यारी सी मुस्कान के साथ साहा ने कहा, 'काम करना, न करना तुम्हारी मर्ज़ी है। आज़ाद देश के आज़ाद नागरिक को किसी काम के लिए मजबूर नहीं किया जा सकता है। मैं चाहूं तो तुम्हें तब तक रोक सकता हूं, जब तक मुझे कोई और काम करनेवाला नहीं मिल जाता है, लेकिन मैं ऐसा नहीं करूंगा। पर तुम्हारे पैसे के लिए, मैं फिर वही बात कहूंगा—अगले महीने।'

'अगले महीने मैं कलकत्ता से पैसे लेने कैसे आऊंगा?'

'आने की ज़रूरत नहीं। अपना पता दे जाओ, मनिऑर्डर करके भेज दूंगा। ज़िंदगी में कभी किसी का एक पैसा नहीं मारा है, तेरे पैसे भी नहीं मारूंगा।'

जीवन कुछ और न कह सका। न जाने क्यों उसकी आंखों से आंसू बहने लगे, जो इस समय सबसे सस्ती और फ़ालतू चीज़ थे। वह चुपचाप, आंसुओं से धुंधलाई आंखों के साथ वहां से चला गया। मित्रहीन, उस असहाय बालक के कुछ दिन, छोटे से शहर सिलीगुड़ी की सड़कों पर नंगे पैर घूमते

और ख़ाली पेट सोते हुए बीते। पहले तो उसने सोचा कि वह कलकत्ता लौट जाएगा। अगर सिलीगुड़ी से ट्रेन में नहीं चढ़ पाया, तो वह अगले स्टेशन तक पैदल चला जाएगा, लेकिन तभी उसकी नज़र अपने दोनों असहाय हाथों पर पड़ी। लगातार कप-प्लेट धोते, पानी से भीगे रहने वाले, गले हुए हाथों में वह अपने मां-बाप और भाई-बहन को देने के लिए कुछ भी नहीं जुटा पाया था। बस शून्यता का अंतहीन उपहास था। मानो उसके हाथ उसका मज़ाक़ उड़ा रहे थे: तुम हार चुके हो, तुम एक असफल, बेकार इंसान हो। तुम ऐसे ख़ाली हाथ अपने मां-बाप का सामना नहीं कर सकते।

21

धर्म-पिता

जीवन को एक दिन फिर असम की याद आई। राजा की याद आई, जिसने असम के न जाने कितने क़िस्से सुनाए थे। उसने कभी असम की बुराई नहीं की थी, बस तारीफ़ ही तारीफ़ की थी। उससे यह साबित होता था कि असम बाक़ी सभी जगहों से अलग था। वहां के लोग यहां के लोगों की तरह अमानवीय, निष्ठुर नहीं थे।

तभी जीवन के दिमाग़ में आया, यदि वह सिलीगुड़ी से एक स्टेशन पीछे तक चलकर कलकत्ता जानेवाली ट्रेन पकड़ सकता था, तो एक स्टेशन आगे जाकर असम की ट्रेन भी तो पकड़ सकता था। उसे ख़ुद पर ग़ुस्सा आने लगा कि इतने दिनों तक उसे यह बात कैसे नहीं सूझी थी। जितने दिनों तक वह सिलीगुड़ी की सड़कों पर चलता रहा था, उतना अगर रेल लाइन पकड़ कर चलता तो शायद असम पहुंच चुका होता। उसने और ज़्यादा समय बर्बाद न कर, रेल लाइन के किनारे चलना शुरू कर दिया।

सुबह के क़रीब सात बजे थे। कितना भी दूर क्यों न हो दोपहर बारह बजे तक वह निश्चित रूप से अगले स्टेशन पर पहुंच जाता। साधारणत: एक स्टेशन से दूसरे स्टेशन की दूरी कितनी होती है, वह अच्छे से जानता था। फिर चिंता किस बात की थी! शहर पार होने के बाद उसे सामने एक कुआं दिखा। वहां कुछ औरतें बाल्टियों और घड़ों में पानी भर रही थीं। उनमें से एक के पास जाकर उसने अंजुली भर के पानी पिया। पता नहीं, रास्ते में कहीं और पीने का पानी मिलता या नहीं। ख़ाली पेट पानी पीने से उसका पेट भरा-भरा-सा लगने

लगा, जो चलते हुए पेट में उछल रहा था। लेकिन इतनी छोटी-सी बात के लिए जीवन अपना समय बर्बाद नहीं करना चाहता था। वह चलता रहा।

दो-तीन किलोमीटर चलने के बाद उसने देखा कि रेल लाइन दो अलग दिशाओं में बंट रही थी। एक बाईं ओर और दूसरी दाईं ओर। बाईं ओर की लाइन संकरी थी। उस लाइन पर चलने वाली ट्रेन, ट्राम से थोड़ी बड़ी होती थीं। इसे नैरो-गेज कहा जाता था। यह ट्रेन दार्जिलिंग जाती थी। जीवन ने दाईं ओर की पटरी पकड़ ली। यही असम जाने का रास्ता था।

कुछ देर और चलने के बाद घर, बस्ती, वाहन और लोग दिखने बंद हो गए। घना जंगल शुरू हो गया। रेल लाइन के बगल में छाती तक ऊंची जंगली झाड़ियां और आकाश छूते लंबे पेड़ थे, जिनकी डालियों पर बंदरों के झुंड उछल रहे थे। तरह-तरह की रंग-बिरंगी, चहचहाती चिड़ियां भी नज़र आ रही थीं। डालियों पर झूलते बंदर जीवन को हैरानी से देख कर मुंह से अजीब-सी आवाज़ें निकालने लगे।

शिरोमणिपुर कैंप में रहते हुए जीवन ने बांकुड़ा का जंगल देखा था। वह वहां अकेला बहुत घूमा था। लेकिन यहां का जंगल कुछ अलग था, इसलिए उसे थोड़ा डर लग रहा था। हर जंगल की अपनी एक विशिष्ट गंध होती है। उस गंध में बसता है उसका चरित्र। सिर्फ़ अनुभवी लोग इसे जानते थे। जीवन को इस जंगल के बारे में कुछ नहीं पता था। तभी वह अकेले चला जा रहा था। जानता तो कभी न आता। इस जंगल में बाघ थे और उनसे भी ख़तरनाक, पहाड़ी तेंदुए थे। वे आकार में थोड़े छोटे थे, लेकिन बहुत भयानक थे। कुछ दिन पहले ही तेंदुए ने वहां पर एक गाय को मारा था।

दो ढाई घंटे चलने के बाद जीवन अगले स्टेशन पर पहुंच गया। लेकिन यह क्या! घने जंगल के बीच बने इस स्टेशन पर कोई नहीं था। यहां तक कि स्टेशन मास्टर, सिग्नल मैन और पोर्टर—जिनके बिना ट्रेन नहीं चल सकती थीं, उनका भी नामो-निशान नहीं था। ऐसा लगता था मानो स्टेशन को बंद कर यूं ही जंगल में छोड़ दिया गया था। यहां से छुक-छुक की आवाज़ करती हुई रेलगाड़ियां नहीं गुज़रती थीं। चहल-पहल के बीच शोरगुल करते यात्रियों का चढ़ना-उतरना भी नहीं था, इसलिए नींद में डूबा यह स्टेशन कभी चेतन नहीं हुआ था। स्टेशन के लिए साफ़ किए गए वन क्षेत्र के अलावा झाड़ियों और पेड़ों के बीच किसी गांव, कस्बे या मानव बस्ती का कोई निशान नहीं था।

लेकिन वैशाख की तेज़ धूप में, जहां तक जीवन की नज़र जा रही थी, कम से कम उस सीमा में कोई भी जीव नहीं छिपा हुआ था।

जीवन समझ गया था कि उस स्टेशन पर यदि कोई ट्रेन रुकती भी हो तो, मेल क़तई नहीं रुकती होगी। मेल ट्रेन के रुकने के लिए यह बहुत छोटा स्टेशन था। गोहाटी मेल दिन के बारह बजे सिलीगुड़ी से रवाना होती थी। उसके हाथ में अभी भी तीन घंटे का समय था। इतने वक़्त में अगले स्टेशन पर पहुंचना मुश्किल नहीं था। और असम जाना था तो उसे यह करना ही था, इसलिए वह फिर चलने लगा। आगे जंगल और भी घना, गहरा और भयानक था। पिछले कुछ दिनों से उपवास किए और कुछ घंटों से लगातार चलते रहने से जीवन थक गया था, लेकिन उसने अपने पर ज़ोर दिया और आगे बढ़ता रहा। न जाने कब किसने पर्वत गुफ़ा में बैठ कर ध्यान-साधना करके अपना ज्ञान व्यक्त किया था—'चरैवेति, चरैवेति, चरैवेति!' चलते रहो, चलते रहो। ये स्वर विश्व में, जल में और अंतरिक्ष में सर्वत्र गूंज रहे थे—चलते रहो, चलते रहो। जीवन चलने का नाम है। जो आगे बढ़ता रहता है, वही जीवित रहता है। जो रुक गया, वह मृत है। जीवन ने अपनी अंतरात्मा में इस ब्रह्मज्ञान का आह्वान किया। अगर वह इस जंगल में रुक जाता, तो दो-चार दिन जो वह ज़िंदा रह सकता था, वो भी न रहता। रात होते ही भूख-प्यास से थके उसके अक्षम, असमर्थ शरीर को कोई जंगली जानवर मार कर खा जाता।

पता नहीं, यह इसलिए था कि जीवन के चलने की गति धीमी हो गई थी, या अगला स्टेशन काफ़ी दूर था, या फिर घड़ी के कांटे तेज़ रफ़्तार से दौड़ रहे थे—पर सूरज सीधे सिर के ऊपर आ गया था। बालों में निकाली सीधी मांग जैसी जंगल के बीच से गुज़रती रेल लाइन पर धूप पूरे आक्रोश से बरस रही थी। जीवन का शरीर जल रहा था। उसके पैरों के तलवे झुलस रहे थे। उसे तेज़ प्यास लग रही थी।

जीवन अभी अगले स्टेशन तक पहुंचा नहीं था कि तभी सिलीगुड़ी से बारह बजे छूटी गोहाटी मेल रेल की पटरियों पर धड़धड़ाती हुई आने लगी। आवाज़ सुन, जीवन ने पलट कर ट्रेन को देखा और पटरी से उतर गया और छाती तक ऊंची घास के झुरमुट में खड़ा हो गया। धरती और जंगल को कंप-कंपाती, सूखे पत्ते उड़ाती, जंगल के पक्षियों को डराती हुई, असम की ओर जाने वाली ट्रेन को देख जीवन को ऐसा लग रहा था मानो वह उसके सीने के ऊपर से गुज़र रही हो। अब वह क्या करता? वह फिर से पटरियों पर जाकर

कुछ देर हताश-सा खड़ा रहा। लेकिन वह कब तक वहां खड़ा रहता? वहां प्रतीक्षा करते रहने से उसे कुछ हासिल नहीं होने वाला था। उसे हर हाल में अगले स्टेशन पहुंचना था। कोई दूसरा विकल्प नहीं था।

वह फिर चलने लगा। कमज़ोर पैरों पर अपने अक्षम शरीर, झनझनाते, संवेदनशून्य सिर को ढोते हुए वह आगे बढ़ने लगा। और डेढ़-दो घंटे चलने के बाद वह एक और स्टेशन पर पहुंचा। उस स्टेशन को देखकर जीवन हैरान रह गया। क्या लापरवाही में, जहां वह रेल ट्रैक से उतरा था, वहां से उल्टी दिशा में तो नहीं चला आया था? नहीं तो ये स्टेशन भी वीरान, मृत शहर-सा क्यों था? धूप में धूं-धूं करते स्टेशन में लोग तो क्या कोई कौवा और कुत्ता तक नहीं दिख रहा था।

अब जीवन क्या करता? चलने के अलावा और कोई चारा नहीं था। किसी भी तरह उसे अगले स्टेशन तक पहुंचना था, जहां लोग थे, जहां यात्रियों को लेने और उतारने के लिए ट्रेनें रुका करती थीं। जहां घर, दुकान-हाट और लोग—कुछ भी नहीं था, वहां इंतज़ार करना मूर्खता थी इसलिए वह रेल की पटरियों के किनारे थके क़दमों से आगे बढ़ता रहा। उसके घुटने दर्द कर रहे थे, प्यास से सीना फट रहा था, पेट में आग लगी हुई थी, धूप से बदन जल रहा था, लेकिन किसी बात की परवाह न कर जीवन पागलों की तरह चलता रहा। जंगल के बंदर हैरानी से उसे देख आपस में बकबक करने लगे। यदि उनकी भाषा का अनुवाद किया जा सकता तो मनुष्यों के बारे में उनकी राय जानकर जीवन शर्म से मर जाता। जो भी हो, जीवन अब बुरी तरह थक गया था। उसका शरीर एक बोझ बन गया था जिसे घसीटते हुए जब वह अगले स्टेशन 'गुल्तिमां' पहुंचा, उसके सामने से शाम चार बजे की असम मेल तीर के वेग से चली गई। यह स्टेशन भी ऐसा नहीं था जहां मेल ट्रेन एक मिनट के लिए भी रुके।

ट्रेन के जाने के बाद, जीवन ने सुबह से पहली बार किसी आदमी को देखा। वह आदमी एक हाथ में लाल और दूसरे में हरी झंडी लिए प्लेटफ़ॉर्म से चलता हुआ जीवन के सामने आकर रुका। दाईं ओर रेलवे का दफ़्तर था। उसे ट्रेन पास कराने के लिए वहीं जाना था। झंडी लहरा कर ट्रेन को गुज़र जाने का निर्देश देना ही उसका काम था।

वह जीवन को देख कर चरम विस्मय से भर उठा। घने जंगल के बीच से यह कौन निकल आया था?

उसने कहा, 'ए बच्चा, कहां जाएगा?'

जीवन ने सपाट गले से कहा, 'हम असम जाएगा।'

'तो पैदल क्यों?'

जीवन ने कहा, 'मेरे पास जाने का किराया नहीं है, इसलिए।'

झंडी वाले आदमी की हैरानी की कोई सीमा नहीं थी।

उसने कहा, 'अभी सिलीगुड़ी जाने वाली ट्रेन आएगी। उसमें बैठ कर वापस चला जा। मरना है क्या? असम बहुत दूर है, पैदल नहीं जा पाएगा।' और कुछ भी कहे बिना वह अपने कमरे में चला गया।

नहीं, अब जीवन और नहीं चल सकता था। फिर, असम जाने की आज और कोई ट्रेन भी नहीं थी। स्टेशन अभी से इतना भयावह लग रहा था, रात होने पर कैसा होगा, सोच कर ही जीवन बहुत डरा हुआ था। लौट जाने के अलावा अब और कोई उपाय नहीं था। अगर वह वापस सिलीगुड़ी गया, तो टिकट चेकर उसे फिर से पकड़ सकता था। उसे धक्के देता या दो-चार चांटे लगा सकता था। जेल भी ले जा सकता था। जो होता है हो, यह सोच कर वह स्टेशन के टिकट काउंटर के सामने जाकर बैठ गया। वहां उसे दो और लोग नज़र आए। एक स्टेशन मास्टर और दूसरा मछुआरा, जो टोकरी में कुछ मछलियां लेकर बेचने आया था। ख़रीदार वही स्टेशन मास्टर था।

सिग्नल मैन ने कहा था, 'ट्रेन अभी आने वाली है।' लेकिन जब तक ट्रेन आई तब तक शाम ढल चुकी थी। जीवन तुरंत उसमें चढ़ गया। हर स्टेशन पर रुकती हुई ट्रेन, आख़िरकार सिलीगुड़ी पहुंची। ट्रेन से उतर कर जीवन अनगिनत चेकर्स और पुलिस वालों के सामने से गुज़रता हुआ ओवर ब्रिज की सीढ़ियां चढ़ गया। उस पर किसी की नज़र नहीं पड़ी। सीढ़ियां चढ़ते हुए उसे चक्कर आने लगा। वह ब्रिज के ऊपर अपना गमछा बिछा कर चित सो गया। किसी ने उसे परेशान नहीं किया और बिना किसी परेशानी से रात कट गई। सुबह नींद टूटते ही आंखें मलते हुए जीवन ने सबसे पहले आकाश की ओर देखा। आसमान में काले बादल उड़े जा रहे थे। कौन जाने वे कहां जा रहे थे और कहां मिट्टी के खिंचाव से बरस कर, धूप से तपती सूखी धरती को नर्म, कोमल करने वाले थे। इस साल अभी बारिश नहीं हुई थी। अब होगी। बादलों की गड़गड़ाहट यही संकेत दे रही थी। पानी मिलते ही फसलें लहलहाने लगेंगी। मनुष्यों में आशा, आकांक्षा और जीवित रहने के भरोसे को जगाएंगी।

यदि मनुष्य जीवित रहा तो मानव समाज, सभ्यता और उसकी निर्मिति और कला सृजन—सब बची रहेंगी।

लेकिन अब ऐसा लग रहा था कि समय का प्रवाह उल्टी दिशा में बह रहा था। मनुष्य ने प्रकृति के नियमों को बदल दिया था। अपनी चतुरता से वह सूखा, बाढ़, महामारी और अकाल सब पैदा कर सकता था। कृत्रिम अभाव पैदा कर लोगों को लाचार बना सकता था, उनके जीवन को दर्दनाक मौत में बदल सकता था।

जीवन ने करवट लेकर देखा स्टेशन की मिठाई की दुकान का मालिक कंधे पर एक टोकरी में पिछले दिन के बचे हुए समोसे, मठरी, कचौरियां लेकर जा रहा था। वह प्लेटफ़ॉर्म के छोर पर जाकर, 'आय, आय...' कर कौवों को पुकारते हुए, एक-एक कर खाने की चीज़ों को उनकी ओर फेंक रहा था। यह देखकर जीवन का पेट भूख से गुड़गुड़ाने लगा। उसे बहुत तक़लीफ़ हो रही थी, रोना आ रहा था। वह जानता था, लोग चाहे भूखे मर जाएं, पर ये लोग उन्हें खाना न देकर कौवे-कुत्तों को दे देंगे, इसलिए क्योंकि वे इंसान नहीं हैं। सिलीगुड़ी के स्कूल मास्टर ने कहा था, पूंजिवादी व्यवस्था ऐसी ही होती है। इस व्यवस्था में मनुष्यों के बीच एक-दूसरे के प्रति दया, करुणा, स्नेह और प्रेम की भावनाओं की कोई जगह नहीं होती। बस लेन-देन का संपर्क होता है। कुछ देने से पहले हिसाब लगाते कि मुनाफ़े के रूप में वह वापस आएगा या नहीं।

इस गणित के तहत जीवन अब एक बेकार इंसान था। तभी जीवन के जैसे हज़ारों लोगों को भूखे रहना पड़ता है। यह बहुत आश्चर्य का विषय था। इस देश में एक बनिये का बेटा महीने दो महीने में, दो या दस दिन अनशन कर नेता बन गया। बाद में वह राष्ट्रपिता बना। लेकिन जीवन के जैसे बहुत से जीवन, जिनका अनशन मां के गर्भ से ही शुरू हुआ और तभी ख़त्म होता जब मृत्यु होती, उनका नाम कभी इतिहास में दर्ज नहीं हुआ। किसी ने उनकी बात नहीं की। कोई उनकी बात सुनना भी नहीं चाहता था। क्या इससे ज़्यादा अविश्वसनीय कुछ और हो सकता था!

जीवन झटके से उठकर बैठ गया। प्लेटफ़ॉर्म पर रुकी ट्रेन की ओर भागते हुए एक यात्री के जूते से उसके हाथ की उंगली कुचल गई थी। उसने देखा सूरज ज़मीन से आठ-दस फ़ीट ऊपर चढ़ चुका था। सामने एक बड़े पेड़

की आड़ होने से ब्रिज पर ज़्यादा धूप नहीं थी। तभी जीवन ने किसी से पूछा, 'यह कौन-सी ट्रेन है?' आदमी ने जल्दी-जल्दी जाते हुए कहा, 'गोहाटी मेल!'

गोहाटी मेल! धीरे-धीरे सीढ़ियां उतर कर जीवन ने चारों ओर देखा। हां, एक मौक़ा था। ट्रेन के छूटते ही दौड़ कर उस ख़ाली डिब्बे में चढ़ना, जिसे उसने देखा था, मुश्किल नहीं होता। टिकट चेकर और पुलिस वाले तो स्टेशन पर थे। चलती ट्रेन में चढ़ने के बाद वे उसका क्या कर पाते? जैसी सोच, वैसा काम। कुछ ही देर में गार्ड ने हाथ की हरी झंडी हिलाकर, सीटी बजाते हुए इंजन ड्राइवर को गाड़ी छोड़ने का निर्देश दिया। निर्देशानुसार ड्राइवर ने इंजन की सीटी बजाई और गाड़ी चलाने को तैयार हो गया। जैसे ही गाड़ी ने रेंगना शुरू किया, दौड़ता हुआ जीवन उस डिब्बे में चढ़ गया और अपने प्रिय स्थान—दरवाज़े—पर जाकर बैठ गया। यह ट्रेन बड़ी घमंडी थी, वह छोटे स्टेशनों पर नहीं रुकती थी। लगभग आधे घंटे चलने के बाद एक शानदार स्टेशन पर जाकर रुकी। इसे 'जंक्शन' कहते थे।

इसी तरह दो-तीन घंटे चलने के बाद ट्रेन फिर से एक जंक्शन पर रुकी। यहां इंजन में पानी भरा जा रहा था या फिर इंजन बदला जा रहा था, इसलिए ट्रेन चलने में देर कर रही थी। सुबह का क़रीब दस बजा था, यात्रियों के नाश्ते का समय। जीवन डिब्बे में उलटी तरफ के दरवाज़े पर पैर लटकाए बैठा था। तभी उसने देखा दूसरी तरफ खड़ी ट्रेन के डिब्बे की खिड़की से एक गोरा, बालों से भरा हाथ बाहर निकला। उस हाथ में साल के पत्ते का एक पैकेट था। हाथ ने बड़े तिरस्कार के साथ उस पैकेट को नीचे रेल की पटरी पर फेंक दिया। ऊंचाई से गिरने से पैकेट फट गया। जीवन को नज़र आया कि उसमें एक मोटी आटे की, भूरी-लाल-सी रोटी और साथ में कोई सब्ज़ी थी।

रोटी को देखते ही जीवन को याद आया कि कई दिनों से उसने कुछ नहीं खाया था। और जो सामने पड़ा हुआ था वह फेंका हुआ खाना था। उस क्षण जीवन ने अपनी आत्मा का गला घोंट दिया, और जो उसने कभी नहीं किया, या कभी करने का सोचा तक नहीं था, वो कर बैठा। वह रेल लाइन पर तड़ाक से कूदा और दौड़ कर उस पैकेट को इस तरह उठाया जैसे कोई क़ीमती सामान उठा रहा हो। खाना देखते ही कुछ आवारा कुत्ते उस पर अधिकार जमाने दौड़े आए। वे यहीं रहते थे, इसलिए जानते थे कि दुनिया में अभी भी बहुत सारे ऐसे लोग हैं जिनके पास फेंकने के लिए बहुत सारा खाना है। यहां ट्रेन रुकने पर कोई कुछ न कुछ खाने का सामान फेंक देता था, तभी वे ट्रेन

रुकते ही पटरियों के किनारे चलते रहते थे। ट्रेन की खिड़की-दरवाज़ों पर मुंह उठाए रिरियाते थे। अब तक वे सोचते थे, लोग चाहे जो भी हों, कुत्तों की तरह नहीं होंगे। लेकिन उन्होंने देखा मानव समाज का एक आदमी छद्म वेश में उनके मुंह का खाना छीन रहा था, उन्हें उनके अधिकार से वंचित कर रहा था!

जीवन के ऐसे अमानवीय और अनुचित व्यवहार के विरोध में वे एकजुट होकर भौंकने लगे। रोटी छीनने के लिए दौड़ कर आने लगे। जीवन एक और वो अनेक। जीवन निरीह, निहत्था और भूखा था, जबकि उनके तेज़, नुकीले दांत थे। जीवन दम लगा कर कुछ दूर भागता हुआ, किसी और डिब्बे में चढ़ गया और दरवाज़े पर पैर लटका कर बैठ गया। उसके बाद गेहूं के आटे की मोटी रोटी को काफ़ी देर तक उलट-पलट कर देखता रहा। नाक के पास ले जाकर उसे सूंघा। लगता था उस पर घी लगाया हुआ था। लेकिन वह आज की नहीं, दो-तीन दिन पुरानी लगती थी। सब्ज़ी भी उतनी ही पुरानी थी। कड़ी, सख़्त रोटी और बासी सब्ज़ी से अजीब-सी महक आ रही थी। वो महक किसी इंसान को कुत्ते के स्तर पर उतर कर, कम से कम एक दिन के लिए उसे भूख की पीड़ा से निजात दिला सकती थी। जीवन ने उस प्रलोभन के आगे आत्मसमर्पण कर दिया।

रोटी खाकर पेट भर पानी पीने के बाद अचानक जीवन आत्मग्लानि से भर उठा। वह ख़ुद को धिक्कारने लगा। जैसे उसे अंदर-अंदर ही कोई गाली दे रहा हो—तुम इतना गिर गए कि कुत्ते के मुंह से खाना छीन लिया! और कितना नीचे गिरोगे जीवन? असहाय जीवन के पास इसका कोई जवाब नहीं था। जवाब देने को उसके पास कुछ बचा भी नहीं था। शायद इस देश के हज़ारों लोगों के पास इसका जवाब नहीं था। पेट की भयंकर भूख के पास इसका कोई जवाब नहीं था। इसलिए उस पीड़ा से कातर कोई आदमी कूड़ेदान से खाना बीनता। कोई मां कोख से पैदा किए बच्चे को बेच कर उन पैसों से चावल ख़रीदती, तो कोई बाप अपनी बेटी को सजा कर वेश्याओं के मोहल्ले में, गली के चौराहे पर ला खड़ा करता था।

जीवन जिस डिब्बे में चढ़ा वह काफ़ी ख़ाली था। वह दरवाज़े से टेक लगाए ऐसे बैठ गया जैसे उसके पास पाने या खोने को कुछ नहीं था; कुछ पाने की आशा या संभावना भी नहीं थी; जिसके लिए जीवन की सारी खोज और प्राप्ति समाप्त हो गई थी, जिसे अब कोई शोक, दुख, पीड़ा विचलित नहीं करती थी; जिसने ईश्वर के चरणों में और भविष्य के हाथों आत्मसमर्पण कर

दिया था; जो होगा सो होगा—यह सोचता हुआ मानो कोई साधक, तपस्वी, या कोई निराश, हताश व्यक्ति बैठा हुआ हो। ट्रेन के चलते ही, उत्तरी बंगाल की मिट्टी, खेतों और जंगलों की सुगंध लिए मीठी बयार उसके बदन को सहलाने लगी। वह हवा मानो शिशु को सुलाती मां के कोमल हाथ की थपकी जैसी थी जिसके स्पर्श से वह सो गया।

जीवन अपना गमछा दरवाज़े के सामने बिछा कर पीठ के बल लेट गया। उसकी आंखें बंद होने की वजह से वह वहां की प्रकृति और अकृत्रिम सौंदर्य का नज़ारा नहीं ले पा रहा था। सामने के पेड़-पौधों के महीन आवरण से परे, सदियों से सोए पहाड़ खड़े थे, जिनके गंजे शिखर पर सूर्य की रोशनी आईने पर पड़े प्रतिबिंब की तरह छिटक रही थी। मानो किसी ने उन पहाड़ों को किसी अदृश्य नदी में बहा दिया हो और वो नदी अपने बहाव के साथ उन्हें छोटी नावों की तरह मुहाने की ओर खींच कर ले जा रही थी। ट्रेन जितना आगे बढ़ती जाती, वे उतना विपरीत दिशा में पीछे हटते जाते थे।

ट्रेन के कुछ और आगे बढ़ते ही घना और गहरा जंगल शुरू हो गया। एक आदिम, सर्वव्यापी, नर्म अंधेरे ने विशाल दौड़ते यंत्रयान को ढंक दिया। सिर्फ़ जंगल ही नहीं, कहीं-कहीं छोटी-छोटी पहाड़ियां भी थीं। लोहे की रेल की पटरियों को बिछाने के लिए उन्हें कहीं-कहीं से हटा दिया गया था। गर्जन करती हुई गोहाटी मेल उस पथ पर सरपट भाग रही थी। और चिंतारहित जीवन, एक निर्विकल्प समाधि में लिप्त दरवाज़े के पास चित लेटा था। वह सोया नहीं था, बस तंद्रा में डूबा, आंखें मूंदे किसी परिणती की प्रतीक्षा में था।

जब उसकी तंद्रा टूटी तो दोपहर हो चुकी थी। दो-तीन घंटे पहले उसके पेट की भूख के समंदर में जो रोटी डाली गई थी वह गल कर बिला गई थी। उसके पेट में फिर से मरोड़ उठने लगी थी। उसकी आंखों के आगे अंधेरा-सा छाने लगा और सिर और कान झनझनाने लगे। इंसान आदतों का ग़ुलाम है। उसका मुंह भी लालची हो गया था। वह अपने पर क़ाबू नहीं रख पा रहा था।

अचानक जैसे जीवन की तक़लीफ़ को भांप कर, ईश्वर से प्रेरित एक महान व्यक्ति उसके सामने आकर खड़ा हो गया। वह आदमी अधेड़ उम्र का था। उसके सिर पर कच्चे-पक्के बाल और होंठों पर मधुर मुस्कान थी। उसकी आंखें दिव्य कोमलता से भरी हुई थीं, जो आज मानव समाज में दुर्लभ है।

उसने गहरे प्रेम, स्नेह और संवेदनापूर्ण आवाज़ में पूछा, 'बच्चे, तुम कहां जा रहे हो?'

गांव के स्कूल मास्टर से लगने वाले आदमी की ओर जीवन ने आंख उठाकर देखा। कमज़ोर, किसी बीमार की तरह हांफते जीवन ने फुसफुसाते हुए कहा, 'जहां तक यह ट्रेन जाएगी।'

'तुम जानते हो यह ट्रेन कहां तक जाएगी?'

जीवन ने सिर हिला कर बताया कि वह जानता है। उसके बाद उसने कहा, 'मैं काम की तलाश में निकला हूं। असम जा रहा हूं।'

'तुम्हारा घर कहां है?'

'मेरा कोई घर नहीं है। मेरे मां-बाप शरणार्थी शिविर में रहते हैं।'

उस दयालु व्यक्ति ने प्यार से जीवन से सबकुछ जान लिया। ख़ुद पैसे ख़र्च कर जीवन को चाय और डबलरोटी खिलाई और उसे अपनी कहानी बताने लगा, 'मैं भी बचपन में तुम्हारे जैसा था। किसी चीज़ से नहीं डरता था। एक बार मैं भी घर से भाग गया था। कहने पर तुम विश्वास नहीं करोगे, लेकिन मैं न जाने कहां-कहां घूम चुका हूं—पहाड़, रेगिस्तान, समंदर—बहुत कुछ देखा है मैंने!'

जीवन ने अपने छोटे से जीवन में बहुत से लोगों को देखा था, लेकिन ऐसा मानवीय व्यवहार उसने पहले कभी नहीं देखा था। किसी ने कभी उसके साथ इतनी हमदर्दी और आत्मीयता से बात नहीं की थी। उसके गंदे कपड़े, अनाकर्षक चेहरा और उसकी दयनीय दुर्दशा लोगों में हमेशा उसके प्रति घृणा या कभी-कभार थोड़ी-बहुत सुहानुभूति पैदा कर देती थी। लेकिन यह देहात के स्कूल मास्टर-सा दिखने वाला आदमी थोड़ा अलग था। वह जैसे जीवन की असहनीय दशा को समझ कर, उस कर्तव्य को पूरा कर रहा था, जो स्वाभाविक रूप से एक हमदर्द इंसान कर सकता है। इसलिए जीवन बहुत कृतज्ञ महसूस कर रहा था।

उस आदमी ने कहा, 'एक बार मैं भी तुम्हारी तरह ट्रेन में सफ़र कर रहा था। रात हो गई थी। ठीक जिस तरह मैं तुमसे मिला हूं, उसी तरह मेरे पिता मुझसे मिल गए थे। तुम सोच रहे होगे, ये कैसे हो सकता है? नहीं, वो मेरे असली पिता नहीं थे, धर्म-पिता थे। जानते हो, धर्म-पिता असली पिता से बड़ा होता है? मुझे देखते ही उस पिता को मुझसे इतना प्यार हो गया कि क्या

बताऊं! किसी-किसी को देखकर ऐसा होता है, जैसे अभी तुम्हें देखकर मैं तुम्हें बेटे की तरह प्यार करने लगा हूं। यह ईश्वर का अद्‌भुत खेल है, कौन किसे अच्छा लग जाए, कब किससे मोह हो जाए, यह समझ से परे है। उसके बाद वह व्यक्ति, जिन्हें मैंने अपना धर्म-पिता कहा, मुझे ट्रेन से उतार कर अपने घर ले गए। उन्होंने मुझे बहुत सी चीज़ें खाने को दीं। उनकी अपनी कोई संतान नहीं थी। तो उन्होंने मेरे माध्यम से पिता के शौक को पूरा किया। मैं लगभग दस दिनों तक उनके घर रहा। उसके बाद मेरे धर्म-पिता ने मुझे नए कपड़े, जूते ख़रीद कर दिए और साथ में नगद पांच सौ रुपए दिए थे। सोच सकते हो उस समय के पांच सौ रुपए की आज कितनी क़ीमत होगी? यह सब देकर उन्होंने मुझे घर वापस भेज दिया था। ऐसे भी लोग होते हैं। दुनिया में सभी उस विनोद साहा जैसे नहीं होते। कैसे उसने इतने छोटे बच्चे के साथ धोखा किया, छि:!'

किसी कशमकश से जूझता हुआ वह आदमी कुछ देर तक चुप रहा। अंत में उसने कहा, 'आह! कल से तुमने कुछ नहीं खाया है। मैं अगले स्टेशन पर उतरूंगा। तुम मेरे घर चलो। किसी का दुख देखकर मैं बिल्कुल स्थिर नहीं रह पाता...मुझ पर भी किसी ने उपकार किया था। वो बात मैं कभी नहीं भूला, इसलिए जितना संभव हो दूसरों के दुखों को दूर करने की कोशिश करता हूं। तुम चलो, कुछ दिन मेरे घर पर अच्छे से रहो, ठीक से खाओ, फिर असम जाना चाहो तो चले जाना। मुझे अपना पिता समझ कर यात्रा का ख़र्चा मुझसे ले लेना।' उस आदमी की बातों के प्रलोभन, सम्मोहन और सहानुभूति की जीवन अवहेलना नहीं कर पाया। अगले स्टेशन पर उतरकर वह उस आदमी के पीछे चल पड़ा। और इस तरह जीवन एक नए अनुभव की ओर चल पड़ा। आख़िरकार जीवन तो हर दिन एक नई यात्रा के माध्यम से दुनिया को समझने का नाम है। ठोकर खाने, घायल होने और रास्ते में लहुलुहान होने का नाम है।

स्टेशन ज़्यादा बड़ा नहीं था, लेकिन बहुत छोटा भी नहीं कहा जा सकता था। प्लेटफ़ॉर्म से उतरते ही दक्षिण की ओर ईंट की सड़क थी। सड़क के किनारे लगे पेड़ों की क़तार और छतरी की तरह फैली उनकी छाया ने वातावरण को सुहावना बनाया हुआ था। वहां शाम का बाज़ार लगना शुरू हो गया था। स्थानीय किसान अपने खेतों की तरह-तरह की उपज बेचने के लिए आए थे। आगे, कपड़ों, साड़ी-पेटिकोट आदि की दुकानें थीं। यह ग़रीब क्षेत्र की ग़रीबों की दुकानें थीं। यहां के दुकानदार चतुर-चालाक व्यावसायिक वर्ग के नहीं थे।

वह आदमी एक दुकान में घुस गया और दुकानदार से बोला, 'मुझे कुछ अच्छी साड़ियां दिखाइए और मेरे बेटे के लिए एक जोड़ी शॉर्ट्स और कमीज़।' जीवन ने कभी अच्छे कपड़े नहीं देखे थे। कपड़ों का रंग देखकर और उनकी क़ीमत सुनकर जीवन ख़ुशी से झूम उठा। लेकिन उन्हें हाथ में लेने से पहले ही उस आदमी ने कहा, 'तुम एक काम करो। पहले जाकर अपने बाल कटवाओ। मैं तब तक तुम्हारी मां के लिए साड़ी पसंद करता हूं।'

नाई की दुकान सड़क के उस पार थी। जीवन को वहां बैठाकर वह आदमी वापस चला आया और साड़ियां चुनने लगा। उसे क़ीमत की परवाह नहीं थी। बस चिंता इस बात की थी कि क्या उसकी पत्नी को साड़ियां पसंद आएंगी या नहीं। बहुत देखने के बाद, अंत में उसने दुकानदार से कहा, 'अगर तुम्हें असुविधा न हो तो एक काम करो भाई, मुझे चार-पांच साड़ियां पकड़ा दो। मेरा घर पास में ही है। पांच मिनट जाने और पांच मिनट आने में लगेंगे। जो दो-तीन साड़ियां मेरी पत्नी पसंद करेगी, मैं उन्हें रख लूंगा। लड़के के बाल कट जाएं, तो उसे यहीं बैठने को कहना।'

दुकानदार सीधा-सादा आदमी था। कई साड़ियां बिकने की संभावना से वह रोमांचित था। और फिर, कैसे न भरोसा करता? उसका बेटा यहीं था! उसने उस आदमी को साड़ियां लेकर जाने दिया।

यह सब बातें जीवन ने नहीं सुनी थीं, क्योंकि तब वह नाई की दुकान में था। वैसे यह वार्तालाप उसे सुनाने के लिए हुआ भी नहीं था। यदि वह सुनता भी तो क्या उन वाक्यों में निहित अर्थ को समझ पाता? उस उम्र में, मानव चरित्र के अज्ञात रहस्यों को समझने की क्षमता क्या उसमें थी? उसे यह सब सीखने में अभी और वक़्त लगता। जीवन के दुकान से निकलने के बाद कपड़े वाली दुकान के मालिक ने उससे कहा, 'अरे बेटे, यहां आकर बैठो। तुम्हारे पिताजी अभी आनेवाले हैं।' फिर उसने नाई से कहा, 'इसका पिता थोड़ी देर में आकर पैसे देगा।'

जीवन के पास इंतज़ार करने के अलावा और क्या उपाय था? वह अपने धर्म-पिता का अधीरता से इंतज़ार कर रहा था। दो घंटे बीत गए, लेकिन वह आदमी वापस नहीं आया। शाम से रात हो गई, लेकिन वह नहीं लौटा। दुकानदार ने भी जीवन को दुकान से हिलने नहीं दिया। उसने कहा, 'तेरा बाप आने पर तुझे छोड़ूंगा। तेरा घर कहां, कितनी दूर है?' बाज़ार में चारों ओर ख़बर फैल गई। जीवन को घेर कर भीड़ इकट्ठा हो गई। लोग उससे पूछताछ

करने लगे, थप्पड़ लगाने लगे, जो एक चोर और धोखेबाज़ की सज़ा थी। एक दौर साधारण पिटाई के बाद उसे बाज़ार समिति के कार्यालय में ले जाया गया। वहां फिर से कड़ी पूछताछ हुई। वह कितना ही कहता रहा कि वह उस आदमी को नहीं जानता, बस ट्रेन में मुलाक़ात हुई थी, लेकिन किसी ने उस पर विश्वास नहीं किया। जितना वे अविश्वास करते रहे, उतना ही सच जानने की कोशिश में समिति के सदस्य और आक्रामक होते गए। किसी ने ज़ोर से उसके सीने पर मुक्का लगाते हुए पूछा, 'बता तेरे दल का मुखिया कहां गया?' भूख से कमज़ोर और थका हुआ जीवन का शरीर उस मुक्के को सह नहीं पाया। वह बेहोश होकर ज़मीन पर गिर गया। बेहोश होने का यह फ़ायदा हुआ कि उसके बाद की पिटाई का दर्द उसे महसूस नहीं हुआ।

22

जादूहीन शहर

जब जीवन को होश आया उसका सिर और चेहरा गीला था। यह किसी को होश में लाने का आम लोगों का साधारण तरीक़ा था। जीवन के बेहोश होने और उसे पड़ती मार पर कोई प्रतिक्रिया न देने पर—'साला नाटक कर रहा है'—सोचकर लोग उसके चेहरे पर पानी के छींटे मारने लगे। अगर मर-मरा गया तो गंभीर समस्या हो जाएगी, यह सोचते हुए उस दुकानदार ने जीवन के होश में आने के बाद, उसे एक गिलास गर्म दूध पिलाया। उसने अपनी मूर्खता पर ख़ुद को कोसा, हो चुके नुकसान को स्वीकारते हुए और इससे ज़्यादा कोई और नुकसान न हो जाए, यह सोचते हुए, वह जीवन को स्टेशन ले गया। गोहाटी जाने वाली जो ट्रेन शाम को चार बजे न्यू जलपाईगुड़ी से छूटकर रात दस बजे यहां पहुंची थी, उसमें जीवन को बैठा दिया। अब तक उसका मार का दर्द भी थोड़ा कम हो चुका था। वहां से निकल आने पर वह ख़ुद को भाग्यशाली समझ रहा था क्योंकि वे लोग उसे जेल भेजने की बात कर रहे थे। अगर वे उसे रात के अंधेरे में मार कर रेल लाइन पर फेंक देते तो क्या होता! वे कह भी रहे थे, 'बता, तेरे दल का मुखिया कहां रहता है? नहीं तो तुझे मार कर रेल की पटरियों पर फेंक देंगे!'

तमाम दुश्चिंताओं के साथ, दर्द से टूटता शरीर लिए, ट्रेन के डिब्बे के शौचालय के गलियारे में थूक, धूल, बीड़ी के टुकड़े, मूंगफली और नींबुओं के छिलके, साल के पत्ते, फटे काग़ज़ों के टुकड़ों के कचरे पर जीवन सो गया। जो उसके भाग्य में था उससे परे वह कुछ और नहीं सोच पा रहा था और सोचना भी नहीं चाहता था।

रात भर ट्रेन धड़धड़ाती चलती रही। दिन का शोरशराबा थम चुका था। हर एक-आध घंटे में ट्रेन किसी स्टेशन पर रुकती थी। लोगों का एक झुंड उतरता, तो दूसरा चढ़ जाता था और ख़ाली हुई सीटों पर बैठ जाता था। जीवन का ध्यान उस सब पर नहीं था। वह किसी असाध्य रोग से पीड़ित रोगी की तरह वहीं पड़ा रहा, जिसे डॉक्टर ने कहा हो कि उसके बचने की कोई उम्मीद नहीं। 'भगवान से प्रार्थना करो, बस वही कुछ कर सकते हैं। अब सब उन्हीं के हाथ में है।'

अपने लिए जीवन को जो कुछ करना था, वो उसने मेहनत और ईमानदारी से किया था। उसमें कोई धोखा या चालाकी नहीं की। वह अब कुछ और नहीं कर सकता था। जो होना था, होता। उसके अंदर अब कोई डर, चिंता, बेचैनी या उत्तेजना नहीं थी। वह चुपचाप कुत्ते की तरह सिकुड़ा पड़ा था। लोग उसे टापते हुए शौचालय आ-जा रहे थे। रात आगे बढ़ चली थी।

'टिकट!'

जीवन ने आंखें मलते हुए आवाज़ की दिशा में देखा। सामने, काला कोट पहने, मूंछोंवाले, मुश्टंडे टिकट चेकर की आकृति खड़ी थी। जीवन ने लेटे-लेटे ही हाथ हिलाकर बताया, 'नहीं है।'

'उतर जा!' टिकट चेकर ने कहा।

किसी अंधेरे स्टेशन पर गाड़ी रुकी थी। जीवन आज्ञाकारी बालक की तरह उतर गया। दो-चार डिब्बे छोड़कर वह फिर एक डिब्बे में चढ़ गया और उसी तरह, उसी जगह पर लेट गया। थोड़ी देर ट्रेन चलने के बाद एक और टिकट चेकर आया और उसने उसे फिर से उतार दिया। जीवन फिर किसी दूसरे डिब्बे में चढ़ गया। इसी तरह सुबह हो गई।

सुबह दस-ग्यारह बजे के क़रीब ट्रेन उस आकांक्षित गंतव्य, असम के शहर—गोहाटी पहुंच गई। इस समय प्लेटफ़ॉर्म लगभग ख़ाली था। चंद लोग इधर-उधर घूम रहे थे, कुछ झुंड बनाए बैठे थे। स्टेशन के स्टॉलों पर ग्राहकों की भीड़ नहीं थी। ऐसा आलस्य छाया हुआ था, जैसे कोई गाय धीरे-धीरे जुगाली कर रही हो। एकमात्र अपवाद नीली पैंट और कमीज़ पहने एक बूढ़ा सफ़ाई कर्मचारी था जो एक लाठी के छोर पर बांधी झाड़ू से प्लेटफ़ॉर्म पर झाड़ू लगा रहा था। स्टेशन बहुत साफ़-सुथरा था। यहां कोई पागल, शराबी, जुआरी, भिखारी नज़र नहीं आ रहा था। जीवन सुस्त चाल से चलता हुआ बाहर, खुले आसमान के नीचे आ गया। धूप काफ़ी तेज़ थी। दूर क्षितिज पर

हरी झाड़ियों और पेड़ों से ढंकी, छोटी-बड़ी पहाड़ियों की क़तारें थीं। लेकिन प्राकृतिक सुंदरता का लुत्फ़ उठाने का यह उचित समय नहीं था। जिस तरह सिर पर सूरज धधक रहा था, उसी तरह उसके पेट में भूख की आग धधक रही थी। लेकिन कोई उसे ऐसे ही खाने को नहीं देने वाला था। राजा ने कहा था, 'असम की सड़कों पर पैसा बिखरा होता है।' लेकिन बाहर की दुनिया को देख कर जीवन को ऐसा नहीं लगा, बल्कि उसका मन संदेह से भर गया। यह जगह भी कलकत्ता, न्यू जलपाईगुड़ी, सिलीगुड़ी से अलग नहीं थी। सड़क, घर और इमारतें, बाज़ार, दुकान, सब एक जैसे थे। जीवन को महसूस हुआ, इतनी तक़लीफ़ें उठा कर वह जिस उम्मीद से यहां आया था, वह शायद पूरी नहीं होगी।

अब जो हो सो हो! जीवन को सबसे पहले कुछ खाने को चाहिए था। बाक़ी चिंता बाद में होती रहेगी। सबसे आसान तरीक़ा तो बस एक ही था, जो काम वह जानता था, उसे करना—यानी किसी चाय की दुकान या भोजनालय में कप-प्लेट और बर्तन धोने का काम। उसे काम की ज़रूरत थी, और इसलिए वह मेन रोड पर चलने लगा।

'क्या आपको काम करने वाले की ज़रूरत है?'

सड़क की बाईं ओर किसी सिख की बड़ी-सी खाने-पीने की दुकान थी, जहां चाय, मिठाई, नमकीन और तरह-तरह की खाने की चीज़ें शीशे के शो-केस में सजी हुई थीं। दुकान में ग्राहकों की भीड़ उमड़ी हुई थी। पांच-छह कर्मचारी इधर-उधर भाग-दौड़ कर रहे थे। जीवन के दुकान के सामने खड़े होते ही, दुकानदार उसे भिखारी समझ, कुत्ते की तरह खदेड़ने लगा, 'जा भाग! नहीं तो बदन पे गरम पानी डाल दूंगा!' इस पर जीवन ने कहा, 'मैं भिखारी नहीं हूं, काम की तलाश में आया हूं। मैंने पहले भी मिठाई की दुकान पर काम किया है। मुझे सब काम आता है।'

सिर पर पगड़ी, मुंह पर दाढ़ी और हाथ में कड़ा पहने अधेड़ उम्र के सरदार ने उससे पूछा, 'कहां काम किया है?'

'सिलीगुड़ी में।'

'सिलीगुड़ी से सीधा असम!' दुकानदार चौंक गया कि एक इंसान चौबीस घंटे का सफ़र तय करके, इतनी दूर मिठाई की दुकान पर काम करने के लिए आया है।

'क्या सिलीगुड़ी में और दुकानें नहीं थीं?'

'बेकार की बातों के लिए मेरे पास वक़्त नहीं है। आपको काम देना है, तो बताइए। पगार नहीं चाहिए, खाना देने से चलेगा। काम नहीं है, तो मैं जाता हूं।'

'यहां कौन जानता है तुम्हें?'

'मुझे कौन जानेगा? आज ही तो आया हूं।'

'तो फिर काम नहीं मिलेगा। चोरी-वोरी करके भाग गया, तो मैं क्या करूंगा? जाओ, रास्ता नापो, चलो आगे बढ़ो।'

यह वो समय था, जब असम की क़िस्मत पर काले बादल मंडरा रहे थे। जो जल्द ही 'बांगाल खेदाओ' (बंगालियों को खदेड़ो) नाम के सुपर साइक्लोन का आकार लेकर असम को तबाह करने वाले थे। डिगबोई, डिब्रूगढ़, तिनसुकिया, जोरहाट और गोहाटी को घेरकर एक विनाशकारी तांडव होने वाला था, जो अगले एक दशक तक चलने वाला था। घर जलना, दुकानों में लूटपाट, लोगों का मरना—यह सबकुछ होने वाला था, जिसके लक्षण अभी से दिख रहे थे। कुछ दिन पहले ही असमी और बंगालियों के बीच भीषण झड़प हुई थी। अभी तक सड़कों पर ईंट के टुकड़े, टूटी सोडा की बोतलें पड़ी हुई थीं। इन सब चीज़ों से बेख़बर, जीवित रहने के मौलिक आवेग से चालित, भूखा जीवन चला जा रहा था।

अब जबकि वह यहां पहुंच ही गया था, तो उसे कुछ दिन यहां रहने के लिए कोई न कोई रास्ता ढूंढ़ना ही था। फिर उसे कामरूप-कामाख्या मंदिर को भी ढूंढ़ना था, जोकि कांटेदार नागफ़नी के अभेद्य जंगल से घिरा हुआ था, जिसे इंसान के लिए पार करना बेहद मुश्किल था। माना जाता था कि उस मंदिर की रक्षा सुंदर, सुसज्जित महिलाओं का दल करता है, जिन्हें तंत्र-मंत्र आता है। जैसे ही उन्हें कोई पुरुष नज़र आता, वे उन्हें अपनी मंत्र शक्ति से भेड़ बना देती थीं। यदि सारी बाधाएं और ख़तरों को पार कर कोई बहादुर पुरुष वहां पहुंच जाता और कुछ मंत्र सीखने में कामयाब हो जाता था, तो दुनिया उसकी मुट्ठी में होती थी। ये सारी कहानियां जीवन ने बचपन में कई बार सुनी थीं। पी सी सरकार भी तो इसी मंदिर में आकर देवी के आशीर्वाद से इतने बड़े जादूगर बने थे। चाहे जितनी भी मुसीबतें आएं जीवन को वहां एक बार तो जाना ही था। राजा ने कहा था, 'ये सारी झूठी अफ़वाहें हैं!' सच है या झूठ, जीवन अपनी आंखों से देखना चाहता था। उसके इस जीवन का और क्या मूल्य था? कुत्तों

के मुंह से खाना छीन कर वह कुत्तों के स्तर तक तो गिर ही चुका था। अब अगर कोई उसे भेड़ बनाए, तो बना दे! भेड़ के जीवन में ऐसी भी क्या ख़राबी होती होगी। चाहे कुछ न हो, कम से कम भूखी तो नहीं मरती होगी।

यही सब सोचते हुए जीवन आगे चलता रहा। जहां कहीं भी उसे कोई चाय की दुकान, भोजनालय या मिठाई की दुकान दिखती, वह रुककर पूछ लेता था, 'क्या आपको दुकान में काम करने वाले की ज़रूरत है? मैं बहुत मुश्किल में हूं बाबू। बहुत ग़रीब हूं। मेरे पिता एक बोरी धान अकेले सिर पर उठाकर दो मील तक चला करते थे, मैं ऐसे बाप का बेटा हूं। बहुत मेहनत कर सकता हूं। पहले जहां काम करता था, वे लोग मेरे काम से बहुत ख़ुश थे। क्या आप मुझे रखेंगे?'

कौन रखता उसे? और क्यों रखता? यह समय बहुत संदेह वाला था और संदेह संक्रामक होता है। कोई किसी पर भरोसा करने की स्थिति में नहीं था। न जाने कौन मौक़ा पाकर सब लेकर भाग जाए! जो लोग ईमानदार थे, वे अनजान, अपरिचित लोगों से सावधानी बरत रहे थे। 'कौन पहचानता है तुम्हें?' सब यही जानना चाहते थे। 'कौन तुम्हारी ईमानदारी की गारंटी लेगा?'

असम में तो क्या, पूरे भारत में, या कहा जाए तो दुनिया में कहीं कोई ऐसा नहीं था, जो यह कहता, 'न सिर्फ़ मैं इसे अच्छी तरह से जानता हूं, बल्कि इसकी ईमानदारी की भी पुष्टि करता हूं।'

इसलिए, इस बात की कोई संभावना नहीं थी कि कोई किसी अनजान आदमी को काम पर रखेगा। फिर भी जीवन ने हिम्मत नहीं हारी। हताश होकर, सिर पर हाथ रखे, परदेस में सड़क पर बैठे रहने से समस्या का समाधान नहीं होने वाला था। वह आगे चल पड़ा।

सूरज अब जीवन के सिर के बिल्कुल ऊपर था। वह गर्मी से पिघल रहा था, और उसकी आंतें जलते हुए अजगर की तरह मरोड़ खा रही थीं। उसका शरीर अब उसके दोनों पैरों पर खड़ा नहीं रह पा रहा था। उसे लगा जैसे वह जड़ से कटे पेड़ की तरह ढह जाएगा। वह एक घोंघे की तरह अपने कमज़ोर शरीर के खोल को घसीटता हुआ, एक टूटी सी दुकान के सामने आकर खड़ा हो गया। यह एक बिहारी की चाय की दुकान थी।

हालांकि वह चाय की दुकान थी, लेकिन उनका असली व्यवसाय दूध का था। दुकान का मालिक यादव था। दुकान में बचे दूध की दही जमा दी

जाती थी। उस दही से लस्सी बनती थी। जीवन के पूछते ही उसे काम मिल गया, 'हां, हां काम के लिए आदमी तो चाहिए!'

आदमी के उत्साह को देखकर जीवन ने पूछा, 'वेतन देंगे?'

'हां, हां, क्यों नहीं दूंगा!'

'कितना देंगे?'

'कितना लेगा?'

'नहीं, नहीं आप बताइए कितना देंगे?'

'दो टाईम खाना, एक टाईम नाश्ता और महीने में बीस रुपया। चलेगा?'

चलेगा क्या दौड़ेगा! जीवन ने मन ही मन सोचा। काम चाहे जैसा भी हो, बस हर महीने पगार मिलती रहे तो ठीक है। यदि कोई उसके साथ धोखा भी करे, तो एक महीने से ज़्यादा नहीं कर पाएगा। अब उसे किसी पर भरोसा नहीं था। विश्वास, भरोसा जैसे शब्दों के मायने उसके लिए मर चुके थे, सड़े और बेकार थे। कुत्ते के समान उसके जीवन ने उसे यही शिक्षा दी कि मनुष्यों के समाज में सहानुभूति, दया और दर्द जैसा कुछ नहीं बचा है। वह इस समाज का एक अवांछित प्राणी था। मौक़ा पाते ही लोग उसे धोखा देंगे। और इसलिए, इस बार, कुछ पूर्वाभास के साथ, अपनी कमज़ोरी को छुपाते हुए उसने एक शर्त रखी, 'लेकिन वेतन हर महीने देना होगा।' गांव-देहात के ग़रीब लोगों के जात्रा दल में शकुनी की भूमिका निभाने वाले—दुबले, नुकीली और मोटी कच्ची-पकी मूंछों वाले, लुंगी फतुआ पहने—बिहारी दुकानदार ने तेज़ आवाज़ में कहा, 'वेतन हर महीने मिल जाएगा। यह मेरे लिए भी अच्छा है, ज़्यादा बोझ नहीं पड़ेगा।'

जीवन ने काम शुरू किया। काम का मतलब, दूध के ड्रम को सिर पर उठाकर उस आदमी के पीछे-पीछे चलना। ढाई मन धान का बोरा ढोने वाले बाप के बेटे के लिए बीस किलो वज़न उठाना ऐसा थकाने वाला काम नहीं था। फिर भी जब वह दोपहर और रात को खाने के लिए बैठता था, तो थकान महसूस करता था। दूधवाले की पत्नी और बेटी गांव में रहती थीं और वह यहां अपने दो बेटों के साथ रहता था। उसके दोनों बेटे न सिर्फ़ भैंस चराने और दूध दुहने में उस्ताद थे, बल्कि लाठी चलाने और कुश्ती में भी माहिर थे। पूरे

बराक घाटी क्षेत्र में उनकी बराबरी का कोई पहलवान नहीं था। हर सुबह वे नियम से कसरत किया करते थे, और शाम को कुश्ती के अखाड़े में जाते थे। धोबीपछाड़ खाकर और देकर जब वे घर लौटकर खाने बैठते थे, तो अक्सर भूल जाया करते थे कि घर में अब एक और अदद व्यक्ति था, जिसके लिए भी कुछ भोजन छोड़ना था। बिहारी लोग बंगालियों की तरह चावल खाने के शौकीन नहीं होते। सत्तू और रोटी ही उनका मुख्य आहार है। भात के लिए जीवन का मन बहुत बेचैन रहता था। उस कष्ट को वह भूल भी जाता, लेकिन अनाहार के कष्ट को कैसे भूलता? ख़ासकर जब उसे दो वक़्त का खाना पाने की एवज़ में पूरे शहर में बोझ ढोना पड़ता हो, तो! एक बात और जो उसे परेशान कर रही थी, वो थी कामाख्या देवी के मंदिर से दर्शन करके लौटे तीर्थयात्रियों की बातें। वहां कोई टोना-टोटका या ऐसा कुछ नहीं था! हो सकता है कई साल पहले ऐसा कुछ होता हो, पर अब नहीं था। और इसके न होने के पीछे कई कारण थे। एक यात्री का मानना था कि हो सकता है इंसान के लालच और पाप ने इसे ख़त्म कर दिया हो। मां का आशीर्वाद तो संभालकर रखने की चीज़ होती है। इसे दुनिया की भलाई के लिए ही इस्तेमाल किया जाना चाहिए था। लेकिन लोगों ने ऐसा नहीं किया। देवी से प्राप्त मंत्र शक्ति का प्रयोग कर अगर लोग दूसरों का अहित करें, तो माता कैसे सहन कर सकती थीं? जितने तांत्रिक, जादूगर, ओझा थे, वे सब इन मंत्र शक्तियों का दुरुपयोग कर लोगों को नुकसान पहुंचा रहे थे। वशीकरण कर गर्भपात कराते थे, बदमाशों को क़ानूनी मामलों में जीतने में मदद करते थे। इसलिए इन दुराचारों के कारण, अब उन मंत्रों में शक्ति नहीं रह गई थी।

धीरे-धीरे जीवन की मासूम चेतना वास्तविकता के कठोर धरातल पर उतर आई। उसने अपने आस-पास की दुनिया को देखा। स्टेशन से लेकर बराक घाटी के चौराहे तक असंख्य भूखे, बेसहारा, अधमरे लोग पड़े हुए थे, जिन्हें इस जादुई नगरी में रहते हुए भी उस जादू की छड़ी का पता नहीं था, जो उनके जीवन को सुंदर और संपन्न बनाती। उनके पेट पीठ से चिपके हुए थे, पसलियां ऐसे निकली हुई थीं, जैसे दांत निकाले कोई मुंह चिढ़ा रहा हो। उनकी स्वप्नहीन आंखों में अनिश्चित भविष्य का काला साया मंडरा रहा था। राजा ने बिल्कुल झूठ कहा था। यहां कहां सड़कों पर तांबे के सिक्के पड़े हुए थे, जिनसे पेट भर भोजन और तन ढंकने को कपड़ा मिलता? नहीं, यहां कुछ नहीं था। तो फिर असम में रहने का क्या फ़ायदा था?

जिस तरह एक बैल सारी ज़िंदगी चीनी की बोरियों का बोझ, बिना उसका एक दाना चखे ढोता रहता है, उसी तरह, दिन भर सिर पर दूध के ड्रम का बोझ ढोते हुए जीवन ने कभी दूध की एक बूंद भी नहीं चखी थी। जो आदमी ख़ुद इतना बड़ा दूध का व्यापार करने के बावजूद एक बूंद दूध मुंह से न लगाता हो, जीवन तो फिर एक अदना-सा नौकर था! एक मुनाफ़ाखोर मालिक भला अपना दूध क्यों उस पर बर्बाद करता, जबकि वह उसे बेच कर क़ीमत वसूल कर सकता था।

मानव समाज के विचित्र नियम हैं। मनों मिठाइयां बनाने वाला ख़ुद मिठाई नहीं खाता। उसे तीखा, मसालेदार खाना पसंद होता है। जो दुकानदार तेल में भजिया-पकौड़ियां तलता है, वह शौक से मुरमुरे, मूंगफली, छेना खाता है। तली चीज़ों को हाथ नहीं लगाता है। खा भी ले, तो भी आनंद नहीं लेता है। पता नहीं इस वजह से या किसी और वजह से, पर यह दूधवाला कभी दूध नहीं पीता था। शाम होते ही वह देसी ठेके की ओर भागता था। शराब पीकर थोड़ा नशा हो जाने के बाद वह उन दिनों को याद करता जब वह कलकत्ता में रहा था—न जाने कितने दिन रहा था—और बंगालियों ने उसके साथ दुर्व्यवहार किया था। उस समय वह जीवन को, सिर्फ़ बंगाली होने के अपराध में, ख़राब-ख़राब गालियां बकता था। इससे पहले जीवन नहीं जानता था कि बंगालियों की जात इतने दोषों से भरी थी। इस जात की महिलाओं में पवित्रता नाम की चीज़ नहीं है। किसी भी तगड़े पुरुष को देख उसके साथ सोने को तैयार हो जाती हैं। खाने-पीने के मामले में कोई वाद-विचार नहीं है। मछली चाहे महीनों से सड़ रही हो, पर खा लेते हैं। शरीर से कमज़ोर होने के बावजूद कहीं भी कोई लड़ाई-झगड़ा हो, उसमें कूद पड़ते हैं। झूठ के अलावा, कभी सच नहीं बोलते हैं। जो उनका भला करे, उनका भी वे तिरस्कार करते हैं। इतना ही नहीं, वे दूध का पैसा चुकाने में भी हेरा-फेरी करते हैं। रोज़ बंगालियों की बुराइयां सुनते-सुनते जीवन के कान पक गए थे।

और कोई होता तो जीवन कब का भाग गया होता। भागने का मन होने के बावजूद जीवन वहां पांच महीने तक टिका रहा। कारण एक ही था, हर महीने की दस-बारह तारीख़ तक उसे पगार मिल जाती थी। किसी कंजूस की तरह वह, मेहनत से कमाए अपने पैसों की रखवाली करता था। उन्हें अपने तकिये के गिलाफ़ के अंदर छुपाकर रखता था। पोस्टऑफ़िस के ज़रिए मनिऑर्डर से मां-बाप को पैसे भेजने का तरीक़ा उसे मालूम नहीं था। वह

डरता भी था, अगर पैसे न पहुंचे तो! रास्ते में चोरी हो जाएं तो! इसलिए उसने तय किया कि वह पैसे जमा करके घर ले जाकर अपनी मां के हाथों में देगा।

लेकिन अंत में ऐसा नहीं हुआ। वह जितनी भी सावधानी से पैसा छुपाकर रखता हो, लेकिन सारा दिन उसके साथ रहने वाले लोग, सबकुछ जानते थे। कुछ रुपए तो जीवन ने थोड़ा-बहुत कुछ ख़रीद कर, खा-पीकर ख़र्च कर दिए थे। अब एक नीले रंग का सौ रुपए का नोट बचा था। एक सुबह दूध ढोने का काम ख़त्म करने के बाद जब वह दुकान लौटा, तो उसने देखा कि वो नोट ग़ायब था। उस वक़्त दुकान पर केवल मालिक का छोटा बेटा था। जीवन होश खो बैठा। उसने सीधे उसकी तरफ उंगली उठाकर कहा, 'कोई और नहीं हो सकता, तुमने ही पैसे चुराए हैं! जाने से पहले मैंने देखा था, उसके बाद कोई और कमरे में नहीं आया। मुझे मेरे पैसे वापस करो।'

चोरी करना उतना शर्मनाक नहीं था, जितना चोरी का आरोप। अखाड़े में कुश्ती लड़ने वाले छोटे पहलवान का माथा गरम हो गया। 'साला, हमारा खाता है, हमारा पीता है और हमें ही चोर कहता है!' उसने जीवन को उठाकर सड़क पर फेंक दिया, 'जा साला कुत्ता, भाग, नहीं तो मार के तेरी तबीयत बिगाड़ दूंगा!' जीवन ने सोचा था आसपास के लोग, विशेषकर दो-चार बंगाली जो वहां मौजूद थे, उसके साथ खड़े होंगे। कम से कम कोई कहेगा, यह अन्याय है। इस ग़रीब का पैसे वापस कर दो। लेकिन ऐसा कुछ नहीं हुआ। बल्कि दूर खड़े लोग जीवन को रोता देख मज़े ले रहे थे। हो सकता है किसी को उस पर तरस भी आया हो, लेकिन आगे बढ़कर किसी ने अन्याय के ख़िलाफ़ आवाज़ नहीं उठाई। एक बार फिर पांच-छह महीने के निष्फल परिश्रम के बाद, जीवन ग़रीबी की उसी अवस्था में सड़क पर आ गया।

दिन के तीन बजे थे। सड़कें बिल्कुल ख़ाली थीं। वैसे भी यह इलाक़ा ज़्यादा भीड़-भाड़ वाला नहीं था, ख़ासकर उन आंखों के लिए, जिन्होंने कलकत्ता की भीड़ देखी हो। टूटे दिल में ख़ालीपन को समेटे जीवन धीरे-धीरे चलता हुआ स्टेशन तक आ गया। वह कहां जाएगा, क्या करेगा यह समझ नहीं पा रहा था। उसे एक आदमी भी ऐसा नहीं मिला, जिसके सामने वह रो सकता, अपनी व्यथा सुना सकता या राहत पाने की उम्मीद कर सकता था। जिससे उसकी क़िस्मत की फटे पालों और बिना पतवार की नौका, किनारा पा सकती और

ज़मीन छू सकती थी। ताकि एक नन्हा पौधा अपनी जड़ें फैलाकर, जीवित रह पाता।

जीवन को दुनिया से कोई अपेक्षा नहीं थी। वह बस दो वक़्त दो मुट्ठी भात, एक मोटे कपड़े का टुकड़ा और सिर पर छप्पर चाहता था, लेकिन वो भी इस कंजूस दुनिया के लिए देना बहुत बड़ा दान था। वह किसी तरह भी अपनी मुट्ठी ढीली नहीं करना चाहती थी। एक बार उसके पिता ने उसे कहा था, 'जिसने क्षुदा दी है, वही आहार देगा। लकड़ी के भीतर जो घुन होता है, ईश्वर उसे भी भूखा नहीं रखता।' न जाने किस विश्वास से, गरीब दास ने दुख, तक़लीफ़, अभाव के सागर में गोते खाते हुए, बिना दवाई के पेट दर्द से कटे बकरे की तरह छटपटाते हुए, अनाहार से मरी अपनी मासूम बेटी के शव के सामने बैठे आंसू बहाते हुए, निर्वस्त्र पत्नी के तन को ढंकने के लिए कपड़े के एक टुकड़े का इंतज़ाम करने की असमर्थता से बेबस होते हुए भी, रट्टू तोते की तरह अपने बेटे से यह कहा होगा, यह वाक़ई एक अद्भुत पहेली थी। जीवन आज भी उस पहेली का अर्थ नहीं समझ पाया था। उस दानवीर की उदारता को कतई नहीं समझ पाया था। वह कभी किसी से सामने यह नहीं कह सकता था कि ईश्वर जो करते हैं, मंगल के लिए करते हैं।

थोड़ी देर तक गोहाटी स्टेशन पर बैठे रहने के बाद, जो ट्रेन उस वक़्त छूट रही थी, जीवन उसमें जाकर बैठ गया। वह क्यों उस ट्रेन में बैठा था, उसे कहां और क्यों जाना था, इन सब प्रश्नों का जवाब उसके पास नहीं था।

यह ट्रेन ठसाठस भरी हुई थी। इतनी भीड़-भाड़ वाली ट्रेन में कोई टिकट चेकर नहीं चढ़ता है। आख़िर वो कितनी धक्का-मुक्की सहते! एक-दो दिन की बात तो थी नहीं, रोज़ का काम था। जीवन को बैठने के लिए कोई जगह नहीं मिली। दरवाज़े के सामने बहुत सारे लोग भीड़ जमा करके खड़े हुए थे, वह वहीं खड़ा हो गया। उनके कपड़े और शक्लें देख कर लग रहा था कि वे मज़दूर थे। वे काम की तलाश में असम के पड़ोसी राज्य, पश्चिम बंगाल के अलीपुरद्वार जा रहे थे।

थोड़ी देर के बाद जीवन को बैठने की थोड़ी जगह मिली। वह घुटने मोड़ कर वहीं बैठ गया। ट्रेन के दो-तीन घंटे चलने के बाद, भीड़ थोड़ी कम हो जाने पर उसके लिए सोने की जगह भी बन गई। धीरे-धीरे जीवन सो गया। सुबह चार बजे ट्रेन सिलीगुड़ी जाकर रुकी। न जाने क्या सोचकर जीवन उतर

गया। सिलीगुड़ी ने उसे जो दिया था, वह सिर्फ़ विश्वासघात था, आस्था का हनन था। फिर भी वह वहां उतर गया।

जल्दी ही सुबह होने वाली थी। हर रात का अंत होता है। यही प्रकृति का नियम है। लेकिन उस रात का अंधेरा कभी समाप्त नहीं होता, जिसे इंसान अपने उद्देश्यों के लिए पोसता है। लोग हर तरह के अंधेरे को अपने दिलों में संजोते रहते हैं। उस अंधेरे में रहते हुए, जिसे उसने ख़ुद पैदा किया और पोषित किया हो, वह इंसान एक दिन काले, कुरूप, प्रेतात्मा की तरह आकारहीन, आदर्शों रहित एक ऐसा प्राणी बन जाता है, जो सिर्फ़ और सिर्फ़ अंधकार की उपासना करता है। उस अंधकार के गर्भ से और अंधकार पैदा होता है, जो अनंत और असीम है...

प्रकृति का अंधकार अब महीन चादर की तरह आसमान पर बिछा हुआ था। उस चादर को सरका कर पूर्व के आकाश में एक हल्की बैंगनी रंग की रेखा उभर आई थी। पेड़ों की शाख़ों पर, तिनकों के घोंसलों में पक्षियों का दल अंगड़ाइयां लेता हुआ नींद से जाग रहा था। उनके चहचहाने की आवाज़ें आ रही थीं। कितने सुखी थे वे! उनके छोटे-छोटे दो पंख थे। उन छोटे, लेकिन आज़ाद पंखों से उन्होंने सारे आकाश पर क़ब्ज़ा कर रखा था। जब तक जीव-जंतु, पक्षियों के जीवन पर लोभी मनुष्यों की काली छाया नहीं पड़ती, तब तक वे बहुत सुखी रहते हैं।

जीवन बेसुध-सा रेल लाइन के किनारे चलता रहा। वह नहीं जानता था कि उसके बेचैन पांव उसे कहां ले जा रहे थे। रोशनी से भरे स्टेशन के बाहर का जो विशाल क्षेत्र था, वह अभी भी नींद में था। जैसे-जैसे रात का अंधेरा फीका होता गया, हल्के धुएं सी धुंध की परत दिखाई देने लगी, जो दूर तक फैली हरियाली और पहाड़ियों से लिपटी हुई थी। न जाने क्या सोचकर जीवन कुछ देर तक उस सुनसान मैदान के बीच में खड़ा रहा। उसे लगा जैसे वह दंत कथाओं का चरवाहा बालक था, जो जंगलों में भटक गया था और जिसके सामने कोई रास्ता नहीं था। या वह हिरण शावक था, जिसके क़दम चोर बालू में पड़ गए थे और वह धीरे-धीरे उसमें धंसता जा रहा था। वह जानता था कि उसके साथ क्या होने वाला है, लेकिन उससे बचने का कोई उपाय नहीं था।

दिन का उजाला अब एक हाथ और ऊपर हो चुका था। सुबह की सुनहरी धूप की किरणें अपनी ख़ून से लाल हुई आंखों की तीर सी पैनी दृष्टि से माटी, मैदान, टीले, पहाड़ियां, पेड़-पौधों को चीरती, जीवन के चारों ओर के

वातावरण को बींध रही थीं। तभी जीवन ने देखा, सामने रेल लाइन पर ट्रेन से छोटा और ट्राम से बड़ा, तीन-चार बोगियों का एक अद्‌भुत यान आकर रुका। उसका इंजन छोटा था। थोड़ी देर बाद उसने देखा, बढ़िया तैयार हुए सुंदर लोगों का एक दल उस यान में सवार हो गया। ये एक नैरो गेज ट्रेन थी। उनकी बातों से जीवन को पता लगा कि वह ट्रेन दार्जिलिंग जा रही थी।

सुबह की चमकती धूप में, गगनचुंबी पहाड़ की चोटी पर बसे शहर के घर, यहां से माचिस की डिबिया की तरह दिख रहे थे। वे शांत, हरे समुद्र में लंगर से बंधी छोटी-छोटी, रंगीन खिलौनों वाली नावों की तरह दिख रहे थे, जो धूप में झिलमिला रहे थे।

एक पुरानी कहावत है, सुबह को देखकर बताया जा सकता है कि दिन कैसा होगा। जीवन को भी अहसास हो गया था कि आज का दिन उसके लिए कोई शुभ समाचार नहीं लाने वाला था। वही, दिल में निराशा और पेट में भूख लिए दर-दर भटकना होगा। जब यही होना था, तो दार्जिलिंग जाने में क्या हर्ज था? न जाने किसने दार्जिलिंग को 'अलकापुरी' बताया था। अलकापुरी, यानी धन के देवता कुबेर का निवास स्थान। जहां जाने के रास्ते में ट्रक राख, रेत और चावल थोड़ा उड़ाते, थोड़ा गिराते हुए जाते थे। जीवन एक क्षुद्र इंसान था और अपने जीवन से उसकी मांगें भी क्षुद्र थीं। क्या उसे कुबेर के नगर में ऐसा कुछ नहीं मिलेगा, जिससे वह अपनी छोटी-छोटी इच्छाएं पूरी कर सके? यह जानने के लिए उसे उस शहर में जाना होगा।

जीवन जाएगा। जब कुछ अच्छा होने की कोई आशा नहीं थी और सबसे ख़राब जो हो सकता था, वो उसे पता था, तो सिलीगुड़ी में सड़ कर मरने के बजाय क्यों न दार्जिलिंग जाकर देखा जाए! वहां जाकर मर भी गया, तो कम से कम उसे यह तसल्ली रहेगी कि उसने जीवन में कुछ फलों को चखने की कोशिश तो की थी, भले ही वे खट्टे क्यों न हों।

सबसे आगे इंजन था, उसके बाद का डिब्बा लगेज वैन था, अगला डिब्बा प्रथम श्रेणी (फ़र्स्ट क्लास), उसके पीछे द्वितीय श्रेणी (सेकंड क्लास) का डिब्बा, फिर जनरल डिब्बा और सबसे पीछे गार्ड का कंपार्टमेंट था। छोटी-सी ट्रेन में यात्रियों की भीड़ भी कम थी। सिलीगुड़ी से दार्जिलिंग जाने वाले ज़्यादातर लोग जीप से जाना अधिक पसंद करते थे, वो भी सामने वाली सीट पर बैठकर। पीछे वाली सीटों से उसका भाड़ा भी कुछ ज़्यादा होता था। जीप, ट्रेन से कम समय लेती थी और पहाड़ों पर चढ़ने का रोमांच भी अलग

ही होता था। लेकिन जीप में बिना किराये के जाना मुश्किल था। ट्रेन में फिर भी जाया जा सकता था। तीन-चार टिकट चेकर, जो ट्रेन को घेरे खड़े थे, बस उनकी नज़र बचाकर किसी डिब्बे में घुस जाना था।

जीवन इंजन से थोड़ा आगे जाकर खड़ा हो गया और ट्रेन छूटने का इंतज़ार करने लगा। यह ट्रेन बहुत धीमी गति से चलती थी, इसलिए चलती ट्रेन में चढ़ना मुश्किल नहीं था। टिकट चेकरों को पीछे छोड़ते हुए, ट्रेन के थोड़ा आगे बढ़ते ही वह चढ़ जाएगा।

जहां ट्रेन खड़ी थी, वहां कोई प्लेटफ़ॉर्म नहीं था। चारों ओर खुला मैदान था। सिर के ऊपर नीला आकाश। प्रवासी पक्षियों का एक झुंड आसमान में पंख फैलाए उड़ा आ रहा था। हिमालय पार करते हुए वो, न जाने कौन से दूर देश से आ रहे थे। तीन-चार महीने यहीं बिताकर, फरवरी के आसपास, वो फिर वहीं चले जाते थे, जहां से आते थे। यह अक्टूबर का महीना था। बस कुछ ही दिनों में, हिंदू शास्त्रों के अनुसार देवी, मां दुर्गा, अपने बच्चों के साथ अपनी पूजा लेने हिमालय से यहां की समतल भूमि पर आने वाली थीं। हवा में अभी से हल्की ठंडक थी, जिसमें नज़दीक आती दुर्गा पूजा की गंध मिली हुई थी। वैसे जीवन को उससे कोई फ़र्क़ नहीं पड़ता था। उसके पेट में तो आग धधक रही थी। उस आग की लपट में सारे त्योहार जलकर राख हो चुके थे, और जो कुछ बचा था, वह बहुत बदसूरत था।

अब तक इंजन की चिमनी से गर्भवती युवती-सा आलस से भरा धुआं, धीरे-धीरे आसमान की ओर उठ रहा था, लेकिन अब उसका आलस कट गया था। बॉयलर में कोयला डालते ही सफ़ेद धुएं के बादल आकाश को ढंकने लगे। दो बार कू-कू सीटी देकर ट्रेन चलने को तैयार हो गई।

जीवन भी तैयार था। इंजन चालू हो गया। थोड़ी देर फुफकारने के बाद, पहिया घुमाने वाले लीवर पर अचानक यांत्रिक दबाव पड़ा और वह आगे बढ़ने लगा। एक, दो, तीन, चार। चार बार पहिये घूमने के बाद काला कोट पहने चारों टिकट चेकर्स वापस मुड़कर स्टेशन के केबिन में लौट गए। अब और इंतज़ार करने की ज़रूरत नहीं थी। जीवन चलती ट्रेन की ओर दौड़ा। ट्रेन ने तब तक रफ़्तार पकड़ ली थी। उस तुलना में जीवन का शरीर थोड़ा नियंत्रण से बाहर था, उसके पैर लड़खड़ा रहे थे और हाथ बेजान से थे। फिर भी किसी तरह वह दरवाज़े का हैंडल पकड़ने में कामयाब हो गया। उसे इस तरह चलती ट्रेन में चढ़ते देख अंदर बैठे यात्री घबरा गए। किसी दुर्घटना की

आशंका से कुछ ने आंखें भींच लीं। वो गया, वो गया—लेकिन जीवन नहीं गया। न उसके प्राण गए और न ही शरीर का कोई अंग। वह जनरल डिब्बे में चढ़ गया और दरवाज़े पर खड़ा हो गया। कुछ यात्रियों को यह आशंका भी थी कि कोई दुर्घटना घटने से ट्रेन रुक जाएगी और उन्हें देर हो जाएगी। वे जीवन को डांट-फटकार कर बाहर के दृश्य देखने में मग्न हो गए।

सिलीगुड़ी से निकलकर ट्रेन सबसे पहले सुकना नाम के स्टेशन पर जाकर रुकी। वहां से ट्रेन ने पहाड़ की चढ़ाई शुरू की। पहाड़ तरह-तरह के वृक्षों के घने जंगल से ढंके थे। जीवन को अब थोड़ी ठंड लगने लगी थी। ट्रेन में बैठे यात्री शॉल, स्वेटर और कोट पहने थे। जीवन के पास गमछा और बनियान के अलावा कुछ और नहीं था। उसने गमछे को अपने बदन से कसकर लपेट लिया।

23

अनदेखी अलकापुरी

इसके बाद ट्रेन जितनी आगे बढ़ती गई ठंड भी उतनी ही बढ़ती गई। मगर ठंड ने अब तक जीवन को उतना परेशान नहीं किया था। वह विस्मय से प्रकृति की अनुपम छटा—छोटी, बड़ी और मध्यम पर्वतश्रेणियों और उनकी चोटियों को देख रहा था। जैसे किसी विशाल हरी चादर की लहरों ने सबकुछ ढंक दिया था। उस चादर पर रंग-बिरंगे फूलों की कढ़ाई थी। दूर भेड़ों के चरते झुंड ने प्रकृति के इस मनोरम दृश्य में अपना आकर्षण भी जोड़ दिया था।

पहाड़ी रास्तों पर ट्रेन सीधी नहीं चढ़ सकती, पहाड़ के किनारों से चक्कर लगाते हुए ऊपर जाना होता है। कितने कठिन परिश्रम से विश्वकर्मा के पुत्रों ने इन पथों का निर्माण किया होगा, यह सोचकर जीवन हैरान था। कोशिश करने पर इंसान क्या नहीं कर सकता! जो लोग छेनी-हथौड़ों से पहाड़ों को तोड़कर, अपना पसीना बहाते हुए ऐसी त्रुटिहीन कला का निर्माण करते हैं, वो किसे याद होंगे? कौन जाने गरीब दास की तरह, जो कभी अकेला एक बोरी धान उठा लेता था, उन सब की भी वैसी ही दुर्दशा हुई होगी!

पहाड़ के एक तरफ गहरी खाई थी। पहाड़ से लगी ऊपर चढ़ती ट्रेन एक विशाल कनखजूरे की तरह टिकिस-टिकिस फुफकारती हुई चली जा रही थी। अगर ट्रेन ज़रा भी खाई की ओर झुक जाती, तो कहां जाकर गिरती, यह कौन जानता था! दूसरी ओर पहाड़ खड़े थे। लगभग ट्रेन से सटे हुए। उन पहाड़ों पर अनगिनत लाल, सफ़ेद, पीले, नीले—तमाम तरह के रंग-बिरंगे फूल खिले हुए थे, जिन्हें देख कर लग रहा था जैसे उन्हें किसी ने करीने से सजा रखा था।

किसी एक स्टेशन से पांच-छह, जीवन की उम्र के, नेपाली लड़के ट्रेन पर चढ़े और झुंड बनाकर दरवाज़े पर खड़े हो गए। जोश से भरे वे किशोर बाहर हाथ बढ़ाकर पौधों से फूल तोड़ रहे थे और उन्हें राह चलती लड़कियों की ओर फेंक रहे थे। वो जिन पर फूल उछाल रहे थे, वे भी उनकी ओर हाथ हिलाकर हंसती हुई प्यार भरी प्रतिक्रिया दे रही थीं। जो थोड़ी ज़्यादा साहसी थीं, वे हाथ से उड़ते चुंबन का इशारा कर रही थीं।

जिस लाइन पर ट्रेन चल रही थी, उसी के साथ-साथ सांप की तरह गोल, घुमावदार पक्की सड़क भी जा रही थी, जिस पर बहुत सारी जीपें यात्रियों को लेकर आ-जा रही थीं। उन जीपों में सवार यात्री ख़ुशी और उल्लास से झूम रहे थे। समय और स्थान के कारण, वे संकोच नहीं महसूस कर रहे थे। ट्रेन के लगभग भी सभी यात्री आनंद से हंस रहे थे। पूरी दुनिया में हंसी और रोने की जो भाषा है, उसे बिना किसी अनुवाद के सब समझने में सक्षम होते हैं। हवा में थिरकती वह हंसी, ख़ुशी, आनंद की मादकता एक व्यक्ति से दूसरे को संक्रमित कर रही थी। इस हर्षोल्लास के बीच बस जीवन नाम का एक इंसान—न किशोर, न युवक, न जीवित, न मृत—उदासीनता की प्रतिमूर्ति बना हुआ था। ठंडी हवा से बचाव के लिए वह अपने गमछे को शरीर से कसकर लपेटे, एक कोने में बैठा हुआ था और सुखी लोगों को देखकर गहरी आहें भर रहा था।

यात्रा मानो अंतहीन थी। इंजन कभी ट्रेन को आगे की ओर से खींच रहा था, तो कभी ढाल पर चढ़ते हुए पीछे से धक्का दे रहा था। कभी रेल लाइन, सिर के ऊपर, तो कभी पैरों के नीचे नज़र आ रही थी। इस घुमावदार रास्ते के मोड़ को लूप कहा जाता था। सुकना से लेकर दार्जिलिंग तक अट्ठारह लूप थे। बेचैन, जोशीले नेपाली बच्चों को हर मोड़ और घुमाव के बारे में उंगली की नोंक पर पता था। वे किसी-किसी मोड़ पर चलती ट्रेन से, जीप चलने वाली सड़क पर उतर जाते थे। पेशाब करके या चाय-पानी पीकर, पहाड़ी फूल तोड़ते हुए वे पैदल चढ़ाई चढ़ते हुए अगले लूप पर पहुंच जाते थे, और वहां ट्रेन आने का इंतज़ार करते थे। ट्रेन लगभग बीस मिनट बाद पहुंच पाती थी। वे फिर ट्रेन पर चढ़कर हुड़दंग करने लगते थे। यह युवाओं का जोश था। कुछ घंटे यह सब करने के बाद, वे फिर किसी स्टेशन पर उतर गए, जिसका नाम 'घूम' था। यहां आने और जाने वाली ट्रेनें एक-दूसरे को क्रॉस किया करती थीं। वे लड़के वहां उतरकर दार्जिलिंग से सिलीगुड़ी को वापस जाती ट्रेन पर चढ़ गए। अब वे मस्ती करते हुए ढलान का मज़ा लेने वाले थे।

दोपहर का क़रीब एक बजा था। यहां ट्रेन में पानी भरा गया। यात्रियों को दोपहर का खाना खाने का मौक़ा मिला। उसके बाद ट्रेन फिर से अपनी धीमी चाल से आगे बढ़ने लगी। ठंड पहले से ज़्यादा हो गई थी। जीवन के छोटे से गमछे और बनियान में ठंड रुक नहीं रही थी। उस ट्रेन में जीवन के जैसा अधनंगा और कोई नहीं था। सब पैंट, जैकेट, टोपी और मफ़लर पहने हुए थे। कुछ यात्रियों के मैले, फटे पतलून, जैकेट देखकर लग रहा था कि वे ग़रीब थे। लेकिन जो भी हो, उनका ठंड से बचाव हो रहा था। जीवन के पास वो भी नहीं था।

इसके बाद, कई स्टेशनों को पीछे छोड़ते हुए, कुछ घंटे और चलने के बाद ट्रेन कुर्सियांग पहुंची। तब शाम के पांच बज चुके थे। किसी ऊंचे पहाड़ की चोटी पर, विदा लेता सूरज तेज़ सर्चलाइट के समान जल रहा था। और पंद्रह-बीस मिनट में वह पहाड़ के पीछे छुप जाने वाला था। मैदानी इलाक़ों की तुलना में यहां बहुत पहले ही अंधेरा हो जाता था।

ट्रेन के अधिकांश यात्री कुर्सियांग उतर गए। डिब्बे में बस सात-आठ यात्री ही बचे थे। ट्रेन फिर चल पड़ी। बैठने की जगह मिलने पर जीवन सीट पर सिकुड़कर बैठ गया। यहां उसे हवा भी कम लग रही थी और थोड़ी गर्माहट भी थी। थोड़ी देर तक ऊबड़-खाबड़ पर्वत श्रेणियों के शिखर पर, घरों में जल रही रोशनी की आलोकमाला दिखती रही। पहाड़ों की नीरवता में चलती ट्रेन, नक्षत्रों के राज्य के बीच से गुज़रता हुआ कोई आकाश यान लग रही थी। जीवन ट्रेन की दाईं ओर बैठा था। उस ओर गहरी खाई और सिर उठाए चीड़ और देवतारु का जंगल था। उसके भी आगे आसमान को छूती सोये पहाड़ों की शृंखला थी।

जीवन के पास इन सब दृश्यों को देखकर मुग्ध होने का समय नहीं था। वह इस सोच में था कि ट्रेन कब दार्जिलिंग पहुंचेगी। कौन-सा आश्चर्य, ख़तरा, घटना या दुर्घटना वहां उसके लिए इंतज़ार कर रहा था? वैसे भी वह अब ठंड से कंपकंपा रहा था। रात जितनी बढ़ेगी, ठंड भी उतनी बढ़ती जाएगी। अगर उसे कहीं सिर छुपाने की जगह नहीं मिली, तो क्या होगा? और अब बीच-बीच में बारिश भी हो रही थी। यह आषाढ़ में मैदानी इलाक़ों में होने वाली मूसलाधार बारिश नहीं थी। ये तो भटकते हुए बादल थे, जो उड़ते-उड़ते कहीं जाकर थम जाते थे, और फिर बरस जाते थे। तभी, कभी धूप तो कभी बारिश हो रही थी। पहाड़ों पर यह छुपम-छुपाई का खेल लगातार चलता रहा। लेकिन जब बारिश की बौछार जीवन के बदन पर पड़ी, तो उसे लगा जैसे सूइयां उसकी त्वचा को

भेदती हुई हड्डियों में जाकर चुभ रही हों। लगता था पहाड़ों की चोटियों पर जमी बर्फ़ पिघलकर बरस रही थी।

रात के क़रीब साढ़े आठ बजे थे, बर्फ़ीली बौछारों में भीगती ट्रेन दार्जिलिंग स्टेशन पहुंची। यह बिल्कुल सुनसान पड़ा था। लगता था, जैसे सर्दी ने झपट्टा मार सारी ताप, गर्माहट, प्राणों के स्पंदन को जमा दिया हो। चारों तरफ बदन सिहरा देने वाला भयानक अंधेरा था। वहां उतरे यात्रियों का सामान कुलियों ने पीठ पर लाद लिया। यहां के कुली सिर पर सामान नहीं उठाते थे, वे उन्हें बड़ी रस्सियों से पीठ पर लटकाकर ले जाते थे। सभी लोग बारिश में भीगते हुए अपने-अपने गंतव्यों की ओर बढ़ गए। जीवन ट्रेन से उतरा, उसने चारों ओर देखा और बहुत मायूस हो गया। उसका दिल डर से कांप रहा था। उसे महसूस हुआ कि उससे बहुत बड़ी भूल हो गई थी।

शिरोमणिपुर के शरणार्थी शिविर में रहते हुए जीवन एक बार अकेले, विष्णुपुर चला गया था। वहां लालबांध और रानीबांध नाम की दो बड़ी झीलें थीं। प्रजा के पानी की कमी को दूर करने के लिए मल्ल राजाओं ने ये झीलें ज़मीन खुदवाकर बनवाई थीं। देखभाल के अभाव में वहां का पानी पीने के योग्य नहीं रह गया था। लालबांध के किनारे जाकर जीवन ने देखा कि झील के बीच में जल कुमुदिनी के ढेरों फूल खिले हुए थे। इस जलीय पौधे को उबालकर खाया भी जा सकता था। भरी दोपहरी में, भूख से बेहाल जीवन ने, बिना कुछ और सोचे-विचारे, झील के किनारे अपना कच्छा खोलकर रख दिया और पानी में कूद पड़ा। हालांकि उसने मंगला के साथ उसकी बस्ती के एक तालाब में तैरना सीखा था, लेकिन उस तालाब से लालबांध की तुलना किसी तरह नहीं की जा सकती थी। कौन जाने उस दिन जीवन किस दृढ़ विश्वास और साहस के साथ, अकेले ही उस सुनसान झील में कूद पड़ा था। वह तैरता हुआ बीच तक पहुंच गया और फूल के बहुत से गुच्छे भी इकट्ठे कर लिए, लेकिन उन्हें लेकर वापस तैरकर आते वक़्त उसे महसूस हुआ कि उसे इस तरह अकेले नहीं आना चाहिए था। वह किनारे आ तो गया, लेकिन वापसी में उन जलीय पौधों की असंख्य लताएं उसके पैरों में लिपटी जा रही थीं। यदि उसके दोनों पांवों में लताओं का फंदा पड़ जाता, तो उसके बचने का कोई उपाय नहीं रहता। वैसे झील उतनी गहरी नहीं थी, लेकिन इतनी कम गहरी भी नहीं कि कोई बच्चा डूब न सके। ऐसा भी नहीं था कि पहले ऐसे एक-दो हादसे यहां नहीं हुए हों। पिछले साल ही एक चरवाहा लड़का उन नीलकमलों को तोड़ने झील में कूदा था। बाद में उसकी लाश पानी पर तैरती मिली थी।

उसका बदन नीला पड़ गया था, जिससे सबने अनुमान लगाया कि वहां विषधर सांप भी थे। हां, लालबांध में सांप थे, जिन्हें पत्तों पर कुंडली मारे देखा गया था।

जब तैरते-तैरते जीवन थक गया और डूबने का ख़ौफ़ दिल में बैठने लगा, तभी उसे एक आवाज़ सुनाई दी, वो आवाज़, जिसे वह हर ख़तरे के वक़्त सुनता था: 'हिम्मत मत हार जीवन। मरने के डर से मर मत जाना। तेरे आस-पास कोई नहीं जो तुझे बचाने आएगा। किसी से कोई मदद की उम्मीद मत रख। अपने प्रयास से ज़िंदा रहने की कोशिश कर!' कहते हैं डूबने वाले को तिनके का सहारा ही काफ़ी है, लेकिन जीवन के पास वो भी नहीं था, सिवाय जल कुमुदिनी के एक गुच्छे के, जिसकी वजह से अब उसकी जान ख़तरे में थी। वह उस गुच्छे को पकड़े थोड़ी देर पानी के ऊपर स्थिर रहा और अपना दम बटोरा। फिर थोड़ी देर तैरने के बाद उसने सांस ली और इस तरह वह उन जलीय लताओं के जंगल से निकल कर किनारे पहुंचा। उस दिन उसने मन ही मन क़सम खाई कि वह अब ऐसी ग़लती दोबारा कभी नहीं करेगा।

लेकिन अब उसे लग रहा था कि उसने फिर से वही ग़लती दोहराई थी। वह किसी तटहीन समुद्र के अथाह, अंधकारमय, बर्फ़ीले पानी में गिर गया था। यहां भी उसे बचाने वाला कोई दोस्त या अपना नहीं था।

स्टेशन पर एक आदमी काला कंबल लपेटे कोयले की अंगीठी के सामने बैठा आग ताप रहा था। जीवन ने उसके पास जाकर पूछा, 'क्या यहां कहीं रात बिताने को जगह मिल सकती है?'

उस आदमी को देखकर लग रहा था कि वो इसी स्टेशन के खाने की किसी दुकान का कर्मचारी था। उसने बिना किसी दिलचस्पी के जीवन की ओर देखा। वह विरक्त और फ़ालतू बातचीत नहीं करना चाहता था।

उसने कहा, 'किसी होटल में चले जाओ।'

'मेरे पास पैसे नहीं हैं। यहां स्टेशन पर नहीं रहा जा सकता है क्या?'

उसने और भी ज़्यादा झुंझलाहट के साथ कहा, 'यहां टेशन में पुलिस मच्छर तक को रहने नहीं देती तो तुम कैसे रहोगे!'

जीवन खड़े-खड़े ही अपने ठंडे हाथ आंच में सेंकने लगा। उस आदमी ने पूछा, 'कहां रहते हो?'

ज़्यादा कुछ कहना ठीक नहीं होगा, यह सोचकर जीवन ने कहा, 'सिलीगुड़ी, वर्धमान रोड। मेरा घर वहीं है।'

'तो यहां क्या करने आया है?'

'काम की तलाश में आया हूं।'

आदमी ने अपना निचला होंठ बाहर निकालकर उपेक्षा से कहा, 'यहां कहां काम है। यहां के लोग काम की तलाश में नीचे मैदानों में जाते हैं, और तुम नीचे से ऊपर आए हो!'

उस आदमी की बातों से जीवन की कल्पना का कुबेर का वो सुनहरा महल चूर-चूर होकर ध्वस्त हो गया। पहाड़ के लोग ख़ुद भूख और ग़रीबी से मर रहे थे। दूर से पहाड़ बहुत सुंदर दिखाई देते हैं, नज़दीक आने पर मालूम चलता है, कितने खाई और गड्ढे हैं यहां।

जीवन ने हताशा से कहा, 'तो अब मैं क्या करूं?'

'क्या करूं! मरो! मरने के लिए ही तो आए हो!' बात ख़त्म हो गई। वह आदमी अपनी अंगीठी उठाकर, सामने दुकान में घुस गया और दरवाज़ा बंद कर लिया।

तभी अचानक ट्रेन की तीखी सीटी से रात की बरसाती हवा कांप उठी। ट्रेन धीरे-धीरे पीछे की ओर जाने लगी। हालांकि जीवन को किसी ने नहीं बताया, लेकिन वह समझ गया कि गाड़ी वापस लौट रही थी। वह ट्रेन पर चढ़ गया। उसने वापस लौटने का मन बना लिया। वह और कर भी क्या सकता था। अलकापुरी उसके लिए कोई शुभ संवाद लेकर प्रतीक्षा नहीं कर रही थी।

ख़ाली ट्रेन घंटा-डेढ़ चलने के बाद कुर्सियांग पहुंची। जाते वक़्त इसका दोगुना समय लगा था। तब चढ़ाई थी, और अब उतराई। दुनिया के हर क्षेत्र में यही नियम लागू है। ऊपर पहुंचने में बहुत समय, बहुत प्रयास और दृढ़ संकल्प की ज़रूरत होती है, लेकिन नीचे आने में किसी प्रयास की ज़रूरत नहीं होती है।

रात के दस बज रहे थे, जब ट्रेन कुर्सियांग पहुंची। वहां रुकने के बाद फिर वह नहीं चली। ख़ाली ट्रेन छोड़कर ड्राइवर और गार्ड ग़ायब हो गए। उनकी आज की ड्यूटी समाप्त हो चुकी थी। ट्रेन अब अगले दिन चलनी थी। वैसे सुबह कुर्सियांग में ठंड और नमी दार्जिलिंग से कहीं ज़्यादा थी। जीवन

के लिए यह गर्म कड़ाही से निकालकर आग में फेंकने जैसा था। जीवन ने प्लेटफ़ॉर्म पर उतर कर चारों ओर घबराते हुए देखा। हर तरफ अंधेरा था। यह लोडशेडिंग नहीं थी। बिजली के बल्ब जल रहे थे, लेकिन उनकी फीकी रोशनी आस-पास के वातावरण को रोशन नहीं कर पा रही थी।

प्लेटफ़ॉर्म बिल्कुल ख़ाली था। यह ऑफ़ सीज़न था। साल के इस समय पर्यटक यहां आना पसंद नहीं करते थे। और फिर आज बारिश भी कुछ ज़्यादा हो रही थी। इसलिए, जो लोग आमतौर पर बाहर होते थे, वे भी आज समय से पहले, बल्कि सूर्यास्त होते ही अपने घरों में लौट गए थे और खिड़की-दरवाज़े बंदकर लिए थे। जीवन धीरे-धीरे चलता हुआ बाहर जीप-स्टैंड की ओर बढ़ गया। वहां खड़ी कुछ जीपें बारिश की झड़ी में भीग रही थीं। मगर लोग नज़र नहीं आ रहे थे। हो सकता था, जीप के ड्राइवर अपनी गाड़ियों के भीतर बैठे या सोए हुए हों। आख़िर कौन बेवजह बारिश में भीगता!

जीवन ने वहां से ट्रेन की ओर नज़र घुमाई और डर से कांप उठा। रेल का एक कर्मचारी ट्रेन के सभी डिब्बों में ताला लगा रहा था। इसका मतलब चाबियां उसी के पास होतीं। अगले दिन उसके ताला खोलने पर ही यात्री उतर-चढ़ सकते थे। लेकिन अब जीवन क्या करेगा? कहां आश्रय लेकर वह भयावह, बर्फ़ीली रात काटेगा? ट्रेन में जगह मिल जाती, तो बात कुछ और होती।

जीवन ने ऐसे ही किसी से, किसी देश की कहानी सुनी थी। उस देश में भयानक ठंड पड़ा करती थी। वहां दिन-रात रूई के फाहों सी बर्फ़ गिरा करती थी। नदी तक बर्फ़ हो जम जाती थी। वहां सूर्यास्त होते ही लोग घरों के खिड़की-दरवाज़े बंद कर लेते थे। चाहे कितनी भी ज़रूरत हो सूरज उगने से पहले नहीं खोलते थे। क्योंकि दरवाज़ा खुलने से वे ठंडी हवा से जम भी सकते थे। एक दिन किसी घर में एक मेहमान आया। किसी वजह से उसे आने में देर हो गई। तब तक जिस घर में वह आया था, उसका दरवाज़ा बंद हो चुका था। ठंड के कारण मेहमान की आवाज़ बंद होने लगी थी, और उसके हाथ-पैर जमने लगे थे। उसने अपनी क्षीण आवाज़ और ठंड से अकड़े हाथों से घर के दरवाज़े पर दस्तक दी, लेकिन घर का गठन ऐसा था कि अंदर तक आवाज़ नहीं पहुंचती थी। सुबह जब दरवाज़ा खुला तो दरवाज़े पर मेहमान की बर्फ़ जमी लाश पड़ी हुई थी।

जीवन ने अपने कानों को कोंचा। मानो समुद्र के अंधकार से, आकाश छूते दुर्गम पहाड़ों की किसी कंदरा से, बादलों से ढंके नभमंडल के पार के किसी अज्ञात नक्षत्र से वह मृत्युंजय महामंत्र तैरता हुआ आया: '*चरैवेति, चरैवेति!* आगे बढ़ो, आगे बढ़ो, जीवन, आगे बढ़ो! मृत्यु के भय के आगे मत झुको। डूबने से पहले हिम्मत मत हारो।' यह बहुत परिचित और प्रिय आवाज़ थी, जिसे जीवन अच्छी तरह से पहचानता था। यह श्मशान में रहने वाले लड़के मरण की आवाज़ थी, जो 'हार' शब्द का मतलब नहीं जानता था।

जीवन वापस स्टेशन पर आ गया। प्लेटफ़ॉर्म से उतरकर ट्रेन की दूसरी तरफ पहुंचकर उसने चारों ओर अच्छे से देखा। उसकी आंखें रात में शिकार करने वाले शिकारी जंतु की तरह थीं। नहीं, उसे कोई नहीं देख रहा था। वह इस समय कुछ भी कर सकता था। उसने ट्रेन के एक डिब्बे के दरवाज़े पर धक्का दिया। जैसा उसने सोचा था, वही हुआ, दरवाज़ा खुल गया। सभी सरकारी कर्मचारियों की तरह रेल के कर्मचारी भी अपने स्वभाव और आचरण में अलग नहीं थे। प्लेटफ़ॉर्म की तरफ के दरवाज़ों को बंद कर दिया था, लेकिन दूसरी तरफ के दरवाज़ों को, अपनी मेहनत बचाने के लिए यूं ही खुला छोड़ दिया था।

जीवन खुले दरवाज़े से ट्रेन के एक डिब्बे में चढ़ गया और अपने घुटनों को मोड़कर छाती से लगा, गोल बनकर एक बर्थ पर सो गया। बाहर की ठंड के मुक़ाबले, स्वाभाविक रूप से अंदर थोड़ी कम ठंड थी। चाहे जितनी भी तक़लीफ़ हो, लेकिन रात इस तरह काटी जा सकती थी। कम से कम मौत को चकमा दिया जा सकता था।

रात न जाने तब कितनी थी, सारे पहाड़ किसी जादूगर की जादुई छड़ी के स्पर्श से, मायावी नींद में सोए हुए थे। पहाड़, पेड़-पौधे, घर, सड़कें, वाहन सब नींद की अथाह गहराई में डूबे हुए थे। प्राणों का कहीं कोई नामो-निशान नहीं था। केवल हवा के झोंके और बारिश की टिप-टिप आवाज़ आ रही थी। बाहर लैंप-पोस्ट और प्लेटफ़ॉर्म के शेड से लटकते बल्ब किसी थके हुए दानव की आंखों की तरह जल रहे थे, जिसकी मामूली सी रोशनी ट्रेन के डिब्बे की खिड़की से जीवन के चारों ओर पड़ रही थी। इससे डिब्बे का अंधेरा तो दूर नहीं हुआ, बस थोड़ा हल्का ज़रूर हो गया था। जीवन को नींद आ गई। तभी डिब्बे में कुछ आवाज़ सुनाई दी। जीवन की आंख खुल गई। पूरा डिब्बा

'चोलाई' दारू की गंध से भरा हुआ था। वहां अंधेरे में, कान, सिर, चेहरा ढंके, घुटनों तक कोट पहने हुए एक शराबी खड़ा था। वह लड़खड़ा रहा था और उसके गले से बिल्ली की सी आवाज़ निकल रही थी, जैसे वो किसी ताज़ा चूहे को पकड़ने वाली हो।

न जाने उसे कैसे पता चला कि इस आपदा की रात में, ट्रेन के डिब्बे में एक असुरक्षित, लावारिस, असहाय, कमज़ोर बालक भी था! वह लड़खड़ाते हुए जीवन की ओर बढ़ा। उसने जीवन के चेहरे से गमछा हटाकर देखा। एक तो वह पहले से ही नशे में चूर था और दूसरा डिब्बे में अंधेरा होने की वजह से, जीवन के बिना दाढ़ी-मूंछ के युवा चेहरे को देखकर, उसे किसी युवती के होने का भ्रम हुआ। वह डगमगाते पैरों से जीवन के पास जाकर उसकी हाफ़ पैंट खोलने की कोशिश करने लगा। वह बहुत अधीर था, पैंट का बटन खुलने में देर होने से, लग रहा था कि वह उसे फाड़ ही देगा।

जीवन इस अचानक हुए हमले के लिए तैयार नहीं था। बौखलाहट में, ख़ुद को बचाने के लिए जीवन ने नफ़रत और ग़ुस्से में अपना दाहिना पैर मारा, जो बदक़िस्मती से उस आदमी के लटकते अंडकोष पर जाकर लगा। यह पुरुष के शरीर का सबसे नाज़ुक अंग होता है, जहां हल्के से भी लग जाए तो पहलवान तक धाराशायी हो जाता है। वह आदमी पछाड़ खाकर ज़मीन पर गिर पड़ा। उस वक़्त उसके गले से जो आवाज़ निकली उसकी तुलना कराह, आर्तनाद या रिरियाहट से की जा सकती थी। उस आवाज़ से या फिर जीवन की चीख़-पुकार से, जीप-स्टैंड से दो लोग भागते हुए आए। वे फ़ौरन डिब्बे में चढ़ गए। लगता था कि वो उस शराबी को जानते थे, लेकिन शायद किसी सुखद घटना के कारण नहीं। उनमें से एक चिल्लाया, 'कौन है...कमीने! फिर से...?' इतना सुनते ही वह शराबी अपने घायल शरीर को घसीटते हुए वहां से भाग गया।

ये लोग बाहर खड़ी जीपों के ड्राइवर थे। जो भाग गया और ये दोनों, जो डिब्बे के अंदर खड़े थे, हिंदी भाषी थे। वे नेपालियों की तरह नहीं दिखते थे। उन्होंने जीवन की ओर देखकर बड़ी रुखाई से पूछा, 'कौन है रे तू?'

जीवन बुरी तरह डरा हुआ था। उसने घबराई आवाज़ में संक्षेप में उन्हें, अपने आने का कारण बताया। उन दोनों में जो लंबा था, जिसकी उम्र लगभग तीस-बत्तीस साल थी, ने जीवन को अपने साथ आने को कहा।

'कहां?'

'मेरे साथ।'

'क्यों?'

'नहीं तो जाड़े में मर जाएगा।'

उसने जीवन को अपनी जीप की पीछे वाली सीट पर सुला दिया। ओढ़ने के लिए एक फटा कोट दिया और कहा, 'सुबह होते ही वापस चले जाना। यहां कुछ नहीं मिलने वाला!' इसके बाद वह ख़ुद सामने की सीट पर जाकर सो गया। इन पहाड़ी इलाक़ों में रहने वालों के लिए ठंड बस अभी शुरू ही हुई थी। जो कड़ाके की सर्दियों के आदी थे, उनके लिए यह ठंड कुछ भी नहीं थी। थोड़ी ही देर में वह आदमी ख़र्राटे लेने लगा। लेकिन जीवन सो नहीं पाया। अनजानी जगह, अनिश्चित स्थिति, पेट में भूख की आग और अचानक घटी उस दुर्घटना ने उसके मन में ऐसा दबाव डाला कि वह सो नहीं सका। इधर-उधर पलटते हुए उसकी रात बीती।

सूरज ऊंचे पहाड़ के माथे पर चढ़ आया था। बारिश से धुले, हरे चाय के बागानों में, देवतारु, देवदार, सागौन के पेड़ों के पत्तों पर, सुबह की धूप किसी युवती की मुस्कुराहट सी बिखरी हुई थी। सड़कों पर थोड़े-बहुत लोग निकल आए थे। दुकानें और बाज़ार खुल गए थे। कुर्सियांग के छोटे से पहाड़ी कस्बे में दिन शुरू हो चुका था। जीप चालक नींद से उठा और जीवन को एक चाय की दुकान पर ले गया। उसने उसे पंद्रह पैसे की चाय और दस पैसे के दो ब्रेड स्लाइस ख़रीदकर दिए और कहा, 'खा ले। दोपहर में ट्रेन वापस जाएगी। उसमें बैठकर वापस चले जाना। फिर कभी यहां नहीं आना।'

जीवन जीप चालक की उदारता से बहुत कृतज्ञ महसूस कर रहा था। इससे पहले कभी किसी ने, बिना कुछ पाने की उम्मीद के, उस पर एक पैसा भी नहीं ख़र्च किया था। उसने कहा, 'आप जो कह रहे हैं, मैं वही करूंगा। वापस लौट जाऊंगा।' दिन के क़रीब दो बजे वापस जाने वाली ट्रेन स्टेशन पर पहुंची। हारा हुआ जीवन, उस ट्रेन से लौटने के लिए बाध्य था। वह सिलीगुड़ी लौट आया। पहाड़ों से मैदान पर, उसकी आसमान छूती कल्पना में गढ़ी स्वर्णपुरी से वास्तविकता के कठोर धरातल पर। परिचित आकाश, ज़मीन और लोगों के पास। यहां की ठंड अभी तक असहनीय नहीं हुई थी। हवा में सूई

चुभाने जैसी ठंड नहीं थी। रातें भी कम अंधेरी, कम डरावनी थीं। और इसलिए बेवजह दस-बारह घंटे और यहां बिताने में जीवन को मुश्किल नहीं हुई। अगर वह अपने दिमाग़ के कोनों में झांक कर भी ढूंढ़ता, तो भी किसी स्पष्ट नतीजे पर नहीं पहुंच पाता कि वह यहां किस आशा में रुका था। शायद एक ही वजह थी, कि वह तय नहीं कर पा रहा था कि आगे उसे क्या करना चाहिए। इस समय उसके लिए सबसे आसान काम यही था कि वह किसी दुकान पर जाकर काम मांगे। लेकिन ऐसा करने की सोचते ही उसके मन में एक डर, संदेह और अविश्वास का कांटा चुभ गया। अगर फिर कोई उसे गधे की तरह मेहनत करा कर, विनोद साहा की तरह पैसे न दे! इसी उधेड़-बुन में जीवन कुछ निर्णय नहीं ले पा रहा था और स्टेशन के आस-पास सारा दिन और काफ़ी रात तक घूमते हुए बिता दिया।

अलस्सुबह सिलीगुड़ी स्टेशन पर लखनऊ मेल आकर रुकी। यह ट्रेन जादूनगरी असम के शहर, गोहाटी से आई थी, जिसे जीवन पीछे छोड़ आया था। मन ही मन जीवन ने सोचा, लखनऊ का मतलब उत्तर प्रदेश था, और उत्तर प्रदेश दिल्ली के बहुत नज़दीक था, यानी भारत की राजधानी, दिल्ली। देश के सभी बड़े नेता वहां रहते थे। एक बार वहां जाकर देखने में क्या बुराई थी! आख़िर उसके पास खोने को था भी क्या। जो चरम दुर्भाग्य से घिरा हुआ हो, उसे नए दुर्भाग्य से डरने की ज़रूरत नहीं थी। लेकिन, शायद कुछ अलग हो जाए, अगर तिल भर भी शुभ, अनुकूल, बिल्ली के भाग से टूटे छींके की तरह उसके भाग्य में जुट जाए! उसके जीवन में ऐसा कुछ हो जाए जो अब तक के उसके निर्मम, नारकीय जीवन में कोई बदलाव ला सके, इस उम्मीद में एक कोशिश करने में हर्ज क्या था।

खोला-दोलताला में रहते हुए जीवन को एक बार टूटी हुई छतरी की एक तीली मिली थी। उसने तीली को एक पत्थर पर घिसकर तेज़ कर लिया और मछली पकड़ने का कांटा बनाने के लिए उसे बांस की छड़ी के ऊपर बांध लिया था। जीवन ने उससे पहले कभी मछली पकड़ने का कांटा नहीं बनाया था, और न ही उसने मछली मारी थी। उसे इसका कोई अनुभव नहीं था। उसने केवल एक-दो मौक़ों पर ही देखा था कि मछली पकड़ने का कांटा कैसे बनाया जाता है और कैसे मछलियां पकड़ी जाती हैं। यह बहुत कुछ ऐसा था जैसे दूर खड़े होकर साइकिल चलाते हुए को देखकर साइकिल चलाना सीखना, या तालाब के किनारे पर खड़े होकर तैरना सीखना। इसलिए सारा दिन नहर के

किनारे, धान के खेतों में घूमकर भी जीवन को कोई सफलता नहीं मिली थी। उसके कांटे में एक भी मछली नहीं फंसी थी। खिन्न मन से घर लौटते हुए उसने, उस कांटे को बेकार समझकर, धान के खेत में फेंक दिया। और तभी एक हैरान कर देने वाली घटना घटी। मछली पकड़ने वाले कांटे की नोक ने ईल के बच्चे को छेद दिया। वह पांच दिन से ज़्यादा की नहीं थी और लंबाई बस डेढ़ इंच के बराबर थी। शायद ईश्वर ने उसके भाग्य में इसी तरह से मुक्ति निर्धारित की थी, तभी उसकी मृत्यु हो गई।

कोई आसमान की ओर मुंह उठाकर तीर छोड़ता है और वह शिकार को भेद देता है। कोई अंधेरे में पत्थर फेंकता है, और वह सटीक निशाने पर लग जाता है, क्या कभी ऐसा होता है? होता है, जब कोई भाग्यशाली होता है, तब। लेकिन सब नहीं, बस कुछ ही लोग इतने भाग्यशाली होते हैं। इन सबके बारे में गहराई से सोचते हुए या किसी अहसास के स्तर पर पहुंचकर—या बिना कुछ सोचे-समझे—जीवन लखनऊ मेल के खचाखच भरे, तीसरी श्रेणी के डिब्बे में चढ़ गया।

24

हवलदार

इस तरह शुरू हुई जीवन की दो दिन की लंबी रेल यात्रा। लोग स्टेशनों पर चढ़ते-उतरते रहे। दिन में ट्रेन थोड़ी ख़ाली रहती, लेकिन रात होते-होते भीड़ बढ़ जाती थी। किसी स्टेशन पर ट्रेन रुकने पर जीवन पानी पीने के लिए प्लेटफ़ॉर्म पर उतरा, लेकिन भीड़ की वजह से वह वापस उस डिब्बे में नहीं चढ़ पाया। जीवन ऐसा अकेला नहीं था, उस जैसे कई और लोगों को पैर रखने तक की जगह नहीं मिली थी। तब सब मिलकर, जान जोख़िम में डाल, दो डिब्बों को आपस में जोड़ने वाले लोहे के कनेक्टर पर बैठ गए। कोयले से चलने वाले इंजन से भक-भक निकलते धुएं के साथ जलते कोयले का चूरा और आग की चिंगारियां उड़कर जीवन के मुंह, आंखों और बालों पर गिर रही थीं और उसके धूल से भरे, उलझे बालों में जाकर अटक रही थीं। उसकी चमड़ी जली जा रही थी। बचने का कोई रास्ता नज़र नहीं आ रहा था। अगर वह अपने हाथ से उन चिंगारियों को रोकने की कोशिश करता, तो नीचे रेल लाइन पर गिर जाने का ख़तरा था। वह कोई सर्कस का कलाकार नहीं था।

इस लंबी यात्रा में उसे एक टिकट चेकर का सामना करना पड़ा। सुबह के क़रीब दस बजे थे। किसी स्टेशन पर एक दाढ़ी वाला, बुज़ुर्ग टिकट चेकर उस डिब्बे में चढ़ा। एक सिरे से टिकट की जांच करते हुए वह जीवन के पास पहुंचा। उसने हाथ बढ़ाया, 'टिकट?' इस प्रश्न का जीवन के पास एक ही उत्तर था, 'नहीं है।' चेकर ने आराम से जानना चाहा, 'कहां जाएगा?'

जीवन जहां जाने के लिए ट्रेन में चढ़ा था, उस स्टेशन का नाम वह जानता था। लेकिन उसने नाम न बताते हुए कहा, 'जाएगा, बहुत दूर।' बूढ़ा चेकर कानों से कुछ कम सुनता था। ट्रेन का शोर, तिस पर भूखे जीवन की मरियल आवाज़ को मिलाकर उसने कुछ और ही सुना, 'क्या कहा? गोरखपुर? गोरखपुर तो बहुत दूर है!'

जीवन को वह चेकर दयालु लगा। लगता था, अपनी व्यथा सुनाकर उससे कुछ मदद मांगी जा सकती थी। कई दिनों से जीवन ने कुछ नहीं खाया था। वह भूख से बेहाल था। यदि जीवन इस चेकर से अनुरोध करता, तो शायद वह कुछ दिनों के लिए उसे जेल भेज सकता था। राजा ने बताया था कि जेल में खाना मिलता है। कुछ खाने के लिए उसका जेल जाना ज़रूरी था। क्या पता लखनऊ कितनी दूर था। और वहां पहुंचते ही कोई उसके आगे खाने की थाली तो नहीं रखने वाला था। अगर जेल में खाने का इंतज़ाम हो जाता, तो दो-चार दिन यहां आराम करके आगे की यात्रा करने में कोई हर्ज नहीं था। वह आगे बढ़ते हुए चेकर के पीछे जाकर खड़ा हो गया और कहा, 'मेरे पास टिकट नहीं है। मतलब मैं बिना टिकट हूं।'

चेकर ने गर्दन घुमाकर जीवन को देखा, 'वो तो पहले ही बोल चुका है। फिर क्या?'

'क्या आप हमको पकड़कर ले जा सकते हैं?'

'क्यों?'

'मेरे पास टिकट नहीं है, इसलिए?'

अब तक नरम स्वभाव का दिखने वाला टिकट चेकर एकदम से ग़ुस्से में आ गया। उसने अपनी आंखें लाल करते हुए कहा, 'जा, उस कोने में जाकर चुपचाप खड़ा हो जा। तुझे पकड़ूंगा! साले, जो टिकट ख़रीद सकते हैं, वो भी टिकट नहीं लेते हैं। उन्हें पकड़ सकता हूं, मगर अकेले क्या करूं? साथ में फ़ोर्स दें तो पकड़ा जा सकता है, लेकिन नहीं देंगे। ड्यूटी करते हुए मरना है क्या? तू तो बेचारा ग़रीब है। देखकर ही लगता है, खाना-पीना नहीं जुटता है। तुझे पकड़कर क्या करूंगा? नहीं पकड़ूंगा, जाकर वहां बैठ जा।'

जीवन के अनुरोध ने उसे क्रोधित तो कर दिया था, लेकिन वो ग़ुस्सा ऐसा नहीं था जिससे जीवन को कोई लाभ होता। अगले स्टेशन पर उतरने से पहले

वह जीवन को आश्वस्त करके उतरा, 'मेरी ड्यूटी गोरखपुर तक है। जा बेटा, इसके बाद कोई चेकर नहीं आएगा।'

उस दिन और पूरी रात जीवन को किसी चेकर या पुलिसवाले का सामना नहीं करना पड़ा। आख़िर में, बिना टिकट उसकी बंगाल से बिहार होते हुए, उत्तर प्रदेश की लंबी यात्रा, निर्विघ्न पूरी हुई। ट्रेन सुबह के सात बजे लखनऊ के चारबाग स्टेशन पर पहुंची। हवा में ठंड की खनक थी। जीवन ट्रेन से उतरकर हज़ारों यात्रियों की भीड़ में शामिल हो बाहर निकलने वाले गेट की ओर बढ़ गया। गेट को पार करते ही उसे आज़ादी और डर से मुक्ति मिल जाती। गेट के दूसरी ओर उत्तर प्रदेश की राजधानी, लखनऊ शहर की सरज़मीं, सड़कें और लोग थे। लखनऊ पुराने समय के नवाब, बादशाह, ग़ज़ल, ठुमरी, तवायफ़ों और नर्तकियों, महलों, इमारतों का शहर था। जीवन की हालत ज़्यादा ठीक नहीं थी। बिना कुछ खाए-पिए वह अपने शरीर को और खींच नहीं सकता था। इसलिए उसे यहां कुछ दिन रुकना होगा। कुछ खाने का इंतज़ाम करना होगा। उसके बाद ही वह आगे की यात्रा शुरू कर सकता था।

गेट के दोनों ओर काले कोट पहने दो टिकट चेकर खड़े थे। वे हर यात्री का टिकट जांचने के बाद ही उसे गेट से बाहर जाने दे रहे थे। लेकिन जीवन इस बारे में चिंतित नहीं था। आख़िर चेकर क्या कर सकता था? क्या करने की क्षमता थी उसके पास? पकड़ने पर या तो जेल भेजते या फिर छोड़ देते। दोनों सूरत में फ़ायदा उसे ही था। वह आत्मविश्वास के साथ आगे बढ़ गया।

लेकिन जीवन गेट तक नहीं पहुंच पाया। गेट से बीस-पच्चीस फुट पहले एक कर्कश, गंभीर आवाज़ ने उसे रोक दिया, 'ऐ, रुक!' ये टिकट चेकर नहीं था, उसे रोकने वाला रेलवे पुलिस का एक हवलदार था। अधेड़ उम्र का, मोटी मूंछों वाला, वह मोटा आदमी, आंखों पर काला चश्मा चढ़ाए, हाथ में लाठी लिए, सफ़ेद कमीज़, ख़ाकी हाफ़ पैंट और पैरों में बूट पहने जंगली सूअर-सा लग रहा था। वह जीवन का रास्ता रोककर गुर्राया, 'कहां जा रहा है?'

कलकत्ता में बड़े लाल की दुकान पर बहुत दिनों तक काम करने की वजह से जीवन को हिंदी समझने में ज़्यादा दिक़्क़त नहीं हुई। उसे मुश्किल बोलने में थी। जीवन ने पूर्वी बंगाली लहजे में टूटी-फूटी हिंदी में हवलदार को जवाब दिया, 'ओई दिक जाएगा। गेट का बाहर का दिक।'

'कहां से आया है?'

कलकत्ता—क्या यह कहना उचित होगा? यदि वह इतनी दूर से बिना टिकट आया है, यह स्वीकार करता है, तो उसका जेल-जुर्माना भी उसी मात्रा के अनुरूप होगा! उसे ऐसी किसी जगह का नाम बताना चाहिए, जो थोड़ी कम दूरी पर थी। तब उसे छह-सात दिन की ही जेल होती। जीवन ने जवाब दिया, 'गोरखपुर थिका आया।'

गोरखपुर का मतलब लखनऊ से तक़रीबन दस घंटे का सफ़र। यह सुनकर हवलदार चौंक उठा, 'क्या तुझे पता है कि तू कहां आया है?'

'हां, मालूम है। ये लखनऊ है।'

'क्यों आया है?'

हवलदार जानना चाहता था कि जीवन कोई अपराध करके गोरखपुर से तो नहीं भाग आया था। लेकिन अब जीवन ऐसा क्या बोलता जिससे हवलदार को यह यक़ीन हो जाता कि जीवन जो कह रहा था, वह सच था? 'सदा सत्य बोलो'। 'सत्यमेव जयते', यह बातें बोलने और सुनने में चाहे जितनी मधुर लगें, वास्तव में बिल्कुल मधुर नहीं थीं। सच्चाई यह थी कि हर वक़्त सच्चाई काम नहीं करती। कभी-कभी सच ही भयानक झूठ बन जाता है। यह बात जीवन इस कम उम्र में ही समझ चुका था। यदि उसने विनोद साहा को यह नहीं बताया होता कि वह कलकत्ता से आया था, बल्कि यह कह देता कि न्यू जलपाईगुड़ी या आसपास के किसी स्थान से है, तो क्या वह जीवन के पैसे मारने का साहस करता?

जो भी हो, इस महत्वपूर्ण क्षण में जीवन हवलदार को यह नहीं कह सकता, 'मैं बहुत गरीब हूं, इसलिए मैं कलकत्ता छोड़कर आया हूं...' कलकत्ता दुनिया के सबसे बड़े शहरों में से एक! चाहे किसी और को यह बात विश्वसनीय लगती भी, मगर एक पुलिस वाले को, जो दिन-रात चोरों और बदमाशों को पकड़ता हो, सच नहीं लगती। इसलिए जीवन कोई कहानी गढ़ने के लिए मजबूर था। हर चीज़ की तरह, सत्य का भी निर्माण, प्रतिष्ठा और प्राण दान किया जा सकता है। रबर बैंड की तरह उसे लंबा खींचा जा सकता है। तभी किसी महापुरुष ने कहा था, 'अयोध्या में राम की जन्मभूमि से बड़ी, कवि की कल्पना की मिट्टी है। चाहे कवि हो या कथाकार, वह उसे किस तरह पेश करता है, वही असल बात है। उसके रचना-कौशल से असत्य सत्य और सत्य महान सत्य बन जाता है।

आंखों में आंसू लाते हुए जीवन ने कहा, 'हम लोग शरणार्थी हैं। पूर्व पाकिस्तान में जो दंगा हुआ था, उसमें हम अपना घर, ज़मीन, अनाज से भरा भंडार, मछलियों से भरा तालाब—सब छोड़ कर अपनी जान बचाकर इस पार भाग आए। सरकार ने हमें शरणार्थी शिविर में रहने की जगह दी। वहां से ट्रेन में हम सबको दंडकारण्य भेज रहे थे। मां-बाप, भाई-बहन सबके साथ मैं जा रहा था। रास्ते में एक स्टेशन आया, मां ने मुझे पीने का पानी लाने के लिए कहा। मैं ट्रेन से उतरकर पानी लेने गया और पीछे से ट्रेन छूट गई। मैं चढ़ नहीं पाया। मां-बाप, भाई-बहन सब बिछड़ गए।'

अपनी हथेलियों से आंखें पोंछते हुए जीवन ने कहा, 'मुझे नहीं पता दंडकारण्य कहां है। किसी ने कहा कि लखनऊ के पास है, इसलिए मैं यहां अपने परिवार को ढूंढ़ने आया हूं। आप बता सकते हैं दंडकारण्य कहां है?'

हवलदार ने सिर हिलाकर बताया कि उसे नहीं पता। जीवन का रुंआसा चेहरा चिंता से काला हो गया। उसने कहा, 'आप नहीं जानते...कोई और भी नहीं जानता...अब मैं अपने परिवार को कैसे खोजूंगा? यहां परदेस में क्या करूंगा? क्या खाऊंगा? कैसे ज़िंदा रहूंगा? आप तो भले आदमी दिखते हैं। आप एक उपकार कर दीजिए। किसी जगह काम पर लगवा दीजिए। मैं बहुत मेहनत कर सकता हूं।'

'खाना बनाना आता है?'

'आता है।' जीवन ने कहा, 'मैं सब बना लेता हूं।'

'चल मेरे साथ।'

जिसे कैंसर का रोग हुआ हो उसे किसी और रोग होने की ज़रूरत नहीं। जिसे पुलिस ने ही पकड़ लिया हो उसे टिकट चेकर क्या पकड़ते! दोनों चेकर गेट छोड़कर अलग हट गए। जीवन का हाथ कसकर पकड़े हवलदार बाहर आया और उसे एक रिक्शे पर बैठा दिया। पचास पैसे भाड़े में, बीस मिनट रिक्शे की सवारी कर वे शहर के आख़री छोर पर आ गए, जहां खुला मैदान और रेल लाइन थी। रेलवे क्वार्टर के आगे रिक्शा आकर रुका। हवलदार ने रिक्शे से उतरकर, अपनी जेब से चाबी निकाली और अपने क्वार्टर का ताला खोला। क्वार्टर में कोई और नहीं था। सामान भी कुछ ख़ास नहीं था। दो कमरों में रस्सी की दो खटिया पड़ी थीं। दीवार से बंधी रस्सी पर गमछा, लुंगी और दो-तीन पुलिस की वर्दियां लटकी हुई थीं। ज़मीन पर रखे एक टिन में थोड़ा-सा

आटा था, दो-चार आलू-प्याज़ पड़े हुए थे, एक शीशी में सरसों का तेल और कुछ मसाले रखे थे। कमरे के कोने में कुछ थालियां और दो बाल्टियां रखी हुई थीं। और बरामदे में एक कोयले की अंगीठी, जिसके सामने कोयले के टुकड़ों का ढेर और एक बड़ा ड्रम रखा था।

हवलदार ने कहा, 'अंगीठी जलानी आती है?'

'आती है।' जीवन ने कहा।

'तो अंगीठी जलाकर रोटी के लिए आटा सान।'

हवलदार अपनी वर्दी उतारकर, कच्छा पहने खटिया पर बैठ गया। उसके हाथ-पैर और सीना बालों से भरा हुआ था। उसकी छाती के एक तरफ हनुमान जी का गोदना गुदा हुआ था। बदन पर मैला जनेऊ झूल रहा था। उसके पसीने से भरे बदन से बूढ़े बकरे के शरीर की सी बदबू आ रही थी।

हवलदार ने खाना बनाने के लिए आटा और दाल हिसाब से निकाल कर जीवन को दे दिया। जीवन ने आटा गूंधकर रोटियां बनाईं, आलू की सब्ज़ी और लहसुन का तड़का लगाकर अरहर की दाल बनाई। खाना पकाने के बाद हवलदार ने उससे कहा, 'एक कटोरे में थोड़ा तेल ले आ।' वह बरामदे के एक ओर हाथ-पैर फैलाकर लेट गया। और जीवन के तेल ले आने के बाद उसने कहा, 'चल, अब मालिश कर दे।'

जीवन के पेट में एक समंदर भूख हिलोरें ले रही थी। ऊपर से लहसुन से छुंकी अरहर की दाल की जानलेवा ख़ुशबू ने उसकी नाक पर धावा बोल दिया था। उसके पेट में चक्रवात घुमड़ रहा था। लेकिन यह समय नियंत्रण खोने का नहीं था। जीवन मालिश करने लगा। पहले हाथ-पैर, पीठ, फिर सिर और उसके बाद बाक़ी सबकुछ। हवलदार ने सभी मर्यादाओं को त्याग कर छोकरे के कोमल हाथों से अपने पूरे बदन की मालिश करवाई। इतना आराम, इतना आनंद! नर्म ऊंगलियों के स्पर्श से उसका बदन सिहर रहा था। लगभग पचास ग्राम तेल लगा, पूरे डेढ़-दो घंटे शरीर की मालिश कराने के बाद वह काफ़ी तरोताज़ा महसूस कर रहा था। अब उसे नहाना था। उसने जीवन को अगले काम का निर्देश दिया।

'बाहर निकलकर बाईं ओर जाना। सामने कुआं है। वहां से पानी ले आ।' कुएं से बाल्टी में पानी लाकर जीवन ने ड्रम भरा। एक ड्रम भरने में जीवन ने तीन चक्कर लगाए। उस पानी से बहुत देर तक नहाकर हवलदार ने

अपने बाल बनाए और फिर खाने बैठा। आज उसकी सुबह नौ बजे से ड्यूटी थी। उसने आटा नाप कर दिया था, इसलिए उसे पता था कि छह रोटियां बनी थीं। चार रोटियां ख़ुद खाने के बाद, दो रोटियां जीवन के लिए रख, हाथ-मुंह धोकर वह खटिया पर बैठकर खैनी मसलने लगा। खैनी मुंह में भरकर पीक थूकते हुए उसने जीवन से कहा, 'जा नहाकर रोटी खा ले। जल्दी कर!'

ड्रम के बचे पानी से नहा कर जीवन ने बची रोटी, दाल, सब्ज़ी खा, सारे बर्तन धो-धाकर कमरे में जमा दिए। इसके बाद हवलदार अपनी वर्दी और बूट पहन, पीतल के दो बड़े ताले दरवाज़े पर लगाकर, जीवन को बाहर बरामदे में बैठे रहने के लिए कहकर अपनी ड्यूटी पर चला गया। उसने कहा, 'मैं आठ बजे तक वापस आऊंगा।'

जीवन कई दिनों से नहाया-खाया-सोया नहीं था। आज नहाने और थोड़ा-बहुत पेट में डालने के बाद उसे कुछ राहत मिली। वह बरामदे में झाड़ू लगाकर सो गया। उसे इतनी गहरी नींद आई कि कब दिन गुज़र गया, उसे पता ही नहीं चला। शाम को बच्चों के शोर से उसकी नींद टूटी। यह जगह रेलवे वालों की थी। रेलवे वालों ने एक छोटे से मैदान को घेरकर, अपने कर्मचारियों के लिए पचास-साठ क्वार्टर बनाए हुए थे। मैदान के चारों ओर छह-सात फुट ऊंची दीवार थी, जिसमें एक लोहे का दरवाज़ा था। इस समय सभी क्वार्टरों के दरवाज़े खुले हुए थे और बच्चे बाहर मैदान में खेलने के लिए आ गए थे। जीवन उठकर हवलदार के घर के दरवाज़े के सामने बैठ गया। बच्चों को हंसते-खेलते, हुड़दंग मचाते देखकर उसका मन भर आया। उसकी आंखों में दर्द से आंसू छलक आए। उसका भी एक बचपन था। उसकी भी ऐसे ही हंसने-खेलने की उम्र थी। लेकिन वह ऐसा नहीं कर पाया। मानो किसी की साज़िश से उसका आनंद, हंसना-खेलना सब छिन गया था। इन सब बच्चों के या तो पिता या फिर भाई सरकारी कर्मचारी थे। सरकार ने इनके खाने-पीने, ओढ़ने, सुख-सुविधाओं की ज़िम्मेदारी ली हुई थी। तभी तो इनके बच्चे हंसते-खेलते बड़े हो रहे थे। सरकारी कर्मचारी का मतलब था, सरकार की गोद ली संतान। वेतन भी मिलेगा, घूस भी और मन न करे तो काम करने की भी ज़रूरत नहीं थी। बहुत सुख की नौकरी और जीवन था। उनके बच्चे भी इस सुख के रोज़गार से सुखी इंसान बन रहे थे। वो नहीं हंसते तो और कौन हंसता!

बच्चों का खेल समाप्त हुआ। दूर किसी मस्जिद से अज़ान का स्वर तैरता हुआ आने लगा। उस पवित्र गोधूलि के पीछे-पीछे अमावस्या की तारकोल-सी काली, अंधेरी, भयानक, पिशाची रात आ गई।

रात आठ बजे हवलदार वापस आया। जीवन को देखकर उसके चेहरे पर मुस्कान आ गई। ताला खोलकर उसने आटा, दाल, आलू निकालकर जीवन को दे दिए, 'खाना बना ले।' जीवन ने सुबह की तरह रोटी, दाल और आलू की सब्ज़ी बनाई। हवलदार ने अपने हाथों से खाना परोसकर खाया और बाक़ी जीवन के लिए छोड़ दिया। रात के दस-साढ़े दस बज गए। हवलदार की दी हुई चादर बरामदे में बिछाकर जीवन सो गया। हवलदार कमरे के अंदर लेट गया, लेकिन उसे नींद नहीं आ रही थी। एक सोलह-सत्रह साल का तरोताज़ा लौंडा उसी के घर के बरामदे में, उसी के क़ब्ज़े में, उस अंधेरी रात में सोया हुआ था, तो भला उसे नींद कैसे आती। काफ़ी देर तक इधर-उधर पलटने के बाद, वह बाहर बरामदे में आ गया। कहीं किसी पेड़ की डाल पर, चिड़िया के घोंसले में सो रहे चूज़े पर, रात में शिकार करने वाले किसी पक्षी ने झपट्टा मारा था। आतंक से चूज़े की मां अपने पंख फड़फड़ा रही थी, कर्कश आवाज़ में चीख़ रही थी। उसका विलाप, और आर्तनाद रात के सन्नाटे को चीरता हुआ चारों ओर गूंज रहा था।

वह रात वीभत्स काली रात थी। पृथ्वी ने मानो अपने आवर्तन की गति और पथ बदल लिया था। प्रकृति के सारे नीति-नियम, हज़ारों वर्षों के कठिन परिश्रम से गढ़ी मानव सभ्यता, कृषि और संस्कृति सब ध्वस्त हो गए थे। मनुष्य होने के गर्व से भरा एक जानवर उस भूमिका में उतरा, जिसे देखकर जानवर भी घृणा से थूकने लगें।

हवलदार ने जीवन को देखा। वह अंधेरे में घिरा हुआ था। अंधेरा, जो रोशनी का विपरीत था। प्रकाश का मतलब दीप्ति, प्रभा, ज्योति, दृष्टि। रोशनी मतलब सूर्य, सत्य का प्रतीक। लेकिन अंधकार का मतलब, बस अंधकार। घना, काला, निर्बाध। जिस अंधकार के गर्भ में वास करता है पाप, अन्याय, व्याभिचार, अत्याचार। जो अंधेरा शैतान का असली चेहरा छुपा देता है। यह बड़ा सुनहरा अवसर था। हवलदार भूखे लकड़बग्घे की तरह मासूम हिरण शावक से जीवन पर झपट पड़ा। जीवन उसे रोक नहीं पाया, उसके शरीर में उतनी जान नहीं थी। वह चीख़ भी नहीं पा रहा था क्योंकि उसके गले पर

हवलदार के हाथ का शिकंजा कसा हुआ था। उसने धमकी दी, 'चिल्लाना मत, नहीं तो गला घोंट दूंगा।' मजबूर जीवन, दांत से दांत दबाए, ज़मीन पर पड़ा रहा, हवलदार की चिपचिपी विकृति, अपमान और उत्पीड़न के स्खलन को शरीर पर लिए। शिवपुर मेस और कुर्सियांग की ट्रेन के डिब्बे में जीवन अपनी रक्षा करने में सक्षम था। लेकिन अब, जिसके हाथों में देश की क़ानून व्यवस्था, नागरिकों की सुरक्षा की ज़िम्मेदारी थी, जीवन उसी के चंगुल से ख़ुद को बचा नहीं पाया। मानव धर्म, पुरुष धर्म, पुलिस धर्म सबसे च्युत उस निर्दयी प्राणी ने उसका बलात्कार किया—उसकी आत्मा, उसकी गरिमा, उसकी अस्मिता का बलात्कार किया।

कितनी देर तक उसकी गुदा में हवलदार की रबर सी पिस्टन अंदर-बाहर होती रही। कितनी तक़लीफ़ हुई थी उसे। उसके शरीर से कितनी ख़ून की बूंदें टपकी थीं।

अपनी ज़िंदगी में उसने जितनी तक़लीफ़ें उठाई थीं, जितना अपमान सहा था, उसकी तुलना में आज की घटना जैसा घिनौना, अपमानजनक कुछ और इससे पहले कभी नहीं घटा था। बाद में भी कभी नहीं घटेगा। जब तक वह जीवित रहेगा, यह घटना उसके दिमाग़ पर छाई रहेगी। इंसान और उसकी मानसिकता को अलग तरह से देखना सिखाएगी।

बलात्कार एक ऐसा वीभत्स कृत्य है, जिसके बारे में सुनते ही कोई भी साधारण व्यक्ति विचलित हो उठता है। यह एक ऐसी पाशविक घटना है, जिसके ऊपर गुज़रती है, वह अपनी नज़र में, समाज की नज़र में अपना स्वाभिमान और गरिमा खो देता है। तब जीवन, मृत्यु से ज़्यादा भारी और कष्टदायक हो जाता है। प्रचलित धारणा के अनुसार बलात्कार हर समय किसी कामुक पुरुष द्वारा किसी कमज़ोर, असुरक्षित महिला के साथ होता है। लेकिन महिला द्वारा पुरुष का, महिला द्वारा महिला का, पुरुष द्वारा पुरुष के बलात्कार जैसी घटनाएं आम तौर पर चिंता का बड़ा विषय नहीं होती हैं। लोगों के लिए यह मानना बहुत कठिन होता है, लेकिन सच्चाई यही है कि इस तरह के विकृत मानसिकता के अपराध समाज में निरंतर घटते रहते हैं। आदमी तो आदमी, लोग कुत्ते और गायों को भी नहीं छोड़ते हैं।

जीवन को शिवपुर पुलिस लाइन की घटना याद आ गई। रात के लगभग नौ बजे, एक व्यक्ति फुटबॉल खेलने और परेड करने वाले ख़ाली मैदान में एक युवा कुतिया को देखकर उत्तेजित हो गया और उसने उसके साथ कुकर्म

कर दिया। लेकिन यह बात छुपी नहीं रही। किसी ने ऐसा होते देख लिया और आकर सबको बता दिया। बहुत समय तक यह चर्चा का विषय बना रहा, लेकिन उससे ज़्यादा कुछ और नहीं हुआ।

सुबह का वक़्त था। हवलदार के क्वार्टर का दरवाज़ा पश्चिम की ओर था, इसलिए बरामदे में रोशनी थोड़ी देर से आती थी। तड़के ही जीवन की आंख लगी थी। नींद से उठकर उसने देखा कि हवलदार नहीं था। वह रोज़ की तरह सुबह की सैर पर गया हुआ था।

जीवन को ख़ुद से नफ़रत हो रही थी, उसे रोना आ रहा था। वह ख़ुद को उस गंदी नाली की तरह महसूस कर रहा था, जहां लोग पेशाब करते हैं। उसे महसूस हो रहा था कि उसके पूरे शरीर पर कीड़े दौड़ रहे हैं। उसे कुरेद-कुरेद कर खा रहे हैं, जिस तरह वे मुर्दाघर में पड़ी लावारिस लाशों को खाते हैं। मानो दीवार के उस पार सब लोग जान गए थे कि उसके साथ क्या हुआ था। उसके बाहर क़दम रखते ही सब उसे मुंह चिढ़ाते, ताना मारते, उसकी हंसी उड़ाते हुए कहेंगे, 'वो देखो, वो साला हरामज़ादा जा रहा है। हवलदार ने उसका पिछवाड़ा मारा है!'

जीवन का शरीर जल रहा था। उसके भीतर क़ाबू में न आने वाला कोई जंगली भैंसा, उस कमीने हवलदार की आंखों में अपने नुकीले सींग घुसा देना चाहता था। उसका ख़ून, पार्क सर्कस की उस तूफ़ानी रात की तरह खौलने लगा। उसके हाथ खुजलाने लगे। उन हाथों से वह अब भी इंसानी ख़ून की गंध सूंघ सकता था।

क्रोध इंसान को अंधा बना देता है। लेकिन जीवन इतना अंधा नहीं हुआ था कि वह अपनी वर्तमान परिस्थिति या परिणामों के बारे में भूल चुका हो। एक तरफ अस्सी-पिच्यासी किलो का, छह फुट से ऊंचा, लड़ाई के पैंतरे सीखा, व्यायाम करने वाला सरकारी नौकर था, जिसकी ढाल बनकर सर्वशक्तिमान भारत राष्ट्र की न्यायिक प्रणाली, पूरी ताक़त से रक्षा कर रही थी। और दूसरी तरफ जन्म जनित कारणों से अपराधी, असहाय, कमज़ोर बालक खड़ा हुआ था। उसके पास क्या शक्ति थी कि वह राज्य और सामाजिक सुरक्षा के कवच को भेद कर अपराधी तक पहुंचता और सुनिश्चित करता कि उसे उसके अपराध के अनुरूप सज़ा मिले?

भारतीय दंड संहिता नामक एक क़ानून की किताब है, जिसके अनुसार, यदि कोई पुरुष किसी महिला का बलात्कार करता है और बलात्कार अदालत में साबित हो जाता है, तो बलात्कारी को अधिकतम सात साल की क़ैद हो सकती है। और अगर कोई आदमी किसी बालक या जवान लड़के का बलात्कार करे, तो उसकी सज़ा उम्रक़ैद है। इस देश में हर चौवनवें मिनट में एक महिला का बलात्कार होता है। इतनी न भी हो, तब भी लड़कों के बलात्कार की संख्या इतनी भी कम नहीं थी। हालांकि महिलाओं के साथ बलात्कार करने वालों को कभी-कभार, कुछ मामलों में सज़ा दी गई है, ऐसा सुनने में आया भी हो, लेकिन लड़कों के साथ बलात्कार करने वाले या पशुओं के बलात्कारियों को सज़ा मिलने का एक भी उदाहरण नहीं है।

इसलिए, जीवन चाहे जितना भी सिर पटकता, उसे न्याय नहीं मिलता। कौन उसका न्याय करता? जैसे कहा जाता है कि धान के खेत के मालिक को उससे क्या न्याय मिल सकता है, जिसकी गाय ने ही उसकी फसल खाई हो? क्या कभी किसी को मिला है?

जीवन बस एक ही काम कर सकता था। उसके साथ अपराध करने वाले को ख़ुद सज़ा देकर न्याय कर सकता था। रात को हवलदार के सो जाने के बाद बाहर से दरवाज़ा बंद कर, घर में आग लगा, वह अंधेरे में भाग सकता था। शायद ढूंढ़ने पर भूसे के ढेर में सूई मिल जाए, लेकिन इस विशाल देश की करोड़ों की आबादी में, एक परिचयहीन बालक को ढूंढ़ पाना असंभव होता। उसके भीतर जो आग जल रही थी, उसके लिए हवलदार को जलाकर मार देना कठिन काम नहीं था। पर दस-बीस लीटर पेट्रोल या केरोसीन का इंतज़ाम वह कैसे करता? यह कोई फूस की झोंपड़ी तो थी नहीं जिसे आग की एक चिंगारी से जलाया जा सकता था।

तो क्या किया जा सकता था? क्या जीवन उस बदमाश को छोड़ देता? इतना बड़ा अपराध कर वह पार पा जाता? इस पर विचार करते हुए जीवन ने एक सस्ते, भरोसेमंद और घातक तरीक़े के बारे में सोचा। बरामदे के एक ओर एक ताक थी, जिस पर एक छोटा-सा शीशा, बगल में एक रेज़र और कुछ नए ब्लेड जैसे साधारण उपकरण रखे हुए थे। यहां हवलदार नहा कर बाल काढ़ता था। जीवन का एक ब्लेड से काम बन जाता—धारदार ब्लेड से बस लिंग के आधार पर एक चीरा मारने की ज़रूरत थी।

जीवन ख़ुद को झकझोरता हुआ खड़ा हो गया। कल रात की घटना, जो उसके दिल पर अचल पत्थर की भांति बोझ बनी हुई थी, वो अब उतर चुकी थी। जैसे कुछ हुआ ही न हो। जो कुछ घटा था, वो ऐसा कुछ भयानक नहीं था। बस एक ग़लतफ़हमी थी, जो किसी पूर्व तैयारी के अभाव से घट गई थी। थोड़ी देर बाद हवलदार लौट आया। जीवन ने सहज रूप से पिछले दिन की तरह सारे काम पूरे किए। अंगीठी जलाई, आटा गूंधकर खाना बनाया, नहाने का पानी लेकर आया, हवलदार के पूरे बदन की तेल मालिश की। उसके तेल से सने हाथ अनायास ही शरीर के उन हिस्सों तक पहुंच गए, जहां वे कल जाने में झिझक रहे थे। हवलदार संतुष्ट था। लौंडा ठीक लाइन पर आ गया था। 'लौंडा' हिंदी का एक प्रचलित शब्द था, जिसका अर्थ था 'गांड़-चुदा'। लौंडे का धंधा था अपनी गांड़ चुदवाना। हवलदार प्रसन्न मन से खा-पीकर चला गया। और जीवन हाथ में ब्लेड लिए रात की प्रतीक्षा में बैठा रहा।

हवलदार भाग्यशाली था। वह शायद उस दिन शुभ मुहूर्त में घर से निकला था। स्टेशन के रेलवे पुलिस कार्यालय में उसके लिए गांव से संदेशा आया, 'जल्दी घर आ जा बेटा।' हवलदार के पास उस बुलावे की उपेक्षा करने की क्षमता नहीं थी, क्योंकि उसके छोटे भाई ने उसके पिता को पीटकर उनका सिर फोड़ दिया था। एक पुलिसकर्मी होने के नाते, वह झगड़े, हत्या या दंगों से ज़्यादा परेशान नहीं होता था। पर चूंकि यह उसका पारिवारिक मामला था, इसलिए वह थोड़ी चिंता में था। वह फौरन अपने गांव के लिए निकल पड़ा। जाने से पहले वह जीवन को रेलवे इंजन रिपेयरिंग वर्कशॉप में काम पर लगा गया।

लोको वर्कशॉप हवलदार के क्वार्टर से स्टेशन की ओर जाने वाली सड़क के दाईं ओर थी। जीवन का काम एक ठेकेदार के अधीन, बीस-पच्चीस मज़दूरों के साथ मिलकर रेल ट्रैक से राख इकट्ठा करके, उसे डंप तक ले जाना था। उसकी पगार पचास रुपए प्रति माह थी। जिस दिन वह काम पर नहीं जाएगा, उस दिन की उसकी पगार कट जाएगी। पचास रुपए महीना का मतलब, एक दिन की पगार लगभग एक रुपया दस आना थी। इतनी कम मज़दूरी पर काम करने वालों का मिलना आम तौर पर मुश्किल था। फिर भी मज़दूर मिल जाते थे, क्योंकि दिन के अंत में, हर श्रमिक को रेल की पटरियों से चुने कोयलों की एक टोकरी ले जाने की अनुमति थी, जिसे बाहर बेचने पर उन्हें एक-डेढ़ रुपया मिल जाता था। जीवन को भी कोयला मिलता। कोयला बेचकर आटा, दाल ख़रीदकर वह खाना बनाकर खा सकता था। हवलदार

तरस खाकर अंगीठी, तवा, कड़ाही बाहर बरामदे में छोड़ गया था। वह ठेकेदार से भी कह गया कि अगर जीवन दो-एक रुपया मांगे, तो उसे दे दे। वह एक हफ़्ते के लिए चला गया था।

जीवन सुबह आठ बजे से शाम के छह बजे तक काम करता था। एक आदमी फावड़े से राख टोकरी में भरकर जीवन के सिर पर रख देता था, जिसे वह दूर ले जाकर राख के ढेर में फेंक आता था। शाम को वह कोयले की टोकरी को पास में ही एक जगह ले जाता था। वहां कोयले के काफ़ी ख़रीदार थे। कोयला बेचकर वह बाज़ार से खाने का सामान लेने जाता। फिर खाना पकाकर अकेले ही खाता था। पेट भर खाने का आनंद और अवसर उसे जीवन में कम ही मिला था। पता नहीं भविष्य में उसके लिए क्या रखा था। उसके पास सात दिन थे, तो वह उसका अच्छे से उपयोग करना चाहता था।

हवलदार सात दिन में नहीं, बल्कि दस दिन बाद लौटा। इस बार वह अकेले नहीं, बल्कि अपनी पत्नी और बेटी को भी साथ लेकर आया था। अब से वे यहीं रहने वाले थे।

किसी ने कहा था, ज़िंदगी एक नाटक है और दुनिया रंगमंच। हवलदार अब अपनी पशु प्रवृत्ति को छुपाकर निष्ठावान पति की भूमिका निभा रहा था। लेकिन जीवन की परिस्थिति में कोई बदलाव नहीं आया। ख़ुद अपना खाना बनाने का सामान ख़रीदना, पकाना और उसे अकेले खाना, यह सिलसिला जारी रहा। हवलदार की पत्नी के खाना बना लेने के बाद जीवन उसी अंगीठी में अपने कोयले डाल, दो वक़्त का खाना बनाता था, और रात भर बरामदे के एक कोने में पड़ा रहता था।

घर का छोटा-सा बरामदा एक ओर से खुला था। हिमालय के नज़दीक होने से, बंगाल की तुलना में यहां सर्दी पहले आ जाती थी। थोड़ी ठंड पड़ना शुरू हो गई थी। सुबह के समय उसके हाथ-पैर अकड़ जाते थे। लेकिन जो भी हो, कम से कम उसके पास सिर छुपाने का आसरा तो था। नियमानुसार उसे किराया निश्चित ही देना चाहिए था। जीवन किराया नहीं दे सकता था, इसलिए, उसके एवज़ में हवलदार के घर के बर्तन धोना, खाना पकाना और नहाने का पानी भरना और कपड़े धोना—यह सब काम उससे ही करवाया जाता था।

इस तरह एक महीना बीत गया। पगार मिलने का दिन आ गया। सभी मज़दूर जोश में थे। जीवन भी आनंद के ज्वार में तैर रहा था। थोड़ी ही देर में उसके हाथ में पचास रुपए होंगे। इतने रुपए उसने, यहां तक कि उसके पिता, गरीब दास, ने भी कभी हाथ में पकड़कर नहीं देखे थे। उसका गमछा फटकर तारतार हो चुका था। वह एक नया गमछा ख़रीदेगा। उसने बहुत दिनों से भात नहीं खाया था। उसके पास चावल पकाने के लिए बर्तन भी नहीं था। वह आज किसी भोजनालय में जाकर भात खाएगा। चारबाग स्टेशन के पास एक बंगाली भोजनालय था, उसी के बारे में सोचते हुए, जीवन अपने दिल में बड़ी उम्मीदें लिए इंतज़ार कर रहा था।

शाम को ठीक चार बजे से वेतन देना शुरू हुआ। एक-एक करके सबका नाम पुकारा गया। सबने जाकर अपनी पगार ले ली। सिर्फ़ जीवन का नाम नहीं पुकारा गया। हैरान जीवन ने ठेकेदार से पूछा, 'क्या हुआ साहब? आपने मेरी पगार नहीं दी।'

ठेकेदार गोरा, गोल मुंह का मुसलमान था। देखकर लगता था कि उसके बदन में नवाब-बादशाहों का ख़ून होगा। शहर के बीच में उसकी विशाल हवेली थी। दो-तीन पत्नियां थीं। सबसे छोटी पत्नी की उम्र बाईस साल की थी। साल भर पहले ही शादी हुई थी।

ठेकेदार ने कहा, 'तुम्हारी तनख़्वाह मैं तुम्हें नहीं दे सकता। हवलदार ने मना किया है। तुम उसके घर में रहते हो, खाते हो। तुम्हारे साथ उसका क्या हिसाब-किताब है, आपसी समझ है, वो सब मैं नहीं जानता। वह तुम्हें यहां काम पर लगा कर गया था। एक तरह से तुम उसके लिए काम कर रहे हो। जो कहना है, उससे कहो।'

जीवन ने कहा, 'उनके घर पर जो मैं खाता हूं, वह मैं ख़ुद ख़रीदकर लाता हूं। बस रहता भर हूं। उसके लिए, वो मुझसे सारे घर का काम करवाते हैं। जो कोयला आप मुझे देते हैं, उसमें से भी बीच-बीच में एक-दो टोकरा उन्हें देता हूं।'

'इसके बारे में मैं कुछ नहीं कह सकता। यह उसके और तुम्हारे बीच का मामला है, मैं किसी झंझट में नहीं फंसना चाहता।'

जीवन जैसे किसी चूहेदानी में फंस गया था। उसका विनाश करने के लिए, दुनिया ने जो अदृश्य मकड़जाल बिछाया था, वह उससे किसी तरह

निकल नहीं पा रहा था। कोई भी उसे राहत देने के लिए अवतार के रूप में अवतरित नहीं होगा। अब वह क्या करेगा?

वह समझ गया, यहां काम करने से उसके पास हवलदार के घर पर रहने के अलावा और कोई विकल्प नहीं होगा। वहां रहने से तेल मालिश, पानी भरना, बर्तन मांजना—ये सारे काम उसे सिंदबाद की पीठ पर लादे बोझ की तरह ढोना होगा। और महीने के आख़िर में उसकी मेहनत की मज़दूरी भी उसके हाथ नहीं आएगी! हवलदार जैसे नीच से दया की उम्मीद करना, किसी बेवक़ूफ़ी से कम नहीं था।

ठेकेदार बोला, 'ऐसा नहीं है कि मैं तुम्हारी हालत नहीं समझ रहा हूं। तुम ग़रीब घर से हो। यहां पैसे कमाने आए हो। लेकिन मेरे पास कोई और चारा नहीं। मेरे हाथ बंधे हुए हैं। पानी में रहकर मगरमच्छ से बैर तो नहीं किया जा सकता है! तुम तो जानते हो अपनी तनख़्वाह के अलावा मज़दूर यहां से कोयला लेकर जाते हैं, जो कि ग़ैर-क़ानूनी है। क़ानून के मुताबिक़ वर्कशॉप से धूल का एक कण भी बाहर नहीं जाना चाहिए। अगर मैं हवलदार की बात नहीं मानूं, तो वह नाराज़ हो जाएगा और फिर कोयला नहीं ले जाने देगा। सब ज़प्त कर लेगा। पहले भी ऐसा हुआ है। ऐसा होने से सारे मज़दूर भूखे मरेंगे। अगर काम बंद हुआ—बताओ, मैं भी कहां बचूंगा।'

लखनऊ शहर नवाब, बादशाह, तवायफों, नर्तकियों, अमीर और उमराव, ग़ज़ल और ठुमरियों के लिए मशहूर था। कितना इतिहास, कितने क़िस्से-कहानियां और किंवदंतियां इस शहर के हर ज़र्रे में बिखरी हुई थीं। लेकिन एक भूखा, धोखा खाया नौजवान, न कुछ देख पाया और न कुछ सुन पाया। उसे अब यहां से चले जाना था।

यह भांपते हुए कि जीवन शायद लखनऊ छोड़कर चले जाने के बारे में सोच रहा है, ठेकेदार ने कहा, 'तुम्हारी परिस्थिति देखकर लगता है, तुम्हारा यहां से चले जाना ही ठीक होगा। लेकिन हां, तुम अगर कानपुर जाते हो, तो मेरे पास वहां का भी ठेका है। मैं तुम्हें वहां काम पर लगा सकता हूं। वहां हवलदार तुम्हारे पैसे नहीं ले पाएगा। जाओगे?'

ठेकेदार के घर पर रात बिताकर जीवन सूरज निकलने से पहले ही कानपुर के लिए रवाना हो गया। कानपुर में ठेकेदार के काम की देखरेख करने वाला मैनेजर, वेतन के भुगतान के पैसे लेने आया हुआ था। सुबह आठ बजे से

पहले उसे वहां पहुंचकर मज़दूरों को काम पर लगाना था। इसलिए वह जल्दी में था। जीवन उसके साथ चला गया।

कानपुर लखनऊ से ज़्यादा दूर नहीं था। डेढ़-दो घंटे में जीवन वहां के लोको शेड में पहुंच गया। यह काफ़ी छोटी वर्कशॉप थी। काम भी कम था और मज़दूर भी। लेकिन वहां भी क्या जीवन टिक पाया? ख़ासकर जब उसके पांव के तले की ज़मीन फिसलन से भरी थी। वह हमेशा फिसलता रहता था, तो भला कैसे ज़मीन पर स्थिर खड़ा रह सकता था?

कानपुर में खाना बनाने की कोई सुविधा नहीं थी। जीवन को भोजनालयों में खाना पड़ता। पचास रुपया महीना कमाने वाला अगर पूरे महीने होटल में खाता हो, तो उसके हाथ में पैसे कैसे बचते? दिन में केवल दो बार खाकर क्या पेट भरा जा सकता था? आठ आने की चार रोटियां और साथ में दो आने की दाल, ये दाम तो रात के खाने के थे, लेकिन दोपहर को एक रुपए में नहीं चलता था। कम से कम आठ रोटियां और चार आने की सब्ज़ी की ज़रूरत होती थी।

इंजन से निकली राख में जलते अंगारे भी होते थे। उन्हें बुझाने के लिए उन पर पानी डाल दिया जाता था। गीली राख की एक टोकरी का वज़न पचास किलो से कम नहीं होता था। सारा दिन टोकरी का बोझ ढोते-ढोते जीवन के पेट में आग लगी होती थी। उस आग में पतली-पतली आठ-दस रोटियों को जलकर भस्म होने में भला कितनी देर लगती? लखनऊ में कोयले से जो अतिरिक्त आय होती थी वह यहां नहीं थी। दूसरे श्रमिकों के घरवाले जीवन का काम ख़त्म होने से पहले ही सारे कोयले बीनकर ले जाते थे। उसके लिए कुछ नहीं बचता था।

लखनऊ में जीवन के साथ काम करने वाले उसकी थोड़ी मदद कर दिया करते थे, क्योंकि वह उनमें सबसे छोटा था। लेकिन कानपुर के साथी ऐसे नहीं थे। वे ज़बरदस्ती घुस आए जीवन को ठेकेदार का चमचा समझ, उसकी टोकरी में फावड़े से उठाकर गीली राख ज़्यादा भरकर सिर पर लाद देते थे। टोकरी से पानी उसके सिर और पूरे शरीर पर टपकता रहता था। वह बुरी तरह भीग जाता था।

जीवन एक महीने तक यह सब सहता रहा। लेकिन उसने सिर्फ़ अपने सहकर्मियों की वजह से काम नहीं छोड़ा था, बल्कि उसकी ज़िम्मेदार वहां की ठंड भी थी। बंगाल पहुंचने से पहले, हर साल सर्दी उत्तर प्रदेश के लोगों को कंपकंपा कर, कुछ लोगों की जान लेकर ही जाती थी। लखनऊ की तरह यहां उसके रहने की व्यवस्था नहीं थी। ठेकेदार ने तमाम व्यस्तताओं के बीच इस बारे में नहीं सोचा था। बड़े-बड़े लोग बड़ी-बड़ी बातें सोचते हैं, इतनी छोटी बातों को उनकी सोच में जगह नहीं मिलती है। पहले-पहले कुछ दिन कारखाने की परछत्ती पर रात गुज़ारने में उसे ज़्यादा तक़लीफ़ नहीं हुई। ठंड बढ़ने के साथ-साथ दिक़्क़तें बढ़ने लगीं। चारों ओर से खुली जगह इतनी सर्दी में सोने के लिए उपयुक्त नहीं रही।

इसलिए काम छोड़कर जीवन फिर चल पड़ा। वैसे इस बार उसे उतना आर्थिक नुकसान नहीं हुआ था। उसे पूरा वेतन मिला था और वह पूरा ख़र्च भी हो गया था।

25

निवास

गरीब दास को बेकिंग सोडा की मदद से अपने पेट दर्द को दबाने की आदत हो गई थी। इसी बीमारी से पीड़ित एक रोगी ने उसे इस महान औषधि के बारे में बताया था। जब भी उसके पेट में दर्द उठता, वह एक मुट्ठी सोडा मुंह में फांककर ठंडा पानी पी लेता था। उसे तुरंत आराम आ जाता था। इसके लिए दिन में एक आना ख़र्च होता था, लेकिन तबीयत दुरुस्त हो जाती थी। वह फिर से जादवपुर मज़दूरी करने जाने लगा था। काम ज़्यादा भारी न हो, तो वह ठीकठाक काम कर रहा था। मज़दूरी भी उसे अच्छी मिल रही थी। दिन के तीन रुपए आठ आने। जिन घरों में वह काम करता था, कभी-कभार वे लोग उसे बासी रोटियां भी खाने को दे देते थे।

जादवपुर के इस अंचल में, पूर्वी पाकिस्तान से आए सभी लोग, जो आर्थिक रूप से मज़बूत थे, कैंप में जाकर सरकारी दया या सहायता की आशा में नहीं बैठे। उन्होंने अपने प्रयासों से—एक कहावत के अनुसार, चार खूंटी और एक लाठी के ज़ोर पर—कुछ कॉलोनियां बना ली थीं। ये 'जबर दख़ल' कॉलोनियां थीं, यानी जबरन क़ब्ज़ा किए स्थान पर बनाई गई थीं। यहां नियमित रूप से घरों के निर्माण, पुन:निर्माण और मरम्मत का काम चलता रहता था।

यह सभी पूर्व बंगाल के संपन्न लोग थे इसलिए उन्होंने कभी किसी प्रकार का शारीरिक श्रम करना नहीं सीखा था। वे केवल बौद्धिक श्रम करते थे और शारीरिक श्रम को अपमानजनक दृष्टि से देखते थे। तभी पश्चिम बंगाल में आने के बाद भी, हालात की मजबूरी होते हुए भी वे ऐसा नहीं कर

पाए थे। उन्हें उन लोगों की मदद लेनी पड़ती थी जो हमेशा से उनकी सेवा और सहायता करते आए थे। इनमें इस देश के मुसलमान राजमिस्त्री, जो अधिकांशतः मुर्शिदाबाद ज़िले के रहने वाले थे और दक्षिण बंगाल के ग़रीब कौड़ा, बाग्दी, पोदे समुदायों के लोग थे। और शरणार्थी शिविर के भूखे मर रहे नम:शूद्र, पोदे और जालिया जाति के लोग थे जहां डोल बंद हो चुका था। ये सब सुबह-सुबह टोकरी और फावड़ा लिए, बिना टिकट ट्रेन में बैठकर जादवपुर स्टेशन पर आकर उतरते थे। काम की तलाश में सड़क के मोड़ पर खड़े रहते थे। जिनको ज़रूरत होती, वे इन्हें काम पर ले जाते थे। काम ख़त्म होने पर अपनी मज़दूरी लेकर वे शाम की ट्रेन से वापस लौट जाते थे।

वे अपनी रेल यात्रा का भाड़ा नहीं देते थे। इस प्रश्न में न जाते हुए कि यदि देते तो शायद इतने कम पैसों में मज़दूरी करके गुज़ारा नहीं कर सकते थे, यह कहा जा सकता है कि परिणामस्वरूप इनके घरों की औरतें बाबुओं के घर के बर्तन मांजना, कपड़े धोना, घर की सफ़ाई करके महीने के दस-बारह रुपए कमाने में सक्षम हो गई थीं।

रामकृष्णपुर कॉलोनी के हेमंत दासगुप्ता काफ़ी रईस व्यक्ति थे। उनकी सोने की दुकान थी। एक समय में राजनीति किया करते थे। सत्याग्रह के आंदोलन में वे एक बार जेल भी जा चुके थे, इसलिए वे उच्च स्तर के कुछ लोगों को जानते थे। मोहल्ले के सभी लोग उनका बहुत सम्मान करते थे। एक तरह से इस कॉलोनी के संस्थापक थे। गरीब दास ने उनके घर लगातार दो-तीन महीने काम किया था। नींव रखने से लेकर छत ढलाई तक, वह राजमिस्त्री के सहायक के रूप में काम करता रहा। राजमिस्त्री का काम ख़त्म हो जाने के बाद भी और बहुत सारे काम होते हैं। उन सब कामों की वजह से गरीब दास लंबे समय तक हेमंत बाबू के अधीन काम करता रहा। हेमंत बाबू गरीब दास के काम से बहुत संतुष्ट थे। दूसरे मज़दूरों की तरह गरीब दास बैठा बीड़ी नहीं फूंकता रहता था। वह आठ-नौ घंटे लगातार गधे की तरह काम करता था। दो रोटियां देने से ही वह कृतज्ञता से पिघल जाता था। ऐसा आदमी आज के समय में मिलना मुश्किल था। हेमंत बाबू ने उसे कहा था, 'घर का काम ख़त्म हो गया है, लेकिन इसका मतलब ये नहीं कि तुम यहां आना-जाना बंद कर दो। बीच-बीच में आकर पता करते रहना, कहीं कुछ काम तो नहीं है।'

इसी वजह से, और क्योंकि घर की दीवार के एक कोने में अमरूद के पेड़ के नीचे, वह अपनी टोकरी और फावड़ा रख सकता था, गरीब वहां रोज़

जाता था। किसी-किसी दिन उसे एक कप चाय और एक-दो रोटियां भी मिल जाती थीं। ऐसा नहीं था कि रोज़ उसे सूखी, कड़क, जली या बासी रोटियां मिलती थीं, कभी-कभी ताज़ी और गर्म भी होती थीं। परसों ही तो, रोटी के साथ आलू की सब्ज़ी भी दी थी। हेमंत बाबू की पत्नी भी एक अच्छी महिला थीं। उसके रोटी ख़त्म करने के बाद, उन्होंने बड़े ममता भरे स्वर में कहा था, 'गरीब, नाली पूरी तरह जाम हो गई है, पानी नहीं जा रहा है। फावड़े से ज़रा कूड़ा खींच दोगे?'

गरीब दास को आज काम नहीं मिला था। ट्रेन पूरे दो घंटे तक चंपाहाटी स्टेशन पर रुकी रही थी। आगे बढ़ी ही नहीं। कहीं शायद ओवरहेड केबल टूट गई थी। जब तक उसकी मरम्मत की गई और ट्रेन रवाना हुई, तब तक नौ बज चुके थे। सभी राजमिस्त्री सुबह आठ बजे से काम करना शुरू करते थे और शाम को पांच बजे तक काम करते थे। नौ बजे के बाद पहुंचने से भला कौन उसे काम पर लेता? तो, कभी-कभार इस तरह की देरी हो जाने से गरीब के काम की छुट्टी हो जाती थी। इससे तो पुराने कोयले से चलने वाले इंजन ज़्यादा भरोसेमंद थे। कम से कम, जब-तब इलेक्ट्रिक ट्रेनों की तरह अटक नहीं जाते थे।

आज जब गरीब दास हेमंत बाबू के घर टोकरी और फावड़ा रखने पहुंचा तो उसने देखा, घर पर किसी बड़े आयोजन की तैयारियां चल रही थीं। घर पर बहुत सारे मेहमान आए हुए थे, जिन्हें गरीब ने पहले कभी नहीं देखा था। नए घर में हेमंत बाबू के साले, अपनी पत्नी और दो बच्चों के साथ आए हुए थे। वे गृहप्रवेश के अनुष्ठान में नहीं आ पाए थे, इसलिए आज आए थे। लेकिन वहां कोई बड़ी समस्या थी। गरीब दास को सामने देखकर हेमंत बाबू की पत्नी ने ख़ुश हो कर कहा, 'लो गरीब आ गया है। तुम उसे क्यों नहीं कहते? वह कर देगा। इन लोगों को यह सब करने की आदत है।'

एक हेमंत बाबू के साथ जीवन का परिचय हुआ था। एक हेमंत बाबू के साथ उसके बाप का परिचय हुआ। दोनों ही बहुत मृदुभाषी थे। उन्होंने विनम्र स्वर में गरीब को कहा, 'आओ, आओ गरीब। बड़े अच्छे समय पर आए हो। मैं बहुत मुसीबत में था रे। देख न, एक शाही बत्तख ख़रीद कर लाया हूं। अब भला इसे कौन काटेगा? हम क्या यह सब कर पाते हैं! तुम जाने से पहले ज़रा इसे काट दो।' गरीब दास बत्तख और एक कटारी लेकर अमरूद के पेड़ के नीचे बैठ गया। वहां छाया थी। भले ही सुबह की तरफ थोड़ी ठंड

रहती थी, लेकिन दिन होते ही ताप बढ़ जाता था। पास ही दूसरे पेड़ की छाया में, हेमंत बाबू और उनके साले, संजय सेन, अगल-बगल दो कुर्सियों पर बैठ गए। जीजा-साला हमेशा आपस में हंसी-मज़ाक़, एक-दूसरे को चिढ़ाने, ताने कसने और नीचा दिखाने में लगे रहते थे। आज भी कुछ अलग नहीं था। बातों का खेल शुरू हो चुका था। मुस्कुराते हुए हेमंत बाबू ने संजय सेन से नाटकीय अंदाज़ में कहा, 'तो! बताइए, पश्चिम बंगाल के सबसे पहले 'जबर दख़ल' कॉलोनी, गौरवप्राप्त विजयगढ़ के सम्माननीय सेक्रेटरी महोदय, आपके इलाक़े की क्या ख़बर है? कैसा चल रहा है सब?'

हेमंत बाबू रामकृष्णपुर कॉलोनी के संस्थापक सदस्यों में से एक थे। वे विजयगढ़ को कभी यथोचित सम्मान नहीं देते थे। वे हमेशा विजयगढ़ के बारे में ताने कसते और भड़काऊ बातें करते थे। विजयगढ़ के निवासियों को इस बात का बहुत गर्व था कि पश्चिम बंगाल में सबसे पहले उन्होंने जिस पद्धति का आविष्कार किया था, उसका अनुसरण कर कलकत्ता शहर में चालीस और कॉलोनियां विकसित हुईं। कहा जा सकता था कि वे अग्रणी थे। यही हेमंत बाबू के मन की पीड़ा का कारण था।

विजयगढ़ को लेकर संजय सेन को भी बहुत अहंकार था। वे तुनक मिजाज़ व्यक्ति थे। उनका अक्सर, ही बिला वजह मिजाज़ बिगड़ जाता था। कहीं रिक्शा में बैठकर जा रहे हों और रिक्शा उनके हिसाब से उतनी तेज़ी से न चल रहा हो, तो उनका मूड ख़राब हो जाता था, और तब किराया देते वक़्त रिक्शेवाले से झिकझिक करने लगते थे। बाज़ार गए और उन्हें मछली का दाम ज़्यादा लगा, तो भी वही परिणाम। अभी चाय आने में देर हो रही थी इसलिए उनका मूड ख़राब था, ऊपर से हेमंत बाबू के ताने। वे तुनक गए। उन्होंने ग़ुस्से में कहा, 'क्या आपको इस बारे में कोई संदेह है?'

'किस बारे में?'

'कि विजयगढ़ पश्चिम बंगाल की सबसे पहली 'जबर दख़ल' कॉलोनी है। जिससे प्रेरणा लेकर दूसरी कॉलोनियां ठीक ही बन गईं—और मुझे यह कहने में संकोच नहीं कि आपका रामकृष्णपुर भी इसी तरह ही तो बना है।'

'मैं नहीं मानता।'

'क्यों?'

'यह सही नहीं है, इसलिए।'

'क्यों सही नहीं है?'

चाय आ गई। हेमंत बाबू चाय की चुस्की लेने ही वाले थे। लेकिन उन्होंने चाय की प्याली नीचे रख दी और बहुत नरम, लेकिन विरक्त स्वर में कहा, 'कहा जाता है, जो चंबल नदी का पानी पीता है, वह डाकू बन जाता है। मुझे लगता है विजयगढ़ के हवा-पानी में भी यह विशेष गुण है। जो वहां का पानी पीता है, वह गर्म दिमाग़ का झगड़ालू, मस्तान बन जाता है। अगर आप ऐसे नहीं हैं, तो दिमाग़ ठंडा करके, धैर्यपूर्वक बैठें, तभी मैं आपको दो-चार बातें बता सकता हूं। तब आप समझ जाएंगे कि आप कितने ग़लत हैं।'

संजय सेन ने झुंझलाकर कहा, 'कहिए।'

'आप अपना आपा तो नहीं खोएंगे न?'

'नहीं।'

'मुझे जो कहना है उसे पूरा करने से पहले, आप मुझे बीच में नहीं रोकेंगे?'

'कहा तो, नहीं रोकूंगा।'

'मन ख़राब तो नहीं करेंगे?'

'नहीं, नहीं। आप कहिए।'

हेमंत बाबू ने अब चाय की चुस्की ली। उन्होंने तेज़ी से दो घूंट भरे और प्याली नीचे रख कर, एक नंबर 10 सिगरेट जला ली। मुंह भरकर धुआं छोड़ते हुए उन्होंने अपने साले को तिरछी नज़रों से देखा। वह काफ़ी उत्तेजित थे। चलो उन्हें कुछ और उत्तेजित किया जाए! लोगों को भड़काने का मज़ा ही कुछ और है!

उन्होंने कहा, 'हां, तो मैं क्या कह रहा था? पहली 'जबर दख़ल' कॉलोनी? "पहली" है, इस बात को मान लेने में कोई आपत्ति नहीं। आपत्ति है 'जबर दख़ल' शब्द से। जबरन क़ब्ज़ा कर लेने में एक वीर रस का पुट है। मेरा कहना है विजयगढ़ जबरन दख़ल की हुई कॉलोनी नहीं है।'

'तो फिर क्या है?'

'अपनी बात से पीछे न हटिए।'

'मैं ऐसा नहीं कर रहा हूं। आप ही बताइए फिर विजयगढ़ क्या है?'

'वह एक सरकारी कॉलोनी है, जिसे सरकार से जुड़े लोगों ने सरकार की मदद से स्थापित किया है।'

'आप ऐसा आरोप नहीं लगा सकते हैं! कोई सबूत दीजिए।'

गरीब दास ने बत्तख को काट दिया था और अब उसकी खाल उतार रहा था, लेकिन उसके कान बाबुओं की बातचीत की ओर लगे थे। यह उसकी हमेशा की आदत थी। उसे वाद-विवाद, भाषण, बातचीत आदि सुनना बहुत पसंद था। इससे कितना कुछ सीखा और जाना जा सकता है!

'धैर्यपूर्वक मेरी बात सुनेंगे तो आपकी ग़लतफ़हमी दूर हो जाएगी।' सिगरेट का एक और कश लेते हुए, हेमंत बाबू बोलने लगे, 'द्वितीय विश्व युद्ध के दौरान अमेरिकी सेना को रखने के लिए, ब्रिटिश सरकार ने इस देश में, मेरा मतलब इस क्षेत्र के जमींदारों से, कुछ हज़ार बीघा भूमि अधिग्रहीत की थी। आप निश्चित रूप से जानते होंगे कि ऐसा एक क़ानून है, जिसके तहत राज्य किसी भी भूमि को सार्वजनिक उपयोग के लिए आदेश जारी करके ले सकता है। वह क़ानून पहली बार 1894 में लागू हुआ था। अतीत में इस क़ानून का इस्तेमाल कर बहुत लोगों की ज़मीन और संपत्ति हड़प ली गई थी, और भविष्य में भी ऐसा ही होगा।'

'सैद्धांतिक बात छोड़ें और मुझे संक्षेप में बताएं कि आप क्या कहना चाहते हैं।'

'वही तो बता रहा हूं। सरकार द्वारा ज़मीन का अधिग्रहण करने के बाद, क़ानूनी तौर पर वो ज़मीन फिर ज़मींदारों की नहीं रही। सरकार ज़मीन की मालिक बन गई। युद्ध समाप्त हो गया और अमेरिकी सैनिक अपने देश वापस चले गए। ज़मींदारों को उम्मीद थी कि युद्ध समाप्त हो जाने के बाद, उन्हें अपनी ज़मीन वापस मिल जाएगी, लेकिन ऐसा नहीं हुआ। वह सरकार के ही क़ब्ज़े में रही। इसके बाद सत्ता का हस्तांतरण हुआ। अंग्रेज़ चले गए और कांग्रेस सरकार सत्ता में आ गई। इसी बीच देश का बंटवारा हो गया। देश छोड़कर आने वाले लोगों का सैलाब उमड़ आया।'

'यह सब मैं जानता हूं।'

'तो जो आप नहीं जानते हैं, उसे जानने की कोशिश कीजिए!'

'बताइए।'

'उस समय पश्चिम बंगाल के मुख्यमंत्री विधान चंद्र राय थे। विधान राय के एक विशेष सहयोगी संतोष दत्त थे। अब यह संतोष दत्त कांग्रेस पार्टी में थे और एक बार कुछ महीनों के लिए जेल भी गए थे। पूर्वी बंगाल छोड़कर आने के बाद वो विधान राय से जाकर मिले। आप लोग इसे मानें या न मानें, लेकिन मैं यह जानता हूं कि विधान राय के सचिव द्वारा संतोष दत्त को सलाह देने के बाद ही उन्होंने सरकारी ज़मीन पर क़ब्ज़ा करके कॉलोनी स्थापित करने की प्रस्तुति ली। संतोष बाबू को अपने जैसा एक और सहयोगी मिल गया, जिसे सब काला भाई के नाम से जानते थे। इन दो लोगों के नेतृत्व में लगभग बीस हज़ार लोगों ने तेज़ी से उस ख़ाली सरकारी ज़मीन पर घर बना लिए। क्यों, मैं सही कह रहा हूं न? ज़मींदारों को इसे रोकने का कोई क़ानूनी अधिकार नहीं था। केवल सरकार ही इसे रोक सकती थी, क्योंकि वह ज़मीन की मालिक थी। लेकिन पश्चिम बंगाल के मुख्यमंत्री, विधान राय, और संतोष बाबू के बीच घनिष्ठता और वास्तविक परिस्थितियों के कारण भी विधान बाबू ने उन्हें रोका नहीं। उन्होंने सोचा होगा—अगर इस तरह शरणार्थियों की समस्या का कुछ समाधान हो रहा है, तो ऐसा ही हो।'

चाय का आख़री घूंट और सिगरेट का आख़री कश लेते हुए हेमंत बाबू ने आगे कहा, 'चाहे आप लोग मानें या न मानें, सच तो यह है कि प्रशासन की मौन सहमति के बिना, हज़ारों एकड़ भूमि, बिना किसी बाधा के क़ब्ज़ा करना संभव नहीं। विधान राय की सहमति मिलने के बाद ही संतोष बाबू जैसे लोगों को आगे बढ़ने का हौसला मिला। कहा जाता है कि विजयगढ़ एशिया की सबसे बड़ी "जबर दख़ल" कॉलोनी है, जो सरकार की किसी भी तरह की सहायता के बिना बनी है। इस बात को लेकर विजयगढ़ के वासियों को बहुत गर्व और अहंकार है। लेकिन जबर दख़ल कॉलोनी से "जबर दख़ल" शब्द हटा देने पर, केवल "कॉलोनी" शब्द के बचे रहने से, असली सम्मान इज़राइल को जाता है! यही वजह है कि जो थोड़े मंदबुद्धि, लेकिन लड़ाकू स्वभाव के हैं, वे "जबर दख़ल" यानी जबरन क़ब्ज़ा शब्द को मज़बूती से पकड़े बैठे हैं। मैं कहता हूं कि यह जबरन किया क़ब्ज़ा क़तई नहीं था! अगर सरकार का समर्थन नहीं होता तो यह सारे क़द्दावर नेता और मंत्री विजयगढ़ पर क़ब्ज़ा करने वालों को प्रोत्साहित करने के लिए वहां कभी नहीं जाते। बल्कि पुलिस पीछे लगा देते। वहां कौन-कौन गया था, क्या आप उनका नाम सुनना चाहेंगे? मुख्यमंत्री विधान राय तो वहां थे ही, साथ ही पंडित जवाहरलाल नेहरू भी थे। और पश्चिम बंगाल से माननीय प्रफुल्ल घोष, त्रिगुणा सेन, समर गुहा,

सरोजिनी नायडू, जनरल सत्यव्रत सिन्हा और भी कई अन्य थे। सबके नाम तो अब याद नहीं आ रहे हैं। ऐसे दिग्गज जिनके साथ खड़े हों और समर्थन में हाथ उठाए हों, तो उन्हें भला कौन बेदख़ल कर सकता था!'

हेमंत बाबू थोड़ा मुस्कुराते हुए अपने साले साहब के चेहरे पर छाई शर्मिंदगी को देखकर, मज़ा लेते हुए कहने लगे, 'इसलिए विजयगढ़ किसी भी तरह गर्व करके यह नहीं कह सकता है कि "हमने जबर दख़ल करके कॉलोनी बनाई है"। बल्कि उल्टा यह कहना चाहिए कि वह सरकारी जगह पर, सरकारी लोगों के द्वारा, सरकार की सहायता से स्थापित की गई कॉलोनी है।'

अमरूद के पेड़ के नीचे की मिट्टी बत्तख के ख़ून से गीली हो गई थी। उसकी खाल उतार लेने के बाद अब गरीब दास उसे छोटे-छोटे टुकड़ों में काट रहा था। पूर्वी बंगाल में रहते हुए हेमंत बाबू ने कई बार शाही बत्तख का मांस खाया था। लेकिन भारत आने के बाद यह पहला अवसर था। यह मांस दरअसल खाने में उतना स्वादिष्ट नहीं होता। थोड़ा सूखा और रेशेदार होता है। बस नाम के आगे शाही होने की वजह से खाकर कुछ हद तक शाही महसूस होता है, जो कि संतोषजनक और आनंददायक है।

संजय सेन का चेहरा तमतमा रहा था। उसका आनंद उठाते हुए हेमंत बाबू ने फिर कहा, 'जबर दख़ल—अगर आप स्वीकार करते हैं कि 'जबर दख़ल' का अर्थ, अपनी शक्ति पर भरोसा करके, किसी पर निर्भर हुए बिना और किसी की मदद और सहयोग की आशा किए बिना ज़मीन पर क़ब्ज़ा करना है, तो इस बात का गर्व हम रामकृष्णपुर वाले कर सकते हैं। बिना किसी सरकारी मदद के, सिर्फ़ अपने बलबूते पर ज़मीन पर क़ब्ज़ा करके हमने घर खड़े कर दिए। इस कॉलोनी की पूरी ज़मीन किसी मुसलमान की थी, न जाने क्या नाम था उसका। उसके एक सौ बावन बीघे ज़मीन पर हमने रातोरात क़ब्ज़ा किया और पांच काठा के प्लॉट काटकर सबको आवंटित कर दिए। आप तो जानते ही हैं, इसको लेकर कितना मामला-मुक़दमा, थाना-पुलिस करना पड़ा था।'

'मामला-मुक़दमा!' संजय सेन अपने जीजा पर क्रोधित हो उठे। उनकी आवाज़ से ग़ुस्सा साफ़ झलक रहा था, 'किसके साथ मामला-मुक़दमा जीजा जी? यह सब कहानियां आप कुछ लोगों की बनाई हुई हैं। लोग तब इतने जागरूक नहीं थे, आप मुट्ठी भर लोग जो कहते थे, वे उस पर विश्वास कर लेते थे। मामले-मुक़दमों की कहानियां आप लोगों की गढ़ी हुई हैं। और इसी

बहाने आप लोगों ने हर महीने लोगों से चंदा लेकर मोटी रक़म जमा की, जिसका हिसाब-किताब आज तक किसी को नहीं पता। यहां की ज़मीन के मालिक को मैं जानता हूं। उसका घर प्रिंस अनवर शाह रोड पर है। वह बहुत अच्छा आदमी है। उसने मामला-मुक़दमा कुछ नहीं किया था। एक बार उसने कहा था, "अल्लाह ने मुझे बहुत दिया है। हंसते-खेलते ज़िंदगी कट जाएगी। उतनी-सी ज़मीन मैं वापस लेकर क्या करूंगा? ये लोग मुसीबत के मारे हैं, रहते हैं तो रहें।" और आप लोग, ऐसे नेक आदमी को फ़ालतू में बदनाम करते हैं।'

'नेक आदमी!' अब हेमंत बाबू उत्तेजित हो गए। साला क्या कह रहा था? एक मुसलमान भला कैसे अच्छा हो सकता है? उन्होंने जवाब दिया, 'अच्छा या बुरा, यह व्यक्ति की मानसिकता पर निर्भर करता है। जो आपके लिए अच्छा है, वह मेरे लिए अच्छा नहीं भी हो सकता है। लेकिन किसी एक बिंदु पर आपसी सहमती की ज़रूरत है। क्योंकि मुसलमानों की वजह से आप भी अपना देश छोड़कर आने के लिए मजबूर हुए थे, इसलिए आपको हमें भी धन्यवाद देना चाहिए कि जिनकी वजह से हम अपना देश छोड़कर आने के लिए मजबूर हुए, उनमें से किसी एक से, अपने घर-बार, ज़मीन-जायदाद सब खो देने का बदला तो ले सके।'

'यह क्या युक्ति है आपकी? मैं तो नहीं समझ पाया। जो लोग इसके ज़िम्मेदार हैं, उन्हें तो आप लोग न कुछ कह पाए, और न उनका कुछ कर पाए। और जो प्रशंसा और धन्यवाद के योग्य है, उसे बदनाम कर रहे हैं। सिर्फ़ आपके बारे में यह कहना ठीक नहीं होगा, लेकिन इस तरह दूसरे के सिर पर दोष मढ़ने की प्रवृत्ति उधर के कुछ लोगों में भी है। ऐसा नहीं है कि सभी हिंदू सभी मुसलमानों से नफ़रत या उनका अपमान करते हैं, लेकिन समूची जाति को उसका परिणाम भुगतना पड़ता है।'

उनके ज़ोरदार वाद-विवाद और तर्क हवा में गूंज रहे थे। बाहर के लोग समझ रहे होंगे कि घर में झगड़ा हो रहा है, लेकिन घर के लोग जानते थे कि यह कोई नई बात नहीं थी। भोजन तैयार होते ही सब अपने आप थम जाता। बत्तख को काटने के बाद, नल पर हाथ धोकर गरीब दास हेमंत बाबू के सामने जाकर बोला, 'काम हो गया है। अब मुझे और क्या करना है?'

बातचीत में विराम लग गया। हेमंत बाबू ने उसकी ओर मुड़कर कहा, 'आज तो और कोई काम नहीं है। कल आना, देखता हूं कोई और काम

निकले तो...' बात करते-करते उन्होंने अपने कुर्ते की ज़ेब में हाथ डाला। एक आठ आने का सिक्का हाथ में आया, उसे गरीब को देते हुए उन्होंने कहा, 'चाय पी लेना। हेमंत बाबू की पत्नी पास ही नल पर मांस धो रही थीं। गरीब दास ने बहुत ही विनीत स्वर में उनसे कहा, 'आपने मुझसे कहा था, आप मुझे कुछ पुराने कपड़े देंगी। अगर दे दें, तो आपका बड़ा उपकार होगा।' मांस धोते-धोते उन्होंने कहा, 'देख रहे हो न, आज कितनी व्यस्त हूं। कल-परसों में याद दिलाना, दे दूंगी।'

जादवपुर स्टेशन हेमंत बाबू के रामकृष्णपुर के घर से लगभग एक मील की दूरी पर था। गरीब दास चलता हुआ स्टेशन पहुंच गया। रेल लाइन के दोनों ओर गनी, होगला घास की चटाई, लकड़ी आदि की बनी छोटी-छोटी झोंपड़ियां थीं। यहां रहने वाले सिर्फ़ सुंदरबन से आए, विभिन्न कारणों से अपना घर खो चुके लोग ही नहीं थे, बल्कि पूर्वी पाकिस्तान से आए वो शरणार्थी भी थे, जिन्हें रिफ़्यूजी कैंपों में जगह नहीं मिली थी, और जो 'जबर दख़ल' कॉलोनियां नहीं स्थापित कर पाए थे। ऐसे ही एक व्यक्ति थे, राखाल दास। वे पूर्वी पाकिस्तान के किसी स्कूल के शिक्षक थे। अब इस झोंपड़पट्टी के बच्चों को पढ़ाकर अपना समय व्यतीत करते थे। उनके एक बेटे की ट्रेन की चपेट में आने से मौत हो गई थी। दूसरा बेटा संध्याबाज़ार में मछली बेचता था। उनकी दो बेटियां भी थीं। बड़ी की उम्र बीस साल की थी। वह विवाहयोग्य थी। राखाल दास हमेशा उसकी शादी की चिंता में घिरे रहते थे। यदि वह भी बस्ती की शेफ़ाली, कनक, काली और काजल जैसी बुरी लड़की बन गई, तो क्या होगा?

गरीब दास कभी-कभी राखाल दास के पास जाकर बैठ जाता था। बड़ी मुश्किल से उसने अपने इस दूर के रिश्तेदार का पता लगाया था और आपस में भाईचारे का संबंध स्थापित कर लिया था। वह उन्हें बड़े भाई के रूप में देखता था। राखाल दास पढ़े-लिखे, देश-दुनिया की ख़बर रखने वाले इंसान थे। गरीब दास उनसे जाकर तरह-तरह की बातें पूछता था—हम लोगों का क्या भविष्य है? कहीं कोई प्रकाश की किरण नज़र आ रही है या नहीं? क्या देश के नेता उन लोगों के बारे में सोच रहे हैं? लेकिन आज गरीब दास सिर्फ़ सुनने नहीं आया था, बल्कि वह कुछ कहना भी चाहता था। आज जो कुछ भी वह हेमंत बाबू के घर सुनकर आया था, वो उसके दिमाग़ में गूंज रहा था। थोड़ी देर के

बाद उसने कहा, 'मास्टर दादा, जादवपुर में हमारे जैसे सैंकड़ों लोग 'जबर दख़ल' कॉलोनी बनाकर रह रहे हैं। वे लोग काफ़ी अच्छी स्थिति में हैं। तो आप क्यों यहां रेल लाइन के किनारे पड़े हुए हैं? और मैं भी क्यों विस्थापितों की तरह खोला-दोलताला की बस्ती में पड़ा हुआ हूं? चलिए न, हम भी कोई अच्छी जगह तलाश कर उस पर क़ब्ज़ा कर लेते हैं। यहां रेल लाइन के किनारे कोई भरोसा नहीं, कब कौन उठा दे।'

राखाल दास का दिमाग़ उस वक़्त वैसे ही कुछ परेशान था। सुबह के बैच का एक बच्चा सात का पहाड़ा नहीं बता पा रहा था। उसकी पीठ पर दो टहनियां तोड़ने के बाद भी वह उससे नाख़ुश थे। अपनी व्यर्थता पर जब वो उखड़े हुए थे, तभी ग़रीब दास ने अपनी मूर्खतापूर्ण बातों से उनके जले पर नमक छिड़क दिया। वह एकदम गरम होते हुए बोले, 'क्या जात है तुम्हारी? नमः, पोदे, कैवर्त या जालिया है तो नहीं चलेगा। नाम-धाम जानने पर पिछवाड़े लात मारकर उठा देंगे। जबरन क़ब्ज़ा करने के लिए ऊंची जात का होना होगा। ख़ुद जाकर देख लो, उन कॉलोनियों में सब ब्राह्मण, कायस्थ या वैश्य हैं। मुझे एक कॉलोनी ऐसी दिखाओ, जहां एक भी नीची जाति का परिवार रहता हो। नहीं मिलेगा। क्या सोचते हो, मैंने कोशिश नहीं की थी, कहीं अपने पैर टिकाने की जगह बना सकूं? नहीं कर पाया। सुनोगे इन सब कॉलोनियों के बनने का रहस्य?'

'बताइए, मैं तो आपके पास सुनने ही आया हूं। वापसी की ट्रेन तो शाम को है। उससे पहले जाने से टिकट चेकर मिलेंगे।'

'तुमने कुछ खाया है? नहीं तो घर में थोड़ा चिड़वा पड़ा है। तुम्हारे लिए पानी में भिगो देता हूं।'

'आप परेशान न हों। मैंने चाय और रोटी खा ली है। आप बताइए।'

राखाल दास की झोंपड़ी क़रीब दस फुट लंबी और छह फुट चौड़ी थी। उसके अंदर जाने के लिए लगभग रेंगते हुए जाना पड़ता था और अंदर झुककर खड़ा होना पड़ता था। इस समय घर पर कोई नहीं था। सब अपने-अपने काम पर निकल गए थे। वे अब शाम को ही लौटेंगे। दिन में एक बार ही भोजन बनता था, जिसे दो बार खाया जाता था।

राखाल दास कमरे में बैठे गरीब दास से ऐसे बोलने लगे जैसे वो किसी छात्र को पढ़ा रहे हों। 'बस सोच लेने से कॉलोनी नहीं बनाई जा सकती है। इसके कई चरण हैं। पहले आठ-दस धाकड़ क़िस्म के लोग मिलकर एक

कमेटी का गठन करते हैं। वह कमेटी जगह-जगह घूमकर किसी उपयुक्त स्थान का चयन करती है। उस ज़मीन का इतिहास पता करती है, उसके मालिक के बारे में पता करती है। उसके बाद कमेटी वाले किसी नेता या मंत्री से जाकर मिलते हैं। इनमें से कोई न कोई कमेटी के किसी सदस्य का भाई, मामा निकल आता है। क्या तुम्हारा ऐसा कोई रिश्तेदार है? नहीं है न! क्यों होगा? नेता, मंत्री सब ऊंची जात के हैं, वो ब्राह्मण, कायस्थ या वैश्य हैं। कमेटी के सदस्य भी। ऊंची जाति के लोगों का दिल ऊंची जात के शरणार्थियों के लिए ही द्रवित होता है। सभी पहलुओं पर विचार करने के बाद नेता लोग अपनी राय देते हैं। लेकिन पहले उनके बीच गुप्त समझौता होता है कि कोई भी निर्धन, निरक्षर और नीची जात का व्यक्ति वहां नहीं रहेगा। जिन्हें प्लॉट मिलेगा, वे सब शिक्षित 'भद्रलोक' होने चाहिए। जो आर्थिक रूप से मज़बूत हों। कमेटी को पहले पचास रुपए, उसके बाद से हर महीने दस रुपए देने होते हैं। जिसके पास पैसे न हों, वह इतना ख़र्चा कैसे करेगा? इन रुपयों में से कुछ नेताओं और कुछ उन धाकड़ सदस्यों की जेब में चला जाता है, बाक़ी का सड़कें बनवाने, पानी के नल लगवाने में ख़र्च होता है।'

राखाल दास खांसने लगे। पीले बलगम को बाहर थूककर उन्होंने फिर बोलना शुरू किया, 'इसके बाद कॉलोनी को स्थापित करने का कार्य शुरू होता है। अगर मेरी बात पर विश्वास न हो, तो ख़ुद जाकर देख लो। कलकत्ता और उसके आसपास बहुत सारी कॉलोनियां हैं। एक में भी घोरामी, विश्वास, दास, मंडल—ये लोग मिलते हैं क्या? नहीं मिलेंगे। सब ऊंची जात के संपन्न लोग ही मिलेंगे। हो सकता है दो-एक घर हमारे लोगों के भी हों, लेकिन उन्होंने अपना नाम और जात छिपाया हुआ होगा। वे बाबुओं के साथ शामिल होकर उनके जैसे बन गए हैं। क्योंकि, किसी ने भी अपना नाम और अपनी जात बताई, उसे वहां से खदेड़ दिया जाता।'

थोड़ी देर चुप रहकर राखाल दास हंसने लगे। उनकी हंसी में किसी बात को लेकर उपहास था। 'हमारे गांव का एक कमीना भी ऐसा ही था। साले ने जनेऊ गले में डालकर ब्राह्मण बन आज़ाद नगर कॉलोनी में जगह ले ली। एक दिन मेरी उससे मुलाक़ात हो गई। मैं उसे देखते ही पहचान गया। वह भी मुझे पहचान गया। वह घबराकर मेरे पैर पड़ गया और किसी को भी यह बात बताने से मना करने लगा। उसने कहा कि उसे वो जगह बहुत मुश्किलों से

मिली थी। अगर मैं मुंह खोलता, तो वह मुसीबत में पड़ जाता। मैं और क्या करता, चुप रहा...'

राखाल दास के चुप होते ही कमरे में सन्नाटा छा गया। थोड़ी देर बाद गरीब दास ने कहा, 'मास्टर दादा, मैं आपकी तरह पढ़ा-लिखा नहीं हूं। मेरे दिमाग़ में यह सारी छुपी बातें कहां से आएंगी। मैं जब विजयगढ़, स्वाधीन नगर, आज़ाद नगर जाता हूं तो हैरान देखता रहता हूं। कितनी सुंदर सड़कें हैं। रात में वहां बिजली जलती रहती है। दिन के उजाले की तरह चमकती हुई। नलों से पानी बहता है। इन सब जगहों में एक काठा ज़मीन का दाम गांव के पांच-दस बीघे ज़मीन के बराबर है। लोगों को ऐसी जगह ऐसे कैसे मिल गई?'

राखाल दास ने अधीर होते हुए कहा, 'मैंने तुम्हें बताया न, रहस्य क्या है। वहां की सड़कें सरकार ने बनाई थीं। पहले वहां एक मिलिटरी कैंप था। अगर वहां सभी तरह के आराम और सुविधाओं का प्रबंध नहीं होता तो विद्रोह हो जाता। इसलिए वहां सड़कें, पानी, बिजली—सब चीज़ों की व्यवस्था थी। भाग्य से जिनको वहां जगह मिली, वे अब इसका आनंद उठा रहे हैं।'

'पहले हम जिस शरणार्थी शिविर में रहते थे, सुना था वह भी कोई सैन्य शिविर था। लेकिन वहां तो इतनी अच्छी व्यवस्था नहीं थी।'

'तुम शिरोमणिपुर की बात कर रहे हो? कौन जानता है, वो कितना पुराना था। विजयगढ़ का कैंप तो देश आज़ाद होने के दो-तीन साल पहले तक भी था। कुछ भी बर्बाद होने से पहले लोगों ने वहां क़ब्ज़ा कर लिया।'

काफ़ी देर चुप रहने के बाद राखाल दास ने कहा, 'वह ज़मीन सोने सी मूल्यवान है। अपने जात भाइयों को उन्होंने मुफ़्त में दे दी। क्योंकि हम उनकी नज़र में नीची जात के हैं, इसलिए हमें पश्चिम बंगाल में मरने की भी कोई जगह नहीं देना चाहते हैं। हमारे जैसों को लाठियों और गोलियों से मारकर बंगाल से बाहर खदेड़ देना चाहते हैं। कैसा न्याय है! ये तो सौतेली मां जैसा व्यवहार है, जो अपने बच्चे को गोद में बैठाती है, और सौतेले बच्चे को दूर हटा देती है।'

गरीब दास ने आगे जोड़ा, 'एक को दूध और दही, दूसरे को सूखी लाई।'

'हमारे लिए तो वो भी नहीं, सिर्फ़ राख है राख।'

'क्या यह हमेशा ऐसा ही रहेगा?'

'नहीं तो कौन बदलेगा? यह तभी बदल सकता है, जब हमारे लोग शिक्षित हों, चालाक चतुर बनकर राजनीति में आएं। हमारे अपने लोगों के अलावा और कौन हमारा दर्द समझ सकता है? यह सरकार हमारी नहीं है। हम जियें या मरें, इससे उन्हें कोई फ़र्क़ नहीं पड़ता है। सरकार में हमारे अपने लोगों की ज़रूरत है। पर उसके लिए हमें सबसे पहले शिक्षा प्राप्त करने की आवश्यकता है।'

गरीब ने कहा, 'ये तो मैं जानता हूं, लिखना-पढ़ना नहीं जानने का मतलब है, आंखें होते हुए भी अंधा होना। इसलिए मैंने अपने बेटे को स्कूल भेजने की कोशिश की थी, लेकिन फिर...'

गरीब दास को बीच में रोकते हुए राखाल दास ने कहा, 'तुम्हारे बड़े बेटे की क्या ख़बर है? उसके बारे में कुछ पता चला?'

'नहीं, उसकी कोई ख़बर नहीं। पता नहीं ज़िंदा भी है, या मर गया।'

'नहीं, नहीं ऐसा मत कहो। बाप होकर उसके बारे में बुरा मत सोचो। वह निश्चित रूप से जीवित है, और ठीक है। उसे घर छोड़े कितना समय हो गया है?'

'चार साल के क़रीब हुआ होगा।'

'देखना वह बहुत सारा पैसा लेकर लौटेगा। उसके आने से तुम्हारे सारे कष्ट दूर हो जाएंगे।'

'न जाने वह दिन कब आएगा?' दुख और दर्द से गरीब दास का गला रुंध गया। उसने कहा, 'मैं और नहीं सह पा रहा हूं, मास्टर दादा। बीमारी के कारण मेरे अंदर कुछ नहीं बचा है। ख़ुद को धक्का देकर जादवपुर आता हूं, नहीं तो घर में सब भूखे मर जाएंगे।'

कुछ देर सोचने के बाद राखाल दास ने कहा, 'खोला-दोलताला में तुम्हारा कुछ नहीं है। तुम बस वहां रात बिताने जाते हो। मेरा कहना है कि तुम अपने परिवार को लेकर यहां, जादवपुर आ जाओ। रेल लाइन के किनारे अपनी झुग्गी डाल लो। यहां तुम्हारी पत्नी भी कुछ रुपए कमा सकती है, और तुम्हारे बेटे-बेटी भी।'

'विचार तो बुरा नहीं है। घर जाकर इसके बारे में सोचता हूं।'

'सोचने में ज़्यादा वक़्त ज़ाया मत करना। यहां अभी भी कुछ जगह ख़ाली पड़ी है। देर करोगे तो कुछ नहीं मिलेगा।'

अंत में गरीब दास ने फैसला किया कि वह खोला-दोलताला से सबकुछ समेट कर जादवपुर चला आएगा। वैसे भी वहां की मिट्टी में उसकी जड़ें नहीं थीं। बस नहर के किनारे एक डगमगाती-सी झोंपड़ी थी। अगर वह उस जगह से लगाव पैदा कर लेगा तो वह जीवित नहीं रह पाएगा।

हर रात, आसमान में सुबह का तारा दिखते ही गरीब दास को उठ जाना पड़ता था। सोडे की डिब्बी अपनी पोटली में रखकर वह स्टेशन की ओर निकल पड़ता था। तब शायद रात के तीन बजे होते थे। उसे घुटियारी शरीफ़ तक पैदल चलना होता था, जोकि खोला-दोलताला से सात-आठ मील दूर था।

गरीब दास समय से पहले ही बूढ़ा हो गया था। वह ज़्यादा तेज़ नहीं चल पाता था। जब तक वह स्टेशन पहुंचता, दिन का उजाला निकल आता था। ट्रेन सुबह छह बजे आती थी। उस ट्रेन में उसे जादवपुर पहुंचने में एक घंटा लगता था। उसके बाद और दो मील चलकर वह बाघाजतिन मोड़ पर पहुंचता था, और वहां तीर्थस्थल के भिखारियों की तरह इस आशा में बैठा रहता था कि कोई उसे काम पर बुलाएगा। काम की तलाश में लोगों की तुलना में देश के कारखानों और खेतों में, सभी जगह नौकरियां कम थीं। यही वजह थी कि काम करने वालों से बेरोज़गारों की संख्या अधिक थी। दिहाड़ी मज़दूर भी इसी नियम के अधीन थे। इसलिए हर दिन काम मिले, यह निश्चित नहीं था।

जिस दिन गरीब को काम मिलता, उस दिन वह मालिक से दिन के टिफ़िन के लिए आठ आने पहले ही ले लेता था। आठ आने में एक रोटी और एक प्लेट दम आलू आ जाते, और चार पैसे की बीड़ी भी ख़रीदी जा सकती थी। जिस दिन काम नहीं मिलता था, उस दिन, दिन का खाना तो क्या, रात को घर लौटकर भी कुछ खाने को नहीं मिलता था। सारा दिन भूखे पेट स्टेशन पर पड़े रहना पड़ता था। सुबह नौ-दस बजे से ट्रेनों में टिकट चेकर्स चढ़ने लगते थे। वे हर डिब्बे में ख़ून के प्यासे लकड़बग्घों की तरह घूमते रहते थे। हर टिकट चेकर का शायद एक कोटा होता था। अपना कोटा पूरा करने के लिए, बिना टिकट कोई भी यात्री पाकर वे उस पर पागलों की तरह झपट पड़ते थे। 'या तो जुर्माना भरो या जेल जाओ।' गरीब दास के पास टिकट ख़रीदने के

पैसे नहीं थे। किसी भी दिहाड़ी मज़दूर में यह क्षमता नहीं थी। वे इस इंतज़ार में बैठे रहते थे कि ऑफिस वालों की भीड़ कम हो और चेकर अपनी ड्यूटी ख़त्म करके वापस चले जाएं। लेकिन तब तक दिन ढल जाता था। रात हो जाती थी, और चारों ओर अंधेरा छा जाता था।

जिस दिन गरीब दास को काम मिलता था और मज़दूरी मिलती थी, उस दिन वह जादवपुर स्टेशन के पास संध्याबाज़ार चला जाता था। जब तक वह घर लौटता, रात हो चुकी होती थी और खोला-दोलताला की दुकानें और बाज़ार बंद हो चुके होते थे इसलिए वह संध्याबाज़ार से मकई की किनकियां, माइलो आटा, काऊन चावल या चावल की किनकियां ख़रीदकर ले जाता था। चावलों की किनकियों में वैसे बहुत धूल, कंकड़, मिट्टी होती थी। उसे झाड़कर साफ़ करके इतनी रात में बनाना बहुत झंझट का काम था। फिर भी अक्सर गरीब दास चावल की किनकियां ख़रीदकर ले जाता था। यह झाग से दूध का स्वाद लेने जैसा था। ग्राम बंगाल के चावल खाने वाले बंगाली के लिए भात के बिना मन व्याकुल हो जाता था। गरीब दास चावल के कणों से अपना हृदय शांत कर लेता था।

जिस दिन चावलों के कणों का पतला घोल बनता, अगर संभव हो तो गरीब दास उसमें कुछ आलू उबलने डाल देता था। थोड़ा नमक और मिर्च भी डाल देता था। आह! जी शांत हो जाता था! अन्न जैसा भी हो आख़िर वो लक्ष्मी के दिए दाने थे। भात का मतलब था जीवन, भात का मतलब था परम आयु, भात का मतलब था प्राण और आत्मा की ख़ुशी। उस दिन वह अपने सोये बच्चों को नींद से जगाता था और उन्हें केले के पत्ते या फिर टूटी-पिचकी थालियों में गरम भात का घोल खाने को देता था। बच्चे अपनी जीभ जलाते हुए, उल्लास से सुड़क-सुड़ककर उस घोल को पीते थे। जिस दिन गरीब दास को काम नहीं मिलता था, उसे उन्हें जगाना नहीं पड़ता था।

वे घोर कष्ट के दिन होते। रातें बहुत लंबी होतीं। पूरे दिन के बेकार प्रयास के बाद, अपने थके, भूखे शरीर को घसीटता हुआ, लंबा रास्ता तय करके, रात गए जब गरीब दास घर लौटकर आता तो आकाश की ओर देखते हुए, सुबह के ध्रुव तारे के दिखने की प्रतीक्षा में रात बिता देता था। तारा दिखाई देने पर फिर अपने टूटे शरीर को घसीटते हुए, उसी तरह जादवपुर पहुंचना होता था।

ऐसी सुबहों में काम मिलने की संभावना भी कम हो जाती थी। लोग अनुभवी आंखों से देखकर समझ जाते थे कि वह ख़ाली पेट है, इसलिए शरीर भी दुर्बल है। कोई-कोई कह भी देता था, 'बुड्ढा बोल भी नहीं पा रहा है, सांस लेते हुए हांफ़ रहा है। यह क्या काम करेगा! एक सीमेंट की बोरी उठाने में, कपड़े में हग देगा!'

आने-जाने का अतिरिक्त परिश्रम, काम के आठ घंटों की मशक़्क़त से भी ज़्यादा कठिन था। उसका शरीर अब इसे सहन नहीं कर पा रहा था। इससे बचने का सहज उपाय था—सपरिवार जादवपुर चले जाना।

सो एक दिन गरीब दास अपना बोरिया-बिस्तर बांधकर जादवपुर चला आया। बेघर लोगों की झोंपड़ियां रेल लाइन के किनारे जुलूस की एक लंबी क़तार की तरह बढ़ती हुई जल निकासी वाले बड़े नाले के पास जाकर समाप्त होती थीं। नाला रेलवे लाइन के नीचे से गुज़रता हुआ सीधा चौभागा नहर में गिरता था। बस्तीवालों ने नाले के ऊपर अस्थायी शौचालयों की एक पंक्ति बनाई हुई थी। नतीजा यह कि पूरे इलाक़े में भयानक दुर्गंध थी। ऊपर से मक्खी-मच्छरों का उपद्रव। उस पर बारिशों में नाले का पानी ऊपर तक आ जाता था। ऐसी जगह पर गरीब दास ने अपनी झोंपड़ी बनाई। इससे अच्छी जगह अब ख़ाली नहीं थी।

जादवपुर आकर गरीब दास की पत्नी बिमला को दो घरों में नौकरानी का काम मिल गया। एक घर से दस रुपए और दूसरे घर से आठ रुपए महीना मिलने लगा। वे लोग सुबह दो रोटी और एक कप चाय भी देते थे। गरीब का दूसरा बेटा जतन एक चाय की दुकान पर काम करने लगा। उसे वहां दो वक़्त का खाना और महीने के दस रुपए वेतन में मिलने लगे। उससे छोटे दोनों बच्चे अभी बहुत छोटे थे, लेकिन उन्होंने भी परिवार को मदद करने के तरीक़े ढूंढ़ लिए थे। वे शाम को थैला लेकर संध्याबाज़ार चले जाते थे। सब्ज़ी वाले जो सूखी, सड़ी सब्ज़ियां फेंक देते थे, वे उनमें से खाने लायक सब्ज़ियां बीनकर ले आते थे।

पहले की तरह गरीब दास बाघाजतिन के मोड़ पर काम ढूंढ़ने के लिए बैठने लगा। अब मोड़ पर मज़दूरों की भीड़ पहले से ज़्यादा रहने लगी थी। भीड़ की वजह से वहां के दुकानदार आक्रोश में भर जाते थे। मोड़ पर एक बड़ी मिठाई की दुकान थी। कोई दुकान के आगे खड़ा हो जाता, तो दुकानदार

उस पर पानी फेंक देता था। गाली-गलौज करता था। उसके ग्राहकों को आने-जाने की असुविधा होने से वह बहुत ग़ुस्से में रहता था।

यह बड़ा असहनीय और निराशाजनक समय था। मानो यमराज बड़ी निर्दयता से प्राणघातक प्रहारों की वर्षा कर रहे हों। फिर भी समय गुज़रता रहा। मनुष्य को अमृत की संतान कहा जाता है, क्योंकि वह मरता नहीं। मर-मरकर भी ज़िंदा रहता है। यही एक कारण था कि गरीब दास का पूरा परिवार बचा रहा, नहीं तो उनके जीवित रहने का कोई युक्तिसंगत कारण नहीं था।

26

घर वापसी

कानपुर में राख के ढेर से निकलकर जीवन ने एक बार फिर अविराम, दिशाहीन, मानवीय उष्णता से भरी मिट्टी की खोज में, यात्रा शुरू की। उसने अपने छोटे-छोटे पांवों से हज़ारों मील का रास्ता तय किया—दिल्ली, आगरा, इलाहाबाद, मथुरा, वृंदावन, काशी, हरिद्वार और न जाने कितने छोटे-बड़े शहर। कहीं एक दिन, कहीं एक घंटा तो कहीं एक सप्ताह। इस तरह उसके बहुत दिन इधर-उधर घूमते हुए बीत गए। परंतु उसे जीवित रहने के लिए ऐसा कोई सहारा नहीं मिला, जिसे वह मज़बूती से पकड़ सके। युवा जीवन की छोटी सी झोली, पहले की तरह ही ख़ाली रही। लेकिन, पूरी तरह से ख़ाली नहीं, उसमें कुछ क़िस्से शर्म, अपमान और उत्पीड़न के जमा थे, जो उसे बहुत पीड़ा देते थे। जो उसकी दीनता और हीनता को ज़ाहिर करते थे।

पृथ्वी गोल है। और इसलिए, यदि कोई यात्रा पर निकले और चलता जाए, तो एक समय उसकी यात्रा वहीं आकर समाप्त होती है, जहां से वह शुरू हुई थी। कौन जाने उस बात की सच्चाई से या कुछ और, एक दिन उसके कानों में जानी-पहचानी हवा का स्वर पड़ा। वह बंगाल की मिट्टी थी, बंगाल की हवा थी, वह भाषा बंगाली थी। तो, एक सुबह तक़रीबन आठ बजे, जीवन एक ट्रेन से उतरा, जो पूरी रात चलकर हावड़ा स्टेशन पर आकर रुकी थी। भारतवर्ष के कई जनपदों में चले, धूल से मैले उसके पांव रूखे और फटे हुए थे। ट्रेन से और भी बहुत लोग उतरे, जिन्हें लेने कोई न कोई प्लेटफ़ॉर्म या गेट पर खड़ा था। लेकिन जीवन के लिए कोई नहीं था। जिस दिन वह असम के लिए निकला था, उस दिन उसके साथ राजा था, और आज वह अकेला था।

उस दिन उसके मन में आशा की बाती जल रही थी, लेकिन आज निराशा का अंधेरा था। धीरे-धीरे चलता हुआ जीवन गेट पर टिकट चेकर के सामने से स्टेशन के बाहर निकल गया। किसी ने उसकी ओर ध्यान नहीं दिया।

जीवन ने कई दिन ट्रेन के डिब्बों में बिताए थे। उसका शरीर अभी भी ट्रेन की गति से हिचकोले ले रहा था। सिर में यांत्रिक घनघनाहट की गूंज थी। लेकिन अब ऐसा लग रहा था, जैसे सारा शहर ही शोर करता हुआ भाग रहा था, दाएं से बाएं, पूर्व से पश्चिम, तीर के वेग से। जीवन को लगा मानो वह स्थिर हो गया था, इतने दिनों से जैसे वह एक क़दम भी आगे नहीं बढ़ा था। उसका इधर-उधर भागना व्यर्थ हो गया था। धीरे-धीरे चलते हुए जीवन भागते लोगों और गाड़ियों से बचते हुए हावड़ा ब्रिज के ऊपर आकर खड़ा हो गया। सिर के ऊपर उदास आसमान और पैरों के नीचे मातृ स्वरूपा गंगा नदी बह रही थी। इतने महीनों, सालों में गंगा से कितना पानी बह गया था, उसका ज़रा भी पता नहीं चला। बिल्कुल जीवन के जीवन की तरह। कितनी सर्दियां, गर्मियां, बरसात, कितने आंधी-तूफ़ान, कितने प्रयास, कोशिशों के बावजूद उसकी क़िस्मत ज़रा भी नहीं बदली। उसका जीवन पहले की तरह ही बेकार रहा।

वह हावड़ा से चलता हुआ सियालदह पहुंचा। वहीं जीवन की मुलाक़ात खोला-दोलताला के निरानंद हाल्दार से हो गई। वो अपनी बेटी की ससुराल, ठाकुरनगर जा रहे थे। उन्होंने जीवन को नहीं देखा। जीवन ही उन्हें देखकर उनके सामने जाकर खड़ा हो गया, 'कैसे हैं काका? कहां जा रहे हैं?'

'तुम जीवन हो न?' निरानंद हाल्दार ने आंखें चौड़ीकर जीवन को देखा, 'कितने दिनों से तुम लोगों को नहीं देखा है। कैसे हो तुम लोग?'

'क्या मतलब?'

'तुम्हारे बाबा, मां और भाई-बहन सब ठीक हैं?'

'वो तो आप मुझे बताएंगे। मुझे उनकी कोई ख़बर नहीं। मैं यहां लंबे समय से नहीं था। वे लोग कैसे हैं?'

'कौन?'

'मेरे बाबा, मां, भाई और बहन!'

'वो मैं कैसे कहूं?'

'क्यों, उनसे मुलाक़ात नहीं होती है?'

'कैसे होगी? वो कहां हैं और मैं कहां?'

'आप खोला में नहीं रहते हैं?'

'खोला में नहीं तो और कहां रहूंगा? क्या मेरे पास और कोई रहने की जगह है?'

'आपका घर हमारे घर के सामने है, और बाबा के साथ आपकी मुलाक़ात नहीं होती, यह कैसी बात है? सच-सच बताइए न, वे लोग कैसे हैं? क्या सब मर गए हैं?'

'कैसी बातें कर रहा है? उन्होंने किसी की उधारी की थी, जो मर जाते! तुझे पता नहीं, वे लोग जादवपुर चले गए हैं? कैसा बेटा है, अपने मां-बाप की ख़बर नहीं जानता है!'

'बताया न, मैं यहां नहीं था। आज ही आया हूं।'

'तू इतने दिनों से कहां था?'

'पेड़ के नीचे, फुटपाथ पर, स्टेशनों में, ट्रेन के डिब्बों में।'

'तूने कोई काम नहीं किया? क्या खाता था?'

'हवा-पानी, लोगों के लात-जूते, गालियां।'

'इस तरह के मज़ाक़ से क्या जीवन चलता है?'

'किस तरह के मज़ाक़ से जीवन चलता है, मैं वो आज भी नहीं समझ पाया हूं। समझने की कोशिश में ज़िंदगी बीत गई है।'

निरानंद हाल्दार ने बात नहीं बढ़ाई और आगे चल पड़े। शहर आकर गरीब का बेटा लफ़ंगा हो गया था। बड़ों से मज़ाक़ कर रहा था।

जीवन सियालदह स्टेशन से ट्रेन पकड़कर जादवपुर उतर गया। वह लोगों के जंगल में कैसे अपने मां-बाप को ढूंढ़ेगा? कौन उनका पता जानता होगा? फिर उसे लगा, वह एक बार बाघाजतिन चौराहे पर जाकर खोजे तो शायद कुछ पता चले। गरीब दास पहले वहीं काम की तलाश में जाता था। उसे ये पता था कि यदि वह वहां जाता है तो कुछ तो मिलेगा ही। उसके पास इसके अलावा और कोई रास्ता नहीं था।

इन्हीं ख़्यालों में खोया जीवन स्टेशन के एक छोर से दूसरे छोर तक चक्कर काट रहा था। इस समय स्टेशन लोगों से खचाखच भरा हुआ था। जो

लोग सुबह गांव से शहर, मछली और सब्ज़ियां बेचने आए थे, वे अब घर लौट रहे थे। उन्हीं की बदौलत स्टेशन में इतनी गहमागहमी थी। दम आलू और मुरमुरे का सस्ता नाश्ता ख़ूब बिक रहा था। भीड़ में अचानक जीवन की आंख एक जाने-पहचाने चेहरे पर पड़ी। वह रामधारी ब्रिज का धोनाई सरदार था। वह भी काम की तलाश में बाघाजतिन चौराहे पर जाया करता था। गरीब दास को भी उसी ने वहां काम के बारे में बताया था। उसे देखकर जीवन को एक आशा की किरण नज़र आई। वह तेज़ी से उसके पास गया, 'एई, धोनाई काका, मुझे पहचाना। मैं जीवन हूं, गरीब दास का बेटा। जिसे तुम खोला से बाघाजतिन काम पर ले गए थे।'

धोनाई सरदार ग़ुस्सैल आदमी था। उसे अपनी ज़ुबान पर बिल्कुल क़ाबू नहीं था। जो भी मन में आए बक देता था। उसने जीवन को देखकर उसे अनदेखा किया और दम आलू-मूड़ी खाता रहा। आज उसे कोई काम नहीं मिला था। वह यह खाकर स्टेशन में गमछा बिछाकर लेटने वाला था।

'ओ धोनाई काका, मुझे नहीं पहचाने क्या?'

जीवन की आवाज़ सुन धोनाई सरदार ने उसकी ओर देखा। उसकी आवाज़ में ज़रा भी शिष्टता नहीं थी, 'तुझे क्यूं पहचानूं? पहचान कर क्या करूं? गरीब दास का बेटा है इसलिए नाचने लगूं? अरे किस बात का बेटा, जो अपने मां-बाप की देखभाल न करे! तू इतना बड़ा हो गया है, और जिस बाप ने तुझे पैदा किया, वह बीमारी से मर रहा है, पर तुझे उसकी कोई फ़िक्र नहीं, तो किस बात का बेटा है रे तू! मैं तो कहता हूं, जो बेटा अपने मां-बाप की देखभाल न करे, वह पूत नहीं मूत है!'

जीवन सिर झुकाए गालियां सुनता रहा। वह समझ गया कि यदि कोई उसके पिता के बारे जानता था, तो वो धोनाई सरदार था। उनकी ज़रूर आपस में मुलाक़ात और बातचीत होती थी। तभी वह जीवन से इतना नाराज़ था। कुछ और पूछने से पहले ही धोनाई सरदार ने कहा, 'अकेला बहुत घूम चुका है तू। अच्छे-बुरे हर चीज़ का स्वाद चख लिया है तूने। अब अपने मां-बाप के बारे में सोच। कहां रहते हैं वो लोग, यह तक नहीं जानता है तू। वो यहीं हैं, जादवपुर में। रेल लाइन पकड़कर चलता जा। आगे नहर के किनारे झुग्गियां हैं। जा, और जाकर देख वो किस भयानक स्थिति में हैं।'

शर्म से भरा जीवन रेल लाइन के किनारे चलता हुआ, गरीब दास की झोंपड़ी के सामने पहुंच गया। दरवाज़े पर खड़े हो, उसने रोते हुए कहा, 'मां, मैं वापस आ गया हूं।'

जीवन लौट आया था। वह इतने दिनों के बाद लौटा था। निश्चित ही वह बहुत सारे पैसे लेकर लौटा होगा। अब कुछ दिन सब पेट भर कर खाएंगे। बहुत दिनों के बाद भात और *माछेर झोल* खाएंगे। गरीब दास पेट दर्द के इलाज के लिए डॉक्टर के पास जा पाएगा। गरीब दास लेटा हुआ था। वह हड़बड़ाकर उठ गया। आज उसे काम नहीं मिला था, और उसकी तबीयत भी कुछ ठीक नहीं थी।

जीवन को देखकर गरीब दास का दिल भर आया। उसका गला रुंध गया, 'कहां था इतने दिन? हम तेरी चिंता में मर रहे थे। तेरी मां हर समय रोती रहती है, कहती है, "मेरा बेटा ज़िंदा नहीं है"। कुछ कहता क्यों नहीं है? कहां था इतने दिन?'

जीवन का सबसे छोटा भाई जुगल उससे आकर लिपट गया, 'दादा, मेरे लिए क्या लाए हो?'

जीवन के दिल में मरोड़ उठने लगी। आंखों में आंसू छलक आए। उसने अपने अक्षम हाथों में उसकी हथेलियों को भींचते हुए कहा, 'मैं कुछ नहीं ला सका।'

'तुम ख़ाली हाथ आए हो! कुछ भी नहीं लाए!' नन्हा जुगल निराशा और हैरानी से भरा हुआ था। ऐसा कैसे हो सकता था! उसका बड़ा भाई इतना बदल कैसे सकता था!

'तुमने कोई काम नहीं किया? जतन दा को दस रुपया महीना मिलता है। तुमने कुछ नहीं कमाया?'

'काम तो किया था।'

'तो पैसे कहां गए?'

'मेरे पास कुछ नहीं है।'

'तूने सब अकेले ख़र्च कर दिया?' गरीब दास का धैर्य चुक गया था। उसके गले से शिकायतों की बौछार होने लगी, 'तेरा क्या है, तू अब बड़ा

हो गया है, पंख निकल आए हैं। इधर-उधर घूमता रहता है। अपने मन का खाता-पीता है। तेरे मां-बाप, भाई-बहन ज़िंदा हैं या मर गए, इसकी तुझे क्या परवाह है? बेटा होने से पिता का दिल मज़बूत होता है। उसे लगता है, अब मेरे दो और नए बाज़ू उग आए हैं। सारी ज़िंदगी गधे की तरह मेहनत करने के बाद, अब जाकर थोड़ी राहत मिलेगी। लेकिन हाय रे मेरी क़िस्मत!' गरीब दास हांफ़ने लगा। सांस लेने के बाद उसने फिर बोलना शुरू किया, 'जो बेटा अपने मां-बाप की तक़लीफ़ें न समझता हो, उसका होना या न होना एक बराबर है। न हो, तो मन को समझाया जा सकता है कि बेटा नहीं है तो क्या करें। जिसका बेटा होते हुए भी न हो, उसके जैसा जला भाग्य और किसी का नहीं हो सकता है।'

बिमला इस दौरान चुप थी। वह निरीह आंखों से अपने बेटे को देख रही थी। उसकी आंखों से पानी की धार बहती जा रही थी। जैसे बहुत समय से जमी हुई बर्फ़-सी पीड़ा, नदी बनकर पिघल रही हो। उस नदी की हर लहर बंदूक की गोली की तरह जीवन के सीने, पीठ, सिर को छेद रही थी। पानी का हर कण तीव्र धिक्कार से फट रहा था। धिक्कार, सौ बार धिक्कार तेरे मनुष्य जन्म पर! जो बेटा मां की कोख का ऋण नहीं चुका पाता है, मां के दूध की क़ीमत नहीं चुकाता है, धिक्कार है उस पर। जो बेटा मां के अटूट प्रेम को भूल जाता है, धिक्कार है उसके अस्तित्व पर।

जीवन रेल की पटरी पर खड़ा था। झोंपड़ी का दरवाज़ा वहां से बस पांच फुट की दूरी पर था लेकिन ऐसा लग रहा था मानो दरवाज़ा पांच करोड़ मील की दूरी पर था, एक ऐसी दूरी जिसे पार करके वह कभी अपनी मां के सामने नहीं खड़ा हो पाता। उस दरवाज़े से शब्दभेदी तीर बाहर आ रहे थे, 'हम ज़िंदा हैं या मर गए, यह देखने आया है? हैं, अभी तक ज़िंदा हैं! जिनका कोई नहीं, उनका भगवान होता है। तुझे हमारी देखभाल करने की ज़रूरत नहीं। जा, जहां जाना है जा। अपना खा-पी और सुखी रह। हमारे बारे में सोचने की ज़रूरत नहीं। तेरे सुख में हम सुखी हैं। अच्छा रह, ख़ुश रह।'

छोटा भाई जुगल गला फाड़कर रोने लगा मानो उसे बहुत चोट पहुंची, 'मेरे पास एक भी कमीज़ नहीं है, पतंग और लटाई भी नहीं है। जाने से पहले तुमने कहा था, मुझे नई कमीज़, पतंग और लटाई ख़रीदकर दोगे। लेकर क्यों नहीं आए?'

बहन न रोई और न किसी चीज़ के लिए ज़िद की। दूर खड़ी होकर अपरिचित बड़े भाई को देखती रही। स्वार्थी, दैत्य जैसा अनजाना भाई। जो न उसे गोद में लेता था, न प्यार करता था और न मिठाई देता था। यह कैसा भाई था!

जीवन गाज गिरे जले पेड़ की तरह रेल की पटरी पर खड़ा रहा। उसका दिल टूटकर चूर-चूर हुआ जा रहा था। जन्म से दुखी मां की आंखों में कुचली हुई आशा के आंसू देखकर उसके सीने से ख़ून रिस रहा था। मां, ओ मां, मैं तुम्हारा अभागा बेटा हूं। मैं अपने जन्म के क्षण से शापित हूं। मेरे लिए इस दुनिया में कोई दया, दर्द, सुहानुभूति नहीं बची है, मां। इस क्रूर दुनिया ने मेरे लिए एक अन्न का दाना भी पात्र में नहीं छोड़ा है। हमारे जन्म से बहुत पहले ही सबने भाग-बंटवारा कर लिया। जिन्हें मिला वे तिल भर भी हमें देने को राज़ी नहीं हुए। कितने दिन, महीने, साल, हज़ारों मील इस दुनिया की सड़कों पर चला हूं। कितने लोग, शहर, कस्बे, बंदरगाह देखे, पर हमारे लिए कहीं कुछ नहीं है। हम हर जगह अवांछित, विस्थापित, मानवता पर बोझ हैं। तभी किसी ने मेरे हाथ में कुछ नहीं दिया, मां। मेरे हाथ अभी भी बहुत छोटे हैं। क्या करूं मां, जो मुझे मिलना था, वो मैं छीन नहीं पाया। इसलिए मेरे हाथ ख़ाली हैं।

जीवन अपने परिवार की निराश दृष्टि के आगे ख़ुद को बहुत असहाय महसूस कर रहा था। जिन परिस्थितियों में वे थे, उनके लिए जीवन की यात्रा की कहानियों का कोई मूल्य नहीं था। इस दुनिया के लोग कितने निर्दयी और क्रूर हैं, किसी कमज़ोर और असहाय को सामने पाकर, किस तरह उसे गन्ने की तरह निचोड़ लेते हैं, यह सब कहानियां वे भी जानते थे। ऐसी कहानियों से उनकी पीड़ा कम नहीं होती।

जिस तरह जीवन अपनी यात्रा की व्यर्थता की गंध को अपने शरीर, मन, आत्मा में लिए लौटा था, उसी तरह वह अपने फटे, कटे, धूल से सने पैरों से फिर एक बार निकल पड़ा, किसी रास्ते की तलाश में। वह अपने ही लोगों की नज़रों का सामना नहीं कर पा रहा था। उसने उन्हें निराश किया था। उसकी मां पत्ते और टहनियों को जलाकर आटे का घोल पका रही थी। सब उसे मांड़ की तरह पीने वाले थे। हालांकि उसके सामने खाना था, लेकिन जीवन यह नहीं कह पाया, 'मां, मैं बहुत दिनों का भूखा हूं। मुझे भी कुछ खाने को दो।'

क्रांतिकारी कवि सुकांत ने लिखा था, 'क्षुदा के राज्य में पृथ्वी गद्यमय है।' गद्यमय पृथ्वी के पुराने राजपथ को पकड़, एक नौजवान अथाह समस्याओं

के सागर में गोते खाता हुआ, चला जा रहा था। उसका जीवन एक छेद हुई कश्ती की तरह था, जिसका मस्तूल टूटा हुआ और पाल फटा हुआ था। किसी खेवनहार के नियंत्रण के बिना ही वह गहरे, तटहीन जल में बह रही थी। कौन जाने कब डूब जाए? जहां तक नज़र जाती थी, ऐसा कोई नहीं था जो इस समय उसकी मदद कर सकता। एक मनुष्य के दूसरे मनुष्य पर शाश्वत नैतिक दावे को ख़ारिज कर दिया गया था। दूसरे शब्दों में, उसे बताया गया था—यह देश और यह समय तुम्हें मृत मानता है, तुम्हें अस्तित्वहीन घोषित कर दिया गया है। तुम्हें बेकार, अस्वीकृत कचरे की तरह फेंक दिया गया है। जाओ, अब तुम चले जाओ! अपने भाग्य के पास जाओ!

27

स्वप्न

सामने एक पार्क था। पार्क के पास सुखी, संपन्न लोगों के घरों की क़तारें थीं। उन घरों के गुड्डे-गुड़ियों जैसे बच्चे अभी पार्क में खेल रहे थे। उनके साथ उनकी मांएं या नौकरानियां थीं। बच्चों को हंसते-खेलते, शोर मचाते देखकर वह युवक सोच रहा था—तो, सब बच्चों के जीवन से खेलकूद, परियों की कहानियां, नटखटपन अभी खोया नहीं था; अभी भी कुछ लोग अपने बच्चों के पीछे दूध का कटोरा लिए भागते हैं, उन्हें बहलाते-फुसलाते हैं, 'आ मेरे प्यारे बेटे, दूध पी ले।'

मासूम बच्चों को नहीं पता था, ऐसी कितनी मांएं थीं, जिनसे खाना मांगने पर वे अपने बच्चों की पीठ पर धौल जमाकर कहती थीं, 'कितना खाएगा राक्षस! तुझे ही सब दे दूं? और कोई नहीं है क्या खाने वाला!' जो बच्चे दूध नहीं पीना चाहते थे, वे नहीं जानते थे कि उनके जैसे लाखों बच्चे दूध पीने का सपना तो क्या, चावलों का मांड़ तक पीने को तरसते थे।

वह युवक काफ़ी दूर पैदल चलकर वहां पहुंचा था। वह बेहद थका हुआ था। उसकी आंखें नींद से बंद हो रही थीं। वह पार्क के एक तरफ पड़ी ख़ाली बेंच देखकर उस पर बैठ गया। सुहावनी हवा चल रही थी। उसकी आंखें बोझिल होने लगीं। मौत जैसी नींद ने उसे घेर लिया। तभी उसकी आंखें लंबी-चौड़ी सड़क पर पड़ीं। उस सड़क पर उसी के जैसा एक छोटी उम्र का लड़का चला जा रहा था। उसके कंधे पर एक बड़ा-सा बोरा लटका हुआ था। वह सड़क के किनारे पड़े कूड़े से फटे काग़ज़ और दफ़्तियों के टुकड़े, प्लास्टिक, टूटी हवाई चप्पलें बीनकर बोरे में भर रहा था। उसकी कितनी उम्र

होगी? ठीक उतनी, जिस उम्र में जीवन अपने घर से भागकर इस शहर में आया था। शहर के स्टेशन, फुटपाथ और पेड़ों के नीचे उसे आश्रय मिला था।

जीवन नाम का युवक बड़े ग़ौर से काग़ज़ बीन रहे लड़के को देख रहा था। उसका चेहरा उसे बहुत जाना-पहचाना लगा, लगता था जैसे उसे बहुत बार देखा था, उससे बातें की थीं, एक साथ चले थे, एक-दूसरे से लिपटकर किसी स्टेशन या फुटपाथ पर सोये थे। उसकी आंखें, चेहरा, नाक, रूखे बाल, चलने का ढंग, यहां तक कि उसके माथे पर कटे का निशान—सब जीवन के लिए बहुत जाना-पहचाना था। वह लड़का चलते-चलते हरिणघाटा दूध डिपो के सामने ठिठक कर रुक गया। वहां मक्खियों से भिनभिनाता एक गंदा कूड़ेदान था। 'नागरिकों के स्वास्थ्य की रक्षा के लिए कलकत्ता निगम द्वारा एक प्रयास।' वह लड़का कूड़ेदान पर चढ़ गया। उसके चेहरे के बदले हाव-भाव को देखकर लग रहा था जैसे उसे वहां कोई क़ीमती चीज़ मिलने की उम्मीद थी।

इस इलाक़े में सभी बड़ी-बड़ी नौकरियां करने वाले लोग थे। बड़ी सरकारी और गैर-सरकारी नौकरियों की बदौलत सब काफ़ी संपन्न थे। सबके पास गाड़ियां थीं, पालतू कुत्ते थे, दरवाज़ों पर चौकीदार थे। कल शायद यहां किसी के घर में कोई शानदार दावत हुई थी। आधी रात तक ख़ूब खाना-पीना चला था। कार्यक्रम में इस्तेमाल हुए जूठे केले के पत्ते, मिट्टी के कुल्हड़, जूठन, गंदगी—सब उस कूड़े दान में फेंका गया था। वह लड़का उसी कूड़े में से कुछ ढूंढ़ रहा था।

जीवन ने देखा कि वह कूड़ा बीनने वाला लड़का एक केले का पत्ता बिछाकर, कूड़े से टटोलकर, कल की दावत की फेंकी हुई जूठन से, खाने की चीज़ें रख रहा था। उसके बाएं हाथ में एक नुकीली लोहे की छड़ थी, जिससे वह पत्तों को सरकाता और खाने की कोई चीज़ देखते ही, उसे दाएं हाथ से उठाकर केले के पत्ते पर जमा करता जा रहा था। इस बीच उसने काफ़ी सारी *लूची* के टुकड़े, आधी खाई मिठाइयां, मछली-मांस के टुकड़े, पकौड़ियां वगैरह इकट्ठा कर लिया था।

लड़का बेपरवाह कूड़ेदान में जूठे पत्तों को खंगालने में मगन था। मानो किसी पुरातात्विक सनक ने उसे निगल लिया हो। वह आसपास की चीज़ों से बेख़बर था। लगता था जैसे जूठे पत्तों से आश्चर्यजनक कुछ निकल रहा हो। मानो आज क़िस्मत का दरवाज़ा अचानक खुल गया था। उसके हाथ की लोहे

की छड़ जैसे किसी जादूगर की वो जादुई छड़ी थी, जिसे छुआने से पत्तों के नीचे से तरह-तरह के खाने का सामान निकलता आ रहा था। अरे वाह! पूरी फ़िश फ्राई—साबुत, किसी ने ज़रा-सा भी नहीं खाया था! और ये, ये क्या है? ज़रूर कोई बहुत अच्छी खाने की चीज़ है। और, और, मुझे और चाहिए। वह पागलों की तरह जूठे पत्ते खंगाल रहा था।

जीवन ने अचानक एक कुत्ते को देखा। उसके शरीर पर बाल नहीं थे और कानों के पास हुए घावों में कीड़े गिजगिजा रहे थे। उन घावों से पानी, ख़ून, मवाद रिस रहा था। वह पत्ते पर रखे खाने के ढेर की ओर चुपके से बढ़ रहा था। इस खाने पर उसका जन्मसिद्ध अधिकार था। वह घपाघप खाने लगा। कूड़ेदान को काफ़ी खंगालने के बाद वह लड़का अपने दाहिने हाथ का खाना पत्ते पर रखने के लिए मुड़ा तो देखा कि उसकी सारी मेहनत बेकार हो रही थी। ख़दान से खोदे उसके क़ीमती ख़ज़ाने को लूटा जा रहा था। वह खड़ा हो गया। उसकी आंखों में सर्व-विनाशकारी आग धधक रही थी। उसने नुकीली छड़ को बाएं से दाएं हाथ में लिया। मारने के लिए दो क़दम आगे बढ़ा। वह एकटक कुत्ते को देख रहा था। कुत्ता गर्दन झुकाए खाने में व्यस्त था। लड़के ने एक बार चारों ओर के घर, लोग, सड़क और वाहनों पर अपनी नज़र दौड़ाई और लोहे की नुकीली छड़ को पूरी ताक़त के साथ कुत्ते के पेट में घोंप दिया। ख़ून का फ़व्वारा छूट गया। पेट में छड़ समेत वह कुत्ता भयावह रूप से चीख़ता हुआ भागा और आगे जाकर मुंह के बल गिर पड़ा। कांपते पैरों से दो-चार बार कूं-कूं कर वह शांत हो गया। उसके ख़ून से नीचे की मिट्टी गीली हो गई।

लड़के ने आगे बढ़कर कुत्ते के पेट से छड़ को खींचकर निकाला और उसमें लगे ख़ून को फटे काग़ज़ से पोंछ लिया। उसके बाद वह पत्तल में बचे खाने को मोड़कर बोरे में रख, उसे कंधे पर लटका चलने के लिए तैयार हो गया। लेकिन वह एक क़दम भी आगे न बढ़ सका। उसने देखा, उसी के जैसा एक लड़का उसका रास्ता रोककर खड़ा था, 'रुको, जाना नहीं!'

यह लड़का भी जीवन को बहुत जाना-पहचाना लग रहा था। अपने दिमाग पर ज़ोर डालने के बाद भी वह याद नहीं कर पाया कि उसने उसे कहां देखा था। उसकी आवाज़ भी बहुत पहचानी सी लग रही थी। ऐसा साहसी स्वर उस भूत बालक मरण का था, जिसे वह अब भी कभी-कभी सुन पाता था। लेकिन जीवन समझ नहीं पा रहा था कि वो दीवार बनकर क्यों उस कूड़ा बीनने वाले लड़के के आगे खड़ा था। ऐसा लग रहा था जैसे किसी ने उसे

पीछे से धक्का देकर वहां खड़ा कर दिया था। यह भी हो सकता था कि किसी ने उसे सामने से खींच लिया हो। अगर धक्का देने वाला उसका अतीत था, तो उसे खींचने वाला निश्चित ही उसका भविष्य था।

कूड़ा बीनने वाले लड़के ने आक्रामक होकर कहा, 'बता, क्या बोलना है?'

लड़के ने गंभीर आवाज़ में कहा, 'तूने जो सब केले के पत्ते में मोड़कर बोरे में रखा है, उसे फेंक दे।'

'क्यों फेंकूं। मैंने इतनी तक़लीफ़ उठाई है इसे इकट्ठा करने में।'

'उसमें कुत्ते की थूक, लार, मवाद और ख़ून लगा है। वो सब तू मत खाना और न किसी को खाने देना।'

'नहीं खाऊंगा तो ज़िंदा कैसे रहूंगा? घर में मेरे मां-बाप, छोटे-छोटे भाई-बहन भूख से मर रहे हैं, वो क्या खाएंगे?'

'वो ये नहीं खा सकते।'

'अगर नहीं खाएंगे तो क्या हममें से कोई ज़िंदा बचेगा? लूची और मिठाई को तू गू कह रहा है?' कूड़ा बीनने वाला लड़का ग़ुस्से से भड़क उठा था।

'अघोरपंथी तांत्रिक अपना गू-मूत भी खाते हैं। लेकिन यह उससे भी बदतर है—कुत्ते का ख़ून और मवाद। फेंक दे, फेंक दे यह सब!'

'नहीं, नहीं फेंकूंगा।'

'जब तक नहीं फेंकेगा, मैं तुझे जाने नहीं दूंगा।'

जैसे ही गंभीर आवाज़ वाला लड़का कूड़ा बीनने वाले लड़के की ओर बढ़ा, वह अपनी छड़ उठाकर गरजा, 'मेरे पास मत आ। जाने दे मुझे। मेरे घरवाले मेरा इंतज़ार कर रहे हैं। वो बहुत दिनों से भूखे हैं। मेरा रास्ता रोका तो मैं इसे तेरे पेट में घुसा दूंगा। हट जा मेरे रास्ते से!'

राह रोकने वाले लड़के ने ग़ुस्से में कहा, 'तू मुझे डराने की कोशिश कर रहा है? अरे, डर मुझे देखकर डर जाता है, और तू मुझे डराना चाह रहा है! बेटा, मैंने लोगों को मारा है।' वह सीना चौड़ाकर छड़ की ओर बढ़ा, 'देखता हूं मुझे कैसे मारता है! मार, मुझे मार, या फेंक दे बोरे का सामान!'

कूड़ा बीनने वाले लड़के ने कहा, 'आगे मत बढ़ना, अच्छा नहीं होगा...' वह ऐसा कहते-कहते एक-एक क़दम, ख़ुद पीछे सरकता जा रहा था, जब तक कि उसकी पीठ कूड़ेदान से नहीं सट गई। उसके लिए अब और पीछे जाने की जगह नहीं बची थी। तभी गंभीर आवाज़ वाले लड़के ने उसका हाथ मरोड़कर उसके हाथ से छड़ छीन ली। उसने दूसरे हाथ से उसका बोरा छीना और उसका सारा सामान ज़मीन पर उलट दिया। इतने चाव से इकट्ठा किया सारा खाने का सामान सड़क की धूल में बिखर गया। यह देखकर कूड़ा बीनने वाला लड़का ग़ुस्से से चीख़ पड़ा, 'तूने ये अच्छा नहीं किया, मुझे खाने नहीं दिया! इसका फल तुझे मिलेगा! मैं तुझे नहीं छोड़ूंगा। अगर छोड़ा तो मेरे नाम का कुत्ता पाल लेना!'

'क्या नाम है तेरा?' व्यंग से भरे स्वर में गंभीर आवाज़ वाले लड़के ने पूछा। 'बता किस नाम से कुत्ता पालूं? बता अपना नाम?'

'मेरा नाम जीवन चंडाल है।'

'क्या? क्या नाम है तेरा?'

'जीवन। जीवन चंडाल। बरिशाल ज़िले से हूं।'

'ये तो *मेरा* नाम है। ये नाम तुझे कहां से मिला?'

'ये *मेरा* नाम है। मेरे मां-बाप ने रखा था।'

अब गंभीर आवाज़ वाले लड़के का सारा शरीर क्रोध से जलने लगा, 'क्या कह रहा है कुत्ते की जूठन खाने वाला कुत्ते का पिल्ला? कह रहा है उसका नाम जीवन चंडाल है! क्रोध का दूसरा नाम है चंडाल। जिसका नाम जीवन चंडाल हो, वह कैसे विष्ठा को स्वादिष्ट भोजन समझकर मुंह में डाल सकता है। क्या वह ऐसा कर सकता है? उसकी अंतरात्मा विद्रोह नहीं करेगी? नहीं, यह नाम चाहे जिस किसी और का हो, लेकिन तू जीवन चंडाल के नाम के योग्य नहीं है। जिसका ऐसा घिनौना जीवन हो, उसे ज़िंदा रहने का कोई अधिकार नहीं। यदि वह जीवित रहा तो, जीवन चंडाल नाम अपना मान-सम्मान, मूल्य सब खो देगा।'

उसने अचानक छीनी हुई छड़ से ज़ोर का वार किया। कूड़ा बीनने वाला लड़का बुरी तरह तड़पने लगा। उसकी आंखों में पूरे ब्रह्मांड का विस्मय था, 'तूने मुझे क्यों मारा? मैंने तो तेरा कुछ नहीं बिगाड़ा था...'

'बिगाड़ा है,' गंभीर आवाज़ वाले लड़के ने कहा। 'मेरे नाम को तूने बदनाम कर दिया। ज़िंदा रहेगा तो और करेगा। इसलिए, तुझे ज़िंदा रहने की कोई ज़रूरत नहीं। क्या करेगा ज़िंदा रहकर? इससे अच्छा है कि तू मर जाए।' गंभीर आवाज़ वाले लड़के ने कूड़ेदान का कचरा हटा कूड़ा बीनने वाले लड़के को उसके नीचे दबा दिया। उसके बाद वह जैसे ही मुड़कर जाने लगा जीवन ने उसे पहचान लिया, वह तो श्मशान में रहने वाला लड़का, मरण था। जीवन ने चीख़कर उसे पुकारा—मरण, मेरे प्रिय मरण, मैं यहां हूं, आ! लेकिन वह रुका नहीं, चला गया।

'ए, कौन है रे तू? उठ यहां से। क्या ये तुम लोगों के सोने की जगह है?' आंख मलते हुए जीवन ने देखा कि शाम हो चुकी थी। आसमान में काले बादल भी छाये थे।

सामने कूड़ेदान को घेरकर एक झुंड आवारा कुत्ते आपस में झगड़ रहे थे। भयानक सपने ने उसके मन को बोझिल कर दिया था। वह धीरे-धीरे चलते हुए पार्क के बाहर आ गया। कुछ देर में आंधी और बारिश शुरू होने वाली थी। उससे पहले उसे कहीं सिर छुपाने की जगह का इंतज़ाम करना था। और उससे भी पहले उसे रात में कुछ खाने के लिए चाहिए था। भूखे पेट रातें बहुत लंबी होती हैं।

आज जीवन क्या खाएगा? भात या रोटी, सब्ज़ी या मीट? इसका निर्णय किसी भोजनालय में पहुंचकर लेगा, यह सोचते हुए जीवन उसी दिशा की ओर चलने लगा। रास्ता बहुत लंबा था। बस में जा पाता तो अच्छा होता, लेकिन उसकी जेब में पैसा नहीं था। आजकल जीवन भोजनालयों में खाता था। काफ़ी सस्ते में खाना हो जाता था। लेकिन हर दिन अलग-अलग होटलों में खाना होता था। हर दिन कुछ नया। कल उसे गड़िया में एक भोजनालय काफ़ी पसंद आया था। आज वह वहीं खाने जा रहा था।

गड़िया ब्रिज पार होते ही दाहिनी ओर बोऊदी का भोजनालय था। जब जीवन वहां पहुंचा, वहां काफी भीड़ थी। ग्राहक आ रहे थे, खा रहे थे और वापस जा रहे थे। भोजनालय के सामने एक पानी का ड्रम रखा था। खाने से पहले और बाद में सभी वहीं हाथ-मुंह धोते थे, जूठे बर्तन भी वहीं धुलते थे।

जीवन ने ड्रम से मग में पानी लिया और हाथ-मुंह धोकर कोने की ओर एक बेंच पर बैठ गया और पूछा, 'खाने में क्या है?'

बोऊदी काफ़ी जवान थीं, लेकिन उनका पति बूढ़ा था। बोऊदी खाना बनाती थीं और वह नकदी की देखभाल करता था। बोऊदी की दो बेटियां और एक बेटा था। वे खाने का ऑर्डर लेते और खाना परोसते थे। बोऊदी की छोटी बेटी जीवन के पास ऑर्डर लेने आई और कहा, 'अंडा है, आलू-सोयाबीन है, मछली है।'

'मटन नहीं है?'

'नहीं, सिर्फ़ मछली है।'

'कौन सी मछली?'

'चारा पोना, काटा पोना और तेलापिया मछली।'

'काटा पोना और भात दो। हाफ़ प्लेट सब्ज़ी भी देना। नींबू, प्याज़ और हरी मिर्च भी।'

दुकान में इस समय ज़्यादा भीड़ नहीं थी। जीवन के सामने एक आदमी आकर बैठ गया। देखकर लग रहा था कि वह काफ़ी भूखा था। शायद किसी ट्रक का खलासी था। उसके सारे बदन पर कालिख लगी हुई थी। वह चारा पोना मछली खा रहा था। जीवन ने उससे पूछा, 'मछली कैसी है?'

'बिल्कुल ताज़ा है।' बोऊदी की बड़ी बेटी ने जवाब दिया, 'अच्छी नहीं लगे तो दाम देने की ज़रूरत नहीं।'

'कोई तली मछली है?' जीवन ने पूछा, 'अगर है तो मुझे एक कुरकुरी तली मछली दो।'

खाना ख़त्म करके जीवन बाहर हाथ-मुंह धोने गया। हल्की बूंदाबांदी शुरू हो गई थी। आसमान में छाये काले बादलों को देखकर लग रहा था कि घंटे दो घंटे में जमकर बारिश होगी। सड़क के किनारे लगे लैंप पोस्ट में रोशनी तो थी, लेकिन उससे अंधेरा नहीं छंट रहा था। जीवन ने मुंह धोकर मग को ड्रम के ऊपर रख दिया। एक लंबी सांस भरी और तीर की गति से भागता हुआ अंधेरे में खो गया। उसे लगा कि कोई उसके पीछे 'चोर-चोर, पकड़ो-पकड़ो' चिल्लाते हुए भाग रहा था। इसलिए उसने दौड़ना बंद नहीं किया। अस्पताल की गली से थाने के पीछे जाकर श्मशान घाट की ओर दौड़ता रहा।

वह रोशनी से अंधेरे की ओर, मृत्यु से जीवन की ओर, अकेली यात्रा पर निकल चुका था। जिस यात्रा की परिणति के बारे में वह कुछ नहीं जानता था। बस वह इतना जानता था कि उसे दौड़ते रहना होगा। जब तक वह दौड़ता रहेगा, तब तक वह जीवित रहेगा।